POUR INVENTAIRE

DU MÊME AUTEUR

L'oncle Peretz s'envole, Actes Sud, 1989.
Et en fin de compte, Actes Sud, 1992.
Pour inventaire, Actes Sud, 1992.

Titre original :
Zichron Devarim
Sifrei Siman Kriah, Tel-Aviv, 1977

ISBN 978-2-7427-6842-4

Photographie de couverture :
Image tirée du film d'Amos Gitaï, *Devarim*

YAAKOV SHABTAÏ

POUR INVENTAIRE

roman traduit de l'hébreu par Rosie Pinhas-Delpuech

BABEL

LES VARIATIONS GOLDMAN DE YAAKOV SHABTAÏ

Dans les premières pages du livre de Shabtaï, l'un des trois personnages du récit, Israël, se réveille à l'aube après une courte nuit agitée et se met au piano pour continuer à travailler les Variations Goldberg. *Mais à la place, il joue "distraitement et de mémoire les* Sarcasmes *de Prokofiev", puis découragé par la chaleur et l'apathie, s'allonge sur le canapé "et ses pensées s'entremêlant d'elles-mêmes dans sa tête et défilant sans but, s'étaient attachées au prince Keyserlingk de Dresden, qui souffrait d'insomnie, et à son claveciniste, Johann Gottlieb Goldberg, et il s'était mis à jouer involontairement avec ces noms qui se combinaient d'eux-mêmes, alternaient et variaient en une rengaine monotone, Johann Goldberg Gottlieb Dresden Keyserlingk Goldberg Golden Johann Keyserlingk Gottlieb Dresden Gottlieb Johann", etc.*

Dans la préface à son édition des Variations Goldberg, *le claveciniste Ralph Kirkpatrick rapporte au sujet de cette œuvre une histoire à l'authenticité douteuse mais qui ne manque pas d'intérêt. Le comte Keyserlingk, jadis ambassadeur russe à la cour de Saxe, séjournait souvent à Leipzig, accompagné du jeune Goldberg dont il avait confié l'instruction musicale à Bach. Le comte était souvent malade et passait de longues nuits sans sommeil. Goldberg, qui habitait avec lui, restait alors dans une chambre voisine pour lui jouer quelque chose pendant ses insomnies. Un jour le comte pria Bach d'écrire pour son Goldberg quelques pièces pour clavecin, d'un style doux et enjoué, qui puissent un peu l'égayer pendant ses nuits. Et Bach crut répondre à son désir en lui offrant des variations qu'il considérait jusque-là comme un travail ingrat à cause de la tonalité de base qui restait toujours la même…*

L'histoire ne dit pas si le comte trouva ces variations "douces et enjouées" ni s'il en tira le bénéfice espéré. Mais l'aspect intéressant de l'anecdote réside dans le rapprochement entre les variations et l'état insomniaque où le tourbillon de pensées, absolument incommunicables à l'état brut, pourraient le devenir si elles étaient ordonnées en une forme artistique. Et il ne serait pas impossible, alors, que ces pensées nocturnes ressemblent étrangement aux Variations Goldberg *qui ont peut-être servi de modèle musical et formel aux variations de Yaakov Shabtaï sur le temps et la mort.*

Nous savons qu'Israël les travaille obstinément dans sa chambre, souvent le soir ou au petit matin, pendant que dans une autre chambre de la ville un autre insomniaque, Goldman, lit Kepler et des traités d'astronomie, ou bien traduit le Somnium, *autre œuvre fille de l'insomnie. Il lui arrive aussi d'accompagner Israël pour l'écouter jouer de l'orgue à l'église Saint-Antoine. La musique, présente en sourdine dans tout le livre au point de sembler y imprimer son rythme, obéit à des règles précises qui offrent d'intéressantes analogies avec la rhétorique en général et l'art du roman en particulier.*

Les Variations Goldberg *commencent par une grande passacaille où un motif inlassablement répété à la basse est surmonté de tissus harmoniques ou contrapuntiques divers. C'est cette basse, accompagnée de lignes mélodiques superposées et simultanées (le contrepoint), qui constitue la structure harmonique autour et au-dessus de laquelle Bach construit les variations.*

Transposons. La voix du commandeur, celle de la mort tant imaginée par les humains, qui hante les nuits d'insomnie et le livre de Shabtaï, ne serait-elle pas cette basse, ce motif inlassablement répété et repris sous des formes diverses par Goldman, Israël et César, dont les vies entrelacées forment en contrepoint la trame du récit ?

Autre rapprochement formel qui ne concerne pas les variations mais la forme fuguée, si chère à Bach. Dans la fugue, les éléments du discours musical ont d'autant plus d'importance qu'ils sont énoncés dès la première mesure et doivent contenir en puissance tout le matériau qui sera par la suite utilisé par le compositeur. Transposons encore et lisons la première phrase du livre comme si elle était une première mesure où se déploie le thème d'exposition :

"Le père de Goldman était mort le premier avril tandis que Goldman se suicidait le premier janvier, juste à un moment où il lui semblait qu'à force de détachement et de repli, une nouvelle ère s'ouvrait enfin devant lui, qu'il s'était trouvé un début d'amendement grâce au "Bullworker", à une vie bien réglée et surtout, grâce à l'astronomie et à la traduction du Somnium."

Le temps du récit, malgré les télescopages de la mémoire savamment orchestrés par l'architecture complexe des phrases de Shabtaï, se déroule entre ces deux bornes temporelles : celles de deux morts, à neuf mois d'intervalle. Portion de temps arbitraire sur laquelle vont se greffer toutes les errances de la mémoire qui va s'enrouler capricieusement autour de cette ligne comme les pampres d'une vigne. Entre ces deux événements, il ne se passera rien, comme dans la fugue où aucune nouveauté anecdotique n'est introduite mais où le matériau de base est travaillé selon des motifs harmoniques de complexité croissante. Quant au "Bullworker", le lecteur attendra le milieu du livre pour en comprendre la fonction et les vertus, et ce n'est que dans les toutes dernières pages, à la veille du suicide de Goldman, qu'il sera question d'astronomie et du Somnium, *sujets qui l'occupent depuis le début du récit. Ainsi, une fois le livre achevé, le lecteur constate que tout avait été dit dans cette première phrase dont Shabtaï reprend les éléments qui constituent en quelque sorte la charpente du récit.*

Dernière analogie enfin. La musique est un art du temps dont elle organise un découpage cohérent à l'aide d'éléments sonores. Et elle présente cet avantage bien enviable de pouvoir superposer les séquences musicales – ligne mélodique et tissu harmonique – en jouant à la fois de la succession et de la simultanéité. La littérature est, elle aussi, un art d'organiser le temps mais dans la succession imposée par les mots. Pour contourner cette contrainte et recréer la simultanéité des pensées, de la mémoire, Shabtaï fait coexister dans une même phrase passé lointain, passé plus proche et présent immédiat, croise les voix, multiplie les récits et soumet la syntaxe à un traitement qui n'a pas d'équivalent dans toute la littérature hébraïque. Faisant appel aux formes classiques et musicales de la répétition et de la variation, il construit d'amples périodes dont la cadence est soudain rompue par une chute, les virgules scandent la phrase et aménagent des silences, les "et" reprennent le motif et le poursuivent à la manière de variations, mais les points, quand ils arrivent, semblent n'être que des concessions formelles à une durée qui ne comporte qu'un point, celui final de la mort.

"Il est diabolique", disaient de Bach les hommes de son temps. Ces Variations Goldberg, *devenues plus tard si nobles et pures, inquiétaient à l'époque par ses audaces et ses dissonances qui interpellent encore les compositeurs contemporains. Pourtant il y a peut-être de quoi s'inquiéter lorsque l'on sait que cette musique sublime comporte un motif emprunté à une vieille chanson allemande qui dit :*

Des choux et des raves m'ont chassé,
Si ma mère avait fait de la viande,
Je serais resté plus longtemps.

Yaakov Shabtaï le savait-il lorsque, lui faisant abandonner les Variations, *il fait jouer à Israël les* Sarcasmes *de Prokofiev ? Sarcasme en effet que de mourir un premier avril et de se suicider un premier janvier, sarcasme aussi que cette bonne blague, la mort, qu'un jour Shabtaï a rencontrée au détour d'une phrase à laquelle elle ne lui a, peut-être, même pas laissé le temps de mettre un point.*

ROSIE PINHAS-DELPUECH

Le père de Goldman était mort le premier avril, tandis que Goldman s'était suicidé le premier janvier, juste à un moment où il lui semblait qu'à force de détachement et de repli, une nouvelle ère s'ouvrait enfin devant lui, qu'il s'était trouvé un début d'amendement grâce au "Bullworker", à une vie bien réglée et surtout grâce à l'astronomie et à la traduction du *Somnium*. César fut le seul à relever cette étrange coïncidence de dates entre la mort de Goldman et celle de son père, même s'il ne le dit que quelques jours après les funérailles de Goldman, tandis qu'il était dans la cuisine avec Israël qui leur servait du thé, mais il le dit comme une chose fortuite et totalement insignifiante car à la même époque, il avait en fait déjà renoncé à tout et n'était pas prêt au moindre effort qui pût dépasser ses besoins immédiats, et dans ce processus désespéré de sa déliquescence, alors qu'il continuait de porter des vêtements à la mode aux couleurs criardes, laissait pousser sa moustache, fumait les cigarettes les plus raffinées, dévorait et se soûlait, courait après chaque femme qu'il croisait sur son chemin, tandis qu'il consacrait l'essentiel de ses pensées et ce qui lui restait de volonté à son fils aîné atteint d'une maladie incurable et dont l'état était désespéré, César ne voyait plus la vie que comme une défaite accablante et insensée, ou une énorme bizarrerie dont il fallait jouir autant que possible, chose que dans les moments de dégrisement et de regret qui parfois le saisissaient, il qualifiait avec douleur de "joyeux suicide". Le seul être qui, sans aucun doute, eût essayé de déchiffrer les significations cachées de cette coïncidence de dates était Goldman, sauf qu'il était déjà mort. A vrai dire, il n'y avait évidemment ici nulle signification cachée, sinon celles que Ruhama, demi-sœur de César, eût sûrement qualifiées de "littéraires" ; par exemple, le fait qu'au début de la nouvelle année, comme chaque année et chaque jour presque, Goldman, qui ne pouvait pas supporter "l'expérience de l'existence", désirât entamer une nouvelle page de sa vie, ce qui, dans ce cas particulier, en était la libération totale avant le passage vers une autre forme de vie, ou selon ses propres termes, "une autre forme d'expérience" d'une entière liberté et d'une certitude absolue, dont il essayait de croire qu'elle existait malgré sa lucidité et sa fidélité sans faille au rationalisme, à l'exception d'une certaine époque où, dans une tentative infructueuse d'accéder à la religion, il avait à la fois renié son rationalisme et ses idées socialistes, quant à la mort du père de Goldman, Ephraïm, on pouvait dire qu'en mourant justement un premier avril, il avait peut-être voulu faire une farce parce que c'était le seul genre d'humour dont il était capable, ainsi que les tours de prestidigitation qu'il faisait autrefois dans des moments d'allégresse passagère, tours simples mais amusants et oubliés depuis longtemps. Sa femme, Regina, qui quelques jours après son enterrement s'était mise à se faire appeler Stephana, voyait une fois de plus dans cet acte méchanceté et vengeance, non parce qu'il avait choisi de mourir un premier avril – qui, de toute manière, pour elle n'était pas encore un premier avril – mais parce que c'était une terrible journée de *hamsin*, annonciatrice de l'été qu'elle détestait, il avait duré sans répit jusqu'au lendemain, jour de l'enterrement, et s'était même amplifié au point que toute la ville, inondée d'une clarté embrasée, enveloppée d'une chape d'air aride et infernal, semblait sur le point de s'effriter et de se muer en un nuage de poussière fine, lentement emporté par le vent d'est brûlant qui le disperserait dans le ciel argenté et vide au centre duquel un soleil incandescent diffusait sa chaleur torride qui avait duré toute la nuit, et Israël, qui avait peiné pour s'endormir après avoir pris une douche et être longtemps resté sur la terrasse à regarder les rues sombres et désertes, s'était réveillé avant l'aube et avait passé la journée dans sa chambre, dans le studio de César, allongé sur l'étroit canapé recouvert d'un épais tissu de laine rugueux et brun. Pourtant dès le rapide lever du jour, il s'était mis au piano pour continuer à travailler les *Variations Goldberg*, mais à la place il avait joué, distraitement et de mémoire, les *Sarcasmes* de Prokofiev jusqu'au moment où la chaleur et l'apathie avaient eu raison de lui. Découragé, il s'était de nouveau allongé sur le canapé et ses pensées, s'entremêlant d'elles-mêmes dans sa tête et défilant sans but, s'étaient attachées au prince Keyserlingk de Dresden, qui souffrait d'insomnie, et à son claveciniste, Johann Gottlieb Goldberg, et il s'était mis à jouer involontairement avec ces noms qui se combinaient d'eux-mêmes, alternaient et variaient en une rengaine monotone, Johann Goldberg Gottlieb Dresden Keyserlingk Goldberg Golden Johann Keyserlingk Gottlieb Dresden Gottlieb Johann Keyser Johann Gutberg Gottlingk Lieberg Johann Dresden Golden, tandis que son regard rampait comme une araignée sur les miroirs où se reflétait son image, sur le plafond et le tube au néon poussiéreux, sur les murs blancs et sales, couverts de photos en couleurs de montagnes enneigées, de lacs, d'arbres verts, de superbes voitures, de jeunes filles bronzées et sexy, en maillot de bain ou nues, et sur la grande porte qui communiquait avec la pièce d'à côté. Certaines de ces photos avaient été prises par César, qui les avait accrochées avec des punaises et du ruban adhésif, et elles l'égayaient tout en étant le témoignage affiché et fier des appétits effrénés qu'il avait en partie hérités d'Erwin, son père, et qu'il avait en partie adoptés comme un mode de vie qu'il se vantait de mener inlassablement et avec ostentation. Seule une carte postale, accrochée sur le coin supérieur du piano par Ella, qui l'avait apportée à Israël et épinglée à cet endroit, représentait un détail du *Saint François* du Greco, tout en nuances de verts, où l'on voyait un homme grand et sec, au visage allongé encadré d'une barbe noire, très sérieux et peut-être triste aussi, agenouillé sur le sol, vêtu d'une espèce de lourde robe de bure et tenant entre les mains un crâne humain qu'il montrait à un adolescent agenouillé devant lui, très près et plus bas, vêtu lui aussi d'une robe de bure, la tête couverte comme l'homme d'un capuchon, les doigts croisés sur la poitrine dans une posture de prière, le regard tourné vers le crâne, exprimant l'étonnement et la crainte, tandis que l'homme le contemple avec le regard désabusé et serein de la soumission au jugement. Un rayon de soleil blanc, infiltré à travers les fentes du store orienté au sud, côté rue, tomba sur la carte postale et Israël, qui venait d'émerger d'un sommeil pesant, couvert de sueur, regarda l'adolescent, l'homme mûr et le crâne, puis écouta les pas rapides de César dans l'escalier, il ouvrit avec élan la porte du studio et entra dans la pièce, vêtu d'un pantalon mauve et d'une chemise orange brillante, son grand visage rouge, luisant et ruisselant de sueur, mais d'humeur survoltée et, sous ses sourcils touffus, ses petits yeux s'agitant comme deux souris heureuses derrière les verres de ses lunettes sales. Il ôta l'appareil photographique de son cou et demanda à Israël s'il avait reçu des coups de téléphone, Israël dit que Tehila avait appelé et qu'elle rappellerait peut-être vers le soir, et César dit, “Et Eliezra ?” en regardant avec espoir Israël, qui continua à rester immobile, allongé sur le côté et dit, “Non. Elle n'a pas appelé”, et César dit, “Salope”, il sortit de la poche de sa chemise un paquet de Rothmans, alluma une cigarette et répéta dans une clameur de joie à Israël ce qu'il savait déjà depuis la veille et que César lui avait annoncé le matin même au téléphone, à savoir que le père de Goldman était mort et que le cortège funèbre partirait à deux heures des pompes funèbres municipales. Israël se tut, il y eut un instant de silence, et César, qui épongeait sans cesse son visage et sa nuque avec un mouchoir mouillé et qui éveilla la colère d'Israël en jetant la cendre de sa cigarette sur le plancher, lui demanda ce qu'il pensait de cette mort mais sans attendre la réponse d'Israël, qui jeta un regard oblique et involontaire sur le petit tas de cendres éparpillées, il dit qu'il était déjà une heure et demie passée et qu'ils devaient se dépêcher. Israël s'assit sur le bord du canapé et demanda s'ils ne pouvaient pas se dispenser de cet enterrement et se contenter d'une visite de condoléances chez Goldman, d'autant plus qu'ils connaissaient les rapports du père et du fils, que Goldman n'attachait aucune importance à ces cérémonies, qu'il y répugnait même et que s'il l'avait pu, il n'aurait sans doute pas assisté à l'enterrement de son propre père, sans parler de celui d'un de ses amis, mais César, qui raffolait des rassemblements et réjouissances, émeutes et événements dramatiques, s'obstina et dit qu'il était de leur devoir d'assister à cet enterrement, que la nature des rapports entre Goldman et son père n'était pas leur affaire, que surtout maintenant, une fois son père mort et malgré sa répugnance pour les cérémonies et son rationalisme, il était persuadé que, dans le fond de son cœur, Goldman ne leur pardonnerait jamais leur absence et le fait de le laisser seul avec sa mère à l'enterrement de son père, et à ce propos, il fit remarquer que la raison de l'homme le plus rationnel avait, elle aussi, ses limites, que la vie nous contraignait plus d'une fois à commettre des actes illogiques, et déplaisants aussi, qu'enfin lui-même irait à tout prix à cet enterrement, même sans lui, et il pressa Israël de se lever et de l'accompagner, et Israël, le visage fermé, se leva du canapé et alla prendre une douche tout en maudissant César et lui-même et le père de Goldman dont la mort n'avait suscité en lui ni chagrin ni compassion ni même la moindre surprise puisque depuis deux semaines déjà, il gisait, inconscient, à l'hôpital, pour une brusque hémorragie cérébrale et que les médecins avaient prédit sa mort. Pourtant il lui arrivait de reprendre conscience et de réclamer quelque chose ou de marmonner avec fureur et une fois même, d'une voix très épaisse et assourdie, qui n'était plus sa voix mais semblait s'échapper de tuyaux d'argile sombres et creux, il avait péniblement articulé à l'oreille de Goldman en bredouillant la fin des mots, “Je crois que j'ai fait quelque chose dans ma vie”, et Goldman avait faiblement hoché la tête en direction de son père, étendu et impuissant sur son lit de mort, qui éveillait maintenant sa pitié mais surtout un malaise, non seulement à cause de son apparence mais parce que, en son for intérieur, même en ce moment, il lui gardait rancune. Les médecins n'accordaient aucune importance à ces brefs moments de lucidité et avaient conseillé à la famille de se préparer "au pire", et Regina, dont le père de Goldman, dans un de ces brefs instants de lucidité, avait exigé que l'on ne la laissât pas s'approcher de son lit, s'était si bien préparée "au pire" qu'une fois "le pire" arrivé, elle en avait été soulagée, il était bien mort et nulle force au monde ne pourrait le ressusciter. Israël, qui se lava le visage, s'essuya et se coiffa, avait accompagné deux fois Goldman lors de ses visites à l'hôpital et une des fois il était même entré dans la chambre où le père gisait, rigide comme un cadavre, enveloppé dans une couverture blanche et relié à toutes sortes de tubes, ses yeux, grands ouverts et toujours un peu rouges comme ceux d'un lapin, étaient d'un blanc terne et inexpressif et son visage, qui avait pris une teinte bleu-gris, était enflé et tordu. Goldman s'était assis près du lit et avait posé la main près de l'épaule de son père, l'effleurant même un instant dans un geste de caresse sans amour, quant à Israël, il était resté debout, un peu à l'écart, le regardant avec une totale indifférence et même avec répulsion, mais ensuite, lorsqu'ils étaient ressortis dans la rue, puis les jours suivants et après sa mort, le souvenir de cette image l'avait déprimé à cause de l'étrangeté et de l'impuissance qui étaient en toute chose, de l'impression d'anéantissement répugnant et inévitable qui enveloppait le père de Goldman, impression qui, malgré la capacité de détachement d'Israël, revenait de temps en temps et l'assombrissait pour un rien, une voix, une odeur, une information dans le journal, une quelconque mélodie et surtout, ces derniers temps, la nostalgie pour Ella qui l'envahissait dès le matin et ne le lâchait plus, dans l'ennui du temps lentement écoulé dans la chaleur épaisse qui régnait dans la pièce. Ils s'étaient rencontrés par hasard, au cinéma, et bien que son jean et le pull noir qu'elle portait sous une veste vert foncé ne la distinguent en rien des autres filles, elle lui avait semblé, dès la première fois, venir d'un lieu inconnu et peut-être inexistant, pas vraiment sans domicile mais tout de même comme si elle avait surgi du vide où elle disparaîtrait aussi un jour ou l'autre sans possibilité de retour, mais il ne l'avait dit à personne, et encore moins à César, qui entra dans l'autre pièce, celle qui lui servait de bureau et de laboratoire de photo, pleine de chaises, d'écrans, de projecteurs, de boîtes, d'accessoires de photographie, de chiffons, de toutes sortes de revues et d'objets, et changea le film de son appareil tout en fredonnant, *"Obladi, Oblada, life goes on"*, puis se versa un demi-verre de whisky et se posta devant la porte de la douche pour redemander à Israël s'il n'avait pas eu d'autres appels. Israël dit, "Non", César prit une petite gorgée de whisky et dit, "Ce Goldman aurait dû mourir depuis longtemps déjà. Il a profité de sa mort jusqu'à la dernière miette", puis il reprit, "C'est très bien de mourir à son âge. Il n'en faut pas plus", et il regarda Israël qui ne dit rien, raccrocha la serviette à sa place, revint dans sa chambre et commença à s'habiller, et César qui le suivait posa le verre de whisky sur le piano, s'y adossa, sortit une enveloppe blanche de la poche de sa chemise et dit, “Regarde ce que je me suis procuré”, et il en tira un paquet de photos pornographiques avec deux hommes et deux femmes – l’une brune et l’autre blonde, toutes deux avec de gros seins – en train de s’accoupler et de faire l’amour dans diverses postures, par couple ou les quatre ensemble. Le visage rouge de César, qui parcourait les photos les unes après les autres, exprimait la jouissance, de temps en temps il ricanait, faisait une brève remarque pour lui-même ou poussait un cri d’étonnement, parfois aussi il montrait une des photos à Israël en disant, “Que penses-tu de cette dame ?” ou bien, “Regarde comment il la laboure, le salaud”, et lorsqu’il eut fini, son regard traîna encore un instant sur la dernière photo, puis il les remit dans l’enveloppe, prit une gorgée de whisky et dit, “J’aime les jambes robustes et les gros seins, voilà ce que j’aime”, il fourra l’enveloppe dans la poche de sa chemise et entra un moment dans la chambre noire, en ressortant il appela Israël qui était dans les cabinets et dit, “Viens, partons avant que le père de Goldman ne s’en aille”. Israël sortit et mit ses sandales, César but le whisky qui restait dans le verre, puis ils descendirent dans la rue inondée d’une clarté blanche qui déchirait les yeux et embrasait l’air compact, saturé d’odeurs d’asphalte liquéfié, de poussière, de fumée des voitures auxquelles se mêlait le parfum lourd et douceâtre des mélias et des lauriers-roses qui semblaient avoir fleuri en l’espace d’une nuit. L’incandescence et l’éclat, qui hurlaient depuis la voûte blanchie du ciel, les trottoirs et les murs des maisons, étaient si terribles que des brasiers géants semblaient allumés sous la mince croûte terrestre et que même les plus petits oiseaux mouraient, frappés parmi les branches d'arbres qui se dressaient, immobiles, et Israël, pris d'un soudain éblouissement, dit, "L'enfer" et continua de marcher à côté de César qui portait l'appareil photographique à son cou et fredonnait, *"Obladi, Oblada"* en répétant inlassablement les mêmes mots et sans nullement se soucier de chanter faux. Ils se dirigèrent vers l'autobus parce que la voiture de César, en panne depuis deux jours, était au garage mais en chemin, il décida de faire un petit détour pour téléphoner à Vicky, ils entrèrent dans un café, César composa trois fois le numéro et comme personne ne répondait, il dit, "Putain" et raccrocha furieusement le récepteur mais après, en sortant, il sourit et dit, "Elle est superbe, cette petite Vicky, quel dommage qu'elle se marie". Il le dit sur un ton de léger grief mais sans vraiment s'en soucier parce que d'une part, il sentait que Vicky lui appartenait comme toute chose qui lui procurait du plaisir ou de l'intérêt et qu'à ce titre-là, elle ne pouvait pas brusquement appartenir à quelqu'un d'autre, mais d'autre part, il croyait aussi que même après son mariage ils continueraient à s'amuser à des parties de lit furtives et voluptueuses, parce que après tout César ne voulait ni ne pouvait concevoir que les bonnes choses eussent un jour une fin et, à l'exception de ses relations complexes avec Tehila et Eliezra, la seule chose qui l'inquiétait ces derniers temps était sa chute de cheveux dont il souffrait sérieusement et qu'il combattait à l'aide de toutes sortes de savons, produits cosmétiques et massages, refusant de s'avouer vaincu malgré sa calvitie croissante, et même maintenant, alors qu'ils attendaient déjà à la station d'autobus, César courut à la pharmacie proche, acheta deux flacons d'"Hormone Yocham", produit capillaire à base d'hormones qu'il utilisait depuis deux semaines, revint en vitesse vers l'autobus, qui était arrivé entre-temps, ils y montèrent et César paya pour les deux. Il était très animé, animation qui ne fit qu'accroître la fureur d'Israël, mais il ne remarqua rien parce que le visage d'Israël demeurait fermé et que César était exclusivement préoccupé par lui-même et ses propres affaires et, aussitôt assis, il se mit à vanter avec enthousiasme les vertus de l'"Hormone Yocham" qui, selon le prospectus adjoint au flacon, avait été découverte au bout de quatorze ans de recherches et d'expériences et qui avait le pouvoir de stopper la chute de cheveux à toutes les étapes et radicalement, des cas innombrables étaient là pour l'attester et entre autres, le célèbre boxeur hollandais, Bef Van Cleveren, atteint de calvitie précoce et dont deux photographies de dos – avant et après le traitement à l'"Hormone Yocham" – s'étalaient au centre du prospectus, puis il enchaîna sur les photos qu'il avait prises le matin dans une conserverie et sur son étonnement qu'Eliezra n'eût pas téléphoné. Cela l'intriguait, comme l'intriguait aussi le fait que Tehila ait dit qu'elle rappellerait peut-être vers le soir, puis il se tut, alluma une cigarette, plongea dans ses pensées et, au bout d'un moment, dit à Israël, "Lorsque Tehila téléphonera, dis-lui que je suis parti à Jérusalem et que je reviendrai demain", Israël dit, "D'accord" et il regarda, par la fenêtre poussiéreuse de l'autobus, les passants et la salle de cinéma où autrefois, dans son enfance, sur ce lieu qui était encore un vaste terrain sablonneux, il avait vu le père de Goldman, en casquette et vêtements de travail trempés de sueur, pousser une brouette et poser avec d'autres ouvriers les fondations du nouveau bâtiment. Alors aussi, l'air embaumait les senteurs des mélias et des lauriers-roses, le ciel était sans nuages mais d'un bleu soutenu, limpide et agréable et il faisait même un peu frais, comme en ce jour d'automne, au crépuscule, où le père de Goldman avait traîné par la laisse le chien noir de Kaminskaïa et l'avait attaché au tuyau d'eau, dans la grande cour de la maison qu'ils habitaient. Tout ce qui s'était passé ce jour-là était empreint d'une sombre violence et d'une immense terreur, l'air était léger et d'une douceur apaisante et veloutée, les oiseaux, qui avaient fait leur nid parmi les branches des cyprès, des mélias et des jacarandas, sur le grand ficus et le poinsettia, qui commençait à perdre ses feuilles et ses fleurs rouges, entre les coudes des tuyaux d'eau et à l'ombre des bougainvilliers, piaillaient à plein gosier comme s'ils étaient en fête, emplissant la vaste cour de leur joyeux tapage. Et Kaminskaïa – Dieu seul sait ce qu'elle avait ! –, blonde, grande, forte, ivre et échevelée, avec des yeux verts effarouchés, des lèvres épaisses et sensuelles, venait sans doute de faire l'amour avec son maître de ballet retraité, que tout le monde appelait Diaghilev, ou avec le jeune peintre qui l'accompagnait souvent, ou bien encore avec un autre, y compris le plombier ou un simple inconnu, ou peut-être était-elle plongée dans la lecture ou le sommeil car elle avait du temps une notion confuse et négligeable où les jours se confondaient avec les nuits, ce qui provoquait toujours la colère du père de Goldman, qui avait une croyance fanatique en un monde partagé entre le Bien et le Mal, sans nulle zone intermédiaire, dont faisait partie un emploi du temps immuable, avec le lever matinal à sept ou, tout au plus, huit heures, mais cette Kaminskaïa était si ivre et sauvage qu'il lui était arrivé pendant la guerre de descendre dans l'abri en culotte et soutien-gorge, et si capricieuse et triste qu'elle chantait parfois comme une folle en pleine nuit, comme si, déchirant en lambeaux les ténèbres et se laissant porter par la nostalgie tourmentée, qui était en elle et dans les mots et les mélodies russes, à laquelle son chant donnait libre cours, elle voulait atteindre des régions par-delà la voûte céleste. C'était une femme si perdue et désespérée qu'elle cherchait parfois le salut même dans la méchanceté, les mensonges ou la grossièreté mais le père de Goldman refusait de l'excuser et la haïssait, elle, sa démarche, ses chansons, ses vêtements et son chien noir qu'elle appelait "Nuit Sombre" et qui attendait en silence, attaché au conduit d'eau, regardant le père de

Goldman dont le visage, pâle comme un linge, était tendu par la stupeur et la méchanceté. “Nuit Sombre” frétillait même de la queue, incapable de deviner que le père de Goldman le tuerait dans quelques instants, mais il s’approcha de lui, tira soudain une masse de sa chemise et lui assena des coups enragés et rapides sur la tête, “Nuit Sombre” émit un gémissement bizarre et chancela, le père de Goldman cria de toutes ses forces, “Qu’il meure ! Qu’il meure ! Il faut qu’il meure !” et continua à le frapper comme un fou jusqu’au moment où le chien s’effondra, la tête écrasée et broyée, il se débattit encore, émit quelques grognements affaiblis, puis resta étendu, immobile, et la terre, les feuilles du lantana et de l’hibiscus encore en fleur, le conduit d’eau et le mur de la maison étaient éclaboussés de sang et de bouts de cervelle qui y restèrent jusqu’au jour où les premières pluies les balayèrent. Après avoir tué “Nuit Sombre”, le père de Goldman, tremblant de la tête aux pieds, s’empressa de laver la masse, puis il fourra le cadavre du chien dans un sac, l’emporta et le jeta au loin, dans un des vastes champs en friche, couverts de ronces, de centaurées et d’herbes folles, qui s’étendaient par-delà les orangeraies et les haies de figues de Barbarie des villages arabes, qui devaient disparaître quelques années plus tard, en même temps que les champs en friche et les champs cultivés, les plantations de concombres, les bouquets d’eucalyptus et les chacals qui dévorèrent la charogne de “Nuit Sombre”, ils disparurent pour faire place aux immeubles neufs qui poussèrent à un rythme vertigineux et aux belles rues que traversait l'autobus, en route vers le terminus, où César et Israël descendirent et se dirigèrent en même temps que d'autres vers les pompes funèbres municipales et César qui transpirait sans cesse parla d'Eliezra et dit qu'il espérait la voir, seule, à l'enterrement parce qu'il n'avait aucune envie de rencontrer Gideon, son mari, surtout par une telle canicule. Israël se tut et César fit remarquer que la chaleur excitait le désir sexuel, il continua à parler d'Eliezra et dit qu'elle gâchait bêtement sa vie avec ce Gideon qui n'était même pas capable de la satisfaire sur le plan sexuel et n'avait rien d'autre que quelques jolies boucles, un peu d'anglais, des diplômes et une bonté ennuyeuse, et ils arrivèrent ainsi aux pompes funèbres dont la cour grouillait de monde, venu rendre hommage au défunt et l'accompagner vers sa dernière demeure et qui, en attendant, bougeait, se regroupait, parlait des morts et des maladies, des parents et des proches, de la chaleur, de la politique et des affaires. Ici et là, on entendait des pleurs, des soupirs, des nez mouchés et sur un des murs s'étalait une grande inscription en lettres de cuivre, "Comme l'herbe sont les jours de l'homme, comme la fleur des champs ils fleuriront", et César et Israël, qui s'étaient arrêtés devant la cour, regardèrent autour d'eux pour chercher des visages connus puis, lentement entraînés et poussés malgré eux, ils se mêlèrent à la foule et César qui, entre-temps, avait chargé son appareil se mit à prendre des photos, tandis qu'une voix s'échappant de haut-parleurs cachés annonçait le nom du défunt dont le convoi s'apprêtait à partir, et au même instant, les pleurs s'amplifièrent, un mouvement s'amorça, les uns s'approchèrent et se regroupèrent, les autres s'écartèrent pour faire place aux porteurs du brancard noir sur lequel était posée la dépouille du mort, lentement suivie par la famille, les proches, les amis, les relations et les voisins. César photographia rapidement les porteurs du brancard et le mort, sa femme et sa famille en pleurs, puis le cortège et continua ainsi jusqu'à ce qu'ils eussent quitté la cour et que la voiture noire dans laquelle on avait mis le mort se fût ébranlée vers sa destination, et pendant ce temps, le haut-parleur épela le nom du mort suivant mais ce n'était pas le père de Goldman, ni d'ailleurs celui d'après et Israël, en sueur, étouffant au milieu de l'agitation, des allées et venues, sentit la colère l'envahir et finit par dire à César, qui prenait sans cesse des photos, "Je m'en vais", mais César le retint et dit, "Attends une seconde. Je vais arranger ça" et il alla s'enquérir du sort du père de Goldman. Il revint au bout de quelques minutes et dit, "On s'est fait avoir. Il est déjà parti depuis longtemps. Viens", et Israël dit, "Où ?", César dit, "A Kiriat Shaoul" et il sourit à Israël qui se tut, souhaitant au même instant que la terre s'ouvre et engloutisse le monde entier avec lui et César, qui répéta, "Viens, viens. On n'a pas de temps à perdre", et d'un pas rapide, il se dirigea vers la sortie puis vers la station où il se mit à attendre l'autobus pour Kiriat Shaoul. A vrai dire, Israël avait envie de s'en aller et de retourner au studio pour y prendre une douche, jouer du piano et attendre Ella, mais il suivit César à la station et attendit à côté de lui, le visage pétrifié par la colère, se laissant brûler par les rayons du soleil qui cognait sans pitié dans un ciel argenté et vide, voilé d'une légère brume, quant à César, il jeta un coup d'œil à la notice de l'"Hormone Yocham", examina la tête du célèbre boxeur hollandais, sourit brusquement et dit, "Charlatans", puis il la remit dans sa poche, maudit le garagiste, chez qui il avait laissé sa voiture à réparer, et les rites funéraires juifs, loua ceux des Romains qui, dit-il, incinéraient les morts et déposaient leurs cendres dans de belles urnes qu'ils exposaient ensuite devant l'entrée de leur maison, et déclara qu'il exigerait la même chose dans son testament en précisant que ses cendres soient dispersées aux quatre vents, et Israël, qui n'avait jamais vraiment compris pourquoi ce jour d'automne, au crépuscule, le père de Goldman avait tué "Nuit Sombre", regarda l'eucalyptus, de l'autre côté de la route, et continua de se taire. Il s'était caché avec Hanoch Levitan, jeune frère d'Avinoam et de Sonia, qui était dans sa classe et était mort d'une pneumonie deux ans plus tard, derrière les buissons de myrte, à l'ombre des grands cyprès qui répandaient une odeur merveilleuse et ils avaient regardé cette scène terrifiante qui se déroulait à quelques pas d'eux, Hanoch tremblait de tout son corps et Israël était resté pétrifié jusqu'à ce que le père de Goldman parte avec le cadavre du chien et alors, il avait vomi et vomi, puis s'était rincé la bouche et le visage et, à bout de force, il était remonté à la maison. Quelques voisins prétendaient que le père de Goldman avait tué le chien parce qu'il aboyait toute la nuit et le réveillait en plein sommeil, d'autres parce que avoir un chien à cette époque relevait, selon lui, de la vilenie, pis encore, de la perversion, et d'ailleurs il n'était pas seul à le penser car, n'est-ce pas les temps étaient durs, c'était peu après la guerre d'Indépendance et les parents de Goldman, comme les autres habitants de l'immeuble et de la ville, passaient des jours et des nuits, sous la canicule, le froid ou la pluie, à faire des queues interminables devant les épiceries, marchands de légumes, bouchers et poissonniers, pour revenir brisés et humiliés, après des heures d'attente et de bousculades, avec un misérable morceau de viande, quelques os pour la soupe, à peine un ou deux œufs, deux ou trois oignons et des pommes de terre, souvent obtenus au prix de supplications, d'invectives, de bruyants scandales et même de rixes. C'était comme pendant la grande guerre où le père de Goldman refusait, à l'époque aussi, de se servir de ses relations ou d'acheter le moindre grain de riz au marché noir et ainsi vivaient-ils une bonne partie de la semaine de pain noir qui avait un goût de son et sentait la toile de jute, de moitiés d'œufs, de fromage blanc farineux, de poisson salé, d'une soupe de nouilles brunes cuites dans du lait coupé d'eau et édulcoré de sucre brun mélangé à du sable, plat principal de leur repas de midi, quant à Kaminskaïa, disaient-ils, elle nourrissait "Nuit Sombre" de salamis délicats et de fromages suisses et l'abreuvait de cognac français et de bière anglaise, traitant pareillement ses amants, le maître de ballet à la retraite, le jeune peintre, un architecte qui avait vécu avec elle quelques mois, un professeur de gymnastique et même pendant quelque temps Erwin, le père de César. Quelle qu'en fût la cause, le père de Goldman avait sûrement prononcé la sentence de "Nuit Sombre" selon des raisons péremptoires, ne le tuant qu'après s'être convaincu de la nécessité de sa mort, et d'ailleurs eût-il été son propre chien qu'il ne se fût pas comporté autrement car c'était un sioniste et un socialiste qui militait pour la simplicité, le labeur, la morale et le civisme au sens le plus élémentaire de ces termes, qui détestait les révisionnistes, les nouveaux riches, ceux qui gaspillaient l'argent en futilités et les calomniateurs d'Israël, et cela, comme une partie intégrante d'un ensemble de principes clairs et immuables qui embrassaient tous les domaines de la vie et les actions, ne souffraient aucun compromis et dont il n'avait jamais douté ni dévié d'un iota malgré les difficultés et le prix à payer. Il connaissait le vrai et le bien non seulement pour lui mais aussi pour autrui, ne tolérait pas la moindre erreur ni faute, et toute erreur était une faute, depuis un verre brisé ou l'achat inopiné d'une paire de chaussures jusqu'au vol ou à l'adultère, et malgré sa générosité et son sentimentalisme, il ne voyait nulle raison de pardonner à quiconque, fût-il un proche ou un ami, tant sa droiture frisait la folie, son sens de la justice était obscur et, par-dessus tout, il était animé d'un désir irrépressible et tyrannique d'imposer ses principes au monde entier, désir qui, involontairement, empruntait des voies diverses et anarchiques, laissant le père de Goldman partagé entre la fureur et la déception : il y avait toujours des gens qui ignoraient ce qui était bon pour eux, d'autres qui se trompaient, sans parler de ceux qui délibérément commettaient une faute et finalement, tous transgressaient l'ordre établi, tous sauf lui qui en était le représentant, et ainsi ne connaissait-il pas un instant de paix et toute sa vie, pleine d'offenses et d'inimitiés, se passait en querelles et en accusations et au nom de ces mêmes principes, il avait réussi à se disputer avec tous ses amis, à bannir d'autres, sauf Yossef Levitan, le père d'Avinoam, de Sonia et de Hanoch, à les éloigner de la maison et à s'entourer d'un mur de solitude, mais en vertu de ces mêmes principes, il avait réussi aussi à surmonter cette solitude, ses déceptions et son malheur lorsque Naomi, la sœur aînée de Goldman, était morte, selon une des versions, dans un accident de voiture et selon l'autre, s'était suicidée. Il avait accueilli la nouvelle par un terrible accès de fureur et de violence, l'avait enterrée, l'œil sec et le visage pétrifié, car dans le secret de son cœur il lui avait depuis longtemps tourné le dos à cause de son histoire d'amour avec un homme marié, sans doute un Anglais, faute pour laquelle il fallait que, selon ses principes, elle fût punie, il en avait été ainsi et ce ne fut que la nuit, une fois la lumière éteinte, dans son lit séparé depuis quelques années de celui de Regina, qu'il s'était tourné vers le mur, avait enfoui sa tête sous la couverture et pleuré amèrement, puis il s'était repris, avait séché ses larmes sur le drap et s'était endormi, les lèvres crispées, au petit matin. Naomi était enterrée au cimetière de Nahalat Itshak et César était allé sur sa tombe quelques années plus tôt, un jour d'hiver où Goldman l'avait prié de l'accompagner en voiture avec sa mère et des plants de tamaris, et une fois qu'ils furent installés dans l'autobus, César le rappela à Israël et dit, "C'était horrible, cette boue et cette pluie", puis au bout d'un moment, "C'était une fille superbe, cette Naomi mais, crois-moi, l'amour c'est de la folie", et un peu plus tard il ajouta, "Tout le monde divorce" et ensuite il se tut jusqu'à leur arrivée au cimetière de Kiriat Shaoul qui grouillait comme une fourmilière avec la foule énorme venue assister aux nombreux enterrements de ce jour-là. Des gens arrivaient et repartaient, d'autres étaient assis sur des bancs, épuisés par l'attente, ou réunis par groupes, s'agitant sous le soleil brûlant, et les cortèges défilaient les uns après les autres, passaient devant un bâtiment laid dont la façade portait une grande inscription, "Lieu de rencontre de tous les vivants", puis ils se ramifiaient et ondulaient comme des serpents noirs le long des allées aménagées entre les rangées de tombes blanches, avec le chantre en tête du cortège, puis les porteurs du brancard funéraire noir, suivis de la famille, des proches et des amis. César alluma une cigarette et dit, "Toute la ville est là" et ils se mêlèrent à la foule, à la recherche de Goldman ou d'un visage connu, puis ils essayèrent de tirer un renseignement des employés du cimetière mais ces derniers, débordés, en sueur et impatients, ne surent rien leur dire sur le père de Goldman et finalement quelqu'un leur conseilla de s'adresser au bureau du cimetière, situé à l'extrémité du bâtiment de purification et ils firent ainsi, longèrent la façade composée d'un étage, montèrent deux marches, frappèrent à la porte du bureau et entrèrent, un homme grand, avec de grosses mains blanches et vêtu avec un soin extrême les reçut poliment et, après avoir écouté César, consulta le registre des morts qui était devant lui, il le parcourut puis dit qu'à son grand regret, aucun Ephraïm Goldman n'était enterré chez lui ce jour-là, il insista lourdement sur le "à mon grand regret" et César dit, "Hier peut-être", "Peut-être" répéta l'homme, il parcourut une autre liste et dit qu'à son grand regret aucun Ephraïm Goldman n'avait été enterré chez lui la veille. "C'est impossible" dit César et il écrasa la cigarette dans le cendrier posé sur la table, c'était la première fois qu'il manifestait des signes de colère et même d'impatience, l'homme le regarda d'un air sévère mais il se reprit et répéta poliment, mais cette fois sur un ton agressif, qu'à son grand regret il en était sûr parce que c'était un cimetière bien tenu où personne ne pouvait être enterré furtivement, par hasard ou par inadvertance et sans avoir été inscrit sur la liste et il leur proposa du même air pincé d'aller au cimetière de Nahalat Itshak où ils trouveraient peut-être l'homme qu'ils cherchaient. Il acheva sa phrase sur un ton qui ne laissait aucune place à la moindre question ou objection, épongea son grand front et ses mains avec un mouchoir blanc, redressa sa calotte, rapprocha un peu le ventilateur et se plongea dans les papiers posés devant lui, alors César lui lança un rapide coup d'œil, dit, "Merci monsieur" et ils quittèrent le bureau. Les traits de César s'affaissèrent, son effervescence le quitta et son visage, qui affichait maintenant la contrariété et l'épuisement, prit un aspect de bouillie de gruau refroidie, Israël le regarda et pensa un instant lui proposer de revenir en ville mais à la place, il suivit en silence César qui leur fraya un chemin à travers la foule des endeuillés et des mendiants qui les accaparaient grossièrement et lorsqu'ils quittèrent le cimetière et se mirent à marcher sur la route étroite, d'un côté bordée de champs, de cyprès et d'orangeraies et de l'autre, de marbreries alignées les unes à côté des autres, et qu'ils prirent la direction de la route principale, où ils espéraient trouver un taxi ou un autobus pour les conduire au cimetière de Nahalat Itshak, Israël décida que même si César le suppliait à genoux il refuserait de retourner, mais César ne le supplia pas, il alluma une cigarette et dit, "Tous des salauds, surtout ces religieux", et après un temps, "Tu as vu cette crapule dans le bureau. Je t'assure que c'est le type de chez *Frankfurter*. En tout cas, il lui ressemble", Israël dit, "C'est possible" et César dit, "Qu'ils aillent au diable, lui et son cimetière", puis il reprit, "En tout cas, l'autre était plus humain, demande-le à Goldman, mais sa femme l'a baisé", l'homme du bureau rappelait en effet le M. Herbert de chez *Frankfurter*, où Goldman avait pris pendant longtemps ses repas de midi, après en avoir eu assez de la soupe de nouilles au lait que sa mère était forcée de lui servir presque tous les jours. Goldman mangeait seul chez *Frankfurter*, car à la même époque Naomi, qui était chauffeur dans l'armée britannique, était à Alexandrie et son père, qui travaillait dans les camps de l'armée britannique, ne revenait à la maison que le shabbat, et s'il lui arrivait de travailler en ville, il se contentait des maigres repas préparés par Regina, qu'il mangeait avec fureur en rentrant vers le soir, et chaque jour, en route vers le restaurant, le cœur de Goldman se tendait, et lorsqu'il longeait le vaste terrain argileux, où autrefois ils jouaient au football et que l'Autrichien roux et sa femme, avec leur énergie infatigable, avaient transformé en un jardin fleuri en pleine ville, où poussaient d'abord des légumes puis aussi des fleurs – roses, œillets, mufliers, glaïeuls et dahlias – jusqu'au jour où, quelques années après la guerre d'Indépendance, avec la flambée des prix, ils avaient supprimé le jardin et vendu le terrain à quelqu'un qui y avait fait construire un grand immeuble de bureaux, avec des magasins, des restaurants, un nightclub et un cinéma, alors le cœur de Goldman débordait dans l'espoir d'une bonne surprise qui ne se réalisait jamais car le menu de chez *Frankfurter* était toujours le même : quelques tranches de pain noir, une soupe de légumes aqueuse ou une espèce de bouillon de viande avec deux boulettes farcies de pommes de terre, une paire de saucisses avec une garniture, ou bien un plat appelé "Huppel-Puppel", composé de quelques misérables morceaux de saucisse de gruau nageant dans un liquide rougeâtre et comme dessert, un demi-verre de gelée au citron saupoudrée de quelques taches rouges et sucrées dont César, qui l'accompagnait parfois, raffolait et c'était même presque l'unique raison pour laquelle il l'accompagnait et attendait patiemment qu'il achève son repas. M. et Mme Herbert, tous deux originaires d'Allemagne, étaient deux personnages de forte stature, très propres et inspirant le respect, tous deux avaient des yeux noirs, une peau lisse et brune, Mme Herbert avait des jambes robustes, de belles lèvres charnues, des cheveux noirs ramassés en chignon et M. Herbert, qui était toujours rasé de près, portait une calotte en soie noire. Ils servaient placidement les convives, avec une sérénité et une courtoisie dont ils usaient aussi entre eux, comme des frère et sœur baignant dans l'harmonie la plus complète, jusqu'au jour où cette harmonie vola en éclats et, après une discussion animée, M. Herbert, le visage blanc de haine, se mit à insulter sa femme en allemand et à la frapper en plein repas, d'abord avec ses mains, puis avec un saucisson que la fureur lui fit arracher à son crochet. Le tout arriva si vite et de manière si inattendue qu'en un premier temps, les convives furent frappés de stupeur, certains, gênés et embarrassés, continuèrent de manger en faisant semblant de n'avoir rien vu, d'autres tentèrent d'intervenir pour apaiser M. Herbert, mais la plupart, comme d'ailleurs les badauds attroupés dans la rue, contemplèrent le spectacle sans rien faire, tandis qu'un homme, assis derrière Goldman, répétait sans cesse, "Arrêtez. Ça suffit. Vous gâchez le saucisson. Vous gâchez le saucisson. C'est la guerre". Le lendemain, Mme Herbert s'enfuit avec son amant, un Arabe, et peu de temps après le restaurant ferma et fut remplacé par une papeterie, puis pendant des années par un magasin de chaussures et enfin de nouveau par un restaurant, qui n'était plus celui de M. Herbert que Goldman découvrit par hasard, il y a quelques années, dans un magasin de verrerie, cristaux, argenterie et bimbeloterie diverse, et montra à Israël et à César, qui lança un coup d'œil à Israël et dit, "Les gens sont fous. S'enfuir ainsi avec un Arabe", il gloussa, puis reprit, "Je te l'ai déjà dit, l'amour c'est de la folie", il donna un coup de pied à un petit caillou sur la route, tira de sa poche les photos pornographiques, y jeta un rapide coup d'œil et dit, "Ecoute, je le mettrais en pièces le monde" et sur le même ton, sans le moindre rapport apparent, il évoqua Avigdor, l'ex-mari de Ruhama, sa demi-sœur, qui soulevait des poids pendant ses loisirs et suscitait chez César, qui le traitait avec un profond mépris, un étrange sentiment d'étonnement et de sympathie parce qu'il était incapable de comprendre pourquoi il aimait encore Ruhama et vivait avec elle après toutes ses calomnies, comme il ne comprenait pas ce qui poussait cet homme tranquille à se torturer sans raison en allant trois fois par semaine dans un club de sport, pour se retrouver seul dans une pièce étouffante et sordide et pousser vers le plafond de lourdes barres de fer, en grinçant des dents dans un ultime effort et il répéta, “Les gens sont fous”, Israël hocha légèrement la tête et César dit, “Ils sont plus fous qu’on ne le pense. Regarde cet Avigdor, il ne vaut pas mieux que Mme Herbert”, il remit les photos pornographiques dans sa poche, courut vers la route principale et héla un taxi dans lequel ils s’installèrent pour aller à Nahalat Itshak et lorsqu’ils y arrivèrent, le soleil déclinait déjà et l’ombre des cyprès s’allongeait mais la chaleur était toujours aussi insupportable et peut-être même plus pesante qu’auparavant. Comme une vapeur dense, elle se dégageait de la route et de la terre brune, des murs qui entouraient le cimetière et des cyprès touffus qui, de loin, paraissaient si frais. Ils franchirent le portail et se renseignèrent sur le père de Goldman, mais là non plus personne n’avait entendu parler de lui et César, qui refusait de le croire, s’agita dans tous les sens, en colère et au bord du désespoir, enquêta et exigea puis finit par se rendre, et comme toujours lorsqu’il se rendait, sa reddition fut rapide, totale, geignarde et pitoyable. Il s’essuya la nuque et le visage avec un mouchoir mouillé et dit, “Il n’est pas ici, l’ordure”, puis il cracha et Israël le regarda et dit, “Mais il est bien mort et enterré quelque part” et César, qui continuait à s’éponger le front, cria, “Où ? A Petah Tikva peut-être ? Ou peut-être qu’ils l’ont balancé à la mer ? Il était odieux de son vivant, il reste odieux même mort. Viens, on s’en va. Il se débrouillera bien sans nous” et il se mit à marcher vers la sortie, mais Israël demeura immobile et dit,

“Il est peut-être à Holon”. César s’arrêta et dit, “A Holon ?” et Israël dit, “Oui. Il y a un truc là-bas” et il s’approcha de César qui, le visage rouge de colère, dit, “Je ne veux pas savoir. Pour moi, il est fini et je ne veux plus lui courir après. Il arrivera bien là où il doit arriver même sans notre aide. Et puis, de toute manière, il est déjà étendu sous terre”. Au lieu de répondre, Israël continua de marcher, traversa la route et alla vers la station d’autobus et César qui le regardait, immobile, cria, “Où vas-tu ?”, Israël tourna la tête et dit, “Viens, allons à Holon” et César dit, “Tu es sérieux ?” et Israël dit, “Nous n’avons pas de temps à perdre” et il se mit à courir vers l’autobus qui s’approchait de la station. César le suivit en courant, l’appareil photographique se balançant sur sa poitrine, et une fois monté et installé dans l’autobus, encore essoufflé, il dit, “Ce mort est pire qu’un vivant. Il a gâché ma journée. J’aurais pu voir les enfants ou m’occuper de mes affaires. Cette salope d’Eliezra aurait pu prendre le téléphone pour dire un mot”, il ôta l’appareil, le posa sur ses genoux, alluma une cigarette et dit, “Ça fait quatre jours déjà que je n’ai pas vu les enfants” et au bout de quelques secondes, “Ecoute, il y a des jours où on se demande pourquoi ils ont été créés. Tout est mauvais” et le visage abattu, il jeta la cigarette allumée par la fenêtre. Ils arrivèrent au cimetière de Holon à l’heure du crépuscule : la lumière était déjà plus bleue et douce, l’air aussi, plein de senteurs délicates ici, dans l’espace, était plus léger et le gardien du cimetière, très fatigué et sur le point de verrouiller le portail, leur dit que l'on avait bien enterré ce jour-là un dénommé Ephraïm Goldman, mais que les funérailles étaient achevées depuis trois ou quatre heures. Cette nouvelle redonna du courage à César qui, de nouveau euphorique, proposa à Israël d'aller sur la tombe et de se recueillir un instant en hommage au défunt et surtout en signe de sympathie pour le deuil de Goldman et, sans attendre de réponse, il se dirigea vers le gardien en train de jouer avec un trousseau de clés et lui demanda l'emplacement de la tombe et le gardien, montrant d'un geste vague les milliers de tombes blanches alignées sur toute l'étendue silencieuse du cimetière, dit qu'il ne pouvait pas les y accompagner parce que c'était très loin, qu'il était temps pour lui de fermer, de finir son travail et de rentrer chez lui. César n'insista pas et proposa à Israël de revenir dans les jours suivants et même d'apporter une gerbe pour la déposer sur la tombe et en attendant, ils n'avaient qu'à retourner en ville et monter chez Goldman pour s'excuser auprès de lui et participer à son deuil, et Israël acquiesça aussitôt, tout en étant persuadé qu'en échange d'un petit pourboire, le gardien se serait laissé faire et les aurait conduits à la tombe, ce qui était bien le cas et se lisait sur son visage déçu, son intonation et la froideur avec laquelle il les quitta après avoir compris qu'ils renonçaient à leur visite et s'en allaient. Ils franchirent le portail et avant que César n'arrête un taxi pour repartir en ville, ils s'éloignèrent de quelques pas, s'arrêtèrent, le visage tourné vers le cimetière et les sables qui s'étendaient devant eux, et urinèrent avec aise, et César dit, "Je suis crevé mais ça valait la peine", puis il se tut et pendant tout le voyage garda le silence qu'il ne brisa que trois fois : la première fois, pour redire la sagesse des rites funéraires romains et glisser en même temps une remarque désobligeante sur le père de Goldman et le maudire, la deuxième, pour se reprocher de n'être pas allé voir ses enfants depuis quatre jours et la troisième, pour prier Israël de téléphoner de sa part à Eliezra dès qu'ils arriveraient en ville, et Israël dit, "D'accord" et continua à regarder par la fenêtre, tandis qu'il entendait dans sa tête des fragments de *Papae Marcelli* qu'il avait écouté pour la première fois quelques mois plus tôt, par un matin d'hiver, en compagnie d'Ella, dans une église de Jérusalem où un moine français avait joué l'œuvre sur un orgue dont les sonorités épaisses et lentes se répandaient et s'étiraient dans l'église vide et sombre comme si elles émanaient d'autres mondes, vibraient dans l'air, majestueuses, solennelles et sublimes, et enveloppaient Israël, se coulaient en lui, le remplissant d'un bonheur serein, d'une agréable exaltation jamais éprouvée auparavant et qui lui avait donné envie de s'abandonner et de se perdre, et Ella avait posé sa tête claire sur sa poitrine en suçant tranquillement son pouce tandis qu'un blond rayon de soleil, filtrant à travers une brisure des vitraux colorés, tombait sur un des piliers, et lorsqu'ils étaient sortis dans la rue, le ciel était bleu et limpide, mais l'odeur de la pluie, qui était tombée toute la nuit jusqu'au petit matin, mêlée à celle des pins, de la fumée et de la terre mouillée, imprégnait encore l'air frais, et Ella avait regardé un groupe d'enfants arabes jouant au football avec une boîte de conserve qui faisait du bruit sur la route boueuse et tout en marchant, Israël l'avait regardée, à la fois attiré et attendri par elle, éprouvant surtout un désir de la protéger, sentiments qui de manière aussi soudaine et inconsciente cédaient le pas à de l'hostilité et à un tel désir de cruauté qu'il décidait périodiquement de rompre cette liaison une fois pour toutes, imaginant même plus d'une fois qu'ils se séparaient et ne se revoyaient plus, et alors il était saisi d'un sentiment où se mêlaient l'abattement, la colère et le désespoir, comme celui qui flottait en ce moment dans l'air du soir d'été, émanait des maisons obscures et décrépites, des fenêtres ouvertes, des balcons rongés, des hommes et des femmes qui y étaient assis, désœuvrés, ou de ceux qui se tenaient debout, sur le pas de leur magasin, des rues laides et à l'abandon, des enfants qui jouaient sur les trottoirs, des cours, des garages et dépôts et même de l'intonation du chauffeur qui essayait de lier conversation avec César, lui racontait qu'il pouvait coucher avec toutes les femmes, puis qu'il détestait l'odeur du corps des femmes et César, qui était pensif, dit, “Il y a femme et femme”, mais le chauffeur s'obstina et dit, “Elles sont toutes pareilles”, puis il ajouta, “Je souffre d'ennui sexuel” et il augmenta le volume de la radio pour écouter “les infos”, pendant ce temps ils traversèrent des rues plus belles et plus gaies et au bout d'un moment, le chauffeur s'arrêta à la demande de César, qui le paya et lui laissa la monnaie et lorsqu'ils descendirent, épuisés de fatigue, il s'étira un instant, puis proposa à Israël de s'arrêter au *Portofino* pour boire quelque chose et se reposer, reprendre un peu de forces avant de monter chez Goldman et téléphoner aussi à Eliezra, ils traversèrent la rue Dizengoff et, au son de la clochette de cuivre accrochée au-dessus de la porte, entrèrent au *Portofino* où, mis à part le patron, un Grec petit et sec, au visage osseux, verdâtre et irrémédiablement triste et une disgracieuse fille de bar, il n'y avait personne. Le patron connaissait César qui venait souvent boire avec une bande d'amis ou toutes sortes de filles, il lui dit, "Shalom" d'un air apathique et le dévisagea lentement, avec la même expression figée et ses yeux effrayés, suspicieux, abrités sous son front proéminent, César lui répondit, "Shalom" et commanda des fromages et deux bières Tuborg, puis il s'installa et Israël se dirigea à contrecœur vers le téléphone pour appeler Eliezra. Ce fut Gideon, son mari, qui décrocha, Israël se présenta et lui demanda comment il allait, et Gideon dit, "Bien. Merci", mais au ton hésitant de sa voix Israël comprit qu'il ne le reconnaissait pas, il redit son nom et lui rappela qu'ils s'étaient rencontrés quelques mois plus tôt, un soir, au cinéma, à *Borsalino*, puis quelques semaines plus tard dans la rue, près du café *Vered*, et Gideon, toujours hésitant, dit, "Oui, oui", puis, "Ah, tu es l'ami de César" et il s'excusa de ne l'avoir pas reconnu aussitôt, Israël dit que ce n'était pas grave, qu'il était difficile de se souvenir de quelqu'un rencontré deux fois à peine et à la hâte, et il demanda si Eliezra était là, Gideon dit qu'elle venait de sortir mais qu'elle reviendrait vers neuf heures parce qu'ils devaient aller au cinéma et il demanda à Israël ce qu'il désirait, Israël dit qu'il voulait juste lui annoncer, en fait leur annoncer, que le père de Goldman était mort, qu'il aurait dû les en informer plus tôt mais qu'il avait oublié, Gideon eut un léger rire moqueur et dit qu'ils le savaient depuis la veille et qu'Eliezra était même allée à l'enterrement, et il demanda à Israël s'il n'y avait pas assisté. Israël, un instant embarrassé, dit, "Non. J'étais en retard", puis, "Excuse-moi de t'avoir dérangé", et Gideon dit, "Ce n'est rien. Ça va" et leur proposa, à César et à lui, de se joindre à eux pour aller au cinéma, Israël dit, "Peut-être", Gideon insista et dit, "Venez, venez. Il y a quelques bons films", Israël répéta, "Peut-être bien. Pourquoi pas ?", il regarda César qui le fixait, curieux et plein d'espoir, et dit, "En tout cas, si nous nous décidons, nous vous appellerons. Au revoir", il raccrocha, se rassit en face de César et lui raconta ce que Gideon avait dit en omettant l'invitation au cinéma, et César l'écouta et dit, "Tu vois, dommage que nous n'ayons pas assisté à ce foutu enterrement", et après avoir pris un morceau de fromage et une gorgée de bière, il ajouta, "C'est un brave garçon, ce Gideon, sauf quand il est en colère", il sourit, commanda du saucisson et une autre canette de Tuborg et dit, "Crois-moi, cette Eliezra, elle a inventé le sexe. Et chaque instant qu'elle perd avec cet impuissant est du gâchis. Je le connais, nous avons étudié ensemble, fait quelques mois de service ensemble. C'est assez pour connaître quelqu'un" et lorsque, après avoir fini, ils se levèrent pour partir, il dit, "Je suis fou d'elle, surtout en été", il sourit de nouveau, s'approcha du comptoir, acheta un paquet de Rothmans et paya l'addition, puis ils sortirent et se mêlèrent à la foule des promeneurs qui avait envahi les trottoirs comme si tous les habitants de la ville avaient abandonné leurs maisons pour se déverser dans les rues encore étouffantes de chaleur. César parlait peu et avançait avec son appareil qui tressautait sur sa poitrine, ses petits yeux fatigués furetaient dans tous les sens et l'expression de son visage, son ventre, son rire, ses regards excités et lascifs, ses gesticulations rappelaient Erwin qui était plus grand et plus large que lui, plus malin aussi, mais doué du même charme, et lorsqu'ils s'arrêtèrent à un feu rouge, César épongea sa nuque et son cou et dit, "Regarde ce qui se passe. C'est à devenir fou", et un instant plus tard, "Je suis sûr qu'elle est allée à cet enterrement à cause de moi", et quand ils arrivèrent près de la maison de Goldman, il dit, "L'été me tourne la tête, ou peut-être pas l'été mais toutes ces histoires avec les morts" et au bout de quelques pas, il ajouta, "J'ai lu quelque part que le chagrin, la fatigue et les voyages en train excitent, comme l'alcool, les appétits sexuels", et ils entrèrent dans l'immeuble, Israël appuya sur la minuterie et en montant les marches, César s'arrêta et dit, "Tu ne sais pas comme c'est triste d'être père", il le dit avec une touchante franchise et simplicité et comme la conséquence d'une autre pensée qui sans doute le préoccupait, puis aussitôt se remit à monter derrière Israël qui ne dit rien et s'arrêta devant l'appartement de la famille Goldman dont la porte était ouverte, il attendit César et tous deux entrèrent, puis traversèrent le couloir étroit qui menait au salon jaunâtre, plein d'hommes et de femmes, venus après l'enterrement pour rester avec la veuve et la consoler dans son deuil. Il y avait là Yoël, le frère aîné du père de Goldman, sa femme, Tsipora, et deux de leurs fils, Méïr et Yirmiyahou, qui l'avaient portée parce qu'elle marchait péniblement et ne pouvait plus monter les escaliers à cause de la maladie qui avait atteint aussi sa jambe droite, et Bracha, la sœur cadette de Yoël, du père de Goldman et de l'oncle Lazare, elle avait le visage éteint, les lèvres pâles et sèches, et son mari, Shmouel, qui malgré la chaleur étouffante portait un costume à carreaux et une cravate de soie bleue parsemée de petits cœurs rouges, et Haïm Leib en chapeau de cérémonie noir, sa femme, Mme Hayya, son fils aîné, Shlomo, qui avait fait partie du Etsel*, et Moshé Tselermayer, les yeux rouges et enflés de pleurs, accompagné de son énorme épouse qui tenait à la main un grand bouquet de roses blanches, et Max Shpilman, et Mathilda, la veuve de Yossef Levitan, David Kostomolski, qui

* Initiales de "Irgoun Tsvai Leumi". Mouvement de résistance nationaliste, sous le mandat britannique, dont le chef de file était Menahem Begin. *(N.d.T.)*

réparait des pipes, répandait une odeur de tabac et était venu, comme d'habitude, sans Mme de Botton, et Sarah, la veuve de Reuven, frère de Regina, et Yehoudit Meisler, Avraham Schechter et la veuve de Moshé Tseimer, et Manfred, Yihiel Lebenkopf et sa femme, Shoshana, qui avaient habité chez la famille Goldman pendant les trois dernières années de la guerre, ou plus exactement, Shoshana y avait habité avec son fils de trois ans car Yihiel qui était mécanicien s'était enrôlé dans l'armée britannique. Elle occupait la petite chambre, celle de Naomi, où elle dormait, cousait, repassait et faisait même la cuisine pour elle et son fils sur un petit réchaud à huile parce que la promiscuité à la cuisine était insupportable, mais surtout parce que le grand-père Moshé David, père de Regina, qui avait survécu de quelques années à sa femme et dont le fanatisme religieux et les fureurs brusques et sombres répandaient la terreur à la maison et de temps en temps trouvaient un exutoire et explosaient en scandales vociférants et coléreux, craignait que Shoshana ne souille les ustensiles et la nourriture en introduisant dans la cuisine des aliments interdits ou en mélangeant savons et torchons, couverts à viande et à lait. Pendant la première année de son service militaire, Yihiel Lebenkopf était à Sarafand et à Julis où il s'entraînait, montait la garde et de temps en temps revenait en permission avec toutes sortes de denrées, chocolat, bonbons et cigarettes, achetées au NAAFI, et plus tard il avait été transféré en Egypte comme homme de liaison motocycliste, ensuite dans le désert occidental et enfin, en Italie, et Shoshana travaillait pour subvenir à leurs besoins, d'abord comme serveuse dans une cantine d'ouvriers, où le travail était mal payé et l'ennuyait, puis dans une des énormes brasseries du bord de mer, réservées aux soldats des forces alliées et toujours pleines de militaires anglais et néo-zélandais au teint rosé, de Sud-Africains et d'Australiens coiffés de chapeaux à large bord, d'Ecossais vêtus de kilts à carreaux, surprenants, qui défilaient parfois dans la ville au son monotone des cornemuses décorées de toutes sortes de rubans tressés et colorés. Les soldats étaient assis dans les grandes salles sombres, imprégnées d'odeurs de fumée et de bière, ils buvaient lentement leur verre en silence ou bien racontaient des blagues, des souvenirs, spéculaient sur leur destin, se soûlaient, se bagarraient, juraient, pleuraient et chantaient sous les cocotiers et les cascades resplendissant au crépuscule, les verts pâturages, les femmes à moitié nues, au visage stupide et aux énormes seins dessinés sur les murs hauts, et Shoshana leur servait de la bière, parfois aussi à manger, encaissait l'addition, desservait les tables et, vers le soir, rentrait à la maison pour s'occuper de son fils et se parer pour divers soupirants insipides qui venaient la chercher pour l'emmener au cinéma ou ailleurs, et tout cela, depuis le travail jusqu'aux soupirants, mettait en fureur le père de Goldman, et Goldman s'embusquait, tendu, à l'affût de l'occasion qui lui permettrait de la lorgner par le trou de la serrure, en train de prendre sa douche et une ou deux fois, il y était même arrivé et, le souffle coupé par la peur et l'émotion, il l'avait vue caresser ses seins alourdis, son sexe et son ventre lisse et blanc comme de la porcelaine. Elle n'était pas belle, mais paraissait solitaire et avait, du moins en apparence, un air indécent qui la rendait séduisante, avec des cheveux noirs et brillants, des lèvres sensuelles et une espèce de vitalité gourmande, provocante, dont il ne restait plus rien maintenant que, assise près de Regina, elle était fatiguée et indifférente, avec son grand visage ridé comme celui d'une vieille Indienne, les yeux pleins de fumée et émettant de sa bouche écartée des bâillements si puissants que le disgracieux papillon en argent qui ornait son cou se soulevait à chaque bâillement comme pour s'envoler, et elle regardait d'un air détaché les visiteurs assis sur le canapé, les chaises de la cuisine, les anciens sièges tapissés, au dossier raide, disposés autour de la grande table marron sur laquelle étaient posés des tasses, des assiettes, une coupe de fruits, des biscuits et un délicieux gâteau au fromage apporté par Bracha, comme ceux que le père de Goldman aimait tant et que Tsipora, malgré sa jambe douloureuse, découpa rapidement et distribua aux visiteurs, elle proposa aussi une part à Regina avec laquelle ses rapports avaient toujours été très distants, insista pour qu'elle en mange un peu mais celle-ci refusa. Elle était assise dans le lourd fauteuil, en face de la télévision, son visage allongé et sec était pâle, mais une rougeur délicate, presque imperceptible, colorait ses joues comme si elle les avait fardées, et les visiteurs buvaient du thé et du café, mangeaient des fruits et du gâteau, conversaient entre eux et avec Regina – qui ne disait presque rien – avec animation mais à voix basse, sauf la veuve de Tseimer qui, comme d'habitude, parlait sans cesse d'une voix forte, au point que Yehoudit Meisler, excédée, finit par se lever et prit congé de Regina en lui disant qu'elle repasserait le lendemain ou le jour suivant et s'en alla. Yoël et Avraham Schechter se taisaient, ainsi que Manfred, assis, les mains croisées, vêtu d'un élégant pantalon noir et d'une chemise blanche soigneusement repassée, regardant tout le monde avec une distance et une impatience parfaitement décelables sur son visage basané et laid mais très expressif, il demeurait immobile mais, par moments, passait ses doigts sensibles sur son front haut et lisse, effleurait légèrement ses cheveux noirs minutieusement peignés, ou bien tournait la tête et regardait dehors par la porte de la terrasse. Quelque chose d'intangible distinguait Manfred de tous ceux qui se trouvaient dans le salon et il attira aussitôt l'attention de César et d'Israël qui entrèrent dans la pièce, serrèrent la main de Goldman, qui alla à leur rencontre avec un sourire heureux, puis celle de Regina, et Israël salua aussi la veuve de Tseimer et Mathilda Levitan qui ne réagit pas, soit qu'elle ne l'eût pas remarqué ou pas reconnu et pensé que le salut ne s'adressait pas à elle, et César serra la main de Max Shpilman, puis Israël et lui s'assirent à côté de Goldman qui leur demanda comment ils allaient, et César lui raconta sur un ton de regret attristé pourquoi ils n'avaient pas assisté à l'enterrement, il fit le récit de toutes leurs tribulations jusqu'à cet instant et Goldman, dont le visage et les paroles reflétaient encore la joie de leur rencontre, les consola et leur dit que l'enterrement s'était bien passé, qu'ils n'avaient rien perdu ni rien raté puisque, avec ou sans eux, le mort était déjà mort, et il leur proposa du café ou du thé, César dit, "Non, rien du tout. Reste assis. Nous venons de boire", mais Goldman insista, ils finirent par accepter et il alla leur préparer du café, pendant qu'ils écoutaient les hommes parler entre eux de la situation politique. Ils essayaient de parler doucement mais la discussion s'enflamma, puis s'envenima quand Yihiel Lebenkopf dit de sa voix forte et gutturale que ce gouvernement n'était nullement intéressé par la paix mais par le maintien de la situation actuelle et que si la chose avait dépendu de lui, il eût rendu tous les territoires et la vieille ville de Jérusalem en échange de la paix, car peu lui importait d'apposer son nom ou celui d'un autre sur l'acte de vente et Moshé Tselermayer dit, "Sottises", et Haïm Leib dit en yiddish qu'il n'était pas possible de transmettre à autrui un bien retenu en gage, et Shmouel dit, "C'est vrai, c'est vrai", et Max Shpilman, qui tambourinait sur la table de ses gros doigts velus, dit qu'aucun gouvernement ne rendrait Jérusalem ni un quelconque territoire, avec raison d'ailleurs, car c'était une question de vie ou de mort, et celui qui perdait la guerre devait en payer le prix et il n'y avait aucune raison d'être plus moral que le reste du monde. Yihiel Lebenkopf dit, "Le monde ne m'intéresse pas, ce qui m'intéresse c'est nous, et je veux la paix", et Max Shpilman, qui continuait à rester calme, dit que c'était l'unique voie vers la paix, qu'en fait la paix existait déjà, qu'elle ne ferait que se consolider parce que les Arabes étaient faibles et en retard, qu'ils n'échangeraient pour rien au monde le bien-être économique que les Juifs leur avaient apporté et Avraham Schechter, dont le jeune fils avait été tué trois ans plus tôt dans la vallée du Jourdain, fit un vague geste de la main comme s'il voulait dire quelque chose, mais Yihiel Lebenkopf, que sa femme essayait prudemment d'apaiser, dit d'une voix forte que tout cela n'était qu'abominables vanités de bandits mégalomanes car jamais le vol n'apporterait la paix, et le bien-être économique ne ferait jamais oublier aux Arabes leur haine des Juifs et aux Palestiniens leur honneur et leurs aspirations nationales. "Sottises", répéta encore Moshé Tselermayer et Shmouel dit, "Ce n'est pas la peine de crier. De toute façon, nous n'y pouvons rien", mais personne ne l'entendit parce que Shlomo, le fils de Haïm Leib, qui jusqu'alors s'était contenu, explosa et dit qu'en fait on n'avait pas besoin de la paix et que si les choses avaient dépendu de lui, il eût incité tous les Arabes à émigrer, en les dédommageant bien sûr, d'autant plus que les aspirations nationales des Palestiniens ne signifiaient rien puisqu'il n'y avait pas de nation palestinienne. Yihiel Lebenkopf blêmit de fureur et dit que c'était de la grossièreté et de la bêtise car seuls les Palestiniens avaient le droit de décider s'il existait ou non une nation palestinienne mais Shlomo l'interrompit et dit qu'une telle nation n'existait pas, que c'était une pure invention des Juifs communistes et que toute la terre d'Israël nous avait été promise dans la Bible, à nous et à personne d'autre, et Yihiel Lebenkopf repoussa grossièrement la main de sa femme, qui essayait de le retenir, tapa de toutes ses forces sur la table et cria, “Au diable la Bible ! Ce n'est pas un programme politique ni un plan de partage du pays !”, il voulut continuer mais sa femme l'en empêcha et le supplia d'arrêter, et Shmouel aussi et Haïm Leib et Tsipora et même Max Shpilman qui dit, “Assez, assez. Ce n'est pas la peine de s'énerver pour ça” et Bracha lui demanda s'il désirait un verre de thé ou de jus de fruits, Yihiel Lebenkopf dit, “Non” et dans la même lancée ajouta, “Oï vavoï si c'est ça la rédemption”, il se leva et Avraham Schechter dit d'une voix quelque peu hésitante et timide, “Oui, c'est ça la rédemption. Du moins, il n'y en a pas d'autre” et Yihiel Lebenkopf, qui ne l'avait sans doute pas entendu, se tourna vers sa femme et dit, “Viens. Je m'en vais” et sans l'attendre, il quitta la pièce, et Shoshana prit rapidement congé de tous et le suivit. Il y eut un long silence, puis la veuve de Moshé Tseimer dit, “C'est un grand nerveux”, et Shmouel dit, “Toute cette discussion était complètement inutile”, et Haïm Leib dit, “Il faut aussi de la raison”, il y eut encore un silence mais cette fois passager, puis peu à peu la conversation reprit et ils parlèrent de la chaleur, de la famille, des problèmes d'appartements, des enfants et de la santé, pendant ce temps un couple de voisins entra, serra la main de Regina et s'assit, David Kostomolski se leva, salua Regina et les autres, puis partit, après quoi on se mit à parler affaires, les vedettes de la conversation étaient Max Shpilman et Shmouel que ses amis et proches appelaient "le seigneur" ou "l'oncle Sam" et le père de Goldman, "ce bluffeur". D'emblée, il l'avait traité avec réserve, puis avec une impatience manifeste, regrettant toujours que Bracha, avec laquelle il entretenait des liens d'amour privilégiés, l'ait épousé : d'abord parce que Shmouel, qui avait commencé comme menuisier, était brusquement devenu coiffeur et avait même ouvert son propre salon, puis s'était tourné vers le commerce et toutes sortes d'affaires, ensuite parce qu'il était à ses yeux un personnage frivole avec un penchant irrépressible pour le changement et l'aventure, sans parler de son gaspillage, un homme qui avait toujours essayé de s'enrichir par les moyens les plus rapides et acrobatiques, ce qui pour le père de Goldman n'était rien d'autre que de l'escroquerie et du parasitisme, et enfin parce que Shmouel voulait profiter de la vie et qu'il en profitait avec le même naturel insouciant et ambitieux dont il dirigeait aussi ses affaires. Quand il était encore coiffeur et avant de liquider son salon pour en faire sans succès un magasin de spiritueux, Shmouel s'occupait déjà de courtages divers et même d'affaires matrimoniales, plus tard, après avoir liquidé aussi le magasin de spiritueux, il s'était lancé dans la quincaillerie et le matériel électrique, s'était associé à l'exploitation d'une salle de cinéma, avait fondé toutes sortes de sociétés d'investissement, une société d'importation de viande qui lui avait assuré pendant un certain temps des revenus confortables avant de péricliter et de disparaître, et ces dernières années, il avait tiré de gros bénéfices d'un grand restaurant où il était associé, du commerce de voitures d'occasion, de location de véhicules, mais en revanche il avait perdu des sommes considérables chez Berny Kornfeld à qui il avait acheté des actions de l'AOS, malgré la mise en garde de gens qui s'y connaissaient, persuadé qu'elles feraient rapidement de lui un millionnaire, ce dont il n'était pas loin puisqu'elles lui avaient permis de s'associer à Lockheed, General Motors, Telefunken, Fiat, Philips, Mitsubishi, IBM, au trust géant de diamants et d'or, De Beers, à des dizaines d'autres entreprises prospères, à des raffineries, chantiers navals, banques, sociétés immobilières d'envergure mondiale, mines de manganèse, de cuivre, de fer et d'uranium et aux plus riches puits de pétrole du monde qui étaient sur le point d'être découverts dans les profondeurs des terres gelées de l'Alaska. Lorsque ses espoirs s'envolèrent d'une manière aussi offensante, il n'accusa pas Berny Kornfeld ni ne céda à la fureur ou au désespoir car même lorsqu'il perdait beaucoup d'argent ou se trouvait dans le dénuement, Shmouel se sentait toujours millionnaire et se comportait avec largesse et sans compter parce qu'il était doté d'une générosité rayonnante, d'une imagination d'oiseau et d'un optimisme illimité et qu'il n'en voulait pas au père de

Goldman malgré la froideur qu'il lui manifestait, mais éprouvait à son égard du respect, une affection fraternelle et de la sympathie, aussi sa mort le plongea dans le chagrin et pendant l'enterrement, il décida d'annuler la partie traditionnelle de rami du samedi soir qui se déroulait chez eux toutes les semaines avec la participation d'une bonne vingtaine de personnes, amis, relations, parents, camarades d'enfance, réunis par groupes d'hommes et de femmes autour des tables du grand salon et sur la terrasse où ils jouaient, riaient, buvaient du thé et du café et mangeaient les délicieux gâteaux que Bracha préparait chaque semaine pour la soirée. Lorsque la conversation s'engagea sur les sentiers de l'économie, Shmouel prétendit qu'à en juger par la situation actuelle, mieux valait que Regina s'empressât de vendre la collection de timbres laissée par le père de Goldman et achetât avec l'argent perçu un magasin de souvenirs et de bijoux pour les touristes, ou bien un magasin de fourrures car tous deux rapportaient aujourd'hui d'excellents bénéfices, encore que si cela tenait à lui, il eût investi presque tout l'argent dans les écus d'or et surtout les médailles dont la valeur subissait une hausse vertigineuse, et Moshé Tselermayer dit, “Ce n'est pas une affaire pour elle. Rien que des valeurs indexées”, et Haïm Leib fit remarquer que n'ayant pas encore décacheté le testament, on ne pouvait pas connaître la volonté du défunt en ce qui concernait sa collection de timbres, quant à Max Shpilman, qui guettait l'occasion de s'en aller et de temps en temps jetait un coup d'œil à sa montre, il dit qu'il aurait plutôt conseillé à la veuve d'investir dans les terrains ou les appartements, placement à la fois plus sûr qu'un magasin et non moins lucratif, ou bien dans les équipements de mécanique lourde, tracteur ou véhicule de transport, qu'elle ferait exploiter par un entrepreneur car, en ce moment, cela rapportait des fortunes dans les projets de développement et les ouvrages de fortification, et s'il était question de spéculer, il n'investirait pas dans les médailles mais plutôt dans les actions bancaires, les sociétés d'investissement ou les biens immobiliers qui rapportaient des dividendes et pour conclure il fit remarquer au passage qu'il estimait, *grosso modo*, la collection de timbres laissée par le père de Goldman à deux cent mille livres, le père de Goldman avait, en effet, une superbe collection de timbres, amassée au fil des années avec grand amour et dans une inlassable mais secrète rivalité avec ses deux frères, l'oncle Lazare et surtout Yoël, un homme grand, légèrement voûté, au long visage bronzé, tissé de rides et un sourire des plus fins qui affleurait presque toujours sous la peau, mais sur lequel la vieillesse s'était presque subitement abattue ces derniers temps et qui semblait fatigué. A l'enterrement, il était à côté de Tsipora, de l'oncle Lazare et de Yehoudit Tanfauss, paisible, silencieux et rentré comme à l'accoutumée, sans une larme, et ce n'est qu'après, une fois qu'ils eurent comblé le trou et que tout le monde se fut dirigé vers la sortie, qu'il posa un instant la main sur l'épaule de Bracha, épuisée de pleurs et de chagrin, puis dans l'autobus, s'adressa à Haïm Leib en disant, "Malgré tout, il méritait qu'on l'aime", et ensuite pendant toute la soirée, il ne dit presque rien, but du thé, regarda les gens et écouta, car contrairement au père de Goldman et à Bracha, Yoël était un homme mesuré et silencieux mais d'un silence qui laissait deviner une sagesse sceptique, et qui parfois, de manière tout à fait inattendue, surprenait son entourage par une phrase sarcastique, dite sur un ton paisible et détaché, et quand autour de la table la discussion s'engagea sur la collection de timbres, il dit à l'oreille de Méïr, "Ils distribuent déjà les intérêts du capital que Dieu ne leur a pas encore accordé" et il sourit. Lui aussi était sioniste et socialiste, lui aussi avait des principes bien clairs, encore qu'ils ne fussent pas à ce point totalitaires ni à ce point irrévocables, mais il les appliquait avec une entière humilité comme partie intégrante d'un mode de vie et ne poursuivait personne en leur nom, n'essayait de les imposer à personne, ni même à ses enfants ou à son épouse, Tsipora, une petite femme intelligente et débordante d'énergie, avec un visage rouge et une chevelure rousse déjà décolorée, des yeux pleins de vie, entourée d'admiration et de crainte, qui, pendant plus de cinquante ans d'amour paisible et de dévouement, l'avait aidé à porter le fardeau et avait fait vivre la famille à force d'économies et de dur labeur, jonglant ingénieusement avec le maigre salaire de son mari qui était pourtant un excellent charpentier. Elle cousait les vêtements et les draps, tricotait et lavait, nettoyait la maison toujours reluisante de propreté, la badigeonnait aussi tant qu'elle en eut la force, faisait les courses les moins chères pour confectionner les plats les plus savoureux, élevait et éduquait leurs cinq enfants – Méïr, Yirmiyahou, Esther, Ruth et Aviezer qui était l'ami de Goldman lorsqu'ils étaient petits – et aidait, de surcroît, toute la famille, les proches et les amis, sans se ménager ni en attendre des remerciements, elle souffrait de maladies diverses, du foie et des artères, sa peau était sensible au soleil et lorsqu'elle dépassa la cinquantaine, les médecins la mirent en garde et prédirent sa mort si elle ne se soignait pas en veillant à une alimentation correcte et au repos, mais Tsipora n'en tint pas compte et continua de vivre comme elle l'avait toujours fait parce qu'il restait toujours du travail et des gens à aider et que la mort ne lui faisait pas peur, la vie lui avait apporté son lot de soucis mais aussi de joies, elle n'avait jamais convoité ni même espéré la vie éternelle et ne souhaitait qu'une chose, mourir avant Yoël ou bien en même temps que lui. Un jour Tsipora avait raconté à Aviezer qu'à l'âge de treize ans, elle avait embrassé son père qui venait de mourir et ce baiser l'avait libérée de cette peur, peut-être pas le baiser lui-même mais la vue du mort, et une autre fois elle avait dit qu'elle ne craignait pas la mort parce que depuis son enfance, comme elle avait passé sa vie à s'occuper des malheurs et des soucis de subsistance de sa famille et des autres, elle n'avait pas eu le temps d'y penser et avait fini par oublier son existence. Yoël, qui l'aimait et la choyait, ne se mêlait que rarement des tâches ménagères et d'ailleurs Tsipora ne le lui demandait pas, il revenait de son travail vers le soir, sale et épuisé, enlevait ses lourdes chaussures de travail et, après avoir pris une douche, changé de vêtements et mangé le repas de midi tardif que lui servait Tsipora, se consacrait aux choses qu'il aimait : les pots de fleurs sur la terrasse, la fabrication de vin, les promenades avec son chien marron et quelconque, Mussolini, la lecture de livres d'histoire, de biographies et parfois d'un bon roman, l'étude de projets liés à son travail et le classement de la collection de timbres qui, pendant des années, avait été la cause de l'altération de ses rapports avec le père de Goldman. La collection de timbres du père de Goldman, rangée dans d'épais albums et des boîtes en fer-blanc spéciales, était classée par sujets, tandis que celles de l'oncle Lazare et de Yoël, objets de sa rivalité, étaient classées par pays, et toute la source du mal était là, du moins pour le père de Goldman qui continua d'envenimer leurs relations même après que la rivalité se fut conclue par la victoire complète du père de Goldman, et la chose arriva quand l'oncle Lazare négligea sa collection pour partir en Espagne et participer à la guerre civile dans les rangs des Brigades Internationales, quant à celle de l'oncle Yoël, elle prit feu un jour et fut réduite en cendres en même temps que toute la chambre, dans le grand incendie provoqué par le poêle à mazout qui se renversa, le feu se répandit et couvrit le plancher, s'envola par la fenêtre et gagna le jardin, c'était bien des années plus tard, vers le soir, à l'heure où Yoël se promenait avec Mussolini et en revenant, Tsipora l'attendait dans la rue, devant la maison, et lui avait annoncé la nouvelle qui, pendant des semaines et des mois le tortura sans répit, bien qu'il n'en parlât presque pas, et il ne s'en libéra qu'avec le temps, sans même s'en apercevoir, jusqu'au jour où il se sentit soudain libre et délesté d'une chose qui, à vrai dire, pesait sur lui et continuait d'assombrir, même après leur réconciliation, ses relations avec son frère, le père de Goldman. Ces relations s'étaient franchement détériorées sept ou huit ans avant la réconciliation et pendant un certain temps, elles étaient si mauvaises que le père de Goldman avait décidé de ne pas inviter Yoël et sa famille au mariage de Goldman avec la belle Yemima Tchernov, décision dont il n'était revenu que sur les prières insistantes de Bracha, seul être au monde qu'il aimât sans réserve, sauf à une certaine époque où elle refusa de haïr l'oncle Lazare et de se soumettre au boycott décrété par lui, refus qui mit en colère le père de Goldman et troubla son amour pour elle, tant sa fureur devait être celle de tous, comme aussi ses haines, ses malheurs et ses amours, et Bracha ne le lâcha pas jusqu'à ce qu'il cède et finisse par inviter Yoël avec qui il s'était fâché à cause d'une discussion sur la valeur d'un certain timbre d'Italie, la discussion avait dégénéré en jugement sur la valeur relative des deux collectionneurs et fini par se transformer, sous l'impulsion du père de Goldman qui refusait de se rétracter, en une querelle interminable sur le principe qui présidait, selon lui, au classement des timbres. Le père de Goldman, qui au cours de ces altercations avait offensé aussi Tsipora qu'il respectait et estimait profondément dans le secret de son cœur, refusait non seulement de bouger d'un iota du "principe de la question" mais voulait aussi l'imposer à Yoël, qui essayait de se dérober à toutes ces discussions et n'était nullement enclin à modifier l'ordre de sa collection de timbres, ce qui irritait le père de Goldman et l'offensait à un tel degré qu'il mit fin à ses relations avec son frère et pendant quelques années ne lui adressa pas la parole. Toutes les tentatives de réconciliation de Yoël, toute la persuasion de Haïm Leib, d'Avraham Schechter, de Méïr, de Shmouel et de nombreux proches et amis s'avéra aussi inutile et vaine que les invectives de Tsipora peu après le mariage de Goldman et même les prières de Bracha, qui ne pouvait supporter cette nouvelle querelle venue s'ajouter à son contentieux avec l'oncle Lazare, car le père de Goldman se raccrocha à son offense, qui d'année en année gagna en amertume, balançant tantôt entre la fureur et le refus, tantôt entre l'angoisse de sa solitude et l'amour pour son frère qui se cherchait un exutoire. A vrai dire, il attendait un dernier geste, même insignifiant, de la part de Yoël, pour s'y accrocher et réparer le tort qu'il s'était fait à lui-même mais Yoël se découragea, rien de tel n'arriva et les années passèrent, jusqu'au jour où brusquement Yoël eut une crise cardiaque et le père de Goldman, affolé par la nouvelle, accourut à l'hôpital, décidé à lui demander pardon et faire la paix, mais lorsqu'il entra dans le service et s'approcha du lit autour duquel étaient assis Tsipora, Méïr, Aviezer, Ruth, Yona Kochinski et Bracha, il sentit à quel point ce geste lui coûtait, surtout à cause de tout ce temps passé, alors il serra les mains de Yoël avec émotion, s'informa de sa santé et dit, "Il n'y a rien à faire, nous ne rajeunissons pas", puis il bavarda avec lui et les autres et essaya même de plaisanter, pâle, les larmes brûlant sous ses paupières et remettant à plus tard cet acte essentiel auquel il finit par renoncer, considérant toutefois la visite elle-même comme un geste de réconciliation, et c'est en effet ce qui arriva, mais quelque chose de forcé demeura encore entre eux et ne se dissipa que des mois ou peut-être des années plus tard, après que les flammes eurent consumé la collection de timbres de Yoël. Le père de Goldman ne reconnut jamais que la cause de toute cette querelle provoquée par lui était la vaine discussion sur la collection de timbres, en fait il ignora toute l'histoire et une fois seulement, quelques années plus tard, dit à Avraham Schechter qu'il ne pouvait pas pardonner à ceux qui trichaient aux cartes, il le dit à sa manière franche et absolument honnête, sauf que Yoël ne jouait pas aux cartes, mais plutôt le père de Goldman qui jouait au rami et considérait la chose comme sa grande mais unique faiblesse qui empoisonnait sa vie, car d'une part le jeu était à ses yeux une perversion qui frisait la corruption, mais d'autre part, il était y adonné et jouait avec tant de fougue et de despotisme que pendant les dernières années, il était presque impossible de se mettre à la même table que lui parce qu'il régentait les jeux, imposait sa manière de jouer avec fureur et méchanceté au point d'en dégoûter les participants et d'être souvent à l'origine d'explosions de colère et d'injures, et malgré toutes les tentatives de Shmouel et d'autres pour le refréner, il persistait dans sa voie, souvent inconsciemment, mais parfois aussi involontairement, jouant le jeu de chacun en toute objectivité, sans jamais se rétracter même lorsque la démarche qu'il tentait d'imposer à ses adversaires risquait de le faire perdre, car il jouait au nom de valeurs suprêmes et peu lui importait de gâcher ainsi, semaine après semaine, le jeu et le plaisir qui en découlait, jusqu'au jour où Moshé Tselermayer, qui restait assis auprès de sa femme avec un visage sombre, cessa de venir aux soirées de rami, et il ne fut pas le seul, mais il n'en donna jamais la raison parce qu'il aimait le père de Goldman et éprouvait pour lui beaucoup de respect et une gratitude sans bornes, et pourtant il jura en secret de ne plus jamais jouer avec lui à une même table, ni même dans une même pièce, et tint sa promesse malgré la peine et une sensation de malaise, la perte évidente d'un plaisir et les invitations réitérées de Shmouel et de Bracha, qui saluèrent Max Shpilman qui partait après avoir serré la main de Regina et lui avoir dit quelques mots, puis salué César d'un signe de tête et pressé au passage le bras de Goldman, qui revenait dans la pièce avec du café pour César et Israël dans deux tasses en porcelaine dont l'une avait une anse cassée et deux soucoupes ornées de fins motifs aux couleurs délicates. Goldman leur tendit les tasses et dit, “Je vous en prie, le service tchèque”, et il sourit, se tourna vers Méïr et Yirmiyahou, échangea avec eux quelques phrases banales et leur demanda s'ils désiraient quelque chose, il les aimait bien et Aviezer et Ruth et Esther aussi, mais les liens s'étaient relâchés au fil des années, au point qu'il ne restait plus que la conscience de cet amour, celle aussi d'une proximité familiale et le sentiment pesant d'une certaine obligation non acquittée, puis il se tourna et posa la même question à Yoël et à Tsipora qu'il révérait plus que quiconque, avec un sentiment de dette envers Tsipora qui l'avait accueilli chez elle à l'époque où Regina souffrait des reins, et elle dit, “Ne te fais pas de soucis. Tout va bien”, et Goldman dit, “Mais tout de même, tante Tsipora”, et Tsipora dit, “Non, non. Ce n'est pas la peine”, et Goldman acquiesça de la tête et s'assit auprès de César et d'Israël. Il semblait euphorique, bavardait sans cesse, quoique distraitement, et plaisantait, mais au coin des lèvres et dans ses yeux verts perçaient une tristesse et une fatigue qu'il ne pouvait pas dissimuler, ainsi, tout en souriant de temps en temps, il parlait avec ironie de l'enterrement réussi de son père, du testament qu'il avait préparé pendant ces quatre dernières années, de la famille et des amis qui étaient à nouveau ensemble et unis comme au bon vieux temps, du service tchèque que l'on pouvait enfin utiliser sans crainte puisque son père était mort et que tout était permis et, faisant un signe de tête imperceptible en direction de Manfred, il dit, “C'est

Manfred, l'amant de ma mère", il gloussa et César dit, "Mes compliments", puis il sourit, à la fois surpris et confus mais aussi amusé, et Israël se tut, le visage de glace, alors que lui aussi était surpris et embarrassé, non par le fait que Goldman ait dit une telle chose, mais surtout parce que Regina avait un amant et qu'il lui était absolument impossible de l'imaginer comme une femme capable d'éprouver de telles émotions et de s'impliquer dans cette sorte d'affaire. César répéta, "Mes compliments" et regarda tour à tour Manfred et Regina, assise en retrait et indifférente, sans le moindre regard pour Manfred, il continua de sourire et Goldman, qui n'avait pas remarqué le sourire de César, dit, "Il est l'un des rares à être vraiment tristes, mais pas à cause de mon père", puis il prit un biscuit, se mit à jouer avec et dit, "En ce qui me concerne, le souvenir des morts me rend joyeux", il ne dit pas à quels morts il pensait, mordit dans le biscuit, regarda furtivement la veuve de Moshé Tseimer, qui ne cessait de parler fort et de s'agiter, et dit qu'il songeait toujours à la mort et aux morts en essayant de le faire avec sérénité et bonheur parce que après tout la mort était l'essence véritable de la vie et il savait qu'il n'avait rien à en craindre et César dit, "C'est vrai", mais il n'écoutait visiblement pas et ses pensées étaient ailleurs, et Goldman, nullement perturbé par cela, poursuivit sa pensée et dit que sa littérature préférée, sans compter les menus, était la lecture quotidienne des annonces nécrologiques publiées dans les journaux, et surtout celles qui étaient accompagnées d'une histoire, parfois composée en acrostiche avec les lettres du nom du défunt, dépeignant ses qualités et le chagrin de la famille, et soudain il se tut, son sourire s'effaça, une ombre couvrit brusquement son visage sec et Israël qui le regardait eut un instant l'impression qu'il rétrécissait de l'intérieur. César prit une gorgée de café et dit, "Tout est stupide" et Goldman, qui souriait de nouveau, dit, "Tu as raison", il lança un rapide coup d'œil à sa mère, à ceux qui se trouvaient dans la pièce, à Yoël et à la veuve de Moshé Tseimer et dit, "Je ne peux pas supporter cette femme", il reprit un biscuit et dit qu'un jour, il avait lu quelque chose sur un peintre chinois, qui avait peint un moine assis sur un arbre et regardant en bas, et sur la peinture il avait inscrit les paroles suivantes, "Le problème est de trouver la sérénité dans ce monde de souffrance et de désordre. Vous me demandez pourquoi je suis venu ici. Eh bien, je ne connais pas la réponse. Ici, sur l'arbre, je peux être libre de tout souci, comme un oiseau dans son nid. Les gens disent que je suis un homme dangereux, mais je leur réponds, «Vous êtes des diables»", et César dit, "Je n'ai pas la tête à ça. Je ne suis pas chinois", et Goldman dit, "Dans ce sens-là, nous sommes tous chinois", il voulut ajouter quelque chose mais au même moment, Eliezra entra dans la pièce et César se tendit brusquement, les autres aussi se tournèrent vers elle, et Goldman lui demanda ce qu'elle désirait boire, Eliezra dit, "Rien du tout. Je viens de boire", César lui sourit, passa la main sur sa hanche et dit, "Je t'ai téléphoné, mais il n'y avait pas de réponse", Eliezra retira délicatement sa main et dit, "J'étais sans doute en route vers ici", et César dit, "Oui. C'est possible". Il mentait sans effort ni scrupules même quand les mensonges étaient flagrants ou parfaitement inutiles, ou bien risquaient de lui nuire, parce qu'il en avait tellement pris l'habitude qu'ils lui échappaient des lèvres comme des grillons agiles et étaient si nombreux que souvent lui-même était incapable de les distinguer de la vérité, mais tout cela ne l'inquiétait évidemment pas et, après avoir d'abord menti par commodité puis par lâcheté, il avait érigé le mensonge en principe et s'était accoutumé à croire qu'il n'existait aucune loi morale, que le pouvoir du mensonge était plus grand que celui de la vérité et que lui seul était susceptible de diriger la vie vers les régions dispensatrices de plaisir et d'harmonie, quant à la vérité que l'on avait tant l'habitude de magnifier, elle procurait, à ses yeux, de maigres bénéfices et bien des soucis, des désaccords et des complications superflues, et César, qui remit la main sur la hanche d'Eliezra, ne voyait aucune raison de s'en embarrasser dans la vie, et Eliezra éloigna prudemment sa jambe et dit, "Pas maintenant", César retira la main et dit, "Sottises", il lui sourit et alluma une cigarette. Elle portait une robe turquoise, aérienne, au décolleté généreux et profond qui dénudait sa belle gorge fière, ses cheveux blonds étaient retenus par une sorte de foulard en soie mauve et ses seins provocants pointaient comme deux belles poires, c'était dans l'ensemble une belle femme et elle le savait, elle se savait si belle qu'elle avait fini par se persuader que sa beauté, toute nourrie de spiritualité, était impérissable mais par ailleurs comme elle n'en était pas sûre, elle craignait chaque jour que cette beauté ne s'altère et disparaisse, et ces deux sentiments contradictoires faisaient d'elle une femme vaniteuse et capricieuse, pleine de peurs et d'amertumes qui avec le temps avaient fini par entamer et dégrader sa droiture et sa générosité naturelles, et elle exigeait sans cesse des autres toute l'attention et l'admiration que lui conférait sa supériorité, ne cherchant en réalité qu'un peu de sécurité et l'assurance de sa propre valeur qu'elle était si incapable de trouver en elle-même qu'elle chancelait, glissait puis recommençait. César se mit à jouer avec son foulard de soie, puis il posa la main sur son épaule et Eliezra dit, “Pourquoi n'étiez-vous pas à l'enterrement ?”, et César dit, “Nous ne l'avons pas pu”, il caressa sa nuque et Eliezra qui se laissa caresser dit, “Je déteste les mariages et les enterrements parce que tout y est faux”, et César, tout en ne prêtant aucune attention à ses paroles, dit oui de la tête et fit, “Hmm” avec les lèvres, car eût-elle dit que le soleil était un coq sacrificiel et la table un papillon, qu'il eût acquiescé aussi bien et de tout cœur, car seule lui importait leur liaison et le fait qu'au moindre moment de liberté, elle se donnât à lui avec amour et passion. Israël se détourna de César et d'Eliezra et regarda le collier que portait la mère de Goldman, puis Manfred et Mathilda Levitan, qui avait tant vieilli, et la photo de Naomi dans un cadre de bois brun, posée sur l'une des étagères de la bibliothèque où étaient alignés en rangs serrés les écrits de Berl Katzinelson et de Ben Gourion, et les œuvres de Bialik, Brenner, Shalom Aleikhem et d'autres livres neufs et anciens acquis au prix de grands efforts par le père de Goldman qui les conservait jalousement même s'il ne les consultait presque jamais, et tout en regardant, Israël sentit l'impatience l'envahir à l'idée qu'Ella puisse passer au studio pendant son absence, sa quiétude en fut troublée au point de le mettre en fureur et soudain il eut envie qu'elle ne revienne plus jamais et le laisse seul, il décida de se lever et de saluer tout le monde, puis de monter dans le studio, de prendre une douche et de se mettre au piano, mais tandis qu'il guettait le moment propice, Eliezra se tourna vers lui et lui demanda comment allait l'orgue, il dit, "Ça va" et Goldman, qui leur avait tendu une assiette de biscuits, leur parla du nouveau régime qu'il venait de découvrir dans une revue d'aéronautique américaine et qui pouvait prolonger la vie de sept à dix ans à condition, bien sûr, de le suivre à la lettre. Dans le cadre de ce régime fondé sur un choix rigoureux de glucides et de protéines judicieusement associés, il fallait jeûner une fois par an pendant quatorze à vingt et un jours d'affilée selon les capacités de chacun, afin d'éliminer les toxines accumulées dans le corps, et le même article conseillait aussi l'amphothérapie, c'est-à-dire le traitement par les raisins, méthode thérapeutique fondée sur la consommation de deux kilos et demi de raisins par jour comme seule nourriture pendant quelques semaines, ce qui avait pour effet de réduire l'acidité du sang et d'être bénéfique pour le cœur, les poumons, le foie, les artères et les reins, et lorsqu'il eut fini d'expliquer tout cela, Goldman dit qu'il avait l'intention de suivre ce régime et l'amphothérapie et il proposa à Israël, et surtout à César, de l'imiter, et César dit, "Peut-être un jour, je ne suis pas pressé", et Goldman dit, "Tu te détruis la vie pour rien", puis il se mit à parler de motocyclettes mais avant d'entrer dans le vif du sujet, il salua Sarah, la belle-sœur revêche et solitaire de Regina qui s'en allait avec l'impression d'avoir accompli son devoir envers ces gens-là, coupables à son égard et qu'elle n'avait pas revus depuis la mort de son mari, et en dépit d'un sentiment de distance et d'antipathie, Goldman essaya de lui être agréable au moment du départ et l'accompagna jusqu'à la porte, en revenant, il s'approcha de nouveau de Méïr, Yirmiyahou, Yoël et Tsipora et leur demanda s'ils désiraient quelque chose, il répéta sa question à Haïm Leib et à Mme Hayya, puis se rassit à côté d'Israël et reprit son propos sur les motocyclettes, ce nouveau rêve qui avait illuminé sa vie, ce nouvel horizon de ses espoirs et aspirations, il avait déjà fait des économies pour s'en acheter une et, il y a quelques semaines, avait parcouru la rubrique "Motocyclettes" dans les pages d'annonces du journal, puis fait un tour dans les magasins et les garages, consulté des amis et lu quantité de prospectus. Son intention de départ était d'acheter une BSA ou une Norton, puis il s'était décidé pour une Honda parce que en fait la Harley Davidson qui lui faisait envie était trop chère pour lui mais finalement, il avait découvert une Triumph cinq chevaux d'occasion, en excellent état, et s'était décidé à l'acheter, mais la soudaine maladie de son père avait tout gâché et il craignait maintenant de voir la motocyclette vendue à un autre et de se retrouver au point où il était avant la découverte de la belle Triumph. Goldman étalait devant eux toutes les péripéties de son histoire de motocyclettes mais il s'adressait surtout à César qui avait quelques notions sur les voitures et la mécanique, et César qui, l'esprit ailleurs, avait déjà entendu la même histoire ces derniers temps, faisait semblant d'écouter les embarras de Goldman, la description des qualités des diverses motocyclettes, y ajoutait même de temps en temps un commentaire de son cru, quand Eliezra intervint brusquement et dit, “Franchement, Goldman, je ne comprends pas pourquoi il te faut une motocyclette” et Goldman, troublé, dit qu'une motocyclette était un véhicule très pratique en ville, bien plus agréable qu'une voiture et moins cher aussi, puis il sourit et ajouta sur un ton mi-sérieux que la motocyclette l'attirait à cause d'une certaine pulsion, peut-être présente chez tout être, de vouloir défier la mort mais Eliezra qui l'écoutait d'un air impatient l'interrompit et dit, “Si tu as envie d'être un nouveau James Dean, tu te réveilles un peu trop tard, et si tu as simplement envie de te tuer, mieux vaut que tu sautes par la fenêtre. En tout cas, le régime américain est parfaitement superflu” et elle rit. Goldman rit aussi, mais plutôt pour essayer de masquer son embarras et l'humiliation qu'il venait de subir par sa propre faute, car en voulant être inutilement sincère, il s'était couvert de ridicule, après tout, il avait déjà dépassé la quarantaine et ressentait à la fois son impuissance et ses capacités de plus en plus réduites, il savait combien son histoire de motocyclette était ridicule et illusoire et donnait raison à Eliezra, qui prit une gorgée de café dans la tasse de César, regarda Goldman sans aucune sympathie et dit, “Et n'espère surtout pas que quiconque ait pitié de toi et te supplie de vivre” et Goldman dit, “Je n'espère rien”, il sourit encore, se tourna vers César et dit, “J'achèterai cette Triumph”, “Achète-la”, dit César, il prit la tasse des mains d'Eliezra et lui dit, “Viens. On s'en va”, tous deux se levèrent, saluèrent Regina et Goldman, qui les accompagna à la porte, et dit en revenant à Israël, “Il va coucher avec elle”, puis aussitôt ajouta, “Elle est belle, mais je n'aimerais pas tomber entre ses griffes. Une vraie Brunehilde sans une once d'amour, d'humilité ou d'un quelconque sentiment. Elle est complètement pourrie et ne pense qu'à elle, exactement comme César”, puis il s'excusa un instant et alla aux toilettes. Israël décida d'attendre le retour de Goldman pour le quitter et partir et, entre-temps, il écouta avec indifférence la conversation lassante autour de la table, regarda la veuve de Moshé Tseimer se lever et prendre congé de Regina et des autres, et Tsipora, répondant à peine à son salut, la suivit d'un regard dur jusqu'à son départ, puis dit à Yoël, “On ne peut pas tenir tout le temps sa langue, mais on ne peut pas non plus la laisser s'agiter sans arrêt. Les autres aussi existent", et au bout d'un moment elle ajouta, "Quelle bavarde. Ce n'est pas la preuve d'une grande intelligence", ensuite elle se tourna encore vers Regina et lui proposa du jus de fruits et une tranche de gâteau en lui disant, "Mange. Tu n'as plus personne à punir", et Regina dit, "Je n'ai pas faim", quelques minutes plus tard, elle salua Mathilda Levitan qui s'en allait aussi et lorsqu'elle passa devant lui, Israël fit un mouvement de la tête et dit, "Shalom" et Mathilda, dont le visage mou et pâteux avait perdu toute vitalité au fil des années et des malheurs, ralentit un peu, le regarda d'un air hésitant et lui répondit, "Shalom", mais on voyait bien à son regard et à son salut hésitants qu'elle ne se souvenait pas de lui, une vingtaine d'années s'étaient déjà écoulées depuis l'époque où il allait chez eux, voir Hanoch qui était mort un jour d'été, en l'espace de quarante-huit heures, à l'âge de douze ans, des suites d'une grave pneumonie qu'il avait attrapée selon les voisins et ses professeurs après avoir couru pendant près d'une demi-journée, cramoisi et en sueur, derrière la charrette à glace et mangé presque tout un pain de glace à force de ramasser les débris qui tombaient sur le chemin. C'était peu de temps après la guerre d'Indépendance, Avinoam qui avait été blessé à la guerre était aux Etats-Unis où il avait été envoyé pour être soigné, il étudiait l'agronomie et n'était pas encore revenu avec sa femme américaine pour s'installer dans un *moshav** et y fonder une ferme, quant à Sonia, elle était déjà séparée de son ingénieur français dont elle avait eu un fils quand ils vivaient à Nice et selon la rumeur, elle avait quitté la France d'abord pour Londres puis pour Amsterdam, où elle travaillait dans divers bars et boîtes de nuit comme pianiste et danseuse en attendant que quelqu'un la découvre et lui donne un rôle au théâtre ou au cinéma, attente qui n'était pas dénuée de tout espoir car elle avait un certain talent et savait attirer l'attention, et bien qu'en attendant elle se contentât de rien et d'une dépression, il lui était arrivé de frôler la réalisation de ses rêves et les journaux israéliens l'avaient citée deux ou trois fois comme actrice, annonçant même une fois qu'elle était sur le point de tourner un film, mais tout cela n'avait valu que honte et déception à son père, Yossef Levitan, qui les subissait en silence tandis que le père de Goldman disait d'elle, “Ce n'est qu'une prostituée”. Son piano, sur lequel était posé son portrait et un buste bon marché de Beethoven, en plâtre imitation bronze, se trouvait dans un coin de la grande pièce dont le centre était occupé par une table massive et noire que l'on ouvrait tous les midis, sauf les shabbats et jours de fête, pour une vingtaine de personnes qui venaient prendre un repas préparé par Mathilda et servi dans de grandes assiettes creuses en porcelaine dont les bords étaient décorés de

* Village agricole semi-collectif fondé sur des terres publiques exploitées sur un mode individuel. *(N.d.T.)*

petites fleurs ou d'un liséré bleu ou doré. La nourriture était simple mais savoureuse, consistante et généreusement servie, les prix étaient bas et il y régnait, de surcroît, une agréable atmosphère familiale grâce à Mathilda, une femme diligente et maternelle, qui répandait autour d'elle un sentiment d'aise, libre de toute contrainte, les clients aussi étaient des habitués et se connaissaient entre eux : des employés, un médecin, un peintre, quelques commerçants, deux instituteurs, un ingénieur en bâtiment et un homme prénommé Yeshoua, qui était végétarien et ressemblait à Gandhi car comme lui, il était d'une maigreur ascétique, agile, très bronzé, presque noir, complètement chauve et, hiver comme été, il portait d'étranges espadrilles en tissu, un short et des chemises de lin ou de coton, il prenait un bain de mer et faisait de la gymnastique tous les jours et passait tout son temps libre sur la plage, dans les champs, les orangeraies et les bois proches de la ville, il savait imiter la rumeur de la mer et des vents, le bruissement du feuillage, les cris d'oiseaux et d'animaux, mais le plus étonnant était son habileté à créer des ombres d'oies, de cygnes, de renards, de papillons géants et toutes sortes de créatures merveilleuses, fruits de son imagination, que ses mains inventaient à loisir – poissons ailés, oiseaux à deux têtes, animaux extraordinaires – et projetaient joyeusement sur le mur en leur insufflant la vie, et les enfants, assis à distance, les regardaient, tendus et surpris, parfois même légèrement angoissés et poussaient des cris d'étonnement auxquels se mêlaient quelquefois ceux des adultes aussi. Il avait quelque chose de charmeur, mais aussi de déconcertant et même d'effrayant, pas seulement à cause de son apparence monacale tempérée par sa gaieté et son appétit de vie, mais aussi à cause de la mystérieuse étrangeté émanant de son excentricité, de sa façon de tourner complètement le dos à tout but, à toute aspiration, à toute forme de vie conventionnelle et à ses conséquences, et à cause de sa conviction absolue de vivre en harmonie avec la nature, de connaître ses désirs et ses secrets enfouis, connaissance dont quelque chose filtrait dans ces ombres imaginaires projetées sur le mur, dont lui-même semblait faire partie et qui, dans toute leur féerie parfois déconcertante, paraissaient parfaitement naturelles, comme si elles avaient existé de tout temps dans les forêts et les grottes et les profondeurs de la mer, et qu'il se fût contenté de les en tirer un instant pour les exposer d'un air amusé au regard des spectateurs, mais son végétarisme n'était pour lui ni un amusement ni une provocation, c'était une croyance et une vocation et, à l'heure des repas, il répétait sans relâche que la nature était juste et pure, que l'homme, en l'étudiant, loin de vraiment essayer de la comprendre et de vivre avec elle, ne faisait que la violer, la défigurer et creuser ainsi sa propre tombe, car la nature était éternelle et le seul moyen de créer une civilisation durable était de s'adapter à elle parce qu'elle représentait l'harmonie, l'ordre véritable des choses et la volonté profonde de l'univers que l'on ne pouvait ainsi transgresser qu'au prix de catastrophes et de chaos absolu, alors il s'embarquait dans des histoires apocalyptiques où il décrivait, avec un certain plaisir et une joie d'effrayer, le monde envahi par des insectes ou des plantes géantes qui mettraient fin à la civilisation, et il répétait aux convives et à Yossef Levitan qui écoutait avec intérêt, "Ce qui n'est pas en harmonie avec la nature est voué à la disparition", mais la pensée de Yossef Levitan n'était pas portée vers la nature, qui lui paraissait une chose abstraite, mais vers l'ami et l'homme. Comptable dans une entreprise de la Histadrout*, c'était un homme grand et accablé, avec des oreilles trop grandes et des bras trop longs, un visage triste exprimant en permanence la gravité et l'impuissance, qui, contrairement aux habitudes de son milieu, portait toujours des costumes marron trop grands qui paraissaient usés et râpés sur lui, et dans le cadre de ses opinions, de son expérience de la vie, d'une longue observation, de la lecture de livres et de réflexions, il était de plus en plus convaincu de l'imperfection peut-être irrémédiable d'un ordre social qui exposait surtout l'homme des villes à une détresse économique et spirituelle permanente, détresse qui allait en s'aggravant à mesure que la ville s'étendait et devenait violente et étrangère, ôtant ainsi à la vie tout sens de la liberté, toute dimension du spirituel et du solennel et la transformant en une

* Centrale syndicale sioniste et coopérative ouvrière qui joue souvent le double rôle de patron et de défenseur du salarié. *(N.d.T.)*

chose vile et insensée, dépourvue du moindre espoir et même du simple bien-être, et il était ainsi arrivé à la conclusion qu'il fallait agir pour changer cet état de choses et, sous l'influence de livres socialistes et libéraux, de l'exemple du kibboutz, il avait conçu l'idée de communautés urbaines qui pourraient opérer ce changement et restitueraient à l'homme ce que le monde lui avait dérobé, et une fois convaincu de son idée, Yossef Levitan, qui était laborieux et dévoué mais pas un homme d'action, avait exposé ses vues à diverses personnes, certaines s'y étaient intéressées et progressivement, un cercle restreint s'était formé qui s'était assigné pour objectif de créer des communautés urbaines où commerçants, ouvriers, professions libérales s'associeraient et, tout en continuant à exercer leur profession, verseraient leurs revenus et salaires dans la caisse de la communauté qui veillerait à pourvoir aux besoins de chacun : ils vivraient ensemble, mangeraient ensemble, se réjouiraient ensemble, élèveraient ensemble leurs enfants et le tout, sur la base d'une égalité absolue, de participation et d'entraide mutuelle, de fraternité et d'une totale liberté individuelle et politique. Le cercle s'élargit, de nouveaux membres le rallièrent, parmi lesquels le père de Goldman qui connaissait Yossef Levitan depuis l'époque du *Jeune Ouvrier*, mais ils s'étaient perdus de vue et avaient renoué des liens des années plus tard, ils se rencontraient souvent et passaient de longues heures à parler des affaires du groupe qui se réunissait fréquemment pour débattre de ses problèmes et élaborer un programme et une charte capable d'unir les diverses tendances – celles des socialistes utopistes, des marxisants et des adeptes du libéralisme –, ce qui n'était pas chose aisée et ainsi, malgré l'enthousiasme et la bonne volonté, la mise au point prit du temps et l'élaboration de la charte ne s'acheva qu'au bout de deux ans, elle englobait tous les aspects de la vie individuelle, familiale et sociale, mentionnait tous les droits et les devoirs, les problèmes et déviations que la vie risquait de susciter et semblait parfaite en tout point. Cette charte était accompagnée d'un programme qui, tout en exposant les conditions de constitution de la communauté et ses principes – participation, égalité, liberté et fraternité –, énonçait ses objectifs généraux et précisait que la communauté ne se considérait pas comme un phénomène exceptionnel et unique, créé dans le seul but de résoudre les problèmes de ses membres, mais comme le premier maillon d'une chaîne, le modèle auquel d'autres emboîteraient le pas, réalisant le rêve d'un monde entièrement composé de communautés libres, et, en même temps que l'élaboration du programme et de la charte, on entreprit des démarches concrètes pour que le projet voie le jour, la communauté se fit enregistrer en tant qu'association, s'affilia au Centre coopératif, acquit près de la ville un vaste terrain que l'on aménagea pour y construire des immeubles d'habitation et autres bâtiments planifiés après de longues consultations entre les membres du groupe, et au bout de quelques années non dépourvues de difficultés, de retards et de déceptions, les préparatifs s'achevèrent et les membres partirent s'installer dans leur communauté urbaine, tout le monde agit avec prudence, personne ne vendit son appartement en ville, nombre d'entre eux y laissèrent la plupart de leurs effets et leurs meubles et refusèrent même de le louer. Le père de Goldman avait quitté le groupe un an plus tôt, peu de temps après la mort de Naomi, et lorsque les premiers membres commencèrent à emménager dans la communauté, il se trouvait déjà à l'étranger et trois ans plus tard, à son retour, il n'avait retrouvé ni la communauté ni Yossef Levitan car la communauté était dissoute et Yossef Levitan était mort d'une crise cardiaque, un an et demi avant son retour, mais la nouvelle de sa mort ne lui était parvenue que quelques jours après son retour et avait provoqué chez lui une terrible colère, le visage pâle, il avait tapé de ses poings sur la table et hurlé d'une voix étranglée, "Ce n'est pas bien ! Pourquoi ne m'avez-vous pas prévenu !", puis il s'était assis dans la cuisine, avait pris sa tête entre ses mains et pleuré comme un enfant. Regina s'était enfermée dans sa chambre, Goldman était parti de la maison et son père était resté seul, il avait pleuré, s'était fatigué, avait encore pleuré jusqu'à la tombée de la nuit, et alors, il s'était levé, s'était lavé le visage et était allé rendre visite à Mathilda, qui vivait de la maigre retraite de son mari et des mêmes repas de midi qu'elle servait de nouveau chez elle à une vingtaine de clients presque tous nouveaux après la dispersion ou la mort de la plupart des anciens, et il était resté chez elle près de deux heures, ne prononçant pendant tout ce temps que quelques phrases insipides, puis s'était levé après les "informations", lui avait serré la main et était parti, et le lendemain, il était allé sur la tombe de Yossef Levitan, répétant de temps en temps cette visite avec une constance incompréhensible et obstinée, et une fois il avait demandé à Goldman de l'accompagner mais Goldman s'était esquivé parce qu'il détestait rester seul avec son père, qui n'avait jamais eu une conversation franche avec lui et ne le regardait dans les yeux que très rarement et par hasard, et parce qu'il détestait les cimetières et toutes les situations solennelles, surtout les deuils et les condoléances, et même en ce moment, si la politesse et un sentiment d'obligation ne l'avaient pas retenu, il eût disparu de la maison, mais en revenant des toilettes, il dit à Israël, "Viens, allons un peu dans ma chambre. Je n'ai plus de patience pour tous ces gens et surtout pour ma mère", et ils allèrent dans la chambre de Goldman, attenante au salon et à la petite chambre qui, pendant un certain temps, avait été celle de Naomi, mais toutes les deux donnaient sur la grande cour de la maison alors que le salon se trouvait côté rue. A l'exception d'une période pendant la guerre d'Indépendance, où il avait interrompu ses études au lycée pour servir dans l'armée, et de trois semaines de mariage avec la belle Yemima Tchernov, Goldman n'avait jamais quitté sa chambre qui avait subi très peu de changements depuis le temps qu'il l'occupait : le même lit de fer recouvert du grossier tapis beige aux motifs d'un vert passé, les mêmes coussins durs avec des housses en toile fleurie cousues par Regina, le vieux bureau écaillé devant la fenêtre et sa chaise marron au dossier arrondi, et dans le coin de la chambre, le gros fauteuil disgracieux qui, en cas de besoin, se transformait en lit et près du fauteuil, face au lit de Goldman, la bibliothèque aux portes vitrées, la lampe à trois branches et les rideaux de la fenêtre étaient toujours les mêmes et le changement principal était l'usure de l'ensemble et une légère odeur de vieilli qui flottait dans la pièce bien qu'elle fût toujours aussi propre, quelques objets aussi, parmi lesquels une lampe qui brillait par sa laideur, avec un pied en forme de serpent doré tenant dans sa gueule l'ampoule surmontée d'un abat-jour en tissu rouge, gansé d'une tresse dorée. Cette lampe était un des rares cadeaux de mariage conservés par Goldman après que les autres eurent été honteusement distribués aux nombreux proches et amis qui avaient assisté à la luxueuse réception offerte par le père de Goldman, nullement enclin à l'ostentation ni à l'étalage mais qui, par générosité et surtout par une aspiration tyrannique à la perfection et sans tenir compte de l'opposition de Goldman, qui ne voulait pas de tout ce luxe, avait fait venir un orchestre de sept musiciens et commandé une telle quantité de bière et de saucisson, sans parler des gâteaux, que pendant toute une semaine après le mariage, la famille avait mangé chaque jour du saucisson cuit, frit, au four, après en avoir distribué à quelques voisins et amis et comme la chose paraissait inépuisable, Regina qui craignait un empoisonnement avait jeté les restes de saucisson dans la poubelle au grand déplaisir du père de Goldman, qui tout en poussant comme les autres un soupir de soulagement devant le dénouement de cette affaire, ne pouvait s'empêcher de déplorer le gaspillage, mais tout cela n'était rien en comparaison de la honte du divorce inattendu de Goldman qu'il avait évidemment considéré, au premier chef, comme un acte dirigé contre lui, un acte impardonnable, qu'il n'avait d'ailleurs jamais pardonné, le divorce étant à ses yeux aussi honteux que la prostitution, il avait fait son possible pour l'éviter, puis pour le cacher des proches et des voisins mais en vain. L'abat-jour était arrivé peu de temps après la séparation de Goldman et de la belle Yemima Tchernov, il avait été envoyé par une cousine lointaine de Regina qui était venue d'Amérique et entre-temps était repartie, de sorte qu'il était impossible de le lui rendre et la lampe était restée dans la chambre de Goldman, près de son lit, contre le mur autrefois couvert de photographies de taureaux et de toréadors, puis de pilotes et de voitures de course et sur lequel, ces dernières années, il n'y avait plus qu'un paysage sombre et la photo agrandie de sa sœur. Dans cette chambre Goldman se débattait avec ses problèmes et ceux du monde et, par désarroi et désespoir, se créait une vie future qu'il se plaisait à imaginer libre, audacieuse et ardente, mais dans cette chambre aussi il avait appris à y renoncer à grand-peine et avec une sensation accablante d'échec, pour aussitôt se recréer dans un effort désespéré, mû par l'envie, la nostalgie et un espoir excessif, une vie encore plus belle et sauvage, une vie par-delà toute loi et tout possible, et entre les deux, il s'exerçait à vivre sa mort lente et certaine avec une parfaite résignation et même une justesse, malgré son désir ardent de vivre mille ans, et pourtant ces exercices rusés et persévérants ne produisaient que de piètres résultats et il n'arrivait pas à admettre qu'un jour il cesserait de vivre pour de bon, quant à la mort elle-même, malgré sa présence, à ses yeux, réelle et imminente, et les divers moyens mis en œuvre pour se la rendre concrète, elle demeurait au bout du compte obscure et insaisissable et par conséquent, effrayante et désespérante, irréductible à toute sensation actualisable, à toute comparaison avec une chose éprouvée, sauf peut-être avec la mort soudaine de Naomi qui s'était abattue sur lui comme une masse, l'avait profondément ébranlé et presque complètement démoli la famille. Brusquement, aussitôt après sa mort, le cercle qui soudait la famille avait cédé et l'enfer de haine et de cruauté, qui couvait depuis tant d'années sous le couvert d'habitudes, de bienséance et de conventions sociales, avait explosé et commencé à déferler au point d'emporter la famille et de la broyer, mais tout cela n'avait duré qu'un temps, car les liens amers et féroces de la haine et de la cruauté, comme aussi des peurs qui liaient ses parents, liens d'une ténacité qui les avait toujours fait passer pour un couple banal, avaient maintenant repris le dessus pour maintenir le cadre familial, à ceci près que la haine n'était plus comme avant, elle bouillonnait ouvertement, plus venimeuse et débridée, et empoisonnait sans pitié le restant de leurs jours. Peut-être qu'après tout, la chose se serait produite même si Naomi ne s'était pas tuée en voiture, événement qui, bien que Naomi ne fût pas au volant, avait provoqué une fureur sombre chez le père de Goldman qui, dès le début, s'était opposé à ce qu'elle conduise et avait prédit des dizaines de fois cette fin car à ses yeux, conduire une voiture, comme d'ailleurs tout ce que faisait Naomi, était un acte répréhensible, dirigé contre lui et contre ses opinions mais Naomi, qui était renfermée et indépendante, persistait ouvertement et avec entêtement dans sa propre voie et tout en éprouvant pour lui du respect, de la compréhension et même de l'amour, elle ne tenait pas compte de sa colère devant son rapport à l'argent ou à l'habillement, ni lorsqu'elle avait cessé de jouer du violon ou avait décidé, contrairement à ses projets, de devenir professeur de sport après avoir terminé le lycée, puis avait annoncé un beau jour qu'elle interrompait ses études pour s'enrôler dans l'armée britannique, sans parler de sa liaison avec l'Anglais qu'ils n'avaient sue qu'au bout d'un certain temps et ainsi, après un mois de discussions, de prières et d'âpres disputes, Naomi s'était engagée et était partie. Regina qui, par-delà son attitude réservée et pragmatique, était très attachée à elle, avait préparé le dernier jour un repas d'adieux en son honneur, avec du poisson, du bouillon de viande, des boulettes, des côtes de veau, des galettes de pommes de terre comme elle les aimait, de la compote de fruits secs comme le soir de la pâque et du gâteau au pavot, et tous les quatre – le père de Goldman, Regina, Goldman qui avait alors douze ans et Naomi –, qui n'avaient pas mangé ensemble depuis des années, s'étaient installés dans la grande pièce réservée aux invités, autour de la table couverte d'une nappe blanche, et ils avaient mangé en silence les plats préparés par Regina, puis à la fin du repas, Naomi s'était levée, avait pris la petite valise et le sac à dos posés dans le couloir, était revenue dans la pièce, avait serré la main de Goldman, embrassé son père, qui continuait à rester assis, pétrifié, ne cessant qu'un instant de faire semblant de lire son journal, puis elle avait embrassé Regina qui l'avait accompagnée à la porte et attendu jusqu'à ce que le bruit de ses pas ne résonne plus dans l'escalier, et Goldman, profondément endeuillé, était entré dans la deuxième pièce et s'était étendu sur le lit, le visage contre le mur, mais assez vite, alors qu'il ressentait encore son absence, il s'était rendu à l'évidence que d'une manière ou d'une autre il n'était plus possible de la ramener à la vie et progressivement il avait accepté sa mort qui s'était transformée en une donnée constante de sa vie, quant au père de Goldman, qui n'était même pas allé une seule fois sur sa tombe, il y avait vu un châtiment de l'histoire avec l'Anglais et en même temps un acte dirigé contre lui et, rejetant la faute de la mort de Naomi sur Regina, il était parti pour l'Amérique où il avait passé deux ans, puis une autre année au Canada. Personne ne sut jamais ce qu'il y faisait ni comment il vivait, sans doute ses proches ou d'autres personnes l'avaient-ils aidé, car pendant toutes ces années, ils ne reçurent aucune lettre de lui, sauf trois cartes de vœux de bonne année qui permirent de savoir où il se trouvait, et Goldman et Regina, qui s'était refermée comme un coquillage et lui manifestait une totale indifférence, ne prirent pas la peine de s'y intéresser. A vrai dire après la mort de Naomi, Regina se détacha du monde, elle cessa presque de se nourrir, d'aller au cinéma, au théâtre ou aux réjouissances familiales, ne sortant presque pas de la maison, sauf une fois par semaine, été comme hiver, pour aller tous les mercredis sur la tombe de sa fille où elle sarclait la terre tout autour, arrachait les mauvaises herbes qui poussaient entre les fleurs et les arbustes qu'elle avait plantés et les arrosait, elle rencontrait aussi Yehoudit Meisler, sa meilleure amie, la seule qui venait la voir de temps en temps, ainsi que parfois, Shmouel et Bracha, Yoël et Tsipora, David Kostomolski, la veuve de Moshé Tseimer qu'elle trouvait pesante et Moshé Tselermayer, le seul qui venait régulièrement et n'oubliait jamais les bienfaits dont Regina et le père de Goldman l'avaient comblé à l'époque où, arrivé comme réfugié dans le pays après la guerre, il avait longtemps habité chez eux, et lorsqu'il venait la voir, il apportait toujours une boîte de bonbons et une bouteille de vin, ou un excellent saucisson, du café ou un bouquet de fleurs, mais Regina, qui ne l'aimait pas, recevait ces présents avec froideur et

Moshé Tselermayer, n'y prêtant aucune attention, était heureux de lui faire plaisir et de témoigner ainsi un peu de gratitude et d'amour. De temps en temps, Regina recevait aussi une lettre de Manfred ou bien lui écrivait et ces deux choses – les visites au cimetière et les "lettres de Manfred" – constituaient désormais le contenu essentiel de sa vie et les seuls points de repère qui jalonnaient son temps et lui conféraient un peu d'intérêt et de tension, ainsi ne connaissait-elle plus d'autre temps, ni d'autre vie, ni d'autres espérances que ceux qui, d'une manière ou d'une autre, se rapportaient à Naomi ou à Manfred, qui vivait avec sa famille en Hollande et venait en Israël en été, parfois aussi à la fin de l'hiver, et habitait la plupart du temps chez son frère, à Haïfa où Regina allait le voir sous le couvert de sa visite au cimetière, et si par hasard il se trouvait à Tel-Aviv, ils se rencontraient chez Yehoudit Meisler à l'adresse de laquelle il lui envoyait aussi ses lettres, alors que quinze ou vingt ans plus tôt Manfred rendait encore visite à la famille et était reçu en invité bien que le père de Goldman ne l'aimât pas, mais après avoir décidé de cesser ces visites, tous leurs rapports devinrent indirects même pendant l'absence du père de Goldman parce que cela devint une habitude qui convenait à tous les deux. Au fil du temps, leurs rencontres déjà brèves le devinrent plus encore, au point de ne plus durer qu'une ou deux heures et de finir par se transformer en séparations déprimantes, chargées de colère et d'amertume, accompagnées d'un sentiment de déception et de rancune, car en dépit d'une puissante obstination, d'une volonté de fouler aux pieds la réalité et d'espoirs fous qui ne connaissaient pas de limites, le temps, l'âge et les conditions de vie avaient fini par grignoter leur amour dont il ne restait plus que le souvenir atrophié d'un désir partagé, de merveilleuses possibilités ratées, et la conscience, qu'aucun des deux n'osait reconnaître, d'avoir échoué et que nulle force au monde ne pouvait leur faire remonter le temps ni ranimer la flamme évanescente, et à la fin de ces rencontres, ils se quittaient avec la ferme résolution de ne plus se revoir, chacun rentrait chez soi mais pour mieux recommencer à éprouver très vite de la nostalgie, nourrir de nouveaux espoirs et attendre avec impatience la prochaine rencontre, ils aimaient le souvenir de leur amour, se sentaient engagés par lui et continuaient d'espérer hors de tout espoir, ce qui rendait cette attente immortelle et faisait de leur vie un perpétuel mouvement de pendule qui ne dépendait plus ni d'eux ni de leur volonté, eux-mêmes ayant fini par devenir la chose même dans laquelle ce mouvement s'incarnait. Manfred, qui était né dans une grande bourgade au pied des Carpates, appartenait à une famille aisée, enrichie dans le commerce du pétrole, il s'appelait Meshoulam mais à l'école, on l'avait appelé Manfred et c'est ainsi qu'on l'appelait aussi en Israël, le père de Goldman l'avait surnommé "l'intellectuel", puis comme nombre de ses amis, "le dissident", enfin, après qu'il eut quitté le pays, il le désignait par "cette espèce de Latin", mais il ne l'avait jamais fait devant lui car Manfred était un homme cultivé, à l'esprit vif et qui, sous des dehors de finesse et d'embarras, avait quelque chose de dur et de déterminé, voire même de despotique. Il parlait peu, avec grande difficulté et comme sous l'effet d'une contrainte mais dès qu'il parlait on l'écoutait attentivement, il se créait des relations et se mêlait aux autres, qui le respectaient et le craignaient, certains même, assez nombreux, lui reprochaient son arrogance, c'était en effet un homme prétentieux, qui avait une haute opinion de lui-même et beaucoup d'assurance, intolérant envers la sottise des hommes, leur étroitesse d'esprit, leurs erreurs et faiblesses et parfois même, leur diversité, il les traitait souvent avec une froideur empreinte de mépris, les jugeait avec cruauté, tout en s'imposant de demeurer proche des gens, comme l'un d'entre eux, car il croyait au groupe, à l'amitié, à la simplicité des manières, aux rapports directs entre les êtres et cela, dans le cadre d'une vision du monde plus globale, et seulement des années plus tard, au cours d'une conversation avec son fils aîné, Raphaël, qui était devenu docteur en physique et lui était très proche, il avait dit, "J'ai cru qu'être ainsi proche du peuple était le comportement d'une société nouvelle qui nous conduirait vers un monde plus juste, mais ce n'était en fait que de la vulgarité qui a débouché sur de la sauvagerie", et Raphaël lui avait demandé si, dans l'éventualité d'un choix, il aurait mené une autre vie que la sienne, y compris sur le plan familial, et Manfred avait dit, "Je ne veux pas y penser", mais à l'époque, après sa période estudiantine que lui-même avait qualifiée plus tard de “période mondaine”, il avait asservi tous ses désirs, ses sentiments et ses talents, et même son orgueil en apparence, pour les mettre au service de sa raison, qui était si pénétrante et inflexible qu'elle suscitait parfois une angoisse accompagnée du sentiment qu'au-delà de cette raison acérée, qui s'exerçait à saper et nier tout ce qui était humain – la peur, l'amour, les sentiments, la pitié – au point d'aboutir à sa propre négation, pointait un sombre abîme, et ainsi en vertu de cette raison, il était devenu sioniste et malgré les prières et les menaces de ses parents, qui se considéraient avant tout comme des citoyens de l'empire des Habsbourg, aspiraient à être allemands et avaient éduqué leurs enfants dans cet esprit, sans parler des grands espoirs qu'ils avaient fondés sur lui, il avait tourné le dos à toutes les possibilités qui lui étaient offertes, renoncé à sa part d'héritage et émigré en Israël comme pionnier, il avait surmonté sa faiblesse physique à force de volonté et s'était adonné au travail manuel qui était épuisant, mais tout en faisant ce travail, il avait adopté des idées de gauche et était devenu communiste, puis au nom de ce même communisme il avait tranquillement, mais de manière ferme et conséquente, nié l'existence du peuple juif et le sionisme et au début des années trente, il avait quitté le pays et passé quelques années à Strasbourg où il avait commencé à se détacher du communisme pour finir par l'abandonner avec fureur, deux ans à peine après avoir justifié les procès de Moscou, puis il était allé à Paris pour y étudier l'histoire et la littérature médiévales, en particulier l'histoire et la littérature ecclésiastiques, et s'était plongé dans la recherche sur la démonologie chrétienne : l'évolution du concept de Satan, ses incarnations successives, les transformations du rapport entre Dieu et Satan, leur signification dans le cadre de la conception chrétienne, les diables et leurs diverses fonctions, leur position dans la hiérarchie de la démonologie, les changements survenus dans leur position et leur fonction religieuse et dans ce contexte, il avait étudié pendant longtemps la topographie de l'enfer tel qu'il était décrit dans la littérature ecclésiastique et extra-ecclésiastique, fait des recherches sur l'enfer et ses diverses sphères, les animaux et autres figures qui le peuplaient, et avait même publié un livre pas très épais, traitant de toutes ces questions et qui avait été apprécié, mais Manfred, qui voyait les défauts du livre et ses limites, ne partageait pas cet avis et le considérait comme la grossière ébauche d'un futur livre plus élaboré et approfondi sur le même sujet, mais ce livre ne vit pas le jour, entre autres à cause d'une rencontre fortuite avec un ami de jeunesse, un Polonais devenu professeur de philosophie, et qui modifia ses centres d'intérêt, alors il se consacra à l'étude de Spinoza et projeta même d'écrire une monographie sur lui et, tout en continuant à l'étudier et à prendre des notes, il publia deux articles sur les problèmes historico-politiques liés au christianisme et quelques années plus tard, un autre article consacré à la personnalité de Lénine et à la révolution, après quoi il ne publia plus rien car au fil des années, il devint de plus en plus sceptique et plus enclin à voir dans ses écrits ses ratages que ses réussites, émettant de sérieuses réserves sur ses articles dont la lecture était des plus ardues parce que son écriture était des plus compliquées, faite d'un entremêlement de phrases complexes, qui se contredisaient entre elles, chacune émettant des réserves sur la précédente, et reflétant un effort colossal pour transmettre toute la complexité contradictoire et sinueuse du sujet qui le préoccupait, tout en mettant à nu son unité sous-jacente, mais cet effort était d'autant plus obstiné et aigu qu'il était voué à l'échec, et il ne pouvait qu'en être ainsi, et Manfred renonça à ce genre d'écriture et reprit sa monographie sur Spinoza qui lui paraissait plus simple, il décida de se concentrer exclusivement sur la description des éléments biographiques et du système de pensée et s'y tint malgré la guerre qui faisait déjà rage autour de lui, considérant cet acte comme sa contribution à la victoire sur la folie et l'irrationnel, mais au bout d'un certain temps, il interrompit ses recherches et son écriture et ne les reprit même pas après la guerre, car il perdit de nouveau tout désir et intérêt pour les sciences humaines en général et la philosophie en particulier que la guerre, avec son cortège de terreur, de violence et de folie, avait transformée, aux yeux de Manfred, en une chose sans lendemain et même scandaleuse, comme d'ailleurs la littérature et la poésie, l'étude des religions et la recherche historique et toute la culture occidentale, alors le scepticisme, fruit d'une intelligence critique, de ses études et de l'expérience, s'empara à nouveau de lui, mais dans le même temps, après une période de nihilisme intérieur et de croyance renouvelée dans la force de la contrainte pour faire régner l'ordre dans le monde, il revint à sa conviction que seules l'intelligence et la raison pouvaient servir de fondement à la création d'un monde nouveau, harmonieux et bon auquel Manfred ne croyait plus parce qu'il déniait à l'intelligence et à la raison la capacité de faire plier l'irrationalisme, d'agir sur l'Histoire et de la façonner de manière positive, et par désespoir et rancune envers le monde et l'Histoire qui l'avaient déçu et étaient voués à toujours décevoir, par un certain sentiment de culpabilité aussi, il quitta tout et essaya de travailler dans le bâtiment et le jardinage, puis comme subalterne dans la recherche sur la migration des oiseaux et passa ainsi tout un hiver dans une petite cabane dans les Alpes, à la suite de quoi il s'adonna à l'optique et, à ses heures de loisir, au violon qu'il avait abandonné depuis longtemps, et bien que piètre violoniste, cette pratique le rendait serein, tandis que l'expérience de la vie et le scepticisme, qui n'entamait en rien la conscience de sa propre valeur, avaient fait naître en lui la modestie et la capacité de pardonner la sottise des gens, leurs erreurs, leurs faiblesses, leur côté désagréable, et ainsi pouvait-il accepter et comprendre ses relations avec sa femme et sa liaison amoureuse avec Regina, qui avait à peu près son âge et qu'il avait connue dans la bourgade de sa jeunesse, et si elle n'avait pas été brusquement atteinte d'une maladie respiratoire que personne n'arrivait à identifier, ils se seraient sûrement mariés et auraient émigré ensemble en Israël, mais Regina séjourna longtemps dans diverses cliniques, puis dans des maisons de repos en montagne et Manfred émigra seul, leurs liens se relâchèrent malgré leurs efforts pour les maintenir, puis ils se rencontrèrent de nouveau mais quelques années plus tard en Israël, alors que Regina était déjà mariée avec le père de Goldman et Manfred avec une autre femme, qui le quitta au bout de deux ans et partit vivre avec un autre homme, et malgré la confusion et le désagrément, ce fut l'un des plus beaux jours de sa vie parce qu'il l'avait détestée dès le jour où il l'avait épousée. Après son divorce, Manfred avait espéré que Regina aussi quitterait le père de Goldman et l'épouserait, mais Regina hésita et recula, entre-temps Naomi vint au monde et Manfred se remaria avec une parente lointaine, un peu plus âgée que lui, cultivée et riche, c'était déjà à Strasbourg où naquirent aussi leurs deux fils, Raphaël et Claude, qui était très doué mais erra de faculté en faculté pour finir par se vouer sans grand succès aux affaires, ce qui fit dire à Manfred qu'à force de vouloir être heureux il s'était rendu malheureux, quant à la fille qui s'appelait Elinor, elle était née peu de temps après leur arrivée à Londres où ils vécurent pendant presque toute la guerre. Elinor était élancée et fragile comme une porcelaine délicate, elle avait la peau claire et transparente comme si elle avait toujours vécu enfermée dans une chambre, derrière d'épais rideaux, ses lèvres étaient épaisses et sans vie, ses yeux bleus et froids et son allure avait conquis Goldman qui l'avait rencontrée une seule fois, quand elle avait dix-sept ans, presque dix ans de moins que lui, et cette rencontre l'avait profondément marqué. Il émanait de sa personne et de sa beauté glacée quelque chose de repoussant et d'attirant, un certain charme maladif, lunaire, mais elle demeurait lointaine et hors d'atteinte, condamnée à vivre toute sa vie enfermée dans un monde de chimères, quelque part à la frontière du réel et de l'imaginaire et des abîmes de l'âme, là où savoir et désir sont abolis, où règnent l'angoisse ou la délicieuse sensation de l'anéantissement, et Goldman, qui n'osait pas poser des questions, espérait chaque année la voir revenir avec Manfred, elle devait même venir l'année où le père de Goldman quitta la maison et partit pour l'Amérique, mais le voyage fut annulé et elle ne vint pas, et Goldman continua de l'attendre l'année suivante et celle d'après, quand un beau jour à midi, la clé tourna dans la serrure et son père, qui était revenu sans prévenir, entra et traversa le couloir avec deux valises qu'il posa dans la grande pièce, près du canapé, puis il alla dans les toilettes et à la douche, se lava les mains et le visage, et ensuite entra dans la cuisine et dit, "Shalom", et Regina lui dit, "Shalom", et Goldman, qui était en train de manger, se leva, alla vers lui et lui serra la main en lui disant, "Shalom", et lui demanda comment il allait, le père de Goldman dit, "Ça va", et Regina lui demanda s'il voulait manger quelque chose, et le père de Goldman dit, "Non. Je repars bientôt", il enleva son chapeau et dit, "Je suis juste venu prendre quelques affaires et je repars" et il lança un coup d'œil à Regina qui dit, "Chacun fait ce qu'il veut", elle lui servit un verre de thé avec quelques biscuits et le père de Goldman dit, "Je bois juste mon thé et je m'en vais", et Regina répéta, "Chacun fait ce qu'il veut", et le père de Goldman dit, "C'est vrai" et il la regarda d'un air hostile, puis il échangea quelques phrases avec Goldman, lui demanda comment il allait et ce qu'il faisait, il but son thé, sortit de son armoire quelques papiers et menus objets qu'il mit dans une des valises, mais bien qu'il ne se passât pas de semaine sans qu'il ne menaçât de le faire, il ne quitta pas la maison et entreprit diverses démarches pour mettre sa menace à exécution : il s'adressa à des agences pour qu'elles lui trouvent un appartement adéquat et entre-temps, réunit ses affaires et ses vêtements, rangea même une partie dans les valises pour être prêt à déménager, s'occupant seul de ses affaires, faisant ses propres courses, préparant son petit déjeuner et son dîner qu'il mangeait sans Regina, laquelle ignorait ostensiblement son existence, quant à ses repas de midi, il les prenait dans un restaurant et c'est à peu près à cette époque qu'il commença à rédiger son testament, mais toutes ces menaces n'effrayaient personne et encore moins Regina, qui avait réglé tous ses comptes avec lui et comme elle n'avait plus rien à perdre et s'était libérée de la peur qu'il lui avait inspirée pendant toutes ces années, elle menait avec obstination et comme si de rien n'était sa vie amère et monacale, trouvant des moyens de se protéger de ses insultes tout en lui faisant mal : elle se retira encore plus en elle-même, l'ignora comme il l'ignorait, ce qui le mettait hors de lui et provoquait sa fureur, cessa de lui demander s'il voulait qu'elle lui prépare à manger, qu'elle lave son linge ou le repasse, redoubla ses visites chez Yehoudit Meisler, porta des vêtements dont elle savait qu'il les détestait, fit des achats inutiles, refusa catégoriquement de se faire servir par lui, ne fût-ce qu'un verre de thé ou un médicament lorsqu'elle était malade, tant elle préférait mourir plutôt qu'avoir besoin de lui et elle ne le cachait ni aux autres ni à lui. Ils devinrent des ennemis jurés, menant entre eux une guerre d'extermination perverse et cruelle au moyen de petites vengeances douloureuses, d'injures et d'humiliations, de l'exploitation des faiblesses les plus secrètes de l'adversaire et même de la mort de leur fille, sur la vie et les sentiments de laquelle, chacun à sa manière avait tenté de régner avant d'essayer de rejeter sur l'autre la cause de son éloignement de la maison et de sa mort, surtout le père de Goldman, qui était à l'origine de cette guerre sans merci, prétendant sans cesse que, depuis son enfance, Naomi n'était attachée qu'à lui parce qu'il lui avait toujours consacré de l'attention et l'avait traitée avec amour et compréhension, alors que Regina, qui ne l'avait jamais désirée parce qu'elle était amoureuse de Manfred et qui avait oscillé entre la gâterie, une inquiétude étouffante et une exigence inflexible et intolérante, et toutes sortes d'interdictions insensées, qui l'avaient rendue impatiente et révoltée, avait tant voulu régenter la vie de Naomi en bien comme en mal qu'elle avait fini par lui faire fuir la maison. Il répétait aussi comment il avait l'habitude de se promener avec elle lorsqu'elle était petite, comment il lui racontait des histoires, l'emmenait à la mer et au cinéma, comment il lui avait acheté une bicyclette pour ses douze ans et une montre pour ses quinze ans et comment il parlait avec elle de ses problèmes naissants d'adolescente, et toutes ces choses n'étaient pas des mensonges mais les malheureux fruits de l'imagination d'un homme qui cherchait un moyen de réparer sa vie et d'être victorieux à tout prix, même si lui-même n'y croyait plus. En fait il s'occupait très peu de Naomi et souvent avec impatience, échangeait à peine quelques phrases avec elle, des paroles banales et forcées, et ne lui consacrait que des miettes du temps qui lui restait entre son travail épuisant et ses autres activités, sauf pendant une brève période agitée et malheureuse, où il avait voulu la forcer à jouer du violon et y avait réussi à force de persuasion et de flatterie, de toutes sortes de menaces assorties de pitoyables promesses et de cris, mais il était difficile de l'en accuser car les travaux de bâtiment, l'ambition, la rigueur, la droiture et l'orgueil rongeaient toutes ses forces et grignotaient ses nerfs, il revenait à la maison vers le soir, épuisé et nerveux, mangeait à la hâte le repas de midi tardif préparé par Regina, s'étendait sur le canapé avec le *Davar** et plongeait rapidement dans un sommeil lourd, le visage couvert du journal, dormant ainsi jusqu'au soir, parfois dans ses vêtements de travail. Regina ne réagissait presque jamais devant lui à ces histoires sur leurs rapports avec Naomi, et elle ne réagit pas non plus le jour où il l'accusa de sa mort et prétendit que c'était à cause d'elle que Naomi avait eu une histoire d'amour à Alexandrie, avec cet homme marié et anglais, que tout en le sachant elle n'avait rien fait pour s'en mêler et y mettre fin, en fait même avant son départ pour l'Amérique, il avait toujours pensé que la mort de Naomi était le châtiment de ces relations interdites et peu lui importait que cette histoire fût de plusieurs années antérieure à sa mort, et plus il revenait sur cette idée, plus, envahi de douleur et de colère, il se persuadait de sa vérité au point qu'elle finit par se transformer en une idée fixe aussi indéniable que la culpabilité de Regina. Le père de Goldman ne l'avait jamais directement dit à Regina car peu de temps après son retour d'Amérique, ils avaient cessé de s'adresser la parole et même lorsque tous deux étaient présents, ils communiquaient en parlant à Goldman, à la porte, au mur, à la bouilloire, à la chaise, au journal ou à tout autre objet, en désignant l'autre par “lui” ou “elle”. En général, Regina s'en allait et s'enfermait dans l'une des chambres ou partait de la maison, sauf une seule fois où elle s'adressa à Goldman et dit, “Tout a

* Quotidien israélien, organe du parti travailliste. *(N.d.T.)*

commencé le jour où il a décidé de lui faire jouer du violon, en fait même bien avant”, et le père de Goldman dit, “Mensonges. Elle ment”, et Goldman, qui évitait de se mêler à cette guerre et n’essayait pas de les apaiser, dit, “Assez avec ça !”, et Regina dit, “Il a tout détruit avec son orgueil” et elle s’enferma dans la douche, tandis que Goldman, en colère, s’enfermait dans sa chambre, l’inquiétude agaçante de sa mère, son abnégation auxquelles s’était ajouté, ces dernières années, le poids des déceptions et de la fatigue, qui s’étaient peu à peu transformées en un nihilisme amer et épuisant, la tyrannie stupide et sauvage de son père avaient entamé la patience de Goldman qui avait fini par les prendre en horreur au point de vouloir quitter la maison, surtout à cette époque où tout cela se nourrissait aussi de leurs luttes cruelles et implacables, mais il n’en fit rien et continua de vivre avec eux, sans pouvoir supporter leur vue, ni entendre leur voix, ni échanger quelques mots gentils, et tous deux avaient besoin d’attention, d’un peu d’affection et de pitié mais il fermait les yeux, se bouchait les oreilles de son mieux et les laissait s’empoisonner mutuellement la vie, sauf à de rares moments où, saisi de remords, il en éprouvait du chagrin, mais un chagrin détaché et impersonnel qui ne l’empêchait pas de continuer à vaquer à ses affaires. Au début, Goldman voulait étudier la zoologie, puis encouragé par Naomi, il avait songé à l’orientalisme tandis que son père voulait qu’il soit ingénieur mais à sa grande déception, il finit par étudier le droit, acheva brillamment ses études et commença à travailler dans un cabinet d'avocats comme spécialiste d'entreprises et d'établissement de contrats, mais ses centres d'intérêt dépassaient largement le cadre de sa profession, source de malaise et d'un sentiment de gâchis et d'échec, et il lisait pêle-mêle livres scientifiques, littérature, pamphlets, ouvrages de sociologie et de psychologie, récits de voyages, biographies, études sur la religion, la géologie et l'histoire, autant de livres qui s'entassaient dans sa bibliothèque et étaient éparpillés dans sa chambre, et lorsqu'ils y entrèrent avec Israël, Goldman ôta quelques livres posés sur le fauteuil et les mit sur son lit, puis il sortit d'un des tiroirs de sa table de travail une bouteille de cognac et deux petits verres et demanda à Israël, qui s'était assis dans le fauteuil, s'il boirait bien un verre avec lui, et Israël dit, "Oui. Mais pas plein", et Goldman les servit, ils burent, puis il répéta, "Je n'ai plus de patience pour ces gens-là, et surtout pas pour ma mère", il promena le doigt sur le bord du verre et ajouta, "Ne te trompe pas. J'aime beaucoup certains d'entre eux". Il le dit d'une voix fatiguée et grise, reprit une petite gorgée et Israël regarda à la dérobée et vit dans le coin de la pièce, près de la table de travail, les petits haltères et le "Bullworker", et Goldman, qui avait intercepté son regard, dit, "Il faut conserver sa forme. Ça procure un tout autre sentiment de vie", puis il y eut un temps de silence où l'on pouvait entendre le bruit des grillons qui montait de la cour et une certaine rumeur lointaine qui ressemblait à celle de la mer dont l'odeur flottait dans l'air, mêlée à celle du mélia, du frangipanier et du phytospore, et le mouvement presque imperceptible de l'air, qui entrait par la fenêtre ouverte, portait ces senteurs, plus limpides qu'auparavant, vers l'intérieur de la chambre. Israël prit une gorgée et regarda involontairement Goldman, qui lui rendit son regard et sourit, mais derrière la mince pellicule du sourire sec, le visage osseux de Goldman était las et comme vidé de sa sève, ses yeux verts, entourés de rides et de plis, étaient pleins de tristesse, et il se resservit un verre et dit, "Tu sais bien que je ne l'aimais pas mais je l'ai vu impuissant et consumé et j'ai eu pitié de lui. En tout cas, c'était terrible. Et puis, il est difficile d'admettre que quelqu'un est mort et n'est plus. Car s'il en est ainsi, alors pourquoi tout ça ?", il se tut un instant et reprit, "Tu vois, je parle encore de moi". Goldman dit tout cela d'un air si simple qu'il parvint à transmettre à Israël la tristesse, l'impuissance et le désespoir qui étaient en toute chose, sa grande fatigue aussi, et le cri obstiné et monotone des grillons, dont il semblait qu'il durerait ainsi jusqu'à l'éternité, continuait à monter de la cour vide, comme aussi les odeurs d'été, si familières à Israël depuis son enfance et son adolescence passées dans cette cour, sur la pelouse et sous le phlox, le mélia et le jacaranda aux cimes élevées, à l'abri de l'énorme ficus toujours vert, à l'ombre des vieux cyprès, à jouer à cache-cache, au voleur et au ballon, à toutes sortes de farces et de polissonneries amusantes et effrontées et c'est pendant ces nuits d'été secrètes et douces qu'il s'était initié aux délices du sexe, colportées par des rumeurs, des histoires, des blagues grossières et parfois des séances de masturbation collective qui procuraient un émoi et une jouissance infinis mêlés de peur et de honte, et les voix paisibles des gens, la musique s'échappaient des fenêtres, des chauves-souris se heurtaient dans la pénombre dans un envol brusque et désordonné, atterrissaient comme des pierres puis repartaient et tout le monde disait de s'en méfier de crainte qu'elles ne saisissent quelqu'un par les cheveux et ne le lâchent plus jamais, et à mesure qu'il restait assis dans cette chambre, Israël se sentit vieillir, il jeta un autre coup d'œil involontaire à Goldman et se tut. Que pouvait-il bien lui dire ? S'il avait essayé de le consoler, Goldman l'aurait interrompu avec ironie car le chagrin suscité par la mort de son père n'était pas de ceux qui demandent à être consolés et, eût-il été possible de le ressusciter que Goldman n'eût sans doute pas accueilli cette idée avec joie et peut-être même s'y serait-il ouvertement opposé, quant à l'autre chagrin qui le submergeait et assombrissait sa vie, les mots n'étaient pas capables de l'effacer, et Israël joua avec le verre de cognac, continuant à se taire obstinément mais sans colère et Goldman regarda un instant sur le mur la photo de sa sœur et dit, “Elle avait de beaux yeux” et Israël dit, “C'est vrai”, il regarda aussi la photo, puis tourna la tête vers la fenêtre ouverte, et Goldman dit que l'amour et la haine, comme aussi les habitudes et les liens familiaux, enchaînaient si fort les êtres entre eux que la volonté et la raison n'avaient pas le moindre pouvoir et que même la mort ne les déliait que par la force obstinée du temps qui anéantissait tout, et alors aussi quelque chose de l'être disparu imprégnait à jamais l'autre, laissant encore pendant de longues années affleurer à la surface de l'immense mer de l'oubli quelques-uns de ces souvenirs importuns qui ne sont plus les choses elles-mêmes, mais évoquent en quelque sorte leur fantôme. Dehors l'obscurité était complète, mais sans être dense ni noire, et l'on pouvait distinguer les cimes hautes et sombres du poinsettia et du ficus au pied duquel avait atterri le cadavre de Kaminskaïa qui, un jour d'ivresse, s'était jetée par la terrasse de son appartement du troisième étage, c'était en été, quelque temps après la guerre, et dans l'appartement plein de plantes et de beaux tapis, avec le salon et la cuisine où la lumière brillait encore, ils avaient trouvé cendriers et verres pleins de mégots, bouteilles de cognac vides, journaux, livres et vêtements et une bouilloire vide posée sur le réchaud allumé. Elle s'était jetée par la terrasse vers le matin qui peut-être était pour elle le crépuscule ou la pleine nuit, et les voisins de l'immeuble, bruyants et effrayés, réunis par petits groupes dans la cour, en tenue de travail ou en pyjama, avaient essayé de déchiffrer les mobiles de cet acte à l'aide de diverses rumeurs dont la plupart étaient sans doute vraies, et Moshé Tseimer, allant d'un groupe à un autre, soutenait en criant que c'était un acte condamnable, que l'être humain n'avait moralement pas le droit de se suicider, au même titre que voler ou piller, puisque sa vie ne lui appartenait pas, et le père de Goldman, qui était de son avis, avait dit que l'acte était aussi bien interdit en droit criminel et qu'il n'était qu'une preuve de peur et d'égoïsme, mais un des voisins s'en était mêlé en disant, "Allez-y, faites-la traduire en justice" et montrant Kaminskaïa en ricanant, il avait soutenu que la chose n'était pas interdite, que toute personne avait le droit de disposer de son corps à sa guise et que l'acte ne prouvait rien en soi, sinon qu'une personne vivante avait décidé de mourir et était morte, et les autres voisins aussi, divisés, étaient en majorité d'accord avec le père de Goldman et Moshé Tseimer, et Israël, qui se trouvait là et avait eu le temps de voir Kaminskaïa, allongée en peignoir sur l'herbe humide, avant que la veuve de Moshé Tseimer ne recouvre le cadavre d'un drap, détourna son regard de la fenêtre et demanda à Goldman ce qu'il avait l'intention de faire, et Goldman le regarda, surpris, et Israël qui, avant même d'avoir achevé sa question, avait senti à quel point elle était superflue, voulut la retirer, puis se lever et partir, mais Goldman le devança et dit qu'il ne pourrait évidemment pas, comme il l'avait prévu, quitter la maison dans l'immédiat, mais qu'il changerait de métier et partirait dans un an au plus tard, et Israël hocha légèrement la tête et ne dit rien. Au fil des années, Israël avait souvent entendu ces paroles dites par Goldman, dont le front barré de rides commençait déjà à se dégarnir, et presque toujours sur le même mode, sauf que d'année en année le ton s'était fait plus las et détaché, tout en gardant encore une note de désir et de croyance. Goldman avala d'un trait le cognac qui restait dans son verre et le remplit de nouveau – il avait environ cinq ans de plus que César et au moins neuf ans de plus qu'Israël, mais la constance de leurs rapports et l'affection comblaient cet écart – et après un moment de réflexion, il répéta à Israël qu'il regrettait de ne pas être parti comme matelot sur un navire comme il en avait eu l'intention aussitôt après son service militaire, et de ne pas s'être orienté plus tard vers l'agriculture au lieu de réaliser son désir, et il savait maintenant que ces occasions étaient ratées pour de bon parce qu'il était trop âgé, alors qu'il eût été sûrement heureux s'il avait au moins étudié la zoologie comme il le désirait à l'époque, mais ce chapitre aussi était clos et il ne lui restait plus qu'à apprendre éventuellement la mécanique ou la menuiserie pour pouvoir trouver la même tranquillité qu'Avinoam dans son moshav. A vrai dire, plus qu'à la tranquillité, Goldman aspirait à quelque chose de tumultueux, de catastrophique même, qui brusquement l'arracherait à sa place et transformerait complètement sa vie, le rendant soudain libre et délesté de toute responsabilité, une vie telle qu'il savait l'imaginer et qui était en fait en contradiction totale avec ses principes et ses possibilités, il se tut un instant et regarda Israël, attendant qu'il confirme ses projets ou les contredise au nom de ses aspirations, et son regard semblait si perdu et solitaire qu'Israël dit, “Oui. Tout ira bien”, puis il ajouta, “Il fera très chaud demain” et

Goldman prit une petite gorgée de cognac, se reprit et dit qu'il était bien dommage que sa mère ne fût pas une comtesse italienne appartenant à une famille ruinée, qui se serait enfuie à Paris où elle aurait épousé son père, un émigré russe, peut-être un anarchiste, ou bien un Irlandais alcoolique, un peu poète, un peu brigand, un peu un gigolo vivant au jour le jour, car une telle généalogie assurait à l'homme cent ans de vie heureuse et, au lieu de le transformer en quelqu'un qui passait sa vie dans un cabinet d'avocats à remuer des papiers, essayer de se comporter selon les normes et être responsable, elle en faisait dans le pire des cas une espèce de gitan mais un être vivant. Israël, qui avait entendu ces paroles aussi plus d'une fois, dit, "Peut-être bien" et il sourit, Goldman aussi sourit et dit, "J'envie César. Il vit comme si la vie était une éternelle distraction. Il n'a pas de problèmes. C'est un vrai oiseau", oiseau était le surnom donné par les jeunes à Sonia Levitan, sœur d'Avinoam et de Hanoch, qui avait été la première à exciter Goldman et comme femme, bien qu'encore adolescente, à lui donner un avant-goût des plaisirs palpitants enfouis dans le corps, auxquels elle aussi prenait plaisir mais différemment parce qu'elle était de quelques années l'aînée de Goldman et ne s'intéressait pas à lui, pourtant elle le laissait parfois la regarder par la porte ouverte, en culotte et maillot de corps, quand il se trouvait dans la chambre d'Avinoam qui était son camarade de classe, puis une ou deux fois elle s'était laissé toucher les poils de ses aisselles et ses petits seins fermes, et une fois il avait osé introduire prudemment sa main sous sa jupe, dirigé lentement ses doigts apeurés le long de ses cuisses, les avait glissés sous sa culotte et touché son ventre et les poils de son pubis. Le plaisir avait été si fort qu'il avait cru sombrer dans une vision, frappé d'éblouissement à force de jouissance et d'émoi au point qu'il n'avait plus pu se contenir, tout avait brusquement explosé, puis vide et dégrisé, il avait retiré sa main, honteux et désemparé, et surtout effrayé, et lui tournant légèrement le dos, il avait sorti en cachette sa chemise pour couvrir la maudite tache étalée sur son pantalon et ainsi, sans la regarder, il était sorti à la hâte et, les jambes défaillantes, s'était glissé dans la maison en passant par la cour, et après s'être rapidement lavé et changé, il avait commencé à faire ses devoirs, tout en se maudissant en même temps qu'elle, l'humeur sombre et plein de regrets mais incapable de la moindre pensée parce qu'il était confus et déprimé, restant assis devant ses livres et ses cahiers, retranché en lui-même et s'efforçant de préparer ses leçons et de tout oublier, et ensuite pendant une longue période, il avait évité d'aller chez Avinoam pour ne pas y rencontrer Sonia, qui s'était mise à jouer du piano et dansait avec des inconnus qui eux, contrairement à Goldman, jouissaient de son corps simplement et sans interdits, et il but lentement le cognac, passa ses doigts sur ses lèvres, regarda Israël et dit qu'en fin de compte tout le monde était voué à la mort, et que dix ans de plus ou de moins n'y changeaient rien, ni d'ailleurs le degré de débauche, mais qu'il eût aimé comprendre la mort et s'en faire en quelque sorte une amie, comme Elinor, l'accueillir non pas comme un hôte anonyme mais que l'on attend, ne pas en avoir peur ni penser que le monde continuerait d'exister sans lui encore des centaines et des milliers d'années et tandis qu'il serait étendu sous terre, dans le noir, les gens circuleraient dehors, au soleil, ils iraient à la mer, parleraient, mangeraient, s'aimeraient, attendraient quelqu'un, verraient des arbres, des voitures et des films, liraient des journaux. Israël ne dit rien et Goldman joua avec le bouchon de la bouteille de cognac et dit, "Non. Il est impossible de vivre deux fois. Même Dostoïevski n'a vécu qu'une fois", il rit et au bout d'un moment reprit, "Mais on peut se suicider. C'est-à-dire frapper la mort avec sa propre arme. Le problème est qu'après, il n'y a plus aucune possibilité de le regretter. Et tout compte fait, c'est une victoire bien douteuse", il gloussa et hocha la tête d'un air indéfini en direction d'Israël qui, ayant calculé que César et Eliezra devaient avoir déjà fini et libéré le studio, se leva, posa son verre sur la table et dit à Goldman qu'il était très fatigué et voulait monter au studio pour prendre une douche, se reposer et attendre Ella. Goldman n'essaya pas de le retenir, mais se leva aussi et tout en accompagnant Israël au salon pour qu'il puisse saluer sa mère, il dit, "J'ai bientôt l'intention d'aller voir Avinoam. Je ne l'ai pas vu depuis des années" et il demanda à Israël s'il voudrait bien l'accompagner et Israël dit, "Peut-être", puis il alla serrer la main de Regina et s'apprêta à partir quand l'oncle Lazare apparut à la porte du salon, vêtu comme d'habitude avec une simplicité extrême – un pantalon kaki et une chemise bleu-gris à manches courtes –, tenant à la main une serviette en cuir noir et l'air si embarrassé qu'il semblait reculer non seulement devant les gens mais aussi devant les meubles, la lumière et les murs, et l'unique chose qui lui donnait encore un semblant d'assurance était cette serviette à laquelle il s'accrochait avec force, et il resta ainsi, embarrassé, sur le pas de la porte comme s'il ne savait que faire ni où aller, mais Goldman qui, sur le moment, n'avait pas compris ce qui se passait, lui sourit aussitôt et s'exclama, "L'oncle Lazare !" et l'oncle Lazare bougea enfin et traversa la pièce d'un pas mal assuré, sous les regards de tout le monde, il s'approcha de Regina et lui serra prudemment la main en bredouillant quelque chose, l'embrassa sur la joue, puis recula de quelques pas et s'arrêta comme si de nouveau il ne savait que faire, et Goldman lui indiqua une chaise libre auprès de Haïm Leib et il s'assit, mais auparavant, il échangea quelques mots avec Bracha qui l'avait appelé, puis avec Shmouel et Yoël et Tsipora et Méïr, et il serra la main de Moshé Tselermayer et de sa femme et de Mme Hayya qui lui demanda où était Yehoudit et l'oncle Lazare dit, "Je l'ai accompagnée à la maison. Elle était très fatiguée", et il se tourna vers Haïm Leib, qui fredonnait à voix basse tout en tambourinant doucement de sa grosse main sur la table, et lui demanda comment il allait, et Haïm Leib, jaune et flétri comme si la mort s'était déjà lovée en lui, passa ses doigts dans sa barbe grise, hocha légèrement la tête et dit en yiddish, “L’homme, un jour il est ici, demain ailleurs. Dieu le veut ainsi” et un sourire las, forcé mais encore joyeux se dessina dans ses yeux bruns et éclaira momentanément son visage, il redressa son chapeau noir, prit un morceau de gâteau qu’il mit dans sa bouche et hocha de nouveau la tête. Israël attendit que Goldman tende à l’oncle Lazare les biscuits et les fruits et insiste pour qu’il en prenne, puis il lui dit, “Au revoir” et s’apprêta à partir, mais Goldman l’accompagna à la porte et, avant de le quitter, le pria de l’appeler le lendemain ou le jour suivant et Israël dit, “D’accord”, puis il descendit l’escalier avec un sentiment de grand soulagement et alla au studio, mais le store de sa chambre, qui donnait sur la rue, était baissé, ce qui d’après le signe convenu entre eux voulait dire que César et Eliezra étaient encore occupés, et Israël sentit soudain la colère l’envahir, s’il avait seulement pu monter là-haut, faire voler la porte en éclats, prendre ses affaires et disparaître, mais il resta très calmement devant la maison, regardant de temps en temps la fenêtre avec fureur, et finalement, découragé, il tourna le dos et se mit à marcher, il monta jusqu’à la rue Yarkon qu’il longea, puis descendit vers la promenade d’où l’on voyait la mer, qui était tranquille, et s’accouda sur le parapet de fer, scrutant l’obscurité d’où surgissaient à un rythme régulier et ininterrompu des bandes d’écume blanche qui avançaient vers le rivage où elles se dissolvaient, et tout en oscillant entre la fureur et l'humiliation, il essaya de deviner si Ella avait téléphoné ou était venue pendant son absence et il écouta la rumeur paresseuse et monotone des vaguelettes qui, mêlées à l'odeur agréable de la mer dont l'air tiède était saturé, procuraient une sensation estivale, très indolente. Israël habitait depuis près d'un an ce studio, qui était en fait un simple trois-pièces, profitant de la générosité mais en même temps soumis aux bontés et aux folies de César qui avait transformé le salon en atelier de photo, l'une des pièces en chambre noire et laboratoire, quant à la troisième, qui lui servait d'archives et de bureau, il l'avait mise à la disposition d'Israël pour qu'il l'occupe à sa guise, sans lui faire payer de loyer et même en le dispensant des factures d'eau, d'électricité et de téléphone. C'était une vaste pièce meublée d'un grand bureau, de deux chaises de bureau, de deux armoires métalliques grises, du canapé marron et du piano apportés par Israël et contre l'un des murs était posé un grand tableau en bois sur lequel était collée la photo agrandie d'un couple de vieillards au regard tranquille, assis sur deux tabourets devant une mercerie, à la tombée du jour, mais la photo était déchirée et pleine de trous parce que le tableau servait de cible au jeu de couteau de César. Il avait fait ce geste avec une entière simplicité, sans arrière-pensée et avec cette générosité naturelle qui le caractérisait et prenait parfois, dans certaines circonstances, des allures de gaspillage ostentatoire mais jamais dénué de charme, et il n'avait posé qu'une condition à Israël : c'était de libérer l'appartement chaque fois qu'il en avait besoin, et César avait besoin de cet appartement tous les jours, entre environ deux et quatre heures de l'après-midi, pour faire l'amour avec Eliezra sur le canapé où dormait Israël, mais en dehors de ces heures plus ou moins fixes, il en avait aussi besoin à d'autres moments de la journée, besoins parfois si soudains, urgents et imprévisibles qu'il ne pouvait pas prévenir Israël et, forcé de le surprendre, souvent en plein sommeil ou au milieu d'un morceau, il se tenait devant la porte avec une fille et Israël se voyait contraint de disparaître rapidement en faisant semblant de n'avoir rien vu. Ces imprévus soudains n'étaient pas si rares car César courait après les femmes sans fatigue ni discernement et toute conquête, si pitoyable fût-elle, lui procurait satisfaction et fierté, l'entraînant aussitôt vers d'autres conquêtes dans lesquelles il investissait souvent du temps, de l'argent, de l'énergie et de l'imagination, jamais pressé de renoncer ni de battre en retraite devant des obstacles apparemment insurmontables parce qu'il ne pouvait pas se permettre d'échouer et qu'il partageait l'opinion, héritée en partie d'Erwin et de Besh, que l'homme devait faire l'amour avec beaucoup de femmes, qu'il n'existait pas de femme qui ne finît par céder car toutes, bien que de manière différente, désiraient cela et César ne répugnait à aucune de ces manières. Israël guettait les jours où César, débordé de travail, ne pouvait se libérer ni deux heures ni même une heure, ou bien les jours où il était malade ou hors de la ville parce que ceux où Eliezra ne pouvait pas coucher avec lui n'étaient d'aucun secours à Israël, César amenait aussitôt Vicky, qui pourtant était déjà fiancée, ou une de ces femmes de passage, et rarement, à cause d'un incident ou d'un échec, ces heures restaient libres et inoccupées, alors César, qui ne connaissait pas de repos, l'humeur sombre et bougonne, avec un sentiment de défaite qu'il ne tentait pas de dissimuler, s'efforçait de prévenir Israël et Israël qui, s'arrachant à son immobilité se remit à marcher, n'en tirait qu'une brève satisfaction car toutes ces situations avaient un arrière-goût de faveur qui soulignait sa dépendance vis-à-vis de César. Il marchait lentement, toujours animé d'une colère rentrée, regardant la mer et les gens qui comme lui déambulaient le long de la promenade, d'autres assis sur les bancs ou accoudés au parapet de fer, qui bavardaient entre eux, fumaient, regardaient les passants ou contemplaient la mer en silence. Des adultes et des vieux, abandonnés à l'indolence estivale, jouissant de la tranquillité et de la brise légère qui soufflait de la mer et leur apportait un peu de fraîcheur, de jeunes couples aussi et des hommes, l'air souvent curieux, venus y trouver des plaisirs douteux, et Israël se faufila parmi eux, traversa la route et se mit à marcher le long des cafés dont le premier était autrefois fréquenté par les riches – entrepreneurs, commerçants et rentiers – installés sur des chaises en cuir, devant de petites tables couvertes de nappes rouges et éclairées par des abat-jour en tissu fleuri, qui buvaient du thé ou du café en regardant distraitement la mer ou des revues illustrées dans une atmosphère de paisible suffisance, et dans le café suivant jouait un orchestre que divers chanteurs, montés sur une estrade dans un coin de la piste, accompagnaient en été, les uns coiffés de panamas, les autres à la mode de Marlène Dietrich ou de Carmen Miranda, des magiciens aussi et des acrobates aux noms chinois, mais ces deux cafés qui avaient fermé depuis longtemps étaient maintenant sombres et à l'abandon, tandis que les trois suivants étaient vastes et de style méditerranéen, débordant largement sur le trottoir et pleins de femmes peinturlurées, assises sous les néons en robes d'été colorées, qui bavardaient et riaient au son de mélodies se déversant des haut-parleurs, tout en lançant de rapides coups d'œil autour d'elles, et ressemblaient plutôt à une nuée de joyeux moineaux posés sur des fils électriques. Goldman, qui emmenait parfois Israël se promener dans cet endroit, prétendait que toutes ces femmes étaient des prostituées et tous les hommes, qui étaient avec elles, y compris ceux qui circulaient entre les tables ou se tenaient sur le trottoir, les mains dans les poches et regardant autour d'eux, étaient soit des maquereaux, soit des hommes venus se chercher une prostituée, et en passant Israël les regarda furtivement, mais il continua de marcher au même rythme, traversa une rue et dépassa un petit café avec des lampes poussiéreuses qui diffusaient une lumière jaune et terne et où Goldman avait un jour reçu des coups à cause d'une prostituée, puis il passa devant le kiosque de *fallafels* et devant un bar sombre où des filles désœuvrées, assises près de la porte, lui firent signe d'entrer, et il s'attarda un instant devant une misérable salle de jeux peinte en vert et sordide, pleine de jeunes qui y traînaient dans la fumée de cigarette et la saleté, tapaient du poing dans des punching-balls, tiraient à la carabine sur de minuscules figurines en bois qui défilaient rapidement, jouaient au flipper dans un cliquetis stupide et monotone, tout en crachant, jurant et se bousculant de l'épaule en riant. Goldman prenait la défense des prostituées, aussi bien avant d'avoir reçu des coups qu'après, en invoquant les psychologues, les sociologues et le corps médical, sans parler du droit élémentaire de tout homme à disposer de son corps à sa guise – du moins devait-il en être ainsi dans tout régime démocratique – et il pensait que non seulement la prostitution était un phénomène positif qu'il fallait doter d'un statut juridique, mais qu'un pays devait aussi fournir des prostituées gratuitement ou pour une somme modique, exactement au même titre que des services éducatifs, sanitaires ou sociaux et Israël, qui écoutait sans exprimer d'opinion, s'arrêta de nouveau, cette fois devant l'opéra, et jeta un coup d'œil aux photos de *Madame Butterfly*, puis il remonta la rue Allenby et tourna dans la rue Pinsker pour revenir au studio. Il semblait gagner sa vie en copiant des partitions, mais vivait en fait aux crochets de César, et s'il avait accepté d'enseigner le piano ou appris un métier, il aurait pu louer un appartement et être indépendant, mais malgré la fierté et les nombreux désagréments, Israël ne choisit pas cette voie parce qu'il était trop égoïste et plutôt que de renoncer à sa liberté et à son confort professionnel, il avait préféré l'humiliante et pesante dépendance envers César et opté pour une vie monacale, dépourvue d'objectifs précis, vivant dans une ignorance délibérée de la réalité et du temps, pouvant ainsi durcir son cœur et se détourner obstinément de toutes choses importunes et injustes pour se concentrer résolument sur lui-même et ce qui lui semblait essentiel, et l'essentiel était l'orgue dont il jouait depuis environ un an à l'église Saint-Antoine, flirtant encore à l'époque avec l'idée qu'il pourrait en vivre dans un temps pas trop lointain, tout en sachant dans le secret de son cœur qu'il n'en ferait rien. Israël traversa une petite place asphaltée, avec quelques ficus aux branches étendues, et se dirigea vers la maison mais avant même d'être arrivé au coin de la rue, il vit que le store était encore baissé et, sans s'arrêter, dépassa l'immeuble, risquant juste un coup d'œil vers la fenêtre, puis tout en marchant il regarda le rez-de-chaussée, un appartement que l'on avait transformé en salon de coiffure et institut de beauté, et aperçut la patronne, qui se faisait appeler Jeannette, assise, seule, après le départ de ses employées, la tête sous un séchoir en métal bleu et les yeux fermés, et il longea la rue, tourna à droite dans Ben-Yehouda et entra dans un café petit et intime où il allait parfois avec Goldman, il commanda un thé, prit le journal du soir posé sur la table d'à côté et le parcourut avec indifférence, il était fatigué et de nouveau envahi par la colère, l'humiliation et l'impatience parce qu'il en avait assez d'attendre que César daigne libérer l'appartement et qu'il ne savait pas, et ne savait jamais, combien il lui faudrait encore errer ainsi dans les rues. Parfois la chance lui souriait et il ne devait s'en aller que pour un quart d'heure ou une demi-heure, mais d'autres fois il était condamné à errer pendant des heures, souvent par une journée d'hiver, de pluie ou de *hamsin*, en attendant de voir enfin le store se soulever, et cela arrivait en général quand la fille amenée par César opposait une résistance inattendue, refusant de se déshabiller et de faire l'amour avec lui, alors César, fidèle à ses principes et à sa vocation virile, avait recours à divers stratagèmes et actions qu'il menait avec une infinie patience, obstination, souplesse pour la soumettre à sa volonté, sans rien épargner de sa dignité ni de son temps, et selon les besoins, il entamait une conversation, distribuait compliments et mignardises ou parfois maximes cinglantes, plaisantait et caressait, ou proposait un whisky et souvent débitait les plus vulgaires grossièretés – pour “abaisser le seuil de la moralité” disait-il –, montrait des photos pornographiques qui avaient, selon lui, des vertus aphrodisiaques capables d'exciter les désirs des femmes les plus frigides, les plus humbles et les plus mesurées, il distribuait aussi, dans certains cas, des promesses qu'il n'avait nulle intention de tenir, ou alors tentait de créer une atmosphère déprimante et de susciter la compassion en parlant de sa solitude et de ses échecs, du sentiment d'égarement et de désespoir, tout en essayant de démontrer que la prétendue morale était insensée et la fidélité, la droiture et l'amour, sans fondement et que seul comptait le sexe rapide, sans promesses ni sentiments, et parfois aussi il avait recours à l'agressivité et même à la force parce que toute femme, pensait-il, se soumettait à la force et aimait être violée, et c'est ainsi qu'il finissait en général par atteindre son but, mais souvent à l'issue d'un long combat et il arrivait alors qu'Israël revienne dans sa chambre après plusieurs aller et retour et sente encore sur le canapé la tiédeur des corps qui s'étaient ébattus dessus. Parfois César revenait au bout d'un moment ou bien téléphonait pour s'excuser auprès d'Israël et souvent lui racontait, sous un prétexte ou un autre, comment les choses s'étaient passées, surtout quand c'était une nouvelle fille ou que dans le déroulement des opérations quelque chose avait dévié de la routine ou lui avait révélé sa force, et il en faisait le récit avec plaisir et fierté, sans omettre le moindre détail excitant qu'il essayait de rendre encore plus excitant, mais Israël demeurait indifférent, quant à Goldman, qui considérait ces histoires comme mensongères et exagérées, et même si ce n'était pas le cas, comme incapables de procurer du bonheur ou même du plaisir, il les écoutait avec curiosité et souriait, excité et amusé, puis une fois calmé, la colère et le désespoir l'envahissaient, car tout en le blâmant, il était partagé entre le dégoût de lui-même et la jalousie envers César, pour la facilité avec laquelle il se trouvait des femmes, pour son irresponsabilité et son absence de considération et, plus généralement, pour la manière totalement libre et sans interdits dont il menait sa vie, une vie que Goldman, malgré ses réserves et son scepticisme, imaginait sous les couleurs d'un ciel bleu d'été où César voltigeait au gré de ses humeurs, coloration qu'en effet César désirait donner à sa vie et il y réussissait dans une bonne mesure, mais Israël, auquel le patron du café, un homme à la physionomie agréable, avec des cheveux gris et des bras musclés et bronzés plutôt comme ceux d'un maçon à la retraite, servit son thé en lui demandant comment il allait ainsi que Goldman, continuait à considérer tout cela avec indifférence, et il dit, "Ça va. Merci", puis sucra son thé, y ajouta une rondelle de citron, mélangea lentement et, tout en buvant, parcourut le journal et s'arrêta devant un titre, "Qui êtes-vous, Vierge Marie ?", qui relatait le fait divers suivant : "Une jeune femme australienne du nom de Brendel Iles, mariée depuis longtemps, prétend être la Vierge Marie et souffrir de stigmates. Ses allégations sont confirmées par un prêtre catholique qui entretient d'étranges liens d'amitié avec la jeune femme. Selon les propos de Brendel Iles, qui aime se surnommer Myriam, à la suite d'une révélation qu'elle aurait eue il y a dix ans, les stigmates seraient apparus par intermittence sur ses mains, ses pieds et les côtés de son corps. Est-elle folle ou simplement simulatrice ? Sa logeuse, qui l'avait prise pour une femme sainte à cause de ses relations avec le prêtre, prétend qu'elle n'est rien d'autre qu'un escroc qui a pris la fuite au bout de quelques mois sans avoir payé son loyer. Toutefois elle avait remarqué qu'Iles portait aux mains et aux pieds des bandages imbibés de sang, mais n'en avait jamais su la raison." Israël replia le journal et finit de boire son thé jusqu'à ce qu'il ne reste plus au fond du verre que la rondelle de citron qu'il prit et se mit à sucer, puis il se leva pour payer et le patron dit, "C'est dommage de lire les journaux. Ils ne font que raccourcir la vie", et Israël dit, "Oui. C'est vrai. C'est difficile", il empocha la monnaie, sortit et resta planté un moment dans la rue, ne sachant de quel côté aller, et finalement décida de retourner au studio. Il se mit à marcher lentement, avec détachement comme si quelque chose en lui s'était endormi, regarda avec le même flegme le store de sa chambre qui était encore baissé et traversa la rue pour s'adosser au muret de la maison d'en face et attendre que César, dont la vie tournait à cette époque-là autour de trois femmes – Eliezra, Tehila et Vicky – avec lesquelles il avait des rapports plus ou moins suivis et un ensemble d'exigences réciproques, finisse et s'en aille. Quatre ans plus tôt, César s'était définitivement séparé de sa femme, Tirtsa, après neuf années de mariage mouvementées qui avaient commencé par de l'amour fou et un mariage éclair et s'étaient achevées par de vulgaires scandales qui avaient duré des années pendant lesquelles César désertait parfois la maison pour quelques semaines ou quelques mois, allait habiter chez ses parents ou ses maîtresses et la dernière fois qu'il était parti, sans savoir encore que c'était pour de bon, il avait laissé à Tirtsa l'appartement et les deux enfants : un enfant de neuf ans, fruit de leurs ardentes amours, et un autre de deux ans, né au milieu des scandales entrecoupés de rares moments de regrets et de réconciliation, qui était censé ramener la paix au foyer et renforcer des liens familiaux déjà effrités dont il ne restait plus que de l'amertume et une volonté du mal. Ici et là pointaient momentanément un peu de chagrin, un désir d'apaisement et parfois un peu d'affection, mais l'enfant n'atteignit pas l'objectif assigné par ses parents en conflit, surtout à cause de César qui se dérobait au moindre effort impliquant un renoncement ou un risque. A un moment où les crises faisaient rage entre eux et où lui-même courait après les femmes sans chercher à le dissimuler, il n'avait pu admettre que Tirtsa ait couché avec un inconnu ni lui pardonner, comme il n'acceptait pas de renoncer à ses idées de virilité, ni même de modérer l'humiliante liberté qu'il s'était octroyée ou son instinct de compétition ostentatoire et inconséquente dès qu'il s'agissait de femmes, et c'est ainsi qu'il alla habiter chez ses parents, où il était dispensé de tout souci et responsabilité et qui l'accueillaient toujours de bon cœur, sans trop de questions ni d'exigences : Erwin, parce qu'il était avant tout occupé par ses propres affaires, qu'il aimait César et ne trouvait dans son comportement rien de grave ni de condamnable, mais au contraire, la raison même de leur intimité ; quant à Zina, la mère de César, qui, tout en n'ayant jamais aimé Tirtsa et ne s'étant jamais intéressée aux enfants, éprouvait toujours du rejet et de l'insatisfaction devant ces situations, elle ravalait ces sentiments pourvu que César reste auprès d'elle et un peu sous sa protection et parce qu'elle aimait les invités, quels qu'ils fussent, surtout un invité capable de plaisanter, de bavarder, de rire aux éclats et d'ajouter à la confusion de cet appartement immense et luxueux, plein de meubles précieux, d'une profusion de tapis et de lampes, d'œuvres originales de peintres et de sculpteurs, d'objets en porcelaine et en bois que Zina achetait dans l'enthousiasme et sans aucun discernement, comme elle achetait robes, chaussures, manteaux, sacs et bijoux les plus précieux qu'elle ne portait presque jamais et qu'Erwin payait ensuite à contrecœur mais sans se plaindre parce que l'argent ne manquait pas et qu'il lui plaisait de croire qu'il achetait ainsi son assentiment à toutes ses frasques, surtout à sa liaison avec Hemda, et la dédommageait de tout le chagrin, la solitude et le détachement en la rendant heureuse, et bien que le visage de Zina fût toujours rayonnant, qu'elle rît aux éclats et souvent jusqu'aux larmes, elle ne connaissait pas la joie. Et comment le pouvait-elle ? C'était une femme encore belle malgré son âge, avec des cheveux châtains, de grands yeux sombres et des pommettes saillantes – sa famille maternelle entretenait la tradition de leurs origines khazar –, née à Kiev, qui brûlait d'envie d'être actrice et se croyait douée de grands talents qu'elle s'efforçait sans succès de faire admettre aux autres pour qu'ils lui donnent des rôles au théâtre, mais malgré son insuccès dont elle attribuait la raison aux directeurs et metteurs en scène bornés et méchants, à la sottise, à l'envie, aux intrigues, ainsi qu'à la malchance, elle ne désespérait pas et continuait à rêver de révélation et de triomphe, mais au fil des années, derrière une façade fraîche et pleine d'espoirs, le rêve devint plus forcé et source de griefs et d'amertume. Victime de ses espérances, elle se mit à boire, surtout sous l'influence d'Erwin et de Besh, et les airs lunatiques adoptés au début en même temps que la cigarette, comme un accessoire à la mode pour femme fatale vivant dans les sphères artistiques, se transformèrent peu à peu en sa nature véritable à laquelle s'ajoutèrent un bavardage des plus lassants et des accès d'activités ridicules et agaçantes parce que tout en étant accompagnées de gestes concrets, impatients et importuns, d'un flot de paroles convaincantes et sensées en apparence, elles avaient d'emblée la vie brève et sans lendemain, et c'est ainsi qu'un jour elle se portait volontaire pour travailler à l'hôpital, puis se consacrait aux enfants des quartiers pauvres, commençait la gymnastique selon la méthode Alexander et y voyait les portes du salut, étudiait pendant un semestre l'histoire à l'université, décidait de travailler dans un magasin ou un bureau pour subvenir à ses besoins, mais remettait tous les jours son projet au lendemain où elle était soudain prise d'une frénésie de cuisine, puis s'adonnait avec la même passion éphémère à la peinture, décidait d'adopter un enfant, en parlait même avec sa sœur, Yaffa, ou avec Erwin qui l'écoutait en hochant la tête d'un air impatient.

La déception, l'ennui, la peur de la solitude et de la vieillesse la poursuivaient, mais par-dessus tout il y avait Erwin, son grand amour et sa grande déception, qui l'accablait depuis tant d'années, la plongeait dans la peur, troublait ses jours et ses nuits pleines d'angoisse, d'une incessante et terrible jalousie et d'espoirs infinis, faisant de sa vie une course précipitée et confuse vers une ligne d'horizon fuyante qui se dessinait quelque part, dans les méandres de son âme discordante, finissant par la faire sombrer dans les marécages du vide et de l'impuissance, ne sachant que faire et espérant, apeurée et fébrile, qu'Erwin la sauve avant qu'elle ne plonge dans la folie, mais Erwin, uniquement occupé par lui-même et ses affaires et pour lequel elle s'apprêtait toujours avec un goût extrême, n'était prêt à lui consacrer que les petits restes d'une attention forcée et inconséquente. Il avait fait des études d'ingénieur en bâtiment et créé un grand bureau d'études spécialisé dans la planification de constructions complexes et de plus, il avait monté en association avec Max Shpilman une usine de coulage de béton selon des méthodes spéciales dont il était l'inventeur agréé, et son intarissable puissance de travail, associée à une intelligence et une malice naturelles, un charme fou qui cachait une bonne dose d'égoïsme et de cruauté avaient fait de lui un homme qui avait réussi et aspirait à réussir encore plus. Il avait l'habitude de dire, "Les regrets n'ont qu'une seule cause : c'est de n'avoir pas su veiller à ses propres intérêts", et aussi, "Les porcs aussi ont été créés par Dieu et il faut bien les nourrir", ou bien, "Mieux vaut qu'une bonne action soit aussi lucrative", et, "Donne à ton prochain l'occasion de t'aimer", et parfois aussi, "Mal vivre n'est pas un commandement et sûrement pas un plaisir" et souvent, "La vérité et le mensonge ne sont pas éternels. On ne se souvient, au bout de deux jours, que de ce qui a réussi", mais le sourire séduisant et enjôleur qui brillait dans ses yeux et animait son grand visage rouge, le détachement et la désinvolture de ses phrases ne permettaient jamais de savoir avec certitude s'il était sérieux ou s'il plaisantait et se divertissait avec les mots, et c'était bien ce qu'il voulait, mais lui-même avait fini par partager cette ignorance que toutefois il ne remettait jamais en question parce qu'il la trouvait plus commode. César, qui aimait Erwin et l'admirait sans réserve, enregistrait ces maximes et les ressortait à toute occasion en essayant de les dire sur le même ton, mais Erwin, qui dans sa jeunesse était pionnier et socialiste et comme tel, avait émigré en Israël et vécu quelques années dans un kibboutz, continuait à se considérer comme sioniste et socialiste, avec des principes politiques, sociaux et moraux qui, au fil des années, s'étaient totalement effrités et pervertis dans un processus presque imperceptible, et pourtant tout en reconnaissant qu'il existait en fait un écart entre le monde des valeurs et celui de l'action et qu'en réalité tout était permis, Erwin tenait encore par des voies tortueuses à ces principes et croyances dont Besh se moquait, mais Erwin ne s'avouait pas vaincu parce que contrairement à Besh, il avait du respect pour lui-même et portait un regard positif sur le monde et la vie dont toutes les manifestations l'intéressaient et lui procuraient un réel plaisir, comme c'était le cas pour son travail, ses réussites, ses rapports avec les gens et son amour durable pour Hemda, objet de la haine de Zina, qui haïssait aussi Elisheva, première femme d'Erwin et mère de Ruhama, dont il avait divorcé depuis très longtemps, après trois ans de mariage, mais c'était une haine d'une autre nature, car même si Zina, qui ne connaissait presque pas Elisheva et ne l'avait pas revue depuis longtemps, souhaitait qu'elle aussi meure et disparaisse comme si elle n'avait jamais existé, elle s'accommodait quelque peu de son existence, tout en disant de loin en loin et d'un air faussement apitoyé que c'était une pauvre femme, ou sur un ton impartial que c'était une femme simple qui ne savait pas s'habiller ou avait des jambes laides, car sous l'effet des années et d'événements réels et imaginaires ayant trait à la vie d'Erwin et d'Elisheva, sa haine pour Elisheva avait subi un long processus délibéré de déviation, d'affaiblissement et de refoulement, ce qui n'était pas le cas de sa haine pour Hemda dont les amours affichées et notoires avec Erwin empoisonnaient la vie de Zina, la poussant à chercher vengeance et consolation imaginaires même dans les bras de Besh. Vengeances et consolations douloureuses et humiliantes parce que Erwin les ignorait totalement et même en admettant qu'il les sût, elle craignait son indifférence, comme elle savait aussi d'une manière ou d'une autre qu'elle ne trouverait jamais en elle le courage ni la capacité de faire cette chose avec quiconque, encore moins avec Besh qui, tout en l'égayant, ne fût-ce que par sa simple présence, la dégoûtait physiquement. Besh était un ami de la famille, il faisait même partie de la maison où il venait à toute heure, dînait et sortait avec eux, et parfois y passait la nuit et connaissait tous leurs secrets, et beaucoup, même parmi les amis et les proches, le prenaient pour le frère d'Erwin, et il est vrai qu'il y avait entre eux une ressemblance indéfinissable, peut-être quelque chose dans l'apparence, la démarche ou les gestes qui n'étaient pas si ressemblants mais d'où il émanait quelque chose de commun, à cette différence près que sur toute la personne de Besh, qui s'était défait de tout raffinement et de tout masque de raffinement, de toute volonté d'être poli et civilisé, régnait une grossièreté insolente et débridée. C'était un célibataire endurci, aux appétits délibérément effrénés, qui prenait un grand plaisir à jurer sans cesse et sans tenir compte de personne, à éclater d'un rire sauvage qui ressemblait au braiment d'un âne, secouait tout son corps et parfois le faisait pleurer de rire, ses sarcasmes étaient brutaux, ses blâmes et ses mépris, dont il accablait tout, y compris lui-même, étaient définitifs, car il considérait le monde, l'histoire et l'ensemble des actions comme l'incarnation même de la sottise et de la vilenie qui se répétaient à l'infini : les religions, la famille, le pays, les sciences, le sport, les partis, la technologie, les lois, les philosophies, la médecine, les croyances, l'amour, la presse, les écoles, autant de choses qui suscitaient sa fureur et ses sarcasmes parce qu'elles n'étaient, à ses yeux, que des masques revêtus par la sottise et la vilenie, aussi se déclarait-il l'unique homme sage de son temps et de tous les temps, s'assignant aussi le rôle du fou pour mieux se mettre en marge d'un monde dont il niait l'ordre et les valeurs, au point de l'exprimer avec des fautes d'orthographe grossières et délibérées. Entre les deux guerres, alors qu'il étudiait la médecine en Allemagne où il avait connu Erwin, Besh était communiste, mais il avait interrompu ses études vers la fin de sa deuxième année, quitté le parti un peu plus tard et depuis, il passait sa vie à errer et vagabonder, mangeant à des tables étrangères, dormant sur des lits de fortune, riant avec les femmes des autres, celles de ses bienfaiteurs comme de ses meilleurs amis, et tout cela sans le moindre remords, changeant de lieu et de métier comme on changerait de chemise, jusqu'au jour où, grâce à Erwin et à son frère, qui vivait en Australie et lui envoya de l'argent pour s'acheter un tracteur, il devint entrepreneur en travaux de terrassement, ce qui impliquait une vie régulière et même aisée, mais Besh vivait péniblement entre deux ordres de saisie, dans un appartement vide et presque à l'abandon, parce qu'il gagnait toujours la moitié de ce qu'il aurait pu et dépensait le double, sans parler des amendes, des paiements différés, des retenues sur la somme convenue pour des retards de livraison, des négligences et toutes sortes de défauts dans l'exécution des travaux, mais cela ne suscitait chez Besh nul regret ni soucis ni ne l'empêchait de vivre en s'adonnant à la satisfaction de ses appétits. Il adorait manger et malgré ses cent kilos dévorait tout ce qui lui tombait sous la main, ce qui lui provoquait des difficultés respiratoires et une énorme fatigue car la graisse pesait sur son cœur et ses poumons, ses jambes peinaient sous le poids et il marchait lourdement en se dandinant légèrement d'un côté et de l'autre ; il adorait boire au point que les médecins pensaient qu'il aurait dû être déjà mort d'alcoolisme et lui avaient annoncé que s'il continuait à boire, il mourrait sous peu, mais Besh ne tenait aucun compte de ces mises en garde et continuait à boire ; de plus, il aimait, comme par provocation, les bandes dessinées, les journaux de sport, les films violents, les stupides comédies musicales américaines et en été, allait aux séances de l'après-midi dans des cinémas climatisés pour se reposer et faire un petit somme agréable, il aimait aussi jouer au poker, surtout avant midi, et bien sûr qu'il adorait aussi les femmes, mais il ne s'y prenait pas comme Erwin – avec grâce, malice et espièglerie – mais de la manière la plus directe et grossière qui soit, exactement comme il mangeait du poulet, de ses dix doigts avides et cruels, sans s'embarrasser de manières ni d'une quelconque considération, tout au plus usait-il d'un appât abject qu'il n'essayait même pas de dissimuler. Il avait même tenté plusieurs fois de convaincre Tirtsa de coucher avec lui, alors qu'elle était encore mariée avec César, mais elle avait refusé sans en dire un mot à son mari qui l'avait su d'abord par Besh et seulement après par Tirtsa et il en avait ri de plaisir car il aimait et admirait Besh presque autant que son père, désirait leur ressembler et gagner leur estime et s'efforçait de trouver un terrain d'entente avec eux pour tout ce qui touchait à la vie en général et aux femmes en particulier, et ils se rencontraient souvent pour échanger des idées, des points de vue, des impressions, parfois sur des sujets sociaux ou sur "les informations", s'amusaient à raconter des blagues ou des histoires grossières et de temps en temps, César leur apportait des livres et des photos pornographiques que Besh aimait regarder tout en faisant à haute voix des commentaires obscènes qui parfois se transformaient en orgies de plaisanteries et de rires auxquelles Zina se joignait aussi, le visage rayonnant mais le cœur gros. Besh convenait parfaitement à cette splendide maison éclatée et en déroute, sans cesse exposée à toutes sortes de fluctuations inattendues, joyeuse en apparence, dénuée de toute norme, de toute forme de vie régulière, non pas que ses habitants eussent des opinions aussi libres ou que tel fût leur choix, mais parce que chacun pensait avant tout à lui-même et suivait la trajectoire qui lui convenait, trajectoire qui parfois, momentanément et par hasard, s'unissait à celle de l'autre ou la traversait. Il y avait eu un temps où Zina s'efforçait de maintenir un cadre précaire et de veiller à une certaine régularité pour retenir Erwin, alors elle faisait la cuisine, achetait de temps en temps des billets pour le cinéma, le théâtre ou un concert, essayait de faire en sorte que les repas du soir, du shabbat et du samedi midi soient pris ensemble, mais tous ces efforts avaient été vains et à l'époque où César s'était une dernière fois séparé de Tirtsa et était revenu vivre chez ses parents, il n'en restait plus la moindre trace et la vie de la maison, devenue informe, ressemblait à une fête agonisante et effritée. César habitait chez ses parents, dans un appartement luxueux dont l'air était si propre qu'il ne subsistait jamais aucune odeur de cuisine ni de repassage, comme s'il n'y avait pas de cabinets ni de lits où les gens dormaient, il y avait aussi quelques nouveaux visages et Shoshana, la bonne qui, lorsqu'il avait seize ans, s'était divertie avec lui un matin d'été où il était étendu sur son lit, à moitié nu et couvert d'un drap, avec laquelle s'étaient tissés depuis lors de minces liens de complicité et qui s'occupait de nouveau de lui comme s'il était un enfant, et il aimait cela, puis un beau jour, après maintes hésitations et ajournements, il loua un appartement de deux pièces et y emménagea parce qu'il ne supportait plus de vivre sous le même toit que sa mère qui l'étouffait et l'irritait, mais peu de temps après il se mit à habiter chez Tehila qui l'aimait, sachant parfaitement qu'elle s'occuperait de lui sans trop l'accaparer, ainsi, il habitait chez Tehila, couchait avec Eliezra, quant à Vicky, qu'il avait connue récemment alors qu'elle était déjà fiancée à l'officier blond, elle était le plaisir de ses heures libres, comme il l'était des siennes, car Vicky était un plaisir sans pareil : bronzée, joyeuse et impudique et comme César l'avait dit à Israël, "Elle est *compacte*, avec un *drive* puissant qui me dilate toutes les veines", elle savait tirer toute la jouissance possible de leurs instants fugitifs au lit et n'exigeait rien de lui sinon qu'il jouisse et la fasse jouir de son mieux pendant qu'ils étaient ensemble, ce qui était très important pour César, surtout à cette époque où, tourmenté par la douleur et la jalousie après son histoire avec Ruhama, il avait besoin d'une bonne dose d'encouragements, de réconforts faciles et désinvoltes et de diversion, quant à Tehila et Eliezra, qui ignoraient mutuellement leur existence, elles l'étouffaient avec leurs exigences, surtout Eliezra qui était méfiante et jalouse de tout, avec parfois de soudains accès de fureur, et plus tard toutes deux empoisonnèrent la vie de César par leurs demandes de mariage obstinées. Tehila le faisait en silence, presque sans paroles, en fait par son attente et son dévouement muets, tandis qu'Eliezra, qui au même moment sortit de la maison et remonta aussitôt la rue en direction de la mer, formulait ses demandes ouvertement, d'une manière tranchante et univoque qui ne laissait aucune place aux malentendus, aux manœuvres ou aux dérobades, et Israël, qui ne l'avait jamais aimée, la suivit un instant des yeux, puis se détourna et vit le store de sa chambre remonter, et au bout de quelques minutes, César sortit et prit la direction inverse, et Israël, toujours à la même place, appuyé à la clôture, regarda César, puis avec le même détachement observa de nouveau la patronne du salon de coiffure qui, assise maintenant devant la grande glace, arrangeait ses cheveux, puis il jeta un autre coup d'œil à César qui s'éloigna, tourna à gauche et disparut au coin de la rue, en route vers chez Tehila. Elle était grande et mince, avec un visage délicat et une beauté indolente, des cheveux noirs et lisses toujours retenus sur la nuque par une barrette en écaille marron, affectée d'un léger strabisme qui ajoutait à ses charmes une touche séduisante, paraissant toujours modeste et quelque peu effarouchée parce que en fait elle était timide et en retrait mais ne manquait pas d'humour, elle parlait peu sauf lorsqu'elle était prise d'un soudain accès de joie qui la rendait plus libre et plus détendue, et quand elle était de mauvaise humeur, elle aimait laver la vaisselle, faire briller les vitres, laver le linge et le plancher, autant d'activités qui l'apaisaient, mais elle n'était pas particulièrement ordonnée et négligeait aussi son habillement parce qu'elle était distraite, n'y attachait pas de l'importance et s'intéressait à d'autres choses : elle aimait aller au cinéma, lire, écouter de la musique et ce que racontait César, chose qu'elle faisait volontiers même après être revenue fatiguée et épuisée par son service à l'aéroport. Tehila avait d'abord voulu enseigner le français, mais quittant l'enseignement au bout de deux ans, elle avait essayé de faire des traductions littéraires et scientifiques dont les contraintes et les difficultés étaient si nombreuses, le salaire, quand elle arrivait à trouver du travail, si ridicule que, presque contre sa volonté et sans pour autant renoncer à ce rêve, elle était devenue hôtesse de terre, travail qui l'obligeait à s'absenter souvent les soirs et les nuits, ce qui laissait César entièrement libre. Les parents de Tehila, qui étaient insatisfaits même par sa décision de choisir l'enseignement, avaient émigré en Israël juste avant le début de la Deuxième Guerre mondiale, ils possédaient un grand magasin de meubles et malgré les nombreuses années passées dans le pays, leur hébreu était défectueux, étranger, ils continuaient à parler le polonais entre eux et avec leurs amis, surtout la mère, une femme belle et soignée, toujours élégante, qui n'avait jamais réussi ou peut-être aspiré à s'adapter à la chaleur, à la lumière et à l'agitation et traitait cette Palestine populaire avec une orgueilleuse distance. Le magasin leur assurait d'agréables revenus et ils prodiguaient à leurs enfants tout ce que souhaitent des parents : nourriture, habillement, éducation, études, cours particuliers de musique et de langues étrangères, mais tout cela était calculé parce que leur aisance ne les avait pas rendus plus généreux, et pourtant ils essayaient d'avoir un train de vie riche et aristocratique, avec argenterie et cristaux, piano et repas familiaux, et sans être pratiquants puisqu'ils jouaient aux cartes le vendredi soir en ne misant que de petites sommes, ils observaient scrupuleusement certaines pratiques traditionnelles, le père de Tehila allait à la synagogue tous les shabbats et les jours de fête, sa femme l'accompagnait aussi aux grandes occasions et personne ne trouvait cela paradoxal parce que toutes ces choses faisaient partie, pour eux, d'un vaste système de coutumes et de conventions, strictement observées et complémentaires, dont l'éducation des enfants, leurs études et leur avenir étaient une partie intégrante, quant à leur prudence et leur manque de générosité, surtout en ce qui concernait l'argent, et qu'ils dissimulaient sous des gestes de générosité apparente, ils étaient justifiés par divers principes, mais découlaient surtout de la personnalité du père, un homme mesquin qui, pendant des années, avait fait le commerce de vieux meubles avant de pouvoir se frayer une voie et d'accéder à ce grand magasin de mobilier et à une vie aisée. Lorsque Tehila avait commencé à travailler comme hôtesse, ils en avaient éprouvé une grande déception et un affront, mais qui n'égalait en rien l'affront que représentait sa relation avec César, elle s'était abattue sur eux comme un malheur qu'ils faisaient de leur mieux pour cacher de leurs proches et même de leurs meilleurs amis, perdant toute quiétude, déprimés et furieux parce qu'ils n'avaient rien refusé à Tehila dans l'espoir qu'après avoir achevé ses études au département de français, elle travaillerait aux Affaires étrangères ou à l'université, épouserait un médecin, un ingénieur ou un économiste et fonderait une famille, telle était la vie à laquelle ils l'avaient destinée, prêts à ne rien épargner pour l'aider à l'obtenir. Ses deux frères dont l'un était dentiste et l'autre ingénieur en électronique, officier de carrière dans l'armée, partageaient l'opinion de leurs parents, surtout l'ingénieur, un célibataire exécrable, et tous deux avaient entrepris de la convaincre de quitter César parce que sa mère n'avait aucune influence sur elle, quant à son père, qui répétait à souhait qu'il ne voulait pas la voir, qu'il la répudiait et la déshéritait, la fureur le saisissait chaque fois que ce sujet était abordé et une fois qu'elle était assise au salon avec ses deux frères, incapable de se maîtriser, il avait essayé de la frapper mais toutes les tentatives de la séparer de César échouèrent parce que en dépit de tous ses défauts qui ne lui échappaient pas, Tehila aimait cet homme, le premier et l'unique à la faire jouir au lit. Ses parents et ses frères furent ahuris par son refus d'une dureté silencieuse mais inébranlable, son obstination à vivre sans se marier avec un homme divorcé, père de deux enfants et photographe, comme César fut ahuri lorsque, au bout d'un an, Tehila se retrouva enceinte et, malgré ses pressions, refusa de se faire avorter. Il l'accusa d'imprudence, puis la cajola, lui expliqua, la supplia et, devant son refus, lui tourna le dos, puis essaya encore de la convaincre et de la persuader, lui promit le mariage aussitôt après l'avortement, quitta la ville pendant quelques jours, cria et menaça, ensuite se réconcilia et lui répéta que sentimentalement et économiquement ils n'étaient pas encore mûrs pour un enfant, qu'un enfant accidentel et indésiré détériorerait aussi bien leurs relations que ses chances d'avenir car le divorce n'était pas encore prononcé et que l'enfant ferait définitivement échouer toute éventualité de mariage religieux puisque, selon la loi juive, elle lui serait à jamais interdite, mais Tehila, qui comme César ignorait les lois et les préceptes et tenait beaucoup à l'épouser dans les règles, mais en même temps désirait un enfant et était terrorisée par l'avortement, lui répéta le cœur lourd ce que maintes et maintes fois elle lui avait déjà dit : qu'elle était prête à vivre avec lui sans dais ni bénédiction et à avoir un enfant, et peu lui importait qu'il fût illégitime et que certains le considérassent comme un bâtard, et César dit, "Alors je m'en vais", et en fait dès le début, il avait eu l'intention de ne passer chez elle qu'une nuit ou deux, et Tehila dit qu'elle garderait l'enfant et l'élèverait toute seule même s'il refusait de vivre avec elle et César, qui n'y voyait plus clair, l'accusa de chantage et d'égoïsme, et Tehila s'assit sur le lit et, pour la première fois, lui demanda s'il voulait retourner chez sa femme ou s'il en aimait une autre, et César dit, "Tu es folle", il jura de n'aimer qu'elle et de n'avoir aucune autre femme dans sa vie, et Tehila qui le regardait, incrédule, dit, "Bon. D'accord. Laissons tomber cela", et César dit, "Tu ne me crois pas", Tehila prit une gorgée de café froid qui restait dans la tasse posée sur l'étagère près du lit, et dit, "Oui. Je te crois" et César, posant sa main sur sa poitrine, dit, "Je te le jure" et ne la lâcha pas jusqu'au petit matin où, pâle et froide de fatigue, elle finit par se rendre à sa volonté, et trois jours plus tard il l'emmena à la clinique, puis revint la chercher pour la ramener chez elle et le lendemain, elle le pria de partir et de la laisser seule mais il ignora ses paroles et, pendant quelques jours, la soigna de son mieux jusqu'à ce qu'elle guérisse, se lève et reprenne ses esprits, alors elle le pria de nouveau de partir, et cette fois César la quitta aussitôt avec un sentiment de soulagement, en laissant chez elle la plupart de ses affaires et même son rasoir qu'il oublia, comme il oublia de lui rendre la clé de son appartement, et il retourna habiter chez ses parents, puis au bout d'un mois, malgré l'insistance de Zina, partit vivre chez un ami et, pendant quelques semaines, ne revit pas Tehila, se contentant de coups de téléphone forcés et occasionnels pour demander de ses nouvelles, et elle lui répondait tranquillement, un peu lointaine, comme si elle se protégeait ou que son amour avait tiédi, puis peu à peu, ils recommencèrent à se revoir à l'initiative de César, d'abord de manière hésitante et presque sans envie, du moins en apparence, sans qu'elle lui pose de conditions ni d'exigences, sans jamais faire allusion à ce qui s'était passé entre eux, et il venait chez elle, l'emmenait au cinéma, au restaurant, parfois au théâtre, couchait avec elle avec un plaisir accompagné de culpabilité et de gratitude qui finirent par s'estomper avec le temps, sentiments qu'il n'éprouvait jamais à l'égard d'Eliezra avec laquelle il ne connaissait qu'un désordre d'émotions illimitées, accompagnées d'une admiration pour les qualités intellectuelles et spirituelles qu'il croyait avoir découvertes en elle, alors qu'il ne s'agissait de rien d'autre qu'un simple désir charnel et insatiable, un attrait pour sa beauté vulgaire, sa sexualité débordante, surtout perçue comme une promesse, son arrogance et ce jeu ambivalent et capricieux, entre la pudeur et la licence, l'agressivité et le désir d'être protégée. Elle avait cette même espèce de licence insatiable que Ruhama mais moins exigeante et moins vulgaire car Eliezra avait peur de la solitude et éprouvait le besoin de plaire tout en affichant des airs de supériorité dont elle était consciente, comme elle était consciente de sa force et de sa faiblesse et des dangers qui la guettaient, aussi tout se transformait chez elle en une sorte de jeu et perdait de son pouvoir, mais César ne le remarquait pas et d'ailleurs n'y attachait aucune importance. Ils s'étaient rencontrés à l'armée et s'étaient séparés peu de temps après leur service : César était parti étudier l'architecture en Amérique et Eliezra s'était installée à Jérusalem où elle étudiait les arts graphiques à Bezalel et ils ne s'étaient revus que quelques années plus tard en été, quand Eliezra était déjà mariée avec Gideon Reiter, qui lui faisait la cour depuis le lycée, et César avec Tirtsa, ils avaient connu quelques années de bonheur relatif pendant lesquelles César, sans presque rien faire pour le cacher, avait commencé une liaison avec Ruhama, qui avait plongé sa vie de famille dans le chaos jusqu'à ce que Ruhama y mette fin d'une manière brutale et grossière, sans lui laisser aucun espoir ni aucune illusion de la voir changer d'avis, un jour où César lui avait demandé si elle avait un autre homme que lui, et Ruhama avait dit, “Oui. Et maintenant, habille-toi et va-t'en. Il me semble qu'on en a eu assez comme ça”, et César avait dit, “Tu ne parles pas sérieusement”, et Ruhama avait dit, “Je parle le plus sérieusement du monde. Va-t'en et ne reviens plus”, et bien que César eût toujours craint une telle chose de sa part et qu'en lui posant cette question interdite il eût flairé la fin, il se leva et, surpris et consterné, s'habilla et partit sans dire un mot, ainsi prit fin une époque, qui avait duré quelques années pendant lesquelles cette liaison sauvage et insolente fut pour César une source de jouissances sans bornes mais aussi de désespoir et de souffrance parce qu'il était jaloux de son mari, Avigdor, et d'autres hommes qu'elle avait eus avant lui, que souvent il ne connaissait même pas, d'autres aussi qui apparaissaient et disparaissaient sans qu'il osât poser de questions, sauf cette dernière fois qui mit fin à leurs relations, et aussi parce que son rapport à César était soumis à des fluctuations rapides et inattendues qui le faisaient sans cesse osciller entre le bonheur et la détresse, lui faisant sentir que non seulement il dépendait de ses faveurs mais qu'un beau jour, elle mettrait brusquement fin à leur liaison, exactement de la même manière qu'elle mit fin à son mariage avec Avigdor dont elle avait eu deux enfants, un garçon et une fille, mais malgré des tentatives répétées, César ne parvint pas à se détacher d'elle et demeura à la merci de ses humeurs, tout comme Avigdor, qui était un bel homme, avec un bon cœur, doué d'un humour fin et même parfois subtil qui pourtant se manifestait rarement et presque toujours furtivement parce qu'il n'était pas de nature loquace et que la présence de Ruhama le rendait silencieux, elle était intelligente mais elle avait surtout une langue acérée, un tempérament agressif, changeant et imprévisible qui ne laissait jamais deviner ses réactions.

Elle pouvait être, pendant des heures et même des jours, paisible et agréable, pleine d'humour, de grâce et d'une générosité qu'elle avait héritée d'Erwin et de sa mère, et brusquement, pour un mot ou un geste ou sans nulle raison apparente, elle était saisie de fureur ou plongeait dans une dépression profonde, et alors elle déversait sa colère et cherchait consolation dans les bras des hommes, dans une boulimie effrénée ou des accès de sommeil qui duraient parfois une demi-journée et lui faisaient totalement négliger la maison et les enfants, mais cela n'empêchait pas Avigdor de lui être dévoué et de la soigner comme une malade et il l'aimait tant, ou peut-être avait tant pitié d'elle, que malgré toute la douleur et l'humiliation, il supportait calmement toutes ses folies et ses infidélités qu'il n'ignorait pas. C'était pour elle qu'il allait au cinéma et aux concerts, apprenait l'anglais, portait des vêtements qui ne lui allaient pas, s'occupait des deux énormes bergers allemands qui vivaient à la maison et l'accompagnaient partout où elle allait, mais il la décevait ou peut-être était-ce elle qui ne trouvait pas de paix auprès de lui, et le dévouement et l'abnégation qu'elle-même exigeait de lui la fasaient sortir de ses gonds, et un beau jour elle le quitta après une annonce brève et catégorique, qu'il accueillit avec un étonnant détachement, et partit pendant trois semaines en Grèce aux frais d'Erwin. Lorsqu'elle était mariée, César couchait avec elle pendant le jour, en l'absence d'Avigdor qui était conducteur d'autobus, mais après s'être séparée de lui, ils faisaient l'amour aussi bien la nuit, dans la chambre attenante à celle des enfants, dans le lit d'Avigdor et parfois, en été, par terre ou dans la salle de bains, sous le jet de la douche et César embrassait les lèvres charnues de Ruhama, ses seins lourds et chauds, son ventre et ses cuisses, aspirait son odeur de transpiration, s'excitait et jouissait, l'ombre de la séparation planant au-dessus de lui, et lorsque celle-ci arriva, il sentit son monde s'écrouler et s'assombrir. Une pluie très fine tombait dehors, il sortit dans la rue vide et humide, encore enveloppée dans l'obscurité d'un froid matin d'hiver, et resta, les mains dans les poches, regardant droit devant lui avec un visage de glace, puis il remonta le col de son manteau, inclina légèrement la tête pour se protéger de la pluie qui tombait plus fort, marcha lourdement et entra dans sa voiture froide, puis il s'assit, immobile, dans le froid pénétrant, et regarda l'obscurité se dissiper très lentement, l'air devenir gris puis blanc, et éprouva un grand soulagement, une joie presque, alors il démarra, maudit Ruhama et se dirigea vers la maison. Les enfants dormaient encore mais Tirtsa, le visage durci et enlaidi par la souffrance et la colère, était réveillée, elle le regarda et dit, "Pourquoi es-tu venu ?", et César dit, "Parce que je voulais venir", et Tirtsa dit, "Non. Ce n'est pas vrai", et César dit, "Si. Vraiment", et Tirtsa dit, "Pourquoi ne restes-tu pas chez elle ? Reste chez elle et c'est tout", et César dit, "Je ne veux pas", et Tirtsa dit, "Ça suffit comme ça, non ?", et César dit, "Oui", il posa la main sur son épaule, non par amour mais en guise d'aveu, par désir de se rapprocher, et Tirtsa se déroba, alors il caressa légèrement son épaule et dit, “Ça y est. Toute cette histoire est finie”, puis il jeta un coup d’œil dans la chambre des enfants, alla dans la cuisine et se prépara une tasse de thé, puis revint vers Tirtsa et lui demanda si elle avait besoin de quelque chose et Tirtsa dit, “Oui. Que tu arrêtes ça”, et César dit, “J’ai arrêté. C’est fini” et lorsque, après s’être rasé, habillé et avoir rapporté du beurre et des petits pains de chez l’épicier, il partit au travail, il se sentit apaisé et heureux comme il ne l’avait pas été depuis bien longtemps, et le soir ils allèrent au cinéma et dînèrent au restaurant et l’émotion dont il était envahi depuis le matin l’accompagna jusqu’au moment où ils allèrent se coucher mais au bout de deux jours, tout cela s’effrita et disparut et, poursuivi par le manque et la jalousie, il se remit à arpenter les rues sans but, cessa de travailler, recommença à boire et à manger sans mesure, à jurer et à disparaître de la maison, à courir vulgairement après toutes les femmes, même après Zahara, la jeune sœur de Tirtsa, et Tirtsa, tout en restant prudente, crut comme César que cette fois c’était fini et se sentit heureuse parce que sa liaison avec Ruhama et tout le déferlement d’humiliation, d’étrangeté et de haine l’avaient réduite à néant, mais elle fit tout de même de son mieux pour veiller à l’ordre du foyer, donner aux enfants tout ce dont ils avaient besoin et préserver sa fierté et son apparence et malgré son grand amour pour César, exigea de lui qu’il cesse ou quitte la maison, elle en parla même à Goldman en le priant de l'influencer dans ce sens, et finalement, méprisée et humiliée, elle essaya de sauver ce qui lui restait d'honneur en couchant avec un inconnu qu'elle avait rencontré une seule fois chez des amis, puis le raconta à César, mais rien n'y fit, car la colère et l'offense qu'il éprouva en apprenant cette chose stupéfiante ne parvinrent pas à détruire sa passion lancinante pour Ruhama, de jour en jour plus intense au point de lui faire mal dans sa chair. Il ne lui resta plus le moindre honneur, le moindre bon sens et tout en se berçant d'idées de vengeance, il était prêt à ramper vers elle, à étreindre ses pieds et à la supplier de le reprendre, il projeta même de s'adresser à Erwin que Ruhama aimait plus que tout autre homme pour le prier d'intervenir en sa faveur et essayer d'infléchir sa décision, et pendant ce temps il faisait le guet au coin de la rue d'où l'on pouvait voir l'entrée de l'immeuble, ou bien dans la cour de l'immeuble d'en face, dans les lieux où, selon lui, elle risquait de passer, et il espérait la voir apparaître pour qu'elle l'aperçoive, peut-être lui ferait-il mal, peut-être se passerait-il quelque chose et alors tout redeviendrait comme avant, et en la voyant passer, accompagnée des deux bergers allemands et presque toujours d'un de ces inconnus dont la plupart étaient plus jeunes qu'elle, parfois très jeunes, la douleur et la jalousie lui déchiraient le cœur et alors il jurait de ne pas revenir même si cette putain le suppliait, la maudissait et priait pour qu'elle meure. Si seulement elle était déprimée ou semblait aller mal, mais pas le moins du monde, elle restait la même : avec ses lourdes bagues et ses colliers sans goût, ses robes amples et longues, souvent faites de tissus ordinaires, rayées ou ornées de grandes fleurs, usées et laides, et son visage qui n'était pas beau semblait à César encore plus serein et heureux que jamais, au point qu'il avait envie de crier de désespoir. Il était ravagé par cet amour déçu, toute son agitation, ses sorties, les paroles de Goldman et des autres ne lui étaient d'aucun secours, il était persuadé de ne jamais s'en remettre et ne comprit qu'au bout d'un certain temps que ce n'était pas tant l'amour qui brisait son âme que l'humiliation de la défaite et le sentiment que ce qui lui avait appartenu et lui procurait de la jouissance lui était ôté et donné à un autre, et cela se passait bien après avoir revu Eliezra, en fait bien après s'être séparé d'elle aussi, et ce savoir auquel César n'accordait de toute manière pas d'importance ne lui était d'aucun secours, même pas pour son histoire avec Eliezra. Ils s'étaient rencontrés par hasard dans la rue, vers le soir, César l'avait invitée, ils étaient allés dans un café et avaient bavardé, d'abord avec un certain embarras, puis César s'était mis à plaisanter et à la courtiser, Eliezra l'avait repoussé, puis, ils étaient montés au studio et, sans un mot de tendresse, s'étaient déshabillés et étendus sur le canapé et avaient satisfait sur-le-champ la passion et le désir accumulés en eux au fil des années, se défaisant l'espace d'une heure des chagrins et des déceptions qui pesaient sur leur vie, puis Eliezra, pressée de rentrer, s'était aussitôt levée, habillée et était partie, et César, qui ne regrettait pas ce départ, était entré dans la chambre noire et avait développé des photos, et trois semaines plus tard, ils s'étaient revus, César s'était souvenu d'elle et l'avait appelée à son bureau par ennui et cette fois, ils avaient fait les choses plus lentement, tranquillement, en y prenant un plaisir sans limites et depuis, ils le faisaient tous les jours, sauf pendant une brève période amère et déprimante où Eliezra était enceinte de son deuxième enfant. Elle avait passé deux semaines sans pouvoir en parler à César, qui, le visage de glace, étendu sur le côté, l'avait écoutée sans cesser de la regarder, puis avait dit, "En es-tu sûre ?", et Eliezra avait dit, "Oui. J'ai déjà vu un médecin", et César avait dit, "Bon. D'accord", il s'était mis sur le dos et Eliezra avait dit, "C'est un accident", et César avait fixé le plafond tout en mordillant l'intérieur de ses joues, et Eliezra avait dit, "Mais ça peut se régler", César l'avait regardée à la dérobée et lui avait demandé si elle était sûre que l'enfant était de Gideon, et Eliezra, qui tous ces derniers jours se sentait mal et déprimée, avait légèrement hésité, César s'était mis à jouer avec ses lunettes posées sur la chaise, près du canapé, et Eliezra avait dit, "Oui. Il est de lui", et César s'était assis à l'extrémité du canapé, il avait mis ses lunettes, allumé une cigarette et dit, "Fais ce que tu voudras", et Eliezra avait dit, "Tout ce que je veux, c'est être avec toi, tu le sais bien", et César s'était tourné vers elle en disant, "Il est sans doute content", et Eliezra avait dit, "Quelle importance", alors César avait dit, "O.K.", il s'était levé, puis s'était mis à marcher dans la pièce et Eliezra avait dit, “Ce n’est vraiment pas important”, et César avait pris le coupe-papier, l’avait lancé plusieurs fois sur le grand tableau, puis se tournant soudain vers elle, il avait dit, “Tu es une sale pute. Va forniquer avec qui tu voudras. Ça m’est égal”, et Eliezra avait répété, “Tout ce que je veux, c’est être avec toi, c’est tout”, et César qui étouffait de haine avait dit, “Assez. Ferme ta gueule. Espèce de pute”, puis d’une voix plus assourdie, “Habille-toi. Je dois partir. J’ai un rendez-vous”, et Eliezra avait dit, “Bon. Comme tu voudras”, elle s’était levée et habillée et ils s’étaient quittés sans un regard de sa part, mais dès le lendemain matin, il l’avait appelée à son travail et avant même d’avoir achevé sa phrase, Eliezra lui avait dit qu’elle voulait le voir et une heure plus tard, ils s’étaient rencontrés au studio, et Eliezra, brisée et déprimée, avait annoncé à César sa décision de se faire avorter et lui avait demandé de lui prêter de l’argent, et César avait dit, “Oui. Sans problème”, et Eliezra avait dit, “Cela ne t’engage en rien”, César l’avait enlacée, puis avait caressé sa tête et dit, “Sottises, on va se marier et tout ira bien”, et le jour même, il lui avait donné presque le double de la somme nécessaire, sentant bien que malgré ce qu’elle avait dit cet acte l’engageait, mais il en était heureux car, dès l’instant où il l’avait quittée, poursuivi par la peur de la perdre et plus que jamais désireux de la retenir, le sentiment d’engagement l’avait rendu euphorique, et Eliezra avait dit, “Tu m’épouseras ?”, et César avait dit, “Je t’ai dit que oui. Tu n’as rien à craindre”, et Eliezra avait dit, “C’est tout ce que je désire”, puis elle avait mis l’argent dans son sac, mais au bout d’une semaine, elle était revenue sur sa décision sous divers prétextes et avait rendu l’argent à César, que la nostalgie pour Ruhama, toujours présente en lui comme un écho de détresse, avait de nouveau envahi ces jours-là, alors se sentant soulagé, il l’avait regardée et avait vu qu’elle n’était plus aussi belle, son visage avait jauni et enlaidi, sa peau s’était desséchée et il avait dit, “Je crois qu’il vaudrait mieux ne plus nous voir”, et Eliezra avait dit, “Bon. D’accord. Si tu le désires”, elle avait mordillé ses lèvres avec nervosité et ils s’étaient même tenus à leur décision pendant deux semaines, puis s’étaient de nouveau rencontrés occasionnellement, rencontres pleines de griefs et oppressantes mais qu’ils maintinrent sans joie, jusqu’à la naissance du fils d’Eliezra, alors ils se séparèrent de nouveau avec l’idée de ne plus se revoir, mais reprirent leurs rencontres au bout de deux mois et peu à peu, César prit son parti de cette nouvelle donnée, oublia l’offense et la colère, les insultes et les accusations qu’il ruminait dans sa tête ou répétait à Israël et à Goldman, et ils reprirent leurs habitudes d’avant sa grossesse avec une passion et un désir accrus, comme s’ils voulaient se dédommager et annuler le chagrin et le souvenir des choses désagréables qu’ils avaient traversées. Leurs liens se resserrèrent, tandis que ceux d’Eliezra et de Gideon, qui était ingénieur des eaux et gagnait bien sa vie, se défaisaient et se perdaient dans des querelles âpres et venimeuses, suite naturelle d'un processus engagé aussitôt après leur mariage où, à l'exception d'une fête luxueuse, ils n'avaient pas connu le moindre moment de paix et de chaleur, et le cadre familial, où régnaient la critique et l'indifférence, n'était maintenu que par commodité, peur et fourberie car bien que Gideon l'aimât, prît soin d'elle et ne lui refusât rien malgré la parcimonie extrême dont elle l'accusait, Eliezra l'avait d'emblée traité avec une froideur et parfois un dédain qu'elle n'essayait même pas de dissimuler, et peu de temps après leur mariage, déçue aussi bien par lui que par elle-même, elle avait commencé à le tromper pour compenser l'échec de cette union dans laquelle elle s'était laissé entraîner par opportunisme et mollesse, pour marquer sa supériorité et confirmer, à ses propres yeux, son image de femme libérée et aventurière, et Gideon, sans cesse occupé à manœuvrer et calculer pour épargner, à faire des tracasseries pour défendre ses droits, lui avait demandé de cesser, puis avait commencé à la tromper aussi pour sauver son honneur et la faire revenir à lui, mais ces infidélités, qui l'avaient en effet blessée et effrayée, n'avaient servi à rien, car l'impatience et le mépris qu'elle éprouvait à son égard s'étaient doublés, depuis sa relation avec César, d'un sentiment de répugnance. Elle détestait sa voix et son beau visage pâle, qui lui paraissait fade et apathique, ne supportait pas ses mains toujours propres dont le moindre contact suscitait son dégoût, chacune de ses paroles l'irritait, ses enfants ne provoquaient chez elle qu'impatience et hostilité, et aussitôt après avoir resserré ses liens avec César, elle se remit à parler mariage mais pas comme auparavant, où cette demande, bien qu'explicite et ferme, demeurait vague et se perdait dans des promesses générales, tandis que maintenant non seulement elle était claire et pressante, mais Eliezra essayait de le faire parler sur la manière dont ils s'y prendraient, sur la date, leur futur appartement et César, malgré sa passion pour elle, se dérobait sous toutes sortes de prétextes car une fois le danger de la séparation immédiate écartée, il n'avait toujours pas envie de s'engager. En son for intérieur comme devant Goldman et Israël, il invoquait deux raisons à ce refus : sa peur de la réaction de Tehila à qui il avait promis le mariage au nom de la reconnaissance indéniable qu'il avait pour elle, et sa peur de la réaction de Gideon qui, en apprenant qu'Eliezra l'avait quitté pour épouser César, risquait de le tuer, mais si ces motifs comportaient peut-être une parcelle de vérité, du moins par rapport aux sentiments immédiats de César, la vraie raison qu'il préférait ignorer était son incapacité à prendre une quelconque décision, parce que toute décision impliquait un renoncement et César n'était prêt à renoncer à rien, attitude qu'il justifiait par son refus et son incapacité à faire de la peine à quiconque, refus et incapacité qui ne s'appliquaient en fait qu'à lui-même. De plus, fatigué et désabusé par son histoire avec Ruhama et sa séparation d'avec sa femme, César ne voyait aucune raison de renoncer à sa vie de célibataire, à tout le bien qu'il dispensait aux deux femmes, Tehila et Eliezra, à celui qu'elles lui procuraient, pour se retrouver enfermé dans la vie de famille qui l'effrayait et l'encombrait d'autant plus qu'au mépris de toute raison et de ses actes, il se sentait encore investi de responsabilités familiales. Cette situation prévalut encore quelques mois au bout desquels, alors qu'il s'en doutait déjà, Eliezra lui annonça, sans la moindre trace d'embarras ni de regrets, qu'elle avait un autre homme avec lequel elle couchait de temps en temps et curieusement, malgré le chagrin et la jalousie, la chose plut à César et suscita son admiration encore plus qu'auparavant, admiration douloureuse et excitante dont, à la première occasion, il fit part à Goldman, et le jour même, tandis qu'il la harcelait de questions précises sur cet homme, et quand et comment elle faisait l'amour avec lui, il lui promit de l'épouser au printemps, aussitôt après son divorce dont la procédure traînait en longueur parce que aucune des parties concernées n'avait intérêt à l'accélérer, et quelques jours plus tard Eliezra annonça sans tarder à Gideon son intention de divorcer. Gideon n'en fut pas surpris, mais malgré la haine et les querelles permanentes, malgré les humiliations qu'elle lui infligeait, il la pria d'y renoncer au nom de la famille qui lui importait, qu'il considérait même comme sacrée, mais surtout parce qu'il craignait la réaction de ses parents, en particulier celle de son père, dermatologue célèbre, celle de divers proches, relations, collègues, et préférait l'opprobre d'une vie de famille ruinée et fourbe à celui d'un divorce, et de plus parce qu'il était habitué à Eliezra, la désirait encore et était prêt à lui pardonner tous ses caprices et ses infidélités et qu'il se souciait des enfants dont il s'occupait presque tout seul, ainsi que des tâches ménagères : une fois par semaine, en revenant du travail, il passait une commande au supermarché, s'occupait des réparations, des factures, faisait appel, au besoin, à un tapissier ou un peintre, allait aux réunions de parents dans l'école où étudiait leur fils aîné, tandis que la femme de ménage entretenait l'appartement spacieux et bien équipé, toujours propre et rangé comme si personne n'y habitait parce que peu de temps après avoir accouché, Eliezra avait repris son travail de graphiste dans le même bureau qu'autrefois et qu'elle n'avait aucune patience pour ces choses-là. Elle ne faisait même pas la cuisine et depuis leur mariage, ils se nourrissaient surtout de conserves, de plats préparés ou d'aliments qui ne nécessitaient pas une grande préparation – saucisses, poulet rôti, salades diverses – ou bien mangeaient au restaurant, à l'exception du samedi midi où ils déjeunaient régulièrement chez les parents de Gideon, qui ne l'aimaient pas comme elle ne les aimait pas, ni le père, un homme intelligent mais orgueilleux et autoritaire, et encore moins la mère, une femme grincheuse, si jalouse de son mari qu'elle en avait perdu la raison et qui, par mille moyens, cherchait à s'humilier pour prouver combien on l'humiliait, occupation à laquelle elle consacrait tout son temps. Gideon fit appel aux sentiments d'Eliezra et essaya de la convaincre de l'importance des liens familiaux qui pouvaient même être stimulants, tout divorce n'était après tout que la victoire des illusions sur le bon sens, la pria d'épargner les enfants qui, dès l'instant où elle les avait mis au monde, lui avaient ôté une partie de sa liberté et elle leur devait cette responsabilité, et le souci de leur bien-être devait passer avant le sien, il lui proposa de changer d'appartement, de faire un voyage à l'étranger et Eliezra dit qu'elle y penserait, mais tandis que Gideon cherchait par tous les moyens à la convaincre de rester, elle consulta un avocat sur la démarche à suivre pour obtenir le divorce tout en veillant à ses droits, et c'est ainsi qu'elle entama une procédure sans en parler ni à Gideon ni à César qui, le cœur tranquille, continuait à jouir avec elle, elle se soucia même de dissimuler sa liaison et ses rencontres avec César encore plus que de coutume, de crainte que Gideon ne l'apprenne et non seulement ne la prive de tous ses droits mais ne l'empêche à jamais de se remarier et de légaliser sa liaison adultère avec César, qui ne cessait de l'admirer et de répéter à Israël et à Goldman qu'elle avait inventé le sexe, faisait de brèves remarques sur ses mérites au lit, mais Goldman prétendait devant Israël qu'en ce qui concernait les femmes, César était plutôt malheureux et digne de pitié, et il était persuadé qu'il ne tirait aucun plaisir de ses relations sexuelles que le temps avait banalisées et transformées en une activité mécanique et ennuyeuse, que César souffrait en fait d'un "complexe de puissance", que, poursuivi par l'image de son père et le complexe de castration, il avait un besoin obsessionnel de prouver sa virilité dont il doutait, quant à Eliezra, c'était une femme frigide qui jouait à la nymphomane pour créer un lien quelconque avec son prochain, chose dont tous deux étaient si incapables qu'ils raffinaient leurs techniques amoureuses et le plaisir qu'ils en tiraient, avaient recours à toutes sortes d'artifices et d'accessoires, regardaient des photos pornographiques tout en faisant l'amour, lisaient des passages de livres érotiques et ces derniers temps, César avait placé de grands miroirs au plafond et sur les trois côtés du canapé pour que lui et Eliezra puissent se regarder en train de faire l'amour, qu'il puisse les photographier ainsi, non pas directement comme il l'avait toujours fait, mais à l'aide de ces miroirs qui mettaient Israël hors de lui, car à peine ouvrait-il les yeux que son image, réfléchie de partout, ne le quittait plus, mais Israël, qui quitta enfin son poste et commença à traverser la rue, n'en avait rien dit à César, et il regarda la coiffeuse, qui avait fini de se boucler les cheveux et de maquiller son visage dont la peau ressemblait maintenant à un masque de femme jeune et fraîche, et s'engagea dans l'escalier où flottaient d'agréables odeurs de savon et de parfums, il monta dans le studio et trouva sur le couvercle du piano un petit mot avec l'écriture hâtive de César, où il s'excusait d'y avoir mis tant de temps cette fois-ci et l'attribuait à l'été, à l'enterrement, voulant de nouveau insinuer à Israël que la fatigue, la chaleur et le chagrin excitaient le désir sexuel, il ajoutait aussi qu'il y avait divers problèmes mais que tout s'arrangerait et il avait signé en dessinant un chameau avec un gigantesque pénis au bout duquel était plantée une fleur. Israël déchira le billet en petits morceaux et le jeta dans la corbeille à papier, puis il resta un moment immobile, épuisé de fatigue, pensa aller prendre une douche et se mettre ensuite à jouer, mais à la place il enleva ses sandales et sa chemise et s'étendit sur le canapé, les yeux fermés, mollement abandonné au contact de l'air, puis en rouvrant les yeux, il vit son visage pas rasé, dur et fatigué, se refléter au plafond, il se mit sur le côté et fixa, immobile, ses yeux brûlés par le soleil, des yeux d'un bleu très clair qui, dans le miroir, semblaient plonger dans ceux d'un étranger, et du fond de sa grande fatigue et de son détachement, il sentit la nostalgie pour Ella monter et l'envahir et peu lui importait maintenant qui elle était et d'où elle venait, quelle était sa vie passée et quelles étaient ses pensées actuelles, il ne voulait qu'une chose, qu'elle soit là, dans cette chambre, pour qu'il puisse la voir et s'il en avait envie, la toucher aussi. Sur la chaise près du canapé, à côté de la vieille lampe de chevet d'Israël étaient posés quelques livres érotiques reliés en papier coloré que César avait laissés là pour qu'Israël les passe à Goldman et Israël, sans regarder, tendit la main, prit un des livres, le feuilleta un peu et lut, "Enfin j'ai défait le bouton de mon pantalon et j'ai sorti les pans de ma chemise. Au bout d'une heure, Germaine a montré son joli visage et s'est glissée dans la chambre. J'ai poussé le verrou de la porte et j'ai commencé à l'embrasser. Lorsque je me suis dirigé vers le lit, elle a enlevé son soutien-gorge et sa culotte. Je l'ai allongée sur le lit et je me suis mis à embrasser ses tétons avec passion, ensuite j'ai soulevé les bords de sa robe et j'ai doucement caressé ses plis et sa grotte secrète jusqu'à ce que perle le nectar de son amour. Alors j'ai sorti mon membre et je l'ai enduit d'huile…", il reposa le livre et s'assit sur lc bord du canapé, puis se leva et prit sur le bureau le grand coupe-papier en forme de poignard et se mit à le lancer obstinément sur le tableau de bois avec la photo du couple de vieillards assis devant le magasin, exactement comme le faisait César qui, en route vers chez Tehila, fit demi-tour après une légère hésitation et se dirigea vers chez Tirtsa pour voir ses enfants, et Tirtsa, qui était en train de faire la cuisine, lui ouvrit la porte, César entra, le visage éclairé d'un grand sourire, et la pinça, la palpa, essaya de l'embrasser, mais Tirtsa s'esquiva délicatement et César dit, "Pourquoi t'éloignes-tu ?", il se pencha et embrassa son plus jeune fils, qui arriva en courant de la cuisine et sauta dans ses bras, le souleva et l'embrassa sur le front et les joues barbouillées des restes du repas, puis il le reposa et entra dans le salon où se trouvait le fils aîné, Shaoul, assis dans un fauteuil en train de lire, il lui tapota affectueusement l'épaule et lui demanda ce qu'il lisait et Shaoul, le visage pâle et éteint, leva les yeux et lui dit le nom du livre et César, qui n'avait pas retenu le nom, dit, "Oh !", il caressa avec tendresse et fierté les boucles de son fils, lui tapota de nouveau l'épaule et huma l'odeur qui venait de la cuisine, cette odeur si connue de la poule au pot avec quelque chose de plus, et Shaoul lui demanda pourquoi il n'était pas venu l'autre jour pour l'emmener au cinéma comme il l'avait promis et César, qui avait totalement oublié, fut un instant embarrassé, puis répondit qu'il avait été très occupé par son travail, qu'il était précipitamment parti en voyage et n'avait même pas eu le temps de le prévenir, mais le film qu'ils avaient l'intention de voir passait encore et s'il le désirait, il était prêt à l'y emmener le lendemain dans l'après-midi, et Shaoul dit, "D'accord" et César, pas très sûr d'avoir convaincu son fils et assombri par son oubli et son mensonge, voulut tout effacer par une plaisanterie, ferma d'une chiquenaude le livre posé sur les genoux de son fils et dit, "C'est décidé, demain à quatre heures", il lui demanda des nouvelles des poissons et Shaoul dit, "La femelle a pondu", il se leva et alla avec César vers le grand aquarium que son père lui avait acheté le lendemain du jour où Ruhama s'était débarrassée de lui, il lui montra la femelle et les têtards qu'elle avait déposés dans l'enchevêtrement des algues vertes, et César dit, "Superbe. Soigne-les bien", puis il entra dans la cuisine et pria Tirtsa, qui assaisonnait la soupe, de lui préparer une tasse de café et lui demanda comment elle allait, et Tirtsa qui vaquait avec une parfaite tranquillité dit, "Très bien", elle posa une bouilloire pleine d'eau sur le réchaud et lui dit qu'elle était inquiète parce que trois jours plus tôt, elle avait découvert des taches bleues sur le corps de Shaoul mais César, qui, lui aussi, avait remarqué la fatigue et la pâleur de l'enfant, dissipa son inquiétude et dit, "C'est sûrement une grippe", et il mit le nez dans la casserole où cuisait de la viande avec des gombos et dit, "Oh ! oh ! quel délice !", il reposa le couvercle et lorsque Tirtsa lui servit le café, il essaya encore de l'étreindre et comme par jeu lui caressa les seins, puis, adossé à l'évier, il but son café et lui demanda comment elle faisait l'amour avec l'homme frisé qu'il avait entrevu deux ou trois fois, six mois plus tôt, s'il faisait ça mieux que lui et si son pénis était plus grand que le sien, ensuite il lui demanda si elle avait l'intention de se marier avec l'avocat qui l'accompagnait ces derniers temps. Tirtsa ne répondit pas et César dit, "Il a l'air assez usagé mais peut-être qu'il a de l'argent", puis il dit, "Il vaut mieux que tu te maries avec le frisé", et Tirtsa dit, "Merci", et César alluma une cigarette et lui demanda si elle aimerait vivre de nouveau avec lui, Tirtsa dit, "Non" et César qui, à chaque visite, répétait sous une forme ou une autre les mêmes questions jeta la cendre dans l'évier et eut un rire incrédule, mais Tirtsa ne rit pas avec lui et César, dont le visage était soudain redevenu sérieux, dit, "Je suis d'une humeur affreuse", et Tirtsa dit, "Cesse de faire l'enfant gâté et d'attendre que quelqu'un te vienne en aide" et son visage encore beau et féminin exprima une inquiétude qu'elle ne pouvait partager qu'avec sa mère et son père, un homme chaleureux, droit et même naïf, si dénué de sens pratique qu'il n'avait pas réussi dans la vie selon les normes établies, mais qui traitait ce sujet et lui-même avec humour, qualité qui faisait défaut à sa mère et provoquait même son hostilité parce qu'elle y voyait quelque chose de vulgaire, et c'est justement pour ces qualités-là que Tirtsa préférait son père à sa mère qu'il aimait d'un amour délicat et romantique, si touchant parfois qu'elle avait mis des années à le goûter et à l'apprécier, car contrairement à son mari qui avait travaillé comme charpentier jusqu'à la retraite et n'avait essayé de changer de métier que pour lui plaire, c'était une femme active et ambitieuse qui avait érigé l'activisme et l'ambition en principes de vie trônant au centre d'un système de valeurs qu'elle avait imposé à la maison – une maison toujours propre et rangée – et en vertu duquel elle avait élevé ses filles, Tirtsa et Zahara, qu'elle espérait voir atteindre dans la vie ce que chacun est tenu d'atteindre, une vie qui se dépeignait à ses yeux sous les couleurs d'un champ de courses, et c'est ainsi qu'il était interdit de pencher la tête sur son assiette en mangeant, de mettre ses chaussettes devant des étrangers, ou d'évoquer même entre eux que son mari avait de fausses dents, et c'est ainsi qu'il fallait aussi, selon elle, habiter une grande ville, aller au moins une fois dans sa vie en Amérique, réprimer ses sentiments, choisir scrupuleusement ses amis, passer son permis de conduire et par-dessus tout, être actif et s'efforcer sans relâche d'avancer dans la vie pour se tailler honnêtement une position, surtout en faisant des études pour décrocher des diplômes universitaires, car les universitaires étaient, à ses yeux, l'aristocratie contemporaine et les diplômes, la preuve évidente non seulement des talents de quelqu'un mais aussi de sa personnalité et de ses valeurs et le moyen principal de se frayer un chemin vers les sommets, et Tirtsa, comme d'ailleurs Zahara, de trois ans sa cadette, avait appris la danse et le piano, qui trônait inutile dans le salon, la dactylographie, le français en cours privé et l'architecture après son service militaire, mais elle avait interrompu ses études pour épouser César puis donner naissance à Shaoul, et ensuite elle avait perdu tout intérêt pour ce qui était peut-être la volonté de sa mère que Tirtsa ne se sentait pas le droit de décevoir, surtout face à la réussite de Zahara, qui avait brillamment achevé des études d'économie aux Etats-Unis et, peu de temps après son retour avec son mari, Philippe, et ses deux enfants, avait commencé à travailler comme économiste dans un ministère. Toutes les aspirations de Tirtsa se reportèrent sur l'enfant et le désir de fonder un foyer mais César l'en empêcha et démolit tout ce qu'elle essayait de construire avec patience et dévouement, avec beaucoup de bonne volonté et de renoncement, épuisant ses forces et sa fraîcheur avec son incertitude permanente et les querelles incessantes, et elle se sentit acculée et perdue dans les tourments de la jalousie et les humiliations infligées par César qu'elle accueillait au début avec surprise et embarras parce qu'elle l'aimait et s'était donnée à lui sans réserve ni calcul, et ce n'est que lentement, alors qu'elle se refusait encore à désespérer de son amour, qu'elle comprit que tout cela importait peu, que l'amour ne générait pas nécessairement l'amour, et plus douloureux encore, qu'il n'assurait pas sa survie, pas plus d'ailleurs que le dévouement et la fidélité ni la meilleure volonté du monde, que même l'espoir le plus tenace et obstiné ne pouvait ramener celui que l'on attendait, ce dont elle s'aperçut en échange d'un bref moment de répit, lorsqu'un matin d'hiver et de confusion, après s'être séparé de Ruhama, César s'assit à côté d'elle sur le lit et posa tendrement la main sur son épaule et elle, pleine d'espoirs et de craintes, crut un instant que l'attente avait triomphé et le lui avait ramené. César la trompait en public et l'humiliait devant tout le monde et ainsi, pendant leurs années de mariage, il réussit à lui inspirer le mépris d'elle-même et à ébranler presque complètement le sens de sa propre valeur, mais un reste de fierté et le besoin de préserver son honneur l'aidèrent à dissimuler de son mieux sa souffrance et son humiliation devant ses amis et ses proches, ses parents, surtout sa mère dont le cœur était plein d'amertume envers César mais qui ne le montrait jamais, se contentant de le traiter avec une politesse glaciale, et elle veillait à ce que la maison soit propre et rangée et les enfants bien soignés, s'habillait et se maquillait pour être belle et plaire aux hommes, ce que César ne lui pardonna pas même après leur séparation définitive – cette fois à la demande de Tirtsa qui ne pouvait plus supporter toute cette débauche et les humiliations – et il continua encore à la vexer et à l'offenser, et Tirtsa, au début affligée et confondue par toutes ces railleries au point d'en pleurer parfois lorsqu'elle était seule, finit peu à peu par en prendre son parti et cessa d'y prêter attention. Avec l'argent qu'elle avait économisé pendant leurs dernières années de mariage, pressentant que César risquait de la quitter un beau jour en la laissant démunie, et la somme que ses parents lui donnèrent, elle acheta une part dans un magasin de cadeaux et objets de luxe pour la maison, où elle travaillait avec son associée pendant le jour et le soir, essayait de recevoir du monde ou de sortir avec des amis, d'aller au théâtre et au concert, ce qui ne l'avait jamais particulièrement intéressée mais qu'elle faisait dans le même esprit de lutte pour sa survie, espérant ainsi tomber amoureuse de quelqu'un et se remarier, mais fatiguée et désabusée par tout ce qu'elle avait traversé, il lui était très difficile d'être amoureuse, et ses sentiments spontanés et immédiats, qui étaient encore vivaces en elle et n'avaient pas été ensevelis sous les vagues de déception et de douleur ou le carcan des interdits d'autrefois, étaient mis en sourdine par une quantité de calculs raisonnables et surtout prudents, fruits de son expérience avec César et de l'éducation donnée par sa mère, qui dressaient devant elle une montagne d'exigences si démesurées qu'elles mettaient d'avance en échec toute possibilité de mariage, fût-ce sans amour et en désespoir de cause, mais il lui fallait encore beaucoup de temps pour effacer et noyer toutes les offenses et la peur et prendre pleinement conscience que rien n'était jamais acquis, qu'il fallait renoncer à bien des choses pour en obtenir un peu, et pour désespérer définitivement de César – qui finit de boire son café et posa sa tasse dans l'évier –, César qui venait et repartait et que dans le secret de son cœur, elle continua encore à désirer longtemps après avoir désespéré de lui, attendant qu'un beau jour il revienne vivre avec elle, même si elle n'était plus sûre de l'aimer encore, mais elle restait toujours aussi jalousement attachée à lui et croyait à la survie de leur couple, comme elle croyait que son retour lui rendrait sa propre estime, aussi bien à ses yeux qu'à ceux de ses amis, de ses parents et de sa sœur et effacerait l'humiliation et l'échec qu'elle avait subis, et c'est ainsi que pendant les deux années qui suivirent leur séparation elle ne coucha avec personne et longtemps après, s'y déroba et le fit sans envie, non seulement en vertu de ses idées et de ses sentiments, qui l'empêchaient de faire ce qu'elle avait plus d'une fois désiré avec la même liberté que sa sœur ou d'autres femmes de sa connaissance, mais surtout parce qu'elle se sentait encore liée à lui comme s'ils étaient mariés et qu'elle vivait avec l'idée qu'en fin de parcours, après s'être dégrisé des illusions et des influences néfastes, après avoir achevé son vain périple d'aventures autour de lui-même, il reviendrait vers elle, et ce n'est que très lentement, par la force du temps et des vicissitudes de la vie qu'elle se défit de tout cela, retrouva de l'assurance et sa propre estime, la faculté de se réjouir, d'être satisfaite d'elle-même et de ses actes, qu'elle cessa de penser constamment à lui et de l'attendre, et non seulement parce qu'elle s'était habituée à vivre seule, à être indépendante et même à y prendre plaisir, mais parce qu'elle avait enfin compris que leurs vies respectives avaient irrémédiablement divergé, qu'elle avait pris ses distances et ne pourrait jamais plus revivre avec César, et le seul espoir qui lui restait encore était de le voir la prier de revenir à lui pour qu'elle puisse le lui refuser, espoir dont elle essaya aussi de se défaire plus tard, lorsqu'elle comprit son inanité, et avec le temps elle sentit un jour qu'elle n'en était plus jalouse et ne lui en voulait plus et sans l'avoir prémédité, se mit à le traiter en ami, et ainsi, avec un sourire que lui conférait un discret sentiment de supériorité, elle regardait César s'agiter sans répit, penser parfois revenir à elle, comme en ce moment où, près d'elle, il y songea fugitivement en la regardant cuisiner et souleva de nouveau le couvercle, prit une cuiller qu'il plongea dans les bamias juteuses, souffla un peu dessus, lança sa cigarette dans la tasse de café et mangea les bamias, qui étaient délicieuses et exhalaient un arôme délicat de safran et de piment, et dit, "Excellent", puis il posa la cuiller sur le marbre et sourit à Tirtsa en disant, "Tu es merveilleuse" et il l'étreignit légèrement en la prenant par les hanches et dit, "Tu as de belles hanches", elle n'avait pas de belles hanches mais un beau visage et surtout un charme très féminin et paisible, et César tendit encore la main pour l'étreindre mais Tirtsa, qui eut une soudaine envie de coucher avec lui, parut réservée et affairée, repoussa sa main et fit un signe en direction du petit enfant, qui entra dans la cuisine avec un livre, alla vers César et lui demanda de le lui lire, mais César regarda sa montre et dit qu'il était pressé et avait un rendez-vous de travail important et promit que la prochaine fois il lui raconterait des histoires et jouerait avec lui et il l'embrassa sur les deux joues, puis entra dans le salon, s'approcha du fils aîné, lui caressa affectueusement la tête en lui rappelant que le lendemain à quatre heures il viendrait le chercher pour aller au cinéma, sauf que César ne vint pas parce qu'il s'empêtra avec une touriste américaine qui lui prit tout son après-midi et sa soirée pour consentir à coucher avec lui, puis il revint à la cuisine, redonna un baiser à son jeune fils, salua Tirtsa et quitta la maison avec le sentiment agréable d'avoir accompli son devoir. Dans la rue, il rencontra devant la maison Zahara qui sortait de sa voiture après l'avoir garée, ils se saluèrent chaleureusement comme d'habitude et César lui demanda comment ils allaient, elle et Philippe, et Zahara dit, "Nous allons très bien", puis elle lui demanda pourquoi on ne le voyait plus ces derniers temps et César dit qu'il était très occupé mais il promit de passer bientôt chez eux à condition qu'elle lui prépare du punch aux noix et Zahara dit, "Autant que tu en voudras. Et il y a de bons cigares aussi. Et Philippe a acheté un appareil photographique que tu devrais voir", elle lui fit un léger signe de la main et d'un pas rapide entra dans la cour de la maison et César, qui la salua aussi d'un geste de la main, la regarda furtivement, détailla sa silhouette et ses jambes et en se dirigeant vers la maison de ses parents, qui n'était pas très éloignée, repensa à ce qu'il se disait chaque fois qu'il la rencontrait, que s'il lui avait fait une cour plus assidue, elle aurait sûrement couché avec lui et que ça devait être très bien avec elle, puis il se dit que probablement elle ne couchait pas avec Philippe, ou alors très rarement et par obligation, par remords et volonté de se racheter, et même ce très peu, en supposant qu'il existât, n'était pas le désir de Philippe qui, de quinze ans son aîné mais encore dans la force de l'âge et assez beau, était un homme fini, déjà éteint, qui avait tourné le dos à la vie avec une espèce de joie presque maligne. Il était né à Vancouver, dans une famille juive très fortunée, son père était un psychiatre en renom et sa mère enseignait le piano, et lui-même avait étudié l'architecture à McGill, mais parallèlement à ses connaissances professionnelles, il possédait une culture très vaste et raffinée dont il devait la variété et le raffinement pour une grande part à la tradition familiale et à sa richesse qui l'avait dispensé de tout souci matériel et lui avait permis de jouir de ce que la culture pouvait offrir de meilleur : musique, livres, théâtre, expositions, ballets, voyages. Ils s'étaient rencontrés par hasard avec Zahara chez des amis communs à New York et, au bout de quelques mois, avaient décidé de se marier, leur premier fils était né un an après leur mariage et deux ans plus tard, ils avaient eu un autre fils et lorsque ce dernier avait eu un an, Zahara avait achevé ses études et ils étaient revenus en Israël où était né leur troisième fils, six ans après le deuxième et en pleine crise conjugale, qui s'estompa sans pour autant se résoudre parce que Zahara tomba amoureuse d'un des jeunes architectes qui travaillaient dans le bureau d'architecture où Philippe était associé. Ignorant cette liaison pendant longtemps, il avait réagi par quelques phrases calmes, presque neutres, puis s'était enfermé dans le mutisme et s'était comporté de la même manière le jour où Zahara avait quitté leur luxueuse maison et les enfants pour habiter avec le jeune architecte dans un appartement en location, événement qui avait profondément attristé son père, associé en silence aux chagrins et tourments de sa fille, et mis en colère sa mère qui avait eu avec elle un pénible entretien, mais Zahara avait obéi à son désir, et quelques mois plus tard, ils s'étaient séparés malgré leur amour réciproque, l'architecte était revenu chez sa femme, Zahara avait regagné son foyer et Philippe l'avait accueillie comme si de rien n'était, avec le même calme que lorsqu'elle l'avait quitté parce qu'il était d'une nature douce et réservée, que son raffinement culturel et une certaine fierté aristocratique l'avaient rendu sceptique et faible, annihilant en lui la faculté de réagir comme il l'aurait désiré, mais peu de temps après le retour de Zahara à la maison et malgré ses objections, il avait vendu sa part dans le bureau et cessé de travailler. Il menait une vie complètement oisive avec les revenus de l'immense fortune familiale : le matin, il envoyait les enfants à l'école, unique action utile selon lui, puis se préparait une tartine et du café et pendant le restant de la journée, écoutait de la musique tout en feuilletant des ouvrages d'art ou des livres sur les oiseaux dont sa bibliothèque était richement garnie, ou bien se plongeait dans la lecture d'œuvres littéraires et de poèmes en français et en anglais, ou bien encore résolvait des problèmes d'échecs et de mots croisés. Il se laissait annihiler par une inaction délibérée et ostentatoire, s'humiliant ainsi en toute conscience, entouré d'un brouillard désespéré d'indifférence et d'amère ironie, dirigée surtout contre lui-même, et où pointaient parfois, toujours d'un air détaché, des traits de rancune et d'apitoiement sur soi, et César qui avait beaucoup de sympathie pour cet homme grand et fort, résigné à son impuissance et à son égarement, ne cessait de s'étonner de ce lien étrange entre lui et Zahara qui, malgré sa distance et son impatience, nourrissait envers Philippe des sentiments de culpabilité et de regrets et voulait lui être agréable, mais elle ne pouvait ni ne voulait interrompre ses relations avec le jeune architecte qu'elle continuait à rencontrer une ou deux fois par semaine dans un hôtel, même après leur séparation et leur retour à leurs foyers respectifs, et Philippe, qui le savait, mais n'en parla jamais ouvertement, éleva une barrière entre elle et lui, comme il en éleva une entre lui et le monde, continuant à entretenir avec elle des rapports de stricte politesse, sans un mot ni un sourire de plus. Aux yeux de César, cette relation entre Zahara et Philippe ressemblait à un lien mort entre quelque chose de vivant et de pétillant et quelque chose d'éteint et d'inexistant, ou du moins en extinction irrémédiable, et il ne pouvait absolument pas comprendre ce qui avait amené Zahara à épouser Philippe, sinon peut-être l'argent et la position sociale, de même qu'il était étonné par Philippe dont la réaction à la liaison de Zahara avec le jeune architecte dépassait son entendement, et il en était à se demander si leurs rapports étaient différents lorsqu'ils s'étaient connus, quand il poussa la porte du jardin de la maison de ses parents, où Zina se trouvait seule dans l'immense salon, coiffée d'une perruque blonde à la Doris Day et tenant à la main un masque en bois moulé, et il avança dans l'allée sinueuse, pavée de briques rouges et noires, qui traversait le jardin entouré de buissons et où le bel oranger en fleur dégageait un parfum tenace et enivrant, et sonna à la porte, aussitôt Zina vint ouvrir et en le voyant poussa des cris de joie, son visage exprimant le bonheur et le soulagement. C'est ainsi qu'elle accueillait tous les visiteurs, à la fois parce qu'elle éprouvait le besoin de les chérir et surtout parce qu'elle ne pouvait pas rester seule, ne supportait pas la solitude qui la déprimait et l'angoissait et espérait toujours en être délivrée par quelqu'un, mais cette solitude était le seul état qu'elle connût et dont elle arrivait rarement à franchir les frontières car l'unique chose qui l'intéressait vraiment était elle-même, et même son intérêt pour Erwin était avant tout à la mesure de l'intérêt qu'il lui portait, à ceci près qu'Erwin, autonome, se mouvait dans son orbite solitaire, totalement détaché d'elle, tandis que

Zina, absolument esseulée et perdue, se mouvait confusément sans nul point d'appui et éveillait chez César, qui l'embrassa sur la joue et entra avec elle dans le salon, une irritation impatiente pour ses occupations insensées, ses propos hâtifs et confus, son infinie demande d'attention et d'approbation, mais il fit de son mieux pour être aimable et lui demanda comment elle allait et Zina dit, "Superbe. Et toi, fils ?" et César, involontairement déjà tendu, dit, "Bien. Très bien", Zina sourit et dit, "Papa arrivera bientôt", puis elle lui demanda des nouvelles des enfants et César dit, "Shaoul ne se sent pas très bien", et Zina dit, "C'est comme ça avec les enfants" et elle lui montra le masque en bois en lui racontant avec enthousiasme que c'était un dieu africain de la Côte-d'Ivoire qu'elle avait acquis dans un magasin d'antiquités et elle se demandait où l'exposer, mais son excitation autour de César et du masque en bois n'était qu'une agitation vaine et artificielle car ces dernières semaines son engouement pour les tableaux, sculptures, objets d'art, antiquités et habillement était tombé, et même son combat incessant pour se gagner l'amour et l'attention d'Erwin avait momentanément cédé le pas au souci pour ses jambes qui étaient très belles mais s'étaient mises brusquement à bleuir et enfler et à lui causer des douleurs si vives qu'elle était souvent obligée de s'asseoir ou de s'étendre pour les apaiser. Déprimée et troublée dès l'instant où elle remarqua la chose, Zina préféra pourtant l'ignorer, espérant que le mal disparaîtrait comme il était apparu, mais quelques semaines plus tard, voyant l'état de ses jambes s'aggraver, elle se mit à les envelopper de compresses de vinaigre comme le lui avait conseillé Shoshana, puis de compresses d'alcool comme le lui avait conseillé Besh, puis elle les enduisit d'une huile végétale à l'odeur désagréable que lui donna Béatrice, la femme de Tsvi, frère d'Erwin, et changea aussi selon ses conseils ses habitudes alimentaires et ce n'est que lorsque toutes ces méthodes et d'autres encore échouèrent qu'elle se rendit aux prières insistantes de Yaffa, sa sœur aînée, et s'adressa aux médecins, au nombre de cinq, qui, chacun à sa manière et sans s'être concertés, lui dirent que cette maladie assez répandue et bénigne était incurable et qu'elle devrait sans doute finir ses jours avec des jambes enflées, bleues et douloureuses. Zina maudit les médecins, refusant énergiquement de se plier au verdict et, les dents grinçantes, désespérée et la rage au cœur, lutta pour sauvegarder son apparence parce qu'elle voulait mourir fraîche et belle, avec d'aussi jolies jambes que celles de Françoise Arnoult, et surtout parce que ce combat pour ses jambes s'associait dans son esprit à celui qu'elle menait pour garder Erwin, ainsi considérait-elle ce mal dont elle était atteinte, et toute maladie ou tout incident qui l'affectait, comme une victoire de Hemda et une défaite pour elle, et nulle difficulté au monde, nul prix, nulle raison ne pouvait l'empêcher de mener jusqu'au bout cette bataille perdue dans laquelle le désespoir et le sentiment de défaite, qui assombrissaient sa vie tout en lui conférant un sens et un but, lui insufflaient aussi la force de se battre contre ce qui lui paraissait comme un complot de la nature et de Hemda. Maintenant plus que jamais, elle avait trouvé un appui en Yaffa dont la vie, empoisonnée par les soucis et les maladies de ces dernières années, lui avait valu d'être élevée par Zina au rang d'experte en affaires de la vie en général et de la médecine en particulier, ce qu'elle était en fait depuis sa jeunesse où Yaffa était considérée comme une femme pratique et sensée, la tête sur les épaules, contrairement à Zina et à leur jeune sœur, la jolie Shalva, que Zina et Yaffa n'avaient plus revue depuis que son mari l'avait abandonnée, vingt-cinq ans auparavant. C'était un jeune homme gai et élancé, avec des muscles puissants et une voix agréable, il travaillait dans le bâtiment et Shalva l'avait connu un samedi sur la plage, il se tenait sur les mains, faisait des culbutes en l'air, racontait des blagues et riait de bon cœur, son corps très bronzé dégageait une odeur agréable de sueur et d'eau salée qui avait séché sur sa peau et quelques jours plus tard, ils avaient décidé de se marier. Les parents s'étaient opposés à ce mariage, c'étaient des gens conservateurs, avec des idées bien arrêtées sur la vie, les manières d'agir et d'être, et ce jeune homme, si affectueux et si beau, cette histoire d'amour hâtive, ce mariage éclair n'étaient pas conformes à leur échelle de valeurs, mais ils avaient comme d'habitude exprimé leur désaccord en silence, leurs réserves et leur insatisfaction avec une discrétion extrême et une fois seulement, un vendredi soir où Shalva et son père s'étaient retrouvés un instant seuls sur la terrasse, ne pouvant se contenir davantage, il avait dit, “Es-tu sûre que c'est ce que tu veux ?”, et Shalva avait dit, “Oui”, et son père qui l'aimait beaucoup avait ajouté, mais avec une prudente douceur, “Pourvu que tu ne le regrettes pas”, mais en vain et Shalva avait épousé le jeune homme en présence de quelques amis. Six mois passèrent comme des vacances ensoleillées faites pour durer une éternité, quand un beau jour, il la quitta sans crier gare et partit en Amérique et Shalva, le visage encore chaud et rayonnant de bonheur, vit sa joie amputée, s'enferma chez elle, bannit tous ses amis et sa famille, surtout son père, qui essayaient de l'aider, et toutes les tentatives de rapprochement et d'apaisement demeurèrent sans effet, elle s'humilia délibérément avec toutes sortes de travaux vagues et même parfois méprisables, négligea sa personne, se donna à des hommes détestés qui la laissaient après avec un sentiment de dégoût et d'abjection et tout cela, pour punir le monde et, au premier chef, sa famille de l'humiliation qu'elle avait subie et de son amour-propre blessé qui ne connaissait pas de limites. En revanche Zina et Yaffa, rapprochées par un même lot de soucis et de déceptions, se rencontraient de temps en temps bien qu'au fil des années, leurs relations fussent fluctuantes et même parfois tendues, parce qu'elles étaient différentes, qu'elles avaient choisi des voies différentes et n'appartenaient pas aux mêmes milieux sociaux, et Zina, qui fréquentait une classe sociale plus élevée, enviait parfois Yaffa, la sœur heureuse qui, autrefois, avant que sa fille se marie et du vivant de Neufeld, son époux, était réellement heureuse parce que malgré son diplôme du lycée russe et deux ans de séminaire pédagogique, elle n'aspirait à rien d'autre qu'à une vie de famille ordinaire et était en effet une excellente ménagère et César, lorsqu'il était enfant, aimait se trouver dans sa maison pleine d'odeurs de cuisine, de draps amidonnés, de repassage, de gâteaux en train de cuire, de cirage et la regardait coudre des boutons, repriser une chaussette, repasser, pétrir la pâte et l'étaler au rouleau, la découper en nouilles fines, plumer la volaille, tresser habilement le pain blanc de shabbat et l'enduire de jaune d'œuf avant de l'enfourner, sans négliger d'élever ses deux enfants, Tikva et Arieh, qui avait l'âge de César et avait été son ami d'enfance pendant quelques années, et de trouver le temps de venir en aide à Neufeld qui trouvait en elle un précieux soutien et la consultait pour tout ce qui touchait à ses affaires. C'était un homme simple et laborieux qui avait débuté avec une petite cordonnerie et qui, lentement, à force d'économies, de persévérance et d'une prudente perspicacité, l'avait transformée en usine de chaussures, à vrai dire une petite usine mais qui assurait d'agréables revenus, pourtant ils avaient continué à mener une vie modeste et parcimonieuse parce que Neufeld avait investi tous ses bénéfices avec une tranquillité non dénuée de pudeur dans deux camions qu'il avait mis pendant toute la guerre au service de l'armée britannique et dont il avait réinvesti les revenus dans des terrains situés près du

Yarkon, à proximité de villages arabes et d'orangeraies à l'est, si éloignés de la ville qu'ils étaient l'objet d'étonnement et de railleries de la plupart de ses proches, comme s'il avait acheté des lopins de sable en plein désert du Sahara, et l'unique parcelle de terre qu'il avait acquise sans esprit de profit était une concession pour lui et Yaffa au cimetière de Nahalat Itshak, car même dans la mort il voulait rester auprès d'elle. La quantité de biens accumulés et leur train de vie parcimonieux n'affectèrent en rien la douceur de la vie familiale ni le bonheur de Yaffa qui, par amour pour Neufeld, repoussa de nombreux prétendants bien plus brillants et séduisants que lui, mais lorsque Tikva acheva ses études au lycée et avant son service militaire, Neufeld décida de la marier à un jeune homme blond, aux yeux bleus et aux joues roses, qui avait émigré de Hongrie et s'était présenté comme ingénieur en électricité, mais Tikva, qui était sortie avec lui pendant quelque temps et l'avait même amené trois ou quatre fois à la maison où ses manières calmes et polies avaient fait bonne impression, s'opposa à cette décision parce qu'elle avait mis fin à cette relation et n'avait encore aucune envie de se marier, mais Neufeld s'obstina et contraignit Yaffa, en désaccord avec toute cette histoire, à le soutenir, ils rencontrèrent les parents du jeune homme, des gens très simples qui parlaient à peine l'hébreu, et au bout de quelques semaines de vaines supplications et de larmes, Tikva se plia au verdict et ils la conduisirent sous le dais, en robe de soie blanche, collier de perles et escarpins argentés, devant des centaines d'invités qui se rassemblèrent ensuite, au son d'un orchestre, autour de tables bien garnies, et la marièrent ainsi à l'ingénieur qui, au bout de quelques mois, se révéla n'être nullement un ingénieur mais un charlatan désœuvré, et chaque semaine, il se présentait devant Neufeld avec de nouvelles exigences démesurées, et le moindre refus ou la moindre hésitation, la moindre chose qui lui déplaisait provoquaient sa colère et il empoisonnait la vie de sa femme qui entre-temps lui donna un fils et fut rapidement de nouveau enceinte, et lorsque Yaffa et Tikva l'imploraient de cesser ou que Neufeld lui proposait généreusement de s'associer à lui ou de fonder sa propre affaire, il leur répondait par la dérision ou leur riait au nez. Il faisait régner la terreur, allant jusqu'à vouloir frapper un jour Neufeld, et faisait de leur vie un enfer au point qu'ils finirent par voir le salut dans le divorce mais malgré les prières de Tikva et de ses parents, le jeune homme s'y refusa et lorsque enfin il céda à leurs supplications, ce fut pour exiger en compensation une somme énorme et un nouveau camion, et Neufeld, qui ne pouvait plus supporter tout cela, se rendit aussitôt mais toute cette histoire qui avait duré quelques années l'ébranla et abrégea sa vie et un an après le divorce de Tikva, il mourut d'une crise cardiaque et fut enterré dans la concession qu'il avait acquise, tous ses biens et ses diverses affaires passèrent sous la tutelle de Yaffa, ou plus exactement du fils, Arieh, qui avait à l'époque vingt-quatre ans et se trouvait déjà au crépuscule de sa vie. C'était un jeune homme grand et beau dont les gestes, les réactions et la manière de parler donnaient l'impression qu'il était toujours à moitié endormi, indifférent à son entourage, aux horaires et aux règles de vie conventionnelles mais en même temps, pour satisfaire le désir de ses parents, il se soumettait à leurs exigences quotidiennes et avait même brillamment passé son baccalauréat à la grande joie de Neufeld qui voyait en lui son futur associé et successeur, mais en revenant du service militaire, peu de temps avant la mort de Neufeld, il devint méconnaissable, ce qui ne l'empêcha tout de même pas d'achever sa première année d'études de gestion, puis au début de l'année suivante, interrompit brusquement ses études, se mit à dormir jusqu'à midi, se levant ensuite le plus tranquillement du monde pour s'habiller comme un dandy extravagant et sortir traîner dans les rues en laissant toujours dans son sillage un fort parfum de femme. Yaffa, qui dirigeait entre-temps les affaires de Neufeld avec l'aide de son comptable, pria Arieh de prendre en main les affaires de son père ou s'il ne le désirait pas d'achever ses études ou bien de se trouver une occupation quelconque, et Arieh dit, "D'accord. Tout ira bien. Tu peux te reposer", mais il n'en fit rien car il était dégoûté de tout et sous son écorce d'indifférence, son âme assombrie, pleine de haine venimeuse et de méchanceté gratuite, était tourmentée jusqu'à la folie, et il s'adonna au jeu – billard, cartes et dés – et, le cœur léger et corrompu, se mit à dilapider délibérément l'immense patrimoine amassé au fil des années, à force de dur labeur, d'économies et d'infinis calculs à long terme, il le gaspilla aussi avec des amis de fortune qui l'exploitaient sans merci, buvant, mangeant et fumant à ses dépens, tandis qu'ils l'accompagnaient jusqu'au petit matin dans ses périples nocturnes, et rarement, en guise d'accalmie temporaire, il s'enfermait dans sa chambre – celle où il avait grandi et où il vivait encore – et dessinait, couché sur son lit, à l'encre de Chine ou aux pastels comme lorsqu'il était au lycée, et repoussait par le silence ou la grossièreté les objections prudentes de Yaffa qui continuait à cuisiner pour lui, à laver et repasser et lorsqu'un jour, elle lui parla de buts, il dit, "J'ai un but", mais pour ne pas l'énerver elle n'osa pas lui demander lequel et ce n'est qu'en posant devant lui l'assiette de soupe qu'elle dit doucement et comme si elle ne s'adressait pas à lui qu'il vaudrait peut-être mieux qu'il travaille, se marie et ait des enfants pour être heureux et Arieh, qui ne la regardait jamais dans les yeux, dit, "Je suis très heureux. Je fais ce qui me plaît et personne ne peut m'arrêter, personne ne le pourra jamais. Mon père a gagné beaucoup d'argent" et il se leva et quitta la maison en silence. Malgré les prières réitérées de Yaffa, qui se souciait plus de son fils que des biens de Neufeld qui fondaient sous ses yeux, Tikva refusa de se mêler de cette histoire qui la contrariait et la perturbait mais seulement parce qu'elle concernait sa fortune, qu'elle avait besoin d'argent et voulait s'assurer sa part d'héritage, ce dont elle avait souvent parlé avec Yaffa, toujours sur un ton grossier et parfois même avec des cris, mais c'était tout car ce qu'elle venait de vivre et le soin de deux enfants l'avaient rendue amère, de plus elle n'avait jamais aimé Arieh et ne s'était jamais souciée de lui, leurs rapports avaient toujours été incertains et distants, et maintenant elle ne pouvait plus le supporter, comme elle ne supportait plus sa mère, quant à Arieh, il l'évitait aussi, sauf une fois où il arriva chez elle au petit matin, défait et drogué, la réveilla et après qu'elle l'eut calmé avec un verre de lait chaud, assis dans la cuisine en face d'elle, il lui dit que rien n'allait, qu'il vomissait le monde et sa mère, que tout homme était en droit d'être un dieu, qu'il était même tenu de l'être, mais les seuls dieux qu'il connût et admirât étaient les criminels parce qu'ils transgressaient toutes les normes et se fixaient leurs propres lois et leur propre monde. Tikva l'écouta en silence, puis lui donna une serviette pour qu'il se lave les mains et le visage, lui resservit un verre de lait et lorsqu'il reprit ses esprits, le ramena à la maison où il s'étendit tout habillé et s'endormit, et une semaine plus tard, il revint chez elle, toujours drogué, et lui apporta un dessin à l'encre de Chine bleue qui représentait un bras plié dont l'extrémité était une tête de serpent et sur la partie verticale du bras, un homme était adossé, coiffé d'un chapeau que le serpent tenait entre ses mâchoires, vêtu d'une robe et de sandales et tenant à la main une espèce de long bâton de berger et devant lui était assis un chien et tous deux, l'homme et le chien, se trouvaient sur la partie horizontale du bras. Quant au bras lui-même, ainsi que l'homme et le chien, il se trouvait entre une paire de jambes écartées dont l'une était horizontale et l'autre levée à angle droit. A l'extrémité de la jambe horizontale, qui selon Arieh avait été créée à partir d'une côte, se dessinait le visage de sa mère d'où sortaient le bras et les jambes, un arbre émergeait des rides de son front et entre le pied et le genou se trouvait un sexe de femme qui cassait la jambe de l'homme, le tout signifiant, selon les explications d'Arieh, que la femme était à l'origine du péché et qu'elle avait provoqué la chute de l'homme dans l'abîme, chute représentée par la jambe tendue vers le ciel et dont le pied gigantesque abritait la tête du serpent et celle de l'homme qu'Arieh appelait "le bon berger" et qui, selon ses dires, n'était autre que lui-même entouré de méchants loups qui ne figuraient pas sur le dessin. Enfin, il acheva ses explications en disant à Tikva que lui seul était capable de comprendre entièrement ce dessin et que même si les autres étaient à même d'y voir quelque chose, il valait mieux qu'ils ne le comprennent pas totalement parce qu'ils risquaient d'attirer sur eux une catastrophe, et il pria Tikva de le cacher et Tikva, chez qui le dessin suscitait une certaine oppression mêlée de peur, le prit et le cacha devant lui dans le tiroir inférieur de la garde-robe avec l'intention de le lui rendre à la première occasion ou de le passer à Yaffa, qui ne s'était pas remise de la mort de son mari et qui chaque soir avant de s'endormir et chaque matin au réveil songeait à lui avec nostalgie et impuissance, son absence la poursuivait sans répit et la déchéance d'Arieh, qui l'avait effarée puis accablée et anéantie, creusait encore plus cette absence et la transformait en une terrible détresse car elle avait besoin d'appui, de conseils ou au moins d'une parole de sympathie, et elle était d'autant plus désemparée et impuissante, et même humiliée et troublée, qu'elle ne comprenait pas le comportement d'Arieh qui avait reçu une bonne éducation et fait des études, que l'on avait toujours traité avec respect et amour en lui donnant généreusement tout le nécessaire, nourriture, vêtements, jouets et argent de poche, et à l'époque elle ne souffrait pas encore de ce vide et de la méchante ingratitude de Tikva parce que les problèmes d'Arieh éclipsaient tout, mais ensuite toutes sortes de douleurs et de maladies s'ajoutèrent à sa détresse, à ses sentiments de culpabilité devant la mort de Neufeld et l'état de Tikva et d'Arieh, et en peu de temps elle se mit à vieillir, tout son charme féminin qui faisait autrefois sa réputation se flétrit sans presque laisser de trace, sinon une certaine vitalité qu'elle conservait encore et le courage de coller à la réalité pour continuer à entretenir la maison, faire des courses, cuisiner et préparer des gâteaux, s'occuper de formalités diverses, s'habiller avec goût, se maquiller légèrement et se conduire prudemment avec Arieh, sauf une fois où, ne pouvant plus se contenir, elle explosa et lui dit des paroles dures, puis le regretta amèrement parce qu'elle se considérait comme l'unique coupable et que son cœur s'affligeait pour lui, et pourtant, elle continua à se nourrir d'illusions en espérant qu'Arieh reprendrait ses esprits et se marierait et qu'ainsi tout rentrerait dans l'ordre, mais Arieh qui détestait les femmes ne se maria pas et continua à se comporter grossièrement en dilapidant sans pitié la fortune familiale que, malgré les prières de Yaffa et la fureur de Tikva, il eût gaspillée jusqu'au dernier sou s'il ne s'était pas suicidé. Il se tua d'un coup de revolver dans la bouche et on le retrouva deux jours plus tard dans sa voiture, sur un chemin de terre qui traversait les orangeraies, pas loin de la mer, vêtu d'un costume en cuir, d'une chemise fleurie et d'une cravate, et Erwin et César, qui prit le masque du dieu africain que tenait sa mère et le posa sur l'une des étagères de la bibliothèque, allèrent l'identifier à la morgue car Yaffa et Tikva ainsi que Zina, qui regarda distraitement le masque en bois et dit, “C'est très beau”, ne pouvaient pas supporter cette épreuve et tous deux, accompagnés de Besh, annoncèrent la nouvelle à Yaffa qui, avant même d'entendre la chose en détail, s'évanouit dans le salon, comme elle s'était évanouie en apprenant que l'ingénieur hongrois de Tikva n'était pas un ingénieur et avait renversé la tasse de café qui avait éclaboussé le mur, et César s'était empressé de l'asperger d'eau en éclaboussant au passage Besh et Zina qui, pâle et effrayée, avait essayé de la soutenir, pleine de fureur contre elle et les taches de café étalées sur le mur et le tapis et dès que Yaffa avait repris connaissance, Zina était vite allée chercher un chiffon humide pour essayer de les nettoyer mais en vain, et ces taches avaient continué de la mettre en fureur jusqu'à ce que l'on repeigne toute la pièce, mais c'était déjà après l'enterrement d'Arieh dont la mort, avec tout ce qui y était lié, brisa le cœur de Yaffa, la plongeant au fil des années dans une détresse plus profonde qui lui faisait sans cesse répéter avec une douleur pétrifiée, "Si seulement il avait été tué dans l'armée" et Zina, qui essayait de la consoler de son mieux, continua de regarder le masque en bois tout en répétant, "C'est très beau" alors qu'en réalité elle écoutait le bruit des pas d'Erwin, qui marchait dans l'allée du jardin et parlait avec quelqu'un et au moment où Zina répéta encore, "C'est très beau", la porte s'ouvrit et Erwin entra, suivi de son frère Tsvi et de son berger allemand, qui s'appelait Henri, un grand chien qui suscitait une crainte respectueuse, semblait toujours endormi à force de vieillesse et d'inaction et accompagnait Tsvi partout où il allait, en même temps que son éternelle pipe qui ne quittait jamais ses lèvres. Zina les accueillit avec son habituel cri de joie et son visage rayonna, mais sous cette expression de joie vide, qui se figea sur son visage, il y avait de la colère et de la tension parce qu'elle savait qu'Erwin revenait de chez Hemda, qu'elle n'aimait pas Tsvi et détestait Henri, qui dégageait une désagréable odeur de vieillesse et se promenait avec désinvolture sur les précieux tapis, caressait de sa queue les fauteuils et les canapés et mettait en péril les objets de verre et de porcelaine et les vases éparpillés partout. Tsvi lui serra la main et dit, "Nous t'avons fait une petite surprise" et

Erwin, la gratifiant à peine d'un regard, lui demanda de leur préparer du café, Zina le regarda un instant avec espoir et aussi avec un œil exercé à repérer sur lui les traces de sa rencontre avec Hemda et elle arbora un grand sourire à l'intention de Tsvi en disant, "Pas de problème. Comment va Béatrice ?", et Tsvi dit, "Très bien. Elle travaille dur", il serra la main de César, qui demanda à Erwin comment il allait, et Zina dit, "Je l'envie. Le café sera prêt dans quelques instants", elle alla dans la cuisine et tous les trois, Tsvi, Erwin et César, s'installèrent à la terrasse du salon qui donnait sur la mer pour profiter de la brise du soir imprégnée des odeurs de l'oranger en fleur, du cyprès et de la pelouse humide. Tsvi rappela Henri auprès de lui, bourra sa pipe avec des gestes lents et précis tout en questionnant César sur ses affaires, puis il reprit sa conversation avec Erwin sur la politique foncière du gouvernement et en particulier sur les terrains libérés pour la construction et la transformation des terres agricoles en surfaces urbaines. Excepté sa grande taille, un même timbre de voix et une certaine expression indéfinissable, Tsvi était si différent d'Erwin qu'il était difficile de les prendre pour des frères : il était corpulent, le visage sillonné de rides, un très grand front et parlait peu et lentement, en se concentrant, ses gestes aussi étaient lents et on sentait chez lui quelque chose de très dur et d'obstiné, d'austère même, où pointaient par moments des signes de douceur et d'affection qui semblaient pourtant ne pas lui appartenir. Il avait passé quatre ans à Utrecht pour préparer un doctorat sur l'étude de certains processus hormonaux et leur influence sur la fertilité et l'accroissement des récoltes de quelques variétés de maïs, mais un chercheur anglais l'avait devancé et, peu de temps avant que Tsvi n'achève ses travaux, avait publié une recherche sur le même sujet dont les conclusions étaient plus ou moins semblables, alors négligeant son doctorat, Tsvi était revenu en Israël avec Béatrice qu'il avait épousée en Hollande, ils habitaient dans une petite maison près de la ville et Tsvi s'occupait de planification agricole et de recherche appliquée aux engrais organiques et inorganiques, quant à Béatrice, elle enseignait à l'université l'histoire de l'Antiquité orientale. C'était une femme gaie et pleine de vie mais ils n'avaient pas d'enfants parce que Tsvi n'en voulait pas, il pensait qu'il n'avait pas le droit de donner la vie à des enfants contre leur gré, dans un monde mauvais et impitoyable qui finirait par les corrompre et leur faire du mal et il avait imposé à Béatrice, très désireuse d'avoir un enfant, cette vision dont Besh prétendait que si on la dépouillait de tous ses beaux oripeaux, il n'en restait que du pur égoïsme. Pendant la guerre, Tsvi s'était enrôlé dans l'armée britannique et avait servi dans les Balkans, dans le désert occidental et en Europe et une fois la guerre finie, il avait rejoint les rangs de l'organisation clandestine Lehi*, ce qui de temps en

* Initiales de Lohamei Heirut Israël, organisation terroriste fondée en 1940 à la suite de désaccords avec l'Irgoun de Menahem Begin. Elle prônait la lutte armée et les attentats

temps créait des tensions entre lui et Erwin, tout comme la tension larvée au sujet de l'héritage mais qui ne s'était jamais transformée en discorde véritable car Tsvi, attaché à Erwin par des liens d'amour compliqués, était ferme et inébranlable dans ses pensées comme dans ses actions, tandis qu'Erwin était pris par ses propres affaires et trop intelligent et ironique pour radicaliser les choses, ainsi avaient-ils continué à entretenir de bonnes relations même après la création de l'Etat dont les options étaient de moins en moins du goût de Tsvi qui prit des positions de plus en plus extrêmes, surtout après la guerre des Six Jours. La plupart du temps silencieux, il exprimait ses opinions sur un ton direct, catégorique et irrité et bien qu'il ne fût pas un homme de gauche mais plutôt du centre, il soutenait que le gouvernement permettait l'enrichissement facile des parasites de toute espèce, le pillage des biens publics et contribuait ainsi à creuser les écarts sociaux, qu'il menait une politique arrogante et aveugle qui nous conduirait à la catastrophe en laissant le pays, engagé dans un processus de fascisation et de violence, s'enfoncer dans un marécage de nationalisme obtus et de brutalité sous le couvert de religion ou d'autres théories irrationnelles et Erwin, qui avait les mêmes opinions que Tsvi mais profitait de la situation financière et sociale du pays, souriait et lui répondait, mi-sérieux, mi-ironique, que les

contre l'occupant britannique pour libérer la Palestine et y fonder le grand Israël. *(N.d.T.)*

hommes n'étaient que des hommes et qu'il s'agissait d'un processus inévitable dans un pays en expansion rapide, avec une forte immigration et soumis pendant des années à un état de guerre, mais Tsvi n'était pas prêt à s'y résigner parce que le pays lui était cher et qu'il ignorait tout compromis comme toute retenue devant ce qui lui paraissait malhonnête, sauf pour l'affaire de l'héritage de ses parents, qui leur avaient laissé un appartement et trois grands terrains, dont deux à Tel-Aviv et un autre à Natania, qu'Erwin s'octroya d'office, d'abord comme administrateur chargé de payer les impôts, puis comme propriétaire officiel de ces biens et Tsvi, qui en était contrarié, ne dit rien, Erwin aussi se tut, croyant que Tsvi, qui alluma sa pipe après l'avoir bourrée, n'y avait pas prêté attention ou avait oublié toute cette histoire mais Tsvi, qui exhala de petits nuages de fumée tout en caressant tranquillement Henri, n'avait rien oublié mais plutôt décidé d'ignorer cette histoire et de ne jamais l'évoquer devant personne, même pas devant Béatrice, et il demanda à Erwin jusqu'à quand durerait à son avis la flambée des prix de l'immobilier, et Erwin dit, "Tant que tout ira bien", et il ouvrit une boîte de cigares posée sur la table de jardin, en fer forgé peint en blanc, en offrit à César et se servit, et Tsvi dit que le gouvernement était obligé de libérer des terrains non agricoles pour la construction afin de casser le prix des appartements, et Erwin dit, "Cela ne servira à rien. Les gens ont trop d'argent", il alluma son cigare et Tsvi dit, "Le gouvernement lui-même est associé à la spéculation. Il est même le spéculateur principal", et Erwin dit, "Le gouvernement aussi a besoin de gagner". Il semblait très fatigué, mais ce n'était pas une fatigue liée à l'âge ou à l'effort, c'était le signe d'une maladie que tous, et surtout Erwin, préféraient ignorer. Outre sa grande fatigue, il était sujet à des oublis momentanés, à des tremblements, à des douleurs légères aux bras et dans le dos, il lui arrivait de s'assoupir, parfois en pleine conversation, les yeux mi-clos, la bouche écartée, ou alors, même éveillé, il perdait le fil de la conversation et regardait son interlocuteur avec des yeux vides. Son grand visage s'était ratatiné, sa peau devenue flasque commençait à se rider comme une pomme desséchée par le soleil, et pourtant la puissante vitalité héritée de sa mère, la grand-mère Clara, et dans une certaine mesure de son père, le grand-père David, tout autant que l'ambition et son propre instinct et appétit de vie le poussaient à continuer à aller et venir, diriger son bureau et surveiller les multiples travaux de construction dont il était responsable, à concevoir de nouvelles idées et à s'efforcer de mettre en échec ses concurrents en leur ravissant des travaux à force de cadeaux, de pressions et même parfois de fraude, ainsi continuait-il aussi à manger et boire, courir après les femmes et satisfaire son amour inépuisable pour Hemda qui, après tant d'années de luttes, d'implorations et d'espoirs qu'une seule nuit parfois faisait éclore et se faner, avait laissé sombrer ses hautes espérances, expirer et s'éteindre sa colère, sa fierté et ses déceptions et malgré son angoisse devant la solitude, angoisse qui parfois la saisissait même en présence d'Erwin et surtout lorsqu'il partait et la laissait seule et qu'elle regrettait de ne pas avoir eu d'enfant, et avait trouvé le salut dans l'amour absolu qu'elle portait à Erwin et dans sa certitude qu'il l'aimait aussi et que nulle force au monde, hormis la mort, ne pourrait les séparer, ainsi était-elle heureuse pendant les moments qu'ils s'accordaient ensemble et lorsqu'il arrivait à Erwin de lui répéter avec un sourire que l'amour véritable n'était qu'un amour déçu, ou d'autres maximes semblables, elle ne se donnait même pas la peine de lui répondre comme elle le faisait autrefois en lui disant, "Joli proverbe, Erwin, mais il ne réchauffe pas ma couche vide", et changeait de sujet en souriant car elle n'avait plus besoin ni de dictons, ni de bribes de commérages, ni d'histoires dans les magazines féminins ou les livres, et elle avait cessé de les collectionner et de les retourner dans tous les sens en les considérant comme des charmes, des incantations ou des énigmes à déchiffrer qui auraient le pouvoir de lui prédire l'avenir et ses réserves secrètes, de lui enseigner la voie qui lui ramènerait Erwin, ou du moins pourraient l'aider à surmonter les difficultés et les tourments des amours déçues qu'elle avait reçues en partage, car dans ce sens-là, sa vie n'était plus malheureuse ni ses amours déçues, bien au contraire, c'était maintenant le meilleur et le plus parfait amour qu'elle eût pu imaginer et, dans son cœur, elle priait pour qu'il en soit toujours ainsi, exactement ainsi, et si seulement elle avait eu un enfant, elle n'eût rien désiré de plus et sans doute n'eût même pas craint qu'Erwin ne meure avant elle. Elle n'était jalouse de personne et encore moins de Zina qui revint de la cuisine avec le chariot à café et disposa sur la table de jardin de superbes tasses en porcelaine blanche, ornées de motifs vermillon, une coupelle en argent remplie de petits gâteaux aux noix et au pavot et une assiette avec quelques tranches de pain noir, puis elle s'assit entre César et Tsvi et servit le café dans une cafetière en porcelaine, et Erwin à qui le pain noir était destiné en prit une tranche et regarda Zina comme s'il venait de l'apercevoir et dit, “Lorsque je suis parti tu étais brune, et maintenant tu es blonde”, il gloussa, se tourna aussitôt vers Tsvi et dit, “Vois à quelle vitesse les gens changent”, puis gloussa de nouveau mais Tsvi demeura impassible et le sourire moqueur d'Erwin, sourire figé et fatigué, esquissé avec peine, demeura accroché à ses lèvres comme s'il l'avait oublié, il prit une bouchée du pain noir qui avait le goût et l'odeur aimés du son et des sacs de jute, la mit dans la bouche et se mit à la mâcher avec plaisir, puis il prit une gorgée de café, le tout à la manière de la grand-mère Clara, mère de Tsvi, d'Erwin, de leur jeune frère Misha qui avait émigré en Argentine avec sa femme, et de quatre autres enfants dont deux, un garçon et une fille, étaient morts alors qu'ils étaient encore nourrissons, une fille avait péri dans la Shoah, et le quatrième fils, Julius, était un partisan, devenu une personnalité de la Pologne communiste d'après-guerre, qui s'était coupé de la famille pendant toutes les années où il avait occupé des fonctions importantes au sein du parti et du service des Renseignements, et n'avait renoué des liens que récemment, par l'entremise du frère d'Argentine, mais il se considérait comme polonais à part entière, exactement comme le frère de Besh, qui vivait en Australie où il s'était réfugié pour fuir le nazisme et se considérait, malgré ce qui s'était passé, comme un Allemand et soutenait que ni Hitler, ni Rosenberg, ni personne ne pouvait décider de son identité ni lui ôter son caractère germanique. César prit une gorgée de café et regarda le sourire desséché sur le visage d'Erwin si semblable à celui de grand-mère Clara, qui faisait irruption chez eux comme un ouragan, dans ses vêtements bariolés et fous, et tonnait avec fureur de sa grosse voix rauque chère à César et qui, pour une raison inconnue, le mettait toujours en joie, même lorsqu'elle était à l'hôpital, peu de temps avant sa mort, et que les odeurs de vieillesse et de mort, celles des médicaments et des désinfectants, qu'elle essayait de chasser avec les parfums et les fleurs disposées près de son lit à sa demande, s'étaient déjà emparées de son grand corps souffrant, encore immense. Elle ne quittait plus le lit et ne parlait plus, tant elle avait mal, et pourtant elle l'accueillait toujours avec le sourire, comme aussi ses autres visiteurs, mais ce sourire douloureux, contrairement à celui d'Erwin en ce moment, était encore joyeux et plein de vie, ironique aussi mais sans méchanceté, et ses yeux étaient limpides et clairs, et elle tonnait bien sûr contre les médecins et les infirmières, la nourriture et le bruit, et surtout contre la maladie qui l'empêchait de sortir un peu, au grand air. Quelque part dans son cœur, elle ne croyait pas à sa mort prochaine, et avec raison, car la mort n'avait rien à voir avec sa vie et ce n'est qu'au cours de la dernière visite de César, quelques jours avant sa mort, qu'elle tourna vers lui sa tête osseuse, tendue d'une peau jaune où saillaient des yeux révoltés et une grande bouche, et dit en yiddish, "Regarde ce que Dieu fait de l'être humain" et elle sourit, mais dans ce sourire forcé qui gardait encore une ombre de chaleur et d'ironie, il y avait déjà, et pour la première fois, la conscience de la fin et la résignation, et pourtant un ou deux jours plus tôt, elle avait demandé des nouvelles de Misha à Tsvi, Erwin, Zina et Béatrice et avait dit que s'il revenait d'Argentine, elle surmonterait tout et rentrerait à la maison ou du moins trouverait la force de quitter le lit et de sortir au grand air, pour revoir le ciel, les arbres et les gens circuler librement hors des murs blancs du service, et soudain elle fut prise d'une petite toux sèche, enrouée, suivie d'un long silence trouble pendant lequel César espéra voir quelqu'un arriver et s'asseoir auprès de lui, et enfin grand-mère Clara dit, "Je me souviens d'un tas de choses", puis elle dit, "Il y a une belle chanson en polonais", elle se tut comme si elle essayait de s'en souvenir et dit, "Mon père soufflait dans le shofar à Rosh ha-Shana et à Kippour. C'était le meilleur sonneur de shofar. Dommage que tu ne l'aies pas entendu", et elle posa sa grande main osseuse sur celle de César, son visage eut un bref éclat de douceur et après un temps de silence elle répéta, “Je me souviens d’un tas de choses” comme si elle avait envie de les dire mais ne les dit pas et resta étendue, les yeux fermés, en silence, et César qui, au contact de sa main, de son apparence décharnée et maladive, des odeurs qui émanaient d’elle, éprouva de la répulsion et une envie de s’en aller, ne le lui demanda pas et continua de rester sans rien dire auprès du lit de sa grand-mère dont le souvenir le remplissait de tristesse car de tous les gens qu’il connaissait, grand-mère Clara, dont il n’avait jamais vu la tombe ni retenu la date à laquelle elle était morte, était le seul être qu’il aimât avec quiétude, sans le moindre calcul, sans obligation ni effort et qui de temps en temps éveillait chez lui un tel sentiment de manque et de douce nostalgie qu’il lui arrivait, comme en ce moment sur la terrasse, à cette heure agréable du soir, de souhaiter qu’elle ressuscitât un instant et il imagina même la chose, éprouvant le bonheur des retrouvailles et la joie de sa grand-mère, sourd à la paisible conversation entre Tsvi, Erwin et Zina, jusqu’au moment où, criant à tue-tête dans la rue, la grosse voix de Besh interrompit le tout, et un instant plus tard, il entra et s’approcha de la table, un grand sourire stupide étalé sur sa face, apparemment ivre, imbibé d’une forte odeur d’alcool et continua à parler à tue-tête, le doigt pointé vers Tsvi et Erwin, et dit qu’il fallait mettre le monde hors la loi et Dieu aussi, bien qu’il n’existât pas encore comme l’annonçaient quelques écrivains et journalistes qu'il fallait mettre aussi hors la loi parce qu'ils ne savaient pas ce qu'ils disaient, et il proclama que la vie était si stupide, mensongère et pervertie qu'elle le fascinait et le ravissait au point de ne jamais vouloir la quitter, que d'ailleurs il ne la quitterait jamais parce qu'il voulait l'énerver par sa seule présence, et enfin qu'il désirait la mettre en pièces et la livrer au feu, qu'en fin de compte il était interdit de lever la tête et de la regarder en face car s'il le faisait, l'homme devrait s'arracher les oreilles et les accrocher à une corde, puis monter sur le plus haut des toits et crier jusqu'à épuisement, et en disant "s'arracher les oreilles", il les saisit et les tira de toutes ses forces comme s'il voulait vraiment se les arracher et éclata de rire, puis il dit qu'il était prêt à vendre le présent et l'avenir et l'autre monde et la rédemption pour un seul plat de soupe de poisson que lui préparait sa mère, qui était sans nul doute une des merveilles de ce monde et qui, comme son frère d'Australie, se considérait elle aussi comme une Allemande mais contrairement à lui, elle était si ferme dans cette conviction qu'elle s'y était tenue jusqu'à ce que les nazis l'anéantissent et peut-être qu'encore aujourd'hui, sous forme de fumée ou d'autre chose – car selon la loi de conservation de la matière, rien ne se perd dans la nature – elle continuait encore à croire à son identité germanique, persuadée qu'il s'agissait là d'une tragique erreur, et il partit d'un nouvel éclat de rire, puis se dirigea vers le bar du salon où il prit une bouteille de vodka et des verres et s'apprêta à revenir vers la table quand Zina se leva et alla vers lui pour lui ôter la bouteille des mains et la remettre à sa place parce qu'elle se souciait de sa santé, mais Besh la repoussa en disant qu'il était en excellente santé et que tout homme avait le droit de se choisir les moyens et le moment de détruire sa santé et de mourir et, tout en proférant des jurons, il se versa à boire, ainsi qu'à Tsvi, qui continuait à fumer, le visage froid et désapprobateur, et à Erwin, Zina et César, puis il dit qu'en fait, elle ne se souciait pas de sa santé mais de ses meubles et de ses maudits objets d'art et il leva son verre, but et déclara, "Je proclame une fois de plus que des pas en arrière émanant de la famille métaphysique ont entraîné une réaction de rébellion chez les oiseaux urbains, y compris le hibou, et blessé les gens de justice sans tenir compte de la pluie, ou d'autre chose ou du premier ministre assis là-bas et qu'ainsi, à force de vaines missions, la vie qui nous a été donnée en héritage est passée, tandis que la réaction de l'expéditeur ou du destinataire s'achemine vers de sublimes améliorations dans les jardins et le climat et la pente des toits de la forêt épanouie jusqu'à la plénitude et la maturité du bonheur. Merci", et il rit encore mais soudain se tut, et César et Erwin qui riaient avec lui se turent aussi et tous burent en silence jusqu'au moment où Zina, gênée par ce long silence inattendu, dit à haute voix à César, pour qu'Erwin et Besh l'entendent aussi, que le masque du dieu africain était superbe et Besh le regarda et dit, "On peut se torcher les fesses avec lui et tous les autres dieux africains", il éclata de rire, remplit son verre et dit à César, "On n'est pas obligé de faire des enfants si on ne les désire pas. Nous sommes dans un pays démocratique", et César dit, "Oui. Tu as raison", et Zina dit, "Tu as trop bu, Besh", Besh acquiesça légèrement de la tête et dit, "Bonjour, madame grand-mère", il sourit et Erwin dit, "Ça suffit, Besh", et César fit semblant de ne pas entendre, il prit une gorgée de vodka qu'il détestait tout autant que le whisky mais accueillait avec enthousiasme parce qu'ils faisaient partie du mode de vie et de l'idéal de virilité qu'il s'était choisis et essayait d'appliquer, et Besh cessa de rire, prit une grande goulée et dit, "On ne voit plus de sable. Mais ne vous faites pas de soucis, le sable finira par couvrir toute cette ville. On ne peut pas tricher avec le sable". Son visage était sombre maintenant et il parlait avec gravité et après avoir repris une gorgée, il ajouta, "Cette ville ne mérite pas d'exister. C'est tout simplement un malentendu. On croit pouvoir jouer. C'est insensé. C'est un cimetière", il regarda Tsvi, puis Zina, qui riait sans raison et, le visage sombre, flasque et très laid, il joua avec le verre en disant, "Toi, tu n'as rien à craindre. Tu descends des Khazars", et après un bref silence il ajouta, "Tout est insensé" et hoqueta bruyamment. Tsvi fit semblant de ne pas entendre, guettant depuis longtemps le moment propice pour s'en aller, quant à César, il esquissa un sourire forcé, essaya même de rire et regarda Besh qui continuait à jouer avec son verre et qui soudain sans raison dit, "On ferme !", il remplit encore son verre, regarda

Tsvi et dit, “Lui, il se taira toujours”, et Tsvi ne dit rien, se contentant de caresser Henri et de regarder Besh qui, embarrassé, passa la main sur son menton et dit, “Bon, d’accord. Qu’il en soit ainsi”. Ces derniers temps, Besh avait une liaison avec une veuve très riche et un peu plus âgée que lui : il mangeait chez elle, couchait de temps en temps avec elle sans aucun plaisir et dépensait son argent qu’il perdait régulièrement au poker en même temps que le sien, mais loin de l’impressionner ces pertes ne tempéraient en rien sa passion pour ce jeu, passion qui n’avait rien à voir avec l’appât du gain ni même avec l’amour du jeu mais provenait de son désir de manifester sa foi dans l’oisiveté et le désœuvrement en perdant son temps de la manière la plus oiseuse et désœuvrée qui soit, et se nourrissait d’une espèce de curiosité pure presque entièrement satisfaite par l’acte de retourner et de regarder les cartes distribuées, acte qui lui procurait une tension et un plaisir qu’il comparait toujours à cette même tension et à ce plaisir qu’éprouve l’homme à passer pour la première fois la main sous la jupe d’une femme et à la glisser entre ses jambes, et ainsi tous les lundis et jeudis, au lieu d’aller au travail et de surveiller ses ouvriers, Besh s’enfermait dans le salon de coiffure d’un ami, qui accrochait à la porte un écriteau, “Je reviens tout de suite”, et ils jouaient jusqu’à midi un poker à deux ou parfois au “Shikt”, et lorsque Besh avait assez d’argent ou qu’il en gagnait pendant le jeu, ce qui était rare, il leur arrivait de jouer jusqu’au soir, jusqu’à ce que Besh, qui reprit une gorgée de vodka, n'ait plus un sou, et il ricana mais c'était un ricanement qui ressemblait à un grognement rauque dénué de la moindre joie ou ironie et répéta qu'il donnerait le monde entier pour une seule assiette de soupe de poisson de sa mère et Erwin dit, “Mieux vaut que tu l'oublies. Il n'y en aura plus” et Besh dit, “Non. Je ne l'oublierai pas”, et Erwin dit, “C'est du vent”, sur le même ton que grand-mère Clara, qui était morte vers le soir, peu de temps après le départ de Tsvi, Erwin, Zina et Besh, à l'âge de quatre-vingt-sept ans, en pleine possession de ses esprits et de ses dents, ayant encore eu le temps de voir le premier homme marcher sur la Lune, événement qui suscita d'abord son incrédulité puis sa colère, comme si quelqu'un avait essayé de se jouer d'elle ou de faire intrusion dans sa vie, mais très vite elle considéra la chose avec une ironie amusée et même un soupçon de pitié car au cours de sa longue vie, elle avait été témoin d'innombrables actes aussi étonnants que vains, de malheurs et de terribles catastrophes issus pour la plupart de bonnes intentions et de sublimes espérances, de toutes sortes de prodiges et de miracles éblouissants dont une bonne partie se révéla n'être que de vaines illusions. A sa mort, grand-mère Clara n'avait aucune dette d'argent ni de reconnaissance, ce dont elle était fière parce qu'elle s'en était acquittée à temps, aussi bien par principe que par passion de la liberté qui l'avait toujours guidée, elle n'avait jamais baissé la tête ni admiré quiconque, même pas Dieu dont elle se sentait plus proche d'année en année et qu'elle considérait avec un certain humour comme une personne de sa connaissance mais plus âgée, respectable et intelligente qu'elle, et plus d'une fois elle s'était permis de transgresser ses lois, uniquement sur des détails secondaires, finissant par le considérer comme un dieu familier et domestique, d'une importance toute relative mais qu'il fallait maintenir et aborder dans un esprit de droiture, vêtue avec élégance et munie du livre de prières, dont le contenu ne lui inspirait ni crainte ni intérêt parce que, entre autres choses, c'était une femme simple et sans éducation qui n'avait du texte qu'une connaissance vague et laborieuse, pourtant rien de tout cela n'oppressait ni ne troublait son cœur, sinon Misha qu'elle aimait tant et dont elle croyait qu'il avait le pouvoir de lui redonner des forces et qu'elle ne revit pas parce qu'à la même époque, il était très pris par ses affaires en Argentine et malgré la discrète insistance de Tsvi l'appelant au chevet de sa mère mourante, il n'avait pas pu se libérer pour venir en Israël où grand-mère Clara mourut et fut enterrée, une quarantaine d'années après y avoir émigré, à la fois par nécessité et surtout par amour de Sion, entraînant à sa suite son mari, grand-père David, qui était un riche marchand de peaux et administrateur de la synagogue, mais très vite désabusée par ce pays qui ne correspondait pas à ses rêves, parmi les maisons blanches et carrées, les sables silencieux et aveuglants qui s'étalaient alentour, s'infiltraient dans les chaussures et même la nourriture, la lumière dure du soleil, l'étouffante chaleur pleine de mouches, grand-mère Clara s'était sentie flouée et étrangère et de nombreuses années s'étaient écoulées avant que ce sentiment ne s'estompe et ne perde de son acuité, et pendant tout ce temps, elle exprimait sa déception par des flots d'injures en yiddish, en polonais et en russe, des torrents d'insultes et de récriminations furieuses qu'elle proférait à tue-tête, s'appliquant même à les exagérer parfois parce qu'elles lui procuraient un certain plaisir et, peut-être involontairement, amusaient son entourage. Elle tonnait contre la chaleur et les gens et le goût de l'eau et le rabbin de la synagogue, contre les prix et la forme des maisons et des rues, contre les mouches et la poussière et les hurlements des chacals qui l'empêchaient de dormir et à cause desquels elle se couchait très tôt tous les soirs, selon une règle immuable, et avec des tampons d'ouate dans les oreilles, sauf les soirs de shabbat et autres fêtes, et après que Misha eut émigré avec sa femme en Argentine pour s'enrichir, elle se mit à fréquenter les cafés où elle feuilletait des revues anglaises et allemandes dont elle ne comprenait pas le sens, à aller au cinéma et à poursuivre plus que jamais son mari qui cherchait refuge dans les rues, la synagogue ou chez ses fils, surtout chez Erwin, et dans les cabinets qui s'étaient transformés en un paradis privé où il passait le plus clair de son temps en méditations et agréables rêveries, en lectures de vieux journaux et vives discussions avec lui-même et ses fils et sa femme et divers amis et politiciens, et plus d'une fois, il avait pris le risque d'ignorer les coups à la porte de grand-mère Clara, qui le sommait de sortir de là, parce qu'il n'attendait de l'extérieur rien d'autre que heurts et vexations qui, à vrai dire, étaient son lot depuis qu'il l'avait épousée, car autrefois grand-père David était un homme respectable, très fier et autoritaire qui, après avoir perdu sa première épouse, avait voulu se marier avec une femme jeune et belle et jeté son dévolu sur grand-mère Clara et aussitôt après, son statut s'était mis à décliner et il avait suffi de quelques années à la grand-mère Clara pour le soumettre et le dominer, si bien qu'il n'osait jamais dire un mot en sa présence ni faire un geste qui n'eût pas son assentiment, et c'est ainsi que grand-père David finit par n'être que l'ombre de lui-même et il ne resta de son glorieux passé que quelques vieux costumes d'un tissu raffiné et un lourd manteau d'hiver doublé de soie et au col de fourrure, pendus inutiles dans l'armoire, une canne à pommeau d'argent et deux faiblesses que, malgré les dangers et l'humiliation, il n'arrivait pas à réprimer et essayait de satisfaire par tous les moyens : sa passion pour le tabac à priser et les femmes. Il se procurait le tabac auprès de ses amis à la synagogue ou avec les quelques sous qu'il arrivait à économiser, Erwin aussi lui achetait de temps en temps un paquet et il continuait à se bourrer en cachette les narines, qui étaient devenues brunes, malgré les réprimandes de grand-mère Clara et les fouilles minutieuses et humiliantes auxquelles elle procédait dans ses affaires et ses vêtements, tandis qu'il se tenait devant elle comme un enfant puni et qu'elle lui confisquait la moindre pincée de tabac cachée dans son livre de prières, dans ses poches, dans les plis de son pantalon ou sous le col de son manteau, la jetait aussitôt dans les cabinets et tirait la chasse d'eau, quant à sa passion pour les femmes, passion bien ancienne, elle brûlait en lui sans répit, qu'il fût au lit ou dans les cabinets, dans la rue et même pendant la prière. En diaspora, il regardait les femmes laver le linge dans la rivière, les bras et le cou dénudés, leurs jupes retroussées presque jusqu'aux genoux et en Israël, il allait sur la promenade qui dominait la plage, d'où il guettait les femmes, surtout les jeunes filles vêtues de maillots de bain, étendues sur le sable et priait dans le fond de son cœur d'avoir la chance, avant sa mort, de coucher avec une de ces jeunes filles fraîches et bronzées, et à la maison, brûlant de désir, il essayait de forcer grand-mère Clara à coucher avec lui tandis qu'elle luttait et allait se réfugier chez Erwin, Tsvi ou chez une amie en jurant que jamais elle ne retournerait chez ce vieux pécheur qui, à l'âge de soixante-dix ans, satisfaisait encore les appétits d'une femme de la cinquantaine négligée par son mari, dans sa petite mercerie où, après la fermeture, ils se réfugiaient parfois quelques minutes et jouissaient à la hâte, et qui jusqu'à sa mort, survenue à l'âge de quatre-vingt-un ans des suites d'une congestion pulmonaire et de complications rénales, avait trouvé le salut dans la masturbation qui, aussitôt après la jouissance momentanée, ne faisait qu'accroître son désir et le déprimait, et de tout cela il ne parlait à personne, sauf lorsqu'il n'y tenait plus et allait se plaindre parfois auprès d'Erwin, qui regarda Besh, amolli et fatigué, et prit une bouchée de pain noir, dont il fit tomber les miettes sous le regard irrité de Zina, et se mit à mâcher lentement, et Besh dit, "Je ne l'oublierai que lorsque je mourrai", il prit une gorgée de vodka, sourit et reprit, "Si je l'oublie, que me restera-t-il d'autre à me rappeler ?" et au même instant, on sonna à la porte, Zina alla ouvrir et Max Shpilman, qui était venu pour parler avec Erwin de leurs affaires communes, entra, vêtu comme chez Regina d'un costume d'été d'une belle coupe, mais cette fois beige, les cheveux bien coiffés et dégageant un délicat parfum de déodorant et d'eau de Cologne. Il salua tout le monde et leur serra la main, même celle de Besh – les deux hommes ne pouvaient pas se supporter – et Zina lui demanda s'il désirait du café, "Volontiers" dit Max Shpilman, il s'assit et échangea quelques mots avec Tsvi, Erwin et César, qui jouait avec son cigare tout en regardant son visage dénué de tout charme et bien soigné, un visage autoritaire et désagréablement suffisant, et se rappela soudain qu'il avait oublié dans le studio son portefeuille avec son permis de conduire, dont il avait besoin le lendemain matin de bonne heure pour aller chercher sa voiture au garage, il vida son verre, prit congé de tout le monde et Zina le raccompagna à la porte où, avant de le quitter, elle lui demanda s'il voulait emporter du chocolat pour les enfants et César dit, "Non. Ce n'est pas la peine", il l'embrassa et s'empressa de partir mais arrivé près du studio, il vit de loin Ella, qui traversait la rue, enveloppée dans un châle en laine noire, à franges, elle s'approcha de l'entrée de l'immeuble, il s'arrêta, la regarda disparaître dans l'escalier et, après une légère hésitation, décida de revenir chercher son portefeuille le lendemain matin, puis se dirigea vers chez Tehila, et Ella monta et sonna à la porte, Israël, qui avait reconnu ses pas, demeura immobile, étendu sur le canapé, et regarda le couteau fiché dans le tableau de bois, Ella sonna de nouveau, un coup de sonnette bref et prudent, et une ou deux minutes plus tard, sonna encore et seulement alors, Israël alla ouvrir et la trouva en train d'attendre devant la porte, son visage clair et enfantin animé d'un sourire d'excuse embarrassée, et elle dit, “Je suis un peu en retard”, Israël ne dit rien et elle posa sur lui ses yeux bleus et innocents en le regardant avec anxiété et espoir, tout en continuant à sourire à la fois par embarras et désir d'apaiser sa colère, mais le visage d'Israël demeura dur et hostile, et Ella entra dans la pièce et posa sur la table son grand sac en tissu, plein de feuilles de dessin, de cartons, de bouteilles d'encre, de plumes, de crayons et de pinceaux, tandis que ses yeux étaient déjà humides et pleins de larmes. Israël ferma la porte, la suivit dans la pièce et s'étendit sur le canapé, il prit le livre pornographique et se mit à le feuilleter en ignorant totalement sa présence, son silence persistant et obstiné se fit de plus en plus sombre et violent et Ella, qui ne pouvait plus le supporter, s'approcha de lui et dit, “Je ne pouvais pas venir plus tôt”, elle s'assit près de lui, attendit un peu et posa prudemment la main sur son épaule en disant, “Je ne pouvais vraiment pas”, mais Israël, toujours étendu sur le côté, demeura indifférent et hostile, continuant à feuilleter le livre et ce n’est que lentement, dans un effort irrité, presque contre son gré, qu’il libéra les sentiments de tendresse et d’amour qui cherchaient à s’exprimer en lui, il se retourna légèrement, dans un mouvement imperceptible, et la laissa l’embrasser puis, de nouveau comme à contrecœur, passa d’un geste hésitant ses doigts longs et forts sur ses cheveux blonds attachés sur sa nuque avec un élastique bleu, et ensuite il l’étreignit, pas encore de tout cœur, sans lever les yeux du livre ni la regarder, mais son visage durci se détendit et s’adoucit un peu et Ella dit, “Il fait chaud ici. J’ai apporté des gaufrettes. En veux-tu ?”, et ensuite elle dit, “Si tu prenais une douche ?” et Israël, comme s’il ne l’avait pas entendue, lui demanda si elle voulait du café, et Ella, pleine de reconnaissance, dit, “Oui. Je vais le préparer”, mais Israël se leva et dit, “Ce n’est pas la peine. Mets-toi au travail”, il alla dans la cuisine et posa la bouilloire sur le réchaud électrique, et Ella sortit de son sac les feuilles de papier, les bouteilles d’encre et tout son matériel de dessin, les disposa sur la table et se mit au travail. Elle étudiait la peinture et gagnait sa vie en faisant des agrandissements à l’encre de Chine de plantes et d’insectes pour le département de biologie de l’université, les planches représentaient parfois tout l’insecte ou toute la plante et parfois seulement des organes, des membres ou des coupes diverses : les pattes, le système respiratoire, les antennes, les étamines, la tige, le fruit, la graine. Israël avait appris tout cela le premier soir où ils s'étaient rencontrés, en prenant leur café au *Milk-bar* et depuis, en l'espace d'une année, il avait appris qu'elle avait une mère, unique détail important et indubitable qu'il sût à son sujet. Il imaginait cette mère, dont elle ne parlait pas souvent, sous les traits d'une femme aux cheveux noirs et longs, aux yeux noirs, embrasés, avec un visage d'une beauté vulgaire, masculine, empreint de fatigue et d'une grande amertume et complètement ravagé et enlaidi par la souffrance et les déceptions qui avaient été son lot et qui, par une totale indifférence envers son corps et son destin, l'avaient entraînée à se négliger et à mener une vie anarchique et désordonnée, ce qui avait fini par l'ébranler au fil des années et la transformer en un être confus et égaré, au bord de la folie. Israël ignorait, lui-même, l'origine de cette image qu'il s'était faite de la mère d'Ella, qui s'était simplement contentée de mentionner son existence, quant à son père elle ne l'évoquait jamais et Israël, au début inattentif à ce détail, se mit à la questionner sur lui, d'abord prudemment et même avec une certaine indifférence, puis de manière plus directe et insistante, mais en vain parce que Ella évitait de répondre ou s'enfermait dans le mutisme et une fois seulement, après l'avoir harcelée, elle dit, "Je n'ai pas eu de père" et Israël, à bout de patience, l'accusa de mensonge et de cachotterie, et Ella, refusant de se défendre, se drapa dans un silence obstiné qui n'était pas de la dissimulation mais le silence de quelqu'un qui avait épuisé le sujet et Israël, qui revint de la cuisine avec deux tasses de café, ne la lâcha pas, continuant de temps en temps à la questionner sur son père dont il se faisait chaque fois une image différente, et Ella lui lança un regard joyeux, posa sa plume et lui fit un peu de place, Israël mit les tasses sur la table et s'assit à côté d'elle et pendant qu'ils buvaient, elle lui montra les dessins de "l'araignée argentée" auxquels elle travaillait depuis quelques jours, Israël dit, "C'est beau" et lui demanda si le lendemain elle voudrait l'accompagner à Saint-Antoine pour écouter l'orgue et Ella dit, "Oui. Bien sûr. Tu sais bien que je le veux" et lorsqu'ils eurent fini de boire, elle continua de dessiner les pattes de l'araignée tandis qu'Israël se mettait au piano, et Ella, le visage paisible et rayonnant, travailla encore quelque temps, puis se leva et s'étendit sur le canapé, couchée comme d'habitude sur le côté, les jambes remontées presque jusqu'à la poitrine et sa tête claire reposant sur son bras, une main occupée à jouer avec une mèche de cheveux qu'elle enroulait autour de son doigt pour en faire une boucle et le pouce de l'autre main qu'elle se mit à sucer avec plaisir et concentration et ainsi, apaisée, elle posa son regard sur Israël et se mit à l'écouter et lorsqu'il eut fini, il y eut un silence qu'Israël aimait, mais il ne le laissa pas durer, se leva et s'assit sur le bord du canapé, près d'Ella, qui continua à sucer son pouce, très paisible, et approcha un peu sa tête de sa cuisse, il y posa sa main et la caressa doucement et avec plaisir, en regardant ses mains fines, dont les ongles étaient toujours courts parce qu'elle les rongeait, et son visage si innocent qu'irradiait un sourire très fin, comme un rayonnement dissimulé sous sa peau claire. Sans la quitter des yeux, Israël glissa sa main sous sa blouse et caressa ses petits seins fermes et son ventre lisse et Ella demeura étendue, immobile, comme si, plongée dans une sorte d'extase, elle ne sentait rien, et Israël promena sa main sur son cou, ses épaules, ses aisselles, puis encore sur son ventre et lui demanda qui était le premier homme avec lequel elle avait couché, mais elle ne répondit pas et continua à rester tranquillement allongée, suçant son pouce, et Israël répéta sa question, d'abord gentiment, puis de manière grossière et agressive et sentit la colère bouillonner en lui et l'envahir, Ella continua de se taire, mais Israël s'obstina jusqu'au moment où, tout en suçant son pouce, elle dit, "Personne" comme elle le lui avait souvent répété, et cette réponse, attendue, ne fit qu'accroître la fureur d'Israël qui la qualifia de menteuse car enfin si elle n'avait couché avec personne, pourquoi n'était-elle pas vierge lorsqu'il l'avait connue, et Ella sortit son pouce de sa bouche et, les yeux déjà humides, dit, "Je ne sais pas. Je suis née comme ça" et Israël, qui savait qu'elle disait sans doute la vérité, rejeta ses paroles avec courroux et, fou de jalousie et de fureur, lui demanda de prendre sur-le-champ ses affaires et de s'en aller pour ne plus jamais revenir, et Ella, pleurant en silence, se leva et se mit à ramasser ses affaires éparpillées dans la pièce, Israël regarda tour à tour le livre et elle et soudain, tandis qu'il était encore assis sur le canapé, parmi les miroirs où Ella, lui et toute la chambre se reflétaient, son cœur s'émut pour elle, si perdue, sans défense et innocente, injustement punie, peut-être craignit-il aussi sa propre solitude, et s'approchant d'elle, il posa sa main sur son épaule et ce seul geste suffit, elle se blottit contre lui et sans dire un mot, il l'étreignit, l'embrassa sur la tête, le front, les yeux, puis la déshabilla et elle se tint, nue, devant lui, la peau blanche et lisse, à l'exception d'une tache de naissance brune, sur le côté droit du ventre, un peu au-dessus de la hanche. Ella éteignit la lumière et l'enlaça, et Israël éclata soudain d'un rire très léger et retenu, et ils restèrent ainsi au milieu de la pièce, à la faible lumière qui montait de la rue, puis Israël étala le drap sur le canapé, se déshabilla et s'allongea près d'elle, dans l'air frais du soir qui caressait leur peau et leur donnait du plaisir et ils s'endormirent ainsi, couverts d'un autre drap, sur l'étroit canapé, jusqu'au lever du jour et à l'arrivée de César, qui était venu prendre son portefeuille et son permis de conduire, et en passant devant la chambre d'Israël, il s'arrêta un instant et les regarda par la porte ouverte, étendus et nus, le drap à moitié repoussé dans leur sommeil, à cause de la chaleur. Le bruit fait par César dans la pièce d'à côté et le claquement de la porte lorsqu'il repartit les réveillèrent et Israël, toujours très rapide à émerger du sommeil, caressa le corps d'Ella et embrassa ses seins et son ventre frais et agréables, et ils restèrent ainsi étendus pendant un moment avant de se lever, s'habiller, se laver et boire leur café, Israël prit ensuite ses partitions, ils descendirent et marchèrent le long de la mer, qui était agitée ce matin-là, jusqu'à Saint-Antoine et ils revinrent au studio vers le soir, fatigués et en sueur, après avoir passé l'après-midi à regarder paresseusement, près du port, les pêcheurs à la ligne qui attendaient patiemment le long de la plage, sur les môles et la promenade et les pêcheurs du large qui préparaient avec indolence filets, cordes, moteurs et lampes à huile avant de quitter lentement le port pour leur sortie nocturne, près de l'endroit où de vastes colonies de mouettes blanches se dressaient maintenant et de temps en temps s'envolaient, revenaient et se posaient. Le lendemain, ils retournèrent à Saint-Antoine et revinrent encore vers le soir, et après avoir pris une douche et mangé un morceau, Israël appela Goldman comme il l'avait promis et lui demanda de ses nouvelles et Goldman, très heureux de cet appel, dit, “Tout va bien. Tu as bien fait d'appeler”, Israël lui demanda s'il y avait du nouveau et Goldman dit, “Que peut-il arriver d'autre ? La maison est pleine de monde”, il gloussa et Israël lui demanda s'il pouvait lui être d'une aide quelconque et Goldman dit qu'il lui serait reconnaissant de le libérer de tout cela et le pria de passer le lendemain ou le jour suivant, seul ou avec César, et Israël dit, “D'accord”, ils échangèrent encore quelques mots jusqu'au moment où Goldman dit, “Il faut que je m'arrête. Je n'y peux rien, je suis le héros principal ici. Au revoir” ; il reposa le récepteur et serra la main de Moshé Tselermayer qui venait d'arriver avec son fils aîné, Nathan, un jeune homme silencieux et pas très intelligent, qui ressemblait à son père, était aussi bon que lui et travaillait comme tailleur de diamants, et Moshé Tselermayer, qui avait apporté un grand gâteau à la crème, était fier de son fils sur lequel il fondait de grands espoirs, lui achetait à la moindre occasion un beau vêtement ou lui donnait de l'argent de poche et lui aurait même offert une motocyclette s'il n'avait pas craint les accidents et, dès le jour où il avait achevé ses études d'électricien à l'école professionnelle et surtout après son service militaire, il avait essayé de le convaincre par tous les moyens, et malgré l'opposition de sa femme, d'émigrer en Amérique où il pourrait s'enrichir, vivre heureux et surtout ne pas servir dans l'armée, argument qui mettait en fureur le père de Goldman qui l'avait deux ou trois fois entendu de la bouche même de Moshé Tselermayer, cet homme qui s'exprimait avec franchise et une fruste naïveté, et un jour où le père de Goldman avait essayé de le blâmer, il avait dit, "Il a déjà été soldat une fois. Ça lui suffit", et le père de Goldman s'était contenu et n'avait plus jamais réagi à cette histoire, parce que, en dépit de sa fureur et de son indignation, il éprouvait une affection de patron pour cet homme simple et sans éducation qui avait fait partie du Beitar* en diaspora et qui plus d'une fois avait prêché la révolte en Israël dans son hébreu balbutiant, et Goldman

* Mouvement de jeunesse fondé en Pologne et organiquement lié au mouvement politique nationaliste Herout. *(N.d.T.)*

qui, comme son père, les affectionnait aussi échangea quelques phrases avec eux et les accompagna au salon plein de monde pour la troisième journée consécutive, et il vit du coin de l'œil Manfred se lever pour prendre congé de Stephana, alors il se détourna et alla s'enfermer dans sa chambre parce qu'il ne désirait pas être témoin de ces adieux brefs, tendus et même froids et hostiles, bien qu'ils fussent soigneusement dissimulés sous le masque placide des conventions et de la politesse. Manfred dit qu'il partait le lendemain pour Haïfa et reviendrait la semaine suivante, après avoir rendu visite à son frère et réglé quelques affaires, et Stephana répondit, "Très bien, Manfred. Vas-y, vas-y. C'est bien", puis elle l'accompagna jusqu'à la porte du salon et regagna son fauteuil, un peu à l'écart des visiteurs, qui pour la plupart ne s'étaient pas montrés depuis des années dans cette maison, après que le père de Goldman eut réussi à se disputer avec plusieurs, à en bannir certains tandis que d'autres s'étaient dispersés ou éloignés, et maintenant le deuil les avait tous réunis pour venir consoler la veuve tout en mangeant, buvant et bavardant comme ils l'avaient fait le premier jour aussitôt après l'enterrement, sauf l'oncle Lazare, qui était venu la veille aussi accompagné de Yehoudit Tanfauss, et qui ne parlait presque pas comme pendant ses visites précédentes, embarrassé et réservé comme s'il se sentait déplacé, mais après le départ de tous les visiteurs, il demanda à Stephana comme les autres jours si elle avait besoin de quelque chose et s'il pouvait l'aider, et cette fois elle dit, "Oui" et le pria de lui descendre deux malles rangées dans le faux plafond de la salle de bains, et l'oncle Lazare grimpa sur un petit escabeau et lui descendit deux malles en bois noir, aux couvercles arrondis et aux grosses serrures en cuivre, qui commençaient à se couvrir de vert-de-gris, il les traîna et les posa l'une à côté de l'autre dans la chambre de Stephana qui l'en remercia. Les malles étaient pleines de vieilles robes en velours et en soie imprimée, rehaussées de broderies, de corsages en soie et en dentelle, d'un manteau avec un col, des manchettes et un ourlet en fourrure, de sous-vêtements en batiste et de quelques magnifiques chapeaux et lorsqu'elle les ouvrit, il s'en échappa une forte odeur de naphtaline et de vieux vêtements abandonnés et enfermés depuis longtemps, elle les regarda pendant un moment, puis fouilla parmi les robes, en retira quelques-unes et les examina lentement, le visage inexpressif et presque indifférent, et le lendemain, elle s'installa dans le grand fauteuil, en face de la télévision, vêtue d'une robe en velours mauve foncé, les épaules couvertes d'une mantille en laine noire et l'allure fière et distante. Frappé de stupeur au premier coup d'œil, Goldman ne put supporter cette image ni d'ailleurs le brouhaha des visiteurs, qui s'infiltrait dans sa chambre à travers la porte et les murs, et après avoir posé sur la table la coupe de fruits, les biscuits et les restes du gâteau apporté la veille par Moshé Tselermayer et échangé quelques mots avec les uns et les autres, il s'échappa discrètement de la maison en laissant le soin de l'accueil des visiteurs à la veuve de Tseimer, qui ne manquait pas de passer au moins une heure tous les soirs, ou bien à Yehoudit Meisler ou à tout autre visiteur. Le ciel du soir était nuageux, l'air chaud et immobile était lourd et oppressant, un certain accablement pesait sur toute chose, sur les arbres et les buissons, sur les nuages plus denses et nombreux et Goldman, irrité et énervé par cet incessant va-et-vient importun et par le sentiment de s'être mal comporté et d'avoir transgressé un interdit ou du moins la politesse élémentaire en laissant en plein deuil sa mère seule avec les visiteurs, hésita un instant puis décida de passer outre et d'aller voir Dita qu'il n'avait pas revue depuis la mort de son père, en fait, il n'avait pas particulièrement envie de la voir mais désirait se retrouver un peu dans un endroit propre et calme, de plus ces visites régulières étaient devenues une habitude qui s'était transformée avec le temps en un besoin inhérent à sa vie et, peut-être dans une moindre mesure, à celle de Dita, qui était biochimiste et qui, après avoir achevé de brillantes études à Jérusalem et préparé, tout en travaillant, un doctorat en Angleterre et aux Etats-Unis, se consacrait à la recherche sur le déchiffrement du code génétique. De quatre ans l'aînée de Goldman, c'était une femme très ordonnée, pas particulièrement jolie et même assez quelconque à l'exception de ses beaux yeux bruns, intelligente et surtout perspicace, et les circonstances de la vie avaient fait d'elle un être laborieux et indépendant qui, au fil des années, avait acquis une certaine dureté désagréable par moments, peut-être parce qu'elle avait pendant longtemps consacré l'essentiel de son temps et de ses énergies à ses études et à son travail en s'imposant une discipline sévère et des efforts infinis, peut-être aussi parce qu'elle était seule et sans enfants, ce qu'elle avait d'abord choisi délibérément pour achever son doctorat, puis absorbée par son travail, elle s'était si bien habituée à la solitude qu'elle craignait d'être dérangée par les enfants et de ne pas pouvoir leur consacrer l'attention requise, et enfin elle avait fini par avoir conscience que même si elle les désirait, elle ne pourrait en avoir qu'au prix de difficultés et de grands risques. Elle avait rencontré Goldman cinq ans plus tôt et depuis ils se voyaient trois ou quatre fois par semaine, des fois tous les soirs et toujours chez Dita, mais ils évoquaient rarement le mariage ou une forme de liaison plus permanente, et à la longue, la fréquence et le sérieux de ces propos subirent aussi un changement car au début, ils en parlaient souvent et avec des intentions précises et si Dita avait été un peu plus décidée et explicite envers Goldman, ils seraient sans doute déjà mariés, mais elle oscillait entre son indépendance et son désir de briser le cercle de la solitude, attendant que Goldman fasse le pas, quant à Goldman qui, pendant toutes ces années, n'avait jamais invité Dita chez lui, ni ne l'avait présentée à ses parents ni même n'en avait parlé devant eux, il oscillait autant qu'elle et pour les mêmes raisons, entre le désir d'être amoureux et la crainte d'un nouvel échec après celui de son mariage avec la belle Yemima Tchernov, et ainsi, au fil du temps, leurs intentions initiales et leur volonté d'agir perdirent de leur vitalité et de leur enthousiasme, s'effritèrent au contact de calculs timorés, de l'attente prolongée et de la routine de leurs rencontres qui finit par rendre le mariage superflu ou du moins improbable, mais tout en sachant qu'ils ne vivraient pas ensemble ni ne fonderaient une famille, ils continuaient à se voir et parfois à faire l'amour, sans plaisir et une fois de plus par habitude et obligation ou peut-être dans l'espoir de retrouver, malgré leur lucidité et leur expérience, les émotions et les attentes des premiers jours qui, en admettant qu'elles eussent existé, firent long feu et ainsi répétaient-ils cet acte chaque fois un peu plus à contrecœur, sans joie et à intervalles de plus en plus longs, mais en dépit de leur bonne volonté et de leur détermination, ils n'étaient plus capables d'en tirer le moindre plaisir et tout cela s'achevait par la déception et un pénible sentiment de défaite, de honte et même de malhonnêteté, et souvent Goldman redescendait l'escalier et rentrait chez lui, déprimé et furieux, décidé à mettre fin à cette liaison oppressante et stérile, mais il n'en faisait rien et enviait Avinoam Levitan, qui vivait dans un moshav avec sa femme et ses trois enfants, et César, qui était capable de jouir sans problèmes avec n'importe quelle femme, et il finissait par trouver la consolation auprès des prostituées, consolation méprisable et humiliante à ses yeux, entachée de péché mais la seule dont il fut capable et à laquelle malgré toute la honte il ne pouvait renoncer, et en arrivant près de la maison de

Dita, dont la fenêtre illuminée donnait sur la cour attenante, Goldman s'arrêta puis, faisant demi-tour, s'éloigna à pas lents comme s'il ne s'était pas encore décidé, il longea quelques rues et s'engagea, toujours en flânant, dans la rue Hayarkon, qui était pour lui le lieu le plus méprisable et effrayant de la ville, et il éprouva comme d'habitude ce sentiment d'étrangeté accompagné d'une honte oppressante car l'aventure vers laquelle il se dirigeait, avec la conscience qu'il pouvait encore y renoncer mais ne le ferait pas, et tout ce qu'elle impliquait n'étaient pas conformes aux valeurs et à la morale contre lesquelles il s'était insurgé, essayant de s'en défaire après maintes tentatives à l'issue desquelles il avait réussi à se convaincre que la morale établie reposait sur la religion, tandis que la morale humaniste, fondée sur la raison à laquelle il croyait et unique morale qu'un non-croyant pût accepter, ne condamnait ni la prostitution ni l'adultère et ne pouvait pas s'opposer au bonheur, et même si elle s'y opposait, il préférait comme César le bonheur à la morale, mais tout cela était vain et le sentiment de faute et d'opprobre pesait sur lui à mesure qu'il avançait dans cette rue, tout en lançant des regards furtifs aux filles qui attendaient avec leur petit sac à main, au coin des rues ou sous les porches des maisons vieilles et sombres, à l'abandon, livrées à un indifférent processus d'érosion, avec leurs portes et leurs fenêtres voûtées, leurs balcons décorés de grilles rouillées avec des motifs de fleurs et de bourgeons, plongées dans l'obscurité comme si elles étaient inhabitées et envahies de poussière, de toiles d'araignée, de débris de vieux meubles et d'esprits malfaisants. Goldman s'engagea dans une des ruelles qui descendaient vers la mer et, en chemin, s'attarda comme d'habitude devant la petite vitrine du Vingt-Neuf où s'étalaient les photos du couple d'acrobates, du magicien et de la strip-teaseuse, puis il franchit le seuil et, après un signe de tête au patron du club, il entra dans la petite salle sombre, s'approcha du bar et salua l'homme qui se tenait derrière, en tenue de barman bien repassée et qui s'appelait Karol, il s'installa et commanda une bière, le tout sans se hâter, regarda autour de lui et vit que Paula n'était pas là et que l'entraîneuse noiraude, que tout le monde appelait Topsy, était assise avec un homme d'un certain âge, vêtu d'un costume sombre et élégant, qui mangeait lentement sans rien dire et, de temps en temps, tout en continuant à manger, s'inclinait vers elle pour l'embrasser sur le front ou découpait un morceau de viande dans son assiette, le piquait de sa fourchette et le lui fourrait dans la bouche tandis qu'elle se laissait faire sans aucune joie mais avec le sourire. Il y avait d'autres hommes du même âge, venus chercher un peu de joie et de détente en compagnie des filles qui buvaient avec eux, se laissaient caresser et embrasser en feignant de s'intéresser à leur conversation, fastidieux mélange de récits de déceptions et de chagrins, noyés de reproches et de plaintes, d'épanchements amoureux et charnels, parfois repoussants, ou de faits insipides sur les affaires, les appartements et la vaine agitation de la vie quotidienne. Il y avait aussi quelques jeunes gens solitaires, clients habituels comme leurs aînés, et des couples venus passer la soirée et voir le spectacle qui comprenait un chanteur, un magicien, un couple d'acrobates et, comme l'indiquait l'affiche, une célèbre strip-teaseuse du *Crazy Horse* mais en attendant, ils buvaient, bavardaient et s'embrassaient dans la pénombre ou bien dansaient au son d'un orchestre, piano, batterie et saxophone, et Goldman, qui de temps en temps lançait un coup d'œil autour de lui, buvait et parlait par politesse avec Karol qui lui racontait pour la centième fois sa petite ville natale en Bulgarie dans la vallée aux roses, tout entière plantée de roses que l'on cultivait puis que l'on faisait cuire dans de grandes cuves pour en extraire l'huile et l'essence de roses les plus célèbres du monde et toute la vallée embaumait un doux parfum et tandis qu'il parlait, un grand bruit se fit à l'entrée du bar et aussitôt après, une espèce d'hercule fit irruption dans la salle, coiffé et rasé de près, vêtu d'un superbe habit noir garni d'un œillet rouge à la boutonnière, solennel des pieds à la tête et traînant après lui une fille efflanquée, en robe de mariée blanche. L'homme, que le patron, les employés et les filles connaissaient, semblait aussi ivre d'exaltation que de boisson et tout en saluant la compagnie de sa main libre et en souriant de toutes ses dents, il ordonna à la fille de s'asseoir, elle obéit aussitôt et s'installa à une table, quant à lui, il tapa du poing sur le bar et, riant de plaisir ou d'ivresse, il déclara, "Je me suis marié ! Je me suis marié !" et montra de la main la fille, soumise et immobile, qui jouait nerveusement avec ses doigts et le regardait, apeurée, malheureuse et impuissante, dans sa robe de mariée froissée et défaite et son voile blanc posé de travers sur ses rares mèches effilochées et brunes, mais l'homme, sans lui prêter attention, redressa l'œillet rouge de sa boutonnière et cria à la ronde, "Ils m'ont attaché les couilles !" et il serra la main de Karol qui lui souhaita "Mazal Tov", ainsi que les deux serveurs, le cuisinier, les musiciens de l'orchestre et les filles, qui le gratifièrent d'un baiser, et il répéta en criant, "Ils m'ont attaché les couilles !", éclata d'un grand rire et ordonna de distribuer à tout le monde de la bière à son compte, et pendant que le patron, les serveurs et les filles s'empressaient de servir la bière sous les applaudissements et les "Mazal Tov" des invités, Paula entra dans la salle et s'immobilisa un instant, essayant de deviner la cause de cette joyeuse agitation, et lorsqu'elle comprit elle s'élança vers le marié, flottant dans un nuage de poudre et de parfum, le serra dans ses bras et l'embrassa sur les deux joues, il en fit de même et dérangea légèrement sa coiffure, puis elle vint s'asseoir à côté de Goldman qui commanda pour elle un verre de madère et posa une main hésitante sur son cou épais et, tandis qu'elle buvait en échangeant quelques mots avec lui et Karol, il caressa son dos et ses seins fermement emprisonnés dans un soutien-gorge rembourré, et il vit, par-dessus sa tête, le pâle faisceau de lumière éclairer la petite piste de danse, signe que le spectacle était sur le point de commencer et, tendu par l'attente, il continua à boire lentement sa bière et à bavarder avec Paula qui hochait la tête, souriait et l'embrassait sur la joue. Elle était grosse, avec une peau d'un blanc rosé et des cheveux très clairs aux grandes boucles, comme ces espèces de beautés sorties tout droit d'un vieux film, mais elle était bonne, ou du moins patiente, et Goldman était habitué à elle et lorsque le spectacle commença, il lui fit signe et tous deux se dirigèrent vers la cour arrière du bâtiment, entourée d'une clôture rouillée et de quelques maigres buissons qui la séparaient de la cour de l'immeuble attenant qui était plongé dans l'obscurité, à l'exception du deuxième étage occupé par un club de jeu où l'on pouvait aisément distinguer, de la cour où ils se trouvaient, la tête des gens et la lente rotation des grands ventilateurs accrochés au plafond. Quelque chose se brisa dans l'air et le vent jusqu'alors réprimé se mit à souffler, la rumeur sourde de la mer se transforma aussitôt en un bruissement monotone auquel se mêlaient parfois le bruit des voitures dans la rue, la voix des gens et les sons étouffés de la musique qui s'échappait des murs et des fenêtres aveugles du night-club, Goldman et Paula s'approchèrent l'un de l'autre et firent ce qu'ils devaient faire, tout se déroula d'une manière rapide et efficace, avec quelques brefs préliminaires routiniers et insignifiants, et lorsque Goldman eut fini, Paula l'embrassa comme d'habitude sur le front en lui demandant si c'était bon et Goldman, le dos tourné, lui dit, “Oui”, un oui que Paula n'entendit sans doute pas parce qu'elle n'avait pas écouté sa réponse et qu'achevant de se rhabiller, elle se dirigeait déjà vers le bar, et Goldman, qui ne s'était même pas retourné, finit lui aussi de se rhabiller et, sentant maintenant une fraîcheur désagréable, il quitta la cour et s'achemina vers la maison, vidé et déprimé, ne gardant de cet acte qu'une sensation de honte et de péché, de déception aussi, car tout cela ne ressemblait en rien aux folles distractions érotiques cultivées par son imagination et en grande partie nourries par les photos et les livres pornographiques que lui apportait César, ainsi que par le récit de ses expériences féminines dont le summum, tant convoité par Goldman, était une partie au lit avec deux filles. Le vent s'apaisa et une pluie tiède et lente se mit soudain à tomber, Goldman marcha, les mains dans les poches, le long de la promenade et passa devant la misérable salle de jeux avec ses punching-balls et le cliquetis de ses machines à sous, puis devant le bar ouvert sur la rue et le café où il avait reçu des coups à cause d'une prostituée, et l'autre café où, effrayé et ému, le cœur gonflé d'espoir, il avait invité pour la première fois une prostituée après maintes hésitations mais la partie, qui avait duré à peine dix minutes et peut-être même moins, s'était achevée par une honteuse déception, après que la femme, qui lui avait d'abord pris l'argent qu'elle avait enfoui dans son sac, l'eut fait monter au deuxième étage, dans une salle obscure, dont Goldman pensait qu'elle conduirait vers une pièce avec des lits où il pourrait coucher avec elle, puis elle l'avait fait asseoir à l'une des tables alignées dans le noir et sans rien lui demander avait commandé à ses frais du vin et un paquet de cigarettes américaines, le laissant à peine l'enlacer, toucher ses seins à travers sa robe pendant qu'elle fumait et buvait, et l'embrasser une ou deux fois avec une extrême prudence de crainte qu'il ne dérange son maquillage et sa coiffure et Goldman, qui se sentait raillé et floué, avait essayé de protester mollement parce qu'il avait compris qu'il n'en tirerait rien et qu'il craignait la violence, et enfin il s'était levé en disant, "Sache que tu as perdu un client" et il avait vite disparu, et sans se soucier de la pluie qui continuait à tomber lentement, adoucissait l'air et mouillait les trottoirs et la chaussée d'où montait une odeur agréable et particulière de poussière mouillée, il poursuivit sa marche vers la maison et s'apaisa un peu en chemin mais en s'approchant, il vit la lumière à la fenêtre du salon et, saisi de fureur, il entra dans l'immeuble, alluma la minuterie et monta l'escalier. En entrant, il trouva encore dans la pièce l'oncle Lazare et Avraham Schechter, Yehoudit Meisler, Shmouel et Bracha et Aaron, frère de Shmouel qui, avec ruse et cruauté, surtout avec cruauté, avait expulsé leur père de sa boucherie au point de ne plus le laisser en franchir le seuil et l'avait pris sous sa tutelle, pendant que Shmouel et Bracha, objet permanent de la jalousie de la femme d'Aaron, étaient en Amérique et depuis, Shmouel et Aaron, ainsi que leurs femmes, n'échangeaient plus entre eux que quelques phrases polies et froides, surtout Aaron qui curieusement s'estimait offensé et lésé par le comportement injuste de Shmouel, lequel avait depuis longtemps oublié toute cette histoire et celle des coups, mais Aaron, silencieux et courroucé, continuait à entretenir sa rancune et seule l'arrivée de Goldman le tira de son état et un léger sourire se dessina sur son visage parce qu'il se sentait proche de Goldman à cause de son fils, Avraham, qui vivait depuis longtemps en France et s'était lié d'amitié avec Goldman à l'époque où ils étaient dans la même classe. A l'exception d'Avraham Schechter, qui se leva pour partir, les visiteurs étaient encore là, ils buvaient du thé, mangeaient des fruits – il ne restait plus la moindre miette du gâteau apporté par Moshé Tselermayer – et bavardaient entre eux, Goldman s'arrêta un instant et leur dit, "Bonsoir", Aaron lui demanda comment il allait, "Bien, merci" lui dit Goldman et il demanda des nouvelles d'Avram et Aaron dit, "Il est très occupé mais il est possible qu'il vienne nous voir", et sa femme dit, "Il viendra, il viendra. Mais il fait très chaud en été et il a trop de travail", elle le dit d'une voix forte pour que tout le monde l'entende car elle était aussi fière de son fils que l'était Aaron, mais Avram avait honte de tous les deux : de sa mère, une femme grosse, stupide et bruyante et de son père qui, lui aussi, était non seulement stupide mais grossier et violent – lorsqu'il était enfant, son père le rossait de coups pour la moindre vétille – et Goldman dit, "Tant mieux. Qu'il vienne" et il serra la main d'Avraham Schechter qui lui rendit son salut, l'œil éteint et indifférent depuis que son fils, Yehouda, qu'il avait eu après la quarantaine, avait été tué en sautant sur une mine avec sa jeep, c'était comme si le moindre désir l'avait quitté et, retiré en lui-même, il était devenu croyant mais d'une croyance dissimulée, confuse et hésitante qui ne ressemblait en rien à celle, toute matérielle et naïve, de Moshé Tselermayer dont la pratique ne reposait ni sur la foi en Dieu, ni sur une quelconque quête, ni même sur le respect des commandements, mais sur la vaine application de quelques rites liés aux fêtes et aux manifestations familiales, comme la Bar Mitsva et la prière du shabbat à la synagogue, croyance qui n'avait rien à voir non plus avec celle, grossière, de Max Shpilman, plus proche de la conversion de Moshé Tseimer, un pionnier et un socialiste, et qui était après tout l'effet d'une mode hypocrite, résultat dégénéré d'un rapide enrichissement, qui se parait de propos creux sur la tradition d'Israël et l'unité de la nation et se manifestait par des dons occasionnels à la synagogue, à Rosh ha-Shana, Yom Kippour et parfois le shabbat où, enveloppé dans son châle rituel et assis à une place d'honneur, il feuilletait son livre de prières, croyance différente aussi de celle que Goldman avait cherchée un jour, car la foi hésitante d'Avraham Schechter, fruit de son désespoir, de son incapacité à trouver une issue à sa détresse et de sa douloureuse incompréhension de cet événement, était surtout l'appel à l'aide d'un homme brisé qui ne se rétablirait plus jamais, mais le père de Goldman, en dépit de sa sympathie et de sa compassion pour Avraham Schechter auquel une vieille amitié le liait depuis la Pologne, n'y voyait aucune justification parce que son refus de la religion, partie intégrante de sa vision du monde, était fanatique et absolu et le rendait imperméable à toutes ces tentatives de retour à la religion et d'amour de la tradition, non pas à la manière d'Avram Schechter – la mort de son fils avait tant ébranlé le père de Goldman qu'au cimetière, un peu à l'écart de tous, il avait versé des larmes amères –, ni à la manière de Max Shpilman et de Moshé Tseimer, dont la croyance n'éveillait en lui que colère et dégoût parce qu'il n'y voyait qu'une impardonnable sottise et hypocrisie, réaction qu'il avait plus d'une fois exprimée par ses propos et ses actes, ni à la manière de Yoël ou de l'oncle Lazare qui, eux aussi, étaient laïques par conviction, mais tous deux, et surtout Yoël, dont l'incroyance était dénuée de toute motivation idéologique, ne le manifestaient pas autrement que par leur mode de vie séculier, chose impensable aux yeux de Bracha et de Shmouel, qui se tourna vers Goldman et lui demanda comment il allait et s'il pleuvait dehors, à cause de la grand-mère Havva qui avait longtemps vécu avec eux et sans être eux-mêmes pratiquants, ils n'avaient pas voulu lui faire de la peine pendant ses dernières années où, plongée dans le coma, elle ignorait ce qui se passait en elle et autour d'elle et Goldman dit, “Oui. Mais c'est très agréable” et Shmouel l'invita à s'asseoir un instant auprès d'eux, mais Goldman, qui les aimait autant qu'il détestait Aaron et sa femme, déclina l'invitation à laquelle Bracha et Aaron s'étaient joints aussi, il s'excusa en disant qu'il était fatigué, prit congé des visiteurs et de sa mère et, après s'être essuyé la tête et le visage dans la salle de bains, il s'enferma dans sa chambre et pendant une dizaine de minutes, fit des exercices avec de petits haltères et le "Bullworker", puis les rangea, se déshabilla et, avant de se mettre au lit, passa en revue les livres posés sur sa table et dans la bibliothèque pour y chercher un peu de lecture avant de s'endormir. Dans la bibliothèque bourrée de livres, il y avait aussi des ouvrages sur le judaïsme et la Kabbale, la loi juive et son interprétation rabbinique, ainsi que des livres de prières, souvenirs de l'époque où, dans un effort enthousiaste accompagné de grandes espérances, il avait essayé de revenir au sein du judaïsme et de la foi religieuse, croyant même y être parvenu l'espace d'une année, mais c'était une religiosité sans espérance qui finit par s'estomper car il lui manquait la foi à laquelle, malgré tout son désir et ses efforts, Goldman ne put accéder, sinon sous la forme tout externe et intellectuelle de sa nécessité et de l'utilité de l'existence de Dieu, position pas si éloignée de celle de Manfred qui, quelques mois plus tard, au début de l'hiver, au cours d'un bref entretien qui fut d'ailleurs le dernier, dit à Goldman qu'il ne croyait pas en l'autonomie absolue de l'être humain qui se serait créé dans un monde autocréé et que la négation de l'existence de Dieu ne pouvait être compréhensible que dans le cadre du règne illimité des instincts, en l'absence de toute valeur, et après un bref silence, il avait ajouté, "Nous avons déjà vu ce que cela a donné" et Goldman avait dit, "Oui. Tu as sans doute raison", mais son expérience religieuse s'était soldée par un échec, de même que sa tentative d'adopter le taoïsme comme vision du monde, système de pensée, aspiration et hygiène de vie. Dans le cours de ses épuisantes recherches sur le taoïsme, de ses diverses lectures sur le Tao-tê ching et les nombreux commentaires destinés à éclaircir des propos qui finalement demeurèrent éloignés de son cœur et de sa pensée, Goldman fit un retour à la psychologie, autrefois rejetée avec mépris, et y trouva un intérêt renouvelé, surtout dans l'école jungienne avec laquelle il se familiarisa grâce aux livres d'Erich Neumann qui lui firent une forte impression et il tenta de se soumettre à l'épreuve de cette pensée pour redonner une forme à sa vie, et au début il commença à guetter ses rêves, se dressant sur son lit pour se raconter en pleine nuit, les yeux fermés, la langue pâteuse et dans un marmonnement monotone, le rêve qu'il venait de faire, mais au bout d'un certain temps, voyant que cette méthode n'était pas très efficace et que des rêves entiers s'évanouissaient et se perdaient, il se mit à son bureau pour inscrire sur des bouts de papier, d'une main lourde et à moitié endormie, ses rêves qu'il essayait d'interpréter le lendemain afin d'y déceler des choses qui lui avaient échappé et d'y puiser des capacités latentes enfouies dans son inconscient, mais le résultat de ces efforts destinés, comme les autres, à le libérer des difficultés de l'existence et de ses perplexités et à parvenir à vivre, libre et serein, dans un monde doué d'unité et régi par des lois, était bien maigre et inopérant et peu à peu, l'intérêt de Goldman pour la psychologie et les rêves décrut et après une période de fatigue et d'indifférence, il s'intéressa de nouveau à l'histoire, à la sociologie et, dans une certaine mesure, à la philosophie, tout en revenant à son rêve champêtre, qu'il n'avait en fait jamais abandonné et qui s'incarnait dans la vie d'Avinoam Levitan telle qu'il l'avait perçue et gravée dans sa mémoire après une visite chez eux, quelques années auparavant, et qui se confondait avec les souvenirs des jours lointains où parfois il passait ses vacances scolaires chez Yoël et Tsipora qui avaient habité pendant quelques années avec leurs enfants dans un moshav où ils avaient une grande ferme. Dans ces souvenirs d'une extrême pureté et entourés d'un merveilleux halo de sérénité et d'harmonie, figuraient toujours un ciel d'un bleu profond, une terre brune, une allée de cyprès d'un vert sombre exhalant une odeur d'été poussiéreux et un parfum fort et enivrant, Tsipora se tenait à leur ombre et coupait de l'herbe pour les oies, les arbres fruitiers avec leurs troncs blanchis à la chaux, Yirmiyahou et lui les avaient chaulés une année, le cri fier des coqs en colère dans la lumière paisible et blanche de l'aube, le silence profond, le carré de trèfle vert où se tient Avinoam avec ses chaussures trempées, le coupant à la serpe dans l'air matinal encore pur et frais, sabbatique, le poulailler fourmillant dans l'odeur tiède des plumes, de la pâtée et du fumier et la chaleur des œufs à peine pondus,

Esther les ramasse prudemment dans un seau, les carrés de poivrons, de tomates et de concombres à la lumière crue de midi, Avinoam traverse un champ arrosé, beau et bronzé, toujours précédé de sa femme, Audrey, de l'Etat de l'Utah, elle leur sert le repas ainsi qu'à leurs trois enfants, et au loin les vastes champs en friche couverts d'un tapis d'herbes folles et de fleurs fanées, bordés au loin des sombres orangeraies qui s'étalaient jusqu'à la ligne bleutée de l'horizon et qu'il aimait tant contempler à la lumière douce mais encore chaude du crépuscule, dans ce silence, lorsqu'il revenait du champ lointain, au-delà du petit bois d'eucalyptus, sur la charrette, avec Méïr ou Yirmiyahou, la chair amollie par une agréable fatigue, adossé au mur à quelques pas d'Avinoam, qui est assis sur un tabouret dans l'étable saturée des odeurs de paille, de foin et de fumier, et qui trait à la lumière électrique, d'un mouvement répété et uniforme, les cinq vaches tranquillement occupées à ruminer, et les giclées de lait éclaboussent dans un bruissement monotone le seau coincé entre ses jambes, et Goldman – qui finit par prendre le journal et s'étendre sur le lit – fermait le bidon plein de lait, le déposait prudemment à l'extérieur et revenait s'appuyer contre le mur et regardait Avinoam, abandonné à cette agréable fatigue de la chair, l'éternité devant lui et la conscience que son salut dépendait de cette vie champêtre dont il ne devait pas désespérer, rêve dont en effet, moins que de tout autre, il ne désespérait jamais et qui lui paraissait réel et à portée de la main, et après avoir parcouru le journal, il le posa et, étendu sur le dos, fixa le plafond, puis il se mit sur le côté et, les yeux ouverts, regarda le mur, distinguant parfaitement la voix des visiteurs qui finit par s'estomper, et tout doucement il ferma les yeux et entra sous la couverture d'été, et au bout d'un moment, il n'entendit plus que la voix tranquille de Yehoudit Meisler, qui finit par s'en aller aussi et alors, le silence se fit, à peine troublé par les pas de Stephana qui entra dans la cuisine, fit la vaisselle et la rangea, puis alla aux toilettes et ensuite dans sa chambre où elle prépara son lit et se coucha, le silence fut alors total et Goldman, qui voulait dormir, tendit la main et sans ouvrir les yeux éteignit la lumière, mais il ne parvint pas à s'assoupir – cela durait depuis des mois, peut-être même depuis plus d'un an – et après s'être retourné d'un côté et de l'autre, tout en s'efforçant de se concentrer et de plonger dans le sommeil, il ralluma la lumière, déjà tendu et nerveux, reprit le journal et se mit à le lire jusqu'au moment où, calme et fatigué, il lui sembla être sur le point de s'endormir, et il éteignit de nouveau la lumière d'un geste très lent pour ne pas se réveiller et demeura étendu, les yeux fermés, sentant le sommeil l'envahir et prendre possession de lui, cependant il demeura éveillé et se remit à se tourner d'un côté et de l'autre, la tête bourdonnant de bribes de pensées, puis il se leva, prit deux somnifères et revint s'étendre sur le lit, fatigué et énervé, et au bout d'un moment s'endormit d'un sommeil lourd jusqu'au matin, un matin nuageux et frais, soumis aux variations climatiques de la fin avril et du début mai et malgré les préoccupations qui l'assaillirent dès son réveil – diverses choses qui demandaient à être vérifiées ou réglées – il resta couché, les yeux fermés mais peut-être à cause des pas de Stephana, finit par se lever lentement et avec lourdeur et, après s'être lavé et avoir bu son café, il prit la clé du placard secret de son père, cachée parmi les livres, pour y ranger son certificat de décès et sortir son livret de banque – sa carte d'identité était, pendant tout ce temps, posée dans le placard de la cuisine – et pouvoir payer quelques frais liés à sa maladie, aux funérailles, à l'enterrement et à la pierre tombale, il voulait, par la même occasion, trouver la police d'assurance de son père, son livret d'épargne et ses bons du Trésor et, après avoir fait part de ses intentions à Stephana, Goldman ouvrit le placard que personne n'osait approcher du vivant de son père. Le placard était très propre et soigneusement rangé : à côté des albums de timbres et de photos, qui contenaient d'anciennes photos de gens jeunes et frais et d'une famille heureuse, se trouvaient des carnets de chèques vides des banques Zorobabel, Anglo-Palestine, Barclays, des factures et des reçus vieux de trente ou quarante ans, de dons versés à des institutions ou de paiements dans des magasins dont la plupart avaient depuis longtemps cessé d'exister. Goldman s'immobilisa un instant et regarda le placard ouvert avec une impression de malaise et le souvenir de la peur, accompagnés d'un étrange sentiment de propriété, soudain tout était entre ses mains, puis il se pencha un peu et se mit à fouiller prudemment parmi les papiers et les certificats et trouva le livret de banque, la police d'assurance, le livret d'épargne et les bons du Trésor, ainsi qu'une ancienne photo de sa sœur et le testament de son père. Il prit le testament, hésita un instant, puis sans ouvrir l'enveloppe, la remit exactement à la place où elle se trouvait et referma à clé le placard et le lendemain matin, après en avoir délibéré avec lui-même, il raconta la chose à Stephana et demanda son accord pour que l'oncle Lazare ouvre le testament et en fasse la lecture devant eux, Stephana hocha la tête d'un air indifférent et dit, "D'accord" et vers le soir, l'oncle Lazare arriva, Goldman lui donna le testament et le pria de l'ouvrir et de le lire devant lui et Stephana, l'oncle Lazare, embarrassé par cette requête, les regarda un instant avec malaise, puis mit ses lunettes, ouvrit le testament et le lut lentement, d'une voix monotone comme si, sembla-t-il à Goldman, derrière cette lecture indifférente se dissimulaient une certaine réserve et une critique qui lui déplut mais il n'en dit rien. Le testament sur lequel le père de Goldman avait peiné pendant les quatre dernières années de sa vie, incarnation même de sa sauvage droiture, de sa tyrannie et de son amertume, était une œuvre ésotérique et minutieuse, fruit de nombreux brouillons et d'innombrables heures de réflexion à l'issue desquelles, secondé par un avocat retors, il avait réussi à créer une œuvre circulaire dont le principe voulu consistait à assurer au défunt la transmission de ses biens à ses héritiers légaux,

Stephana et Goldman, tout en les contraignant à n'en jouir que d'une manière limitée et conforme à sa volonté, ce qui annulait en fait toute jouissance et en particulier celle de Stephana, et quand l'oncle Lazare eut terminé de lire le testament de son frère, il demanda à Stephana si elle désirait que lui ou Goldman, qui pendant tout le temps de la lecture ne quitta pas des yeux l'oncle Lazare, lui expliquent certaines clauses mais Stephana, qui avait tout écouté avec une parfaite froideur et une expression de dédain, dit en polonais, "Merci, ce n'est pas la peine" mettant ainsi fin, en ce qui la concernait, à toute cette affaire et Goldman, chez qui le testament avait ravivé les sentiments de rancune envers son père, le prit et le rangea dans le placard, jetant un coup d'œil au passage à la photo de sa sœur à laquelle il manquait un morceau qui semblait avoir été coupé aux ciseaux ou au rasoir, et après avoir refermé le placard à clé et ressenti de nouveau le même malaise et le souvenir de la peur, il demanda à l'oncle Lazare, envers lequel il éprouvait, pour une raison inconnue, le besoin de se racheter et d'être aimable, s'il avait envie de jouer aux échecs, et l'oncle Lazare eut un léger sourire et dit, "Volontiers", et Goldman apporta le jeu, ils s'assirent à la table de la cuisine, installèrent les pions sur le vieux damier et se mirent à jouer. Ils n'étaient dérangés par personne, le flot des visiteurs, qui avaient accompli leur devoir en venant une ou deux fois, diminuait de jour en jour et les seuls qui continuaient encore à passer de temps en temps un moment dans la compagnie silencieuse de

Stephana étaient Shmouel et Bracha, Yehoudit Meisler, qui contrairement aux autres la traitait avec simplicité et droiture, Moshé Tselermayer, la veuve de Tseimer et enfin Manfred qui, de retour de Haïfa après la semaine de deuil, vint le soir même chez Stephana, puis encore le lendemain, mais cette fois pour prendre congé d'elle parce qu'il repartait deux jours plus tard pour la Hollande d'où il ne reviendrait que trois ou quatre mois plus tard. Stephana le reçut, vêtue d'une robe de soie bleu nuit et coiffée d'un beau chapeau de feutre qui n'était pas très assorti à sa robe mais lui conférait une certaine grâce aristocratique, un peu artificielle et impressionnante, sans pour autant être tout à fait étrange, et lorsque Manfred entra dans le salon, tous deux éprouvèrent comme d'habitude une légère émotion qui s'estompa rapidement, faisant place au ressentiment et à une impatience polie. Ils ne parlèrent pas longtemps mais leur conversation était sinueuse et forcée, interrompue de silences oppressants, émaillée d'expressions neutres et de mots trop prudents et Manfred, mal à l'aise, jouant avec son alliance ou essuyant ses lunettes avec son mouchoir, finit par se lever, la salua et partit et Stephana, qui cette fois ne se leva pas pour l'accompagner même s'il l'avait espéré un instant, le suivit du regard et après son départ dit, “Il faut savoir se quitter”, puis elle enleva son chapeau et ajouta, “Tout passe”, elle le posa sur la table, alluma la télévision et la regarda distraitement quelques minutes, ensuite l'éteignit et s'assit, désœuvrée, à regarder le mur vide en face d'elle, les rideaux blancs, transparents et deux jours plus tard, elle raconta la chose à Yehoudit Meisler en disant, “Il est parti. C’est tout. Mais c’est mieux ainsi”, et Yehoudit Meisler, une femme au visage russe et qui travaillait encore comme infirmière au dispensaire, dit, “Il te manquera” et Stephana dit, “Plus jamais”, et Yehoudit Meisler dit, “Tu aurais dû le raccompagner à la porte”, et Stephana dit, “Non. Il aurait dû rester quelques minutes de plus. Il était trop pressé de partir”, et Yehoudit Meisler dit, “Ce n’est pas la peine d’en faire un point d’honneur”, “Ce n’est pas de l’honneur” reprit Stephana, “Si, c’est de l’honneur et ce n’est pas si important” conclut Yehoudit Meisler, exprimant ainsi la profonde estime et la vénération qu’elle éprouvait depuis tant d’années pour Manfred, et peu lui importait son aspect dur et solitaire, elle justifiait et respectait sans réserve son rapport à Stephana et son comportement, bien qu’elle se fût gardée de l’exprimer ouvertement devant Stephana ou Manfred avec lequel elle n’avait jamais échangé que quelques phrases polies et embarrassées, mais elle aimait écouter non seulement ce qu’il disait mais aussi les inflexions de sa voix. A l’exception de Yehoudit Meisler, le seul qui continuait encore à venir quelques fois par semaine était l’oncle Lazare, comme si par cette preuve de rapprochement et de bonne volonté envers son frère mort, il essayait de réparer trente-quatre ans de rupture et d’ostracisme imposés par lui. Il parlait très peu avec Stephana, qui le traitait avec distance et froideur, et avec Goldman aussi qui, avant même d’avoir appris à le connaître, éprouvait pour lui une profonde sympathie et de l'affection, surtout à cause des accusations confuses mais irrépressibles et haineuses dont l'accablait son père à toute occasion sans que l'oncle Lazare pût se défendre. A mesure qu'ils jouaient en silence, les liens entre Goldman et lui se resserraient, à vrai dire l'oncle Lazare ne se taisait pas mais tout simplement parlait peu, sachant combien la connaissance était limitée, la raison inopérante et les choix bien maigres, et les choses si complexes et contradictoires que seul le doute avait une certaine réalité, quant à la faculté de croire, il fallait si peu attendre de la vie qu'elle était l'apanage de quelques-uns, et il savait aussi combien l'homme devait s'abuser pour vivre ne fût-ce qu'un jour, et combien le destin se joue de l'homme comme il s'était joué de lui, et que toutes les paroles du monde ne pourraient faire dévier du moindre centimètre la Terre de sa trajectoire, ni ramener les jours passés, ni combler les absences, ni même consoler celui dont les yeux s'étaient ouverts et dessillés, et les yeux de l'oncle Lazare s'étaient ouverts et dessillés, pourtant il n'était nullement désespéré ni amer mais très serein et détaché, comme un homme nourri d'expériences et sachant mesurer que la vie, qu'il continuait à considérer positivement et avec gravité, ne pouvait plus le surprendre puisqu'il était déjà mort et ressuscité, qu'il était allé aux confins du monde, avait roulé sa bosse dans des lieux inimaginables, qui étaient peut-être déjà effacés et tombés dans l'oubli, subi des épreuves qu'il n'eût jamais envisagées, eu des visions merveilleuses d'un monde nouveau qu'il avait cru possible et, au seuil de sa naissance, à l'issue de calculs sans faille, il l'avait vu se briser et disparaître, balayé par l'incapacité, la peur, la méchanceté et l'égoïsme sans bornes, et pourtant la révolte et les tourments lui avaient appris qu'il n'y avait pas d'autre salut que celui-là, que même les choses les plus terribles, qui l'avaient révulsé, n'étaient pas moins humaines que la bonté, la confiance, la droiture et le courage qui toujours le mettaient en émoi, lui faisant croire un instant, avec la même force qu'autrefois, que le monde et l'humanité n'étaient pas perdus, car en dépit de tout, l'oncle Lazare nourrissait encore trop d'espoirs et, mieux encore, il n'avait jamais cessé d'être à l'affût de connaissances, de lire des livres par simple amour et curiosité mais surtout par une passion toujours renouvelée de comprendre le monde versatile dans lequel il vivait et dont le chaos et l'arbitraire avaient modelé sa vie depuis les jours lointains de son enfance où sa petite ville natale était passée des Polonais aux Russes, puis des Russes aux Allemands pour revenir aux Polonais dans un ballottement de guerres et de combats interminables, nourris de haine et de sombre fanatisme, d'une cruauté gratuite allant de pair avec l'orgueil, l'hypocrisie et la bêtise claironnés avec enthousiasme même par des gens civilisés, raisonnables et honnêtes et cette tyrannie l'avait encore poursuivi le jour où, quittant la Pologne pour émigrer en Israël, il avait dû abandonner son nom de famille, Goldman, pour celui de Schwartz qu'il portait jusqu'à ce jour, parce qu'à cause des lois du mandat britannique en vigueur en Israël, il avait émigré en tant que fils de Rina et de Yerouham Schwartz, un couple qu'il n'avait jamais rencontré auparavant et qu'il ne revit, après son arrivée au port de Haïfa, que deux ou trois fois. Il avait alors dix-sept ans et les premiers temps, il avait vécu à Jérusalem, chez Yoël et Tsipora, qui étaient arrivés en Israël six ans plus tôt et deux ans avant les parents de Tsipora, qui étaient restés à Tel-Aviv auprès de leur fils, Yeshayahou, mort de la malaria quelques années plus tard, à la fin de l'été où arriva Sarah, la jeune sœur de Tsipora, après un temps d'errance en Autriche et en Allemagne, et au bout d'une année de séjour à Jérusalem, l'oncle Lazare était allé habiter à Tibériade, puis à Zichron Yaacov et ensuite successivement à Hadera, Haïfa, Binyamina, Rehovoth d'où il était revenu à Haïfa pour finir par se fixer à Tel-Aviv comme Yoël et le père de Goldman qui, arrivé seul en Israël quatre ans avant lui, avait fait partie pendant deux ans d'un collectif d'ouvriers qui travaillaient dans les moshavim et les carrières du Nord. Au cours de ces tribulations, l'oncle Lazare avait exercé les métiers de terrassier dans les carrières où il s'était spécialisé dans le forage de cavités que l'on bourrait d'explosifs, de gardien, de poseur de clôtures, de portefaix, d'ouvrier agricole mais en arrivant à Tel-Aviv, il avait commencé à travailler dans le bâtiment et pendant ses heures libres, après le travail, il avait construit avec Ephraïm, qui était déjà marié avec Stephana et père d'une fille, la baraque où il vivait avec leur sœur, Bracha, dans l'une des deux pièces, et Bracha était arrivée en Israël avec ses parents, grand-père Baruch Haïm et grand-mère Havva, auxquels s'était joint, un peu plus tard et toujours dans la même pièce, Reuven, le jeune frère de Stephana, tandis que Janek, son autre frère, était resté en Pologne et Reuven, un jeune homme grand, au visage avenant et amical, avait aussitôt conquis le père de Goldman, ils étaient devenus très proches mais cette amitié avait pris fin peu de temps après le meurtre d'Arlosoroff* parce que à l'époque, justement à l'époque, Reuven, pris d'un vent de folie, était devenu révisionniste et un abîme de haine s'était creusé entre eux, haine réprimée pendant un certain temps et qui avait furieusement explosé au cours du mariage de Rachel, la femme de l'oncle Lazare, avec Akiba Weiner. Cette baraque était attenante à celle de Yoël, dont elle était en fait une partie, et il y habitait avec Tsipora et leurs trois enfants, qui étaient déjà nés, et se serrant un peu plus, ils avaient fait de la place à grand-père Baruch Haïm et grand-mère Havva qui occupaient une chambre avec le fils aîné, Méïr, alors âgé de sept ans. Autour de cette grande baraque entourée d'un jardin, où Tsipora cultivait des légumes pour la famille et nourrissait quelques poules, où poussaient

* Haïm Arlosoroff (1898-1933), un des leaders du mouvement ouvrier juif en Israël. Mystérieusement assassiné en 1933, il est à l'origine de la crise profonde entre les travaillistes et les "révisionnistes" suspectés d'avoir commandité le crime. *(N.d.T.)*

aussi des plantes grimpantes et quelques fleurs, se dressaient dans un désordre absolu d'autres baraques recouvertes de papier goudronné et blanchies à la chaux pour se protéger de la chaleur et tout autour s'étendait un désert de sable jaune et plus loin encore, des terres d'argile rouge couvertes d'herbes folles, de ronces et de centaurées, de misérables buissons, avec ici et là quelques sycomores, des mûriers, des figuiers et des cyprès, des haies de cactus et quelques maisons blanches, pas très hautes, et plus loin encore de vastes vignes, des plantations de concombres et les orangeraies des Arabes, entourées d'acacias qui, à l'époque de la floraison, emplissaient l'air d'un parfum enivrant, et quand Bracha et Shmouel s'étaient mariés à la hâte parce que Bracha était déjà enceinte, tous s'étaient réunis pour ériger en quelques semaines une nouvelle baraque de deux chambres, près de l'ancienne, où avaient emménagé aussi grand-père Baruch Haïm et grand-mère Havva, après la naissance du quatrième enfant de Yoël et de Tsipora, et ils avaient continué à y habiter pendant les années où Shmouel et Bracha tentaient leur chance en Australie après que Shmouel, qui avait liquidé son salon de coiffure, sa boutique de spiritueux et ses autres affaires, se fut mis dans la tête que l'Australie, pays du soleil, de la tranquillité et des affaires florissantes, serait aussi celui où il pourrait aisément s'enrichir avec toutes sortes de combines rapides, commerce de laine et de viande, import-export, construction et même coiffure, mais à sa grande déception, il n'avait réussi qu'à y apprendre un peu d'anglais et à péniblement épargner quelques livres sterling qu'il perdit peu de temps après son retour en Israël dans diverses spéculations et entreprises de construction en faillite. Le père de Shmouel, qui veillait jalousement à son argent et n'avait jamais donné le moindre sou pour aider son fils, l'avait plus d'une fois mis en garde contre ces combines, lui proposant à maintes reprises de venir travailler dans la boucherie familiale, que lui confisqua quelques années plus tard Aaron, son jeune fils, qui arriva en Israël exactement au début de la guerre et se mit aussitôt à travailler avec son père, et parfois grand-père Baruch Haïm aussi mettait Shmouel en garde mais à mots couverts parce qu'il répugnait à toute action qui comportât le moindre soupçon d'escroquerie et d'exploitation et que toutes les affaires de commerce et d'argent tombaient, à ses yeux, dans cette catégorie qui éveillait la suspicion et la méfiance de cet homme retiré et dénué de tout sens des affaires, c'est ainsi qu'il s'était farouchement opposé au voyage en Australie, rongé pendant des jours par le chagrin et l'inquiétude, espérant jusqu'au dernier instant que Shmouel et Bracha changeraient d'avis mais lorsqu'ils partirent, il leur donna la bénédiction du voyage et celle du retour et pendant leur absence veilla sur la baraque : il la badigeonnait deux fois par an, le soir de la pâque et de Rosh ha-Shana, réparait le papier goudronné qui se déchirait, changeait les tuiles cassées, il avait planté dans le jardin un mûrier et un figuier, un citronnier et un peu de vigne et avait construit aussi un pigeonnier – il aimait les animaux – et nourrissait des chiens, des chèvres, des chevaux et des poules, et s'était aménagé un réduit où il poursuivait son métier d'horloger qui les faisait vivre, lui et grand-mère Havva. C'était un homme robuste, avec des cheveux noirs et drus, qui avait un cœur droit et une croyance profonde dans les commandements du judaïsme qu'il suivait pourtant sans fanatisme, et un ardent sioniste, ivre d'Israël, que la construction de la moindre nouveauté, une maison en ville, un pilier, une clôture, un nouveau tronçon de route, transportait de joie, quant à la grand-mère Havva, une femme petite et mince qui ne quittait jamais ses robes de soie noire dans lesquelles elle déambulait d'un air consterné, elle versait toute la journée, sans raison, des larmes qui coulaient le long des sillons de son visage si ratatiné qu'il s'était transformé en un amas de rides affaissées, dégageant une odeur de vieillesse, comme d'ailleurs son corps rétréci et desséché au point de n'avoir plus que la peau et les os, et lentement, surtout après la mort de son mari, son esprit aussi s'était embrumé et pourtant, guidée par certains instincts, elle arrivait encore à cuisiner, tricoter, nettoyer la baraque et respecter scrupuleusement les lois et commandements de Dieu et même à imposer quelques coutumes à ses fils qui passaient chaque jour, à tour de rôle, voir si elle et Baruch Haïm allaient bien et elle continuait à prier dans une langue secrète, dont les mots imprimés en lettres très noires dans un vieux livre de prières étaient déchirés dans sa bouche et déformés avec une tranquillité et une indifférence qui désolaient son mari, et elle consultait le rabbin, autorité suprême à ses yeux, incarnation même de la connaissance et de la certitude qu'en dépit des chagrins et de la confusion, des bouleversements et de l'injustice, le monde n'était pas un chaos sans but ni lendemain mais qu'il obéissait à une pensée originelle où les choses avaient une cause et une finalité propres. Elle continuait à être aussi économe que toujours, raison pour laquelle elle estimait Max Shpilman, émettait des réserves sur Stephana et détestait pour d'autres raisons le père de Shmouel et d'Aaron, et ainsi ravaudait-elle les vieilles chaussettes en superposant reprise sur reprise, elle collait ensemble les restes de savon, épluchait de si près les pommes de terre que la pelure en était transparente, faisait cuire en une fois de telles quantités de soupe de gruau que, prévue pour durer plus d'une semaine, elle finissait par durcir dans la marmite et qu'un chat pouvait marcher dessus sans y laisser de trace, et ne jetait jamais la moindre miette de nourriture, ni chaussures, ni vêtements usés, ni boîtes vides. Pendant la guerre, les Italiens avaient bombardé la baraque où elle vivait encore avec Shmouel et Bracha mais ils l'avaient cachée à temps dans le bas de l'armoire et lui avaient ainsi sauvé la vie, pour quelque temps seulement, car elle avait fini par se fossiliser et mourir à un âge avancé, ayant perdu la tête et la mémoire et jusqu'au souvenir de son mari, plongée dans un processus irréversible d'inconscience qui l'accompagna jusqu'à sa mort. L'oncle Lazare, encore célibataire à l'époque où ses parents arrivèrent en Israël, continua de vivre chez eux et de les aider mais trois ans après son installation à Tel-Aviv, Rachel, son amie de jeunesse, émigra dans le pays en même temps que sa mère et son frère, Max Shpilman, et tous les trois s'installèrent temporairement dans un grand cadre de déménagement abandonné parmi les baraques et ainsi, l'oncle Lazare et Rachel renouèrent des liens d'intimité et parlèrent bientôt mariage, projet réjouissant pour la mère de Rachel, qui voyait d'un mauvais œil cette union libre et sans contraintes, tout en essayant de dissimuler sa joie sous un masque d'indifférence car elle craignait le mauvais œil et trouvait inutile et déshonorant de manifester ses sentiments, quant à Max Shpilman qui professait des idées d'extrême gauche, il manifesta ouvertement son mépris et sa désapprobation parce qu'à la même époque, profondément en désaccord politique avec l'oncle Lazare, il s'opposait, sans pouvoir en expliquer clairement la raison, à la famille qu'il considérait comme une cellule capitaliste décadente et destructrice dont la raison d'être reposait sur des intérêts économiques, une tradition fossilisée et hypocrite, et il projetait ainsi son radicalisme social sur des liens amoureux qu'il voulait plus libres. A la même époque, après une période de récession, le secteur du bâtiment connaissait un nouvel essor sous l'effet d'une rapide extension de la ville, qui commença à encercler le quartier des baraques où entre-temps on avait construit une synagogue, dessiné des sentiers, tandis que les jardinets plantés de figuiers, de mûriers, de citronniers, de mandariniers et de cyprès verdoyaient, que les arums grimpants et les pois de senteur embaumaient l'air et qu'ici et là, à l'instar de Tsipora, s'alignaient des rangées de radis, de laitues, de tomates et de concombres, quelques poules s'affairaient en liberté et la nuit, les chiens aboyaient et se répondaient entre eux ou répondaient aux chacals dont les lamentations paraissaient si proches, tout contre le mur, qu'elles affolaient grand-mère Havva, tous les jours prête à repartir en Pologne, c'est du moins ce qu'elle disait. La ville envahissait à une allure folle les sables et les vignes et les plantations au point que Baruch Haïm ne pouvait plus suivre la multiplication des maisons et des rues et des usines nouvelles qu'il regardait avec un sentiment mêlé d'oppression comme si la ville lui échappait et devenait étrangère et c'est justement à cette époque de plein essor que l'oncle Lazare cessa de travailler dans le bâtiment, où le travail était pénible et inintéressant, et se trouva un emploi dans l'imprimerie. En plus du polonais et du yiddish, il possédait parfaitement l'hébreu et avait acquis par ses propres moyens de solides notions d'allemand et d'anglais, il avait aussi de vastes connaissances dans certains domaines des sciences humaines et sociales, connaissances pas du tout superficielles car le monde, qui le plongeait dans la fureur et l'angoisse, aiguisait sa curiosité et son désir de connaître les lois qui régissaient les choses et pouvaient être susceptibles de les changer, de même que tout papier imprimé sous forme de journal ou de livre exerçait sur lui un pouvoir magique, source d'un intérêt toujours renouvelé et d'un profond respect. A cette même époque où il travaillait à l'imprimerie et du jour où ils se mirent à construire la baraque ensemble, des discussions périodiques éclataient entre le père de Goldman, qui faisait partie des Jeunesses ouvrières et l'oncle Lazare qui appartenait à l'Union des travailleurs et dont les idées étaient de plus en plus radicales et extrêmes, plus extrêmes encore que celles de Max Shpilman qui, sur le plan politique, était encore plus extrémiste que lui, et souvent ces discussions entre le père de Goldman et l'oncle Lazare s'enflammaient et dégénéraient en querelles amères, pleines d'insultes et de haine, qui s'achevaient par une brouille et les deux frères ne se parlaient plus, alors Yoël et Tsipora ou bien les parents et Reuven s'en mêlaient et à force de longues persuasions finissaient par les réconcilier. Leurs discussions portaient sur les moyens et les objectifs du statut ouvrier, sur l'Union soviétique et le mouvement communiste, le sionisme et le problème arabe, le fascisme et les problèmes de la démocratie et l'usage de la violence, les moyens de bâtir le pays et de changer le monde et pendant ce temps, Rachel se retrouva enceinte et l'on érigea, parmi les baraques et le sable, un dais nuptial devant la synagogue, contre la volonté de l'oncle Lazare et de Max Shpilman qui étaient violemment opposés à cette cérémonie religieuse, mais tandis que l'oncle Lazare se pliait à l'usage, essayant même de faire contre mauvaise fortune bon cœur et de sourire pendant la cérémonie, Max Shpilman campa dans son refus d'assister au mariage malgré les supplications de sa mère et de sa sœur, de Tsipora et Reuven et grand-père Baruch Haïm. C'était au début du mois d'octobre et l'air était vif, plein de l'odeur des sycomores, des figuiers et des eucalyptus et de la fraîcheur d'un début d'automne, que l'on ressentait surtout le matin et le soir, et pourtant on avait dressé les tables dans le jardin de la grande baraque, sous le ciel étoilé, et on les avait recouvertes de draps amidonnés et décorées de vases pleins de géraniums et de pois de senteur, de branches de myrte et de bougainvillier, de cyprès et de cédrat, et les invités, dont Janek alors de passage en Israël, s'étaient assis autour des tables, vêtus de chemises blanches, et ils avaient bu du vin de figues et de raisins préparé par Tsipora et mangé des tartes sucrées et salées, des gratins de pommes de terre et de fromage, des pois épicés, des bonbons et des gâteaux à l'oignon et au pavot, de la confiture et des gâteaux enrobés de chocolat, préparés pendant deux jours et deux nuits par la mère de Rachel et la grand-mère Havva, dont les larmes ne cessaient de couler et se mélanger à la pâte, ce qui avait fait dire plus tard à la mère de Rachel qu'elle n'était pas bien montée et avait un arrière-goût amer. Grand-mère Havva avait continué à verser des larmes pendant la cérémonie et pendant le festin et même après, lorsque tous se levèrent, y compris Avraham Schechter, amoureux de Rachel et fou de douleur, pour chanter et danser, surtout Reuven qui dansa toute la soirée avec Sarah, la sœur de Yehoudit Meisler, merveilleuse danseuse qui virevoltait, ivre de joie, et qu'il épousa quelques mois plus tard malgré l'opposition de Stephana – Janek avec ses chaussures pointues, ses gilets de soie et sa coiffure brillantinée, qui n'avait pas son pareil pour danser la valse et le tango, jouer aux cartes et au billard, était depuis longtemps reparti en Pologne – et un grand amour les unissait mais en dépit de leur désir, ils n'eurent pas d'enfants, ce qui assombrit leur vie et les enlaidit. Et la danse dura toute la nuit et à la lumière blanche de l'aube, après que les invités se furent dispersés, alors que les reliefs du festin étaient encore éparpillés sur les tables désertées et que les fleurs et les branches disposées dans les vases dégageaient une bonne odeur fraîche, Baruch Haïm mourut : il s'assit au bord du grand lit où il dormait avec grand-mère Havva, défit sa ceinture, exhala un soupir et atterrit sur le plancher, et les invités revinrent le lendemain et, vêtus des chemises blanches avec lesquelles ils avaient conduit l'oncle Lazare et Rachel sous le dais, ils l'accompagnèrent à sa tombe et la grand-mère Havva, baignant dans ses larmes, soutenue par Yoël et le père de Goldman et l'oncle Lazare, ne cessait de répéter en yiddish, "Il était si fort. Il était si fort" et quelque chose de la passion et de l'admiration qui avaient fait battre son cœur de jeune fille puis s'étaient perdues dans la routine de la vie pointait maintenant dans sa voix pleine de sanglots et sa manière de prononcer ces mots, et cinq mois plus tard, vers la fin de l'hiver, Rachel eut un fils et l'oncle Lazare l'appela

Baruch, et deux ans plus tard elle eut une fille et ils l'appelèrent Tsila, du nom de la grand-mère maternelle de Rachel que ni l'oncle Lazare ni Rachel n'avaient jamais vue. Ils habitaient dans le cadre auquel ils avaient ajouté une chambre et dont ils avaient agrandi la cuisine, en même temps que la mère de Rachel et Max Shpilman qui, peu après la naissance de Tsila, emménagèrent dans la baraque de Yoël qui loua un appartement en ville et y habita avec sa famille pendant quelques années avant de s'installer dans un moshav où ils vécurent jusqu'à la fin de la guerre mondiale. A la naissance de Tsila, l'oncle Lazare n'adhérait plus à l'Union des travailleurs mais il était devenu communiste, d'un communisme différent de celui de Max Shpilman, qui s'était installé une petite serrurerie dans la baraque de Yoël, où se mêlaient aussi des idées anarchistes qui, avec le temps, prirent le dessus et suscitèrent la critique de Max Shpilman qui, lui, était un communiste orthodoxe et les positions de l'oncle Lazare lui attiraient la fureur et l'hostilité de ses camarades d'autrefois, qui pour la plupart cessèrent de le voir, et celle des proches et de la famille, créant ainsi autour de lui une tension incessante, nourrie de discussions et d'inimitiés, et un soir d'hiver, au chevet de grand-mère Havva alitée pour une grippe, après une querelle venimeuse avec le père de Goldman sur le sionisme et le statut des Arabes d'Israël, la tension culmina en rupture qui, quelques mois plus tard, à l'annonce que l'oncle Lazare avait décidé de rejoindre les Brigades Internationales pour aider les républicains espagnols, se transforma en excommunication décrétée par le père de Goldman et il l'appliqua fanatiquement, sans jamais la transgresser jusqu'à sa mort, rejetant toutes les tentatives de conciliation en prétendant que jamais, à aucun prix, il ne ferait la paix avec un communiste antisioniste, un homme qui avait vendu son âme au diable, jamais il ne pardonnerait à quelqu'un qui négligeait sa famille, fût-ce que pour sauver le monde. Et Tsipora et Yoël et Haïm Leib, qui était arrivé quelques mois plus tôt en Israël avec Mme Hayya, et Shmouel et Bracha et de nombreux autres, même Max Shpilman, essayèrent de le faire revenir sur sa décision et Rachel aussi qui le supplia de ne pas partir en la laissant seule avec deux enfants, mais l'oncle Lazare demeura ferme dans son idée et au début de l'été, il s'embarqua pour la France – ils ne se dirent presque rien au moment des adieux – et ils reçurent deux lettres de Paris et à quelque temps de là, une autre de Barcelone, puis quelques rares lettres adressées à Rachel, suivies d'une interruption de quelques mois et un beau jour, on reçut ses papiers et l'annonce de sa mort au cours d'une explosion aux environs de Teruel, mais peu de temps après, ils reçurent une lettre de lui, le lieu et la date en étaient presque illisibles, puis ils apprirent qu'on l'avait vu aux environs de Tarragone, à Valence, à Madrid, dans un petit hôpital d'Ontaniette et une lueur d'espoir s'alluma dans le cœur de Rachel, mais d'autres rumeurs selon lesquelles il aurait été tué par des volontaires polonais confirmèrent la première information, renforcée par le fait que pendant tout ce temps ils ne reçurent aucune lettre, sauf la dernière illisible, alors la petite lueur d'espoir disparut mais Rachel attendit encore trois ans et seulement alors, après maints tourments intérieurs, elle épousa Akiba Weiner, qui la courtisait discrètement depuis longtemps, et ignora l'amour d'Avraham Schechter dont elle était consciente mais qu'il n'avait jamais osé lui déclarer, car elle cherchait avant tout le soutien et la sécurité pour elle et ses enfants, ce qu'Akiba Weiner était capable de lui apporter. Le mariage eut lieu en présence d'un cercle restreint de parents et d'amis proches qui s'assirent autour des tables chargées de victuailles mais un air de tristesse et de malaise régnait sur le tout, faisant échouer toute tentative d'insuffler un peu de joie et c'est au milieu de la fête, après que Yona Kochinski eut entonné de sa voix de ténor des chansons en yiddish et un air de *la Traviata*, à la grande joie de Sarah, sœur de Tsipora, qu'il avait déjà épousée, quand tout le monde s'installa pour festoyer et essayer de se réjouir, qu'éclata la terrible dispute entre le père de Goldman et Reuven, elle acheva de troubler la fête et aussitôt après, les invités se dispersèrent et rentrèrent chez eux. Ce fut une querelle brève et soudaine que personne ne put arrêter, provoquée par une remarque insultante du père de Goldman sur Jabotinski*, prononcée comme par hasard mais haut

* Ze'ev Jabotinski (1880-1940), fondateur du courant nationaliste juif et du mouvement révisionniste opposé au sionisme socialiste de David Ben Gourion. *(N.d.T.)*

et fort, qui entraîna d'abord une escalade verbale entre lui et Reuven et dégénéra rapidement en graves accusations, accompagnées d'insultes personnelles touchant au meurtre d'Arlosoroff et s'acheva par le départ du père de Goldman qui, le visage gris de fureur et de haine, se leva, tapa de toutes ses forces sur la table et hurla, "Sale fasciste ! Assassin ! Allez chez Hitler !" et il disparut en bousculant les chaises et les gens sans y prêter attention, et Reuven, les lèvres et les mains tremblantes d'émoi car il n'avait jamais provoqué ni insulté quiconque, cria après lui, "Communiste ! Dégénéré ! Satan ! C'est vous qui l'avez assassiné ! Vous assassinez tout le monde !", il se rassit, à bout de force, et à partir de ce moment-là, ils ne s'adressèrent plus la parole ni ne se virent, sinon par hasard dans la rue, évitant soigneusement de se trouver dans des lieux où ils risquaient de se rencontrer et les rares fois où la chose arriva, ils s'ignorèrent totalement, sans la moindre velléité de pardon, surtout le père de Goldman sa haine pour Reuven bouillonnait en lui bien avant cette dispute et elle continua de l'animer avec une telle force vengeresse que même lorsque Reuven mourut, électrocuté, il refusa d'assister à son enterrement malgré la pression de son entourage, et faisant fi des sentiments de Stephana, il ne ratait pas la moindre occasion, même en sa présence, de l'accabler d'insultes et d'accusations venimeuses, tant sa haine du révisionnisme ne connaissait pas de limites car tous ses aspects, même les plus sensés, lui paraissaient comme l'incarnation du fascisme et un danger pour le peuple, et peu avant sa mort, un jour où il parlait de la situation politique du pays avec Avraham Schechter, il dit, “Begin* fait belle figure, mais ça ne sert à rien, ils ont tué Arlosoroff” et Goldman, qui venait d'entrer par hasard dans la cuisine et avait entendu ces mots, en éprouva de la fierté et Avraham Schechter dit, “Le frère d'Arzi dit que non” et le père de Goldman répéta, “Ils l'ont tué. C'est un fait”, et nulle preuve au monde n'était capable d'ébranler cette certitude qui empoisonnait son âme et avait explosé avec une telle violence pendant le mariage de Rachel. Une semaine après ce mariage, Rachel emménagea avec ses deux enfants dans l'appartement d'Akiba Weiner et le cadre vide fut acheté par Haïm Leib qui, en quelques semaines, l'aménagea et lui ajouta une pièce où il installa un grand tour en bois, et à la même époque l'oncle Lazare était déjà depuis quelques mois en Yakoutie, aux confins du Grand Nord, où il avait échoué comme exilé politique après d'incessantes tribulations au cours desquelles on l'avait d'abord transféré, en compagnie d'autres combattants des Brigades, en Union soviétique où, jugé pour délit de trotskisme, d'anarchisme et de menées subversives contre-révolutionnaires, il avait été condamné, sans autre forme de procès mais avec une indulgence inexplicable, à l'exil, et ainsi vivait-il en Yakoutie, sur les rives glacées de l'océan Arctique,

* Menahem Begin, chef de file du parti de la droite nationaliste, le Likoud, héritier spirituel de Jabotinski. Il prit le pouvoir en 1977, mettant fin à trente ans de gouvernement travailliste. *(N.d.T.)*

avec d'autres prisonniers et exilés politiques, d'abord dans l'épave d'un navire naufragé et au bout d'un certain temps, dans de misérables huttes en bois, recouvertes d'une couche de terre, que les exilés avaient construites à partir de barils de poissons vides qu'ils avaient trouvés sur place, et il travaillait dans les pêcheries et la construction, occupé à d'inutiles travaux de terrassement sur la glace et les terres éternellement gelées, à de vains projets d'exploitation de gisements de charbon et de pétrole pétrifié. Ses mains étaient calleuses, ses jambes lourdes comme du plomb, la fatigue et le froid incessants avaient émoussé ses sens et désespéré son âme, la dure blancheur de la glace, les incessantes alternances du jour et de la nuit dans un flux temporel inaccoutumé, avec les aurores boréales qui, dans une fantasmagorie de couleurs, dessinaient dans le ciel des silhouettes évanescentes que les Yakoutes trapus prenaient pour la danse des âmes mortes, l'avaient rendu presque fou et, dans le secret de son cœur, par-delà les terribles conditions d'existence, il était préoccupé par cette révolution aveugle qui avait bouleversé sa vie depuis le jour où il avait quitté Israël jusqu'à l'instant où, accusé de menées contre-révolutionnaires, il avait été expédié en Yakoutie, car tout s'était embrouillé sous l'impulsion d'une force arbitraire et insensée qui avait tout dominé et s'était érigée en loi, transformant le monde et la vie en une énigme confuse et désespérante, contraire à la raison et au bon ordre nécessaire des choses, situation qui le tourmentait jour et nuit et le poursuivait comme l'odeur des poissons et celle de la glace, et dans un effort sans cesse recommencé, il se repliait sur lui-même, essayant de déchiffrer cette énigme et de résoudre ces difficiles contradictions pour pouvoir continuer à vivre sans trop de désespoir et trouver un certain apaisement, car il lui paraissait impensable que la vie fût un chaos, que les choses ne fussent pas régies par la raison et la justice, et c'est ainsi que lentement, tout en essayant de rester fidèle à ses opinions, il apprit des choses ignorées qu'il n'eût jamais apprises autrement : il apprit à parler peu, à traiter le temps avec une totale indifférence, à supporter le doute et l'arbitraire et même à vivre avec, à mener une vie sans espoir et presque sans attente, une vie au jour le jour, libérée de la nostalgie familiale dont il était assailli après une longue période d'oubli et qu'il enfouissait au fond de son cœur, il apprit aussi à résister aux terribles tempêtes, à faire ses besoins dehors par un froid de moins soixante degrés, et au bout de dix-huit ans, sans avoir fait le moindre effort, exprimé un désir ou modifié son comportement, on le libéra par un jour d'hiver froid et pluvieux et il revint en Israël où ne l'attendaient à l'aéroport que Yoël et Tsipora et Shmouel et Bracha, parce que sa mère, la grand-mère Havva, était déjà clouée au lit depuis quelques années et que le père de Goldman s'obstinait dans son excommunication, refusant de bouger d'un pouce pour venir l'accueillir avec son frère et sa sœur. La rencontre fut émouvante – à peine une semaine plus tôt, l'oncle Lazare était considéré comme mort et l'on avait désespéré de lui – mais quelque peu oppressante aussi, toutes ces personnes qui s'étaient quittées il y avait fort longtemps avaient changé tout en restant les mêmes, traînant encore après elles de vieux comptes embrouillés d'avant leur séparation, des paroles douloureuses et dures, accumulées au fil des années et qui, à peine une heure plus tôt, étaient encore enfouies ou du moins ignorées de l'oncle Lazare, et l'absence de Rachel et des enfants qui n'étaient pas venus à l'aéroport pesait sur eux comme une ombre, ils attendaient que l'oncle Lazare leur posât des questions, mais il se retint et ne le fit pas, se contentant de les interroger sur la grand-mère Havva, et il se retint le soir aussi, quand ils s'installèrent pour bavarder tranquillement dans la grande pièce, mais avant, alors qu'ils étaient encore à l'aéroport, la joie et l'émotion furent les plus fortes, et ils s'étreignirent et s'embrassèrent, échangeant des phrases neutres et confuses, des plaisanteries, puis encore des embrassades, et Bracha, qui pleurait et pleurait, touchait sans arrêt l'oncle Lazare, caressant son épaule et son bras pendant tout le chemin jusque chez Yoël et Tsipora qui avaient vendu leur ferme vers la fin de la guerre pour aller vivre en ville, et ils firent ensemble un repas de fête, avec les enfants, la famille et Sarah, la sœur de Tsipora, et Yona Kochinski qui avait apporté de sa pâtisserie un délicieux gâteau aux noix et toutes sortes de biscuits, et après le repas ils s'attardèrent autour de la table, qui avait été dressée pour l'occasion au milieu de la pièce et ouverte dans toute sa longueur comme le soir du Seder, puis à la tombée du jour, tout le monde se dispersa et l'oncle Lazare alla se reposer dans la petite pièce – la fatigue du voyage l'empêchait de dormir – et le soir ils prirent un repas léger et du café, sans les enfants ni les invités, et eurent une conversation plus suivie au cours de laquelle Tsipora, Shmouel, Yoël et Bracha racontèrent à l'oncle Lazare la mort de Reuven et celle de Yeshayahou, la maladie de grand-mère Havva et le mariage de Rachel avec Akiba Weiner, après avoir reçu des témoignages si catégoriques sur sa mort en Espagne qu'il ne subsistait plus le moindre doute ni le moindre espoir. L'oncle Lazare, encore troublé par ce brusque changement survenu dans sa vie, éprouvait un certain vertige comme s'il avait perdu tout sens du réel, de la gravité, de tout – du temps, des gens, des choses et des mots – et flottait entre deux mondes, tous deux réels et irréels à la fois, et il accueillit toutes ces nouvelles en silence, sans aucun signe extérieur d'émotion ni de surprise, comme s'il s'y attendait, puis après un bref silence, il dit que le lendemain, après avoir rendu visite à sa mère, il irait voir Rachel et ses enfants. Les prières insistantes de Bracha, de Tsipora et de Yoël pour qu'il remette cette visite à plus tard furent vaines et le lendemain, après que Tsipora eut prévenu Rachel qui donna son accord, l'oncle Lazare, étourdi par le contact de l'air et par ce qu'il voyait, alla chez Shmouel et Bracha qui hébergeaient la grand-mère Havva depuis leur retour d'Amérique où, après avoir vendu en quelques semaines leur baraque et acheté un appartement qu'ils quittèrent quelque temps plus tard, ils avaient acquis ce grand appartement qu'ils habitaient actuellement. Shmouel, qui était débordé par ses affaires de restaurants, d'importation d'appareils de radio pour les voitures et autres investissements, n'était pas à la maison et Bracha entra avec l'oncle Lazare dans la chambre de leur mère, située loin du salon, au fond de l'appartement, pour ne pas la déranger. La pièce était peinte en blanc et reluisait de propreté et pourtant, peut-être à cause du froid qui ne permettait pas d'ouvrir les fenêtres et de l'aérer convenablement, l'air y était lourd et imprégné d'odeurs de literie et de médicaments. Sa mère était étendue, immobile sous l'énorme édredon, minuscule silhouette ratatinée, ni homme ni femme, dont seules dépassaient la tête et les mains, presque perdue sur l'étendue blanche du lit, et bien que ses esprits fussent depuis longtemps embrumés, ses oreilles assourdies et ses yeux assombris au point de ne plus pouvoir distinguer le jour et la nuit, dès l'instant où l'oncle Lazare entra dans la pièce, elle tourna sa tête blanchie et dit, “Lazare ?”, et l'oncle Lazare dit, “Oui, maman”, et il s'approcha prudemment, embrassa son visage desséché et ses mains qui n'étaient plus que de la peau et des os et dégageaient une âcre odeur de vieillesse, comme aussi son haleine chaude et désagréable, et il s'assit à côté d'elle, lui parla et l'embrassa encore, à la fois par émotion et désir de se sentir proche d'elle, mais elle demeura étendue, comme pétrifiée et sans aucune réaction, et au bout d'un moment, une fois calmé, l'oncle Lazare se leva et sortit de la pièce sur la pointe des pieds, et après avoir pris un verre de thé avec Bracha, il la quitta et alla chez Rachel, mais en chemin il décida de faire un détour par le quartier des baraques, qui était maintenant entouré d'immeubles et semblait petit, misérable et livré à l'abandon, un lieu délaissé, précaire et presque déserté. Dans la baraque de Shmouel et de Bracha, occupée maintenant par un tapissier qui en avait transformé la moitié en atelier, les cloisons étaient inclinées, le papier goudronné déchiré par endroits et le jardinet, dont grand-père Baruch Haïm prenait un si grand soin, négligé : le pigeonnier traînait par terre, rouillé, le figuier et la vigne étaient desséchés et tout était recouvert d'herbes, de bouts de papier, de lambeaux de tissu, de tuiles cassées, de bois et d'une quantité de mousse. La grande baraque de Yoël et du père de Goldman était, elle aussi à l'abandon, habitée par des inconnus qui y étaient arrivés après que Max Shpilman l'eut vendue pour aller vivre avec sa mère et sa femme Brouria, enceinte à l'époque de leur fils aîné, dans un cinq-pièces d'un immeuble luxueux construit sur les ruines des villages arabes engloutis par la ville, et il l'avait fait non par goût de luxe puisqu'il était toujours aussi économe, connaissait parfaitement la valeur de l'argent et la manière de l'épargner, mais plutôt parce qu'il pensait que sa situation actuelle l'obligeait à vivre dans un bel appartement qui servirait ses intérêts et qui était d'évidence un bon investissement. Sa menuiserie, qui avait pris de l'ampleur à la suite de nombreuses commandes, ne se trouvait plus dans la baraque d'où il l'avait déménagée dès la fin de la Deuxième Guerre mondiale et, continuant à la développer après la création de l'Etat grâce à des travaux exécutés pour le compte de l'armée, il l'avait installée dans un local encore plus vaste où il employait déjà plus de vingt ouvriers, et il était toujours célibataire, vivant avec sa mère à laquelle, contrairement à Rachel, il restait très attaché et dévoué, et serait sans doute resté célibataire à vie, sans éprouver le besoin d'avoir une femme parce que avec le temps il s'était habitué à ce mode de vie libre et indépendant qui lui permettait de consacrer à son travail toutes ses forces, son temps et sa volonté, de développer son entreprise et de thésauriser au point de se laisser entraîner quelques années plus tard, lorsqu'il devint propriétaire d'une station d'essence, à des actions frauduleuses, à diluer l'essence avec le gas-oil, à tricher avec les quantités en déréglant les compteurs des pompes et de finir par être traduit en justice, mais il prétendit tout ignorer et attribua la faute à ses employés, le tribunal le jugea tout de même coupable en même temps que deux de ses employés et le condamna à une lourde amende qu'il ressentit comme un désagrément passager, parce que en dépit de l'accusation et du procès dont il croyait jusqu'au dernier moment qu'il n'aurait pas lieu, il continua à se considérer le plus sincèrement du monde comme un homme sensé et honnête, quant à sa position et à ses relations dans les sphères politiques et économiques, elles étaient si solidement établies qu'elles n'en souffrirent pas et la plupart des gens, loin de considérer cette affaire comme un crime impardonnable, n'y virent qu'un accident de parcours à oublier rapidement et qui ne devait en rien troubler leurs rapports, certains allèrent même jusqu'à le justifier, mais pas Rachel ni son beau-père, le père de Brouria, qui possédait une usine de chauffe-eau et pour lequel Max Shpilman exécutait des travaux et c'est ainsi que, bien avant de se lancer dans les stations d'essence, il avait connu Brouria qui avait déjà dépassé la trentaine et que l'on considérait comme une célibataire irrémédiable. Peu de temps après l'avoir connue, Max Shpilman l'épousa sans amour, mais pas par intérêt non plus, et quelque temps plus tard s'associa à son beau-père dans l'entreprise d'acier inoxydable et quitta le quartier des baraques dont, à vrai dire, tous les habitants étaient maintenant des inconnus, sauf la baraque où avaient habité Rachel et l'oncle Lazare, le vieux cadre en bois auquel on avait ajouté une chambre, une terrasse, quelques légumes et des arbustes devant l'entrée, et où vivait encore Haïm Leib, et l'oncle Lazare, qui restait planté dans le vent froid et le sable humide, saisi de vertige à regarder autour de lui, envahi de tristesse et de nostalgie, aperçut soudain Mme Hayya qui apparut à la fenêtre pour secouer une nappe et le regarda sans le reconnaître, alors il s'empressa de détourner la tête et, comme un étranger qui se serait égaré, s'éloigna d'un pas rapide et alla chez Rachel, dont l'intention était de se comporter avec dignité et même avec une certaine amabilité – après tout leur séparation remontait à bien loin – mais elle l'accueillit avec une froideur et un détachement extrêmes : elle ne lui serra pas la main, ne lui proposa pas de s'asseoir, ni ne lui demanda comment il allait et dès l'instant où elle le vit sur le pas de la porte, elle eut en fait envie de lui demander pourquoi il était venu et de le prier de repartir, mais un peu contaminée par son émotion et par curiosité et dignité aussi, elle se tut mais sans aucune sympathie. L'oncle Lazare n'éprouvait aucun ressentiment à son égard, il reconnaissait sa faute dont il préférait accepter le prix, ne ressentant que chagrin et regrets, mais il espérait et désirait lui dire quelques mots que pendant des années il avait préparés et affinés des centaines et des milliers de fois dans sa tête, et il espérait aussi échanger quelques mots avec Baruch et Tsila, mais tous deux se tenaient de l'autre côté de la table comme Rachel et le regardaient avec distance. Le tout dura quelques minutes pendant lesquelles l'oncle Lazare apprit que même les espoirs les plus minces et les plus insignifiants, qui ne sont plus en fait qu'un palpitement hésitant, une reddition et peut-être même moins, n'ont aucune raison d'être. Il n'y avait pas de place pour la moindre phrase d'excuse ou de pardon, et pourtant quand l'oncle Lazare s'apprêta à partir après avoir échangé quelques phrases neutres avec Rachel, il tendit la main à Tsila, mais elle resta de glace, quant à Baruch, il se retourna et entra dans l'autre pièce, et l'oncle Lazare partit sous la pluie en pleurant, il pleurait tant que sa poitrine et son visage étouffaient de sanglots, indifférent aux flaques, à la bourrasque et à la pluie qui lui fouettait les joues tandis qu'il errait sans but dans les rues jusqu'au soir, et lorsqu'il revint, Yoël et Tsipora étaient déjà inquiets, mais ils ne lui demandèrent rien et Tsipora lui donna des vêtements secs et un verre de thé, puis lui proposa un lit et l'oncle Lazare se coucha et s'endormit, et la nuit il se réveilla brûlant d'une fièvre qui dura une semaine, et Tsipora, qui s'occupait de sa mère de quatre-vingts ans, aidait ses filles et belles-filles débordées par les enfants et les difficultés, et sa sœur, Sarah, qui vivait dans le ressentiment et la désolation, à tourner en rond dans un appartement toujours négligé, soigna aussi l'oncle Lazare jusqu'à ce qu'il guérisse, puis il habita chez eux encore quelques semaines pendant lesquelles il continua à revoir la famille et même le père de Goldman, qu'il rencontra au cours d'une de ses visites chez la grand-mère Havva mais ce dernier l'ignora et ne répondit pas à son salut, et d'anciens amis et connaissances, et il renoua des liens avec les enfants de Yoël et de Tsipora – Méïr, Yirmiyahou, Esther, Ruth et Aviezer – qui, à l'exception d'Aviezer, étaient tous mariés, il fit la connaissance de leurs époux et épouses et des petits-enfants de Yoël et de Tsipora, et d'Ilana et d'Ouri, les enfants de Shmouel et de Bracha dont le fils aîné, Amos, se trouvait depuis quelques années en Amérique où il était parti étudier la gestion d'entreprises. L'oncle Lazare ne reprit pas son poste à l'imprimerie, mais se trouva un travail dans une boulangerie où il devint boulanger, travail qui rapportait bien et lui procurait de l'apaisement, alors il loua un petit appartement près de la mer où il habita d'abord seul, avant de le partager une année plus tard avec Yehoudit Tanfauss, une femme de taille moyenne, avec des cheveux châtains, très modeste et ordonnée, qui avait enseigné pendant longtemps l'anglais dans un lycée et menait une paisible vie de célibataire. Ils ne se marièrent pas parce qu'ils n'avaient aucune raison de le faire, mais vécurent comme mari et femme, dans l'harmonie de deux êtres adultes et lucides, d'un tempérament agréable et cultivé, qui n'attendent plus de la vie ni tumultes ni compensations et n'y sont même pas intéressés, bien au contraire, et ainsi avec cette même sérénité qui semblait aller de soi, ils moururent aussi ensemble quelques années plus tard, pendant qu'ils dormaient. Après le travail, vers le soir, ils s'installaient sur la terrasse et regardaient la rue, les cours des maisons étaient plantées de cyprès touffus, de filaos et de tamaris qui bruissaient d'oiseaux, ils bavardaient ou lisaient, et en hiver, ils restaient dans la pièce bien chauffée, allaient au cinéma et parfois au théâtre ou bien se promenaient bras dessus, bras dessous, c'était leur habitude, et s'efforçaient de faire de grandes promenades parce que la marche était nécessaire à la santé de l'oncle Lazare. Ils allaient souvent chez Yoël et Tsipora avec lesquels l'oncle Lazare se sentait à l'aise, comme aussi avec leurs enfants qui ne manquaient jamais de passer les voir tous les jours, et une ou deux fois par semaine, souvent au cours de leur promenade, ils faisaient une brève visite à sa mère qui menait sa vie sourde et opaque malgré le verdict catégorique des médecins qui avaient prédit sa fin, au point qu'elle semblait avoir surmonté la mort, ou être oubliée d'elle, et promise à vivre éternellement malgré les maladies, bouleversements et tribulations que le sort lui avait réservés, surtout trois ou quatre ans après la guerre, parce que à l'époque, tandis qu'elle s'enfonçait déjà dans cette opacité, Shmouel s'encombra de lourdes dettes à la suite d'investissements maladroits, de spéculations et d'emprunts à court terme, dont un auprès de son frère, et s'enfuit en Amérique avec Bracha et ses deux enfants – Ouri venait de naître – après avoir vendu en cachette tous leurs bijoux et objets de valeur et annoncé sa décision à trois heures du matin, quatre heures avant le décollage, au père de Goldman qui vint chercher sa mère avec ses deux chandeliers en cuivre mais sans le lit qui était trop grand, et il verrouilla la baraque de Shmouel et de Bracha, puis la loua à Avraham Schechter, après qu'Aaron, le frère de Shmouel, se fut attribué de force une partie des meubles et des objets, mais un an plus tard Stephana tomba de nouveau malade et comme l'appartement était des plus exigus, on transporta temporairement grand-mère Havva chez Yoël et Tsipora où elle resta quelque temps, jusqu'au jour où Tsipora, qui s'occupait de ses enfants, belles-filles et petits-enfants, de sa mère et de sa sœur, Sarah, ne pouvant supporter cette charge, ils rendirent grand-mère Havva et ses deux chandeliers en cuivre à Ephraïm et Stephana chez qui elle ne resta pas longtemps, car Stephana, qui l'avait toujours traitée avec une impatience courtoise, n'était pas encore guérie et n'avait ni la force ni la patience d'observer les règles alimentaires de casherout, obligatoires en présence de la grand-mère Havva, et c'est ainsi que deux semaines après le retour-surprise de Shmouel et de Bracha d'Amérique et leur installation temporaire dans la baraque inoccupée, ils reprirent chez eux grand-mère Havva et ses deux chandeliers en cuivre et elle retrouva sa chambre et son lit, et ses tribulations eussent ainsi pris fin si Shmouel n'avait pas vendu la baraque pour acheter un appartement qu'il quitta peu de temps après pour un plus grand, et ils emmenèrent avec eux la grand-mère, qui vécut encore quelques années après la mort du père de Goldman, puis un beau jour cessa de vivre, elle aussi, comme une horloge dont on n'entendrait presque plus le tic tac et qui soudain s'arrêterait sans que personne ne le remarque, mais pendant ces longues années de vie végétative la famille continua à lui rendre visite régulièrement, et deux fois par an, le jour de Kippour et le jour anniversaire de la mort du grand-père Baruch Haïm, tout le monde se réunissait pour passer un moment autour de son lit, et alors le père de Goldman et l'oncle Lazare, qui se croisaient parfois involontairement, se rencontraient aussi mais sans échanger le moindre mot ni regard malgré toutes les tentatives de réconciliation. L'oncle Lazare, qui était heureux de retrouver la chaleur familiale et voulait faire plaisir à sa mère, désormais incapable d'éprouver le moindre plaisir, allait toujours chez elle et chez Yoël et Tsipora et, après la mort du père de Goldman, chez Stephana aussi, qui le recevait immanquablement avec indifférence, mais Goldman l'accueillait avec le sourire et une affection marquée et, avant de s'installer pour la partie d'échecs devenue presque rituelle à chaque visite de l'oncle Lazare, il lui préparait du café noir et un peu de cognac qu'il lui servait dans l'une des deux tasses rescapées du magnifique service tchèque qui était arrivé chez eux pendant la guerre et avait momentanément éclairé la maisonnée plongée pendant des années dans une sombre et furieuse atmosphère de confusion et de désespoir, conséquence des mauvais rapports et du dénuement, car les talents du père de Goldman et tous les efforts qu'il investissait dans un travail, qui épuisait ses forces et ses nerfs, ne servaient à rien à cause de l'inflation, de son honnêteté et de son orgueil. Goldman et Naomi habitaient avec leurs parents dans la grande pièce, encombrée de meubles verts entassés devant un lourd buffet noir qu'il fallait pousser tous les soirs pour faire un peu de place aux lits de Goldman et de Naomi, le père de Goldman et la mère dormaient sur un canapé convertible et les parents de Stephana occupaient, de leur vivant, la deuxième pièce, parmi une quantité de meubles bruns et encombrants qu'ils avaient en partie apportés de Pologne en même temps que les oreillers, édredons et ustensiles, quant aux pensionnaires, qui changeaient de temps en temps, ils habitaient dans la petite chambre qui, après la guerre, devint temporairement celle de Naomi, et c'est à cette époque, alors que la guerre faisait encore rage, que David Kostomolski, un cousin éloigné du père de Goldman, arriva chez eux après avoir déserté “l’armée d’Anders” en abandonnant son uniforme et ses papiers sur la plage, et il dormait sur un lit de camp que l’on dépliait tous les soirs dans l’entrée, lit occupé ensuite pendant plus d’un an par Moshé Tselermayer qui était arrivé en Israël comme réfugié, rescapé de la Shoah et sans famille ni proches, et le père de Goldman l’avait caché chez eux, lui avait acheté des vêtements, donné de l’argent, s’était occupé de lui trouver un travail et avait même fini par l’aider à se marier, autant de bienfaits que Moshé Tselermayer n’oublia jamais ni d’ailleurs David Kostomolski qui, après avoir participé à la guerre d’Indépendance comme conducteur, s’installa temporairement dans un petit hôtel où il continua d’habiter avec Mme de Botton, une femme fine et agréable, d’une famille originaire d’Espagne, qui était veuve avec une fille, et était une excellente couturière et un cordon-bleu et qui, par pudeur et respect, n’était jamais allée chez le père de Goldman et Stephana, pas même après la mort de ce dernier, tout en leur étant elle aussi reconnaissante pour d’obscures raisons, et elle avait de l’estime pour Stephana et le père de Goldman qui transportait sur son dos du bois de charpente pour alimenter le chauffe-eau, réparait les chaussures en leur adaptant des semelles découpées dans de vieux pneus, entretenait les réchauds et l’électricité, colmatait les fuites d’eau dans les tuyaux, bouchait les fissures des murs et du carrelage et réparait tout ce qui tombait en panne dans la maison où régnait presque toujours une détresse et une fureur contenues que n'arrivaient pas à dissiper les soudains accès de gaieté du père de Goldman, qui se couvrait alors d'un drap, posait un coussin sur sa tête et défilait dans la maison en tapant sur des couvercles de casserole et en chantant à tue-tête en faisant des grimaces, accès qui loin d'égayer Goldman le mettaient mal à l'aise et lui faisaient peur au point de prier en silence pour qu'il s'arrête, sans parler de Stephana qui en éprouvait une véritable horreur, car tous les actes de son père, les bons comme les mauvais, étaient empreints d'une violence et d'une tyrannie qui cherchaient à se donner libre cours, sauf peut-être les trois tours de magie qu'il exécutait parfois d'un air parfaitement joyeux et amusé quand Naomi et Goldman étaient petits. Et ces trois tours de magie que le père de Goldman connaissait étaient : avaler des couteaux et des fourchettes, pondre des œufs par la bouche et enfoncer d'un coup de poing un verre dans le bois de la table. Le service tchèque avait été offert par un des pensionnaires, un jeune homme très poli, beau et fort, originaire de Dantzig, qui était très propre, payait régulièrement son loyer et passait peu de temps dans sa chambre qui, même lorsqu'il s'y trouvait, paraissait vide parce qu'il consacrait ses loisirs à dormir ou à lire des revues et seule la forte odeur du tabac de sa pipe dérangeait un peu son entourage. Il travaillait dans le port et avait apporté le service, rangé dans une boîte en carton, la veille de son départ, en guise de cadeau d'adieux et l'avait tendu au père de Goldman en disant, "C'est pour vous" et le père de Goldman, qui venait de finir de manger et parcourait le journal tout en se curant les dents, avait dit, "Qu'est-ce que c'est ? C'est superflu", puis il avait pris la boîte avec embarras et réticence parce qu'il n'aimait pas les cadeaux mais en même temps était très sensible à la moindre attention qui lui faisait toujours plaisir, et le pensionnaire, planté devant la porte de la cuisine, avait dit, "C'est tout simplement un service" et le père de Goldman avait posé la boîte sur la table et dit, "C'est superflu. Il ne fallait pas gaspiller l'argent. C'est vraiment superflu", et le pensionnaire avait dit, "J'étais bien chez vous" et Stephana, lui avançant un tabouret, avait dit, "Asseyez-vous, asseyez-vous" et le père de Goldman, toujours réticent, avait ouvert la boîte, puis lentement, avec surprise et anxiété, il avait extrait une des tasses, enfouies avec les soucoupes, la cafetière et le sucrier sous une ouate blanchâtre comme celle dont on enveloppe les cédrats, et l'exhibant devant tout le monde, il l'avait examinée à la lumière en la faisant tinter du doigt comme un spécialiste, la tasse avait émis un léger son cristallin, puis il l'avait retournée pour lire ce qui était écrit dessous et avait dit, "Fabriqué en Tchécoslovaquie" et il l'avait passée à Stephana qui, la prenant à contrecœur et comme malgré elle, avait dit, "Superbe. C'est vraiment superbe", et s'était empressée de la reposer prudemment sur la table de crainte qu'elle ne s'effrite entre ses doigts, et sa mère avait palpé de ses gros doigts le bord de la tasse en disant en yiddish, “La porcelaine tchèque est meilleure que l’allemande” et elle avait hoché la tête avec un léger sourire à l’adresse du pensionnaire qui, très désemparé, était resté sur le pas de la porte, jouant sans cesse avec sa lourde bague en argent sur laquelle était gravé un serpent, et le père de Goldman, complètement pris par l’événement, avait dit, “Il ne fallait pas dépenser tant d’argent” et le pensionnaire avait dit avec un sourire distrait, “Ce n’était pas très cher”, puis il avait ajouté, “J’ai pensé que le service vous serait utile” et Stephana, qui tout en continuant à le remercier avait posé la bouilloire sur le réchaud pour du thé, avait dit, “Oui, oui. Nous n’avions rien de beau pour recevoir des invités”, et c’était en effet un service de toute beauté : il était en porcelaine blanche et fine, presque transparente, décorée de motifs aériens de style chinois colorés de noir, bleu, vert, rouge, mauve et orange foncé, qui représentaient des montagnes et des collines, des maisons paysannes chinoises, une rivière et des bambous et deux femmes en tenue traditionnelle, regardant peut-être les montagnes ou l’horizon lointain avec une expression triste. Le père de Goldman sortit le service de sa boîte, Stephana le lava et l’essuya et ils l’emportèrent en procession dans la grande pièce où le père de Goldman le disposa avec d’infinies précautions et une terreur sacrée sur une des étagères du buffet noir, puis referma la vitre verte et à partir de ce soir-là, le service devint la gloire de la maison, symbole de ses espoirs secrets, objet de ses angoisses, attendant derrière la vitre, dans la pénombre du buffet, l'occasion exceptionnelle qui lui permettrait de servir, mais pendant plus de vingt-cinq ans le père de Goldman ne trouva pas de telle occasion, sauf la fois où ils reçurent chez eux les parents de la belle Yemima Tchernov, et le service se brisa sans avoir servi et Stephana, qui en avait eu peur dès l'instant où elle l'avait vu parce qu'elle savait parfaitement ce qui l'attendait, supporta presque à elle seule toute la souffrance, les humiliations et les affreux scandales qui accompagnèrent le processus de destruction de ce service qui commença dès l'époque de Shoshana et de Yihiel Lebenkopf, arrivés à la place du pensionnaire de Dantzig, et continua presque jusqu'à la mort du père de Goldman, où il ne restait plus de ce magnifique service que trois soucoupes et deux tasses dans l'une desquelles, celle dont l'anse était intacte, Goldman servait le café à l'oncle Lazare lorsqu'ils jouaient aux échecs. L'oncle Lazare, qui était un excellent joueur et gagnait la plupart des parties, avait appris le jeu en Yakoutie où les exilés jouaient souvent aux échecs avec des pièces fabriquées dans des morceaux de bois, mais l'oncle Lazare y avait appris aussi bien d'autres choses utiles qu'il n'aurait pas sues s'il n'avait pas été expédié en ce lieu, par exemple parler le russe et le yakoute, chasser et pêcher même lorsque l'eau était couverte d'une épaisse couche de glace, manger du poisson encore vivant, faire du feu sans allumettes et par vent fort, résister au froid mordant, conduire un traîneau tiré par des chiens, se diriger dans les vastes espaces de la toundra en s'orientant d'après les étoiles, ainsi que d'autres secrets importants sur les animaux, la nature et l'homme qui s'ajoutèrent à tout ce qu'il avait appris en se battant en Espagne. Son grand atout dans le jeu était une volonté de fer et une faculté de concentration et de méthode que l'oncle Lazare lui-même prétendait, avec une touche d'ironie, avoir acquise en Yakoutie où son sens de la réalité s'était quelque peu émoussé et ses oreilles aussi dont l'une n'entendait rien d'autre qu'un long sifflement continu et lorsqu'ils parlaient ensemble, Goldman était obligé d'élever un peu la voix. Ces conversations, en général brèves et à bâtons rompus, étaient souvent imprévues et avaient lieu entre deux parties ou à la fin du jeu, avant que l'oncle Lazare ne se lève pour aller au salon et passer un moment, silencieux, en compagnie de Stephana, qui fardait légèrement ses lèvres d'un rouge-violet, puis il la quittait sur un "Shalom" et "Au revoir" auxquels elle répondait par "Dobry wieczor" ou "Dozwidania" comme si elle n'avait rien entendu. Pendant ces conversations avec Goldman, l'oncle Lazare exprimait ses idées sur la vie et les événements, évoquant parfois l'époque où il se battait en Espagne et sa vie en Yakoutie où ses opinions avaient pris forme au contact de diverses épreuves qui l'avaient conduit à une attitude sceptique à l'égard des livres de sagesse et de philosophie, ce qui ne l'empêchait pas de continuer à les considérer avec respect, de les lire avec plaisir et enthousiasme en y cherchant une réponse aux problèmes qui le préoccupaient, et cette attitude sceptique s'était étendue aussi aux théories sociales dont il n'avait jamais renié l'importance relative, surtout lorsqu'elles s'appliquaient à des problèmes limités et concrets, et c'est ainsi qu'il avait été amené à se défaire d'un optimisme léger et nuisible, ne croyant plus comme autrefois qu'il fût possible de changer la nature de l'homme et de le rendre meilleur et plus rationnel, sinon au prix d'immenses et lents efforts liés à des épreuves personnelles, à la fois pénibles et ambiguës, et à l'acceptation de la "face sombre" et laide de l'homme comme une partie légitime de son être, et pourtant sans ignorer les obstacles ni renier les doutes, il essayait de croire en la possibilité d'améliorer le monde et la qualité de vie des gens ou du moins refusait d'y renoncer, mais non par la voie du communisme dont il avait depuis longtemps désespéré ni par celle de l'anarchisme que toutefois il continuait à considérer comme l'unique théorie sociale qui eût un sens, mais il avait fini par comprendre qu'elle n'avait aucune chance de se réaliser parce que, au lieu de tenir compte de l'homme, elle était fondée sur une vision trop optimiste de la nature humaine, et tout en sachant cela il ne regrettait en rien une vie consacrée à cette croyance irréalisable, origine de ses tribulations et de ses déceptions, bien au contraire, malgré le chagrin et la désillusion de l'après-coup, l'oncle Lazare parlait avec enthousiasme et fierté de la naïveté et de l'arrogance désintéressée avec lesquelles il avait pratiquement sacrifié la moitié de sa vie et à ce propos, il remarqua un jour sur un ton mi-sérieux, mi-ironique que tout homme avait sa propre voie et son propre destin auxquels il lui était impossible d'échapper, et Goldman, momentanément surpris, dit, "On peut se suicider", puis il sourit et l'oncle Lazare dit, "Cela fait partie du jeu" et Goldman dit, "S'il en est ainsi, on peut dire que tout fait partie du jeu" et l'oncle Lazare dit, "C'est vrai" et Goldman dit que cela ne semblait pas sérieux, que ce n'était pas une opinion mais une croyance, uniquement démontrable *a posteriori*, et l'oncle Lazare esquissa un très vague sourire qui s'estompa aussitôt et commença à disposer les pions sur le damier, et Goldman, un moment silencieux, lui demanda s'il avait jamais pensé se suicider et l'oncle Lazare dit, "Oui. Une fois", puis il sourit et dit, "Mais je ne me suis pas suicidé" et il ajouta, "Presque tout le monde pense au suicide une fois au moins dans sa vie" et Goldman, qui disposait aussi ses pions, lui demanda s'il était contre le suicide et l'oncle Lazare dit, "Oui. Mais la question n'est pas bien posée" et Goldman dit, "Pourquoi ?" mais au lieu de répondre, l'oncle Lazare avança le pion du roi de deux cases et Goldman, qui attendait encore la réponse, avança lui aussi le pion du roi de deux cases en disant que le suicide lui paraissait être l'expression la plus pleine et la plus parfaite du libre choix offert par la vie, qu'il représentait la liberté de renoncer à la vie en choisissant ce qui paraissait être son contraire, la mort, unique et véritable liberté dont disposait l'homme puisqu'il se libérait du joug de la mort par la mort elle-même et l'oncle Lazare, qui l'écoutait tranquillement, dit, "Cela me rappelle cet ingénieur dont j'ai oublié le nom. Tu sais bien" et Goldman dit, "Oui. Je l'ai oublié aussi", il détourna son regard de l'oncle Lazare qui avança son cavalier, Goldman avança sa reine d'une case et après quelques autres déplacements dit que si l'homme ne pouvait parvenir à Dieu et à l'immortalité par la foi, le suicide devenait pour lui, du moins en principe, une nécessité inévitable, et l'oncle Lazare regarda Goldman de ses yeux bleu-gris et dit qu'il s'agissait là de l'opinion d'un homme déjà religieux ou bien qui, à force d'observer le chaos, la souffrance et les injustices, avait un besoin profond de la religion, mais ce n'était pas son cas et bien qu'une observation lucide de sa vie et des vicissitudes qu'il avait traversées eussent dû le conduire soit à un nihilisme absolu, soit à la conclusion qu'il existait bien quelque chose appelé "Dieu", "Providence" ou "Etre suprême" qui gouvernait le monde par des voies impénétrables, il était athée et le demeurait, et s'il fallait dire les choses simplement, il n'avait pas l'intention de se suicider, n'en éprouvait ni le besoin ni la nécessité, fût-elle théorique, et ne voyait aucune raison de briser les frontières de la vie pour atteindre l'ultime liberté en s'affranchissant du règne de la mort par la force même de la mort, il acceptait la vie et il acceptait la mort comme partie intégrante de la vie, puis il y eut un bref silence et Goldman fit faire un saut à son cavalier, qui menaça le fou de l'oncle Lazare, et dit, comme s'il parlait tout seul, que les choses dont nous avions secrètement la plus grande peur arrivaient toujours, et au bout d'un moment il regarda l'oncle Lazare et ajouta, de nouveau comme s'il parlait tout seul, que lorsque la chose finirait par arriver, elle serait bien plus humiliante et désagréable, et l'oncle Lazare, qui évitait de regarder Goldman et semblait soudain impatient, dit, "Je ne sais pas, mais il me semble qu'il faut avoir traversé bien des choses pour pouvoir dire tout cela". Quelques jours plus tard, tandis qu'il reposait le journal du soir et rapprochait doucement la tasse de café que Goldman venait de lui servir, l'oncle Lazare dit que parfois les journaux lui semblaient rédigés par des démons et il sourit, but une petite gorgée et, après un temps de réflexion, dit que face aux absurdités de la vie, à la souffrance, aux actes criminels inexplicables et gratuits et surtout face à la mort, il n'était pas surpris que les gens eussent besoin de ce mystère appelé Dieu, on pouvait même dire que Dieu était essentiellement fonction de la souffrance et de la mort, lesquelles étant éternelles, Dieu l'était aussi, encore qu'il eût pu soutenir aussi bien le contraire et dire que si la souffrance existait et que l'homme fût de toute façon voué à la mort, peu lui importait l'existence de Dieu. Goldman attendit qu'il eût fini de parler et lui demanda s'il avait peur de la mort, l'oncle Lazare, un moment embarrassé, répondit, "Comme tout un chacun", puis ajouta aussitôt, "Il m'arrive d'y penser. Je ne suis plus si jeune après tout. Mais peut-être que j'y pensais plus souvent autrefois" et Goldman qui s'était installé à sa place habituelle dit qu'il lui paraissait possible de surmonter la peur de la mort, "Comment ?" demanda l'oncle Lazare et Goldman dit que l'on pouvait y parvenir en s'y exerçant, en y aspirant, en s'efforçant d'y penser pour s'y accoutumer et, à ce propos, il évoqua Montaigne qui "s'exerçait à mourir" et qui, chaque fois qu'il était malade, qu'il dormait ou s'évanouissait, considérait son état comme une sorte de "petite mort", et ces exercices de "petite mort" l'aidaient à affronter avec plus de bonheur et sans crainte "la grande mort", de plus, ajouta Goldman, il croyait à la vision selon laquelle la philosophie était essentiellement une préparation à la mort et qu'en atteignant son objet, elle pouvait nous apprendre à l'admettre comme telle, et l'accueillir sans crainte et peut-être même avec joie, et il cita Socrate pour qui les vrais philosophes ne s'exercent et n'aspirent qu'à une seule chose : mourir et être mort, c'est pourquoi ils craignent la mort bien moins que le commun des mortels. L'oncle Lazare rit et dit que les idées de Montaigne étaient très intéressantes, mais qu'à son avis – et il redevint sérieux – il était impossible de se préparer à la mort par quelque moyen que ce fût, et de toute manière, ce qui l'inquiétait, lui, était le processus de désintégration inévitable dont la mort n'était que l'expression ultime et définitive, et Goldman dit qu'il donnerait tout pour vivre mille ans et plus, mais qu'il craignait que ce souhait ne fût sans espoir. L'oncle Lazare sourit avec sympathie et Goldman, mi-sérieux, mi-railleur, dit qu'il croyait à la possibilité de prolonger la vie grâce à un régime adéquat et au sport qui assuraient l'hygiène du sang et des tissus, la minceur du corps, et il raconta à l'oncle Lazare le régime qu'il venait de découvrir dans une revue d'aviation américaine et qu'il s'apprêtait à appliquer, il lui raconta aussi que chaque matin, été comme hiver, il prenait un bain de mer et faisait au moins dix minutes de gymnastique quotidienne avec le "Bullworker", l'oncle Lazare qui avait fini de boire demanda ce que c'était, Goldman alla dans sa chambre et revint avec le "Bullworker" et une feuille de vieux journal où s'étalait une grande publicité sur la nature de l'objet, ses qualités et la fonction de l'appareil dont la vue dessina un nouveau sourire sur le visage rond de l'oncle Lazare qui ne souriait pas souvent, Goldman lui tendit le journal et, toujours sur ce ton mi-railleur, lui demanda de le lire, l'oncle Lazare qui palpait le "Bullworker" prit le journal, mit ses lunettes de lecture et lut en murmurant la publicité qui occupait près du tiers de la page. Sur le coin supérieur, à gauche, figurait la photo d'un homme très musclé qui tenait le "Bullworker", et à côté, la phrase : "Jean Texier, Monsieur France, présente un des exercices faciles en sept secondes qui lui ont valu son titre." Dans le coin inférieur, à droite, s'étalait la photo d'un autre homme très musclé, tout en sourires, et à côté : "Jean Perlon montre comment, en quelques semaines de «Bullworker», il a augmenté le tour de ses biceps de cinq centimètres, son tour de poitrine de dix centimètres et ses cuisses de trois centimètres." La publicité était coiffée d'un grand titre : "Quand étiez-vous

vraiment en forme, ces derniers temps ?" et sous ce titre, entre les deux photos, s'alignait le texte de la publicité :
"Même si vous n'êtes pas particulièrement intéressé par des muscles puissants, vous vous devez de veiller à votre forme. Il est une évidence affligeante et attristante dans la vie de nombreux hommes : celle de se retrouver soudain vieilli et usé avant l'âge. Mais maintenant, grâce aux méthodes modernes d'entraînement, conserver sa forme est, plus que jamais, à portée de main. En moins de temps qu'il n'en faut pour vous raser, «Bullworker» développera votre corps dans des proportions qui éveilleront la jalousie des hommes, l'admiration et le désir des jeunes filles. Rien que cinq minutes par jour et vous transformerez des bras repoussants en biceps d'acier, un thorax chétif en torse bombé et viril, un ventre triste en abdomen de béton, des jambes grêles en assises galbées et vigoureuses. Jean Texier (Monsieur France et conseiller supérieur en culture physique) vous dit ce qu'il faut faire :

Q. – En fait, qu'est-ce que «la forme» ?
R. – Pour les gens en bonne santé, la forme fait partie de la culture physique. C'est-à-dire un entraînement régulier et effectif des muscles. Le but : conférer aux muscles tension et élasticité, les maintenir sains et galbés.
Q. – Comment peut-on déceler une forme déficiente ?
R. – La réponse dépend de votre âge. Si vous êtes encore adolescent ou autour de la vingtaine, le but

est le développement de votre corps. A mesure que vous avancez en âge, les premiers signes sont en général : l'accumulation de graisse dans le corps, l'impuissance, le manque d'énergie. Après la quarantaine, tout le corps tend à devenir faible et mou.

Q. – Il s'agit uniquement du tour de taille ?

R. – Non. Quiconque peut réduire son tour de taille de quelques centimètres grâce à un entraînement quotidien de plusieurs minutes. Mais même en le réduisant, vous remarquerez sûrement «des pneus» de graisse au-dessus et au-dessous de votre taille.

Q. – Je ne peux donc pas conserver ma forme avec le sport ?

R. – Vous le pouvez, bien sûr, mais à condition de vous entraîner sans arrêt pendant une certaine période, au moins trois ou quatre fois par semaine.

Q. – C'est tout ? N'y a-t-il pas de moyen plus simple ?

R. – Il y en a un. Plus simple, plus aisé et bien plus rapide. Il s'agit d'une méthode exceptionnellement efficace dont les résultats sont indiscutables.

Q. – Cette méthode porte un nom ?

R. – Oui. «La méthode d'entraînement Bullworker.» Elle se fonde sur des techniques isométriques et a concrètement fait ses preuves comme étant trois fois plus rapide que n'importe quel sport ou que les exercices classiques des «instituts de mise en forme». C'est, à mon avis, la plus moderne des méthodes existantes.

Q. – Quelle en est la durée ?

R. – Le programme du début comporte dix-sept exercices qui ne demandent que soixante-dix secondes

par jour. Les techniques d'entraînement avancé durent environ cinq minutes.
Q. – Quand peut-on compter sur les résultats ?
R. – Dès le premier jour. Vraiment. Le «Bullworker» est équipé d'un potentiomètre qui enregistre automatiquement l'accroissement quotidien de votre force. En général, un accroissement de quatre pour cent par semaine.
Q. – Combien de temps faut-il pour que les résultats soient visibles ?
R. – De dix jours à trois semaines. Tout dépend de votre assiduité et de votre efficacité.
Q. – Assiduité, efficacité… on transpire beaucoup, non ?
R. – Non, pas du tout. Tout l'avantage de l'isométrie consiste à ne vous proposer que des exercices de sept secondes et à éviter de surmener vos muscles. C'est la différence avec les «programmes de choc» épuisants qui sont plus souvent nocifs que salutaires. L'entraînement avec le Bullworker est adapté à vos capacités personnelles et il vous paraîtra d'autant plus facile que vous serez de jour en jour en meilleure forme."

L'oncle Lazare, qui n'avait cessé de sourire, acheva de lire la publicité et dit à Goldman qu'il n'y était pas du tout question de prolonger la vie, mais de développer son corps et de se maintenir en forme, et Goldman, qui lui aussi n'avait cessé de sourire sans quitter des yeux l'oncle Lazare pendant tout le temps de la lecture, dit que développer son corps et le maintenir en forme n'était pas chose négligeable mais que, de manière directe ou indirecte, cela contribuait à prolonger la vie. L'oncle Lazare jeta un coup d'œil à Jean Texier, Monsieur France et conseiller supérieur en culture physique, et dit, “De combien d'années la prolongent-ils ?”, puis il enleva ses lunettes et ajouta, “En tout cas, pas de mille ans” ; le sourire fin, timide flotta encore un instant sur son visage, s'y estompa, ses traits devinrent sérieux et lourds et Goldman dit, “Non, pas de mille ans” et après un temps d'arrêt, “J'ai entendu parler de pilules amaigrissantes”, il joua avec le “Bullworker” et continua de regarder l'oncle Lazare dont le visage, si différent de celui de son père, semblait en même temps s'obstiner à le rappeler, et l'espace d'un instant, il eut encore envie de lui demander la raison de leur inimitié et pourquoi ils ne s'étaient pas réconciliés mais il ne le fit pas, parce qu'il lui semblait confusément la connaître et, dans son esprit, elle s'associait de manière étrange et tortueuse avec la raison pour laquelle son père avait tué “Nuit Sombre”, et pendant que l'oncle Lazare jetait encore un coup d'œil sur le journal, il continua de jouer avec le Bullworker et un sentiment de tristesse l'envahit au souvenir de son père si dur et déraisonnable, et de nostalgie aussi, alors qu'il ne l'avait jamais aimé et que son père ne lui avait légué qu'un faible sentiment de fierté pour sa droiture meurtrière et très peu de bons souvenirs que seule la volonté permettait d'arracher à l'oubli et de revivre un instant avec plaisir, à l'exception d'un seul qui parfois remontait tout seul à la surface, celui d'un lumineux shabbat de son enfance où son père l'avait emmené à la mer ; le ciel était merveilleusement bleu, le soleil jaune et agréable, l'air était limpide et il émanait des choses un sentiment d'allégresse et d'espace, l'heure était encore matinale lorsqu'ils étaient descendus de la maison dans la rue tranquille et les oiseaux, perchés par milliers sur les cyprès, les ficus, les bougainvilliers, chantaient avec joie, son père le tenait de sa main forte, ils cheminaient lentement, seuls, sur les sables blancs étalés sous la voûte du ciel, plongés dans un silence profond, sabbatique, qui éveillaient le désir de s'allonger dessus, de s'y rouler et rouler, puis de rester étendu, immobile, pendant des heures, abandonné au vent léger et au soleil, au temps qui passe pour rien, et tandis qu'ils marchaient, la mer avait surgi dans toute sa beauté, bleue, tranquille et infinie, ils étaient descendus sur la plage, avaient posé leurs vêtements et la serviette – Stephana n'allait jamais à la mer – et s'étaient approchés du bord de l'eau, si paisible que l'on n'entendait presque pas le bruissement, son père qui était de bonne humeur avait montré de sa main bronzée l'horizon très doucement confondu avec la mer, en disant qu'il y avait là-bas de beaux pays, l'Italie et la France, l'Espagne, l'Angleterre et la Hollande, et qu'il suffisait de traverser cette mer pour y parvenir, puis ils étaient entrés dans l'eau en faisant quelques pas prudents, son père portait un maillot de bain noir, ses jambes étaient d'une blancheur surprenante et lorsque l'eau avait atteint sa taille, il lui avait pris la main en la serrant fort et en lui répétant plusieurs fois de ne pas s'éloigner, il était tendu maintenant et, dans cette inquiétude pour sa vie et sa santé, il avait soudain ressenti l'impuissance de son père et la peur obsédante qui l'avait envahi à la vue de cette étendue d'eau paisible qui recelait de sombres forces, prêtes à exploser et à tout envahir, à tout instant, sans raison, ils étaient restés ainsi jusqu'au moment où son père avait dit, "Ça suffit, viens, nous allons sortir un peu et nous essuyer" et pendant qu'ils sortaient, il avait soudain ajouté, "Dommage que maman ne vienne pas se baigner avec nous", puis ils étaient revenus sur le sable encore frais, avaient couru sur la plage et c'est au retour qu'ils avaient rencontré Moshé Tseimer avec sa femme et ses deux jeunes enfants, Moshé Tseimer et son père s'étaient mis à parler de politique, quant à sa femme, elle s'était allongée sur le sable, les yeux clos, ignorant les enfants qui avaient commencé à creuser un trou près de l'eau, son grand corps abandonné au soleil, alors, au bout d'un moment – c'était sûrement ce samedi-là – Kaminskaïa était apparue en robe blanche, estivale, accompagnée de "Nuit Sombre", elle marchait lentement le long de la plage, marchait et s'éloignait, et Moshé Tseimer avait dit, "Regarde-la, regarde-moi cette artiste" et le père de Goldman avait répondu, "Je ne veux pas regarder. Putain", et Goldman, que le mot "putain" avait frappé comme la foudre, était resté debout en évitant de regarder son père, puis ils s'étaient baignés de nouveau avec

Moshé Tseimer, avaient longtemps barboté dans les eaux basses et Goldman – toujours debout et en train de regarder l'oncle Lazare – avait voulu s'éloigner un peu mais son père l'en avait empêché, et il dit, "Il paraît que les pilules amaigrissantes, c'est bien", l'oncle Lazare rendit le journal à Goldman en répétant qu'il n'était pas préoccupé par la mort mais plutôt par le terrible processus de désintégration et de détachement dans lequel s'incarnaient, pour lui, l'essence même de la vie et sa tristesse, car il était difficile d'admettre que ce qui fut un et entier se détachât, s'effritât, s'éloignât et disparût irrémédiablement, comme ces galaxies qui s'éloignent rapidement dans l'espace universel, disparaissent à jamais et tombent dans l'oubli, quelque part, dans les ténèbres infinies d'au-delà tout horizon. Goldman plia le journal et l'oncle Lazare joua avec une miette de pain sur la table, soudain il demanda l'âge qu'avait Naomi lorsqu'elle était morte, Goldman dit, "Environ vingt-cinq ans", "Quand la chose estelle arrivée ?" demanda encore l'oncle Lazare et Goldman qui, sur le moment, ne se souvenait pas de la date exacte, dit, "En été. Dans un accident de voiture", l'oncle Lazare s'attarda un instant comme s'il voulait poser une autre question, mais il ne le fit pas, ils installèrent leurs pions sur le damier et jouèrent deux parties et lorsqu'ils eurent fini, l'oncle Lazare se leva, prit son sac et entra dans le salon pour saluer rapidement Stephana, c'était vendredi et comme d'habitude, il devait encore aller voir sa mère, Goldman lui proposa de sortir avec lui pour l'accompagner un bout de chemin, ils descendirent ensemble et marchèrent jusqu'à la maison de Shmouel et de Bracha qui l'attendaient déjà et l'accueillirent avec joie. L'oncle Lazare posa son sac dans l'entrée et alla dans la chambre où grand-mère Havva était couchée, comme embaumée sous l'édredon, il resta auprès d'elle pendant un moment, puis ressortit doucement et entra dans la cuisine, Bracha lui demanda comment ils allaient, lui et Yehoudit Tanfauss, et s'il avait envie de manger quelque chose, l'oncle Lazare dit, "Non, non. Yehoudit m'attend", mais déjà elle lui servait un bout de foie haché, un morceau de poisson farci, du raifort fait à la maison, quelques rondelles de radis noir, de la *hala* fraîche et un verre de jus de betterave puis, en guise de dessert, un verre de thé et une part d'un des gâteaux qu'elle avait préparés pour le rami, et Shmouel, qui avait perdu toutes ses mèches et pris beaucoup de poids et du ventre ces derniers temps, s'assit en face de lui, but un peu de cognac tout en jouant de ses doigts brunis par le tabac avec un porte-clés doré et pendant que l'oncle Lazare mangeait, lui parla de son entreprise de location de voitures, de ses projets de créer une compagnie aérienne proposant des excursions dans le pays à de petits groupes de touristes, ou d'investir dans une chaîne de magasins de souvenirs et d'antiquités. L'appartement, meublé luxueusement mais sans goût, reluisait de propreté, sur le réchaud de la cuisine chauffait déjà l'énorme casserole avec le ragoût du samedi midi, repas auquel participaient presque toujours Ilana, son mari l'avocat et leurs trois enfants, parfois aussi Ouri, sa femme et leur fille, de temps en temps le père de Shmouel quand il vivait encore, deux ou trois proches, des amis, d'anciens compagnons de la même ville, mais Bracha n'avait jamais accepté de recevoir Aaron et sa femme, non pas à cause de l'épisode du boucher qui avait provoqué aussi sa fureur et son dégoût, mais parce qu'elle n'oubliait pas les coups que Shmouel avait reçus d'Aaron à cause de sa dette et qu'elle refusait de lui pardonner malgré les prières de Shmouel. Les invités s'asseyaient autour de la grande table de la salle à manger où Bracha servait le repas dans de la porcelaine précieuse, une profusion de mets merveilleusement préparés qu'elle pressait les convives de manger, tout en sachant que l'excès de nourriture était nocif pour la santé, et les invités ingurgitaient ces montagnes de plats, quittaient difficilement la table à la fin du repas et se traînaient à la maison, quant à Shmouel, le seul dont Bracha essayait sans succès de freiner l'appétit, qui souffrait d'hypertension et à qui les médecins avaient conseillé de fumer et de manger moins et de perdre du poids, il vidait la bouteille d'eau minérale, s'étendait aussitôt sur le canapé et plongeait dans un sommeil pesant avant même que Bracha ait eu le temps de desservir la table et parfois, sans attendre que les invités se dispersent. Le salon où l'oncle Lazare prenait maintenant son thé en compagnie de Shmouel était déjà préparé pour accueillir les joueurs de rami, une vingtaine d'habitués dont faisait aussi partie le père de Goldman jusqu'à sa mort et, pendant un certain temps, Moshé Tselermayer. Ils jouaient de petites sommes, seul Shmouel misait gros au mécontentement général – parfois aussi la Sarah de Yona Kochinski – et si l'on exceptait la tension occasionnelle créée par les discussions inutiles et énervantes du père de Goldman, le jeu se déroulait dans une atmosphère plaisante, agrémentée de potins, de rires, de bavardages et s'achevait vers une ou deux heures du matin, alors les invités faisaient leurs comptes, payaient, se levaient, s'étiraient, prenaient congé de leurs hôtes et rentraient chez eux, satisfaits, et malgré la fatigue et l'heure tardive, Bracha, qui avait passé le plus clair de la soirée à nourrir et abreuver les joueurs, ramassait et rangeait les restes de gâteaux, de biscuits et de fruits, vidait les cendriers et s'en allait laver la vaisselle presque toujours de bon cœur, pendant que Shmouel ramassait les cartes et faisait de petits tas qu'il rangeait dans le buffet. L'oncle Lazare demanda des nouvelles d'Amos, en Amérique, et Shmouel lui dit qu'ils venaient de recevoir une lettre, il y a deux jours, dans laquelle il écrivait qu'il réussissait bien dans l'entreprise où il travaillait et qu'il était sur le point d'acheter une maison, il ne parlait plus de revenir, sans doute resterait-il là-bas avec sa femme et ses enfants, situation qui les chagrinait, surtout Bracha qui, depuis quelques semaines, avait cessé de rendre visite à Stephana parce qu'elle et Shmouel avaient senti que leur présence lui déplaisait, et elle demanda à l'oncle Lazare des nouvelles de Stephana et de Goldman qui marchait lentement le long de la rue Allenby, presque déserte à cette heure-là, sans voitures ni passants, avec ses magasins déjà fermés, plongée dans la pénombre triste et agréable du crépuscule, dans l'apaisement du soir de shabbat et il ressentit le charme du vendredi à la tombée du jour, son amour pour la ville où il était né et avait grandi, amour qui, rarement, dans un moment de grâce, le saisissait ainsi, pleinement et sans entraves. Il alla ainsi jusqu'au boulevard Rothschild, les mains croisées dans le dos, le regard glissant le long des vitrines et une fois arrivé au boulevard, il s'arrêta quelques instants et contempla paisiblement les arbres pleins d'oiseaux, les gens en route vers la synagogue, en habit de fête, la pochette avec le livre de prières sous le bras, puis il reprit le chemin du retour et, en passant devant la Barclays Bank, il vit sa sœur Naomi venir vers lui, il la reconnut surtout à sa taille et à sa démarche, une émotion soudaine le saisit et il ne la quitta pas des yeux jusqu'à ce qu'elle le dépasse, portant un sac à dos et ressemblant à une touriste américaine, et après qu'elle fut passée, il se retourna et la regarda longuement, puis continua à marcher le long du boulevard enveloppé dans la pénombre naissante, c'était arrivé en juillet, le douze juillet, mais la nouvelle ne leur était parvenue que trois jours plus tard, elle n'avait pas de papiers et il était difficile de l'identifier, juste après que son père fut rentré du travail, tandis qu'il était assis, pieds nus, à la cuisine et mangeait furieusement le repas de midi servi par Stephana, et c'était quelques années après le retour de Naomi d'Alexandrie, cette ville que Goldman, qui tourna dans King George et se mit à descendre la rue, imaginait avec ses mosquées et ses palmiers, ce mélange de constructions orientales et coloniales, avec la mer, l'odeur des épices, de moisissure et de sueur et le ciel, et il dépassa sans s'arrêter le magasin qui avait autrefois appartenu à Avraham Schechter, puis longea le petit café près duquel Schmouel et Aaron avaient échangé des coups, Aaron s'était jeté sur son frère dans un déchaînement de fureur, c'était avant midi et la rue grouillait de monde, il l'avait si cruellement frappé que la chemise de Shmouel, qui n'essayait même pas de se défendre, s'était déchirée et le sang coulait à flots de son nez et de sa bouche, mais Aaron ne s'était pas apaisé pour autant et trois personnes avaient dû le maîtriser pendant qu'il criait, "Mon argent ! Voleur ! Parasite ! Je t'apprendrai, moi !", puis il avait disparu et Shmouel s'était relevé, le visage encore en sang, ne sachant que faire car la honte était plus forte que la douleur. Goldman tourna dans la rue Rashi puis dans d'autres ruelles, très détendu, prenant plaisir au silence, à la marche et aux paysages familiers, la mort de Naomi était liée dans son souvenir au brusque silence tendu qui régnait dans la maison et enveloppait les gens, nombreux, qui entraient et sortaient, avec leurs gestes et leurs bruits étouffés, il avait envie de s'étendre sur son lit, tout contre le mur, et de s'enfouir sous la couverture sans que personne ne le dérange mais c'était impossible et il lui avait fallu errer entre la cuisine, le salon et sa chambre, ne se réfugiant que quelques instants dans le cabinet de douche ou la terrasse de la cuisine, puis il traversa la place Dizengoff et continua à marcher jusqu'à la maison de Dita dont il monta l'escalier, et Dita, lavée et habillée en vue du shabbat, donnant une impression d'ordre et de propreté, étala une nappe sur la table, mit le couvert et une bouteille de vin blanc et servit le dîner du soir de shabbat qui, au fil des années, s'était transformé en rituel. Après le repas, Goldman parcourut les journaux et Dita, de bonne humeur ce soir-là, fit la vaisselle pendant ce temps, puis ils regardèrent la télévision tout en bavardant un peu et Goldman, dont le sentiment d'aise et de plaisir éprouvé en marchant dans les rues s'était évanoui en montant l'escalier et en sonnant à la porte, ressentit une fois de plus qu'il ne subsistait plus de leurs liens d'autrefois que quelques habitudes superficielles, comme ce repas du soir de shabbat et toutes sortes d'obligations irritantes qui avaient fini par transformer presque toutes leurs rencontres en une ennuyeuse contrainte, et il savait que tout cela était irrémédiable mais n'avait pas le courage d'y mettre fin et c'est ainsi qu'après le programme télévisé, Goldman, impatient, continua de rester assis encore un moment, puis il se leva et quitta Dita, qui n'essaya pas de le retenir, et il revint à la maison où il trouva Stephana, encore assise dans le salon en compagnie de Yehoudit Meisler, vêtue d'une de ses anciennes robes élégantes et faisant penser un instant à sa mère, une femme grande et sèche qui ne parlait que le yiddish et le polonais et ne portait que des robes de soie et des châles en laine – elle était morte à l'âge qu'avait Stephana maintenant – et son visage avait une expression fermée et mécontente comme celle de sa mère, et arrogante de surcroît, et Stephana s'éloignait vraiment de jour en jour : elle ignora complètement "le septième jour" de la mort du père de Goldman et "le trentième jour", la cérémonie de la pose de la pierre tombale sur laquelle elle ne daigna jamais se recueillir, comme elle n'évoqua presque jamais son mari, tout cela sans efforts ni colère mais comme allant de soi, aussi naturellement que si elle ne l'avait jamais épousé, et elle continua avec le même naturel à se parer des vieilles robes de soie et de velours qui lui allaient bien, lisant de plus en plus de livres en polonais et parlant le polonais à tous ceux qui passaient par la maison, un polonais pointu, aristocratique, et c'est ainsi qu'elle ignora aussi l'accident de Mathilda Levitan, gravement blessée par une voiture en traversant la rue et qui avait passé des semaines couchée à l'hôpital puis à la maison sans que Stephana se donne la peine de lui rendre visite au moins une fois, mais en fait elle ne s'intéressait plus à personne ni n'était liée à quiconque, sauf à Yehoudit Meisler et, dans une certaine mesure, à Naomi et, ces derniers temps, à son frère, Janek, l'éternel jeune premier avec ses mocassins pointus en peau de chevreau et ses chemises de dentelle, dégageant des effluves de parfum et d'eau de Cologne, séducteur de jeunes filles naïves et de femmes vieillissantes, qui était brave et sot, n'avait jamais lu le moindre livre, se considérait comme polonais, essayait de s'introduire dans les hautes sphères et de vivre comme un aristocrate de souche, du moins dans les manières et l'oisiveté d'un dandy, et le dernier été avant la guerre, date après laquelle ils ne s'étaient plus revus, il l'avait emmenée en vacances et promenée en barque sur une rivière, puis dans un bois, Goldman qui avait alors neuf ans les accompagnait aussi, Naomi était restée en Israël, et le soir il avait dansé avec les dames, et personne ne dansait aussi bien que lui, il excellait aussi dans les tours avec les cartes, jusqu'au moment où la guerre le balaya et il disparut, et maintenant, il émergeait des abîmes de l'oubli, nimbé d'amour, et Stephana l'évoquait parfois avec affection et nostalgie devant Yehoudit Meisler, seule personne qu'elle recevait volontiers et parfois même avec joie, alors qu'elle manifestait à l'égard de tous les autres, famille, proches, amis de jeunesse et voisins, une indifférence si manifeste et décourageante qu'ils finirent par cesser leurs visites, à l'exception de la veuve de Moshé Tseimer qui était si insensible qu'elle continua à venir, de l'oncle Lazare et de Moshé Tselermayer, toujours en sueur et un peu embarrassé, qui par gratitude et sentiment d'infériorité ignorait l'accueil glacial et même méprisant de Stephana, n'oubliait jamais d'apporter un bonne bouteille de vin ou une boîte de chocolats et des fleurs, prenant toujours de ses nouvelles tout en sachant qu'elle ne lui répondrait que par un hochement de tête ou deux mots vagues, mais il ne s'en plaignait pas, même en silence, et la regardait avec vénération et, ces derniers temps, avec inquiétude, au point qu'un jour, prenant son courage à deux mains, il ne put se retenir et avant de partir, s'attarda un instant dans le couloir, saisit le bras de Goldman et lui dit en murmurant que sa mère ne lui semblait pas en bonne santé et Goldman, qui était une des rares personnes avec qui Stephana continuait encore à parler l'hébreu comme autrefois, acquiesça de la tête et dit, "Oui. C'est possible", en effet la chose n'était pas une découverte pour lui car il avait décelé depuis longtemps les signes de changement chez Stephana mais préférant les ignorer au début, il avait décidé de les considérer comme un fait qui ne le concernait pas et s'était exercé à réprimer la colère et la répulsion suscitées par sa mère et à rester indifférent à ses folies en se consolant à l'idée que de toute manière il quitterait bientôt la maison. Au début, l'oncle Lazare aussi fit semblant de n'avoir rien remarqué ou du moins considéra ces écarts et dissonances comme une affaire de tempérament et de goût, tout au plus un peu exotiques et désagréables, mais quand Stephana commença à farder ses lèvres et ses joues et s'enferma de plus en plus dans son étrangeté, il le fit prudemment remarquer à Goldman en lui disant qu'il fallait peut-être consulter quelqu'un. Goldman l'écouta sans lui donner de réponse claire parce qu'il n'avait pas l'intention de consulter quiconque mais préférait plutôt la laisser faire tout ce qu'elle désirait et, si elle était folle, s'enfoncer dans sa folie à laquelle, tout en éprouvant de la fureur et même de la répugnance, il s'habituait de jour en jour au point de la considérer comme sa véritable nature et de finir par croire qu'elle avait toujours été ainsi, et il lui arrivait même par moments d'éprouver pour elle une vague de sympathie dénuée de toute affection, mais Stephana ne remarquait rien, s'enfermait dans son monde et manifestait une indifférence absolue à tout ce qui l'entourait et lorsque, au mois d'août, elle reçut une lettre de Manfred, expédiée de Londres, l'enveloppe resta pendant une semaine sur le buffet du salon avant qu'elle ne l'ouvre et n'en lise le contenu, puis elle la déposa sans envie dans le placard de la cuisine et se mit à préparer le repas de midi tardif pour Goldman, qui était dans l'entrée et téléphonait à Israël pour lui demander s'il voulait bien l'accompagner le lendemain dans l'après-midi au cimetière pour aller sur la tombe de son père, et Israël dit, "Oui. Bien sûr" et Goldman dit, "Je n'ai pas envie d'y aller tout seul, mais ne te crois pas obligé" et Israël dit, "Non, il n'y a pas de problème" et le lendemain ils se rencontrèrent à la station d'autobus pour aller au cimetière, dès le matin, le ciel au-dessus de la ville s'était couvert d'une mince pellicule de brume qui allait en s'épaississant, mais en arrivant à la station centrale, dans la chaleur polluée, imprégnée d'essence et de fumée, Goldman ne se dirigea pas vers l'allée des autobus pour Holon, mais se fraya un chemin parmi la foule en sueur, qui envahissait les trottoirs et débordait sur la chaussée, et alla vers les autobus pour Kiriat Shaoul. Israël, qui le suivait, le lui fit remarquer et Goldman, tendu et énervé par la foule et la chaleur étouffante, lui dit que c'était bien ainsi, il continua d'avancer et se mit dans la file mais une fois montés et installés dans l'autobus, Israël ne put se retenir et dit à Goldman qu'il lui semblait que son père était enterré au cimetière de Holon et non à celui de Kiriat-Shaoul, Goldman épongea la sueur de son visage et dit que c'était vrai, mais qu'à cause d'une erreur administrative, ils avaient confondu son père avec un autre Goldman et tout l'enterrement à Holon était une erreur, ils l'avaient donc sorti de sa tombe une semaine plus tôt et l'avaient transféré du cimetière de Holon à celui de Kiriat Shaoul où il était censé être enterré dès le début, et c'était la raison pour laquelle il y allait car il voulait s'assurer que tout était bien en place, la tombe et la pierre tombale. La vérification fut rapide et lorsque après avoir attendu quelque temps l'autobus ils reprirent le chemin du retour, il faisait encore jour mais la lumière était comme celle d'un étrange crépuscule trouble, opaque et sans ombre, s'infiltrant à travers l'épaisse brume qui dissimulait complètement le soleil et recouvrait le ciel d'été d'une couche d'un brun-gris rougeâtre comme le sable du désert, et des traînées de poussière enveloppaient d'un brouillard mobile les poteaux électriques, les arbres, les antennes de télévision et les maisons lointaines transformés en de vagues formes spectrales flottant dans l'air chaud, brumeux et poussiéreux qui restait immobile et oppressait le souffle et lorsqu'ils arrivèrent en ville, la nuit se mit à tomber lentement et imperceptiblement, comme si la pénombre ne faisait que s'assombrir et, en revenant à pied de la station centrale, la pleine lune, précoce ce soir-là, pointa un instant à travers l'épaisse brume poussiéreuse, semblable à un disque de cire ternie. Goldman remercia Israël de l'avoir accompagné et l'invita à monter chez lui pour boire quelque chose mais Israël, qui se sentait poisseux et sale, le quitta pour aller au studio où il prit une douche, changea de vêtements et se mit au piano, et peu de temps après il entendit les pas de César dans l'escalier, la colère le saisit aussitôt, et quelques secondes plus tard César entra, ruisselant de sueur et respirant lourdement à cause de la chaleur étouffante et de l'escalier, il avait grossi ces derniers temps et fumait plus, il ôta son appareil photographique et épongea avec un mouchoir mouillé ses lunettes et son visage aux traits tombants et éteints, puis demanda à Israël s'il avait reçu des coups de téléphone et Israël dit, "Il y en a eu quatre depuis que je suis là" et César, qui peut-être n'avait jamais paru aussi fatigué, aussi faible et désemparé, lui dit de ne rien raconter s'il s'agissait de mauvaises nouvelles et Israël dit qu'il ne pouvait juger si les coups de téléphone étaient bons ou mauvais et il alla à la cuisine, mettre la bouilloire sur le feu pour le café, et César, qui continuait à éponger son visage toujours ruisselant de sueur, le suivit et dit, "Qui a téléphoné ? Dis-le-moi donc", et Israël dit qu'il y avait eu deux appels pour son travail, il avait noté les noms et numéros de téléphone de ceux qui avaient demandé à être rappelés dès que possible, le troisième coup de téléphone était de sa mère, qui n'avait rien dit sinon de transmettre qu'elle avait appelé et essaierait de rappeler plus tard, et César dit, "C'est sûrement au sujet de Shalva. Elle va me rendre fou", et le dernier appel venait de Vicky qui priait de lui transmettre qu'elle partait pour environ une semaine et le rappellerait à son retour, depuis son mariage, elle refusait que César lui téléphone, et César, tout en disant, "Qu'ils aillent tous là où je pense", semblait n'avoir rien écouté, ne manifestait pas le moindre signe de colère et restait debout, adossé à l'encadrement de la porte, fatigué et déprimé, et il alluma une cigarette avec une complète indifférence, jeta l'allumette par terre, puis dit, "Je suis dans le pétrin", et après un instant de silence, "Mais je m'enfuirai en Italie ou en Amérique. Ne t'en fais pas", il y eut de nouveau un silence et César s'approcha de l'évier, ouvrit et referma le robinet, rejeta un petit nuage de fumée et la cendre de la cigarette tomba et s'éparpilla sur sa chemise et son pantalon, mais il ne remarqua rien et, dans ce même état de désarroi, continua de jouer avec le robinet après avoir furtivement regardé Israël, qui ne dit rien tout en sachant que César espérait qu'il lui demandât ce qui s'était passé et pourquoi il était dans le pétrin, et il prépara deux tasses de café, en tendit une à César et tous deux burent en silence et lorsqu'ils eurent fini de boire – César n'en prit que deux ou trois gorgées et laissa sa tasse sur la table en marbre – il prit son appareil et entra dans la chambre noire pour développer ses photos, tandis qu'Israël rinçait les tasses et se remettait au piano. Au bout d'une heure César sortit de la chambre noire, épuisé et en sueur, et appela Israël pour qu'il vienne voir les photos, et Israël se leva, entra dans la pièce et regarda les tirages qui étaient accrochés, en train de sécher, c'étaient les photos d'une grande filature, il exprima son admiration et César, réjoui par la réaction d'Israël, dit, "Oui. Elles sont bonnes", il les contempla avec plaisir et dit qu'il avait envie de faire du cinéma et Israël dit, "Vas-y. Qu'est-ce qui t'en empêche ?" et César dit, "En fait rien du tout", il regarda de nouveau les photos avec une expression satisfaite et dit, "Peu m'importe de travailler pour quelqu'un. Ça ne me dérange pas" et il tourna le dos aux tirages, s'appuya à la table de travail et sortit de la poche de sa chemise un nouveau paquet de photos pornographiques que quelqu'un lui avait rapportées d'Allemagne, il les fit agilement défiler devant ses yeux en disant, "Regarde donc ce qui se passe ici", puis il ajouta, "Pas mal. Mais le mien est plus gros" et lorsqu'il eut fini de les regarder il dit, "Ça vaut peut-être le coup de commencer à photographier ce genre de choses. Ça rapporte à la fois du plaisir et de l'argent", il gloussa, essuya sur sa manche son visage en sueur, jeta le paquet de photos pornographiques dans l'un des tiroirs et alluma une cigarette, puis dit, "Bon. Elle est en émoi, cette pute" et Israël dit, "Qui ?" et César, dont le visage un instant joyeux était redevenu las et sérieux, regarda Israël et dit, "Eliezra" et aussitôt, il ajouta, "Elle vient de me le raconter aujourd'hui cette pute, une fois que tout est fini. Qu'en dis-tu ? Ils ont déjà leur rendez-vous au rabbinat", et il jeta sa cigarette par terre et l'écrasa avec son pied. Israël s'obstinait dans son silence et César le regardait avec espoir, mais Israël continua de se taire et César, comme s'il s'était étiolé et fripé, se versa un demi-verre de whisky et dit qu'elle était en émoi à cause de la promesse qu'il lui avait faite de l'épouser, mais elle la lui avait littéralement arrachée, et d'ailleurs il l'avait faite sans croire que tout se passerait si vite et si tout de même elle était en émoi, et il eût donné un million pour qu'elle ne le soit plus, du moins pas maintenant, alors il se trouverait dans une situation terrible parce qu'il lui faudrait choisir entre elle et Tehila, choix qu'il ne voulait ni ne pouvait faire puisqu'il avait aussi bien promis le mariage à Tehila et qu'en fait les deux femmes se complétaient, Tehila plus casanière et réfléchie et dont la fidélité dénuée de tout caprice lui procurait un sentiment d'aise et de sécurité, sans parler de sa dette envers elle, quant à Eliezra, il l'aimait et elle était la seule à l'exciter et à le faire jouir comme jamais auparavant parce qu'ils s'accordaient parfaitement sur le plan sexuel et mental, et il était sûr que s'ils se mariaient, leur vie serait une fête permanente malgré les difficultés et les complications. César se tut un instant et Israël dit, "Qui préfères-tu ?" et César, qui s'attendait à tout autre chose, le regarda de nouveau avec cet air de victime impuissante, mais aussi déçu et impatient, il joua avec son briquet, dit qu'il préférait les deux et que s'il fallait n'en préférer qu'une, alors il choisissait Eliezra, bien qu'il eût préféré ne pas renoncer à Tehila, et il se mit à arpenter la pièce et s'arrêta devant la porte de la terrasse qui donnait sur la rue, Israël roula un bout de papier entre ses doigts longs et durs et dit, "Parfois, on est obligé de renoncer" et César dit, "Oui. Je sais", il jeta un coup d'œil dehors et dit, "Tu as raison. On est obligé de renoncer à quelque chose", mais il était énervé et, au fond, absolument incapable de comprendre et d'admettre qu'il lui fallût renoncer, de même qu'il était aussi incapable de reconnaître que pour tout ce qui touchait à son désir et à son confort, il existait des situations bloquées ou sans issue, ou bien des choses inaccessibles, des contradictions impossibles à surmonter et qui exigeaient une décision catégorique et univoque. César considérait tout cela comme de détestables préjugés ou de la cruauté souvent inutile et injustifiée, car dès qu'il était question de lui ou de ses sentiments, la vie ne faisait toujours que commencer et il fallait toujours se plier à sa volonté de bonne grâce parce qu'à l'origine de cette attitude résidait la croyance que la vie était fluide, informe et sans but et que tout y était possible à l'infini, que l'on pouvait la dérouler à sa guise, en avant et en arrière comme un film, et façonner le monde en essayant de le soumettre à ses passions et à son confort, et tout en sachant qu'il n'en était peut-être pas ainsi, c'est du moins ce qu'il exigeait, ne reconnaissant aucune autre responsabilité que celle de la satisfaction de ses plaisirs et considérant toutes les autres obligations et restrictions comme autant de situations importunes ou même de provocations tyranniques, et il regarda Israël d'un air de reproche et dit, "Mais comment la quitter ? Dire tout simplement adieu et s'en aller ?", Israël acquiesça de la tête et César, qui semblait déçu et énervé, agita impatiemment sa jambe et dit, "Elle se suiciderait", il jeta par la fenêtre la cigarette qu'il venait d'allumer et répéta que ce serait un acte d'une cruauté sans pareille envers Tehila chez qui il avait habité et avec qui il avait mené une vie de couple, qu'à cause de lui elle s'était brouillée avec sa famille et avait peut-être manqué d'autres occasions de se marier, il évita soigneusement d'évoquer son avortement bien qu'il s'en souvînt parfaitement, mais Israël, nullement convaincu, continua de rouler le bout de papier entre ses doigts et dit, "Elle ne se suicidera pas. Mais si tu le crois, alors quitte Eliezra et épouse-la" et il regarda César qui lui lança un coup d'œil furieux et dit, "Mais j'aime Eliezra", puis il y eut un silence et César prit une gorgée de whisky et se remit à arpenter la pièce, il s'arrêta devant le bureau, se tourna vers Israël et dit, "Elle a un je ne sais quoi, Tehila. En tout cas elle me fait de l'effet", puis il reprit, "On peut compter sur elle", il le dit avec gravité, comme à la suite des pensées qui l'assaillaient, s'immobilisa un instant, puis reprit sa marche et quelques minutes plus tard, tout en continuant à marcher et à s'arrêter, sa pensée prit une autre tournure et il dit, "Je me suis empêtré avec elle", il ouvrit et referma sans raison un des tiroirs et dit avec franchise qu'en fait, il n'aimait pas Tehila, qu'il n'était allé la voir que pour coucher avec elle et qu'au bout de la troisième ou quatrième fois, elle lui avait proposé de passer la nuit chez elle et il avait accepté, l'heure était tardive et il lui convenait de la satisfaire et, deux semaines plus tard, après avoir passé une autre nuit chez elle, il s'y était installé, non par manque d'autres filles, mais parce que la solitude le déprimait – c'était l'époque où il habitait dans un appartement en location après avoir quitté la maison de ses parents –, qu'il y avait toujours quelque chose à manger dans le réfrigérateur, toujours un savon et une serviette propre dans la douche, qu'il trouvait toujours dans l'armoire des vêtements lavés et repassés, Tehila s'en occupait comme du reste, et comme il lui arrivait souvent de travailler les soirs et les nuits, elle ne pesait pas sur César qui disposait de toute sa liberté, il dit ces mots en s'appuyant au bureau puis se tut, et au bout d'un moment dit qu'après tout, malgré les difficultés et les obstacles, il épouserait bien Eliezra mais il craignait qu'une fois mariée, elle ne soit ni bonne épouse ni aussi séduisante qu'une maîtresse et par-dessus tout, qu'elle ne lui soit pas fidèle, de même qu'il avait peur, dit-il après une courte pause, de Gideon parce que s'il découvrait qu'ils avaient eu une liaison régulière pendant leur mariage et qu'elle divorçait pour l'épouser, il risquait de lui tirer une balle dans la tête. César dit ces derniers mots, qui l'indisposaient, avec une véritable angoisse qu'il n'essaya même pas de dissimuler, et il ajouta, “Gideon est un brave garçon, mais il est ambitieux et n'a pas le moindre humour", puis il dit, "En fait, quiconque se serait peut-être comporté ainsi. Après tout, ce n'est qu'un être humain", et il jeta un coup d'œil à la photo d'une fille accrochée au mur, puis à Israël et dit, "Je ne plaisante pas. Il y a quelques jours, il l'a rossée de coups" et il détourna son regard d'Israël, qui continuait de se taire, prit une autre gorgée de whisky et dit, "Ecoute, je ne peux pas le supporter. C'est un salaud", et il regarda dehors la ville couverte d'une brume épaisse, son regard se fit insistant, et il dit comme pour lui-même, "Et à part ça, il y a aussi mon fils. Il faut que j'attende qu'il guérisse", puis il s'assit sur un tabouret, face à Israël et dit que si elle était déjà divorcée ou au moins ne divorçait pas à cause de lui, tout serait différent, mais en même temps, fit-il dans un brusque sursaut, il n'avait aucune intention de renoncer à Eliezra, il essaierait plutôt de la convaincre de remettre le divorce à l'hiver ou au printemps suivant, et il guetta un signe d'assentiment ou de compréhension sur le visage d'Israël, qui demeurait impassible et froid, et César, embarrassé et piqué, joua avec le verre de whisky et dit, "Tu verras. Je vais me marier avec elle", et Israël dit, "Bien", et César se mit de nouveau devant la porte de la terrasse et dit qu'il ne comprenait vraiment pas ce qui n'allait pas et pourquoi Eliezra devait divorcer, comme il ne comprenait pas pourquoi il fallait qu'il se marie juste à cause de ces deux putains qui le voulaient ainsi, alors que lui n'y trouvait aucun intérêt ni inclination, d'autant plus qu'il ne croyait pas à "l'institution familiale", survivance d'une autre époque, désuète et en faillite aux yeux de tous et dont l'unique fonction actuelle consistait à détruire l'amour et à livrer le couple à la vilenie et à l'égoïsme réciproques pour faire de leur vie un enfer, comme Philippe et Zahara par exemple, ou bien ses parents, ceux de Goldman, Ruhama et Avigdor jusqu'à leur divorce, d'autant plus, ajouta-t-il, que l'homme était polygame, qu'il le resterait et qu'il n'y avait aucune raison de renier sa nature et de s'attacher à une seule femme, fût-elle Brigitte Bardot. Un vent fort et chaud se mit brusquement à souffler, s'engouffra par la porte et la fenêtre et ébouriffa les rares cheveux de César – malgré l'absence de résultats, il continuait à utiliser l'"Hormone Yocham" ainsi que d'autres préparations – qui resta muet quelques instants en fixant le mur blanc devant lui, puis il ferma la fenêtre et dit, "Que le diable m'emporte si je sais pourquoi j'ai divorcé. Après tout j'étais bien", puis il ajouta, "Tout ça à cause de ce merdeux avec qui elle a baisé" et cette unique fois où Tirtsa l'avait trompé avec un autre homme l'avait tant troublé qu'il n'était parvenu ni à l'oublier, ni à surmonter l'humiliation et la jalousie dont la douloureuse acuité s'estompa avec le temps mais au début, il la harcelait et la forçait à lui raconter dans les moindres détails comment ils s'étaient rencontrés, comment tout s'était passé, pourquoi elle y avait consenti, si elle avait pris du plaisir en faisant l'amour, si le pénis de cet homme était plus grand que le sien, et dans le même temps, il avait essayé pendant des semaines de découvrir cet homme, de le voir et même peut-être d'échanger quelques mots avec lui, mais tous ses efforts avaient été vains car, agacée par les questions répétées de César auxquelles elle répondait avec une mauvaise volonté grandissante, Tirtsa avait refusé catégoriquement de lui révéler le nom de cet homme ou des détails susceptibles de l'identifier, se contentant de lui dire qu'ils ne se connaissaient pas et qu'il était médecin, ce qui avait doublement offensé César qui avait poursuivi enquêtes et interrogatoires parce que toute cette histoire l'avait ébranlé et avait troublé son bien-être et à peine s'était-il remis de la terrible détresse suscitée par sa rupture avec Ruhama, qui l'avait quitté, que l'infidélité de Tirtsa avait de nouveau empoisonné sa vie, et voulant retrouver une partie de son honneur blessé, il lui avait infligé tant de querelles, d'humiliations et de mépris qu'ils avaient fini par divorcer, mais cette version maintes fois répétée de l'infidélité de Tirtsa, élément plutôt secondaire, n'était évidemment pas la cause de leur divorce dont la raison principale était son insouciance, son égoïsme, sa mauvaise volonté, son incapacité à renoncer et à s'engager, tout autant que les films et les revues, Erwin et Besh, ses vains et futiles espoirs et son besoin insatiable de conquérir des femmes, en grand nombre, et de prouver inlassablement sa force et sa virilité, et maintenant, comme à chaque période de crise ou de détresse, il était saisi d'un accès de réalisme agrémenté de sentimentalisme et de regrets qui lui faisait dire, “C’était une erreur absolue, ce divorce. Je me suis comporté comme un gamin”, puis il ajouta, “J’aimerais bien revenir à la maison et en finir avec tout ça”, il le disait en toute sincérité et même avec l’intention de le faire, sachant au fond de lui-même qu’il ne le ferait pas et que l’affaire était close, mais il continua à s’accrocher à cette idée et dit, “Ça ne peut me faire que du bien. J’en ai assez de tourner en rond. Crois-tu qu’elle accepte de me reprendre ?” et Israël dit, “Peut-être bien”, et au même moment le téléphone sonna et César, aussitôt tendu, pria Israël de répondre et si c’était Eliezra, de lui dire qu’il était parti prendre des photos hors de la ville, qu’il rentrerait tard ou peut-être le lendemain, c’était en effet Eliezra qui téléphonait de la rue, Israël lui transmit le message de César et elle dit, “D’accord. Dis-lui juste que j’ai appelé” et Israël dit, “Oui, je transmettrai” et il reposa le récepteur et répéta ses paroles à César dont l’humeur encore sombre et pleine de regrets s’anima d’un nouvel élément et il dit, “Elle est superbe. Je l’épouserai un de ces jours et que le monde s’écroule. Ça m’est égal”, il but tout le whisky qui restait dans son verre et dit qu’il était sûr d’arriver à la persuader de différer le divorce, il posa le verre sur la table, saisit Israël par le bouton de sa chemise et dit, “Attends, elle ne divorcera pas de sitôt, pour l’instant ce ne sont que des paroles” et sous l’effet du whisky et de ce qu’il venait de dire il devint euphorique et se sentit libre et soulagé. Dehors la brume s’était dissipée, dévoilant progressivement le beau ciel d'été et la pleine lune, César alluma une autre cigarette et dit qu'il aimait l'été et aurait voulu vivre comme un de ces pauvres du Brésil ou du Mexique qui mènent avec tant de naturel une vie d'oisiveté, de bains de mer, de samba et de femmes, une vie sans aspirations ni soucis, ou bien comme cette touriste américaine, insouciante du lendemain et de savoir avec qui elle mangeait ou couchait, qui faisait un bout de chemin avec les hommes qui la prenaient en auto-stop, sans grands espoirs ni engagements. César parlait avec une certaine nostalgie mais aussi avec joie comme si ce rêve s'était déjà réalisé ou qu'il dût l'être le lendemain, puis il se retourna et regarda sans curiosité par la porte de la terrasse l'autre côté de la rue où une jeune fille était assise, en train d'écrire, il regarda longuement et soudain se retourna et dit, "Sottises. Tout va s'arranger. Et si nous allions au cinéma ce soir ou bien chez Zahara ?" et Israël dit, "Peut-être" et César fourra son paquet de cigarettes dans la poche de sa chemise et son mouchoir dans la poche du pantalon et dit, "Dommage que cette Américaine ait disparu", il prit son appareil photographique et dit qu'il devait aller chez ses parents à cause de la mort de Shalva qu'il n'avait vue qu'une ou deux fois dans sa vie, Israël l'accompagna à la porte et quand César sortit et se mit à descendre l'escalier, il s'assit au piano pour continuer à jouer, mais la chaleur qui régnait dans la pièce et surtout la conversation avec César l'avaient tellement épuisé et déconcentré qu'il sortit sur la terrasse, s'appuya à la balustrade et s'abandonna au contact des courants d'air frais qui soufflaient de la mer et dispersaient la chaleur étouffante, il regarda les passants et l'énorme voiture de César, une vieille Plymouth négligée, couverte de poussière et d'éraflures, garée devant la maison et l'espace d'un instant, il lui sembla voir Ella s'approcher en marchant, il en fut surpris parce qu'ils ne s'étaient pas vus depuis deux semaines et se sentit envahi d'un mélange de joie et de fureur persistantes, ce même mélange de joie et de fureur qui régissait leur relation dans la confusion et la transformait en un sac de nœuds, fait d'accusations et de bouderies, de réconciliations empreintes de regrets et de tendresse, qui s'achevaient aussi brusquement que commençaient les querelles pendant lesquelles Israël, dont le cœur était durci et aigri par la haine, essayait d'exercer sur elle toute sa cruauté en sachant bien qu'il avait tort, et il s'y prenait par les refus, les silences prolongés et l'obstination tandis qu'Ella lui parlait et souriait, essayait de l'apaiser et de l'égayer, l'embrassant avec prudence, le suppliant aussi mais en vain, son refus se faisait plus hostile et son silence plus sombre encore, et il suivit des yeux la jeune fille jusqu'à ce qu'elle passe devant la maison, près de la voiture de César qui manœuvrait à grands efforts en avant et en arrière pour arriver à l'extraire de la file garée le long du trottoir et Israël, qui ne savait pas conduire, suivit des yeux la voiture que César lança d'abord dans la montée, puis fit tourner en vitesse à droite jusqu'à ce qu'elle disparaisse et quelques minutes plus tard, il se gara devant la maison de ses parents, traversa le jardin et sonna sans joie à la porte, et Zina, qui était à la cuisine avec Yaffa et préparait du café, lui ouvrit et le reçut avec des cris de joie, il l'embrassa comme d'habitude sur la joue, lui demanda comment elle allait et elle dit, “Formidable”, puis il entra dans la cuisine, salua Yaffa, demanda de ses nouvelles et de celles de Tikva, mais avant même qu'elle ait eu le temps de lui répondre, Zina s'en mêla, elle avait déjà téléphoné à César la veille au soir et lui avait annoncé la mort de Shalva, et elle recommença avec la même émotion et le même choc que la veille et César l'écouta avec impatience et dégoût. A vrai dire, Zina et Yaffa ne savaient pas comment prendre la mort de leur sœur qu'elles n'avaient pas vue depuis si longtemps que leurs rapports semblaient distants et artificiels et elle s'était détachée d'elles dans la mort comme elle l'avait fait dans la vie, faisant même peser sur elles une ombre accusatrice ou du moins offensée, c'est ainsi qu'elles le ressentaient, et les laissant confuses et perplexes parce qu'elle s'était suicidée quatre mois plus tôt sans laisser de message à sa famille ni à un de ses proches. Son père et sa mère, les seuls à l'avoir suivie de loin pendant toutes ces années, le cœur ému et nourrissant l'espoir d'une réconciliation, étaient morts depuis longtemps et elle s'était donné tant de peine à faire disparaître et effacer ses liens familiaux qu'en la découvrant, personne n'avait songé qu'elle pût avoir des proches à informer de son suicide en l'honneur duquel Shalva avait pris un bain, s'était lavé les cheveux, avait mis ses plus beaux vêtements puis s'était installée dans le grand fauteuil, face au miroir de l'armoire, avait avalé des somnifères et plongé dans un sommeil dont elle ne s'était plus réveillée. Les lumières de la maison avaient brillé pendant deux jours et trois nuits jusqu'à ce qu'un des voisins le remarque et alerte la police qui vint et força la porte de l'appartement et trouva Shalva dans tout l'éclat et la splendeur dont elle avait été dépouillée dans la vie et qu'elle avait retrouvés dans la mort, et sur la table elle avait laissé un document légal attestant qu'elle faisait don de son corps à la science et sans lequel aucun de ses proches n'aurait pu apprendre sa mort car Tsvi, qui pour son travail feuilletait de vieux journaux, avait découvert par hasard l'annonce nécrologique ordinaire publiée par l'université et s'était empressé d'en informer Erwin, puis tous deux l'avaient dit à Zina et Yaffa qui, depuis la veille au soir, après avoir vérifié les faits auprès de la police et s'être renseignées le matin par téléphone auprès de l'université, ne cessaient de retourner l'événement et d'essayer de savoir ce qu'elles devaient faire et comment exprimer un chagrin qu'elles n'éprouvaient pas – Erwin, comme d'ailleurs Besh, pensait qu'il ne fallait rien faire – car malgré l'absence de chagrin, malgré la colère et la conviction que Shalva ne les avait pas traitées comme il se devait, toutes les deux éprouvaient le besoin et l'obligation de réagir à la mort de leur sœur ; Zina parce qu'elle aimait les situations tragiques et que ces dernières années, elle recherchait un appui dans les liens familiaux, traditionnels et inébranlables qu'elle avait trop longtemps délaissés, et Yaffa – qui avait beaucoup vieilli depuis la mort de son mari et de son fils et depuis la détérioration de ses rapports avec Tikva – parce que de tout temps, elle avait eu un solide sens de la famille dont elle se sentait responsable depuis la mort de ses parents et parce que Shalva avait toujours suscité sa compassion et des sentiments de culpabilité, mais César ne trouvait aucun intérêt à l'histoire de Shalva, ni de son vivant ni une fois morte, et après les avoir écoutées quelques minutes, il redemanda à Yaffa comment allait Tikva, et Yaffa dit, "Elle va bien. Elle élève ses enfants. Elle va très bien", mais en réalité, Tikva menait une vie dissipée, vide et aigrie, son père lui avait laissé suffisamment d'argent pour le gaspiller en vanités et sa mère ne parvenait pas à la freiner, et elle attendait avec impatience l'amour qui l'arracherait à l'oppression de la solitude et de l'ennui, et de temps en temps un nouvel amoureux se montrait, ils allaient ensemble au cinéma et au restaurant, même à quatre heures de l'après-midi, et à des soirées, ils s'amusaient et riaient jusqu'à ce qu'il disparaisse et la laisse de nouveau seule dans le grand appartement, avec ses meubles luxueux et ses deux enfants, pour lesquels elle n'avait presque jamais de patience, ni d'ailleurs pour sa mère avec laquelle elle se disputait en permanence, disputes et offenses qui éclataient brusquement pour un rien et Yaffa, qui se retrouvait toujours à court d'arguments et très blessée, dit, "Elle n'a besoin que d'un mari" et César dit, “Je ne l’ai pas vue depuis longtemps” et Yaffa dit, “Je lui ai demandé de venir. Peut-être viendra-t-elle” et César dit, “Tant mieux”, puis il sortit sur la terrasse où Erwin, assis dans un fauteuil en osier capitonné, regardait, l’œil vide, les arbres, la rue et Besh qui bavardait, assis en face de lui, mais Erwin, le regard vague et indifférent, ne réagissait pas. Il était de nouveau impossible d’ignorer sa maladie qui s’aggravait de jour en jour, son corps se dissolvait, mollement accroché à ses os comme s’il était trop grand pour lui, ses cheveux d’un brun-roux grisonnant avaient durci comme de la paille, son visage rétréci était terreux, ses oreilles s’étaient allongées et sa tête s’était légèrement inclinée, le faisant ressembler à un vieux marabout desséché qui aurait perdu ses plumes et rouillé, mais Erwin niait obstinément tout cela, ne commençant à y faire allusion que plus tard, toujours en plaisantant sur le besoin d’exercice des gens de son âge, puis prenant l’habitude de palper légèrement ses bras, sa nuque et son visage, de les examiner parfois un instant dans la glace, et quand Zina lui proposait prudemment de consulter un médecin, il prétendait être en excellente santé et lorsqu’elle répéta sa proposition, il la rejeta avec impatience et dit, “Que d’autres aillent chez le médecin. Nous sommes une famille de gens sains”. César dit un chaleureux “Shalom”, sourit à Besh et tapota affectueusement l’épaule d’Erwin, qui tourna la tête et lui sourit avec effort en lui demandant comment il allait et César dit, “Ça va. On fait aller”, il s’assit et Besh dit qu’il fallait enfermer dans un asile ceux qui disaient, “Ça va”, puis il ajouta qu’il détestait les gens heureux mais heureusement il n’en connaissait pas et par conséquent, il détestait sans raison toutes sortes de gens parce qu’il était grincheux et intelligent, puis il ajouta que s’il y avait eu Dieu dans cette ville, il aurait eu à qui parler mais que même Satan l’avait désertée, l’abandonnant entre les mains d’une racaille bestiale de la même espèce que Max Shpilman et toutes sortes de chiens fous qui s’attribuaient le titre de Juif mais auxquels le sable donnerait une bonne leçon. César rit et Besh dit que ce n’était pas risible mais déchirant parce que c’était le vrai visage de ce pauvre pays, depuis son premier ministre jusqu’au dernier de ses balayeurs et qu’il lui prenait l’envie de jeter en l’air son chapeau à plumes en poussant de toutes ses forces le cri de guerre italien, “Que celui qui a des jambes les prenne à son cou et sauve sa peau”, il rit et se tourna vers Zina et Yaffa qui revenaient de la cuisine avec du café, du sucre et un gâteau qu’elles posèrent sur la table, et il demanda à Yaffa si elle faisait des progrès en français et Yaffa dit, “Je me souviens encore de ce que j’avais appris au lycée” et Besh dit, “Heureusement que le français existe” et il raconta qu’il avait déjà lu trois ou quatre fois dans le journal que des jeunes filles s’étaient mariées avec l’accord de l’Eglise avec leur fiancé mort, l’un d’eux était un soldat mort dans un accident et l’autre, un policier d’une ville de province tué par une balle en poursuivant un criminel, et il ajouta qu’il ne saurait dire s’il s’agissait d’un acte de folie absolue ou de sagesse suprême, puis il se tourna vers Zina et lui demanda avec grossièreté pourquoi elle aussi ne se mettait pas au français et Zina dit, "Peut-être un jour" et Besh dit, "Vous n'êtes plus si jeune, madame", et Zina dit, "Je le sais. Tu n'as pas besoin de me le rappeler" et elle posa la tasse devant Erwin, qui la prit d'une main tremblante et but lentement en faisant tomber de ses lèvres des gouttes qui tachèrent sa chemise et son pantalon et Zina, qui ne le quittait pas des yeux, l'aidait très humblement et de temps en temps, toujours avec la même humilité, essuyait avec un mouchoir ses lèvres, son menton et son pantalon ; la maladie d'Erwin lui avait insufflé une vie nouvelle et presque fait oublier ses jambes, elle s'y consacrait avec dévouement et entrain, souhaitant qu'il en soit toujours ainsi, entre-temps, on sonna à la porte, Zina alla ouvrir et Ruhama, qui sans prévenir était revenue d'Amérique depuis une semaine, entra dans la pièce. Deux ans plus tôt, après avoir confié ses deux enfants à Avigdor, elle était partie pour New York où elle voulait étudier l'orthophonie, mais abandonnant ses études quelques mois plus tard, elle avait travaillé comme vendeuse, puis comme professeur d'hébreu et pendant un certain temps, elle avait été mariée à un Américain de Philadelphie, propriétaire d'une fabrique d'articles de sport, et depuis son retour, elle venait tous les jours voir Erwin, qui l'accueillit avec un sourire affectueux et César, qui ne l'avait pas encore revue, alla à sa rencontre, ils se serrèrent la main et il lui demanda comment elle allait, "Tu vois bien, tout doucement" dit-elle et César dit, "Ça fait plaisir de te voir", il l'examina à la dérobée, vit tous les changements qu'elle avait subis pendant les années où ils ne s'étaient pas vus – elle avait grossi et enlaidi – et il répéta, "Ça fait vraiment plaisir de te voir" et Zina, qui la traitait avec une sympathie démonstrative et agitée, alla lui préparer un café et Ruhama s'installa entre Besh et Yaffa, échangea quelques mots avec Erwin, Besh et César, qui lui demanda comment elle se réadaptait au pays, il la réexamina sous toutes les coutures et sentit que tout ce qui avait existé entre eux, l'amour et le désir, avait disparu sans laisser de trace. Elle n'éveillait en lui ni émoi, ni passion, ni même des souvenirs mais une si parfaite indifférence qu'il en était étonné, étonnement qui grandissait à mesure qu'il la regardait et l'écoutait, au point de se demander, surpris, comment quelques années plus tôt il avait pu être fou de cette femme dénuée de tout charme, avec ses gros doigts, son visage ravagé, ses dents brunies par la cigarette, dont il était si épris que lorsqu'elle l'avait quitté, il avait failli devenir fou de désespoir et de jalousie, et au sortir du lit, projeté dans la grisaille du petit matin, dans la rue froide et mouillée, encore incapable de croire que leur histoire fût finie, il s'était alors persuadé que son monde était en ruine et qu'il ne s'en remettrait jamais. Il écouta sa conversation avec Erwin à qui elle demanda comment il allait et ce qu'il faisait et elle lui raconta quelque chose à propos de l'Amérique, puis il l'écouta parler avec Besh et Yaffa – personne ne disait le moindre mot sur Shalva qu'ils n'évoquèrent qu'après le départ de Besh et de Ruhama – et il lui demanda ce qu'elle avait l'intention de faire, elle dit qu'elle ne le savait pas encore et tandis que Zina revenait avec le café, Besh dit qu'elle ferait exactement ce qu'elle avait fait jusqu'alors, baiser, il rit et lui proposa de mettre un peu de cognac dans son café et Ruhama dit en riant qu'elle aimait le café à part et le cognac à part, alors Besh se leva et prit dans le bar une bouteille de cognac et deux verres et malgré les protestations de Zina, il se servit et tendit l'autre verre à Ruhama en disant, “Buvons !”, ils levèrent leur verre et Besh dit, “A la santé de ton dernier mari, Ruhama !”, ils burent et Ruhama dit qu'aussi loin qu'elle se souvenait, il ne méritait pas qu'on lève le verre à sa santé, pas même pour plaisanter, parce qu'il avait beau avoir des muscles, être bronzé toute l'année et posséder un diplôme d'ingénieur, c'était un homme à moitié impuissant, ennuyeux à mourir et pis que le reste, fou d'avarice au moindre centime près, et elle passa la langue sur ses lèvres en disant, “Un homme qui ne sait pas dépenser de l'argent ne vaut pas un clou”. Besh était heureux, il riait de plaisir et il remplit de nouveau leurs verres et se mit à flirter avec elle, à sa manière grossière, directe et sans détour, en présence d'Erwin, qui souriait aussi en écoutant Ruhama, et de Zina et Yaffa, qui avait gardé pendant tout ce temps un silence très désapprobateur, tandis que César buvait son café et les regardait avec indifférence, n'éprouvant rien même lorsque Ruhama répondit aux avances de Besh par des paroles et des rires, et pour la première fois, ce fut justement Besh qui l'irrita par son comportement et ses paroles, provoquant son impatience et son dégoût, et il détourna ses yeux et se mit à regarder les arbres et le ciel du soir, voyant en même temps du coin de l'œil Erwin, dont le sourire s'était effacé et qui restait assis, faible et vaincu, indifférent à tout, les yeux larmoyants, ahuris et sans vie, et César eut soudain envie de tourner le dos à tous ces gens et de s'en aller et dès qu'il eut fini de boire son café, il se leva et, malgré les prières insistantes de Zina et de Ruhama pour qu'il reste encore un peu, partit après avoir rapidement salué tout le monde. Une fois dans la rue, il aperçut de loin Max Shpilman, qui venait vers lui en faisant un signe de la main, mais il tourna la tête et traversa la rue comme s'il ne l'avait pas vu, puis entra dans sa voiture toute ridée, démarra et se mit à rouler sans trop savoir où aller parce qu'il n'avait envie de voir ni ses enfants qu'il n'avait pas vus depuis quelques jours, ni Tehila, ni Vicky, ni Eliezra, ni Israël, en fait il n'avait envie de voir personne, et il continua de conduire sans but, quitta la ville et lança à toute vitesse sa voiture sur l'autoroute qui s'étendait parmi les champs en friche et les petites collines crayeuses, les villages et les bois d'eucalyptus et les plantations plongées dans la paisible douceur crépusculaire d'une chaude soirée, et il s'abandonna au plaisir de la vitesse dans ce vaste paysage, oubliant assez vite ses parents et Besh, et Ruhama, et ses enfants, et Max Shpilman qui était venu comme d'habitude consulter son père pour ses affaires, et il serra chaleureusement la main de Ruhama qu'il voyait aussi pour la première fois depuis son retour d'Amérique, il lui demanda comment elle allait et comment c'était là-bas et Ruhama dit, "C'était très bien mais j'en ai eu assez", elle demanda aussi de ses nouvelles et de celles de Binyamin, le fils aîné de Max Shpilman qui était au lycée dans la même promotion que son fils, et Max Shpilman lui raconta qu'aussitôt après son service militaire, Binyamin était récemment parti pour l'Angleterre où il se spécialisait dans les ordinateurs, et Ruhama dit qu'elle aurait aimé le voir, et Max Shpilman dit, "Tu en auras l'occasion. Il fera un saut pendant les vacances", Ruhama lui demanda des nouvelles de sa femme et Max Shpilman, sans la moindre gravité, dit qu'elle était morte et Ruhama dit, "Oh, je suis désolée. Je ne le savais pas" et Besh dit, "C'est le genre de choses qu'il faut savoir" et Max Shpilman dit, "Ce n'est pas grave. C'était il y a longtemps", il sucra le café que Zina venait de lui servir et Erwin s'adressa à Ruhama en disant, "Tu ne t'en souviens pas ?" et Ruhama dit, "Non. Je suis désolée", et Erwin dit, "Ça fait déjà quelques années", en effet Brouria était morte d'une thrombose cinq ans plus tôt et Max Shpilman vivait, ces derniers temps tout seul, dans l'immense appartement où ses multiples affaires, dans lesquelles il avait investi toutes ses forces, son énergie et son intelligence, lui permettaient de mener maintenant une vie plus riche, comme si, soudain dégrisé, il avait décidé de se dépêcher et de saisir ce qui lui restait de vie en profitant, dans le temps qui lui était imparti, de ce qui lui semblait être une "belle vie" et en rattrapant ce qu'il avait raté pendant ses années monacales, ainsi s'achetait-il les meilleurs vêtements à la mode, il roulait dans de grandes voitures américaines, fréquentait les restaurants les plus chers et les hôtels les plus luxueux, autant de choses qu'il pouvait se permettre car sans compter les grands bénéfices tirés de ses usines et de ses stations d'essence, Max Shpilman avait réussi à amasser des fortunes dans la spéculation immobilière et toutes sortes de manipulations financières et malgré toute cette richesse, il n'arrivait pas à en profiter comme il l'aurait désiré parce que c'était un homme calculateur et dès qu'il s'agissait de dépenses qui ne lui paraissaient pas vraiment nécessaires, il était incapable de se libérer de son anxieuse avarice, de même qu'il ne s'était pas complètement libéré de son passé socialiste qui éveillait en lui des sentiments contradictoires de fierté sentimentale et de mépris hostile qui, plus d'une fois, le mettaient mal à l'aise et gâchaient inutilement son plaisir. Besh ne le supportait pas et le méprisait, et Erwin, qui faisait des affaires avec lui, le considérait comme un homme grossier et opportuniste, son absence de scrupule le dégoûtait, mais Max Shpilman qui l'estimait faisait semblant d'ignorer tout cela avec la même assurance effrontée qu'il appliquait à la gestion de ses affaires et de son argent, parce qu'il savait être cruel ou flagorneur en ignorant toute honte, comme il ignorait toute constance sauf pour ce qui concernait ses propres intérêts, et personne n'éveillait en lui ni compassion ni sympathie, à l'exception de sa sœur, Rachel, qu'il aimait et dont il se souciait, la soutenant par tous les moyens, prêt à se défaire pour elle de sa dernière chemise, et aussi de sa mère, qui avait toujours vécu avec lui, qu'il aimait autant que Rachel et respectait plus que quiconque, tenant compte de ses conseils, la soignant avec patience et dévouement jusqu'au jour de sa mort dans la vaste pièce qu'elle occupait chez lui parce qu'il avait refusé de la mettre à l'hôpital ou dans un sanatorium, et il la pleura amèrement comme il pleura Brouria, non qu'il fût sentimental ou qu'il eût la larme facile mais parce que, avec elle aussi, il avait été délicat et généreux, la protégeant jusqu'à son dernier jour et agissant de même avec ses deux fils, et l'oncle Lazare, qui connaissait parfaitement son caractère et ses agissements répugnants, le respectait pour cela, alors que les rares fois où ils s'étaient rencontrés après son retour de Yakoutie, Max Shpilman, qui s'empressa de finir son café, l'avait traité avec une extrême froideur, n'allant jamais plus loin qu'un glacial "Shalom", et il reposa sa tasse sur la table, lança un coup d'œil à Erwin, et Zina lui demanda des nouvelles de son fils cadet, Yaïr, qui était d'un an plus jeune que Binyamin, venait de se marier avec une jeune fille belge et vivait actuellement à Bruxelles, et Max Shpilman alluma une cigarette et dit, "J'ai reçu une lettre de lui la semaine dernière. Pour le moment, il est content", puis il regarda Ruhama et dit, "Il est à Bruxelles avec sa femme", il lança un autre coup d'œil à Erwin, qui lui aussi venait de finir son café et, au bout d'un moment, il se leva avec lourdeur et tous deux allèrent s'installer dans un coin du salon, se plongèrent dans leur conversation et quelques minutes plus tard, Besh se leva aussi et dit à Ruhama, "Viens", elle le suivit sans la moindre trace d'hésitation ni d'embarras et ils s'en allèrent après avoir salué Zina et Yaffa, qui leur répondit avec un léger signe de tête réservé, puis Erwin et Max Shpilman. Cette nuit-là Ruhama coucha avec Besh, elle l'avait su dès l'instant où elle l'avait aperçu en entrant, ou du moins dès qu'il s'était mis à plaisanter avec elle et lui avait servi le cognac, et Besh aussi le savait et il savait qu'elle le savait, et elle coucha avec lui sans la moindre curiosité ni attirance, sans besoin d'aventure ni de consolation, sans même espérer en tirer un certain plaisir, comme ce fut bien le cas, mais elle aimait s'abandonner au cours aveugle des événements sans rien en attendre de sorte qu'elle passa la nuit dans le lit de Besh et coucha avec lui sans passion ni honte, totalement passive, et le matin, en partant, n'éprouva nul regret ni frustration. Cette liaison dura quelques mois sur le même mode, jusqu'au jour où Ruhama exauça les vœux de Max Shpilman qui, le lendemain de leur rencontre chez Erwin, se mit à la courtiser, à la combler de cadeaux précieux et de sorties, essayant de la conquérir par toutes sortes de gestes qu'elle considérait comme parfaitement inutiles et ridicules, et de l'impressionner par ses maigres connaissances en matière de vins, de fromages et de gastronomie et ainsi finit-elle par l'épouser, avant que Binyamin soit revenu de Londres, et alla-t-elle habiter dans son luxueux appartement dont les cinq pièces étaient pleines de meubles anciens, qui éveillaient son mépris et son indignation, de tapis et de tableaux originaux acquis au cours des dernières années, et où Max Shpilman avait supprimé tout souvenir de sa femme, le cœur lourd mais en l'honneur de Ruhama, qui ne lui avait rien demandé, qui n'y avait même pas fait allusion tant cela lui importait peu et tant elle le traitait avec indifférence, ne couchant presque pas avec lui, ni avant ni après leur mariage, s'y dérobant par tous les moyens parce que son corps et surtout ses lèvres, ses mains et ses doigts la dégoûtaient, lui permettant tout juste de la caresser, de réchauffer ses pieds froids entre ses mains, de l'emmener au restaurant, parfois aussi au cinéma ou au théâtre, et de lui apporter des cigarettes raffinées et d'énormes boîtes de chocolats importés qu'elle engloutissait avidement, même lorsqu'elle fut enceinte malgré l'avis des médecins qui lui avaient conseillé de s'en abstenir et de maigrir un peu, et il faisait tout cela de bon cœur parce qu'il était séduit et fier d'elle, mais Ruhama, qui peu à peu apprit à lui en être reconnaissante et même à éprouver un certain plaisir en sa compagnie, continua encore quelques mois après son mariage à coucher avec Besh, à la fois par habitude et par indifférence, jusqu'au jour où Max Shpilman le découvrit et elle y renonça sans aucun mal. Leur mariage fut célébré en présence d'un petit groupe d'intimes et de proches et Rachel, qui n'avait aucune sympathie pour Ruhama et considérait toute cette histoire comme une erreur absolue, veilla à ce qu'il ne manque rien et à ce que tout soit organisé avec goût, mais Zina prétexta une maladie parce qu'elle ne voulait pas rencontrer Elisheva, la mère de Ruhama, et n'assista pas au mariage, ni César qui susurra à l'oreille d'Israël et de Goldman que Ruhama épousait Max Shpilman, qui avait quinze ans de plus qu'elle, par commodité et pour son argent, parce qu'elle espérait le voir mourir avant elle pour hériter de ses biens – il prononça ces derniers mots sur un ton mi-sérieux, mi-moqueur – mais en fait Ruhama n'avait épousé Max Shpilman ni parce qu'il avait gagné son cœur par des cadeaux précieux et des gestes exagérés, ni parce qu'elle convoitait ses biens mais parce qu'elle était fatiguée et considérait tout cela avec indifférence, n'aspirant qu'à trouver le repos après ses incessantes tribulations car elle était rassasiée de la vie et de l'agitation, rassasiée d'amour, d'aventures et de sexe dont elle n'était plus capable de jouir et si Besh lui avait proposé de l'épouser, elle eût sans doute accepté, peut-être même dès ce premier soir où, en sortant de chez Erwin, ils avaient parcouru la ville en taxi parce que Ruhama adorait les tripes farcies, surtout dans un restaurant d'où l'on voyait la mer, mais elle avait dû renoncer à ce rêve de tripes farcies et ils étaient revenus à Jaffa, dans un bon restaurant où ils avaient fait un excellent et copieux repas de viande, face à la mer éclairée par les bateaux de pêcheurs, mais il ne lui avait pas proposé le mariage parce que Besh, qui savait tirer un énorme plaisir de la nourriture, ne pensait qu'à achever rapidement le repas pour l'emmener à la maison et coucher avec elle et il en fut ainsi ce soir-là et tous les autres soirs, et à l'heure où César, revenant de Haïfa, était déjà à mi-chemin de Tel-Aviv, Besh et Ruhama s'étreignaient sur le lit, dans l'appartement vide et à l'abandon, avant de se tourner le dos et de s'endormir, et peu de temps après, César entra dans la ville, roula dans les rues déjà sombres et désertes et en passant devant le studio, voyant une faible lumière filtrer par la fenêtre, il pensa un instant monter chez Israël, qui s'était endormi sans avoir éteint la lumière, mais il poursuivit son chemin et rangea sa voiture devant la maison de Tehila, qui lisait, étendue sur le lit, et en la voyant, il eut envie de se racheter et de lui donner un peu de plaisir, la fatigue la rendait séduisante, et il coucha avec elle et s'endormit, et ce n'est que le matin, au réveil, qu'Israël éteignit la lumière, se leva, fit sa toilette, but son café et prit ses partitions et, au moment de quitter le studio pour aller jouer à Saint-Antoine, le téléphone sonna et Goldman, qui appelait du bureau, lui dit qu'il avait reçu son ordre d'appel pour accomplir son service de réserviste dans trois semaines. Israël lui suggéra d'essayer de s'en faire dispenser mais Goldman dit, “ Pourquoi ? Ça me tombe du ciel comme un cadeau”, et Israël dit, “Si c'est ainsi, tant mieux” et Goldman dit, “Tu verras, on va fêter ça” et Israël dit, “Comme tu voudras” et Goldman dit, “Si tu veux, monte chez moi dans la soirée" et Israël dit, "Peut-être, mais ne m'attends pas", puis ils se quittèrent, Israël reposa le récepteur, sortit et se mit à longer la mer. L'air conservait encore sa fraîcheur matinale et l'horizon était couvert d'une légère brume mais plus près, le ciel était pur et bleu, la mer s'étalait un peu agitée, tandis qu'au loin, devant la percée du port de Jaffa, les maisons qui bordaient le rivage, l'église rose et les minarets des mosquées étaient déjà inondés de la forte lumière du soleil et que des mouettes blanches planaient comme toujours à la surface de l'eau. Israël marchait lentement, les immeubles qui bordaient la promenade projetaient encore une ombre fraîche sur la route et le trottoir, il regardait les baigneurs et les pêcheurs, immobiles sur les rochers et les conduits d'égout, tenant avec une infinie patience leur canne à pêche dans l'espoir de remonter des poissons, puis à mesure qu'il s'approchait de Jaffa, le rivage s'éloigna et la mer finit par disparaître, ne surgissant que fugitivement d'entre les maisons, il marcha dans les rues si familières où s'entassaient d'abord pêle-mêle de disgracieuses maisons de pierre, des baraques improvisées de bois et de tôle, des maisons à un étage, cubes de béton passés à la chaux, entourées de clôtures et séparées par des terrains pleins de ferraille et de misérables garages, puis venaient les rues aux grandes maisons de pierre poussiéreuses et couvertes de suie, avec leurs nombreuses fenêtres en ogive et leurs petits balcons aux balustrades de fer rouillé et tout en marchant, Israël regardait les passants, les magasins de fruits et de légumes, les pâtisseries et les poissonneries dont les étalages, offerts au regard, s'alignaient dans des bacs dont certains contenaient des blocs de glace, les magasins de chaussures et de meubles, les serrureries, les menuiseries et les petites imprimeries, dont la plupart étaient coincées dans d'étroits dépôts, dans l'entrée des immeubles ou dans des passages sombres et enfin, lorsqu'il dépassa la courbe de la rue, là où elle s'élargissait et se ramifiait dans plusieurs directions, dont l'une laissait encore apercevoir la mer, l'église blanche surgit devant lui et il s'approcha du grand jardin qui l'entourait, avec ses cyprès, ses peupliers, ses tamaris et ses néfliers, ses buissons d'hibiscus et de bougainvilliers, les tournesols, les roses et les œillets, les géraniums et les glaïeuls, puis il franchit le portail, la façade de l'église était décorée d'un relief représentant Jésus agenouillé et tendant la main à un petit enfant qui était saint Antoine, longea le sentier couvert de gravier et de débris de coquillages et salua le jardinier, qui bêchait, debout parmi les fleurs, puis le curé, un homme petit et trapu, avec une barbe blanche et des yeux méfiants, portant des lunettes et une calotte noire, qui attendait à l'ombre de l'entrée, vêtu d'une soutane brun sombre, il répondit à son salut par un signe de tête, se tourna et accompagna Israël d'un pas feutré, les mains croisées derrière le dos, jusqu'à l'intérieur de l'église dont il ouvrit la lourde porte en bois, Israël le remercia et gravit les étroits échelons qui conduisaient vers l'orgue éclairé, à l'autre extrémité de l'église, par de hautes fenêtres allongées, couvertes de vitraux colorés où l'on distinguait les figures de Jésus en tunique rouge, entouré de sainte Claire à sa gauche et à sa droite, de saint François. Israël s'assit devant l'orgue, ouvrit ses partitions et se mit à jouer, son visage aux traits délicats et austères, avec son front haut, était très sérieux, tandis que ses doigts longs et durs se déplaçaient sur les touches et tiraient de l'orgue des sons épais qui se répandaient lentement et emplissaient l'espace vide de l'église plongée dans la pénombre, éclairée seulement par une lueur diffuse émanant des vitraux colorés et éclairant les grandes colonnes de marbre, les bancs bruns et l'autel avec ses chandeliers en cuivre et ses longs cierges, puis vibraient dans l'air frais et lourd, imprégné d'une odeur d'encens, de pierres froides et de vieux meubles. Il joua pendant quelques heures et lorsqu'il eut fini, il ramassa ses partitions, descendit les échelons, remercia le vieux curé, qui lui répondit de nouveau par un signe de tête, et traversa le jardin inondé par la lumière aiguë du soleil de midi, planté au milieu du ciel vide et incandescent, d'un bleu passé, et il s'engagea dans la rue maintenant embrasée par la chaleur, en essayant de longer les murs des maisons pour marcher sur la bande d'ombre, il passa devant une boulangerie, avec ses odeurs de galettes et de thym, de gâteaux couverts de graines de sésame, et un peu plus loin traversa la route, prit une rue ombragée, entra dans un restaurant de poissons, où il mangeait parfois avec Ella, et s'installa à l'une des tables, parmi les nombreux ouvriers, habitués du lieu, dont certains étaient en tricot de corps ou à moitié nus et quelques minutes plus tard l'homme, qui faisait frire les poissons dans un grand chaudron en tôle plein d'huile bouillante, lui servit un mulet, un quartier de pain blanc et des piments. La salle, petite et sans décorations, semblable à un dépôt abandonné que l'on aurait peint en vert clair et garni de quelques chaises et de tables ordinaires couvertes de formica, était saturée d'odeurs de friture et de poissons auxquelles se mêlaient les odeurs âcres des cuirs, de la térébenthine, des vernis et des eaux croupissantes, en suspension dans l'air de la rue, ainsi que le bruit des menuiseries, des ateliers de cordonnerie et celui du réchaud à huile qui brûlait sous le chaudron et le brouhaha des ouvriers, qui tout en mangeant parcouraient les journaux du soir et bavardaient entre eux en hébreu, en bulgare et en arabe, leurs voix s'associant aux sons d'une musique orientale qui s'échappait bruyamment du restaurant d'en face où les gens, assis sur des tabourets posés sur le trottoir et la chaussée, jouaient aux dames et au trictrac, buvaient du café turc et du thé foncé à la menthe dans de petits récipients en faïence et, de temps en temps, se lançaient dans des discussions ou poussaient des cris qui s'unissaient à ceux de l'homme qui, debout devant le chaudron, faisait frire les poissons, habillé comme un ouvrier en bâtiment, un tablier sale autour des reins, le visage tourné vers la rue et qui criait de temps en temps, "Poissons ! Poissons !" en tapant de sa grosse fourchette sur les rebords du chaudron. Israël mangea lentement son poisson, conscient de l'agitation ambiante et indifférent à elle, et après avoir fini, il s'essuya les mains sur un vieux journal, paya et sortit sous le soleil brûlant, laissant la sueur couler sur son visage et son cou, le regard errant sur la mer d'un bleu argenté et tranquille maintenant, d'où s'élevait une vapeur frémissante qui flottait dans l'air. Deux semaines plus tôt, il avait fait ce même trajet avec Ella, qui avait disparu après une de leurs nombreuses querelles où il lui avait demandé de partir et de ne plus revenir, et il se demandait s'il ne devait pas aller la retrouver pour faire la paix et la ramener à lui, et cette pensée, qui s'était mise à lui marteler la tête quelques jours après sa disparition, l'importunait jour après jour, presque sans répit, dès le lever et en route vers l'église, en mangeant au restaurant de poissons, sur le chemin du retour, dans la chaleur écrasante, le soir, à l'heure où Ella avait l'habitude de venir, et avant de s'endormir, mais l'idée réveillait aussitôt sa colère et un sombre refus, l'empêchant semaine après semaine de suivre son désir, et entre-temps Goldman s'apprêta à partir pour l'armée – il servait comme infirmier de campagne dans une unité postée dans le Sinaï – et la veille de son départ, il invita César et Israël à dîner chez *Helfgott*, mais une heure avant leur rendez-vous, César téléphona à Israël pour lui dire qu'il ne pouvait pas venir parce que Tehila avait acheté des billets pour le cinéma et qu'elle désirait passer la soirée en sa compagnie. Il semblait déprimé et très impatient et avant de raccrocher, il dit, "Ecoute, j'en ai marre. J'en ai plein le cul de la vie" et après un bref silence, "On ne me laisse pas vivre" et il pria Israël de transmettre à Goldman qu'il ne se sentait pas bien et ne pourrait pas venir et lui demanda de s'excuser en son nom et Israël, qui l'écoutait en silence, lui demanda pourquoi il n'appelait pas Goldman pour le lui dire, et César dit, "Je n'en ai pas le courage. Il va se vexer", puis il ajouta aussitôt, "Fais-le pour moi. Je t'en prie" et Israël dit, "D'accord" et en rencontrant Goldman, il lui transmit le message de César, Goldman ne dit rien comme s'il ne l'avait pas entendu, et plus tard seulement, il dit, "C'est un bluffeur, César. Mais ce n'est pas grave", et sur le moment il proposa de ne pas dîner chez *Helfgott* mais dans un restaurant roumain, plus intime, dont la cuisine était délicieuse. Goldman n'était pas avare mais son rapport à l'argent était empreint d'anxiété et de prudence, ce qui le troublait sans cesse parce qu'il était toujours préoccupé par des comptes et des regrets qu'il considérait comme une faiblesse honteuse et un défaut de sa virilité, désirant de tout son cœur surmonter cette faiblesse, mépriser l'argent et s'en servir comme César, en le gaspillant avec insouciance, et certes, parfois, il lui arrivait d'avoir de ces accès de gaspillage où il dépensait d'un coup de grosses sommes d'argent, mais le plaisir et la fierté qu'il en tirait ne duraient guère, car très vite la griserie de la dépense se dissipait, laissant place aux regrets qui le rongeaient et le tourmentaient pour la hâte et la sottise avec lesquelles il avait gaspillé son argent, et alors il refaisait ses comptes pour trouver comment il l'avait dépensé et, rongé de regrets, il essayait pendant des jours d'être économe pour récupérer au moins une partie de la somme, mais cette parcimonie accompagnée de calculs tracassants et mesquins le remplissait d'un sentiment d'humiliation et d'amertume, bien plus troublant que ses accès de gaspillage, et pourtant incapable de résister à ce penchant, il lui fallait chaque fois beaucoup de temps et d'efforts pour le vaincre. Goldman proposa d'aller au restaurant de Nelo, tout en suggérant que "Mon Jardin" était lui tout aussi excellent que celui qui était à côté des courts de tennis, mais enfin à son avis le restaurant de Nelo était plus agréable et proposait une grande variété d'entrées, des poissons farcis et une choucroute crue incomparable, qui valait le déplacement mais, bien sûr, ils pouvaient aussi bien aller chez *Stephane* ou au restaurant de couscous, et Israël dit que cela lui était égal et qu'il laissait choisir Goldman qui dit, "Bon, allons chez Nelo" et il héla un taxi qui les emmena au restaurant, encore vide en ce début de soirée, seuls Nelo et sa femme étaient assis dans un coin, à une table sans nappe, qui leur servait de bureau et de caisse, et ils jouaient au trictrac, quant au caissier, accoudé au passe-plat, il fumait une cigarette, tandis que le serveur, assis un peu plus loin, jambes croisées, feuilletait le journal. Goldman entra le premier, fit quelques pas et s'arrêta pour regarder autour de lui, la femme de Nelo leva un instant la tête et leur sourit, Goldman leur répondit par un signe de tête, pendant que Nelo lançait ses dés, il s'approcha de la table du coin, hésita un instant, se dirigea vers une autre table, au centre de la deuxième rangée, mais avant de s'asseoir, il regarda de nouveau autour de lui, revint à la première table et s'y installa, Israël s'assit en face de lui et Goldman, enfin détendu, arbora un sourire d'aise, prit le menu et dit, "C'est la meilleure littérature que je connaisse", il se mit à lire à haute voix les noms des plats, tandis qu'au fond on entendait le bruit des dés entrechoqués et des pions tapés sur le plateau de jeu, et à la radio une musique balkanique dont les sonorités, celles des cordes et des vents, s'entrelaçaient comme les pampres d'une vigne, empreintes d'une nostalgie délicate et mélancolique, portant en elles la douceur du goût des soirs d'été chauds, avec la fine odeur des figuiers et de la fumigation, des floraisons sèches, du tumulte des vagues et des passions réprimées, et pendant que Goldman étudiait le menu et pesait ses choix, tout en parlant de tel ou tel plat, évoquant avec regret et convoitise des mets auxquels il avait autrefois goûté et qui ne figuraient pas sur ce menu – il adorait parler de cuisine –, le serveur, qui ressemblait beaucoup à Charles Aznavour et dont le visage était triste et indifférent, s'approcha d'eux et dit, "Oui, je vous écoute" et Goldman, qui était maintenant excité, invita Israël à commander le premier et Israël choisit de la cervelle à la sauce tomate et des épinards au riz, quant à Goldman, il prit des aubergines farcies et de la salade de courgettes aux noix, ainsi qu'une double portion de choucroute pour les deux et une bouteille de vin rouge. Dehors, il faisait déjà nuit et dans le restaurant, les tubes au néon éclaboussaient de leur lumière les nombreuses tables couvertes de nappes blanches, alignées par rangées dans la grande salle froide, entre des murs trop hauts et bleuâtres, décorés de tapis colorés sur lesquels étaient tissés des lacs et des torrents bleus, des vignes et des palmiers d'où émergeaient un soleil rond et orange, et des femmes à la chair épaisse et empourprée, assises dans un pré et tenant à la main de superbes grappes de raisin et qui ressemblaient tant à la femme de Nelo qu'on l'imaginait descendue d'un de ces tapis pour se divertir un peu au trictrac. Goldman prit un bout de pain dans la corbeille et jeta un coup d'œil aux tapis, à Nelo et à sa femme et dit, "Comme ils sont heureux", il sourit avec plaisir et Israël, qui n'avait pas bien compris de qui il s'agissait, dit, "Oui" et Goldman dit, "Les gens se compliquent la vie", il mit le bout de pain en bouche et dit que le meilleur steak du monde était produit par le Japon où l'on abreuvait les bœufs de bière, ce qui donnait un goût particulier à leur chair persillée de bouts de graisse comme un saucisson, entre-temps le serveur apporta les plats qu'ils avaient commandés et le vin, Goldman remplit leurs verres et dit, "Dommage que César ne soit pas venu", puis ils trinquèrent, burent et se mirent à manger. Goldman goûta aux aubergines et dit, "L'aubergine est délicieuse", son visage s'illumina, ensuite il manifesta un même enthousiasme pour la salade de courgettes et surtout pour la choucroute, dont il se délectait en répétant qu'elle était la meilleure de la ville, il exhorta Israël à en manger et la choucroute, en effet savoureuse, disparut rapidement, de sorte que Goldman commanda à nouveau une double portion en disant, “Tu vois comme la vie peut être bonne”, il prit une gorgée de vin et dit qu’il était heureux de partir pour sa période de réserviste parce qu’il avait un besoin fou de s’éloigner de la maison, de sa mère, du bureau qu’il ne pouvait plus supporter, et de cette ville, et de vivre dans la nature, de voir du sable et des pierres, des buissons, des oiseaux et le ciel, et de rencontrer de nouvelles têtes, car sans compter le plaisir qu’il en tirerait, il était convaincu que ce serait le premier pas en vue d’une autre vie, du moins c’était ce qui l’intéressait, et il reprit une gorgée de vin et dit, “Dieu seul sait pourquoi j’ai étudié le droit et le latin et toutes ces choses-là” et prenant un bout de pain, il l’imbiba complètement de ce qui restait de farce et de sauce dans le plat d’aubergines et dit à l’intention du serveur, qui bavardait près du comptoir avec l’employé, “Dommage qu’il n’y en ait plus”, puis il dit, “J’aurais pu embarquer sur un navire et rester en mer. En tout cas, tout aurait dû être différent” et le garçon s’approcha d’eux, Israël commanda un poisson de mer au beurre blanc et aux champignons et Goldman prit de l’agneau au four avec du riz et des gombos, ainsi que deux portions de légumes au four, puis il dit, “Ce n’est pas un repas très diététique” et Israël dit, “Ce n’est pas grave” et Goldman dit, “Bientôt, je vais commencer le régime américain”, il reversa du vin dans leurs verres et dit qu’il espérait se voir placer sur la ligne de feu et qu'il priait pour qu'il y ait des incidents et qu'il y participe, il jeta un coup d'œil à Nelo et à sa femme, qui échangeaient quelques mots à haute voix au sujet du jeu visiblement, avant d'ajouter qu'il ne craignait pas tant d'être tué que d'être blessé et de perdre un de ses membres, surtout son sexe. Goldman dit ces derniers mots en plaisantant et sourit à Israël, qui lui rendit son sourire, et dit qu'il aurait pu se faire libérer ou transférer dans une unité qui ne soit pas de combat, mais Goldman répéta qu'il était content de partir au service et qu'il aimait son unité et au bout d'un instant, tout en grignotant une tranche de pain, il ajouta que ce temps qu'il passerait loin de la ville serait décisif en ce qui concernait sa liaison avec Dita, qui était arrivée à un point de non-retour – soit il l'épousait, soit ils se quittaient pour de bon –, il prit une gorgée de vin et dit encore qu'il avait l'impression que bientôt sa vie changerait de manière radicale, il approcha le plat que le serveur venait de poser devant lui, l'examina, jeta un coup d'œil au plat de poisson d'Israël et dit, "Fantastique, non ?", il goûta aux légumes au four et dit, "Délicieux. Goûte, goûte", puis il examina de nouveau son plat, commença à manger et dit, "Nous avons bien fait de venir ici", il mangeait avidement, avec des bruits de succion et des soupirs, riant à la fois de plaisir et sous l'effet du vin, dont il se remplit un autre verre tout en incitant Israël à en faire autant, puis il dit avoir lu quelque part que le vin le plus fin et le plus cher du monde était produit en Indonésie où l'on faisait macérer des singes dans les tonneaux de vin et il revint à Dita et dit qu'ils n'avaient pas d'autre choix que de se séparer parce que leur relation s'était transformée en un fardeau oppressant et plein d'amertume, il prit une grosse bouchée, regarda Israël, attendant qu'il dise quelque chose, ses yeux verts brillaient et son visage en sueur rayonnait, mais Israël ne dit rien et Goldman trempa un bout de pain dans le jus de viande et dit, "Je serais bien allé dans un moshav", il se tut un instant et reprit, "Ecoute, il faut bien savoir vivre seul", puis il ajouta, "C'est un bluffeur, César. Mais ce n'est pas grave", il mit le bout de pain en bouche et dit avec bonne humeur, sur un ton presque polisson, qu'il en était jaloux, et de Moshé Tselermayer aussi, justement parce que c'était un homme très simple, sans aucune éducation ni finesse, et pourtant il s'était marié et avait eu des enfants presque aussi naturellement que s'il mangeait ou buvait, gagnait ou perdait au jeu, venait en aide à quelqu'un, au point que même les souvenirs les plus terribles ne semblaient pas l'importuner, ni d'ailleurs le fait d'avoir de la chance, car, n'est-ce pas, il aurait dû mourir dix fois et il était vivant, faire faillite une douzaine de fois et il s'en était sorti les poches pleines, mais il considérait tout cela avec détachement, sans gratitude ni même une pointe d'étonnement, les jours étaient passés dans une agitation incessante et un dur labeur, sans autre ambition ni aspiration que celle d'assurer dans les meilleures conditions l'existence et l'avenir de ses enfants, et maintenant il était heureux que son fils comble enfin son désir et parte en Amérique pour s'y installer, il s'était déjà occupé de son passeport et de tout ce qui était nécessaire au voyage, son seul regret était qu'il n'ait pu faire ses adieux au père de Goldman, qui de son vivant avait tourné le dos à Moshé Tselermayer parce que, après avoir travaillé pendant cinq ans comme ouvrier dans une fabrique de chaussures, il avait ouvert un petit commerce de peausserie, puis d'importation de chaussures, tout cela aggravé ces dernières années par le désir de Moshé Tselermayer de faire émigrer son fils et les préparatifs dans ce sens, ce qui était pis que le reste et l'avait rendu méprisable aux yeux du père de Goldman, qui se sentait floué et vexé, et pourtant bizarrement, malgré le ressentiment et la colère, il éprouvait à son égard une affection de patron, mais Moshé Tselermayer ne remarquait rien de tout cela et, n'oubliant jamais les nombreux bienfaits dont le père de Goldman l'avait généreusement comblé, il avait pour lui le respect, la gratitude et l'amour du meilleur des pères, l'estime pour l'homme qu'il était et ces sentiments s'étendaient aussi à Stephana et à Goldman. Abasourdi par la maladie du père de Goldman, il allait le voir à l'hôpital tous les jours, parfois même deux fois par jour, entrait et sortait sur la pointe des pieds, se tenait à l'écart sans dire un mot et parfois, hochait légèrement la tête et se retirait en silence, pendant les funérailles et l'enterrement, un peu à l'écart des autres, il avait été secoué de sanglots hachés et irrépressibles qui avaient choqué et irrité Goldman plus que tout ce qui se passait autour de lui et il s'était obstiné à ne pas regarder dans sa direction ; il détourna son regard d'Israël, découpa un morceau d'agneau, qui était délicieux, sourit et dit qu'à vrai dire, il n'enviait ni César ni Moshé Tselermayer mais Avinoam, avec qui il avait étudié et participé à la guerre d'Indépendance jusqu'au moment où Avinoam avait été blessé et envoyé en Amérique pour y être soigné et une fois guéri, il y était resté, avait étudié l'agronomie et six ans plus tard, était revenu en Israël avec sa femme, Audrey, fille d'un riche industriel de l'Utah, et leur fils aîné, Yohannan, et s'était installé dans un moshav où, au prix d'un dur labeur, il avait créé sa propre ferme. Quand Goldman était allé les voir, il y a huit ans de cela, Audrey était déjà épuisée et malgré son corps de jeune fille et son visage souriant, il restait peu de traces de sa fraîcheur et de sa beauté américaine qui avaient tant impressionné Goldman en la voyant pour la première fois, quelques jours après leur arrivée chez Mathilda qui les avait accueillis, et pourtant Audrey comme Avinoam, encore fort et beau malgré les terribles migraines dont il souffrait à cause de son ancienne blessure, étaient très heureux de leur vie champêtre, avec leur ferme et leurs trois enfants, et un peu de ce bonheur paisible, qui lui rappelait le charme de sa visite au moshav de Yoël et de Tsipora, avait contaminé aussi Goldman, arrivant au crépuscule dans le village plongé dans la tranquillité estivale d'une fin de jour de labeur, et le premier matin, lorsqu'il était parti avec Avinoam au champ de trèfle pour tasser avec une fourche le trèfle moissonné par Avinoam et l'aider à le charger sur la charrette et ensuite, après le petit déjeuner, déplacer avec lui les tuyaux d'irrigation pour les poser dans le champ de coton, puis nettoyer l'étable, mettre de la paille fraîche sur le sol et sous les vaches, leur distribuer le fourrage – la chaleur étouffante et l'odeur fétide du fumier lui étaient pénibles, des fétus de paille, de la poussière et du fourrage se glissaient dans ses chaussures et ses vêtements, lui collaient au cou et au visage et provoquaient des démangeaisons intolérables – et aussitôt après le repas de midi, le corps rompu de fatigue, il était reparti au champ de coton, cette fois seul, pour déplacer à nouveau les tuyaux d'irrigation, mais c'était l'heure où tout le terrain était enveloppé d'un nuage d'humidité qui montait de la terre arrosée et des plants de coton, et des mouches agaçantes se pressaient dans les oreilles, le nez et les yeux, envahissant comme des toiles d'araignée l'air embrasé, lourd et humide et Goldman, essoufflé et en sueur, traînant péniblement les jambes dans la boue gluante, avait éprouvé une grande fatigue et de l'impatience comme si tout cela n'avait pas de fin et ce n'est que vers le soir, au crépuscule, quand l'air était redevenu léger et agréable, enveloppant tout de tranquillité, que lui aussi s'était apaisé et, après avoir pris une douche et changé de vêtements, il avait fait un tour dans le moshav avec Avinoam et le soir, lorsque Avinoam avait fini de traire et de tout ranger, ils s'étaient assis avec Audrey sur la terrasse envahie par les moustiques et avaient bavardé, la conversation était artificielle et inintéressante, jusqu'au moment où Avinoam, à moitié endormi de fatigue, avait dit, "On va se coucher" et ils s'étaient retirés. Goldman avait l'intention de passer une semaine chez eux mais le quatrième jour, après maintes hésitations, il les avait quittés sous prétexte d'une urgence et était revenu en ville, pourtant ce séjour s'était gravé dans sa mémoire comme une chose merveilleuse, pleine de liberté, de fraîcheur et de plaisir, impression qui, loin de s'estomper avec le temps, n'avait fait que se renforcer, et il mit en bouche le morceau de viande avec un peu de riz et de gombos et dit, "Ils sont heureux là-bas, Avinoam, sa femme et les enfants", et au bout d'un moment il ajouta, "J'aurais bien créé une ferme et habité dans un moshav. Il n'est pas encore trop tard peut-être" et il attendit la réaction d'Israël, qui posa une arête de poisson sur le bord de son assiette, lui lança un coup d'œil et demanda des nouvelles de sa mère, et Goldman, comme s'il émergeait d'une vision, dit, "Très bien. Elle devient folle" et, un peu ivre, il éclata d'un rire bref, puis rit encore et après s'être calmé, reprit en disant que ces derniers temps, elle ne parlait presque que le polonais, ne lisait que des livres et des journaux en polonais et se comportait comme si elle vivait en Pologne, en fait elle croyait vivre là-bas ou du moins essayait de se forcer à le croire, et Israël lui demanda s'il n'avait pas l'intention de faire quelque chose et Goldman dit, "Quoi ?", il découpa un autre morceau de viande et dit qu'il fallait peut-être la conduire chez un psychiatre mais c'était, selon lui, une dépense inutile et mieux valait attendre que cette folie passe d'elle-même, il but le vin qui restait dans son verre, le remplit de nouveau et, après un bref moment de réflexion, dit qu'à son avis, elle semblait aller mieux que jamais ou du moins tel était le seul bien qu'elle désirait et qui était à sa portée, et il se demandait sérieusement si l'on avait le droit d'interférer dans cet état et de troubler son bonheur, qui était de la folie pour certains et le paradis pour elle, un paradis qu'elle avait pu retrouver le jour où son mari était mort, sans doute l'un des plus beaux jours de sa vie, et Goldman éclata encore de rire, puis le visage encore hilare dit qu'il se demandait souvent s'ils faisaient l'amour et Israël dit, "Qui ?" et Goldman dit, "Mes parents", il prit une gorgée de vin et dit que cette question l'avait souvent intrigué ces dernières années, il avait l'impression qu'ils ne l'avaient pas fait depuis très longtemps, vingt ou trente ans peut-être, alors que selon de nombreuses recherches menées surtout en Amérique, on savait aujourd'hui qu'un grand pourcentage d'hommes et de femmes, plus de cinquante pour cent, étaient encore capables de faire l'amour à soixante-dix ans et plus, et d'en tirer du plaisir, c'était le cas d'un grand nombre dont, à son avis, ses parents étaient exclus, non pas à cause de leur âge ni pour des raisons physiologiques, mais parce que sa mère avait horreur de son père et il lui semblait qu'elle n'avait jamais trouvé aucun intérêt à cela, quant à son père, il détestait tellement sa mère qu'il était capable de s'en abstenir pendant cent maudites années dans le seul but de l'humilier et de gâcher leur vie. Goldman se tut un instant et se servit des légumes au four, il ne restait presque plus d'agneau, et dit qu'il était certain que sa mère n'avait jamais couché avec un autre homme, peut-être avec Manfred, et son père non plus ne lui avait pas été infidèle mais pour d'autres raisons, bien qu'aujourd'hui, des années plus tard, il eût l'impression qu'attiré par la veuve de Tseimer, qui trompait presque ouvertement son mari, il avait voulu coucher avec elle, et tout en ramassant dans son assiette les restes de riz et de gombos, il demanda soudain à Israël s'il n'avait jamais eu peur d'être impuissant. Israël regarda Goldman d'un air ahuri et Goldman, embarrassé par sa propre question au point d'en rougir, glousssa et la répéta mais sans attendre la réponse, il dit qu'apparemment ce phénomène était très fréquent chez les hommes de tous âges, bien plus fréquent que l'on ne le croyait, et de nombreux chercheurs étaient enclins à penser qu'en tenant compte de toutes les formes d'impuissance, quarante à cinquante pour cent des hommes en souffraient de manière chronique et tous étaient atteints, à un moment ou à un autre, d'impuissance passagère dont les causes principales étaient d'ordre psychologique, manque d'assurance et anxiétés diverses très souvent suscitées par des images illusoires et des espoirs exagérés sur la force de l'homme et ce qu'il est capable ou obligé d'accomplir, images nées de rumeurs, d'histoires mensongères inventées par des fanfarons et, bien sûr, reprises par le cinéma et la télévision et les revues illustrées et dans une non moindre mesure, par les fabricants de vêtements, de cigarettes et de cosmétiques. Goldman continua à parler du même sujet même pendant le dessert, une double portion de crème bavaroise et du café turc, et dit qu'il était impossible d'imaginer la vie sans le sexe, y compris le sexe négatif, mais qu'il fallait le protéger aussi bien des puritains que de ceux qui créaient un monde fébrile et illusoire, et il épongea son visage en sueur et dit, "J'ai trop mangé", puis ajouta, "C'est très malsain" et Israël dit, "Tu ne fais pas ça tous les jours" et Goldman qui buvait son café par petites gorgées dit que l'on pouvait faire comme les Romains et enfoncer le doigt ou une plume dans le gosier pour vomir le repas et en tirer du plaisir tout en se ménageant, il rit, fit un signe au serveur, qui lui apporta l'addition, y jeta un coup d'œil et au bout d'un moment, tous deux se levèrent et se dirigèrent vers Nelo et sa femme, et Goldman dit, "C'était délicieux" et la femme de Nelo dit, "Tant mieux" et Goldman, égayé par le repas, le vin et la dépense, dit, "Je serais prêt à habiter chez vous, au restaurant", il tendit l'argent à Nelo, qui rit avec sa femme, puis elle saisit, comme par jeu, la main tendue de Goldman et dit, "Ouvrez-la un instant", Goldman tendit la paume de la main en disant, "Vous vous y entendez ?" et elle dit, "Vous verrez bien" et Nelo dit, "Elle s'y entend. Elle s'y entend", il rendit la monnaie à Goldman pendant que sa femme, passant le doigt sur la paume ouverte, dit que selon la ligne de cœur, il avait des émotions fortes, plus fortes que sa raison, et ajouta en souriant qu'il aimait les femmes mais n'était attaché qu'à une seule, puis elle dit qu'il était sensible à la beauté et à l'ordre, qu'il pouvait avoir beaucoup de chance avec l'argent, les affaires ou le jeu mais qu'il en avait peur, elle se tut un instant et dit que selon la ligne du destin, il lui arriverait bientôt un événement joyeux, sans doute lié à une femme, et que sa ligne de vie était longue mais sinueuse et qu'elle lui prédisait une longue vie à condition de se méfier de l'eau, et Goldman sourit et dit, "Merci, madame Nelo", il salua le couple et en sortant du restaurant avec Israël, dit, "C'est des bêtises tout ça, mais peut-être que je ne dois plus aller à la mer", il rit et après s'être un peu éloignés, il demanda à Israël s'il aurait dû laisser un pourboire au serveur et Israël dit, "Non. C'est bien comme ça" et Goldman dit, "Oui, tu as raison" et au bout d'un moment il ajouta, "Après tout, ils reçoivent un salaire" et un peu plus tard il dit, "Il faut que je commence le régime américain". Il n'était pas encore très tard mais les rues commerçantes qu'ils traversaient étaient désertes et silencieuses, il n'y avait presque pas de voitures et ils marchaient en silence, et Goldman qui, fatigué par le repas, avançait d'un pas pesant demanda à Israël des nouvelles d'Ella et Israël dit, "Ça va", puis Goldman lui demanda s'il avait l'intention de l'épouser, Israël dit, "Peut-être" et Goldman, qui aimait ce quartier si chargé pour lui de mille émotions, dit qu'en fait, il aurait dû se marier avec Dita, avoir des enfants et fonder une famille comme

Avinoam, car tel était l'ordre du monde et cet ordre était important, et malgré toutes ses difficultés et ses défauts, la vie familiale demeurait ce qu'il y avait de plus concret et de fécond et toute autre forme de vie était stérile et vouée à la dégénérescence et à l'ennui, mais il n'avait pas fait ce pas et sa vie s'était passée en tourments et dans l'attente d'un événement qui l'arracherait brusquement à son cours fastidieux, lui donnerait un sens et un contenu clairs, peut-être même palpitant, même un événement aux allures de catastrophe, bien qu'il eût surtout espéré un grand amour, un amour fatal, comme dans les livres ou les films dont il s'était souvent moqué, et qui s'incarnait parfois sous les traits de Jeanne Moreau, parfois aussi d'Elinor, mais rien de tout cela n'était arrivé et la vie s'était poursuivie dans sa banalité insignifiante, avec le sentiment imminent d'une fin, et l'attente stérile s'était transformée en habitude désespérée de pensées et de sentiments accompagnés de tout un système de spéculations et d'illusions fastidieuses, car nulle Jeanne Moreau n'était apparue et Elinor, de plus en plus abstraite, avait perdu toute réalité, même si Manfred et Stephana l'avaient souvent évoquée au fil des années, comme lui-même le faisait maintenant en marchant avec Israël dans la rue King George, le long des énormes sycomores se balançant au milieu de l'avenue, mais comme toujours Goldman n'en disait rien de clair ni de précis car la personnalité d'Elinor lui demeurait opaque et drapée dans la magie de l'unique rencontre, à peine pouvait-il préciser qu'elle était grande, avec des lèvres charnues, des yeux bleus et une peau très blanche, presque bleuâtre, et qu'il émanait d'elle une odeur particulière, indéfinissable, dont il disait parfois que c'était celle d'un bon savon, peut-être un peu acide, et parfois celle du pin, mais ce n'étaient là que des mots issus d'un savoir et non d'une mémoire vive dans laquelle elle n'existait que comme une nostalgie pour une chose très vague, et il reprit ces mots en ajoutant, comme d'habitude, qu'il y avait en elle quelque chose d'égaré et de fragile qui s'imposait et la rendait désirable, demandait à être protégé et qu'il espérait avoir l'occasion de la revoir encore une fois au moins. Goldman parlait d'elle avec entrain et émotion, il prononçait son nom avec amour, comme une formule incantatoire qui incarnerait le tout et aurait le pouvoir d'agir sur le passé pour le faire revenir et sur elle, pour la faire apparaître et obéir à son désir, et pendant ce temps, ils s'éloignèrent de la rangée de sycomores, traversèrent la rue Bograshov et, en arrivant près du sycomore solitaire planté au bord du trottoir et au-delà duquel s'étendait autrefois le quartier des baraques, Goldman s'arrêta et scruta l'espace vide, monde jadis plein de vie, tissé pour lui de tant de souvenirs et de nostalgies, aujourd'hui anéanti, désormais vaste terrain de sable et d'argile, et tandis qu'il regardait, une bande de jeunes s'approcha, riant bruyamment et se bousculant, Goldman s'écarta un peu pour les laisser passer, puis se remit à marcher en disant, “Bande de sauvages. Je pourrais les tuer un par un”, puis il ajouta, “Ce n'est plus ma ville. Et elle ne le sera plus jamais. Ce n'est qu'un tas d'ordures" et tout en continuant à marcher, il parcourut encore du regard l'espace vide où, deux ans plus tôt, au terme d'un lent processus, on avait achevé de démolir les baraques qui le peuplaient, ne laissant çà et là que quelques cabanes noires et décrépites qui évoquaient une poignée de réfugiés ayant perdu les dernières miettes du goût de vivre. Une de ces baraques était celle de Rachel et de l'oncle Lazare qu'il y a longtemps Haïm Leib avait rachetée à Max Shpilman, avant de la réparer et de lui ajouter une pièce où il avait installé son énorme tour en bois, parce que Haïm Leib refusait de la libérer et pendant des années, il avait mené un combat obstiné contre la mairie et la société immobilière, qui avait racheté le terrain et s'apprêtait à y construire d'immenses immeubles avec des bureaux, des magasins, des cafés, des restaurants et des cinémas, et parce que les indemnités proposées pour libérer les lieux lui paraissaient comme le plus effronté des vols et de l'escroquerie et ainsi, tandis que toutes les baraques alentour étaient abandonnées ou démolies, Haïm Leib restait dans la sienne avec Mme Hayya, mais la dernière fois que Goldman lui avait rendu visite, comme d'habitude à l'improviste, c'était quelques mois avant la démolition, après que Haïm Leib fut enfin arrivé à un accord avec la mairie et la société immobilière. Il avait frappé à la porte et attendait avec joie que Haïm Leib ouvre et l'accueille sur le seuil car c'était un homme au tempérament lumineux, sage et plein de vie, qui aimait boire et manger, lire les journaux et déambuler dans les rues, se plonger dans des conversations à bâtons rompus ou des discussions politiques, comme il aimait aussi toutes les fêtes, circoncisions, rachat du premier-né, Bar-Mitsva, mariages et enterrements, vivant en harmonie avec le monde et Dieu, et Goldman, qui dans son enfance et son adolescence avait passé des heures à regarder avec étonnement les aller et retour du tour et Haïm Leib au travail, avec ses grosses mains lourdes et ses pieds d'ouvrier en bâtiment, l'aimait plus que le reste de la famille et des proches, et pourtant il lui arrivait maintenant de passer des années sans le rencontrer, et ainsi plus de quatre ans s'étaient écoulés depuis leur dernière rencontre à l'enterrement du père de Shmouel et d'Aaron qui avait fini ses jours dans une maison de retraite. Haïm Leib marchait avec le cortège, les mains dans le dos, avec son chapeau noir des grandes occasions et Mme Hayya le suivait, un peu en arrière, coiffée d'un petit chapeau de feutre beige, il avait plu la nuit mais le temps était agréable, et en passant près de Goldman, il avait dit en yiddish, "Il n'y a pas à se faire de soucis. Dieu n'oublie personne" et Goldman avait souri, puis il avait frappé une deuxième fois à la porte et s'était épongé le visage avec un mouchoir tout en regardant autour de lui. C'était en plein été et l'énorme sycomore, qui projetait une ombre verte, dégageait une odeur pénétrante, qui évoquait pour Goldman des étendues de sable, des champs en friche, des vignes et des villages arabes, ses fruits écrasés traînaient par terre et tachaient le trottoir et la chaussée où des voitures passaient en vitesse, et de l'autre côté, près de l'endroit où dansaient les deux ours et le singe, se trouvait un cinéma dont la façade était couverte d'une immense affiche représentant un homme avec une moustache, tenant dans ses bras une beauté blonde, vêtue d'une robe blanche et printanière et tandis que Goldman les regardait, la porte s'était ouverte et Haïm Leib s'était montré sur le seuil, ses yeux bruns s'étaient enfoncés, son visage jauni s'était flétri et desséché et il avait tant maigri que son pantalon faisait des plis autour de sa taille serrée par une ceinture dont l'extrémité pendait négligemment. Goldman lui avait tendu la main en disant, "Shalom, Haïm Leib", mais Haïm Leib, les yeux éteints, l'avait regardé sans le reconnaître jusqu'au moment où, Goldman lui ayant dit son nom, celui de son père et de sa mère, un léger sourire avait effleuré son visage et il lui avait mollement serré la main, qui pendant tout ce temps était restée tendue dans le vide, puis il l'avait invité à entrer dans la première pièce, qui était autrefois grande, haute et sombre malgré sa peinture blanche et dégageait une odeur de lessive et d'amidon les jours de semaine et une odeur de cuisine et de literie le shabbat, elle était maintenant petite et claire, et les vieux meubles, entassés pêle-mêle avec d'autres plus récents, avaient perdu leur charme particulier, et Goldman était déçu comme il l'était par le tour électrique blanc, qui ne fonctionnait plus depuis un an et se trouvait à l'emplacement même du vieux tour en bois si chargé de mystère. Mme Hayya était arrivée de la cuisine, comme toujours paniquée par l'arrivée d'un invité et traînant les pieds dans des pantoufles trop larges, elle tenait entre ses doigts humides la peau d'un cou de poulet et une aiguille avec du fil blanc et, à la vue de Goldman, son visage flétri comme la peau du lait s'était éclairé, elle avait poussé des cris de joie affectueux, avait couru à la cuisine d'où elle était revenue en s'essuyant les mains à son tablier, puis les doigts toujours humides elle avait serré la main de Goldman. Mme Hayya était une femme grande et légèrement courbée qui faisait en quelque sorte penser à une patte de poulet, le bleu de ses yeux avait déteint, tout son éclat avait terni et passé sans laisser la moindre trace de la beauté ou du moins de la grâce qu'elle avait dans sa jeunesse, où elle s'habillait de soie et de fine laine, passait sur son visage du lait de lilas et comme fille de parents cossus – son père était tailleur pour les riches – qui avaient un train de vie si dépensier qu'ils avaient fini par tout perdre et picoraient avec leur service en argent dans des assiettes "Rosenthal" presque vides, elle avait appris aussi à jouer un peu de piano, ce qui n'était pas bien vu, mais son père était un homme excentrique qui aimait se montrer en plein jour avec des vêtements magnifiques et une canne à pommeau d'argent, parler l'allemand et ne s'occuper que de frivolités, tout cela jusqu'au jour où Haïm Leib l'avait épousée et entraînée en Israël contre le gré de ses parents, surtout de sa mère, qui les avaient suppliés de rester en

Pologne et malgré les efforts de son frère, qui le pressait par lettre de venir le rejoindre en Amérique où il pourrait s'enrichir, mais Haïm Leib, qui passa dans la deuxième pièce avec Goldman et Mme Hayya, avait tout refusé parce qu'il ne voulait pas rester en Pologne pour attendre que les Polonais l'en chassent et parce que son cœur débordait d'amour pour la terre d'Israël. Mme Hayya avait demandé à Goldman des nouvelles de ses parents et Goldman avait dit, "Très bien, tante Hayya" et Haïm Leib qui dégageait une odeur désagréable de vieillesse avait dit, "Lazare était ici, il y a quelques jours, avec sa dame", et ils s'étaient assis autour de la table ronde, couverte d'une vieille nappe en velours vert, imprimée d'énormes fleurs orange, jaunes et mauves, et Mme Hayya avait posé devant eux une bouteille de cognac et des petits gobelets rouges en verre soufflé, des harengs salés, coupés en petits morceaux dans un long ravier en cristal et des petits gâteaux aux oignons faits par elle, qu'elle avait sortis de la vieille boîte de "Quaker" décorée de la même image d'un homme au visage bronzé, coiffé d'un chapeau de paille aux larges bords, puis elle avait rempli leur verre de cognac, celui de Goldman jusqu'au bord et un petit fond pour Haïm Leib, ils avaient trinqué et bu et Haïm Leib, en poussant un peu l'assiette de poisson vers Goldman, avait dit, "Prends un morceau de poisson salé juif". Lui-même n'y avait pas touché à cause de l'opération qu'il avait subie quelques mois plus tôt et les médecins lui avaient interdit d'en manger et de boire, et Goldman avait pris un morceau de poisson avec un petit gâteau aux oignons et Haïm Leib avait dit, "As-tu déjà posé les phylactères aujourd'hui ?" et Goldman avait dit, "Pas encore" et Haïm Leib avait dit, "Quel besoin de phylactères ? Vous vous débrouillez aussi bien sans cela" et Mme Hayya avait dit, "Mange, mange. C'est moi qui l'ai fait", puis elle était repartie un instant à la cuisine et Haïm Leib avait dit, "Tous reviendront. Qu'on le veuille ou non" et il était retombé dans son silence. Plongé dans une indifférence molle et apathique – il ne restait presque plus rien de la vitalité, de la malice et de la chaleur qui émanaient de lui, comme s'il était couvert de poussière et, à l'exception de quelques rares mots, toutes les tentatives de Goldman pour le ranimer et le faire parler avaient été vaines sauf une fois où il avait dit, "Tout aurait été différent si Begin avait été au pouvoir, mais même Begin n'est plus Begin. Lui aussi est devenu un gentil garçon", il avait gloussé et Goldman aussi mais sans amusement ni joie, puis il avait repris un morceau de poisson et détourné la tête, incapable de supporter l'odeur de vieillesse de Haïm Leib, et il avait regardé par la fenêtre la rue où s'étendaient autrefois les monticules d'argile et le sable, sous le ciel qui, dans son souvenir, était toujours bleu, cette même fenêtre d'où un jour il avait vu l'Arabe, avec son abbaya noire et son keffieh, faire danser sur le sable de la rue deux ours et un singe, mais Stephana prétendait que c'était il y a si longtemps qu'il n'était peut-être même pas né ou du moins qu'il était trop jeune pour s'en souvenir, mais il se souvenait de tout comme si c'était la veille et la chose le laissait perplexe, de même qu'il était autrement perplexe et mal à l'aise devant le fait que Haïm Leib, cet ouvrier, pionnier, si proche de son père, de Yoël et de Tsipora, de l'oncle Lazare et de tous leurs proches et amis, soutenait les révisionnistes et le Etsel, et de nombreuses années s'étaient écoulées avant que Goldman, qui se détourna de la fenêtre et lança un coup d'œil à Haïm Leib, puisse surmonter ce malaise, et soudain, dans une vision instantanée, il vit son propre reflet dans l'image que donnait Haïm Leib de sa vieillesse, et ressentit pleinement que la vieillesse ne lui était ni extérieure ni étrangère, bien au contraire, qu'elle faisait partie de son existence actuelle et venait vers lui, projetant déjà sur lui le début de son ombre, qui s'étendrait et finirait par le couvrir tout entier, et il avait repris un petit gâteau aux oignons, et Mme Hayya lui avait redemandé des nouvelles de ses parents et il lui avait répété, “Ils vont bien” et Mme Hayya avait dit, “Dieu merci. La femme de notre Shlomo est malade depuis deux semaines déjà. C'est peut-être la nourriture” et Haïm Leib, qui était assis immobile et regardait avec indifférence la bouteille de cognac et les petits gâteaux, avait dit, “J'ai vu ton grand-père en manteau de fourrure de renard. A croire qu'il s'est enrichi dans l'autre monde”, il avait de nouveau gloussé et Mme Hayya avait dit, “Ça suffit, ça suffit”, puis approchant vers Goldman l'assiette avec les gâteaux, elle avait dit, “Mange. J'en ai beaucoup” et Goldman avait dit, “Merci. J'en ai déjà mangé" et, achevant de boire le reste de cognac dans son verre, il s'était levé pour partir et Mme Hayya avait dit, "Tu t'en vas déjà ?" et Goldman avait dit, "J'étais juste passé dire bonjour" tout en remarquant du coin de l'œil l'image du "Jardin d'Eden", accrochée comme toujours au-dessus du buffet marron, et qui l'impressionnait tant dans son enfance. Au centre de l'image, sur le devant, se tenaient Adam et Eve sous les traits d'un jeune homme et d'une jeune fille beaux et frais, les hanches ceintes de feuilles de figuier et tenant dans les bras un poupon rose et autour d'eux, sur une espèce de pré, paissaient tranquillement quelques animaux – un lion, un tigre, un agneau, une cigogne, un serpent, un loup, un ours et un paon – et de chaque côté, sur des degrés qui montaient de chaque coin de l'image pour se rejoindre au sommet, se faisaient face un petit garçon et une petite fille, un adolescent et une adolescente, un jeune homme et une jeune femme, puis un couple d'âge mûr et enfin au sommet, l'un à côté de l'autre, un couple de vieillards appuyés sur leur bâton, avec une inscription sur un rouleau flottant au-dessus de leur tête et dont Goldman connaissait les mots, "Voici la Torah et voilà sa récompense", et il avait remercié Mme Hayya puis salué Haïm Leib, qui avait hoché la tête et crié après lui, "Va rendre visite à ton grand-père" et il avait ri, quant à Mme Hayya, qui l'avait accompagné jusqu'à la porte, elle avait hurlé dans ses oreilles de saluer ses parents, et Goldman avait dit, "D'accord", il était reparti par la porte de la cuisine dont il avait descendu les deux marches en songeant encore à la vieillesse, puis il avait marché dans le sable qui, avec le ciel bleu et le vaste espace clair étalé devant lui, plongé dans le silence et la forte lumière du soleil, avait éveillé en lui une joyeuse émotion, très vite voilée par la vue des baraques isolées et décrépites, encore debout, et les restes de celles qui étaient déjà détruites, éparpillés dans cet espace à la fois étrange et familier à l'extrémité duquel se dressaient sur le ciel d'été, dans le lointain, deux grands blocs d'immeubles surprenants, blancs comme du papier. Marchant toujours dans le sable, Goldman était passé près de l'endroit où se trouvait autrefois la grande baraque dont il ne restait plus la moindre trace, il avait contourné le mûrier, qui poussait dans tous les sens, et était arrivé à l'emplacement du jardin qui se trouvait jadis devant la baraque de Shmouel et de Bracha et grand-père Baruch Haïm et grand-mère Havva, elle avait été démolie comme la plupart des autres mais les blocs sur lesquels reposaient ses murs étaient miraculeusement restés debout, laissant gravée dans le sable la forme de ses pièces et Goldman s'était arrêté un instant là où se trouvait jadis le pigeonnier, joie et fierté du grand-père Baruch Haïm, puis il était allé vers l'emplacement de la cuisine, un cabanon bas et sombre, accolé à la façade de la baraque, et franchissant le seuil il était entré dans la grande pièce – les vitres de sa porte, épaisses et grumeleuses, étaient d'un jaune sirupeux comme celui du miel –, et s'était arrêté à la place où se trouvait autrefois la table ovale, toujours couverte d'une grosse nappe de velours et entourée de quatre chaises au dossier raide et étroit, sculpté de motifs patinés de tiges, de feuilles et de fleurs. Sur la gauche se trouvait la banquette de Shmouel et de Bracha au-dessus de laquelle étaient accrochées dans des cadres en bois brun les photographies de grand-père Baruch Haïm et de grand-mère Havva, qui avait longtemps refusé de se faire photographier par crainte du mauvais œil, à droite la garde-robe marron où, pendant la guerre, ils avaient camouflé grand-mère Havva au cours du bombardement italien et juste à côté, le lit d'enfant puis le lit pliant dans lequel dormait Amos. Le sable, caché par le carrelage, était maintenant découvert et se mêlait aux débris de verre et de faïence, aux feuilles sèches et aux tiges, aux bouts de charbon et aux papiers apportés par le vent, et Goldman s'était baissé et avait ramassé un bout de faïence, puis il était passé dans la deuxième pièce où trônaient le large lit en fer où dormaient grand-mère Havva et grand-père Baruch Haïm et dans lequel on avait posé sa dépouille couverte d'un drap blanc, puis un fauteuil encombrant et un buffet pesant sur lequel s'alignaient quelques livres sacrés et profanes et les deux chandeliers en cuivre. Grand-père Baruch Haïm, qui aimait sentir l'air frais et les courants d'air sur son corps, voulait garder la fenêtre ouverte jour et nuit sauf les jours de grand orage, mais comme grand-mère Havva n'aimait pas la poussière et souffrait du froid, il lui avait cédé et ainsi régnait-il toujours dans la chambre, où l'encombrement était à peine supportable, une odeur de matelas, d'édredons et de valériane et bien que les murs et le plafond fussent, comme la grande pièce, blanchis à la chaux, il n'y faisait jamais assez clair, mais maintenant tout était vaste et d'une clarté éblouissante et au-dessus de la tête de Goldman s'étalait le ciel d'été profond, avec un soleil jaune, et le buisson de ricin, appuyé à l'angle de la cabane, poussait dans la chambre ses grandes feuilles d'un vert-mauve vif et Goldman, regardant encore un instant autour de lui, était sorti par le mur et avait marché jusqu'à la rue Dizengoff où deux bulldozers géants déblayaient l'autre côté de la rue. En quelques années, à une vitesse inlassable, la ville avait changé d'aspect tous les jours sous ses yeux, pris possession des étendues de sable et des champs en friche, des vignes et des orangeraies, des petits bois et des villages arabes, puis les changements avaient entamé les rues plus anciennes, peuplées ici et là de maisons simples à un étage, entourées de jardins avec des arbustes et des parterres de fleurs et parfois des carrés de légumes et de fraises, des cyprès et des phlox, des citronniers, orangers et mandariniers, ou bien de constructions qui essayaient d'imiter la beauté et la splendeur de l'architecture européenne, comme à Paris, Vienne ou Berlin, et même des châteaux et des palais, mais tous ces bâtiments n'avaient plus d'avenir, ils étaient vieux et n'étaient plus adaptés aux goûts et coutumes du jour, et surtout la hausse vertigineuse du prix des terrains et des appartements les avait transformés en un vain gaspillage dont les propriétaires tiraient d'énormes bénéfices, et Goldman, tout aussi attaché à ces rues et ces maisons qu'aux étendues de sable et aux champs en friche qui l'avaient vu naître et grandir, savait que ce processus de destruction était inévitable et peut-être même nécessaire, aussi inévitable que le changement de population de la ville qui en quelques années s'était peuplée de mille visages nouveaux, simples étrangers qui, aux yeux de Goldman, avaient envahi la ville, faisant de lui aussi un étranger, mais cette conscience ne suffisait à atténuer ni sa haine de ces gens nouveaux ni le sentiment d'impuissance et de colère devant ce fléau qui changeait et grignotait tout sur son passage, bien au contraire, la haine et le désespoir s'infiltraient en lui, toujours plus amers, et attisaient sa nostalgie des rues, des quartiers et des paysages qui disparaissaient irrémédiablement, comme ce quartier des baraques étalé maintenant devant lui, vaste terrain vide et laid que des hommes, des femmes et des voitures traversaient sans s'arrêter ni le remarquer, et il pressa le pas pour rattraper Israël qui l'accompagna jusqu'à sa porte où ils s'arrêtèrent, dans l'air agréable du soir, et Goldman, qui suivait des yeux un couple de passants, dit, "Demain matin avant de partir, je téléphonerai à Dita", puis il ajouta, "J'ai du mal à croire qu'une femme puisse m'aimer", il sourit et regarda Israël, qui détacha une feuille de ficus et la froissa sans rien dire entre ses doigts, et au bout d'un moment Goldman répéta qu'il eût aimé revoir au moins une fois Elinor, et Israël continua de froisser la feuille et Goldman dit, “Viens, on va pisser”, ils descendirent dans le jardin obscur, se mirent derrière la haie d’hibiscus, près des grands cyprès, et urinèrent et Goldman dit, “J’aurais aimé que Naomi revienne, même pour une heure. Ce serait merveilleux”, puis il dit, “Si elle avait été vivante, elle aurait cinquante ans dans trois ans. C’est bizarre, non ? Elle avait presque vingt-cinq ans lorsque cette histoire avec la voiture lui est arrivée”, ensuite il y eut un silence et Goldman, qui ne pouvait pas voir le visage d’Israël parce qu’ils se tournaient un peu le dos et semblaient s’adresser à l’obscurité, dit, “J’ai du mal à m’endormir ces derniers temps”, puis il dit, “Ecoute, les plus belles choses dans la vie sont celles qui ne se réalisent pas”, il glousse légèrement et reprit, “C’est banal mais je crois que c’est vrai” et une fois qu’ils eurent fini et se mirent à remonter, il dit, “J’aurais aimé être heureux” et Israël, qui se sentit obligé de dire quelque chose, fit, “Oui. Comme tout un chacun”, il détacha une autre feuille de ficus et Goldman sourit et dit, “Quoi qu’il en soit, le chou était délicieux, n’est-ce pas ?” et Israël dit, “Le tout. Le poisson était exceptionnel. Et la crème bavaroise aussi”, puis ils se quittèrent sur un “Au revoir” en se serrant la main et Israël dit, “Fais attention à toi” et Goldman dit, “Ça ira. Passe le bonjour à César”, il fit un signe de la main, se retourna et disparut dans l’escalier et Israël, qui se retrouvait enfin seul, se mit à marcher vers le studio mais la douceur du soir et le léger attouchement du vent, qui soufflait de plusieurs directions et annonçait déjà l’automne, la sensation d'ivresse passagère procurée par le vin éveillèrent les désirs d'Israël, il eut envie de revoir Ella et de faire l'amour avec elle et ce n'est qu'après avoir erré dans les rues qu'il monta à contrecœur au studio, enleva sa chemise, se lava le visage et, trop fatigué pour jouer, il prit un livre, mais en s'allongeant sur la banquette, il entendit la sonnerie, se releva pour ouvrir, croyant que c'était César mais dans l'espoir de voir Ella, en fait c'était Eliezra qui, à la vue d'Israël, fut surprise et gênée mais elle dissimula de son mieux son embarras et lui demanda si César était là et Israël, lui aussi embarrassé, dit, "Non. Il n'est pas là". Eliezra, un instant hésitante et confuse, finit par dire qu'elle avait rendez-vous avec César à neuf heures et demie et Israël dit que l'heure lui semblait déjà passée mais que probablement César était retardé et qu'il arriverait bientôt, il lui proposa d'entrer et de l'attendre et Eliezra, bronzée et fraîche comme si elle revenait de la mer, entra dans la chambre d'Israël, s'assit sur le bord du canapé et enleva ses grandes lunettes de soleil. Israël la suivit, il y eut un silence malaisé et Israël dit, "Il arrivera sûrement", puis il dit, "Il fait un peu étouffant ici" et Eliezra dit, "C'est supportable", Israël lui demanda si elle prendrait un café et elle dit, "Oui. Volontiers", il alla dans la cuisine, mit la bouilloire sur le réchaud et lorsqu'il revint, elle lui demanda ce qu'il jouait et Israël dit, "Quelque chose de Bach", il s'assit sur le tabouret du piano, face à Eliezra, et glissa un regard sur ses jambes, découvertes jusqu'au-dessus du genou, et Eliezra dit qu'elle aimait la musique de chambre et la musique ancienne, Israël regarda son cou, ses épaules et ses bras bronzés et dit, “Goldman aussi aime la musique ancienne” et Eliezra, qui jouait avec ses lunettes, dit, “Mais moi je ne l’aime pas”, elle sourit et Israël risqua de nouveau un regard sur son cou et sa poitrine et dit, “Oui”, puis sur ses jambes qu’il connaissait aussi par les photos de César qui l’avait photographiée, debout, en train de se déshabiller ou couchée et nue sur le canapé, ou bien tous les deux directement ou leur reflet dans les miroirs pendant qu’ils faisaient l’amour et il montrait parfois ces photos à Israël, qui était agacé par les propos d’Eliezra sur Goldman et surtout par le ton arrogant, et pourtant malgré son orgueil et sa prétention, qui frisaient souvent la grossièreté, il éprouva pour la première fois de la sympathie pour elle parce qu’elle était confuse, désemparée et trompée et, haussant les épaules, il dit, “Il aime surtout la musique vocale”, puis il partit préparer le café et en revenant, tandis qu’ils buvaient, Eliezra se remit à parler de Goldman et dit qu’il était plus pitoyable que malheureux parce qu’il ne faisait rien pour changer sa situation et qu’elle n’éprouvait pour lui aucune sympathie ni compassion, de même qu’elle n’en éprouvait jamais pour ceux qui essayaient de susciter sa pitié, et Israël dit, “Et ceux qui n’essaient pas de susciter la pitié ?” et Eliezra, embarrassée par la question, dit, “Parfois oui, en tout cas il me met hors de moi”, Israël ne répondit pas, il y eut encore un silence malaisé, puis Eliezra, dont le visage était maintenant sérieux et tendu, brisa soudain le silence et demanda à Israël s'il pensait que César l'épouserait un jour et Israël regarda son visage et ses yeux vert-brun, qui le dévisageaient avec inquiétude et espoir, et il dit, "Je pense que oui", puis il ajouta, "En tout cas, il t'aime". Eliezra le regarda encore et brusquement éclata de rire, elle posa sa tasse de café, se leva, alla vers le bureau où elle prit le coupe-papier et demanda à Israël s'il savait le planter comme César sur le tableau en bois, et Israël dit qu'il était prêt à essayer et Eliezra, sans attendre sa réponse, lança avec force le couteau, qui s'enfonça dans le bois, elle courut aussitôt, le retira, recula de quelques pas et le relança, puis elle courut encore pour recommencer, mais Israël la devança, retira le couteau, recula jusqu'au fond de la pièce et le lança avec force, mais il ne s'enfonça pas et Eliezra éclata de rire, elle ramassa le couteau, recula et le relança avec précision. Le jeu s'échauffa, ils couraient, se bousculaient, lançaient le couteau, essayaient de devancer l'autre pour le ramasser et le relancer, jusqu'au moment où ils posèrent ensemble la main dessus et se retrouvèrent, près du tableau, en sueur et excités par le jeu, Eliezra, les cheveux un peu défaits, rit et laissa sa main reposer sur celle d'Israël et, pendant ce bref délai, la dernière barrière qui les séparait tomba, il suffisait d'ailleurs qu'il tende la main et la prenne dans ses bras, ce qu'il fit, car tous deux étaient déjà au centre d'un cercle dont ils n'avaient nulle volonté et nul pouvoir de sortir tant leur désir se cherchait un exutoire, et tandis que d'une main il tenait encore le couteau, il l'enlaça le plus naturellement du monde, elle s'abandonna et ils s'embrassèrent, puis il décrocha le téléphone, verrouilla la porte et lorsqu'ils firent l'amour, leurs silhouettes réfléchies dans les miroirs posés par César, il la traita grossièrement et sans égards comme s'il voulait enfoncer dans sa chair toute sa fureur et sa peine et en tirer ainsi toute la jouissance possible, et Eliezra s'abandonna à tout ce qu'il faisait, puis elle se lava, s'habilla et partit, et Israël, encore quelque temps agité et ému, s'endormit avec un sentiment de détresse et fut réveillé le matin par César qui venait prendre des pellicules et quelques autres accessoires photographiques. Il était d'humeur sombre et il retira le couteau fiché dans le bois, joua avec et demanda à Israël comment s'était passée la sortie de la veille et Israël dit, "C'était bien. Goldman m'a prié de te passer le bonjour", César hocha la tête et se tut, puis il dit qu'il lui était interdit de se marier ou du moins qu'il ne le referait plus jamais et Israël, le visage lourd de sommeil et de désir assouvi, lui demanda ce qui s'était passé, César jeta le couteau sur la table et dit, "Tout est de la merde", Israël lui demanda des nouvelles de son fils et César dit, "Le diable seul le sait. Ces salauds ne disent rien", il reprit le couteau, joua un peu sans dire un mot, puis le lança de nouveau sur la table et dit, "Tout est un gros tas d'ordures", puis il partit et revint vers le soir, agité et d'humeur encore plus sombre que le matin, état qui se poursuivit de jour en jour, avec de brefs moments de diversion suivis d'humeurs plus sombres encore à cause de l'incertitude sur l'état de santé de son fils et de la nette aggravation de celui d'Erwin, et seule sa liaison avec Eliezra s'était améliorée, elle ne le harcelait presque plus de questions et d'exigences, leurs rencontres, moins fréquentes et plus détendues, se passaient à faire l'amour puis à se quitter et César, qui se sentait soulagé, dit à Israël qu'elle avait sans doute décidé de différer son divorce à cause des enfants, et pendant ce temps, Israël reçut une carte de Goldman adressée aussi à César, où en quelques phrases amusantes il racontait sa vie à l'armée et terminait par, "J'ai redécouvert le ciel ici. Au revoir. Goldman". Israël lut la carte à César qui dit, "Il se sent bien là-bas", il la prit des mains d'Israël, la relut et répéta, "Il se sent bien là-bas, le veinard", puis il posa la carte sur le piano et dit, "Dommage que Vicky se soit mariée. Elle était la seule à pouvoir me calmer", puis il dit, "Tous des salauds", il alluma une cigarette, s'approcha de la fenêtre et regarda un instant la rue où, après la première séance de cinéma, le trafic était animé et il demanda à Israël où il en était avec Ella et Israël dit, "Ça va", et César dit, "Elle est sympathique", puis il reprit, "Cet été va me rendre fou. Viens, on va sortir un peu" et Israël dit, "Où ?" et César dit, "Peu importe. Allons chez Philippe et Zahara. Je leur ai déjà cent fois promis d'aller les voir" et, voyant l'expression récalcitrante sur le visage d'Israël, il ajouta, "Viens, viens. Ce sont des gens sympathiques. Nous ne resterons pas longtemps, je te le promets", Israël dit, "D'accord", il alla dans le cabinet de toilette, se lava le visage et se coiffa et César qui, à côté de lui, s'examinait dans la glace, dit, "Je perds mes cheveux", il prit le flacon d'"Hormones Yocham" posé sur l'étagère, s'en versa un peu dans la main et se mit à masser et frotter ses cheveux et son crâne, puis il se coiffa aussi et dit, "Nous y resterons le temps de boire quelque chose et de repartir. Ça ira", et pendant qu'Israël mettait ses sandales, il téléphona à Zahara pour annoncer leur arrivée, ils descendirent dans sa voiture, César démarra et dit, "Ma parole, je ne sais vraiment pas que faire" et au bout d'un moment, après avoir sorti la voiture de la file rangée le long du trottoir et s'être lancé dans la montée, il dit, "Tu verras. Bientôt, je commencerai à fumer du haschisch. J'y ai déjà goûté, je te l'ai raconté, ça avait un goût verdâtre", puis il reprit, "Toutes ces maladies, va savoir ce que c'est" et il se tut pendant tout le voyage, sauf une fois où il dit, "Cette Américaine, elle savait ce qui est bon. Elle était libre comme le vent et elle était architecte. Mais j'aurais peut-être dû revenir à la maison, un point c'est tout", et une demi-heure plus tard il rangea sa voiture devant la villa de Philippe et de Zahara, elle était entourée d'un grand jardin dont ils franchirent le portail, puis ils marchèrent le long de l'allée de pierres, dans l'air pur et frais qui montait des pelouses humides, des arbres et des buissons, du parfum pénétrant des pins. César sonna et Zahara leur ouvrit la porte, le visage éclairé d'un grand sourire, et dit, "Vous avez bien fait de venir", elle serra dans ses bras César qui l'embrassa dans le cou et dit, "Tu as un parfum merveilleux", il lui présenta Israël qu'en fait elle connaissait déjà et lorsqu'ils entrèrent dans le salon, il en fit de même avec Philippe, en chemise de tennis et mocassins, et lui dit, "Il joue de l'orgue", Philippe demanda, "De l'orgue traditionnel ?" et Israël, qui se sentait mal à l'aise, fit, "Oui", Zahara les présenta à Ada, une amie de son âge, vêtue d'un jean blanc et assise dans un fauteuil en cuir, caressant sans conviction un chat gris couché à côté d'elle, César et Israël lui serrèrent la main et César dit, "Nous passons juste vous dire bonjour, prendre un verre et nous filons", ils s'assirent sur le canapé moelleux, près d'une grande table basse sur laquelle étaient posés des coupes en verre et en argent, remplies de noix, de noisettes et de crackers, un pot à glaçons, des jus de fruits, du soda et du whisky. César prit une poignée de noix et demanda à Philippe comment il allait et Philippe, avec ce léger sourire amer dont il ne se départait presque jamais, dit, "Demande à Zahara. Elle le sait sûrement" et il ajouta aussitôt, "Pas mal, relativement à d'autres possibilités. Ces derniers temps, j'ai commencé aussi à m'occuper d'un chat", il jeta un coup d'œil à Zahara, qui posa sur la table un plateau avec des fromages et une corbeille avec de minces tranches de pain bis, et demanda à César et Israël ce qu'ils boiraient, César découpa un morceau de fromage et dit, "Un whisky avec soda. Où sont les cigares que tu m'avais promis ?" et Zahara, qui n'était pas aussi belle que la dernière fois qu'il l'avait vue, apporta une boîte en bois posée sur un petit meuble et dit,

“Voilà les cigares. Sers-toi”, elle lui servit le whisky et Philippe demanda à Israël, qui était renfrogné, où il jouait et Israël dit, “A Jaffa. A Saint-Antoine” et Philippe dit, “Je t’envie”, son accent anglo-saxon, bien que très atténué, était encore reconnaissable et César prit un cigare qu’il prépara avec plaisir et dit, “Wilhelm II. Il y a des gens qui savent ce qui est bon”, il l’alluma, rejeta un petit nuage de fumée et dit, “Qui pense que la vie n’est pas belle ?”, il prit une gorgée de whisky et Zahara dit, “Pour toi, elle n’est jamais mauvaise. Tu laisses ça aux autres”, elle rit et demanda à Israël ce qu’il désirait boire et Israël demanda un jus de pamplemousse avec du soda, il prit quelques noix et César, qui souriait malgré sa mauvaise humeur, dit, “Tu me calomnies” et Philippe dit, “Elle le fait par affection” mais Zahara ne réagit pas et César dit, “Oui. Je le sais” tout en s’écartant du chat qui était descendu du fauteuil et avait sauté sur le canapé où il s’était lové, et Philippe qui l’avait remarqué dit, “Eurydice. Viens, Eurydice. Viens”, Eurydice poussa un faible miaulement, fit le gros dos d’un air langoureux, sauta du canapé et, passant sous la table, s’installa sur la poitrine de Philippe, et Zahara dit, “Philippe a raison. Il me connaît mieux que quiconque” et elle lui demanda s’il voulait boire quelque chose et Philippe dit, “Juste un peu de whisky”, Zahara lui en servit et dit à César qu’elle avait l’intention de changer sa Fiat sport pour une Alfa Romeo ou une BMW et César dit, “J’aime les américaines”, il souffla un nuage de fumée et ajouta, “Pour quoi faire ? Ta Fiat sport est presque neuve” et Philippe dit, “Elle ne s’arrêtera qu’avec une Rolls-Royce blanche”, puis lui lançant un coup d’œil il dit, “Elle change tout le temps les choses. C’est presque un principe chez elle”, son visage alourdi, avec le léger sourire amer, semblait fatigué, l’âge commençait à y laisser ses traces, et son élocution lente et ironique était sombre et résignée, il savait qu’elle revoyait le jeune architecte, elle aussi savait qu’il savait mais tous deux préféraient faire semblant de l’ignorer et ne pas en parler, et Zahara dit, “Il plaisante” et Philippe dit, “Je n’arrive jamais à ne pas plaisanter. Tout ce que je dis ici est une plaisanterie” et Zahara dit, “Ce n’est pas vrai”, elle le dit sur un ton agressif et le regarda sans amour mais avec un désir de lui exprimer sa sympathie et de lui éviter du chagrin et Philippe, tourné vers César mais s’adressant à tous, dit, “Tout le monde attend que je meure, mais jusqu’à nouvel ordre je suis vivant”, il eut un rire sec et léger et Zahara dit, “Ça suffit maintenant, Philippe”, elle se tourna vers Israël, qui se taisait et observait les gens et l’immense salon avec ses meubles et ses ornements, et lui proposa de se servir de fromage, et Philippe appela de nouveau Eurydice, qui s’était installée aux pieds de César, et Ada dit, “Qui veut gagner deux mille livres sans efforts ?” et César dit, “Moi. Mais comment ?” et Ada dit qu’elle avait lu dans le journal qu’une certaine société avait organisé un concours pour trouver un nom à un grand hôtel sur le point d’être construit à Jérusalem, et le premier prix était de deux mille livres. César dit,

“Pas mal. Mais où trouver un nom ?”, il se servit un morceau de fromage et Zahara demanda si le concours comportait des conditions particulières, Ada dit qu’il n’y en avait aucune mais qu’ils préféreraient un nom dont la consonance convienne aussi aux anglophones et elle demanda ce qu’ils pensaient d’“Ariel” qui lui était venu à l’esprit en lisant l’annonce, et Zahara dit, “C’est génial”, César dit, “Oui, oui. Ça sonne bien” et Philippe, qui, à l’abri d’un mince écran de fatigue et d’abattement, avait un air détaché et indifférent, se réveilla et dit que s’il se souvenait bien, “Ariel” figurait plusieurs fois dans la Bible, dans le livre d’Isaïe et dans d’autres, et à moins de faire erreur, il désignait à l’origine Jérusalem et l’autel du Temple, par ailleurs il sonnait très bien en anglais et en français, et comme tout le monde le savait bien, c’était la créature aérienne de *La Tempête* et l’ange rebelle du *Paradise Lost* de Milton, de plus “Ariel” avait diverses significations dans la langue, et il y avait aussi l’Ariel de Pope, dans *The Rape of the Lock*, cette ombre qui accompagne Belinda, il dit encore autre chose sur la double signification du mot *rape* et sur le nom de l’œuvre, puis sourit et s’arrêta brusquement en disant, “Laissons ces choses ennuyeuses” et Ada dit, “Mais c’est intéressant” et César dit, “En tout cas, aucun hôtel ne peut en exiger plus” et Zahara dit, “Non, non. La seule question est de savoir s’ils ont lu Milton et Pope” et Philippe suggéra à Ada d’envoyer ce nom dès le lendemain en y ajoutant, au besoin, quelques explications et il n’avait pas le moindre doute qu’elle gagnerait le concours, bien que lui aussi eût un meilleur nom à proposer, mais comme il devait tous les matins envoyer les enfants à l'école et s'occuper d'Eurydice, il craignait de ne pas avoir le temps de s'en occuper, et Ada lui demanda de révéler ce nom et Philippe dit, "Bordel, *Hôtel Bordel*" et il demanda ce qu'ils en pensaient, tout le monde sauf Israël rit, et César dit qu'il ne pouvait exister de meilleur nom, qu'il sonnait merveilleusement en hébreu, en anglais et dans toutes les langues du monde, que s'il avait été le patron de l'hôtel, il le retiendrait immédiatement et Zahara dit, "C'est de la clientèle assurée pour toute l'année" et Philippe, satisfait par la réaction générale, dit que s'il avait pu se décharger d'Eurydice, il serait prêt à y travailler comme *bardak man**, et César dit qu'il serait heureux d'être l'assistant, même bénévole, du *bardak man*, et Zahara dit, "Toi, je te fais confiance. Mais pour quoi faire ? Tu l'es déjà" et César dit, "Tu ne m'aimes pas" et Zahara, l'ombre d'un sourire flottant encore sur son visage tendu, dit, "Tu ne veux qu'une chose, être aimé", César dit, "Oui", il rit et Zahara dit, "Tu crois qu'on t'excusera toujours, que tu te feras toujours gâter sur le dos des autres. Ça ne marche pas comme ça" et César, qui continuait à rire, dit, "C'est ce que tu crois ?" et Zahara dit, "Oui", elle approcha le plateau de fromages d'Israël et lui proposa de se

* Jeu de mots à partir de *bardak* qui, en hébreu argotique, signifie "bordel", "foutoir", dans le sens de désordre, pagaille. *(N.d.T.)*

resservir, Israël dit, “Merci. Ça va”, il prit un morceau de fromage et se remit à observer le salon dont le plafond était couvert de bois et l’autre extrémité, près d’une fenêtre à la française donnant sur le jardin, occupée par un piano à queue noir sur lequel Philippe jouait de temps en temps. Israël regarda le piano et les superbes rideaux en velours rouge-brun, puis il parcourut du regard l’armoire en bois sculpté et les tapis, s’attarda un instant sur la table où était posé un jeu d’échecs ancien, avec les pions disposés pour le jeu, et à côté, un vieux pistolet, et près de la table un abat-jour qui éclairait le jeu et un superbe bahut au-dessus duquel, derrière le dos de Philippe, tout près d’un groupe de gravures, était accrochée une grande tapisserie d’une rare beauté, représentant un cheval blanc en train de tomber, avec ses quatre pattes tendues en l’air, et en face de lui, un cheval gris dressé sur ses pattes arrière et entre eux, un cheval bleu, un étalon comme les deux autres, et autour d’eux, dans une mêlée confuse, des guerriers, certains couchés et d’autres debout, revêtus d’une armure et tenant à la main boucliers et glaives tandis que d’autres portaient de longs javelots pointés vers le ciel où planait un ange soufflant dans une corne de bélier. Israël regarda longuement cette tapisserie et Ada dit à Philippe, “Tu ferais bien d’envoyer ce nom” et Philippe, de nouveau éteint après l’étincelle de joie qui l’avait animé, dit, “Je pense que je le garderai pour un autre hôtel. On en construira bien d’autres”, il fit descendre Eurydice, se leva et s’excusa en disant qu’il était fatigué et partait se coucher, et

Zahara dit, “Si tu restais encore un peu ?”, Philippe dit, “Non, non”, il s’excusa de nouveau, salua tout le monde et s’en alla d’un pas lourd, Zahara demanda à César et Israël s’ils prendraient un café et César dit, “Je crois que ce n’est pas la peine. Nous ne tarderons pas à partir” et Zahara dit, “C’est l’affaire de quelques secondes”, César dit, “D’accord. On le prend et on s’en va”, Zahara partit mettre la bouilloire sur le feu et lorsqu’elle revint, ils parlèrent encore de voitures, puis d’Eurydice, qui somnolait sur le fauteuil de Philippe, Zahara vanta ses mérites et raconta ses habitudes, César dit qu’il n’aurait jamais de chien ni de chat chez lui et Ada dit qu’elle non plus parce que le chagrin de la séparation était trop dur à supporter et César dit, “Je m’en séparerais très vite, mais je n’ai pas la tête à ça” et après avoir pris leur café et s’être attardés quelques instants, César se leva et Israël fit de même, il était depuis longtemps impatient de partir mais il se taisait sans manifester le moindre signe dans ce sens, ils saluèrent Ada, et Zahara qui les accompagna à la porte demanda à César s’il y avait du nouveau sur l’état de son fils, César dit, “Non. Rien de nouveau. Mais ça ira”, puis ils la saluèrent aussi et sortirent, dehors l’air pur était maintenant froid et Israël éprouva du plaisir au contact de cette fraîcheur vive et revigorante, ils entrèrent dans la voiture et César dit, “Pute”, puis il ajouta, “Je l’aurais bien baisée, cette pute”, il démarra et fit marche arrière, il était garé tout près de la voiture de Zahara, et dit, “Je regrette pour Philippe. C’est un homme fini", puis il contourna la voiture de Zahara et lança la sienne sur les routes déjà moins encombrées, il accompagna Israël jusqu'au studio et pensa un instant aller chez ses parents, mais la présence de Zina et la maladie de son père le fatiguaient et comme il était déjà tard, après une brève hésitation, il repartit et se gara devant la maison de Tehila, il monta, sonna et attendit un peu, puis il ouvrit la porte et entra dans l'appartement où il n'y avait personne parce que Tehila n'était pas encore rentrée. César alluma la lumière dans l'entrée et la chambre, se demanda un instant s'il attendrait son retour, puis décida de rester, enleva sa chemise et la jeta sur un des fauteuils de la chambre qu'ils occupaient depuis l'avortement de Tehila et qui lui procurait une sensation confuse d'appartenance et d'étrangeté comme lorsqu'il allait chez Tirtsa, ensuite il alla dans la cuisine et prit dans le réfrigérateur une canette de bière, revint dans la chambre, s'installa dans un fauteuil, alluma le transistor et se mit à feuilleter le journal qu'il avait trouvé sur la table tout en jetant des coups d'œil à sa montre, il était déjà près de minuit, il prit un livre et le feuilleta, regarda par la fenêtre qui donnait sur la cour où l'on distinguait à peine la cime d'un grand filao plongé dans l'obscurité, il regarda de nouveau l'heure, éteignit le transistor et s'étendit sur le lit mais, dérangé par le brusque silence, il le ralluma et alla dans la salle de bains examiner son visage dans la glace, il serait bien parti s'il avait eu où aller mais il éprouvait le besoin de voir Tehila dont le retard finit par l'impatienter, il se sentit abandonné, revint dans la chambre et baissa le son du transistor qu'il lui avait acheté en allant la chercher à la clinique où elle s'était fait avorter. Tehila avait mollement refusé qu'il vienne en disant qu'elle rentrerait en taxi, mais César avait insisté, tout en regrettant au dernier moment de s'être engagé, et en route vers la clinique, dans un élan momentané, il s'était arrêté devant un magasin de produits électroménagers et lui avait acheté ce transistor. Elle était pâle et légèrement tendue mais pas triste, bien au contraire, elle souriait et riait, ce qui avait fait croire à César qu'elle était joyeuse et avait dans une bonne mesure dissipé son sentiment de malaise et d'oppression, et en route vers la maison, tandis qu'il conduisait avec prudence comme s'il transportait de la porcelaine précieuse, elle lui avait soudain demandé de s'arrêter devant un café parce qu'elle avait envie de manger quelque chose de bon et César, heureux de lui faire plaisir, lui avait obéi avec joie, ils étaient entrés dans le café et Tehila, encore souffrante et soutenue par César, avait commandé une grande glace avec des fruits et des noix, puis un gâteau aux fraises et à la crème avec un cappuccino, César avait fait de même et ils avaient bu, mangé et ri, puis toujours de bonne humeur, surtout Tehila, ils étaient rentrés à la maison et elle s'était couchée, et sa bonne humeur avait duré jusqu'au soir, puis elle avait lentement glissé dans la dépression et le lendemain avait pleuré toute la journée et César, ne sachant comment l'apaiser et se sentant obligé de ne pas l'abandonner malgré ses prières de la laisser tranquille, avait tourné en rond dans la maison, la soignant de son mieux avec un visage assombri par une colère et une impatience réprimées. Il ne pouvait supporter ni son visage, ni sa voix, ni sa faiblesse, sans parler de ses pleurs qui l'irritaient et s'il l'avait pu, il se serait enfui pour ne plus jamais la revoir, et en effet quelques jours plus tard, lorsqu'elle guérit, puis reprit son travail et demanda à César de la laisser seule, il partit aussitôt en laissant chez elle la plupart de ses affaires et même son rasoir, sans plus jamais s'en soucier comme s'ils n'existaient pas, quant à la clé que l'une ne réclama pas et que l'autre ne proposa pas de rendre, il la garda et alla habiter chez ses parents, mais incapable de rester longtemps chez eux malgré les prières insistantes de Zina, il se réfugia moins d'un mois plus tard dans l'appartement d'un ami. Cet heureux détachement de Tehila dura quelques semaines pendant lesquelles César lui téléphonait de temps en temps pour demander de ses nouvelles, d'abord uniquement par politesse, puis lentement, lorsqu'il lui sembla que Tehila se détachait de lui et reprenait sa vie indépendante d'autrefois, avec une sensation croissante d'angoisse et de jalousie, et enfin il demanda à la revoir et Tehila, qui lui parlait toujours tranquillement et même avec un certain détachement comme si elle se protégeait ou que son amour eût faibli, accepta d'un air hésitant. Elle l'accueillit gentiment mais avec une prudente réserve mêlée d'une émotion involontaire, et très vite, bien plus vite qu'il ne l'avait imaginé, César surmonta la crainte et la distance et, après avoir pris un café et bavardé en faisant semblant d'ignorer tout ce qui s'était passé, il fit l'amour avec elle tout en ressentant un certain malaise, non seulement parce que le désir de Tehila l'avait excité mais surtout parce que lui-même en avait éprouvé un besoin pressant qui n'était pas du désir, puis il se leva et prit une douche et pendant que Tehila restait encore étendue et nue, le corps à moitié couvert par une fine couverture, très détendue et somnolente, il s'habilla et lorsqu'elle ouvrit les yeux, elle le vit habillé et prêt à partir, et soudain surprise, lui demanda s'il partait et César dit, “Oui” et Tehila dit, “Déjà ? Nous ne nous étions pas revus depuis si longtemps” et César dit, “Il est tard déjà”, puis ajouta, “J'ai cru que tu dormais”. Tehila le regarda un instant, se leva et le pria de ne pas partir encore, César hésita, il se voyait déjà dehors, et Tehila répéta sa demande, il marmonna quelque chose tout en restant sur place, alors elle éclata soudain en sanglots, des sanglots d'humiliation et de défaite, et seulement alors César, embarrassé, la prit dans ses bras et lui caressa la tête avec joie et affection, puis il s'étendit tout habillé à côté d'elle et continua à la caresser, toujours avec affection mais aussi avec une impatience bien dissimulée, et s'en alla vers minuit, et quelques jours plus tard, il revint la voir et depuis, il venait régulièrement, parfois sans prévenir, et Tehila le recevait sans rien exiger ni poser de conditions, sans jamais lui parler de leur avenir, ni même l'évoquer ou faire allusion à ce qui s'était passé et César en était content et lui promettait de temps en temps de l'épouser,

cuisine et mangea tout en examinant son visage flétri et discrètement maquillé. Ces folies, qui d'habitude éveillaient en lui colère et dégoût, n'affectèrent pas sa bonne humeur et lorsqu'elle lui servit le repas, il lui demanda comment elle allait et ce qu'elle avait fait, Stephana lui répondit brièvement mais de bonne grâce et même avec un sourire, puis il demanda comment allait l'oncle Lazare et Stephana dit, "Il est passé ici", et Yehoudit Meisler et elle dit, "Ça va" puis ajouta, "La semaine dernière, elle a fait un voyage de deux jours à Jérusalem", elle lui servit la viande et dit, "Les gens veulent vivre à tout prix" et un peu plus tard, "La veuve de Tseimer aussi est passée. Cette femme qui porte des chemises rouges". Elle n'avait jamais aimé Tseimer ni sa femme, tout comme le père de Goldman, mais sans raison particulière sinon parce qu'elle était la femme de Tseimer, ce parasite qui vivait sur le dos de la société, répétait-il sans relâche, prétendant que son travail n'était rien d'autre qu'une ignoble paresse payée par un salaire, ce qui équivalait à du vol, sans compter le vol presque légal qu'il pratiquait effrontément, jour après jour, auprès de la Histadrout et du Parti, et il en avait des preuves, les tiroirs de Tseimer étaient pleins d'articles de papeterie, de stylos et de crayons dérobés à la Histadrout, et après chaque campagne pour les élections où Tseimer était très actif, il rafraîchissait son appartement et le faisait repeindre, sans parler des meubles et des réfrigérateurs qu'il changeait de temps en temps et du voyage en Amérique qu'il n'aurait jamais pu payer avec son salaire, et des faveurs qu'il obtenait pour lui, sa famille et ses proches, et de toutes sortes de petites gâteries, billets gratuits de théâtre et de concerts, petites vacances payées, voyages et dîners. Toutes ces choses vexaient et empoisonnaient la vie du père de Goldman comme si sa propre droiture était en cause et que lui-même fût berné, d'autant plus qu'elles étaient faites sous le couvert de propos hautement moralisateurs sur le rôle de la Histadrout et du mouvement ouvrier, sous les apparences irritantes d'un socialisme hypocrite et opportuniste auquel, ces dernières années, s'était ajoutée une fausse piété et Tseimer s'était mis brusquement à fréquenter la synagogue le shabbat et les jours de fête où il se montrait couvert du taleth, priant et accomplissant quelques autres rites juifs, ce qui suscitait chez le père de Goldman une rage destructrice qui accentuait sa répugnance pour l'esprit de propriété bourgeois de Tseimer dont l'égoïsme et le besoin de confort étaient insatiables, il méprisait aussi son avarice dont il disait qu'elle était si poussée que pour un sou, il était prêt à se jeter par la fenêtre. Sa haine et son mépris étaient si inflexibles qu'il ne lui pardonna même pas lorsque soudain la vieillesse s'abattit sur Tseimer et qu'il se mit à décliner à vue d'œil : il devint d'abord dur d'oreille, avec un parler lent et faible, égaré aussi par moments, comme ses bras et ses jambes qu'il traînait péniblement en marchant, semblant parfois ne plus savoir où il allait, son regard devint vague et confus dans un visage fatigué, vidé de tout désir de vivre et un corps qui se mit rapidement à rétrécir comme s'il se vidait de l'intérieur, ses joues couvertes de rougeurs se creusèrent et il devint tout entier desséché et osseux, passant des heures entières étendu sur le lit, somnolant parmi les journaux, impuissant et misérable, mais ne suscitant nulle pitié, et dans le même temps il continuait involontairement – car il n'avait plus aucune volonté – à accumuler des biens et à participer à diverses réunions de commissions dont il faisait partie, présence qui lui importait au plus haut point alors que son cerveau s'était desséché et qu'il ne comprenait plus ce qui se disait, mais selon le père de Goldman, c'était uniquement pour boire des jus de fruits, manger des sandwiches et recevoir des frais de déplacement et c'est en revenant d'une de ces réunions qu'il mourut. C'était un jour de canicule, Tseimer était lentement monté chez lui à midi, puis avait sonné à la porte parce qu'il avait oublié ses clés, un instant plus tard la veuve de Tseimer lui avait ouvert, son apparence ne dénotait rien de particulier, il avait fait un ou deux pas, s'était effondré comme un paquet de vêtements et était mort de manière si nécessaire et évidente qu'il n'avait pas provoqué la moindre frayeur ni surprise, tout simplement arrivé au bout, il s'était arrêté. Personne ne le regretta, ni la veuve de Tseimer, ni bien sûr le père de Goldman et Stephana qui ajouta aussitôt, "Il faut vraiment habiter un trou perdu pour sortir dans la rue avec ces chemises rouges" et elle ôta l'assiette de potage, puis ils parlèrent de quelques problèmes administratifs et financiers qui s'étaient présentés en son absence, mais pendant toute cette conversation paisible et à bâtons rompus, elle ne fit pas la moindre allusion à la crise cardiaque de Shmouel ni à l'hospitalisation de Tsipora qui souffrait de plus en plus des jambes, car Stephana s'était détachée de toutes ces histoires que Goldman n'apprit que deux jours plus tard, par l'oncle Lazare qui même pendant l'absence de Goldman avait, comme d'habitude, continué à venir une ou deux fois par semaine, passer une heure silencieuse en compagnie de Stephana qui, en guise de dessert, ouvrit la boîte d'ananas, et, à la voir de dos près de l'évier, Goldman remarqua à quel point son corps desséché mais encore droit et fort ressemblait à celui de Naomi, c'est à sa mort que Stephana avait pratiquement cessé de s'alimenter, ne se nourrissant pendant les deux premières années que d'un peu de thé, de lait et de quelques fruits, elle avait ainsi beaucoup maigri, ce qui en quelque sorte l'avait sauvée de la mort parce qu'elle souffrait depuis longtemps d'hypertension et d'infarctus dont certains avaient été si graves qu'une des fois, persuadés qu'elle ne s'en remettrait pas, les médecins avaient fait venir Naomi, Goldman et le père de Goldman, et après avoir tant maigri elle avait guéri, mais elle semblait encore plus mince maintenant, peut-être sous l'effet des années qui l'avaient desséchée et flétrie, avec sa peau sèche et ridée tendue sur son squelette. Après le repas, Goldman s'étendit sur son lit, dans sa chambre qui lui était tellement agréable maintenant, il demanda à Stephana de le réveiller vers le soir, mais elle ne le réveilla pas et il dormit d'un sommeil lourd jusqu'au lendemain midi, où il se réveilla d'humeur furieuse. Il continua à rester au lit jusqu'au soir, sombre et vidé de tout désir, puis il se leva, fit sa toilette et s'habilla et après avoir pris un café et des biscuits servis par Stephana, il sortit et alla chez Dita dans la ferme intention, prise pendant son service, de mettre fin à leur liaison. Le soleil était sur le point de se coucher, l'ombre avait envahi les rues et dans l'air encore chaud et embué, on sentait de minces filets de fraîcheur lointaine, annonciateurs de l'automne, cela plaisait à Goldman comme aussi la marche dans les rues familières après un sommeil pesant, mais à mesure qu'il s'approchait de la maison de Dita, il redevint sombre et tendu et tandis qu'il entrait dans l'immeuble et montait l'escalier, il se sentit plein de rancœur et se mit à espérer qu'elle l'accueillerait avec froideur ou du moins qu'il mettrait fin à cette histoire sans paroles superflues, mais Dita, qui portait une chemise blanche, estivale, et une jupe bleu marine, paraissait fraîche et le reçut avec joie, ils entrèrent dans la chambre qu'il connaissait si bien et après avoir échangé quelques mots, elle lui servit du café froid avec un gâteau aux noix qu'elle avait acheté en prévision de son retour, et il lui raconta son service, les gens qu'il avait rencontrés et le désert, mais il demeurait hostile et en retrait, guettant le moment propice pour lui dire sa décision, et pendant qu'il attendait ainsi, il remarqua malgré lui, pour la première fois depuis très longtemps, ses lignes délicates et même des traits de beauté négligée, puis inconsciemment, tout en lui parlant, une certaine paix l'envahit, il se détendit et se sentit proche d'elle, plus proche que de toute autre personne, habitué à elle et il commença à se demander le sens de sa décision et pourquoi il ne lui proposait pas le mariage et il hésita même pendant le dîner que Dita avait préparé en l'honneur de son retour avec des plats qu'il aimait, puis continua à hésiter pendant qu'ils regardaient ensemble les informations et le film de la soirée, et finalement, surpris et à vrai dire sans le vouloir, il lui dit la raison pour laquelle il était venu, Dita l'écouta d'un air sérieux mais sans manifester d'opposition ni de chagrin, comme si la chose était prévue et même évidente et après une brève conversation polie, Goldman se leva, la quitta et s'en alla, soulagé mais sans joie, avec une sensation de vide et de fin, et la vie, au sens le plus intime et quotidien, lui parut soudain informe et cette sensation l'accompagna toute la soirée et le lendemain où il se sentit encore mal à l'aise, rongé de doutes, et ainsi pendant plusieurs jours, il resta au lit le matin, dans la chambre inondée de soleil, se retirant lentement en lui-même, recroquevillé sous la légère couverture de laine, les yeux fermés et tourné vers le mur, ne désirant voir personne ni être importuné par quiconque et dans cet état, il éprouva la nostalgie de ses grippes d'enfant, du temps où il allait à l'école, et voulut ressentir de nouveau cette douceur particulière dans le lit, sous l'épaisse couverture, dispensé de l'école et de tout, entre les draps amidonnés, dans une chambre aux fenêtres bien closes pour qu'aucun courant d'air n'y pénètre, avec les sensations de fièvre et de somnolence, de faiblesse et des douleurs si particulières à la grippe, dans les bras, les jambes et le dos, et entendre derrière lui Stephana entrer et sortir et lui apporter une pomme ou un verre de thé avec du citron et quelques biscuits et les poser prudemment sur la chaise couverte d'une serviette blanche, et il resta ainsi longtemps immobile, puis se leva pesamment, se prépara et s'en alla régler divers problèmes en suspens, et la sensation d'avant, celle d'une vie sans but, s'abattit de nouveau sur lui et ne se dissipa pour un temps que dans la soirée, en rencontrant l'oncle Lazare qu'il était si heureux de revoir. Ils ne jouèrent pas aux échecs mais parlèrent un peu en prenant leur café dans la cuisine et Goldman raconta à l'oncle Lazare son service militaire, puis il lui fit part de sa ferme décision de quitter le bureau et sa profession pour se trouver un poste d'enseignant dans une école et l'oncle Lazare, qui l'écoutait tranquillement, lui demanda ce qui le poussait à cela et Goldman dit qu'il voulait faire quelque chose d'utile, qu'il espérait et était même certain que l'enseignement lui apporterait la paix tant recherchée et dissiperait la sensation de gâchis qui accompagnait toute sa vie. L'oncle Lazare ne fit aucun commentaire mais quelques semaines plus tard et de manière indirecte, tandis que Goldman lui parlait des problèmes d'astronomie qui le passionnaient à l'époque et lui disait qu'il traduirait peut-être le *Somnium* sur lequel il fondait de grands mais vagues espoirs, il passa la main sur son front et dit qu'il fallait se méfier des trop grands espoirs, puis il ajouta qu'il existait selon lui un "instinct de rédemption" mais que la vie lui avait appris qu'aucun acte collectif ou individuel, si juste et si révolutionnaire fût-il, n'avait un pouvoir rédempteur, dans ce sens qu'il inaugurerait une nouvelle ère où tout serait juste et bon, et pourtant tout en le sachant clairement, il fallait vivre comme si la rédemption était possible et tendre vers elle, et Goldman dit, "Oui. Je comprends" et l'oncle Lazare dit que lui-même avait du mal à faire de cette idée une partie intégrante de sa pensée et de ses sentiments car pendant de trop longues années il avait été sous le joug de la croyance en l'existence d'un acte rédempteur qui, dans son cas, était le communisme et l'anarchisme, mais le jour où ils prenaient leur café, il regarda Goldman avec sympathie et hocha doucement la tête, puis après avoir fini de boire, ils sortirent ensemble pour aller voir Shmouel, assis en tenue estivale, souriant mais encore pâle, dans le fauteuil à bascule du salon où il faisait étouffant parce que Bracha avait fermé toutes les fenêtres pour éviter le moindre courant d'air, quant à elle, épuisée et blême d'anxiété et d'inquiétude, elle ne le quittait pas des yeux et s'empressait de satisfaire le moindre de ses désirs pour qu'il soit content et ne fasse surtout pas d'efforts. Goldman serra la main de Shmouel et de Bracha, puis il salua Moshé Tselermayer, dont le fils s'apprêtait dans quelques semaines à partir pour l'Amérique, et Haïm Leib et Mme Hayya, et Yona Kochinski, qui était venu sans

Sarah, déjà bien malade, et il s'apprêtait à s'asseoir quand il jeta un autre coup d'œil à un homme jeune, vêtu comme un étranger, qui le suivait d'un regard gêné depuis son entrée dans la pièce, et soudain il reconnut Amos qui était venu d'Amérique à cause de la maladie de son père, alors Goldman alla aussitôt vers lui, ils se serrèrent la main, échangèrent des sourires et quelques phrases et Amos lui présenta sa femme, qui l'avait accompagné avec leurs deux enfants, et lui dit en anglais que c'était son cousin, un avocat, Goldman lui serra aussi la main, ils se parlèrent encore un peu, puis il demanda aux enfants comment ils se sentaient en Israël et le fils aîné dit, "Bien. Très bien", Goldman leur sourit et alla s'asseoir à l'extrémité du canapé, à côté d'un inconnu, et une fois installé, il regarda encore Amos qui avait bien changé et faisait plus vieux que son âge, comme sa sœur Ilana, qui aidait Bracha à servir du thé, du café et des gâteaux et qui elle aussi, bien qu'habillée avec goût, n'était plus la jeune fille qu'il avait connue, elle avait pris du poids et il ne restait plus de sa beauté d'autrefois que son visage lisse et clair et sa chevelure brune et brillante, peut-être aussi une faible étincelle de malice que Goldman crut déceler lorsqu'elle lui servit un verre de thé et lui demanda comment il allait et il dit, "Bien. Merci", puis il demanda à son tour ce qu'elle devenait et comment allait son mari et elle sourit et dit, "Rien de spécial. Nous élevons les enfants", elle appela son mari et dit, "Je te présente le fils d'Ephraïm et de Regina. Il est avocat", et le mari d'Ilana tendit la main et dit,

“Je crois que nous nous sommes déjà rencontrés” et Goldman lui serra la main et dit, “Oui, oui. Il y a longtemps”, Ilana l’invita à passer chez eux, Goldman leur promit de le faire et le mari d’Ilana dit, “Nous serons très heureux de te voir. Nous sommes presque toujours à la maison”, Goldman hocha la tête et Ilana dit, “Viens, viens. Nous t’attendons”, puis elle se retourna et s’approcha d’Amos avec qui elle échangea quelques mots tout en caressant la tête du fils aîné et Goldman, qui s’était rassis, remarqua qu’elle avait des doigts courts et gros. C’étaient ses cousins mais au fil des années ce lien de parenté, qui le rattachait aussi au restant de la famille, s’était vidé de tout sens pour se transformer en une chose embarrassante et même pesante par moments, car mis à part l’existence objective de ce lien familial qu’il concevait comme un ensemble de devoirs et d’obligations auxquels on ne pouvait échapper qu’en s’excluant et en leur tournant le dos, ils étaient devenus étrangers les uns aux autres, chacun avait pris une autre direction, s’était installé ailleurs, dans un autre monde et il ne les voyait plus que très rarement et par hasard, n’ayant même jamais rencontré certains d’entre eux, surtout les fils de ses cousins et leur famille, ou alors depuis si longtemps qu’il était incapable de les reconnaître dans la rue, contrairement à son enfance où la famille, les proches et les amis vivaient les uns à côté des autres, ou du moins partageaient une même forme de vie et se rencontraient non seulement aux mariages, aux naissances et aux enterrements mais aussi les shabbats et les jours de fête, aux réunions politiques ou professionnelles, ou bien tout simplement un soir de la semaine pour prendre un thé ensemble, bavarder et discuter. Goldman ne ressentait pas en général cette dissolution comme un manque, mais de temps en temps il était envahi de brèves vagues de nostalgie pour ce chaleureux âge d'or, ainsi gravé dans sa mémoire, ou bien il était saisi de remords et décidait alors de rendre visite à ses oncles, à Yoël et Tsipora, à Shmouel et Bracha, à ses cousins et à quelques autres proches avec qui il voulait renouer des liens relâchés, pour refaire connaissance avec eux et leurs enfants, mais il ne le faisait pas et comme en ce moment, les rapports n'allaient jamais au-delà de rencontres fortuites, plus ou moins contraignantes donc embarrassées et artificielles, et ainsi restait-il assis dans son coin, près de Shmouel, buvant son thé et regardant Haïm Leib, dont le visage était déjà marqué par la mort, et Mme Hayya, Moshé Tselermayer et Bracha, qui avaient tous changé et tant enlaidi, et il jeta un autre coup d'œil à Amos, puis à la photo en couleurs de Shmouel, prise en Amérique et posée sur le buffet, sur laquelle il paraissait jeune et satisfait de lui-même, avec une crinière de boucles blondes dont il ne restait plus que quelques rares cheveux et des favoris sur les joues, et Mme Hayya, qui semblait très soucieuse, redemanda à Shmouel comment il se sentait et Shmouel sourit et répéta qu'il se sentait parfaitement bien et Goldman, tenant toujours à la main son verre de thé vide, ressentit avec tristesse et impuissance l'usure et la fin des choses, tout en écoutant Shmouel raconter une fois de plus comment le client lui avait rendu une Peugeot presque neuve complètement abîmée, comment ils avaient commencé à se disputer quand le client avait effrontément prétendu qu'il l'avait reçue ainsi, ce qui l'avait rendu fou de rage et soudain, en pleine discussion, il s'était effondré et avait perdu connaissance, puis s'était réveillé à l'hôpital et lorsqu'il avait repris ses esprits, le médecin qui l'avait soigné lui avait dit qu'il avait eu une crise cardiaque et la nouvelle n'avait provoqué en lui qu'un effet de surprise et une sensation particulière de malaise, mais pas de peur, et par moments, un sentiment de proximité directe avec la mort, comme s'il se trouvait devant cette mort qu'il imaginait comme une grande tache noire, sans le moindre écran ni obstacle, pas comme la grippe ou la jaunisse, plutôt comme une personne qui se dresserait devant une autre en pointant son revolver mais sans tirer, et Bracha, sans cesse inquiète, le pria de ne pas trop parler et de se reposer un peu, quant à Goldman il pensa se lever et partir et se demanda s'il devait d'abord aller voir grand-mère Havva, couchée dans sa chambre, mais il resta assis et continua à regarder les gens sans vraiment les voir, tout en songeant de manière désordonnée aux théories sur l'espace qui stimulaient sa pensée, et il vit devant lui un ciel nocturne plein d'étoiles, d'immenses galaxies mille fois plus grandes que sur les photos ou dans les livres, tournoyant dans toute leur splendeur et s'éloignant les unes des autres dans les étendues sombres et silencieuses de l'univers où elles avaient surgi sous l'effet de la condensation de la nouvelle matière interstellaire sans cesse en train de se créer, condensation qui était le processus de naissance d'une galaxie, tandis que sa récession dans les régions invisibles signifiait sa mort, et il pensait à tout cela, le verre de thé vide dans la main, quand Amos s'arrêta près de lui et dit, "Il fait chaud ici. Très chaud" et Goldman dit, "Oui. Mais il fera meilleur tout à l'heure" et Amos dit, "Il aurait fallu ouvrir une fenêtre" puis il lui posa des questions sur son travail et sa carrière et Goldman dit, "Ça va. Le salaire n'est pas mal" et Amos lui demanda pourquoi il ne fondait pas son propre bureau et Goldman dit, "Ce n'est pas facile. Il faut de l'argent et y investir beaucoup d'efforts", et Amos dit, "Mais ça vaut le coup, non ?" et Goldman dit, "Oui. Mais pas toujours" et il demanda à Amos, dont le visage lui semblait maintenant agréable, comment était New York et Amos dit, "Oh, une ville gigantesque. Si tu ne la connais pas, il faudrait que tu y ailles une fois" et Goldman dit qu'il le ferait peut-être et Amos dit, "Nous aurions aimé déménager en Californie, mais c'est compliqué" et Goldman dit, "Ah bon ?" et Amos dit, "Mais nous finirons par y aller. Ça vaut le coup" et Goldman dit, "Oui, il faut oser" et tout en parlant, il vit Yoël entrer et se sentit aussitôt très mal à l'aise, il regretta d'être venu, de n'être pas parti quelques minutes plus tôt et souhaita disparaître sur-le-champ, mais Yoël, qui semblait fatigué et déprimé comme il ne l'avait jamais été, était déjà dans la pièce et saluait de la tête Haïm Leib, Mme Hayya et

Goldman, qui alla vers lui, lui serra la main et demanda de ses nouvelles et de celles de Tsipora, Yoël dit, “Elle va bien” et Goldman dit, “Comment va la jambe ?” et Yoël dit, “Ils ne savent pas encore. En tout cas, ils font de leur mieux”, puis il alla vers l'oncle Lazare et Bracha et Shmouel, et Goldman, qui s'était rassis à l'extrémité du canapé, décida d'aller voir Tsipora à l'hôpital le lendemain dans l'après-midi et se décharger ainsi du poids de la culpabilité qui le gênait depuis des mois, et même peut-être des années, non seulement à cause de toutes les obligations familiales dont il ne s'était pas acquitté mais surtout à cause du respect mêlé de crainte qu'il éprouvait, comme son père, pour Tsipora et qu'il cherchait à exprimer, ainsi qu'une profonde gratitude, dont il ne s'était jamais libéré, pour la manière dont elle les avait aidés, lui et ses parents, sans rien attendre ni d'ailleurs recevoir, quand Stephana, malade des reins, n'avait pas eu la force de s'occuper de lui et de Naomi pendant un certain temps, et Tsipora, qui entretenait des rapports très réservés avec Stephana qu'elle ne rencontrait presque jamais, était venue le chercher pour l'emmener, sans paroles superflues, dans la baraque qu'ils habitaient à l'époque avec Yoël et leurs cinq enfants et la grand-mère Rachel, mère de Tsipora. Ils étaient si entassés dans la baraque que Ruth dormait dans le coffre à linge et Méïr dans un lit pliant, sous le portique de l'entrée qui formait une espèce de terrasse, cela se passait en été, quant à Goldman, il dormait dans le même lit qu'Aviezer, de quelques mois son aîné, et la nuit, ils glissaient en cachette la main dans le pyjama de l'autre et se masturbaient tranquillement sous la fine couverture, mais malgré l'encombrement, la baraque reluisait de propreté et Tsipora, qui avait inculqué l'ordre à ses enfants, frottait sans cesse le carrelage, enlevait la poussière et les toiles d'araignée et souvent badigeonnait les murs. Elle se levait chaque matin avec Yoël et pendant qu'il se rasait devant l'évier de la cuisine, s'habillait et mettait ses lourdes chaussures, Tsipora lui préparait un verre de thé et mettait dans sa sacoche de travail quelques tartines beurrées, des tranches de raifort avec un peu de sel enveloppé dans du papier journal, un bocal de harengs marinés et un œuf dur, et parfois une boulette de viande ou une tranche de gâteau qu'il emportait sur le chantier avec sa scie et sa trousse à outils, et une fois Yoël parti, elle commençait son travail à la maison : elle lavait et repassait, ravaudait les vieilles chaussettes et les vêtements qui passaient d'un enfant à l'autre, coupait les bouts des chaussures à ceux dont les pieds avaient grandi, transformait les vieilles robes en chemises, les pantalons en manteaux et les nappes en robes neuves, préparait des repas exquis avec des tomates et des épinards, du gruau et des aubergines qui, sous ses doigts, prenaient des allures de viande, avec du riz et des nouilles pétries et découpées par ses soins, avec des pattes, des ailes et des cous de poulet qui lui coûtaient trois sous, et souvent elle fabriquait un repas avec les restes de la veille ou de l'avant-veille parce qu'elle refusait de jeter de la nourriture et se conformait à ce principe qu'elle avait aussi inculqué à ses enfants, et elle faisait des gâteaux avec du potiron et de délicieuses salades de fruits avec des courgettes qui avaient un goût de pomme, des confitures avec des écorces d'orange et de pamplemousse, du vin de figues et de mûres qui poussaient dans les environs, veillait à ce que les enfants aillent à l'école et préparent leurs leçons, tout en les obligeant à cirer leurs chaussures, apporter des pains de glace ou du bois de chauffage, participer aux travaux de la maison et même parfois à gagner un peu d'argent en faisant n'importe quel travail, surtout pendant les vacances, et tout cela parce qu'elle pensait qu'il fallait apprendre à être indépendant et aider les autres de son mieux, que le travail, tout travail, était respectable, que le mal plongeait ses racines dans la paresse et l'oisiveté dont la fin était d'entraîner l'homme à la manie, à la dégénérescence et même au crime, comme d'ailleurs le gaspillage et l'ostentation, et c'est ainsi que tout en veillant à la maison, elle aidait sa mère qui jusqu'à sa vieillesse essaya de se suffire à elle-même, soignait sa sœur, Sarah, une très belle femme, pleine de talents mais égarée et sans recours, et presque heureuse de l'être, qui passait le plus clair de la journée à tourner en rond, les cheveux défaits, négligée et semblant sortir du lit et qui sans cesse, sous l'effet d'un profond désarroi, calomniait toutes sortes de gens, parfois même Tsipora, mais de manière insidieuse, ou bien se plaignait de divers maux, du temps ou de son mari, Yona Kochinski, un homme bon, qui sifflait à merveille, surtout pour son plaisir mais souvent pour égayer sa femme – il savait siffler des opéras entiers et des symphonies de Haydn et de Mozart et avait, de plus, une très agréable voix de ténor – et les soirs de shabbat ou de fête, il chantait sans se faire prier des romances sentimentales en polonais et en yiddish et des airs napolitains dans un italien approximatif. C'était un pâtissier qui aimait sa femme de toute son âme, essayait de la combler et de lui faire plaisir par tous les moyens et ainsi presque tous les soirs ils s'habillaient pour sortir danser, jouer aux cartes ou bien s'asseoir dans un café ou aller au cinéma et leur maison était toujours pleine de toutes sortes de gâteaux et de biscuits, sans compter d'autres gâteries que Yona lui achetait et qui traînaient dans tous les coins et finissaient par se dessécher, attirer les fourmis ou moisir parce que personne n'y touchait – Yona souffrait de diabète, Sarah n'adorait pas les gâteaux et ils n'avaient pas d'enfants –, mais tous les efforts de Yona pour lui plaire et l'égayer étaient vains et elle traînait des journées entières au milieu du lit défait, de l'évier plein de vaisselle, de miettes et de bouts de pain sec, d'épluchures et de vêtements dans tous les coins, se plaignant de son amer destin et prétendant que si elle était restée en Pologne – pendant et après la guerre, elle remplaça la Pologne par l'Amérique – elle eût été ce dont elle rêvait, danseuse, styliste ou ingénieur textile et n'aurait pas gâché sa vie, ou bien alors elle se plaignait de Yona en prétendant qu'il ne lui accordait pas assez d'attention, qu'il ne l'aimait pas et la trompait en pensée avec une jeune fille qu'il avait connue et quittée bien avant d'avoir rencontré Sarah, et avec d'autres femmes que parfois il ne connaissait même pas, mais toutes ses protestations étaient vaines et il ne se passait pas de semaine sans qu'elle annonce sa décision de divorcer. Tsipora, qui supportait aussi mal la paresse, les caprices et l'acrimonie que les propos malveillants sur Israël ou les plaintes incessantes sur les humeurs, les maladies ou la mort, essayait de l'aider, tantôt la consolant, tantôt la contredisant, tantôt la réprimandant sévèrement, parfois même rudement, pour tenter de la pousser à se chercher un travail quelconque qui l'occupe et la préserve de la mélancolie, des plaintes et de la dépression, allant même jusqu'à vouloir la convaincre que pour vivre en Israël, il fallait adopter une opinion et y conformer sa vie, mais elle-même ne formula jamais la teneur de cette opinion, qui n'était pas claire pour elle non plus et s'était progressivement formée à partir de son éducation et de son expérience et selon laquelle la vie exigeait des efforts permanents, car les complications et les difficultés loin d'être des accidents constituaient l'essence même de l'existence qu'il fallait assumer de manière responsable, en s'imposant une série d'obligations et de valeurs comme l'honnêteté et le travail, la fidélité, la modestie et la simplicité, ainsi que d'autres valeurs qui pour elle étaient indubitables et n'exigeaient aucune preuve parce qu'elles découlaient de son intuition et du bon sens qui la guidait, dont elle faisait un usage tantôt prudent, tantôt astucieux, mais toujours droit et ferme, et parvenait courageusement à piloter sa propre vie et celle de sa famille à travers dangers, obstacles et contradictions, et c'est en accord avec ces valeurs et son propre désir d'aider qu'elle avait recueilli Goldman, qui était revenu à la maison deux mois plus tard, après la guérison de Stephana, mais quelques années plus tard, lorsque Yoël et Tsipora s'étaient installés au moshav, il était reparti chez eux, surtout pendant les grandes vacances où, cette fois, il participait au travail de la ferme dont la responsabilité incombait surtout à Tsipora qui se faisait aider par Yirmiyahou et Ruth, et dans une moindre mesure par Esther et Aviezer, qui étaient plus jeunes, parce que Yoël continuait à exercer son métier et travaillait pour les camps militaires d'où souvent il ne revenait que les shabbats, quant à Méïr, il s'était enrôlé dans l'armée britannique un an après leur installation au moshav et au bout de quelques mois de service, il avait été envoyé en Egypte d'où leur parvenaient de temps en temps des photos de lui en uniforme, dans les jardins du Caire ou d'Alexandrie, devant le Nil ou les pyramides. Goldman se levait à l'aube avec tous les autres, Tsipora leur servait du lait chaud et un petit bol de miel, puis il sortait avec Yirmiyahou dans la tranquillité du petit matin où l'air d'un bleu-gris était imprégné de la fraîcheur qui montait de l'herbe humide, des arbres fruitiers et des cyprès, où le silence profond était souligné par les meuglements, les coassements ou le cliquetis d'une charrette qui passait, et il allait au dépôt, toujours tiède pendant l'été, où flottait une odeur de son, d'argile et de sacs de toile, et préparait la pâtée pour les poules et les oies, ramassait les œufs parfois encore chauds, puis, selon les jours, nettoyait le poulailler et la fosse puante, réparait une clôture, creusait des rigoles autour des arbres fruitiers et les arrosait, désherbait le potager, cueillait des poivrons, des tomates et des concombres dans l'air maintenant brûlant, humide et plein de mouches et après le repos de midi, s'il le désirait, il repartait avec Yirmiyahou dans la charrette en bois attelée à un cheval de ferme brun appelé Aurore et allait au dépôt de provisions ou à la laiterie, au centre du moshav, ou bien au champ qui leur avait été temporairement alloué et d'où l'on ne voyait que le château d'eau et ils y travaillaient sans hâte jusqu'à ce que le soleil se couche derrière les trois vieux figuiers poussiéreux et les collines basses, et sur le chemin du retour, dans la douce tranquillité qui enveloppait le tout, avec le meuglement apaisant des vaches et l'aboiement des chiens, Yirmiyahou lui remettait parfois les rênes pour qu'il conduise le cheval sur le large sentier argileux qui passait parmi les plantations de pastèques, de melons et de potirons, les champs en friche couverts de fleurs sauvages, de buissons épineux, de ronces et d'herbes, et alors, se laissant entraîner le long des jardins qui entouraient les fermes, dans la douceur de cette heure, Goldman se sentait exploser de bonheur et de fierté. Tsipora, rougie par le soleil et l'effort, en sueur sous la chaleur et l'humidité, sa peau grasse et pâle couverte de boutons, dirigeait la ferme et la maison, la main à l'ouvrage du lever au coucher, et le soir après son travail, quand tout le monde dormait, elle répondait aux lettres de Méïr, s'occupait de sa mère lorsqu'elle était chez eux et se faisait du souci pour Aviezer, toujours lointain et comme dans un nuage, qui avait interrompu ses études et, mis à part l'ouvrage de la ferme qu'il accomplissait avec une tranquille diligence, se consacrait aux animaux et soignait insectes et chiens errants qu'il trouvait ici et là ou bien un poulain acheté à un Arabe, il ne se sentait proche dans la famille que de Ruth, aussi était-il la principale source d'inquiétude et d'attention de Tsipora qui, le voyant d'année en année plus beau et plus songeur, essayait de comprendre ce qui le déprimait et le rendait si renfermé et lointain, jusqu'au jour où elle finit par découvrir qu'Esther avait une liaison amoureuse avec un membre du moshav, un homme marié et père de famille, et pendant quelques semaines, elle se rongea jour et nuit, se demanda en silence ce qu'elle devait faire, puis à l'époque des pluies sans rien dire à Yoël, elle eut un entretien avec Esther et l'expédia auprès de Yirmiyahou, qui lui aussi avait cessé ses études avant Aviezer puis s'était engagé dans le Palmach* et vivait avec ses amis dans un kibboutz, où Esther passa quelques

* Groupe de défense du foyer juif qui est à l'origine de Tsahal, la future armée de défense d'Israël, et dont les combattants furent les héros de la guerre d'Indépendance et participèrent à la fondation de l'Etat. *(N.d.T.)*

mois insupportables à faire la grève de la faim et à vomir sans cesse au point de mettre ses jours en danger, et ce n'est que progressivement, à travers mille tourments, qu'elle surmonta cette séparation. Ces jours dans les champs, pleins de chaleur, de liberté et d'aventure, toujours confondus dans l'esprit de Goldman avec sa visite chez Avinoam, se gravèrent dans son cœur comme les plus beaux jours de sa vie et durèrent encore quelques années, jusqu'au moment où Yoël et Tsipora vendirent la ferme parce que Tsipora souffrait d'un grave eczéma et de réactions allergiques – au printemps et au début de l'été – qui s'aggravèrent au fil des années et s'ajoutèrent à la fatigue accumulée par son corps de plus en plus pesant, mais ils firent tout de même de leur mieux pour continuer à exploiter la ferme et ne revinrent en ville que lorsqu'ils furent à bout de force, mais sans Méïr qui faisait son service dans le désert occidental, puis en Italie, où il resta encore quelque temps après la guerre pour s'occuper des problèmes d'aliyah*, et sans Yirmiyahou, qui était au Palmach, ni Aviezer, qui alla d'abord dans un kibboutz, puis le quitta pour travailler dans le port et ensuite devint conducteur de tracteur dans l'agriculture et parfois dans des travaux de terrassement aux quatre coins du pays, ne revenant qu'une ou deux fois par mois pour voir Tsipora et Yoël qui avaient acheté une petite maison dans un quartier de banlieue où ils habitaient avec Esther, Ruth et Mussolini,

* Littéralement, "montée", émigration en Israël. *(N.d.T.)*

le chien bâtard arabe qu'ils avaient ramené du moshav, et la grand-mère Rachel qui malgré son âge avait encore les idées claires, prenait soin de son ménage et d'elle-même, lisait des journaux en yiddish et un peu en hébreu, allait chez des amis et à la synagogue, où elle était très respectée, et n'avait besoin que d'une aide minime de Tsipora qui pendant quelques mois consacra le plus clair de son temps à Nehama, la femme de Méïr, une fille du moshav, dont le père possédait une étable et quelques hectares de plantations, qu'il avait épousée pendant une permission et dont il avait eu un fils alors qu'il se trouvait encore en Italie. Ce mariage était le résultat d'une brève rencontre fortuite, il avait été décidé à la hâte, sans trop de réflexion, comme par désir de s'appuyer sur quelqu'un sans permettre au temps de laisser mûrir ce premier germe de sympathie, mais c'était un mariage réussi parce que Méïr était un homme aux visées modestes et concrètes et Nehama, une femme honnête et laborieuse qui n'avait pas besoin de l'aide de Tsipora sauf pendant les mois qui avaient suivi la naissance et Tsipora, toujours attentive à ne pas s'imposer, n'avait pas essayé de faire pression d'autant plus qu'elle devait surtout se consacrer à Temima, la femme de Yirmiyahou, qui elle aussi avait eu un fils quelques mois plus tard et contrairement à Nehama, c'était une femme distraite et d'une inefficacité frisant parfois la niaiserie, qui malgré toute sa bonne volonté n'avait pas l'habitude du travail et se retrouvait impuissante et désemparée devant un enfant à soigner et une maison à entretenir dans des conditions précaires, car le salaire de Yirmiyahou, qui avait été libéré du Palmach et travaillait comme arpenteur, était maigre, ce qui ne les empêcha pas d'avoir un autre fils un an plus tard et une fille deux ans après. Tsipora s'était opposée à ce mariage, qui lui paraissait porteur de nombreux soucis, mais elle n'en avait rien dit à Yoël et encore moins à Yirmiyahou, c'était le genre de sujet dont elle avait décidé de ne pas se mêler et s'en serait-elle mêlée que cela n'eût servi à rien car Yirmiyahou, travailleur et droit comme son père, adorait Temima qui avait une grâce particulière, un peu enfantine, et dont même l'inefficacité avait un certain charme, comme aussi son cœur simple et généreux que Tsipora mit du temps à découvrir tant elle avait de l'ouvrage – c'est elle qui faisait leurs courses pendant les premières années du mariage, cuisinait et repassait, rangeait les armoires et surveillait les enfants – et pendant ce temps Méïr revint d'Italie, sillonné de rides et le front dégarni, et se mit à travailler comme mécanicien, complétant son salaire après son travail en faisant des réparations électriques, de la serrurerie et de la pose de stores, et en l'espace de deux ans il eut deux autres fils et c'est à la même époque que, parmi les réfugiés qui venaient d'Europe, arriva un jeune homme appelé Alter, un parent si éloigné de Tsipora que ni elle ni sa mère ne connaissaient sa famille dont elles avaient à peine entendu parler, et Yoël et Tsipora l'accueillirent chez eux, lui donnèrent des vêtements et des chaussures et l'installèrent temporairement sur la terrasse. Le jeune Alter était un garçon très simple, sans aucune éducation et instable, Yoël le prit à son travail et se mit à l'initier au métier de coffreur mais avant même qu'il ait appris à scier convenablement, les émeutes antérieures à la guerre d'Indépendance éclatèrent et le jeune Alter fut enrôlé dans l'armée en même temps que Méïr, Yirmiyahou et Aviezer et malgré ces événements, on commença les préparatifs du mariage de Ruth avec Yaacov Teich, Yoël et Tsipora rencontrèrent ses parents, puis les invitèrent à un déjeuner de shabbat, on fixa la date du mariage et Tsipora, rongée d'inquiétude pour ses fils et le jeune Alter, débordée de travail avec les enfants de Méïr et de Yirmiyahou et sa sœur Sarah qui ne la laissait pas en paix, passa des nuits entières à coudre à la machine des draps et des taies de la meilleure toile pour Ruth, quand soudain, quelques jours avant le mariage, alors que taies et draps étaient déjà amidonnés, repassés et attachés par petits tas avec des rubans de soie bleue, la nouvelle leur parvint que Yaacov Teich avait été tué dans l'un des convois qui transportaient des provisions à Jérusalem, et Tsipora rangea taies et draps dans l'armoire et les donna un an plus tard, avec des sentiments mêlés, à Esther qui de temps en temps répétait à Tsipora, à Ruth et à d'autres qu'elle ne se marierait que par amour, ne fût-ce même qu'un amour d'un mois, que sinon elle préférait rester célibataire, et un beau jour avant de quitter la maison – elle travaillait comme agent de liaison dans l'armée – elle alla vers Ruth et lui dit en riant, “Cette nuit, je suis montée sur le toit. Ecoute, le printemps arrive" et neuf mois plus tard, elle eut une fille de Michaël Kaplan qu'elle épousa après une brève liaison, au cours d'une modeste cérémonie avec peu d'invités et en l'absence de Méïr, d'Aviezer et du jeune Alter qui faisaient la guerre, et tandis qu'elle se tenait sous le dais, dans la robe de mariée blanche que Tsipora avait remise à sa taille, on pouvait aisément distinguer son état de grossesse avancée. Un an plus tard, Ruth épousa Gershon Gotthelf, spécialisé en mécanique de précision, de dix ans son aîné et qui l'aimait beaucoup, et Tsipora lui cousit avec un sentiment mêlé de malaise taies et draps neufs, mais pendant ce temps, alors que tout le monde était plongé dans le deuil de Yaacov Teich, la guerre gagna tout le pays et Tsipora, silencieuse, veillant à une apparence paisible et au train-train quotidien, confondit le jour et la nuit à force d'inquiétude pour ses trois fils et le jeune Alter dont ils n'avaient aucunes nouvelles et Yoël, qui lui aussi veillait à son apparence habituelle et se contentait de demander tous les jours, comme par hasard, s'il y avait une lettre, ignorait s'ils se trouvaient au nord, au sud ou à Jérusalem – ce qui était le plus terrible – et les informations partielles et imprécises qu'ils recevaient ne faisaient qu'accroître leur inquiétude et leur perplexité parce qu'elles leur parvenaient avec du retard, et c'est en ces temps de confusion qu'ils apprirent indirectement la mort du jeune Alter et pendant près d'un mois Yoël et Tsipora, qui courait d'un bureau à l'autre et chez diverses personnes pour essayer de vérifier et de confirmer la chose, ne purent ni se consoler ni se remettre du choc causé par cette mort, quand un soir Ruth entendit sonner à la porte, alla ouvrir et le jeune Alter, ignorant tout de sa mort, entra, fatigué, crasseux et en sueur mais sain et sauf et Tsipora, incapable de se retenir, entra dans la salle de bains, pleura et revint quelques minutes plus tard, après s'être lavé le visage. Quelque temps plus tard, ils apprirent que Yirmiyahou avait été blessé à la poitrine et au bras et qu'il était resté étendu près d'une demi-journée sous un buisson, par une chaleur torride, avant d'être découvert et transporté à l'hôpital où il était couché parmi des dizaines de blessés et la première fois, Tsipora – Temima était déjà allée le voir la veille – était restée quelques minutes à l'entrée de la salle qu'elle avait fouillée des yeux avant de pouvoir le trouver, elle lui rendait visite presque tous les jours, souvent avec Temima, parfois avec Yoël ou Ruth, et lui apportait du gâteau, des fruits ou des petits pains aux oignons qu'elle préparait spécialement pour lui parce qu'elle savait qu'il en raffolait, à l'époque les oignons étaient hors de prix, et pendant tout ce temps, partagée entre les soucis ménagers et les inquiétudes du jour, il fallait qu'elle intervienne et apaise les querelles incessantes et fastidieuses entre Sarah et Yona Kochinski, querelles de plus en plus fréquentes qui faisaient régner la fureur et la confusion et les conduisit au bord du divorce, cette fois avec l'accord et même à la demande de Yona qui, un jour où Sarah était absente, mit quelques vêtements et des effets personnels dans deux valises, sortit et verrouilla la porte et pendant qu'il était encore sur le palier, la voisine sortit et le dévisagea d'un air curieux, alors Yona prit une valise dans chaque main et dit, "Madame Ribenfeld, je ne peux plus souffrir" et il s'en alla, mais deux jours plus tard, il revint et se réconcilia avec Sarah, qui était devenue presque folle de chagrin et de solitude, mais ces réconciliations ne duraient que quelques jours et tout recommençait, la colère et les querelles, si bien que Yona redemanda le divorce, Tsipora le soutint, mais Sarah, qui avait passé des années à provoquer cette situation, ne se montra pas empressée. Par l'entremise d'amis qui venaient transmettre un rapide bonjour, Tsipora faisait parvenir des colis à Méïr, à Aviezer et au jeune Alter, dans lesquels elle enveloppait minutieusement gâteaux et biscuits, parfois un bocal de harengs marinés ou une boîte de conserve auxquels elle ajoutait des chaussettes et du linge propre, une paire de lacets ou une écharpe et des cigarettes pour Aviezer, les plus raffinées qu'elle pût trouver. Les années l'avaient rendu plus beau, mais plus retiré et plus silencieux, et lorsqu'il revenait à la maison pour une brève permission, il se laissait tomber sur le lit et plongeait aussitôt dans un profond sommeil qui pouvait durer une semaine entière et à son réveil, quand il ne lui restait plus qu'une heure avant de repartir, il s'amusait avec Mussolini, qui passait son temps à somnoler dans un coin de la pièce et avait commencé à maigrir et à sentir mauvais de vieillesse, ou bien s'asseyait à la cuisine et écoutait Ruth qui fabriquait d'ingénieuses décorations avec des chutes de papier et de tissu, des débris de verre et du bois et tissait avec du raphia des serviettes en forme d'oiseaux ou de poissons, et il continua à la voir même après son mariage avec Gotthelf et c'est à lui seul, après de longues années de silence et de retenue, qu'elle ouvrit son cœur et parla sans amertume ni même nostalgie de Yaacov Teich dont elle rêvait souvent et même parfois, pendant qu'elle faisait l'amour avec Gershon. Quelques semaines plus tard, tandis que la guerre tirait à sa fin, Yirmiyahou sortit de l'hôpital et sans avoir complètement guéri de ses blessures, qui le gênaient encore et alourdissaient son bras, il reprit son métier d'arpenteur et se mit à parcourir le pays dans une camionnette poussiéreuse, revenant le soir à la maison où ils étaient très à l'étroit depuis la naissance du quatrième enfant, mais comme il n'avait pas d'argent pour acheter un appartement plus vaste et refusait de s'engager dans des crédits, il dut attendre que la guerre s'achève et que la vie reprenne plus ou moins son cours et alors, les frères et les gendres, le jeune Alter et Yoël se mirent à l'œuvre et, en travaillant le soir et de nombreux shabbats, ils ajoutèrent à la maison, qui n'était pas loin de celle de Yoël et de Tsipora, une belle pièce et agrandirent la cuisine, les deux pièces existantes et la terrasse. Chacun avait maintenant repris son ancien métier, à l'exception du jeune Alter, qui paraissait plus vieux que son âge et avait ouvert une épicerie, et d'Aviezer qui ne s'était pas marié ; vers la fin de son service militaire, il avait voulu être pilote et avait même été reçu aux classes d'entraînement, mais après avoir échoué à l'un des niveaux, il avait été dirigé vers le pilotage d'avions légers pour des missions de survol, de photographie et de liaison qu'il effectua pendant trois ans à l'issue desquels il quitta l'armée et partit pour l'Amérique où il passa deux ans, revint en Israël et commença à piloter des avions d'arrosage. Il aimait ce travail auquel l'altitude et la vitesse faisaient défaut, mais les dangers et les défis le séduisaient et le grisaient chaque fois qu'il pilotait le Piper au-dessus des champs de coton, de sorgho et de betteraves à sucre, piquant dangereusement vers le sol, frôlant presque la cime des arbres ou le toit d'une cabane, passant parfois sous les câbles électriques pour repiquer aussitôt vers le haut, et après le travail, pendant ses heures de loisir, il lisait des livres – ce qu'il ne faisait pas autrefois – ou se consacrait à son ancien amour des chiens et élevait un superbe berger allemand qui avait succédé à son boxer, mort d'un empoisonnement. Il habitait seul et les soirs de fête et de shabbat, comme ses frères et sœurs et leur famille, il allait chez Yoël et Tsipora qui, marqués déjà par l'âge, continuaient à vivre comme autrefois, Yoël travaillait dans le bâtiment et Tsipora s'occupait de la maison et de la famille, incapable de se reposer parce qu'il y avait toujours quelque chose à faire, une aide à apporter à un fils, une fille, un gendre ou une belle-fille, ou un conseil qu'il était indispensable de donner, toutes sortes de tensions et de désaccords qu'il fallait apaiser, comme cette crise qui avait éclaté entre Temima et Yirmiyahou à la suite d'une liaison passagère de Temima, dernier sursaut avant que sa vie ne plonge définitivement dans la routine, liaison qui avait tant peiné Yirmiyahou qu'il avait voulu divorcer, mais Tsipora l'en avait empêché en lui conseillant d'attendre car si douloureuse fût-elle, c'était une histoire sans importance qui s'achèverait aussi vite qu'elle avait commencé, ce qui en effet arriva, et seulement alors, une fois l'incident clos, un jour où Tsipora se trouvait seule avec Temima, dont le visage était ouvert et toujours lisse et frais, elle lui demanda si tout cela était si nécessaire et Temima dit, "Oui" et Tsipora lissa lentement de la main la toile cirée sur la table puis la regarda, elle continuait à l'affectionner comme avant, et lui dit qu'elle n'aurait pas dû l'avouer à Yirmiyahou et Temima dit, "Il l'a appris par quelqu'un d'autre" et Tsipora dit, "Tu aurais dû le nier catégoriquement" et comme Temima l'écoutait attentivement, elle continua en disant qu'il fallait faire attention à ne pas provoquer de chagrins inutiles, que la vie était imparfaite et limitée, qu'il fallait l'accepter et s'y résigner sans amertume et elle répéta, "Il faut faire attention" et Temima dit, "Oui, mais ce n'est pas toujours possible" et Tsipora voulut lui caresser la joue mais elle se contenta de la regarder avec sympathie et dit, "C'est vrai. Je le sais", elle continua de lisser la nappe et après un moment de silence, elle dit que même la routine, à laquelle personne ne pouvait échapper, avait une certaine beauté, puis elle ajouta qu'il existait des obligations et des responsabilités qui n'allaient pas forcément à l'encontre de la liberté, qu'il n'était pas donné à quiconque de pouvoir les ignorer et qu'il valait mieux le savoir, puis elle se tut un moment et dit, "Toute ma vie, j'ai prié pour ne pas être amère", elle esquissa un léger sourire et répéta, "Il faut faire attention" mais elle le dit sur un ton si tranquille et paisible, comme d'ailleurs tout le reste, qu'il n'y avait pas l'ombre d'une accusation ni de colère envers Temima qu'Esther détestait, peut-être à cause de sa fraîcheur ou de la franchise naturelle qui accompagnait tous ses actes, et plus d'une fois elle essaya d'insinuer le doute dans le cœur de Yirmiyahou, en lui laissant entendre qu'elle le trompait encore ou du moins en était capable, le poussant ainsi à la quitter, mais Esther, qui était devenue une femme amère et rongée de jalousie, détestait tout autant Nehama et Ruth, ainsi que son mari qu'elle tracassait par tous les moyens, cherchant sans cesse des occasions d'intriguer et d'attiser des querelles souvent accompagnées de cris et d'injures, et la plupart du temps, peut-être inconsciemment, elle transformait ces querelles en règlements de compte autour de l'héritage et de son partage, ce qui était embarrassant à l'extrême, et prétendait qu'elle avait droit à une plus grande part d'héritage que Nehama, à qui son père avait laissé une étable et des terres, et même plus que Ruth dont elle était l'aînée, quant à Temima, elle ne méritait pas un sou à cause de son histoire d'amour, sans parler de son tempérament dépensier, et elle était incapable de se contenir même pendant les réunions familiales des shabbats et des fêtes. Ces rencontres s'étaient transformées en tradition et chaque famille arrivait au complet, Méïr et Nehama avec leurs six enfants, Michaël et Esther avec leurs trois enfants, Gershon et Ruth aussi avec trois enfants et la mère de Gershon, une belle femme au visage russe, qui vivait avec eux depuis qu'elle avait pris sa retraite de l'hôpital où elle travaillait comme technicienne de laboratoire, et tous se réunissaient dans la grande pièce qui, d'année en année, devenait trop petite pour les contenir, ils s'installaient autour de la table à rallonges où Tsipora avait disposé jus de fruits, sucreries, cacahuètes et fruits et tout le monde mangeait et buvait en parlant des affaires familiales, du travail, des difficultés matérielles ou parfois ils s'engageaient dans des discussions politiques, surtout à cause de Michaël Kaplan qui était ingénieur en bâtiment et avait des idées de gauche et ne pouvait pas supporter qu'"eux là-bas", c'est-à-dire le gouvernement, prennent des mesures injustes et gaspillent, par myopie et étroitesse d'esprit, la bonne volonté et les capacités de la classe ouvrière et entraînent le pays à la catastrophe, mais malgré son caractère impulsif qui s'émoussa avec le temps, il avait suffisamment d'humour pour que ces discussions s'achèvent dans la bonne humeur et la réconciliation, et plus tard, en fin de soirée, Yoël distribuait à chacun de ses petits-enfants le cadeau de la semaine, mais au fil des années, la famille continua de s'agrandir, les petits-enfants commencèrent à se marier et à avoir des enfants et les grandes réunions devinrent à la fois impossibles et rares parce que certains habitaient loin, d'autres faisaient leur service ou bien avaient des obligations familiales ou professionnelles, mais dès qu'ils le pouvaient, la plupart d'entre eux venaient régulièrement avec leurs enfants que Yoël faisait sauter sur ses genoux, portait sur ses épaules ou bien à qui il chantait quelque chose, et quand Tsipora eut soixante-dix ans, toute la famille se réunit, ainsi que le père de Goldman et Stephana, Shmouel et Bracha et l'oncle Lazare, et Yehoudit Tanfauss, et Yona Kochinski avec Sarah, qui restèrent peu de temps, et le jeune Alter avec sa femme et ses deux fils, dont l'aîné était sur le point d'achever son service militaire, et la mère de Nehama, et les parents de Temima et même ceux de Michaël Kaplan, qui étaient tous deux médecins et ne s'étaient jamais mêlés à la famille, quant à Tsipora, elle n'avait jamais essayé de les rapprocher, mais en les voyant, elle les accueillit avec le sourire et ils s'assirent avec les autres dans le jardin de la maison pour fêter cet événement qu'à vrai dire Tsipora souhaitait passer sous silence, et au milieu de la soirée, alors que la joie était à son comble, Yoël tira de sa poche une petite boîte bien enveloppée et entourée d'un ruban et la tendit à Tsipora qui l'ouvrit et en sortit une montre en or que Yoël lui avait achetée en cachette parce qu'elle n'avait pas de montre depuis son arrivée en Israël, et Tsipora, le visage inondé d'un sourire, le regarda avec des yeux brillants, pleins de gratitude et ils s'embrassèrent en rougissant, mais comme Méïr, Yirmiyahou, Aviezer,

Esther et Ruth avaient aussi décidé de lui faire la surprise d'une montre en or, Tsipora se retrouva instantanément avec deux montres en or sous le vacarme et les rires des invités qui continuèrent à festoyer jusqu'après minuit, puis lentement se dispersèrent et chacun rentra chez soi, il ne resta plus que Yoël, Tsipora et Aviezer qui, comme tous les samedis et les soirs de fête, passait encore un moment en leur compagnie. Tsipora désirait qu'il se marie et fonde une famille qui l'arracherait à sa solitude et lui ferait du bien, mais elle ne disait rien, n'y faisait même pas allusion, et se contentait de regarder avec affection et espoir son beau visage bronzé, creusé de rides et de plus en plus triste et lointain, ses cheveux bouclés qui avaient complètement blanchi, essayant de deviner ce qui occupait son cœur et ses pensées et de lui transmettre en silence ses souhaits auxquels elle ne croyait plus tellement, mais qu'elle désirait tant voir exaucés, et elle consacrait maintenant toutes ses forces et son attention à Sarah dont le corps était envahi et rongé par le cancer, et Yona Kochinski, le visage osseux et flétri comme celui d'une poule à la voix desséchée, pleurait de chagrin et d'impuissance, de la voir s'éteindre sous ses yeux et de ne pouvoir ni la sauver ni même faire face à ses demandes et aux soins requis parce qu'il était à la fois brisé, incompétent et qu'il ne pouvait surtout pas supporter la vue de ce visage et ce corps consumés, qui provoquaient en lui une répulsion insurmontable et de la peur ; et comme il n'avait pas les moyens d'engager une infirmière parce que tout leur argent avait été dissipé en vêtements, tapis et sorties, c'était Tsipora qui la soignait, mais pas avec la même vigueur qu'autrefois, les années l'avaient marquée, les maladies – l'artérite et le diabète – l'avaient entamée, et surtout le mal, qui avait affecté sa jambe droite et lui causait des douleurs insupportables, épuisait ses forces et son énergie et la gênait dans ses mouvements au point que peu de temps après la mort de Sarah, elle ne se déplaça plus qu'en étant portée, et elle passait ses journées au lit, sur une chaise longue ou assise dans un fauteuil et Yoël la transportait d'un lieu à un autre, aidé d'un des fils ou des belles-filles qui ne la laissaient jamais seule, surtout Nehama qui leur faisait la cuisine, le ménage et le repassage et s'occupait de la toilette de Tsipora. Yoël qui devant Tsipora essayait de paraître tranquille et de bonne humeur, allant même parfois jusqu'à plaisanter, était de plus en plus désespéré de voir sa femme décliner, il avait de jour en jour plus de mal à le cacher, comme d'ailleurs toute la famille qui espérait le mieux mais craignait le pire en sachant qu'il était inévitable et seule Tsipora, malgré ses douleurs qui ne connaissaient pas de répit et habituée toute sa vie à se suffire à elle-même et surtout à craindre d'avoir besoin des bienfaits d'autrui dont elle se retrouvait totalement dépendante, essayait de les remonter, gardant la plupart du temps sa bonne humeur et son optimisme, non par besoin d'illusions mais parce qu'elle croyait, de cette même manière intuitive et résolue, qu'il était interdit de perdre la volonté et le goût de vivre et qu'elle n'avait aucune raison de désespérer ni de pleurer sur son sort parce que, après tout, sa tête, ses bras et ses sens étaient intacts, comme elle croyait aussi que l'être humain devait combattre sa détresse au lieu de s'y vautrer et de s'en décharger sur les autres, et lorsque la famille venait la voir, elle découpait encore d'une même main agile le gâteau, que l'on approchait d'elle, servait les jus de fruits, demandait à chacun ce qu'il faisait, donnait des conseils ou réprimandait quelqu'un avec cette fermeté, fruit de son expérience et sa droiture, et une fois seulement son visage s'affaissa, exprimant une fureur irrépressible, ce fut lorsque le jeune Alter vint prendre congé d'eux avant d'émigrer avec sa famille en Australie et Tsipora, qui l'écoutait avec Yoël parler sur un ton de respect humble et craintif, dit, "Qu'est-ce qui te manquait ici, en Israël ?" et le jeune Alter, décoiffé et mal à l'aise à cause du ventilateur qui dérangeait ses rares cheveux, caressa ses mains épaisses et laides et bredouilla quelque chose sur les impôts et la vie que l'on ne pouvait vivre deux fois, et Tsipora dit, "Ça, je le sais. Ce n'est pas une grande découverte" et Yoël lui demanda s'il voulait boire quelque chose – il faisait chaud et humide et malgré le ventilateur son visage était en sueur – et le jeune Alter, dont la langue était devenue pâteuse, hocha la tête pour dire non et parla confusément de son frère, unique membre vivant de sa famille, et Tsipora dit, "Bon. Va en paix. Mais ne le regrette surtout pas" et après un bref silence elle ajouta, "Ici, on ne retient personne de force. Tu peux partir" et le jeune Alter dit, "Oui" et continua de rester assis sur le bord de la chaise, le visage sombre, la tête rentrée dans les épaules, le regard errant sur la nappe et les chaises, sans jamais regarder directement Tsipora et essayant de temps en temps d'arranger sa coiffure, Yoël lui proposa de nouveau un verre de jus de fruits ou d'eau fraîche et le jeune Alter dit, "Non, merci", il essuya son visage sur son bras, redit quelque chose sur son frère, puis se leva et serra la main de Tsipora et de Yoël qui l'accompagna jusqu'à la porte et dit, "En tout cas, si tu veux revenir, notre porte est toujours ouverte", le jeune Alter le remercia d'un mouvement de tête, sortit de la maison et s'en alla sous le soleil et Yoël, à qui Shmouel et Bracha demandaient des nouvelles de Tsipora et de sa jambe, le regarda disparaître derrière la haie et après être revenu dans la chambre et s'être assis à la place du jeune Alter, il dit, "Les gens s'agitent comme des rats. Il va revenir" et Tsipora dit, "Je n'ai pas besoin de lui ici" et au bout d'un moment elle ajouta, "Non, je ne crois pas" et Yoël dit, "Il faut espérer. En tout cas, les médecins ne promettent rien" et Bracha dit, "On ne peut jamais savoir" et Yoël dit, "Oui. C'est possible", puis il reprit, "Tsalik se marie bientôt" et Shmouel dit, "Félicitations. Avec qui ?" et Yoël dit, "Avec une jeune fille de Hadera. Une institutrice. Ils se sont connus à l'armée", il s'assit à côté de l'oncle Lazare et Goldman, qui tenait le verre vide et faisait semblant de ne rien voir ni entendre tout en remarquant pour la première fois, d'un coup d'œil, à quel point Yoël et l'oncle Lazare se ressemblaient, attendit que Yoël achevât sa visite et s'en allât et peu de temps après, il se leva, salua tout le monde et partit aussi, et le lendemain matin, il accompagna Israël à Saint-Antoine, s'assit sur l'un des bancs et l'écouta jouer de l'orgue, puis ils mangèrent à midi dans le restaurant de poissons et pendant le repas, Goldman parla sans cesse des jours passés au service militaire et surtout de ses projets, puis soudain il dit, "Je t'envie de pouvoir jouer" et Israël dit, "Oui", tout en étant déjà certain de ne rien pouvoir tirer ni de lui-même ni de son jeu, et Goldman dit, "C'est merveilleux" et après être resté pensif un moment, il reparla de ses projets, puis ils prirent un café turc et du baklava et revinrent à pied en longeant la mer, l'air semblait soudain automnal et chargé d'une forte odeur de poissons et d'algues, le soir ils allèrent ensemble au cinéma et Goldman remit à plus tard la visite chez Tsipora, à l'hôpital. L'ombre de la séparation avec Dita l'enveloppait et pesait sur lui plus qu'il ne l'eût imaginé, il lui arrivait même de vouloir monter chez elle ou au moins l'appeler, mais il se retint et les premiers jours de son retour du service se passèrent ainsi en baignades, lectures et diverses petites occupations, sans qu'il retourne à son travail, ni même ne téléphone pour annoncer son retour, ni ne revoie César sauf au cours d'une brève rencontre. César, qui était déprimé et impatient, écouta à peine ce que disait Goldman et trois jours plus tard, le jour où Eliezra et Gideon devaient se présenter au rabbinat pour conclure leur procédure de divorce, il prit son appareil photographique et quitta la ville après avoir passé quelques semaines confuses, pleines d'espoirs démesurés qui se dissipaient le matin, de promesses qui parfois se transformaient en insultes à l'instant même où elles étaient proférées, de décisions catégoriques qui s'envolaient une heure plus tard et le laissaient désemparé, impuissant et hostile, et tout cela parce qu'il ne voulait pas de ce divorce, qui brusquement se réalisait, et essayait de le faire échouer à force de supplications, de mensonges, de menaces ou de simples disparitions, espérant jusqu'au dernier soir qu'il ne serait pas prononcé, alors que Gideon et Eliezra s'étaient déjà présentés au rabbinat et avaient franchi presque toutes les étapes de la procédure, mais il croyait qu'au dernier moment Eliezra reculerait, ce qu'elle ne fit pas et qui était inutile parce que maintenant Gideon aussi était décidé à en finir, il avait passé des mois à essayer de la faire revenir sur sa décision, puis découragé, avait fait de sa vie un enfer : il avait déménagé dans une autre pièce, cessant de lui parler ou parfois l'injuriant à grands cris, lui promettant de se venger par tous les moyens, y compris en l'empêchant de voir ses enfants et en lui refusant le moindre centime, allant même jusqu'à la frapper mais finalement, il se résigna sous l'influence de ses parents, accepta le divorce et exigea qu'il fût prononcé rapidement et sans scandales. La chose fut faite un jour à midi, et aussitôt après, Eliezra téléphona au studio et demanda César, et Israël, qui n'avait pas le courage de lui annoncer qu'il avait quitté la ville, lui dit qu'il était absent et reviendrait sans doute vers le soir, et lorsque Eliezra rappela vers le soir, Israël continua de mentir et dit que César avait appelé de Haïfa en le priant de lui transmettre qu'il devait y rester jusqu'au lendemain, et Eliezra dit, "Il avait promis de m'attendre aujourd'hui au studio ou de me téléphoner" et Israël dit, "Je ne sais vraiment pas" et Eliezra dit, "O.K. Lorsqu'il reviendra, dis-lui, s'il te plaît, que je suis chez mes parents et que j'attends son coup de fil", Israël dit, "D'accord", et Eliezra dit, "J'ai divorcé", Israël hésita, puis ne dit rien et Eliezra dit, "N'oublie pas de le lui transmettre". César revint au bout de deux jours et entra furtivement comme un voleur, fripé, en sueur et semblant si pathétique et désemparé qu'au premier abord, Israël réprima un éclat de rire et regarda sans rien dire César qui se défit de son encombrant appareil-photo, entra un instant dans son bureau, revint et s'épongea le visage, et après un bref silence demanda si on l'avait appelé ou s'il s'était passé quelque chose en son absence, et Israël, assis à l'extrémité du canapé, dit, "Oui. Eliezra a divorcé", César dit, "Quoi d'autre ?" et Israël dit, "Elle a téléphoné et m'a prié de te transmettre qu'elle était chez ses parents et attendait ton coup de fil" et César dit, "Sale pute. Qu'elle aille au diable et par le plus court chemin", il enleva sa chemise qui puait la sueur, la jeta sur la table et entra sous la douche et après s'être lavé et avoir changé de vêtements, il se versa un demi-verre de whisky et alluma une cigarette, s'adossa au piano et dit qu'il n'avait jamais exigé d'Eliezra qu'elle divorce, ni même proposé la chose mais bien au contraire, qu'il s'y était opposé et l'avait priée de ne rien en faire ou du moins de ne pas se hâter et par conséquent, ce divorce n'engageait personne d'autre qu'Eliezra. Israël se tut et César, qui était dans la confusion et la détresse les plus grandes, se leva et se mit à arpenter la pièce tout en maudissant Eliezra et Gideon, puis il s'arrêta brusquement et demanda à Israël s'il devait lui téléphoner et Israël dit, "Tu n'as pas le choix", César le regarda, agacé, et demanda pourquoi il n'avait pas le choix et pourquoi, après tout, il devait lui téléphoner, et Israël dit, "Pour la rencontrer et en finir avec cette histoire". César hésita un instant, puis se dirigea à contrecœur vers le téléphone, souleva le récepteur, le reposa avec colère, le reprit un instant plus tard et se mit à composer le numéro mais avant même d'avoir fini, il le reposa de nouveau en disant qu'il n'y avait aucune urgence et qu'il n'arriverait aucun malheur s'il l'appelait le lendemain puisqu'elle avait déjà divorcé et qu'elle ignorait son retour, il y eut alors un silence et César regarda longuement par la fenêtre, le soleil était déjà couché et le ciel était couvert de petits nuages gris, puis il s'assit sur le canapé, à côté d'Israël, et dit qu'après tout il pourrait épouser Eliezra parce qu'il l'aimait, mais Israël continua de se taire et César alluma une autre cigarette et dit qu'il en avait assez de cette vie, qu'il était prêt à se faire pousser la barbe et à s'enfuir en Espagne ou en Amérique, ou bien à vivre dans une île grecque parce qu'il n'avait plus la force de supporter les difficultés, ni de se soumettre aux mille obligations et exigences stupides et insensées dont on l'accablait, qu'il n'avait aucune envie de se marier et de fonder une famille, celle qu'il avait lui suffisait, et nulle force au monde ne pourrait l'y contraindre, encore moins Eliezra qui n'était pas faite pour la vie de famille, et il se mit une fois de plus à étaler devant Israël ses théories sur la sottise et la faillite du mariage et de "l'institution familiale" dans un monde devenu fluide et enclin à des situations et à des rapports amorphes, théories qu'Israël avait entendues un nombre incalculable de fois, mais que César amplifiait maintenant ou du moins nuançait, en prétendant que ceux qui s'aimaient ne devaient justement pas se marier, que le mariage était uniquement fait pour ceux qui ne s'aimaient pas puisque la concrétisation de l'amour par le mariage signifiait obligatoirement sa mort, car toute chose vivante – et l'amour était une chose vivante – ne pouvait exister que dans le mouvement auquel le mariage était si opposé qu'il ne pouvait entretenir l'amour. César énonça sa vision avec une grande fermeté, comme s'il voulait en convaincre Israël parce qu'il avait plus que jamais désespérément besoin d'une formule magique qui lui permît d'éviter les contraintes et de faire perdurer une situation où il profiterait de tout sans renoncer à rien, et si c'était vraiment impossible, où il pourrait au moins ne pas faire ce qu'il n'avait pas envie de faire. Israël l'écouta patiemment et César dit, "Tu ne penses pas ainsi ?" et Israël dit, "Je ne sais pas. Je n'y ai jamais pensé", César le regarda un instant, puis se dirigea de nouveau vers le téléphone, mais il hésita et ne souleva même pas le récepteur et finalement décida de la rappeler le lendemain, ce qu'il fit, et le soir ils se rencontrèrent dans le studio. Eliezra, fatiguée et tendue, essaya de dissimuler son humeur de son mieux en affichant un visage heureux, elle était en effet euphorique et déprimée à la fois, et après avoir enlacé et embrassé César, elle lui annonça qu'elle avait divorcé de Gideon et que rien ne les empêchait plus de se marier et César, qui préparait le café, dit, "Oui. Bien sûr. Dieu merci" et il demanda comment Gideon avait réagi, et Eliezra dit, "Très bien. Ce n'était pas une surprise pour lui", puis elle ajouta, "Je suis heureuse que ce soit déjà fini", elle s'installa sur le canapé, à côté de César, et répéta qu'ils pouvaient se marier maintenant et César, qui lui caressait le genou, dit, "Oui. Mais il vaut peut-être mieux attendre que les choses se tassent", et il vit en même temps qu'elle n'était plus aussi belle qu'avant, surtout son visage qui semblait amer et presque flétri et son cou aussi, il sentit qu'il ne l'aimait pas et ne la désirait même pas, que sa présence lui pesait au point de souhaiter qu'elle finisse son café et s'en aille une fois pour toutes, mais Eliezra resta assise et ils parlèrent de projets et d'aménagements divers, d'un appartement, d'argent et d'un voyage de plaisir à l'étranger, et César la couvrit de mots d'amour parmi lesquels il glissa les difficultés et les soucis qui l'accablaient, il parla surtout de la maladie de son fils et lui fit mille cajoleries, mais quand Eliezra voulut coucher avec lui, d'abord en le lui laissant entendre puis en le lui demandant ouvertement, tant elle avait besoin d'encouragements, il se déroba en prétextant la fatigue, et Eliezra, qui tout en exprimant sa compréhension fit une dernière tentative réservée et indirecte, en prit son parti et s'abandonna sans joie aux étreintes vides et impatientes de César qui l'accompagna chez ses parents où il la quitta enfin, décidé à rompre sans tarder avec elle, ce qui lui semblait à la fois facile et indispensable, et il alla chez Tehila qu'il réveilla, l'heure était déjà tardive, et il coucha avec elle, soulagé et joyeux, elle lui paraissait soudain plus proche et nécessaire que quiconque, et s'endormit ainsi, mais le lendemain son humeur s'assombrit dès le matin, il redevint agité et son irritation, entrecoupée de brèves accalmies, dura quelques semaines au cours desquelles son affrontement avec Eliezra se poursuivit, César faisait des promesses qu'il retirait aussitôt en les accompagnant d'explications évasives, d'excuses et de tentatives de susciter la pitié, surtout avec la maladie de son fils, puis au bout de quelques jours, saisi d'angoisse à l'idée de perdre ce qui lui importait le plus, il revenait à elle, très ému et amoureux, couchait avec elle et lui promettait le mariage, en fixait même la date, puis se dérobait de nouveau et la fuyait avec un sentiment d'impatience et parfois de dégoût. Peu à peu Eliezra cessa de faire pression sur lui, de lui téléphoner ou de le voir et César, fatigué par tout cela, respira enfin jusqu'au jour où il apprit qu'Eliezra sortait avec un ingénieur et alors, il s'éveilla de sa paisible torpeur et, encore consterné, rongé de regrets et d'un terrible sentiment de perte comme si tout lui échappait irréversiblement, il se mit à s'agiter dans une tentative désespérée de la ramener à lui mais en vain, car Eliezra comprit pour la première fois qu'il la dupait et malgré ses supplications refusa de le revoir et lui demanda même de cesser de téléphoner, mais tout en sachant qu'il était trop tard, César continua d'insister jusqu'à ce qu'Eliezra épouse son ingénieur et alors sa passion se transforma en une haine venimeuse. Il la dénigrait haut et fort, la maudissait, elle, ses parents et l'ingénieur au sujet duquel il se renseigna dès le jour où il sut qu'il sortait avec Eliezra, cherchant des astuces pour le rencontrer ou au moins l'apercevoir et un soir, quelques jours avant le mariage, César réussit enfin à le voir par hasard, en train de traverser la rue avec Eliezra alors que lui-même était arrêté à un feu rouge, il les suivit du regard jusqu'à ce qu'ils disparaissent, le tout ne dura qu'un instant et le même soir il dit à Israël, "Je l'ai vue avec son vieux. Je leur souhaite du plaisir. On pourrait le prendre pour son père. Je me demande comment elle peut coucher avec cet impuissant. Je suis sûr que son pénis est comme un haricot", puis il ajouta, "Qu'elle l'épouse si elle le désire. Ça m'est égal" et un peu plus tard, "Il n'en sortira rien. C'est stupide", et il regarda Israël qui, assis devant le piano et en train de jouer au moment où il entra, se contenta de ne rien dire. Et pour la première fois, César comprit vraiment que tout cela n'était ni un cauchemar, ni une histoire inventée pour le séduire, ni un caprice passager et alors il ne lui resta plus qu'à s'accrocher à des espoirs fous, souhaiter que le temps s'arrête ou qu'il arrive une catastrophe, prier qu'Eliezra meure des suites d'une maladie, d'un accident ou d'une noyade, ou que son ingénieur soit gravement blessé, perde une jambe ou soit paralysé, mais aucun malheur n'arriva et le temps ne s'arrêta pas et vint le jour du mariage d'Eliezra avec l'ingénieur. C'était une journée ensoleillée, quelque temps après les premières pluies et César, le visage terreux, arriva de bonne heure au studio et fit quelque chose dans la chambre noire, puis il prit un café, regarda distraitement ses photographies de travail qu'il laissa tomber, incapable de les voir et trop impatient pour le faire, il bavarda un peu avec Israël, toujours aussi distrait et décousu, comme dans un brouillard, ensuite il alla avec sa voiture au garage, puis à la séance de midi du cinéma "Paris", mais il sortit au milieu du film et fit des courses superflues en ville dans l'espoir d'y rencontrer quelqu'un, en fait il attendait le retour de Tehila dont il avait tant besoin et comme elle tardait à revenir de son travail, il alla chez ses parents où, incapable de passer plus de temps, il resta quelques minutes et repartit, puis il rendit visite à Tirtsa et à ses enfants, mais les parents de Tirtsa s'y trouvaient aussi et ils purent à peine échanger une phrase et lorsque enfin Tehila rentra, à l'heure où sans doute le mariage était déjà célébré et où les invités mangeaient et buvaient, César, débordant de gratitude, l'emmena au restaurant et essaya de la retenir en lui proposant d'aller danser ou voir un film, mais Tehila, épuisée de fatigue, ignorait ce qui se passait et il la raccompagna chez elle en fin de soirée, très déçu qu'elle le laisse seul, puis il reprit sa voiture et roula sur la route de Jérusalem, revint chez elle au petit matin, accablé et pitoyable, et se mit à l'étreindre, et Tehila, somnolente, se laissa faire et quelques semaines plus tard, un samedi après-midi, une petite fête fut organisée en l'honneur de leur mariage qui avait eu lieu quelques jours plus tôt, en présence de la famille et sans aucunes festivités. César ne fit allusion à cette fête que de manière détournée, quant au mariage lui-même, il n'en dit rien ni avant ni après, mais le samedi vers quatre heures, il téléphona à Israël et, l'implorant et le suppliant comme s'il s'agissait de vie ou de mort, il lui demanda de s'habiller aussitôt et de venir à la fête, et Israël dit, "D'accord. Je viendrai. Tout ira bien" et César dit, "Il faut que tu viennes et le plus vite possible. Et si tu le peux, amène aussi Goldman" et Israël répéta, "Tout ira bien. Ne t'en fais pas" et il téléphona, à contrecœur mais aussitôt, à Goldman qui s'étonna parce qu'il ignorait ce mariage et, l'esprit occupé ailleurs, n'avait pas prêté attention à de vagues allusions de César, mais il accepta de venir et Israël, après avoir pris une douche et s'être habillé, passa chercher Goldman et tous deux allèrent à la fête qui avait lieu dans l'appartement des parents de Tehila. C'était un appartement très vaste mais plongé dans une pénombre qui semblait émaner des murs épais revêtus de tapisserie, et des meubles en bois massif qu'elle semblait envelopper en même temps que les cristaux, l'argenterie et les hommes et les femmes, vêtus de superbes costumes et de robes, qui formaient de petits groupes éparpillés dans les vastes pièces ou bien se déplaçaient avec un verre de vin à la main et des petits fours, parlant surtout le polonais entre eux. Israël et Goldman, saisis d'un sentiment d'étrangeté en franchissant le seuil, s'arrêtèrent un instant dans l'entrée, puis se frayèrent un chemin parmi les gens, à la recherche de César et tandis qu'ils le cherchaient, ils croisèrent Tehila, très belle dans une robe de batiste bleu marine et le visage rayonnant de joie à leur vue, ils lui serrèrent la main, Goldman l'embrassa sur la joue et ils lui souhaitèrent "Mazal Tov" ainsi qu'à ses parents auxquels elle les présenta avant de les conduire auprès de César qui était assis, solitaire, à l'extrémité d'un canapé, dans un coin du salon, comme s'il voulait s'isoler des autres et faire oublier son existence, mais en les apercevant, il s'anima et alla aussitôt à leur rencontre, il les attendait avec impatience, et après l'avoir embrassé, ils s'assirent à côté de César, sur le canapé d'où ils ne bougèrent plus jusqu'à la fin de la fête car César, qui se comportait comme si tout cela lui avait été imposé et blessait Tehila, si soucieuse de lui plaire, ne les laissa ni partir ni même le quitter un instant, dans ce lieu où il se sentait aussi étranger et solitaire qu'eux, sans sa famille et ses proches qui n'étaient pas venus, sauf Yaffa, qui resta une demi-heure et s'en alla, et Besh, qui ne se montrait jamais aux mariages et festivités dont il se moquait avec fureur, mais il surgit soudain avec un grand sourire, embrassa Tehila et serra la main de ses parents en leur souhaitant "Mazal Tov", tapota affectueusement l'épaule de César et dit, "Ne fais pas l'enfant gâté, César. Souris un peu. Personne ne t'a fait de mal", et il embrassa de nouveau Tehila, qui lui tendit un verre de cognac, lui sourit avec sympathie et leva son verre en disant, "A votre santé !", et après avoir bu, il dit, "Ne regrette pas ce qui a été ni ce qui aurait pu être. Crois-moi, ça ne vaut pas la peine", et César dit, "Oui" et Besh dit, "Tu dis oui, mais tu penses à autre chose" et bien que les médecins lui eussent interdit de boire et que ces derniers temps il y fît attention, il se resservit un autre verre, le vida et dit, "Il me semble parfois que j'aurais bien aimé me marier aussi, mais il est trop tard pour moi. J'ai trop d'habitudes et je vois déjà les murs et le portail sans même me mettre sur la pointe des pieds. Alors pour quoi faire ?", et il tapota de nouveau l'épaule de César, caressa tendrement la tête de Tehila qui était à côté de lui et lui souriait avec affection, puis salua tout le monde et partit chez Erwin et Zina, qui n'étaient pas venus à la fête sous prétexte de la maladie d'Erwin dont l'état s'aggravait de semaine en semaine. Son corps s'était consumé, sa peau était desséchée et flétrie, il avait de plus en plus de mal à marcher comme si ses os et sa chair avaient durci, et il passait ses journées, assis dans le fauteuil du salon ou de la terrasse, incapable d'aller à son bureau, fixant ses yeux sans vie sur la rue, le ciel ou le mur et demandant sans cesse à Zina ou Besh ou quiconque se trouvait à proximité quelle heure il était, et aussitôt tout le monde s'empressait de lui répondre, mais un peu plus tard, parfois au bout de quelques minutes, Erwin répétait sa question sans tourner la tête et sur le même ton sec et insistant. Il semblait être envahi d'une peur ou d'une profonde méfiance à l'égard du temps et des montres qu'il regardait parfois longuement et avec effort, comme s'il essayait de déchiffrer ce que montraient vraiment les aiguilles et les chiffres qui n'étaient plus pour lui que des signes auxquels il attribuait un sens particulier et personnel, et pourtant malgré son incertitude et ses échecs répétés et incessants, Erwin ne se lassait ni des montres ni de demander l'heure. Les médecins n'avaient pas trop d'espoir, à vrai dire même pas du tout, mais singulièrement cette situation avait insufflé de nouvelles forces à Zina qui, dans les profondeurs, sous la couche d'inquiétude pressentant une fin imminente, sentait passer un courant de bonheur, car la faiblesse d'Erwin, tantôt saisi de tremblements nerveux, tantôt faisant ses besoins dans son pantalon par indifférence ou difficulté à contrôler ses muscles, sa misère et ses hallucinations passagères l'avaient définitivement détaché de Hemda et rendu entièrement dépendant de Zina dont la vie, informe, terne et sans but, reçut soudain une nouvelle impulsion et un dessein, ses souhaits se réalisèrent après qu'elle eut perdu tout espoir, exigeant d'elle des efforts et des sacrifices qui dépassaient la satisfaction de ses propres désirs, et malgré les prières insistantes de Yaffa, de Tsvi et de Max Shpilman pour qu'elle engage une infirmière ou place Erwin dans une maison de santé, elle s'occupait de lui sans relâche : elle le lavait et le rasait, changeait ses vêtements et ses draps, le chaussait et le conduisait aux cabinets et parfois le faisait manger comme un enfant, s'y prenant avec un profond sentiment de justesse et de satisfaction, mais non sans l'espoir d'être payée en retour par la reconnaissance et l'amour d'Erwin, ne fût-ce qu'à la veille de sa mort, cet amour de leurs débuts, quand ils s'étaient rencontrés à Vienne où Erwin était de passage pour des études et elle, en route pour Israël, et depuis, jour après jour, irrémédiablement romantique et infiniment déçue, elle s'était attachée au moindre de ses gestes, à chacune de ses paroles, mais à son grand malheur il était parfois difficile de savoir s'il se souvenait de son nom ou s'il le déformait par méchanceté, car souvent, lorsqu'il se perdait dans ses visions et sa confusion des sens, il l'appelait d'un autre nom, parfois même celui d'un homme, et parmi les dizaines de noms qui lui échappaient ainsi – noms de villes et de femmes, de mets et de concurrents, d'hôtels et de médicaments ou de politiciens et de stars – il ne disait jamais le sien et quand cela arrivait, elle ne savait jamais s'il s'agissait d'elle, et toujours dans la même confusion, il explosait parfois de manière imprévisible et l'accusait de le tromper avec Besh ou quelqu'un d'autre, elle le niait énergiquement, mais cela lui faisait plaisir et peur à la fois, et Erwin n'en démordait pas et se rabattait alors sur Hemda – une fois il lui demanda même de l'inviter à la maison – et Zina en souffrait beaucoup mais passait outre et continuait à le soigner sans y prêter attention, l'écoutait poursuivre d'anciennes conversations avec des gens qui ne vivaient plus ou donner libre cours à ses visions qui l'entraînaient vers des pays qu'il avait visités ou d'autres lieux enchantés qui n'existaient que dans les livres et les films, et il y voyait des constructions complexes et irréelles, entrepôts gigantesques, bâtiments composés d'assemblages changeants, dromadaires à cinq bosses et fleurs merveilleuses, jeunes filles aux hanches robustes avec de nombreux et beaux seins, routes superbes et ponts, ou bien il se voyait flotter dans une chaise à bascule sur un grand lac, mais il avait aussi ses heures de lucidité où il lisait le journal, écoutait la radio ou regardait la télévision, bavardait avec Zina et les visiteurs, rencontrait même le directeur de sa société ou bien Max Shpilman pour parler avec eux de ses affaires, puis en pleine conscience et selon un processus obscur, il était saisi d'accès de fureur soudaine et déversait sa colère sur ses concurrents ou ses associés, ses employés et même Tsvi qu'il accusait d'arrière-pensées et d'attendre sa mort pour détourner les biens familiaux, ou alors il évoquait avec nostalgie le souvenir de jours lointains, refusant d'accepter qu'ils étaient passés et ne reviendraient plus, pas même un seul instant, car l'ombre de la fin planait déjà sur lui et il parlait sans cesse de la mort qui s'approchait de lui avec tant de laideur qu'il en souffrait et il se sentait d'autant plus offensé qu'il désirait vivre éternellement, et dans son désespoir, dans le grand vide qui se faisait autour de lui, il répétait avec emphase à l'oreille de Besh, mais aussi à celle de Ruhama – seuls êtres, avec César, qu'il aimât sans réserve ni soupçons –, “J’ai connu dans ma vie de merveilleux pays, j’ai mangé les meilleurs plats, j’ai gagné beaucoup d’argent et couché avec de superbes femmes dont j’ai aimé certaines jusqu’à la folie, au point de croire que je ne pourrais vivre un instant sans elles. Maintenant, je ne me souviens même plus de leur nom. Je sais à peine qu’elles ont existé un jour. Et c’est pareil pour tout le reste. Alors, quel sens y a-t-il à tout cela ?”, puis sans rime ni raison, il se mettait soudain à pleurer en versant des larmes si silencieuses et indifférentes qu’elles semblaient uniquement couler de ses yeux, des pleurs de vieillard qui ébranlaient même Besh, très entamé et brisé par l’état d’Erwin, quant à Zina, malgré tout son amour et son espoir, elle pensait en son cœur qu’il valait peut-être mieux qu’il meure et soit ainsi délivré de tourments et de souffrances inutiles, et surtout de l’humiliation. Pendant un de ses moments de lucidité, alors qu’il était déjà très près de la mort, un jour qu’ils étaient assis au salon et qu’il était d’humeur joyeuse et claire, Erwin dit à César qu’il lui ne restait plus dans la vie qu’un seul souhait, celui de coucher avec une fille de dix-huit ans parce qu’il était sûr non seulement qu’elle lui donnerait du plaisir mais qu’elle lui rendrait aussi, fût-ce pour une heure, sa jeunesse, quitte à en mourir mais heureux. César, un instant souriant, l’écouta en silence, attendant qu’il finisse de parler pour pouvoir s’en aller, mais Erwin, qui tout en parlant s’était assombri, se mit à le supplier de faire cette chose pour lui, sans que Zina le sache évidemment, et il saisit la main de

César, qui soudain éprouva un profond dégoût et de la rancune pour son père, qui continuait à le supplier avec tant d'obstination et de mépris de soi qu'il éprouva une envie sauvage de le repousser et de le faire tomber par terre, de le frapper avec la rage de l'horreur, et même de le voir mort, et il essaya de retirer sa main de celle d'Erwin dont le contact le dégoûtait jusqu'à en crier, mais Erwin ne le lâcha pas et César finit par lui promettre d'accomplir son désir et Erwin dit, "Mais dépêche-toi. Mon convoi funéraire est déjà dans la rue", et alors il le lâcha et se laissa tomber, à bout de force, sur le dos du fauteuil. C'était quelques jours après la fête du mariage de César, Erwin mourut une semaine plus tard, par une journée froide et claire, alors que Zina était sortie faire des courses, le laissant seul une petite heure, ce qu'elle essayait d'éviter, et en revenant, elle sentit en ouvrant la porte qu'il était mort et le trouva étendu sur le plancher, sans vie mais le corps animé d'une tiédeur qui disparut rapidement, et sans trop réfléchir parce qu'elle avait déjà pensé à tout, elle appela le médecin d'Erwin, et ensuite Yaffa, César, Besh et Tsvi – Ruhama était arrivée par hasard pour voir Erwin – et une fois la frayeur et la confusion des premiers instants dissipées, après que le médecin eut confirmé sa mort, Zina ressentit, dans son émotion même, un certain soulagement et une sensation profonde d'exaltation en train de poindre et dont elle avait perçu un avant-goût lorsqu'elle imaginait sa mort, et ensuite, quand elle avait ouvert la porte et su qu'il était mort, le fait qu'il fût mort en son absence l'avait gênée un instant, mais non parce qu'elle se sentait coupable ou croyait pouvoir le sauver. L'enterrement eut lieu le lendemain et Zina, célébrant son ultime victoire, marcha derrière le corbillard où reposait la dépouille d'Erwin, vêtue d'une robe et d'un manteau noirs, élégante et belle, se sentant importante et pleine de vie malgré son chagrin, comme si elle l'épousait pour la deuxième fois, à vrai dire pour la première, et cette fois tout se passerait bien comme dans ses rêves, et tandis qu'elle regrettait Erwin, qui malgré l'amour qu'elle lui portait, avait quitté la vie depuis des mois et appartenait déjà à la mort, elle savourait aussi sa victoire et la défaite de Hemda envers laquelle elle avait eu une ou deux fois envie de se montrer généreuse en lui proposant même de suivre l'enterrement à ses côtés, mais finalement elle n'en fit rien malgré la tentation et l'ignora ostensiblement et Hemda, essayant d'être discrète, marcha aux abords du cortège. Yaffa, Tsvi et Béatrice marchaient aux côtés de Zina, César et Tehila les suivaient un peu en arrière, puis venaient Max Shpilman et Ruhama, dont la grossesse était déjà bien visible et dont le visage, pâle et jaunâtre à cause de son état, exprimait un chagrin qui le rendait beau et touchant, et Besh suivait en arrière, à côté de Hemda avec qui il parlait, c'était lui qui l'avait informée de la mort d'Erwin, et sans pour autant essayer de la consoler, ce dont il n'était pas capable, il s'occupait d'elle, voulant ainsi montrer qu'elle appartenait aussi à tout cela, que le chagrin était aussi le sien, au même titre que celui des plus proches, et de temps en temps, il jurait et crachait en aparté. Il ne s'approcha pas de la fosse et se tint un peu à l'écart des autres, et lorsque les prières commencèrent, que l'on descendit Erwin et qu'on le couvrit de terre, il tourna la tête et regarda au loin d'un air indifférent, puis après l'enterrement, il accompagna Hemda à l'autobus, lui serra la main et s'en alla rejoindre Zina, César et les autres membres de la famille et ce n'est qu'en revenant à la maison d'Erwin, qui était rangée et solennelle, que Zina, encore exaltée, ressentit pour la première fois avec angoisse son absence et la détresse du vide imminent, et Besh prit une bouteille de vodka et, après s'être abstenu de boire pendant des semaines, il se remplit un verre et le but d'un coup malgré les prières de Zina, de César et de Ruhama, puis il finit presque toute la bouteille tout en proférant des jurons et en maudissant les médecins, la mort, la religion, les femmes et le monde entier, et brusquement il se mit à maudire la ville et dit que s'il ne tenait qu'à lui, il la détruirait et ne laisserait qu'un mur debout pour que les chiens pissent dessus, et il se moqua de César et de Max Shpilman, qui était assis à côté de Tsvi, silencieux et le visage de pierre, et se traita lui-même de méprisable tricheur, de misérable et de vermine qui n'avait jamais rien fait de bon ni d'utile, n'avait pas épousé une femme, ni eu des enfants, ni même construit une maison ou autre chose parce que toute sa vie s'était passée dans l'exploitation et la lâcheté, surtout la lâcheté et le mensonge au nom desquels il s'était attribué le rôle du bouffon qui méprisait les autres par mépris de soi, et il se mit à taper du poing sur la table et à rire d'un rire amer et fêlé comme celui d'un ivrogne jusqu'à ce que Ruhama parvienne à le calmer. Pendant quelques semaines, Besh continua de boire sans arrêt comme un trou, et malgré ou peut-être à cause de cela, il semblait parfois en meilleure forme que jamais et soutenait même Zina dont la vie, après cette brève période bénie passée à soigner Erwin, était de nouveau dominée par le vide et l'absence de but, mais cette fois sans aucun espoir et, en proie à ce sentiment de fin qui contaminait toute chose et s'étalait devant elle à l'infini, elle pensa faire du dessin ou de la sculpture ou étudier quelque chose comme Yaffa, qui suivait le soir des cours d'anglais et le jour, des cours sur la Bible et la littérature hébraïque à l'université, activité d'autant plus gratifiante qu'elle était intellectuelle et lui donnait l'impression de s'occuper d'elle-même et de ne pas gaspiller sa vie, mais lorsque trois jours s'écoulèrent sans que Besh ne se montrât ni ne téléphonât, Zina fut prise d'inquiétude et pria César d'aller chez lui pour voir ce qui se passait, César y alla et le trouva mort, assis avec un journal sur les cabinets. La mort de Besh le déprima encore plus que celle de son père et, submergé par un sentiment de perte et d'impuissance, César se souvint avec nostalgie surtout de sa simple présence et, dans cette cessation d'existence brusquement transformée en souvenirs, il garda l'image de cet homme joyeux et généreux, de sa brève apparition à la fête du mariage après laquelle lui et Tehila – qui faisait de son mieux pour l'aider à surmonter la mort d'Erwin et surtout celle de Besh – étaient allés rendre visite à Erwin, et Israël qui les avait accompagnés un bout de chemin était reparti en longeant la mer couverte de nuages et tumultueuse, tandis que Goldman était rentré à la maison où Stephana se trouvait seule. Yehoudit Meisler venait moins souvent maintenant, à cause du froid et parfois de la pluie, et préférait passer son temps à lire ou à regarder la télévision, qui avait remplacé dans une certaine mesure le cinéma qu'elle adorait autant que la lecture, surtout les films américains, et ainsi Stephana qui était souvent seule cessa presque de parler, ne prononçant que quelques rares phrases en polonais par nécessité ou lorsque quelqu'un lui rendait une brève visite de politesse, et parfois quand il n'y avait personne, elle chantonnait aussi un air polonais, une de ces chansons qu'il y a bien longtemps, elle chantait à Naomi et Goldman lorsqu'ils étaient petits. Elle était de bonne humeur et semblait s'être détachée du flux temporel pour rejoindre un lieu d'élection, tranquille et satisfaite, même pas troublée par l'absence de Manfred qu'elle avait aimé pendant tant d'années, en fait toute sa vie, d'un amour qui ne ressemblait ni à celui qu'elle éprouvait pour Reuven, son frère, ni pour Janek, avec ses chemises de dentelle et ses escarpins pointus en chevreau, qui croyait de tout cœur à son charme et à son éternelle jeunesse, et jamais elle n'oubliait l'heureux été qu'il lui avait fait passer dans ce lieu de villégiature à l'ombre des forêts, près d'une rivière, juste avant la grande guerre dont les nuages assombrissaient déjà le ciel, qui avait tout balayé sur son passage, et pendant près de cinq années d'angoisse et de gêne, pleines de fureur et d'exiguité – comme elle détestait cette exiguité à la maison, avec les pensionnaires et David Kostomolski qui ne se brossait jamais les dents et ensuite Moshé Tselermayer – elle n'avait pas revu Manfred qui se trouvait à Londres et croyait déjà ne plus jamais le revoir, comme ce fut le cas avec Janek mais elle l'ignorait encore, et voilà qu'un beau jour aussitôt après la guerre, ils s'étaient revus, toujours chez elle et en présence du père de Goldman, Manfred parlait peu comme d'habitude et elle n'osait pas le regarder, même pas ses mains et ses doigts – elle n'en avait jamais vu de plus sensibles, et ils étaient restés assis tous les trois, Manfred, elle et le père de Goldman qu'elle n'aimait plus et se sentait pourtant obligée d'aimer, mais elle le respectait encore et se raccrochait à ce sentiment en admirant sa force et sa droiture, et elle avait peur de lui, surtout peur, bien avant qu'il frappe Goldman avec sa ceinture pour avoir cassé une des tasses en porcelaine du service tchèque, ce service qu'elle avait détesté dès le premier instant et qu'elle s'était sentie obligée de continuer à admirer, bien avant aussi qu'il tue "Nuit Sombre" – elle l'avait vu prendre le marteau puis avait entendu les cris – et à la même époque ou un peu plus tard, Manfred avait cessé de venir chez eux parce qu'il ne pouvait plus supporter ce mensonge criant et tout ce qu'il impliquait, et elle s'était sentie soulagée parce qu'elle non plus ne pouvait le supporter, ni d'ailleurs l'attitude haineuse et humiliante, parfois sans le moindre vernis de politesse, du père de Goldman qui ne lui pardonna jamais ses opinions communistes et encore moins le fait qu'il eût quitté le pays, mais malgré sa disparition et sans avoir jamais rien demandé à Stephana, il savait qu'elle continuait à avoir des rapports avec Manfred, avec qui elle n'avait jamais fait l'amour malgré tout son désir, un grand désir, ils en avaient été bien proches une ou deux fois dans l'appartement de Yehoudit Meisler, mais trop d'interdits pesaient sur eux, trop d'obligations et de peurs, c'était un monde différent de celui de Naomi, et elle ne connaissait l'amour qu'avec le père de Goldman, non par plaisir, sauf peut-être quelques fois pendant une certaine période, mais par un sentiment de devoir qui ne lui paraissait ni défectueux ni blâmable, plutôt conforme à son rôle d'épouse et par désir de lui plaire aussi, et parfois par peur, une peur qui n'avait rien à voir avec la mort de "Nuit Sombre" ni avec tout autre événement, et plus tard, avant la mort de Naomi, leurs rapports se firent rares à cause de la grande distance entre eux et cessèrent complètement avec la mort de Naomi, quand ils firent chambre à part alors que depuis longtemps ils ne couchaient plus dans le même lit pour de prétendues raisons de commodité, et pourtant elle continua à avoir peur de lui, en fait jusqu'à sa mort, mais à l'époque la haine était déjà plus forte que la peur et il n'était plus possible de la réprimer et il n'y avait aucune raison de le faire, car il l'accusait non seulement du départ de Naomi pour l'armée britannique et de son amour pour cet Anglais mais aussi de sa mort, et il était impossible d'arrêter ce déferlement de haine et de révolte, il ne lui en laissa tout simplement pas le choix et tout explosa et se déchaîna, ce qui n'était pas le cas auparavant, sous le régime d'austérité et d'ascétisme imposé par lui, où tout devait se passer selon ses goûts, où presque tout risquait d'être une faute, depuis l'habillement, la coiffure ou une broche jusqu'au plat auquel il manquait un peu de sel ou de sucre, à la phrase qui lui semblait déplacée, au verre ou à la tasse cassés, comme la tasse du service tchèque, sans parler du divorce de Goldman d'avec la belle Yemima Tchernov, de l'atmosphère d'amère violence qu'il faisait régner autour de lui et qui, toujours sur le point d'exploser, animait tous ses actes, de sa manière de rentrer à la maison, fatigué après son travail, d'enlever ses chaussures et de se mettre à table, de manger son poulet, la tête légèrement inclinée, le visage pétrifié de fureur, déchirant la chair collée aux os pour les briser et les broyer ensuite avec ses dents, sucer la moelle et cracher les restes dans son assiette, et même de sa manière de s'amuser, quand le shabbat il défilait dans la pièce avec un oreiller sur la tête, le visage grimaçant, chantant à tue-tête en frappant sur des couvercles de casserole, ce qu'elle détestait encore plus que le reste, plus que la manière dont il surveillait avec violence les études musicales de Naomi, et pourtant elle souriait et faisait même semblant de s'amuser parfois, et c'est ainsi qu'elle se montra aussi plus tard, non pas amusée mais soumise, après la terrible dispute avec Reuven, au mariage de Rachel et d'Akiba Weiner – il détestait Reuven comme il détestait Janek ouvertement, sans se cacher – et elle se taisait et même parfois appuyait mollement certaines de ses accusations, et tout cela se passait avant qu'il ne prenne le marteau, et elle savait ce qu'il allait faire parce qu'il ne lui avait pas caché son intention, mais elle avait si peur que sans dire un mot, elle s'était enfermée dans la chambre, et pourtant elle avait tout de même entendu, à travers portes et fenêtres et même à travers les murs, le gémissement de "Nuit Sombre", et alors, folle de panique, elle s'était précipitée à la fenêtre, mais tout était déjà fini et elle était restée un instant devant la fenêtre par laquelle elle avait vu le cadavre de Kaminskaïa échouer en robe de chambre sous le grand ficus, après avoir été réveillée par un bruit de choc sourd comme si un sac de farine ou de sable était tombé de haut et avait heurté le sol, et l'esprit encore confus par le brusque réveil mais pas du tout surprise, elle avait couru à la fenêtre et vu le spectacle – elle ne sortait jamais en robe de chambre – comme si elle savait déjà ce qui était arrivé et qui était prévisible, puis elle s'était retournée calmement et même avec indifférence, car la mort de Kaminskaïa n'avait éveillé en elle aucune compassion et elle s'interdisait de manifester d'autres sentiments, quant au père de Goldman, il était rapidement descendu dans la cour et était revenu, énervé, avec Yossef Levitan, ils s'étaient assis dans la cuisine et elle leur avait servi du thé, il était encore tôt mais l'événement avait bouleversé le rythme quotidien, et Yossef Levitan, assis les jambes croisées, avait parlé de Kaminskaïa en disant, "C'était une femme spéciale" et le père de Goldman avait dit, "C'était une femme corrompue et mieux vaut ne pas en parler" et Yossef Levitan avait dit, "En tout cas, on ne fait pas une telle chose" et elle avait dit, "Pourquoi pas ?", sans penser ni à sa question ni à son contraire, en fait elle n'avait jamais pensé à tout cela, mais elle n'aimait pas Yossef Levitan, cet homme tourmenté et ascétique, sous le joug d'une seule idée, et elle n'aimait pas sa relation avec le père de Goldman parce qu'elle n'avait aucune envie d'aller dans un village pour y mener une vie communautaire, tout était déjà assez exposé et encombré ainsi, mais elle supportait toutes ces difficultés et d'autres encore faute d'avoir le choix, et parfois volontairement, et elle lavait et repassait, nettoyait la maison, faisait les courses et cuisinait, le père de Goldman aimait sa cuisine simple et monotone, et elle essayait d'être attachée à la famille et de les aimer, comme elle essayait d'aimer Israël, la "Hiṣtadrout", le parti, les discussions et les querelles politiques, la simplicité des manières et des coutumes, après tout ils représentaient sa vie et son univers, et elle finit même par y réussir pendant longtemps, mais était-ce de la fatigue ou une apparence à laquelle elle-même avait fini par croire, en fait elle n'aimait ni Israël, ni les gens, même les plus proches, ni Shmouel et Bracha, ni Haïm Leib et Mme Hayya, ni l'oncle Lazare, dont elle avait pourtant apprécié le départ pour l'Espagne, ni Yoël, parce que en fin de compte elle leur était étrangère ou du moins aspirait à l'être, ne voulant ni de leur simplicité ni de leur bon cœur, et elle n'aimait surtout pas Tsipora, tout en ayant pour elle de l'estime et du respect, mais elle la craignait aussi et se sentait supérieure à elle comme au reste de la famille, peut-être parce qu'elle appartenait à un milieu plus riche et éclairé, qu'elle était plus cultivée qu'eux et connaissait l'allemand, un peu de français et de latin, et lorsqu'elle avait eu besoin d'elle à cause de sa maladie des reins, elle en avait éprouvé une grande amertume et en avait d'une certaine manière accusé le père de Goldman, furieux de voir sa femme malade et dépendante, et elle n'aimait pas non plus la grand-mère Havva, cette femme simple et ignorante pour laquelle elle n'avait aucune compassion mais qu'elle avait soignée de son mieux, sans parler de ses rapports avec Moshé Tselermayer et David Kostomolski – Kaminskaïa était un chapitre de haine à part entière – ni de l'hostilité teintée de mépris qu'elle éprouvait pour la veuve de Tseimer avec sa grosse poitrine tressautante, cette femme qui riait bruyamment à gosier déployé et allait au théâtre en chemise jaune ou en pantalon, quant à Tseimer lui-même, il n'était à ses yeux qu'un ver de terre, et elle était réservée même avec ses enfants, surtout avec Goldman, pourtant elle avait vraiment choyé Naomi, avec une espèce d'inquiétude ostensible et étouffante à force de bonne volonté qui avait quelque chose de glacial et de forcé dont elle était consciente, mais ce n'est pas la raison pour laquelle

elle ne regretta pas son engagement dans l'armée britannique et son départ pour l'Egypte, ni ne considéra comme une faute son histoire d'amour avec l'Anglais, histoire qu'elle avait sue avant le père de Goldman mais qu'elle avait gardée pour elle, et finalement elle n'aimait personne d'autre que Manfred avec son visage osseux et disgracieux, détail qui ne la gênait pas le moins du monde, pas plus que ses opinions, mais avec ses doigts sensibles et ses mains couvertes de veines saillantes, elle était attirée par lui et lui faisait confiance, et elle aimait d'une tout autre manière Reuven, sa beauté et son visage ouvert et rayonnant, le père de Goldman avait même refusé d'aller à son enterrement et elle, le cœur déchiré, n'avait rien dit, et plus tard elle avait aimé Janek, son niais de frère qui lui avait offert cet été de rêve avant que tout ne s'embrase, et elle était attachée à Yehoudit par des liens de fraternité et d'admiration parce que l'homme qu'elle aimait avait épousé une autre femme et qu'elle était restée célibataire et aussi parce que Yehoudit lui conseillait, sans condescendance mais avec fermeté, de se détacher du père de Goldman ou du moins de ne pas se laisser aliéner par lui et de préserver à tout prix sa liberté, mais elle n'en fut pas capable jusqu'à la mort de Naomi, où tout s'effrita et elle se révolta – il ne lui avait tout simplement pas laissé le choix –, elle souhaita sa mort, sans la moindre culpabilité, au point de vouloir mourir elle-même, et ils firent chambre à part avant même qu'il parte pour l'Amérique, chacun retirant son courrier de la boîte aux lettres, ce qui n'avait pas de sens pour elle parce qu'elle ne recevait que des lettres de Manfred chez Yehoudit Meisler, des lettres longues et compliquées qu'elle lisait et relisait et de temps en temps, elle se regardait dans la glace, pour lui évidemment, et voyait des plis sous ses yeux et son visage devenu mou et ridé par la vieillesse qui s'y installait, comme sur ses mains et son corps pâli et desséché qu'elle examinait en prenant sa douche et avant de s'endormir, elle qui avait été belle autrefois sentait maintenant tout s'altérer de jour en jour et perdre sa vitalité, mais Manfred aussi vieillissait, bien qu'autrement, et le père de Goldman aussi, et lorsqu'il revint d'Amérique, la haine était si sauvage et si nue qu'ils l'intégrèrent à leur vie sans penser à la réprimer, en fait elle n'avait même plus besoin de se révolter mais uniquement de se boucher les oreilles, détourner son regard ou au mieux, de quitter la maison, ce qu'elle faisait souvent, car la vieillesse s'était abattue sur lui, tout se consumait et s'effritait – les opinions, le parti, les aspirations et les liens, certains étaient morts, d'autres s'étaient éloignés – et il ne restait plus en lui que la dureté et une fureur amère mais impuissante, il allait et venait sans but ou bien tournait en rond dans la maison, traînait ses pieds vieillissants dans des savates dont le claquement incessant était capable de la rendre folle, comme ces querelles bruyantes d'autrefois et même pis encore, sauf qu'à l'époque elle était jeune et persuadée qu'il lui fallait faire face à ses obligations et s'accoutumer à la fureur et aux humiliations tout autant qu'à la chaleur, au soleil éblouissant, à la gêne et à l'exiguité, sans compter le fait qu'elle se sentait toujours coupable de quelque chose, et entre deux querelles, il y avait aussi à l'époque de rares heures, parfois un ou deux jours où, dans le malheur qui suivait les drames, il essayait, dans un effort plein de regrets et parfois le cœur brisé, de se maîtriser et de l'apaiser pour recréer un lien, chasser la colère et les haines et vivre dans la proximité et l'apaisement, une fois même il avait posé sa tête sur la table et versé des larmes amères qui secouaient tout son corps, elle aussi voulait se réconcilier et cherchait un moyen de l'approcher et de trouver le nœud de leurs crises, en admettant qu'il y en eût un, et ces efforts isolés mais répétés continuèrent après la mort de Reuven et même après qu'il eut tué "Nuit Sombre" – il avait lui-même lavé ses vêtements éclaboussés de sang – et ils continuèrent aussi à l'époque des crises cardiaques de Stephana qui l'angoissaient tellement qu'il en pâlissait et perdait la tête d'effroi et de fureur, jusqu'au jour où la mort de Naomi la guérit, sans qu'elle sût jamais comment elle était morte ni même voulût le savoir, et maintenant il y avait ce claquement de ses vieux pieds sans vie dans ses savates, et bien sûr la chaleur à laquelle elle ne s'était jamais habituée, et la fatigue, mais les claquements cessèrent dès l'instant où il tomba malade et mourut, et elle ne le regretta pas un seul instant ni n'éprouva la moindre compassion, et elle resta avec Goldman qui, malgré l'attention qu'elle lui manifestait, ne l'aimait pas, ni son père non plus, tout comme

Naomi, et elle le savait et en souffrait mais n'en parla jamais avec lui, comme elle ne parla jamais de "Nuit Sombre" ni de Kaminskaïa, ni de Naomi, ni de son divorce d'avec la belle Yemima Tchernov, événement qui l'avait laissée perplexe, mais le père de Goldman y voyait une telle honte et catastrophe que sa fureur s'était enflammée pendant ces jours de folie qui avaient précédé et suivi le divorce, il l'en avait accusée aussi, mais pas ouvertement, ainsi que Goldman évidemment, et maintenant elle était avec Goldman qu'elle aurait bien aimé voir partir pour la laisser seule dans ces pièces simples et jaunes où pour la première fois, loin de se sentir seule, elle désirait cette solitude pour vivre à sa guise dans son havre, une petite ville au pied des montagnes qu'elle avait quittée quelques fois pour aller à Varsovie et à Lublin et deux fois à Cracovie, dont une avec Manfred, qui marchait à ses côtés, les mains dans le dos, et une autre fois, des années plus tard, avec Janek qui fumait la pipe et portait un chapeau vert, ce qui lui avait fait dire que le vert faisait trop voyou, mais Goldman continua d'habiter avec elle et en passant devant le salon où elle était assise seule et lisait, il jeta un coup d'œil et remarqua de nouveau, ce qu'il avait découvert pour la première fois en revenant de son service tandis qu'il mangeait son repas de midi sur la table de la cuisine, à quel point Stephana s'était mise à ressembler à Naomi telle qu'elle était restée gravée dans sa mémoire, et pas seulement dans son apparence, et il s'arrêta un instant, lui demanda comment elle allait, puis entra dans sa chambre.

Depuis qu'il avait appris à ignorer ses lubies, à l'éviter ou à la traiter avec une indifférence totale, Stephana suscitait maintenant en lui une légère sympathie, sa présence ne le dérangeait plus et, mis à part le "Bullworker", le bain de mer quotidien, les brèves conversations avec l'oncle Lazare pendant leurs parties d'échecs et bien sûr son travail, Goldman était totalement immergé dans le monde des astres et l'immensité de l'univers, mais ses insomnies étaient plus fréquentes, il prenait des somnifères qui n'étaient pas toujours efficaces et passait des nuits entières complètement éveillé, tantôt perdu dans une vision ou un tourbillon de pensées, tantôt si agité qu'il se retournait d'un côté et de l'autre et finissait par se lever, allumait la lumière et se plongeait, avec un enthousiasme d'amateur sans méthode, dans ses livres qui traitaient de la description de l'espace et de problèmes complexes d'astronomie et d'astrophysique : les divers astres, le système solaire, les galaxies, la création de l'univers, sa forme, sa taille et les divers processus auxquels il était soumis. Les espaces infinis, leur multitude, les dimensions inconcevables, la profusion des possibles, la quantité de problèmes et de théories nombreuses et contradictoires, l'excès d'imagination l'enthousiasmaient et lui procuraient un sentiment de bonheur et de jubilation, parfois il éclatait d'un rire surpris tant les choses étaient exagérées, et dans le même temps il apprenait le nom des étoiles et des constellations, savait les situer même s'il ne les observait pas et ne les suivait jamais parce qu'il n'y trouvait aucun intérêt, il s'initiait à l'histoire de l'astronomie et des grands astronomes parmi lesquels Johannes Kepler qui éveillait en lui une sympathie particulière et il essayait de glaner la moindre information sur lui et sur sa vie, entre autres l'horoscope familial dressé par Kepler en personne, un document étrange et passionnant que Goldman relut plusieurs fois et où il apprit que Johannes Kepler était né à Weil, une petite ville en Souabe, dans une famille déjà vouée à un processus de dégénérescence et dont le père Heinrich, qui avait engendré sept enfants, était décrit de la manière suivante dans l'horoscope familial : "Mon père, Heinrich, est né le 19 janvier 1547. Vicieux, obstiné, querelleur, voué d'avance à une fin amère. Vénus et Mars ont accentué sa méchanceté. Jupiter, qui se couche près du Soleil, l'a démuni, tout en le pourvoyant d'une femme riche. Saturne dans la maison VII l'a poussé à étudier l'artillerie ; de nombreux ennemis, des mariages orageux, un amour-propre mesquin, de vains espoirs de distinctions honorifiques, un vagabond. En 1577, il est menacé de pendaison. Puis il vend sa maison et ouvre une taverne. En 1578, une charge de poudre à canon blesse mon père au visage. En 1579, il se comporte très mal envers ma mère et finit par s'exiler et mourir." La rumeur disait qu'il s'était engagé dans la flotte napolitaine. En tout cas, en 1588, il disparaît pour de bon du cercle familial. Quant à sa mère, Catherine, fille d'un aubergiste, Kepler écrit à son sujet dans l'horoscope familial qu'elle était "petite, mince, brune, médisante, querelleuse et d'un tempérament exécrable". Elle croyait aux vertus des plantes qu'elle ramassait pour en concocter des potions, activité qui lui avait valu la réputation de sorcière et elle avait failli périr sur le bûcher pour sorcellerie et commerce avec le diable, ce qui fut le destin de la tante qui l'avait élevée. Toute cette histoire avait débuté en 1615, année où une peur panique des sorcières s'était emparée de la ville de Leonberg, où sa mère vivait à l'époque, et six femmes accusées de sorcellerie y avaient été brûlées sur le bûcher. Catherine qui était déjà une vieille femme flétrie, laide et ratatinée s'était disputée avec une autre vieille mégère, autrefois sa meilleure amie – la femme du vitrier, Jacob Reinhold – qui l'avait accusée de l'avoir paralysée avec une potion magique dont l'absorption avait provoqué chez elle une maladie chronique qui, en réalité, était la conséquence d'un ancien avortement. Alors les gens se souvinrent que quelques habitants de Leonberg étaient tombés malades après avoir bu dans une cruche en étain que Catherine gardait toujours pleine pour en abreuver les visiteurs. Une femme du nom de Bastian Meyer était morte après en avoir bu une gorgée et l'instituteur Beutelspacher était paralysé pour le restant de ses jours. On se souvint aussi qu'un jour Catherine avait demandé au fossoyeur le crâne de son père pour s'en servir de moule et y couler un gobelet d'argent pour son fils, astrologue à la cour, qui, lui aussi, avait selon eux des penchants pour la sorcellerie. Elle avait jeté aussi un mauvais sort sur les enfants du tailleur, Daniel Schmidt, qui en étaient aussitôt morts. On apprit, par ailleurs, qu'elle pénétrait dans les maisons par des portes verrouillées et chevauchait un veau qu'elle aiguillonnait à mort et servait ensuite à son autre fils, Heinrich le vagabond. Les accusations étaient graves et ce ne fut qu'à l'issue de longues enquêtes, d'interrogatoires, d'humiliations et de longs mois d'emprisonnement et d'efforts de Kepler qu'elle fut libérée et échappa au verdict. Dans cet horoscope familial qu'il avait écrit à l'âge de vingt-six ans, Kepler décrivait aussi son enfance et sa jeunesse, mais cette même année il ajouta à ces écrits un autre document qui passionnait encore plus Goldman, où Kepler parlait de lui-même surtout à la troisième personne et présentait son portrait de la manière suivante : “Cet homme ressemble en tout point à un chien. Son apparence est celle d'un petit chien de compagnie. Son corps est souple, mince, fort et harmonieusement bâti. Même ses coutumes alimentaires sont celles d'un chien : il aimait grignoter des os et des croûtes de pain sec et était toujours si avide qu'il s'empressait de chaparder tout ce qui se présentait à sa vue. Et dans le même temps, il boit avec modération, comme un chien, et se contente de la nourriture la plus simple. Ainsi en était-il aussi de son comportement. Il avait toujours besoin des manifestations de bonne volonté des autres dont il était complètement dépendant, il satisfaisait tous leurs souhaits, ne ronchonnait jamais lorsqu'il était réprimandé et était pressé de regagner leurs faveurs. Il ne connaissait pas de repos, s'agitant parmi les sciences, les affaires politiques et privées, même les plus viles : il suivait toujours quelqu'un en imitant ses pensées et ses actes, le commerce de ses semblables l'ennuie et pourtant il accueille ses invités avec joie comme un vrai petit chien : mais si on lui prend la moindre chose, il grogne et se met en colère. Il poursuit sans relâche les méchants, c'est-à-dire qu'il aboie après eux. Il est médisant et mord les gens de ses pointes acérées. Il hait les gens d'une haine féroce et ces derniers l'évitent, mais ses maîtres l'affectionnent. Il déteste les bains comme un chien. Il est rapide comme l'eau, certainement à cause de Mars en carré avec Mercure et trigone avec la Lune ; en même temps, il prend bien soin de lui-même. Ses maîtres l'ont loué pour ses bonnes dispositions, bien que sur le plan moral il fût le plus blâmable de ses pairs. Il était religieux presque jusqu'à la superstition. A l'âge de dix ans, lorsqu'il lut pour la première fois les textes sacrés, il regretta qu'on lui eût dénié le droit d'être prophète à cause de son mode de vie impur. Après chaque péché, il faisait acte de contrition dans l'espoir d'échapper au châtiment : c'était un rite expiatoire qui consistait à confesser ses fautes en public. Deux tendances contradictoires sont réunies chez cet homme : le regret permanent de perdre son temps, et le besoin permanent de le perdre volontairement. Car Mercure incline le cœur de l'homme à l'amusement, aux jeux et autres plaisirs futiles. Comme son avarice l'empêchait de participer à des jeux organisés, il s'amusait tout seul. Il faut préciser qu'il épargna son argent non pas dans le but de s'enrichir mais par peur d'en manquer, encore que l'avarice fût probablement le corollaire évident de cette peur exagérée." Il mourut à Ratisbonne des suites d'une grave maladie et selon le récit d'un témoin, qui le vit sur son lit de mort, il ne parlait pas et montrait du doigt, tour à tour, sa tête et le ciel au-dessus de lui. On grava sur la tombe de Kepler une inscription composée par lui, "J'ai mesuré les cieux, je mesurerai maintenant les ombres de la terre / L'âme s'en est allée aux cieux, les ombres couvriront le corps" et plus tard, Goldman inscrivit cette phrase en tête de la première page du cahier où il traduisit le *Somnium* au sujet duquel il avait lu quelque chose à l'époque, et lorsque ensuite il le trouva et se mit à le traduire, ce livre captiva toute son attention, mais en attendant il continuait à éprouver un intérêt toujours renouvelé pour la description des astres et de l'univers, les diverses théories sur l'espace et parallèlement pour les idées et les problèmes philosophiques et théologiques soulevés par ces sujets et les controverses qui en découlèrent, et de temps en temps il en parlait avec l'oncle Lazare, brièvement au début, puis de manière détaillée, et l'oncle Lazare l'écoutait et lui posait des questions, émettait parfois des hypothèses ou des doutes, puis il commença à lui demander des livres et Goldman les lui prêta mais un peu à contrecœur, car comme son père, lui non plus n'aimait pas prêter des livres, même ceux qu'il n'avait plus l'intention de lire, mais son enthousiasme l'avait transformé en missionnaire amateur de la cosmologie et de l'astrophysique et de toute manière, il ne pouvait rien refuser à l'oncle Lazare qui était un excellent interlocuteur et leurs conversations lui procuraient un grand plaisir parce que l'oncle Lazare lui permettait d'exprimer son enthousiasme et le stimulait, mais ses visites se firent rares à cause du mauvais temps et de Bracha qu'il voyait plus souvent parce que depuis la crise cardiaque de Shmouel, elle vivait dans une angoisse permanente qui s'était transformée en une insupportable tracasserie, aussi pesante pour elle que pour les autres et au premier chef pour Shmouel, qui désirait oublier sa maladie et reprendre une vie normale, mais Bracha lui imposa un régime sévère pour le faire maigrir et contrôler sa tension artérielle, lui cuisina des plats sans sel ni goût qu'elle lui servait en si petites portions que Shmouel se mit à manger tous les jours en cachette dans les restaurants, elle lui imposa aussi le repos, veillant à ce qu'il ne travaille pas trop, ne se fatigue pas, ne s'énerve pas et aille se coucher de bonne heure, et c'est ainsi qu'elle supprima complètement la partie de cartes du samedi soir qui avait été temporairement suspendue pendant la maladie de Shmouel. A vrai dire au cours des dernières années ces parties avaient perdu tout le plaisir et l'agrément qu'elle y trouvait autrefois et s'étaient transformées en un fardeau, le groupe de joueurs était d'année en année plus restreint à cause des maladies diverses, des morts et des querelles aussi, pour la plupart stupides mais de plus en plus difficiles à apaiser avec l'âge, les gens étaient de plus en plus susceptibles, têtus et rancuniers, et les joueurs qui continuaient encore à venir les samedis soir étaient devenus ennuyeux et grincheux en vieillissant, de sorte qu'au lieu des plaisanteries et des rires qui accompagnaient le jeu autrefois, les histoires insipides sur les petits-enfants et arrière-petits-enfants auxquels Bracha ne trouvait aucun intérêt et qu'elle ne connaissait même pas s'étaient multipliées à un point insupportable, des histoires répétées jusqu'à satiété, racontées dans les moindres détails avec une sourde obstination, sur des maladies et des douleurs et des remèdes et des médecins et des morts et des revendications, ce qu'elle détestait le plus, mais ces parties de cartes faisaient partie de sa vie au même titre que les shabbats, les fêtes et les anniversaires, mieux encore, elles s'étaient transformées en obligation et pourtant, elle y mit fin par souci pour Shmouel, souci qui s'était doublé de celui qu'elle se faisait pour ses enfants et ses petits-enfants auxquels elle ne faisait plus confiance, craignant toujours une catastrophe, leur téléphonant sans cesse pour les noyer sous les conseils et mises en garde, au point de finir par les importuner, surtout Ilana qui ne pouvait pas supporter cela et la traitait avec une impatience qui frisait souvent la grossièreté, mais Bracha qui en était parfaitement consciente n'arrivait pas à réprimer l'angoisse qui la dominait et en même temps que les conseils et les mises en garde, elle apportait à Ilana et Ouri des poissons farcis et des poissons marinés, de la viande, parfois des cocottes pleines de ragoût ou de carottes cuites avec des raisins secs, et des gâteaux qu'elle avait spécialement faits pour eux et c'est à la même époque qu'elle commença à consacrer, d'abord inconsciemment, une grande partie de son temps aux morts : elle allait régulièrement sur la tombe de son père, grand-père Baruch Haïm, sur celle du père de Goldman avec lequel elle avait entretenu des liens d'amour privilégiés, sur celle des parents de Shmouel, et veillait à ce qu'elles soient entretenues, puis elle se chargea de la distribution des vêtements et du mobilier de Haïm Leib qui s'éteignit et mourut quelques semaines après sa femme, Mme Hayya, des suites d'une pneumonie qui l'emporta rapidement, elle allait aussi fréquemment aux enterrements, visites de condoléances et anniversaires de morts, et tout cela malgré les paroles dissuasives de Shmouel, Ouri et Ilana, de Tsipora et de l'oncle Lazare, au point que les morts finirent par tisser autour d'elle une toile si enchevêtrée qu'un jour où elle était calme, Bracha dit à l'oncle Lazare en guise de plaisanterie qu'à force de fréquenter les morts et les cimetières, il lui semblait parfois qu'elle-même était morte et l'oncle Lazare dit, “Alors il vaudrait peut-être mieux que tu t'arrêtes un peu. Aucun des morts ne t'en voudra”, c'était peu de temps avant que l'oncle Lazare lui-même meure une nuit, en même temps que Yehoudit Tanfauss, des suites d'un accident stupide : leurs voisins de palier avaient vendu leur appartement et les nouveaux propriétaires avaient fait désinfecter l'appartement par un ouvrier qui avait colmaté toutes les ouvertures pour que le produit agisse en profondeur pendant quelques jours, mais dès la première nuit, les vapeurs s'étaient infiltrées par de minces fentes et fissures dans le mur et s'étaient propagées dans l'appartement de l'oncle Lazare et de Yehoudit Tanfauss dont les portes et les fenêtres étaient bien calfeutrées à cause du froid, et ils étaient morts ensemble dans leur sommeil. Un des collègues de l'oncle Lazare les découvrit le lendemain midi et l'enterrement eut lieu deux jours plus tard, après que la police eut conclu son enquête sur les causes de leur mort. Shmouel en informa Goldman qui quitta aussitôt son travail et alla dans leur appartement où se trouvaient déjà Bracha et Shmouel, Yoël et Méïr, le frère de Yehoudit Tanfauss avec sa femme, deux policiers et quelques inconnus, peut-être des voisins ou des collègues, certains étaient assis dans la petite cuisine propre, d'autres dans la pièce qui donnait sur la rue, car dans la chambre à coucher, posés l'un à côté de l'autre sur le grand lit, se trouvaient encore les cadavres de l'oncle Lazare et de Yehoudit Tanfauss, recouverts d'un drap. Goldman entra dans la chambre et resta un instant silencieux, puis il sortit et alla dans l'autre pièce où il échangea quelques mots avec Shmouel et Bracha, dont les yeux étaient rouges et gonflés de pleurs, ils se concertaient avec Yoël et Méïr au sujet de la grand-mère Havva, et décidèrent que Bracha lui annoncerait la catastrophe qui venait d'arriver, et le jour de l'enterrement Bracha annonça en effet à la grand-mère Havva, qui était déjà sourde et à peine lucide, la mort de l'oncle Lazare, qui surprit Goldman mais pas autant qu'il l'eût pensé, et avant même d'entrer dans la chambre à coucher, son émotion immédiate s'évanouit et il lui sembla n'éprouver ni choc ni chagrin, ce qui l'étonna et le mit mal à l'aise, puis il resta dans le coin de l'autre pièce, accoudé au buffet, en retrait et silencieux, étranger à tout ce qui se passait, et écouta les conversations avec indifférence, et lorsqu'on sortit leurs corps pour les transférer à l'institut pathologique, quelque chose s'éveilla de nouveau en lui, et quand les gens commencèrent à partir, il hésita un instant et prit furtivement *la Nature de l'univers* de Fred Hoyle qu'il avait prêté à l'oncle Lazare et avait aussitôt remarqué dans la chambre, parmi les livres posés sur sa table de chevet, il le dissimula rapidement dans la poche intérieure de son manteau et s'en alla après les autres. Goldman demeura indifférent et sans chagrin pendant les funérailles et l'enterrement aussi, mais cette indifférence fit progressivement place à un grand intérêt toutefois distant, quand, se mettant à observer, d'abord par ennui et presque distraitement, les gens réunis autour de la tombe, il remarqua ceux qui manquaient parce qu'ils étaient déjà morts – et ils étaient nombreux – et surtout quand dans un aperçu concentré il vit les terribles changements que le temps avait imprimés sur l'apparence des amis et des proches, des jeunes comme des vieux – seuls quelques-uns y avaient échappé : Temima et David Kostomolski, Aviezer et Ruth qui s'était même affinée –, comment il avait desséché, tordu et enlaidi leur corps et leur visage, sans parler de la fatigue et de l'expression d'amertume, de découragement et de fermeture qui provoquaient en lui de la répugnance et lui faisaient peur, espérant qu'il ne leur ressemblait pas et que leur destin ne serait pas le sien, mais il savait aussi que ses espoirs étaient vains, et il regarda Bracha, Shmouel et Méïr, qui avait tant vieilli et s'était dégarni, et Yoël et Yirmiyahou, Yona Kochinski et Esther, qui avait tant grossi que son ventre et sa poitrine se confondaient, et Moshé Tselermayer, qui se tenait à côté de sa femme et sanglotait, et Ilana et son mari, et Ouri et Avraham Schechter, qui était venu seul à l'enterrement, sans Rachel qui, depuis sa brève rencontre avec l'oncle Lazare, après son retour de Yakoutie, ne l'avait pas revu, pas plus d'ailleurs que son fils et sa fille qui eux non plus n'étaient pas venus de même que, l'écartant complètement, ils ne l'avaient pas invité à leur mariage, pourtant l'oncle Lazare avait envoyé un cadeau à chacun mais n'avait eu droit ni au moindre mot de remerciement ni même à un signe confirmant la réception du cadeau. Après que les fosses furent comblées et la cérémonie achevée, les gens se dispersèrent dans l'air humide et gris d'une fin de jour d'hiver et se dirigèrent vers la sortie, et Goldman, le visage glacé à force d'être resté dans le froid, se mêla aux autres, les mains dans les poches de son manteau, il pensa un instant aller sur la tombe de son père mais ne le fit pas et à mesure qu'il s'éloignait de ce lieu, il commença lentement à éprouver, presque avec un certain plaisir, la sensation de la mort de l'oncle Lazare, une sensation de fin et de solitude qui se transforma en conscience désespérée d'un manque irréparable, en nostalgie, puis en une sensation que sa vie était déjà écoulée, que lui aussi était poussé vers la mort et qu'il se séparait de tout et lorsqu'il s'assit dans l'autobus étouffant et plein de monde, il eut envie de se recroqueviller et de pleurer sans relâche avec l'impression que les larmes le soulageraient, mais il n'en était pas capable et n'avait pas pleuré depuis son adolescence, et en arrivant à la maison, il se plongea aussitôt dans la cosmologie, toujours avec cette envie de pleurer oppressante et impossible à assouvir, bloquée par quelque chose de dur, et cette envie stérile qui emplissait sa poitrine et sa tête ne le quitta pas le lendemain et surgit encore par moments les jours suivants, et ainsi jusqu'à sa mort, jours où le sentiment d'absence de l'oncle Lazare se creusa, doublé d'un sentiment de séparation qui lui procurait chaque fois la sensation du manque de quelqu'un d'autre – de Naomi, de son père, de Haïm Leib ou de Dita, de Sonia qui dans son imagination était encore aussi jeune et belle et traînait quelque part avec toutes sortes d'hommes – et cette sensation revenait et surgissait dans de petits détails : une odeur ténue, l'apparence de quelqu'un, des objets divers, le vide absolu de la maison totalement dominée par la folie hautaine mais plus tellement ridicule de Stephana, plongée dans une hibernation silencieuse et une sensation de bonheur aveugle, appliquant avec fierté et minutie quelques manières et règles de politesse, magnifiquement vêtue et délicatement maquillée à la manière d'une aristocrate polonaise légèrement déteinte et poussiéreuse, elle avait ainsi tourné le dos à quarante-cinq ans de vie en Israël et retrouvé ses années de jeunesse dans sa Pologne natale, une Pologne qu'elle recréait dans son imagination, se coupant de tous ses liens d'autrefois, famille et amis, à l'exception de Yehoudit Meisler, et même en recevant au début de l'hiver la lettre de Manfred qu'elle parcourut rapidement, elle ne se donna pas la peine d'y répondre et à mesure qu'avançait l'hiver, son étrangeté devint plus grande et son silence plus profond, tout se passant sans effort et comme allant de soi, au point qu'elle daignait à peine répondre au salut de Moshé Tselermayer, qui continuait à venir la voir au moins une fois par mois, et à celui d'Israël lorsqu'il venait chez Goldman qui, à cause des insomnies et des somnifères, passait souvent sans raison apparente de la dépression et de l'apathie à l'exaltation, parfois même à une euphorie très désagréable à Israël qui, le jour du mariage de César, apprit par hasard qu'Ella avait quitté Tel-Aviv pour vivre à Jérusalem, car ce même soir, en revenant de sa promenade au bord de la mer, il rencontra un jeune homme qui était assistant de laboratoire au département de biologie de l'université et pour lequel Ella dessinait les planches de plantes et d'insectes, et c'est lui qui transmit presque distraitement cette information à Israël dont la nostalgie pour Ella s'éveilla de nouveau, une nostalgie tranquille mais permanente qui lui donnait envie par moments de partir la chercher pendant ces jours d'hiver qui étaient arrivés, enveloppant de froid et d'ennui les pièces sombres du studio, mais il se retint par orgueil et colère et se plongea dans la musique, jouant surtout de l'orgue, et quand Goldman lui demandait de temps en temps où était Ella et ce qu'elle devenait, il lui faisait des réponses brèves et récalcitrantes, comme à César dont les questions ne manifestaient jamais le même degré d'intérêt que celles de Goldman, parce que, en fin de compte, il n'était intéressé que par lui-même et ses propres problèmes dont le principal était, à l'époque, la maladie de son fils, mais aussi ses rapports avec Tehila et Eliezra, problèmes qui s'étaient apparemment résolus, après que César, à force de courir après les femmes, de s'adonner au travail, aux sorties et à toutes sortes d'activités distrayantes, et surtout à cause de l'aggravation de l'état de santé de son fils, eut progressivement fini par prendre son parti de sa nouvelle situation et réussi à émousser son hostilité envers Tehila et sa haine d'Eliezra, il essaya une ou deux fois de la rencontrer après son mariage mais elle refusa, et ces sentiments d'hostilité et de haine se figèrent à mi-chemin pour se transformer en une oppression sourde et monotone, qui tout en l'accompagnant sans cesse ne le déchirait pas, à l'exception d'une dernière fois où cette haine se déchaîna et arracha César, fou de jalousie, à cette routine oppressante, et ce fut quand il apprit qu'Eliezra était enceinte, car elle lui manquait encore et il croyait qu'elle seule pouvait le rendre heureux, et par la force de ses caprices et de son égoïsme sans bornes, cette croyance continuait de l'agiter sous un masque de résignation, persuadé que son mariage n'était qu'une illusion passagère ou une erreur à laquelle elle finirait par renoncer, que cette histoire s'achèverait bientôt, il le fallait ainsi, et alors tout reviendrait à la bonne case de départ, celle qui lui convenait, mais quand la réalité le frappa de plein fouet, d'une manière aussi catégorique et cruelle, il maudit Eliezra et son mari et l'enfant qu'elle portait, priant qu'elle ait des complications et le perde, et il maudit aussi Tehila qui ignorait toute cette histoire et se débattait avec ses propres difficultés, soucieuse et en quête d'un peu de chaleur ou d'encouragements, tout en veillant à ne pas dévoiler ce qui se passait en elle, non pas qu'elle en eût honte ou le considérât comme une faiblesse, mais parce qu'elle essayait de ne pas l'importuner. Et la haine de César se déversa toute la journée sans pouvoir, comme d'habitude, se trouver un exutoire, il s'agita sans but dans la ville avec sa Plymouth écorchée et ridée, alla voir une femme avec laquelle il couchait de temps en temps mais ne la trouva pas chez elle, Vicky était à Londres avec son mari et lui avait envoyé un livre de photographies, il s'acheta deux pantalons dont il n'avait pas besoin, monta au studio et n'y trouvant personne redescendit pour aller au cinéma, puis il entra au "Portofino", commanda une bière et des fromages, s'assit dans un coin et tout en mangeant et buvant, il échangea quelques mots avec le patron, espérant y rencontrer un visage familier, et finalement vers quatre heures, il se leva, paya et retourna au studio où il s'installa devant Israël qui venait de rentrer de Saint-Antoine et était étendu sur le canapé, il le regarda d'un air implorant parce qu'il avait besoin de quelqu'un qui lui redonne de l'assurance et de l'espoir, même sur des choses sans lendemain, ou du moins qui l'apaise, mais Israël se taisait et ses yeux d'un bleu clair ne reflétaient pas la moindre lueur de compréhension parce que tout cela lui paraissait stupide et fastidieux et que le refus et la dénégation obstinés de sa nostalgie avaient de jour en jour endurci son cœur au point de le pétrifier, il ne trouvait en lui aucune raison de dire le moindre mot et c'est à peine s'il arrivait à écouter et regarder d'un air glacé César qui se leva et se mit à arpenter la pièce en parlant avec fureur de Goldman qui, deux jours plus tôt, tandis qu'il faisait allusion à l'état de son fils, avait voulu l'encourager en lui disant qu'il ne fallait pas se laisser aller à la panique, que même les meilleurs médecins pouvaient se tromper et qu'il était persuadé que tout finirait bien et tout en parlant ainsi, il avait légèrement dévié de son propos et ajouté que la vie n'était qu'un voyage vers la mort, ce que les anciens savaient déjà, qu'elle était l'unique certitude de l'existence, mieux encore, la mort était l'essence même de la vie dans laquelle elle se matérialisait heure après heure jusqu'à son ultime complétude, comme la larve qui évoluait inéluctablement vers la chrysalide d'où sortirait le papillon, et puisqu'il en était ainsi, l'homme devait s'accoutumer à accepter la mort qui n'arrivait jamais trop tôt et même s'il semblait en être ainsi, il ne servait à rien de s'insurger, et César qui écoutait impatiemment ces paroles d'encouragement avait senti la colère l'envahir car tout ce qu'il savait était que son fils était atteint d'une maladie mortelle et tout le reste n'était à ses yeux que l'"énorme blabla couillonneur d'un impuissant" et il le répéta plusieurs fois sous diverses formes puis finit par se taire, s'approcha de la fenêtre et jeta un coup d'œil dans la rue, le ciel était nuageux, un vent fort soufflait de la mer et agitait la cime des arbres, ensuite il se retourna et dit, "Tout aurait été différent si je m'étais marié avec elle. Maintenant c'est trop tard" et au bout d'un moment il reprit, "Va savoir pourquoi je ne l'ai pas épousée. J'aurais pu le faire sans problèmes" et il se tut sans attendre de réponse, puis il prit distraitement son appareil photographique et d'un même air distrait quitta Israël et partit voir son fils aîné, malade, mais ce dernier était allé chez un de ses camarades de classe, quant au plus jeune, il était au cinéma avec les parents de Tirtsa, qui reçut César avec plaisir, mais comme ces derniers temps elle était lointaine et parlait peu, elle donnait l'impression d'être réservée alors qu'en fait, elle était anxieuse et désespérée, sentant parfois tout vaciller et s'effondrer en elle, très fatiguée aussi et concentrée sur la maladie de son fils, ce qui la libérait de toute obligation superflue ou du besoin de faire bonne figure, lui faisant même oublier les sentiments de désœuvrement et de solitude qui la saisissaient parfois, tout en éveillant en elle des forces dont elle ignorait l'existence et qui lui permettaient de se battre en ne comptant que sur elle-même et, sauf au début, elle n'avait espéré aucun secours de la part de César sinon un peu de compréhension et César, toujours préoccupé presque exclusivement par lui-même, l'avait surprise par des gestes de soutien et d'attention qu'elle avait appréciés bien au-delà de ce qu'elle en avait laissé paraître, et il y avait entre eux cette sorte d'amitié qui existe entre deux personnes aux prises avec les mêmes soucis. Tirtsa l'invita à la suivre dans la cuisine pour y prendre un café et César enleva son manteau, s'assit à table et lui demanda de ses nouvelles et de celles de son fils, Tirtsa lui dit qu'il n'y avait aucun changement, puis elle demanda à César, qui paraissait très fatigué et surtout déprimé, s'il désirait manger quelque chose et César dit, "Non, non. Je n'ai pas faim" et aussitôt ajouta, "Oui. Peut-être un sandwich" et Tirtsa lui servit en même temps que le café trois tranches de pain avec du fromage, quelques rondelles de cornichons, une tomate et des olives et lui demanda comment il allait, jamais elle ne lui avait demandé pourquoi il était préoccupé ou déprimé, jamais elle ne l'avait questionné sur Tehila ou Eliezra, et non par manque de curiosité, et César dit, "Ça va. Il faut bien vivre", puis il y eut un silence qu'ils n'éprouvèrent pas le besoin de troubler, et Tirtsa alla faire quelque chose dans la salle de bains, la machine à laver était en train de tourner, elle revint et lorsqu'il finit de boire et de manger, elle ôta les assiettes et les mit dans l'évier pour les laver, César alluma une cigarette, se leva et s'approcha d'elle, il regarda son visage durci et fermé par la souffrance et l'inquiétude, et Tirtsa, légèrement embarrassée par ce regard fixe mais sans désir, dit, "Il est arrivé quelque chose ?" et César dit, "Je suis fatigué", il posa la main sur sa tête et la caressa doucement et tendrement, elle continua à faire la vaisselle sans bouger la tête pour ne pas l'interrompre, et César continua à la caresser tout en remarquant les fines rides de son front et autour de ses yeux, il passa sa main sur sa nuque, la rentra dans le col de son chandail et lui caressa les seins et lorsqu'elle finit de faire la vaisselle, les mains encore mouillées, il la prit dans ses bras, l'embrassa sur le cou et les lèvres, essayant de l'entraîner dans la chambre à coucher, mais Tirtsa s'y opposa sans fermeté et dit, "Je ne peux pas aujourd'hui, César. Pas aujourd'hui. Dans deux jours", César insista et elle le suivit presque involontairement, ils entrèrent dans la chambre à coucher et tandis qu'elle répétait encore, "Je ne peux pas aujourd'hui. Dans deux jours, César", ils se déshabillèrent et s'étendirent sur le grand lit froid, s'étreignant lentement, dans un mouvement d'apaisement et de compassion de deux êtres que le chagrin et le désespoir liaient de nouveau, ils donnèrent libre cours à leur douleur et à leur angoisse dans les bras l'un de l'autre et se sentirent momentanément paisibles et proches, Tirtsa pleura sans bruit tout au long et lorsque ce fut fini, César continua de rester étendu, immobile et les yeux clos, s'abandonnant au plaisir de la lassitude et Tirtsa sortit et revint avec une serviette mouillée pour essuyer le sang qu'il avait sur lui, et il continua à rester aussi tranquille, ignorant ce qui lui était fait comme s'il s'agissait d'un autre, avec une envie que ce moment de détente coupée de tout dure infiniment, mais au bout d'un moment il se leva et s'habilla et, sans attendre son fils qui devait rentrer à tout moment, s'en alla après avoir embrassé Tirtsa et promis de revenir le lendemain. Le ciel était maintenant très nuageux, la lumière s'était assombrie mais le vent ne soufflait plus, et pourtant on sentait qu'à tout instant quelque chose pouvait se briser et qu'il y aurait brusquement un orage et de la pluie, et en effet le vent se remit à souffler plus fort qu'avant, les arbres s'agitèrent avec un fort bruissement et aussitôt une pluie froide se mit à tomber, entraînée par la tempête et le vent qui la projetaient sur les murs des maisons, les voitures et la chaussée et César, qui s'empressa d'entrer dans sa voiture, hésita un instant, puis se mit en route à contrecœur et alla voir sa mère, qui s'accrochait avec le restant de ses forces à la mort d'Erwin, continuant à la vivre comme une expérience solennelle, ou du moins riche de sens et d'émotions, mais à l'exception de Yaffa, elle n'avait personne avec qui la partager car Besh était mort, César était irritable, Tsvi et Béatrice, avec lesquels ses rapports étaient de tout temps vacillants, étaient plongés dans leur travail et venaient très rarement, quant à Max Shpilman et Ruhama, dont l'accouchement approchait, ils avaient presque cessé tout rapport avec elle aussitôt après la mort d'Erwin, qui était après tout l'unique lien entre eux, et cette coupure affectait Zina plus que les autres et la préoccupait, car c'est justement Ruhama qu'elle eût aimé se rendre proche et s'approprier complètement, aussi bien du vivant d'Erwin qu'après sa mort, et à sa grande déception Yaffa aussi ne faisait que se forcer à lui être proche, mais en vain parce qu'elle-même était plongée dans un enchevêtrement de soucis qui la rongeaient jusqu'à la moelle à cause de ses rapports avec Tikva, rapports irrémédiablement détériorés que Tikva envenimait d'année en année, au point qu'à force d'hostilité, elle finit par ne plus supporter la vue de Yaffa dont le moindre mot la mettait hors d'elle, la poussant à lui répondre aussitôt avec grossièreté et mépris comme si elle voulait non seulement l'humilier mais l'annuler dans son existence même, et avec cruauté, ce qui avait fait de Yaffa une femme pleine de peurs et désemparée, qui ne savait jamais comment se comporter ni que dire car tout acte, même bien intentionné, toute parole risquait d'entraîner une catastrophe, et elle était désespérée au point de vouloir mourir, il lui arrivait de le dire à Zina et une fois elle explosa et le dit à Tikva qui la regarda d'un air indifférent et dit, “Fais-le le plus vite possible. Tu ne fais peur à personne” parce que la mort était l'unique refuge pour échapper à ce cercle d'humiliations et de haine que Yaffa n'avait jamais pu comprendre, car elle s'était peut-être trompée ici ou là mais n'avait jamais rien refusé à Tikva qui, depuis son divorce, vivait dans son vaste appartement plein de beaux meubles – elle avait des goûts fastueux – qu'elle accumulait ou remplaçait par d'autres au gré de ses caprices, menant une vie de luxe et de gaspillage, ainsi elle était allée à l'enterrement d'Erwin avec une paire de nouvelles bottes qui lui plaisaient tellement que dès le lendemain elle en avait racheté une autre, une vie sans responsabilités ni contraintes, une bonne s'occupait de ses enfants, cuisinait, lavait la vaisselle et entretenait la maison, et elle se contentait d'embrasser ses enfants avant qu'ils ne s'endorment, et encore pas toujours, leur faisait une remarque et de temps en temps les emmenait en promenade, préparait parfois le café pour ses invités ou rinçait un verre et ne faisait rien d'autre, elle ne travaillait pas ni ne désirait le faire, entièrement disponible pour ne s'occuper que d'elle-même et de ses plaisirs, occupation morne et après tout décevante qui laissait des marques sur son visage flétri et vide, avec une expression amère et méchante et Besh, qui avait rencontré Tikva à l'enterrement d'Erwin, l'avait saluée d'un signe de tête, puis s'était penché vers Hemda pour dire, "A quarante ans, on a la tête qu'on mérite", et il l'avait de nouveau regardée à la dérobée, mais Tikva se distrayait de tout cela surtout en couchant avec les nombreux hommes qui défilaient, parfois à l'issue d'une brève rencontre occasionnelle, distraction d'une nuit qui suffisait à la nourrir d'espoirs fous de mariage et d'amour parce que après tout, elle désirait s'attacher à quelqu'un, mais ces relations pleines de tensions artificielles ne débouchaient sur rien, comme cet Eli qui l'accompagnait à l'enterrement d'Erwin, que César avait détesté dès le premier instant, de même qu'il n'avait jamais aimé

Tikva, et Eli avait vécu avec elle pendant quelques semaines, alors qu'elle avait une brève histoire d'amour avec un autre homme, marié, sans qu'Eli, de dix ans plus jeune qu'elle, ne le sache, mais l'eût-il su qu'il ne l'aurait sans doute pas quittée tant il était stupide et paresseux, et s'il l'avait quittée, elle ne l'aurait pas spécialement regretté parce qu'une fois les premiers jours passés, elle ne l'aimait plus mais s'était habituée à lui, il répondait à ses besoins du moment d'abord par sa simple présence dans sa solitude, puis par une parfaite adaptation à cette vie d'ennui : il se réveillait avec elle vers midi, lui faisait l'amour, puis entrait dans la douche où il restait à sa guise – quand il l'avait connue, il travaillait comme guide pour les touristes mais il avait complètement cessé de travailler – puis il prenait son café et faisait de la gymnastique sur le tapis du salon et s'il y avait du soleil, il se mettait torse nu devant la fenêtre à la française et exposait son beau corps aux rayons du soleil avec un plaisir paresseux, tout en attendant patiemment que Tikva finisse de se préparer et alors vers quatre ou cinq heures, ils partaient déjeuner dans un restaurant, mangeant sans compter et souvent sans apprécier, et après le repas qui durait parfois deux heures, ils allaient au cinéma, puis, s'ils n'étaient pas invités, dans un night-club de Jaffa ou hors de la ville pour dîner, danser ou bavarder et rire avec des gens, qui eux non plus ne connaissaient pas d'autre vie, et ensuite ils revenaient à la maison au petit matin, faisaient l'amour presque sans jamais se parler, ni d'amour ni d'autre chose, et s'endormaient de nouveau jusqu'au lendemain midi, parfois jusqu'au retour des enfants de l'école, qui allaient le shabbat ou d'autres jours chez Yaffa dont le plus grand désir était que Tikva se marie et elle la regardait vivre, le cœur serré et honteuse, mais ne disait rien parce qu'elle savait que c'était inutile et qu'elle avait peur de ses réactions, et chaque matin, dès l'instant où elle ouvrait les yeux, elle passait en revue avec désespoir les soucis qui étaient son lot, fouillait et furetait dans le passé, comptabilisait ses erreurs même les plus infimes et insignifiantes, celles qu'elle aurait commises envers son mari mort, envers Arieh qui s'était suicidé et envers Tikva, et qui l'assaillaient sans cesse comme une pluie de vétilles, et alors saisie de regrets, elle essayait de déchiffrer les raisons qui lui avaient fait commettre ces erreurs, de se justifier en trouvant des arguments plausibles dans les conditions de vie et les difficultés de l'époque, dans l'incompréhension, mais elle n'arrivait jamais à rien se pardonner et s'attribuait l'entière responsabilité des malheurs et des catastrophes passés, recréant dans son imagination avec une obstination épuisante les moindres faits et gestes qui auraient pu détourner le cours des événements, sauf que maintenant il était trop tard, et Yaffa vivait ainsi sous le joug d'un passé irréparable qui pesait sur elle comme une pierre tombale, lui faisant dire une ou deux fois à Zina que si elle avait pu se libérer de son passé, elle aurait encore pu profiter un peu du présent, mais tout cela n'était qu'un vain souhait, elle s'enfonçait dans la dépression et pour un mot, une image ou une odeur qui lui rappelaient quelque chose, fondait brusquement en pleurs silencieux qui mettaient César hors de lui, et Zina aussi, mais cette dernière essayait de les ignorer ou de la calmer, surtout pour pouvoir continuer à lui raconter ses histoires sur sa vie avec Erwin, dont il ne lui restait qu'une poignée de bons souvenirs et, à vrai dire, tant de douleurs et d'humiliations, mais loin de s'y résigner, Zina confondait pêle-mêle vœux pieux, inventions, mensonges et quelques rares vérités, au point qu'après les avoir maintes et maintes fois racontées, elle-même était incapable de démêler le vrai du faux, car tout finissait par s'enchevêtrer dans son esprit et devenir l'unique réalité acceptable et indubitable, et sous l'effet de ces histoires, elle croyait que Hemda avait retenu Erwin pendant des années à force de pressions et de prières, alors qu'il ne couchait plus avec elle et que de toute manière il ne l'avait jamais aimée, comme il n'avait jamais aimé sa première femme, Elisheva, qui l'avait forcé à l'épouser en prétendant qu'elle était enceinte, il n'avait couché avec elle que quelques fois et contre son gré, et si elle l'avait pu, elle aurait effacé en bloc leurs relations sexuelles mais leur fille, Ruhama, était une preuve difficile à nier, ou alors elle croyait, ou du moins n'était pas loin de croire, qu'Erwin se sentant mourir l'avait appelée – son absence de la maison au moment de sa mort ne lui laissait pas de répit et elle était prête à tout pour l'annuler –, elle avait accouru et était heureusement arrivée quelques minutes avant, puis avait vainement essayé de l'aider et il était mort vraiment dans ses bras. Toutes les deux étaient assises maintenant, en train de prendre un café dans le salon qui, depuis la mort d'Erwin et de Besh, paraissait plus grand, solennel et vide, comme d'ailleurs le reste de la maison, et quand César entra, Zina, importunée par son arrivée, le reçut avec la même clameur de joie stupide et Yaffa le salua d'un léger signe de tête, qui le mit aussitôt en colère, mais il répondit par un affectueux "Bonsoir" et échangea quelques mots avec elle et sa mère, qui n'insista pas lorsqu'il refusa de s'asseoir et de prendre un café parce qu'elle était en pleine histoire et impatiente de poursuivre, puis il se dirigea vers le téléphone pour appeler Tehila, il était pris d'une soudaine envie de lui parler et de lui dire qu'il était en route vers la maison, mais tout en composant le numéro il changea d'avis, appela le studio et comme Israël ne répondait pas, il téléphona à Goldman et lui proposa d'aller ensemble au cinéma. Goldman hésita un instant, les films ne l'intéressaient pas ces derniers temps ni d'ailleurs d'autres distractions, mais il finit par se rendre et dit, "D'accord. Allons-y" et César dit, "Je viens te chercher dans dix minutes", puis il téléphona de nouveau à Tehila, raccrocha le récepteur avant d'avoir fini de composer le numéro, et quitta Yaffa et sa mère qui, au moment du départ, lui demanda comment allaient les enfants et César dit, "Ils vont très bien", il partit, entra dans sa voiture et alla chercher Goldman qui posa le *Somnium* – un ami le lui avait rapporté d'Angleterre dans une édition anglaise et depuis deux semaines, il était occupé à le traduire –, mit son manteau, descendit et se mit à attendre César dans l'entrée de l'immeuble. Ils allèrent voir un film avec Marcello Mastroianni mais peu de temps après le début, César se leva en disant qu'il était fatigué et, sans plus tarder, sortit du cinéma et rentra à la maison où l'attendait Tehila avec le dîner posé sur la table depuis plus d'une heure, mais elle ne lui en fit aucun reproche, non par crainte ni abnégation, et César se lava les mains et s'assit à table sans la gratifier du moindre regard d'affection ni d'un mot gentil, ce dont elle avait tant besoin après avoir appris qu'elle avait peu de chances d'avoir un enfant à cause de son avortement, pourtant elle n'en avait rien dit à César pour ne pas l'importuner inutilement avec un problème qui ne concernait qu'elle et avait décidé que si elle était enceinte, elle accoucherait même au prix d'une séparation, parce qu'elle savait qu'il ne voulait pas d'autre enfant, du moins pas dans l'immédiat, mais elle était prête à en prendre la responsabilité et avant leur mariage l'avait dit à César qui progressivement s'adoucit un peu et quand elle lui servit l'omelette dit, “Il fait froid dehors”, puis lui demanda comment elle allait et Tehila dit, “Ça va. Je suis juste un peu fatiguée” et César dit, “J'étais au cinéma avec Goldman mais je suis sorti au milieu. Je n'ai pas la tête à ça” et pour la première fois depuis qu'il était rentré, il la regarda sans indifférence, et Goldman demeura à sa place, regardant l'écran sans pouvoir fixer son attention parce que le film ne l'intéressait pas et qu'il pensait à Elinor qui venait d'arriver dix jours plus tôt avec son père et son frère Raphaël, docteur en physique, pour un séjour de trois semaines en Israël, et après être restés une semaine à Haïfa, chez le frère de Manfred, ils étaient venus passer une autre semaine à Tel-Aviv et dès le lendemain, Manfred alla voir Stephana, il était comme toujours vêtu avec soin mais les signes de la vieillesse marquaient toute sa personne : son visage, plus fermé et sceptique que jamais, avait maigri et la peau en était flasque et décolorée, les plis sous ses yeux s'étaient alourdis et des veines sillonnaient ses tempes, même ses mains et ses doigts, toujours si sensibles, avaient vieilli et des taches étaient apparues sur la peau. Il était assis sur le canapé, face à Stephana qui, selon son habitude, était installée dans le gros fauteuil, il buvait du thé et parlait sans élever la voix, avec de longues interruptions, tout en épongeant de temps en temps avec un mouchoir la mince couche de sueur qui couvrait son front – le poêle dégageait trop de chaleur dans la pièce – ou en passant d'un geste caractéristique la main sur la bouche, et Stephana le regardait et l'écoutait en silence, ne marquant sa présence que par de rares hochements de tête ou en baissant les yeux un instant. Tout se passait avec lenteur, dans un sentiment d'étrangeté et surtout d'achèvement, car la mort du père de Goldman avait brusquement mis fin aux espoirs démesurés, à l'attente infinie qui pendant de si longues années les avait nourris et avait donné un sens et un goût à leur vie, mais aucun d'eux n'avait le courage de l'exprimer ouvertement tout en sachant qu'il n'y avait plus rien à espérer et que leur histoire d'amour s'était achevée. Manfred parla de l'automne froid et pluvieux qu'ils avaient cette année-là en Europe, dit quelque chose sur son travail, puis fit quelques remarques sur l'Union soviétique et le communisme en Pologne et après un moment de réflexion, perplexe, il évoqua une conversation qu'il avait eue avec un prêtre au cours d'un voyage en train, sur les possibilités d'évolution de la religion et le rôle qu'elle pouvait jouer de nos jours, il parlait doucement, sa voix se mêlait à la pluie qui tombait sans relâche et le ton de ses paroles était comme d'habitude empreint de scepticisme et d'une modestie qui n'annulait en rien la conscience de sa propre valeur, on y décelait aussi maintenant une certaine résignation, comme s'il était très détaché, puis il cita une revue catholique où il avait lu que la mission des juifs était plus que jamais d'être dispersés parmi les nations afin de réaliser l'unité du monde, mission qui était en accord avec l'essence même du judaïsme dont la raison d'être n'était pas spatiale mais temporelle, à savoir historique, et sans éprouver le besoin de relier les choses, il parla du danger des régimes de masse qui étaient l'expression non seulement de l'irrationalité mais aussi de l'opportunisme et de l'irresponsabilité absolus, puis il évoqua l'Amérique à laquelle il s'intéressait depuis peu et tout en parlant, lorsqu'il sentit que sa visite s'achevait et qu'il éprouvait un grand soulagement à l'idée de prendre congé dans quelques minutes et de mettre fin à tout cela, il fut saisi d'un sentiment de malaise et de honte, se tut un instant et proposa à Stephana de l'épouser, et Stephana regarda ce visage osseux si familier et, sans la moindre hésitation ni même une ombre d'ironie, dit en polonais, "Merci Manfred. Mais mieux vaut ne pas se hâter. Je propose que nous y réfléchissions un peu" et ainsi enterra-t-elle une fois pour toutes l'ultime lien, si ténu fût-il, qui la retenait encore à la vie, à ce monde-ci et à l'avenir, et désormais délestée de tout espoir et de toute obligation, elle se mua en oiseau libre et doté d'une éternelle jeunesse, et Manfred dit, "Je pense que tu te trompes", mais il le dit sans agressivité puis ajouta, "D'accord. A ta guise", il resta assis encore quelques minutes en silence comme s'il pensait à quelque chose, et Stephana dit, "Cette pluie va durer toute la nuit" et au bout d'un moment elle demanda des nouvelles de sa femme, ce qu'elle n'avait jamais fait, et Manfred dit, "Elle va bien. Elle aime l'hiver même si elle a un peu de mal à le supporter", Stephana lui demanda s'il désirait une autre tasse de thé mais sur un ton qui laissait entendre qu'elle préférait voir cette visite achevée, et Manfred qui le pensait aussi dit, "Non. Merci. Je pense qu'il est déjà tard", il se leva et la salua selon son habitude, comme s'il devait revenir le lendemain et avant de quitter la maison, avec la permission de Stephana, il frappa prudemment à la porte de Goldman, qui était plongé dans le *Somnium*, et entra dans sa chambre pour le saluer aussi, tout se passait paisiblement et comme dans une certaine routine, ils échangèrent quelques mots sur le

Somnium et l'astronomie, et Manfred fit remarquer qu'il était nécessaire de reconnaître l'existence d'un ordre cosmique doté de sens afin de pouvoir faire perdurer le monde et la civilisation, de comprendre aussi bien le bonheur que son contraire et de tendre vers lui, bref, afin de pouvoir faire de la vie autre chose qu'un simple processus végétatif, mais lui-même n'avait jamais pu aller au-delà de la conscience de cette nécessité, elle-même conséquence de la raison ou de ses limites, et en disant ces mots, debout, près de la porte et face à Goldman, il sourit d'un petit air taquin et rougit, puis il reprit son sérieux et dit qu'il ne croyait pas à l'autonomie complète de l'individu et de l'univers qui seraient auto-créés et que la négation de l'existence de Dieu n'était compréhensible que dans le cadre du règne illimité des instincts, en l'absence de toute valeur et après un bref silence il ajouta, "Et nous avons déjà vu ce que cela a donné", et Goldman dit, "Oui. Vous avez sans doute raison", et Manfred, qui reconnaissait l'inadéquation de ses opinions, dit que même cette croyance découlait chez lui de l'expérience et de la raison et qu'elle n'avait jamais dépassé le stade d'une "croyance par nécessité", si l'on pouvait le formuler ainsi, et il passa la main sur sa bouche et dit qu'il était arrivé à la conclusion qu'il ne pouvait exister de morale rationnelle, que la raison s'exerçait surtout dans le domaine de la destruction et de sa propre destruction, lorsqu'elle posait ses limites qui faisaient aussi sa force, quant à son pouvoir constructif, il était bien faible dans la mesure où la vie n'était qu'un chaos irrémédiable et que pour construire, il fallait quelque chose qui transcende la raison pure, telle semblait être la vérité qu'il avait du mal à admettre, tout en ne niant pas la valeur de la raison parce qu'il accordait une grande importance aux fondements de la destruction et à la part de nihilisme qu'elle recelait, nihilisme qui contenait l'espoir utopique de comprendre et de réparer, et Goldman, qui l'écoutait avec intérêt, tout en brûlant d'envie de lui demander des nouvelles d'Elinor, dit que cette vision sapait à la base toute certitude, et Manfred hocha légèrement la tête et dit tranquillement et sans la moindre provocation que pour pouvoir vivre, nulle certitude ni besoin de certitude n'étaient nécessaires et Goldman, qui n'éprouvait plus devant Manfred son embarras d'autrefois, dit, "C'est effrayant. En ce qui me concerne, j'en ai vraiment besoin", il l'accompagna à la porte et ce n'est qu'au moment de se quitter qu'il demanda à Manfred des nouvelles d'Elinor, et Manfred dit, "Elle n'a presque pas changé", ils se serrèrent la main et Manfred l'invita à venir les voir dans leur hôtel en disant qu'Elinor et Raphaël seraient très contents de le rencontrer, Goldman le remercia et promit sincèrement d'aller les voir, mais quelque chose l'en empêchait et tandis qu'il hésitait et essayait sans succès de détourner sa pensée d'Elinor tout en décidant d'y aller dès le lendemain ou le jour suivant et advienne que pourra, les jours passèrent, ils quittèrent le pays et n'y revinrent plus, sauf Manfred qui, au cours des années suivantes, fit de brèves visites chez son frère, et Goldman, qui voyait la fin approcher avec un malaise grandissant, se pétrifia à l'intérieur comme si une sérénité infinie s'était emparée de lui et que rien ne l'importunât plus, il se retira en lui-même et continua de s'occuper du *Somnium* qui commença à susciter en lui un sentiment de malaise inconscient et même de désintérêt croissant, tout comme la cosmologie qui l'oppressait bien qu'il y consacrât tout son temps libre, mais avant cela, lorsqu'il resta seul et continua à voir le film, elle l'intéressait encore et Elinor aussi, il pensait sans cesse à elle depuis l'instant où il avait su qu'elle était en Israël, essayait de se souvenir de sa silhouette, d'imaginer leur rencontre qui, malgré tous ses efforts pour se comporter en pensée de manière chaleureuse et naturelle, demeurait forcée et glaciale, et il se demanda s'il ne valait pas mieux aller la voir aussitôt, avant la fin du film – l'hôtel où ils se trouvaient n'était pas très loin – et il continua à hésiter même après le film, se leva, mit son manteau et sortit dans la rue où soufflait un vent fort, entraînant dans un tourbillon branches, feuilles, papiers et sable, et il erra sans but dans ce vent d'hiver et arriva devant la maison de Dita et sans s'y arrêter, il leva les yeux et vit de la lumière à la fenêtre de la cuisine, pensa un instant y monter, sachant parfaitement à ce moment-là qu'il n'irait jamais chez Elinor, mais y renonça et continua à marcher, puis monta chez lui et se mit à travailler au *Somnium* qui avançait avec lenteur parce qu'il était fatigué et avait du mal à se concentrer, et il finit par s'arrêter et regarda les papiers posés devant lui, dehors le vent continuait à faire rage, puis il jeta un coup d'œil à la photo de sa sœur et réfléchit lentement et dans la confusion aux paroles de Manfred.

Le lendemain, César l'appela au bureau et s'excusa d'être parti au milieu du film et Goldman dit, "Laisse tomber, ça va. Pas de problème", César s'excusa de nouveau et lui demanda s'il pouvait passer chez lui vers le soir et Goldman dit, "Bien sûr. A l'heure qui te convient. Je suis à la maison", et César dit, "O.K. Au revoir", mais en route pour chez Goldman, lorsqu'il alla voir son fils, il le trouva au lit avec une forte fièvre et Tirtsa lui annonça qu'il fallait l'hospitaliser le lendemain, et César resta auprès de l'enfant jusqu'à une heure tardive, essayant de l'amuser et de lui lire un livre, mais passant surtout de longs moments silencieux auprès de lui, et le lendemain il le conduisit à l'hôpital avant midi, puis raccompagna Tirtsa à la maison et ensuite téléphona au studio pour prier Israël de déjeuner avec lui, et Israël dit, "D'accord. Appelle-moi quand tu seras en bas", quelque chose dans la voix de César l'avait empêché de refuser, et César vint une heure plus tard et l'emmena dans un restaurant hors de la ville. C'était une journée d'hiver froide et claire, le ciel était bleu et limpide et le soleil brillait comme en plein été, et en sortant de la voiture le vent froid ébouriffa les rares cheveux de César qui les retint avec la main tout en maudissant l'"Hormone Yocham" et toutes les autres pommades et préparations qu'il avait appliquées sans réussir à faire pousser ni sauver le moindre cheveu, il continua à les maudire en même temps que le vent jusqu'au moment où ils entrèrent et s'installèrent dans le restaurant, et le patron, vêtu de mocassins et d'un pantalon blancs, d'une chemise de dentelle noire et d'un foulard de soie rouge sombre attaché autour du cou, s'approcha d'eux, les salua d'une légère courbette et leur demanda ce qu'ils désiraient, il était bronzé à souhait, avait une fine moustache et se répandait en sourires, ils commandèrent une salade d'aubergines aux noix, des aubergines farcies de champignons et une bouteille de vin, le patron repartit à la cuisine et en attendant, César grignota un des petits pains dont la corbeille était pleine, et il revint au bout de quelques minutes pour poser devant eux avec des gestes de magicien les plats qu'ils avaient commandés et le vin, et César commença à manger et à boire, il parla d'un homme pour qui il avait préparé une série de photos et l'injuria, puis parla de ses parents, de son père qui ne s'était toujours soucié que de lui-même et de sa mère, malheureuse et énervante, il en parlait avec mépris et irrespect, comme il le fit aussi de Max Shpilman et Ruhama, n'évoquant avec plaisir que Besh, puis il parla de diverses femmes, mariées ou non, avec lesquelles il avait couché et éclata de rire en disant qu'elles étaient toutes des putains et que c'était bien ainsi, le patron s'approcha pour voir si tout allait bien et César dit, “Ça va. Ça va”, ensuite il parla d'Eliezra, qui devait accoucher dans quelques mois, et dit qu'il n'était pas impossible que l'enfant fût de lui, il éclata encore de rire, mordit dans le petit pain et dit, “En tout cas, je l’ai baisée plus que son ingénieur ne pourra la baiser pendant toute une vie”, et il ajouta, “Ne t’inquiète pas, je vais engrosser Tehila, elle va voir cette putain”, puis il se tut un moment, but un peu de vin et dit d’un air songeur et peu joyeux qu’il ne fallait jamais se décourager, que dans la vie rien n’était jamais fini, que tout finissait par s’arranger, et le patron vint prendre les assiettes vides, César loua les aubergines et ils commandèrent le plat suivant et une autre bouteille de vin et César, jetant un coup d’œil au patron qui s’en allait, dit, “Regarde comme il est bronzé même en hiver. Je l’envie. Il n’a pas de problèmes”, puis il dit qu’il eût aimé manger toute la vie au restaurant, pas toujours dans le même mais en changeant de restaurant comme il eût aimé changer de femme, il rit, et Israël dit, “Oui. C’est vrai” et il approcha le plat de viande que le patron venait de poser devant lui, César se versa du vin et s’attendrit de nouveau sur Besh en disant, “Dommage qu’il ne soit pas là. J’aurais donné beaucoup pour qu’il soit là” et après un bref silence, “En fait, j’en ai assez de toutes ces bêtises”, mais il ne dit pas à quelles bêtises il faisait allusion et Israël ne le lui demanda pas, et César but un peu de vin, regarda Israël et dit, “Tout est du blabla. On ne peut rien savoir”, il saisit la cuisse de poulet posée devant lui, y enfonça ses dents et arracha un morceau de viande qu’il se mit à mâcher, et Israël vit le visage de César changer comme s’il se couvrait d’ombre et s’affaissait, il voulut faire quelque chose pour arrêter cela mais à la place regarda César qui, tout en continuant à manger avec fureur, dit brusquement, "J'ai conduit mon fils à l'hôpital. Il a une leucémie", des larmes se mirent à couler de ses yeux et le long de son grand visage sans qu'il essaie de les arrêter, elles coulaient dans sa bouche, tombaient dans l'assiette, sur ses mains et sur la cuisse de poulet qu'il continuait de mordre et de mâcher tout en répétant, "Je l'ai conduit aujourd'hui à l'hôpital. Il a une leucémie", et Israël qui sentait la nécessité de faire quelque chose continua de se taire mais tendit à César le verre de vin, César en but un peu et continua de manger et de pleurer, jusqu'au moment où il finit très lentement par se calmer et s'essuya la bouche avec la serviette, ils achevèrent le repas en silence, César paya le patron, qui les invita à revenir et les accompagna jusqu'à la porte, et tandis qu'ils marchaient vers la voiture, ils croisèrent un groupe de gens qui ressemblaient à des touristes, César s'arrêta et regarda une femme grande et corpulente, avec un visage large et des cheveux blancs, et une fois qu'elle se fut éloignée il dit, "Grand-mère Clara. Exactement elle", puis ils entrèrent dans la voiture et roulèrent sans dire un mot, mais lorsqu'ils s'arrêtèrent à un feu rouge, César qui était lointain et plongé dans ses pensées se tourna vers Israël et dit qu'il était absolument incapable de comprendre comment un corps sain devenait soudain malade et comment nulle force au monde ne pouvait arrêter la maladie ni la guérir, et il frappa du poing le volant avec fureur en disant, "Va savoir. C'est ça qui me tue", puis il redémarra et injuria un conducteur qui le dépassait et après avoir traversé le carrefour, il tapa de nouveau sur le volant et dit, "Ce n'est pas possible. Et si ça l'est, alors tout ne vaut qu'un tas de merde", et il ne dit plus un mot jusqu'au moment où il accompagna Israël devant le studio et Israël, qui pendant toute la route avait un visage de glace, ne désirant que rester seul, jouer du piano ou se recroqueviller sur le canapé, posa la main sur l'épaule de César et dit, "Au revoir, César. Je t'appellerai", puis il monta au studio mais les pièces vides et froides provoquèrent en lui une sensation d'oppression comme il n'en avait jamais éprouvé auparavant, et de terrible solitude, il s'arrêta devant sa chambre en songeant à César, regretta de n'être pas resté dans la voiture avec lui et regarda le piano avec la carte postale verte, la table et le canapé marron, la vieille lampe de chevet posée sur une chaise, le grand tableau de bois avec le couple de vieillards assis sur des tabourets, devant le magasin, dans la tranquillité du crépuscule, il avait vu peut-être deux fois le fils de César, c'était il y a longtemps et il ne s'en souvenait plus du tout, et il redescendit et se promena dans les rues, il savait qu'il l'avait vu mais rien de plus, et finalement monta chez Goldman qui le reçut avec joie – il était déjà plus de cinq heures et il commençait à faire sombre – parce qu'il était heureux de pouvoir poser le *Somnium*, heureux d'être en compagnie de quelqu'un et de bavarder, peu importe de quoi, de ses problèmes et de ses projets, de divers sujets touchant à la cosmologie, de traduction et de César, des femmes et de ce qu'il avait lu dans le journal et de sa sœur Naomi dont il avait la nostalgie et qui, depuis la mort de l'oncle Lazare, lui manquait encore plus, plus que quiconque, sensation de manque qui ne lui laissait pas de répit et le mettait en colère, car plus que jamais il refusait d'admettre que la vie était unique et la mort définitive, qu'il aurait beau le désirer, il ne la reverrait plus jamais, même pas pour une heure, d'autant plus que dans un certain sens sa mort lui paraissait injuste, et il se mit à faire des recherches sur sa vie, son amour et les causes de son décès, tout ce qu'il savait était qu'elle était tombée de la voiture dont la portière s'était ouverte pendant le voyage, mais ses recherches ne lui apprirent rien qu'il ne sût déjà parce que le conducteur du véhicule vivait depuis trois ans au Brésil où il se trouvait en mission et à son retour, Goldman espérait obtenir de lui quelques détails importants, quant à la période de son service dans l'armée britannique et de son histoire d'amour avec l'Anglais, que le père de Goldman considérait comme la cause de sa mort, il n'avait pu faire aucun progrès parce qu'une partie de ceux qui avaient fait leur service avec elle et dont il avait pu retrouver les traces s'étaient dispersés, d'autres qu'il avait repérés ne se souvenaient que de son nom et de quelques détails insignifiants, et seul un homme que Goldman rencontra deux semaines plus tard au mariage de Tsalik, qui avait servi dans une unité de transport et l'avait rencontrée quelques fois à Alexandrie et lui avait même fait la cour, put lui raconter qu'elle était amoureuse d'un officier de blindés ou d'artillerie, un Anglais du nom d'Atcheson ou Atkinson qui, selon la rumeur, était marié et père de deux enfants, et avait un énorme chien qui l'accompagnait partout, un chien effrayant qu'il avait vu une fois avec eux au Caire, pendant qu'ils se promenaient en bateau sur le Nil, et ce furent les seuls détails que Goldman découvrit dans les ténèbres qui enveloppaient la vie de sa sœur, mais entretemps il y avait quelques rares faits anciens, quelques vieilles photos parmi lesquelles celle dont quelqu'un, sans doute son père, avait coupé et fait disparaître la moitié, et sur l'autre moitié elle figurait en uniforme sur un pont, la tête légèrement inclinée, et Goldman devina plus tard que sur la moitié supprimée se trouvait peut-être ce même Atcheson ou Atkinson dont on pouvait distinguer un bout d'épaule sur la moitié restante, et il tendit quelques photos, dont celle-ci, à Israël qui les parcourut sans intérêt particulier et les rendit à Goldman qui était très éveillé mais manquait de sommeil, et Goldman les remit dans le tiroir du bureau, puis parla un peu du *Somnium* et des problèmes de traduction, de l'horoscope familial de Kepler et dit à Israël que lui aussi, sans toutefois y croire, avait envie de connaître son horoscope et qu'en attendant il avait décidé, tout en restant sceptique, d'aller voir une chiromancienne pour qu'elle l'aide à voir sa situation et le conseille dans le choix d'une nouvelle profession, sa profession était depuis le début une erreur absolue et même si elle n'en était pas une, il avait épuisé toutes ses possibilités dans ce bureau, et peut-être lui dirait-elle aussi des choses sur son avenir, et en effet quelques semaines après le départ de Manfred et d'Elinor, Goldman appela cette chiromancienne et prit rendez-vous, mais il se suicida quelques jours plus tôt et la rencontre n'eut pas lieu, mais avant cet événement l'idée enthousiasmait Goldman malgré ses doutes et il en fit l'éloge à Israël qui l'écoutait tranquillement tout en regardant son visage si ravagé ces derniers temps et creusé de rides comme une érosion intérieure, et au bout d'une heure il se leva, quitta Goldman et revint au studio, puis s'enveloppa dans la couverture de laine et, les doigts froids, se mit à contrecœur à jouer du piano, et Goldman s'étendit sur le lit et se plongea dans une rêverie jusqu'à ce que la pénombre de la pièce soit presque totale, une faible lumière venant du salon filtrait sous la fente de la porte, laissant à peine distinguer la bibliothèque, le fauteuil et l'abat-jour, puis il se leva, alluma la lumière, se remit à sa table et continua sa traduction. Le lendemain, il reçut l'invitation de Yirmiyahou et de Temima qui conviaient Stephana et Goldman au mariage de Tsalik, la cérémonie qui devait avoir lieu plus tôt avait été remise à cause de la maladie de Tsipora, et maintenant qu'elle était sortie de l'hôpital, elle était prévue pour deux semaines plus tard, et Goldman en informa Stephana, qui ignora complètement l'invitation, quant à Goldman, qui ne tenait pas à aller à cette fête, il posa le carton dans le placard de la cuisine et l'oublia, mais la veille du mariage, Bracha lui téléphona pour le lui rappeler et le pria de venir, ne fût-ce qu'en souvenir de son père, et lui proposa prudemment d'essayer d'amener aussi Stephana par respect pour Tsipora, Goldman qui ne pouvait pas refuser promit de venir et le soir du mariage, il mit des habits de fête et arriva à une modeste salle de réception, déjà pleine d'invités une heure avant le mariage, alors que Goldman, embarrassé, était en avance par crainte de ne pas être à l'heure, il s'arrêta à l'entrée de la salle, pensant un instant partir et revenir un peu plus tard, puis se mit à observer les gens, dont la plupart lui étaient étrangers, et aperçut Moshé Tselermayer et sa femme, David Kostomolski, et Yona Kochinski, rétréci par la solitude et la vieillesse, Shmouel et Bracha, habillés avec tant de soin et rayonnants de joie, qui étaient venus avec Ouri et sa femme, Ilana, son mari et leurs enfants arrivèrent plus tard, et Avraham Schechter qui était avec Rachel, et quelques autres proches et cousins et leurs enfants dont il n'avait pas revu certains depuis longtemps parce qu'ils n'étaient même pas allés à l'enterrement de l'oncle Lazare ni à celui de son père, et tandis qu'il regardait ainsi, il aperçut Yoël, qui avait beaucoup vieilli au cours de ces derniers mois, et il lui sembla que Yoël aussi l'avait vu, et comme il ne pouvait plus se retirer, il se fraya un chemin parmi les gens, qui continuaient d'arriver, et lui serra la main en lui souhaitant "Mazal Tov" puis il s'approcha de Yirmiyahou et de Temima et les félicita aussi, ainsi que Méïr et sa femme qui étaient tout près, il échangea quelques mots avec eux, ensuite félicita la mariée et le marié qu'il n'avait vu qu'une fois ou deux il y a très longtemps, et n'aurait pas reconnu s'il n'avait pas su qui il était, il serra aussi la main d'Avraham Schechter et de Rachel, encore féminine et belle malgré son âge, surtout avec son visage lisse et son teint de pêche, et depuis la mort d'Akiba Weiner elle vivait avec Avraham Schechter qui l'avait attendue tant d'années, et ils menaient la vie tranquille d'un couple au soir de sa vie, allant tantôt au cinéma, au théâtre ou à une conférence, jouant parfois entre eux au rami avec de l'argent réservé à cet effet dans un bocal, et Rachel demanda à Goldman comment ils allaient, lui et Stephana, et Goldman dit, "Ça va" et Rachel dit, "Aucun de nous n'est plus très jeune" et avant que Goldman n'ait eu le temps d'ajouter un mot, Shmouel et Bracha s'approchèrent et lui serrèrent la main en lui disant quelques mots, puis il salua diverses personnes, famille et proches qui lui sourirent avec affection, des cousins et enfants de cousins dont la plupart étaient mariés et avaient des enfants, et entre-temps il aperçut Aviezer qui était arrivé et se tenait à côté de Yoël et de Ruth, vêtu d'un chandail bleu ciel et d'un pantalon bleu marine, avec ses boucles grisonnantes et son visage triste et fermé qui le rendaient si beau, et Goldman voulut s'approcher de lui pour bavarder un peu, mais au même instant il y eut un mouvement de foule et Tsipora fit son apparition à l'entrée de la salle. Elle était assise dans une chaise roulante et Esther la poussa lentement vers les invités qui les uns après les autres allèrent vers elle et avec un mélange de crainte et d'admiration, et d'affection aussi, lui serrèrent la main et l'embrassèrent sur la joue, puis échangèrent quelques mots, et Goldman, demeurant à sa place, la regarda s'approcher de lui avec la chaise roulante, une femme petite et droite, dans une robe de laine sombre d'où dépassait un pied chaussé d'une espadrille en toile blanche, ses cheveux grisonnants, courts et bouclés retenus par un ruban noir et son visage rose et ridé comme une pomme, rayonnant d'intelligence et d'une autorité qui était l'expression même de sa droiture et d'une infatigable et sûre affirmation de la vie malgré les souffrances et les difficultés. Goldman ne la quittait pas des yeux, de plus en plus tendu à mesure qu'elle approchait, et lorsqu'elle fut près de lui, il fit quelques pas vers elle, lui tendit la main et l'embrassa, et elle lui demanda comment ils allaient, lui et Stephana, puis elle dit, "Il faut continuer et il faut oublier. Voilà, j'ai déjà oublié que j'avais une autre jambe", elle sourit de nouveau et se tourna vers d'autres personnes qui s'approchaient pour la féliciter, et Goldman qui resta seul continua encore à la regarder mais avec un sentiment de soulagement et il sentit alors une petite tape sur l'épaule et en se retournant vit devant lui un homme qui lui sourit et lui tendit la main en disant, "Shalom, Goldman", et Goldman, embarrassé, serra la main de l'homme et dit, "Shalom" tout en essayant de se rappeler qui il était et soudain, tandis qu'il l'observait encore et fouillait dans sa mémoire, il s'exclama, "Avram", lui serra de nouveau la main, mais cette fois avec assurance, et ils s'embrassèrent, se tapèrent sur l'épaule et se servirent du vin qu'ils burent après avoir trinqué, et pendant ce temps la cérémonie nuptiale commença, le bruit s'éteignit dans la salle et ils se tinrent un peu à l'écart, à l'extrémité du cercle des invités et Goldman, qui tenait encore son verre de vin à la main, regarda du coin de l'œil Avram que le temps avait changé et marqué de son empreinte : il était devenu complètement chauve et paraissait plus grand et plus mince, ses bras semblaient trop longs et son visage, qui ressemblait maintenant à du papier, s'était allongé, donnant en quelque sorte l'impression que sa bouche trop grande et ses oreilles n'appartenaient pas à son visage, et pourtant c'était bien Avram, le fils d'Aaron, frère de Shmouel, qui était dans la même classe que lui et Avinoam Levitan, pendant quelques années ils avaient été amis et comme il avait toujours de l'argent, il les invitait au cinéma ou à manger une glace pour se gagner leur amitié, mais la guerre d'Indépendance les avait séparés et aussitôt après, Avram était parti étudier l'économie en France – son père voulait qu'il fasse ses études à l'étranger –, il s'était ensuite dirigé vers les affaires et avait été conseiller économique auprès d'une société d'investissement industriel, puis s'était lancé dans la bijouterie et avait ouvert un grand magasin de bijoux à Nice où il vivait seul dans un luxueux appartement de cinq pièces, et il se trouvait en ce moment en visite en Israël, surtout pour voir sa mère qui était malade, et lorsque la cérémonie s'acheva et que l'orchestre se mit à jouer, tandis que les invités se précipitaient dans la confusion sur les viandes, poissons et salades disposés dans de grands plateaux, sur une longue table installée au centre de la salle, Avram et Goldman s'installèrent dans un coin pour bavarder, leurs visages rayonnaient encore de la joie de la rencontre, mais très vite Goldman vit qu'à l'exception de quelques insignifiants souvenirs communs, un abîme d'étrangeté s'était creusé entre eux et qu'en fait il n'avait plus aucun intérêt pour Avram qui parlait de son appartement, de son chien et de ses affaires en entrant dans les moindres détails avec une sécheresse lassante qui ne faisait que souligner la désagréable impression de stérilité qui émanait de son apparence et de ses gestes, du costume qu'il portait d'une manière si pédante, de sa méticuleuse propreté, ses ongles étaient soigneusement manucurés, il dégageait un parfum douceâtre et sa personne exprimait une espèce d'avarice et d'insensibilité oppressantes comme si tout s'était contracté et rétréci en lui, et il ne manifestait qu'un faible intérêt pour leur jeunesse et le pays, évoquant du bout des lèvres Avinoam et Sonia ou quelques lieux dans la ville, et Goldman, surpris de découvrir que soudain lui non plus n'éprouvait aucun intérêt pour toutes ces choses, ni pour Avinoam et Sonia, promit à Avram de l'emmener faire un tour dans la ville le lendemain pour revoir ces lieux, mais à l'exception de la maison de purification du cimetière musulman, de leur école, de la "cité des travailleurs" et de quelques autres rares lieux, qui paraissaient maintenant dénués de tout charme et même misérables, il ne restait plus aucun des bâtiments évoqués par

Avram, car au fil des années, la plupart avaient été démolis et remplacés par d'autres immeubles, c'était aussi le sort de quelques terrains, jardins, petits bois et étendues en friche où jadis, il n'y avait pas si longtemps, ils avaient joué ou s'étaient promenés, et qui avaient maintenant disparu pour se transformer en rues, avec des immeubles d'habitation, des bureaux ou des zones commerciales, et à la fin de leur parcours Avram invita Goldman à déjeuner, mais Goldman dit qu'il devait retourner au bureau pour rencontrer un client au sujet d'une affaire urgente et lui proposa de lui téléphoner vers la fin de la semaine pour aller ensemble voir Avinoam au moshav le samedi, projet qui ne se réalisa pas parce que Goldman, qui s'était déjà éloigné et retranché du monde, ne l'appela pas ni ne répondit à aucun appel, pas même à celui d'Avram qui passa encore un mois dans le pays et pendant tout ce temps, ses parents et sa sœur, Moshé Tselermayer et divers amis essayèrent vainement de lui trouver une femme car il s'était habitué à sa vie de célibataire stérile et solitaire et ne voulait pas en troubler l'ordre, ni être obligé de s'adapter aux désirs et aux habitudes d'une étrangère, et tout le monde lui était étranger, de même qu'il ne voulait partager son argent avec personne, et tandis qu'ils restaient assis à faire traîner la conversation, Aaron s'approcha d'eux, il portait un costume sombre et son visage rasé de près rayonnait de bonheur, et serra la main de Goldman avec une affection marquée et dit, "Enfin, vous voilà ensemble" et il posa la main sur l'épaule d'Avram, qui resta de glace tout en essayant de surmonter son malaise, et Goldman dit, “Oui. Les années sont passées”, et Aaron tapota affectueusement l’épaule d’Avram, il était fier de lui et de ses rapports avec Goldman, et dit, “Alors, comment ça se passe ?” et Goldman dit, “Très bien”, et Avram, qui attendait que son père retire sa main, dit, “Bien. Très bien”, et Aaron dit, “Il ne se mariera jamais. Il ne nous fera pas le plaisir d’avoir des petits-enfants”, il rit et dit, “Amusez-vous, amusez-vous”, il tapota de nouveau l’épaule d’Avram et s’éloigna en compagnie d’un invité, et après un léger embarras, ils reprirent leur conversation, les gens avaient commencé à danser et Goldman, qui guettait le moment propice pour s’en aller, profita de l’occasion et après avoir fixé un rendez-vous avec Avram pour le lendemain, s’esquiva sans saluer personne et se dirigea vers la sortie, mais un homme un peu plus âgé que lui l’aborda près de la porte et après s’être excusé lui demanda si par hasard il n’était pas le frère de Naomi Goldman et Goldman dit, “Oui. Je suis son frère”, et l’homme qui se présenta sous le nom d’Itshak dit qu’il en avait eu l’intuition dès l’instant où il l’avait vu, à la fois parce qu’il savait que Naomi avait un frère et que sa famille était proche de celle du marié et parce qu’il trouvait que Goldman lui ressemblait, et Goldman demanda à l’homme comment il l’avait connue, et l’homme dit, “Je l’ai connue dans l’armée britannique, à Alexandrie”, il observa de nouveau Goldman et dit, “Telle que je me souviens d’elle, vous lui ressemblez, mais je ne saurais vraiment pas dire en quoi. Peut-être quelque chose dans le visage. En tout cas, je suis heureux de vous avoir rencontré", et il lui tendit la main pour le saluer et le quitter, mais Goldman l'arrêta et l'interrogea sur sa sœur, et l'homme, essayant d'abord de s'esquiver, finit par lui raconter qu'il avait rencontré Naomi quelques fois à Alexandrie où il servait dans une unité de transport et qu'il avait beaucoup de sympathie pour elle, et peut-être elle aussi pour lui, et une fois même ils étaient sortis ensemble et avaient dansé toute la soirée, mais il ne s'était rien passé entre eux parce qu'elle était amoureuse d'un officier de blindés ou d'artillerie, un certain Atcheson ou Atkinson qui selon la rumeur était marié, père de deux enfants et avait un énorme chien qui l'accompagnait partout, un chien très effrayant, et une fois il les avait rencontrés au Caire avec ce chien effrayant, en train de se promener en bateau sur le Nil, et c'était tout ce qu'il pouvait raconter à son sujet, et Goldman, qui en attendait plus, lui posa des questions, le remercia et le quitta après lui avoir serré la main et sortit. Dehors il faisait une splendide soirée d'hiver : le ciel sombre était limpide et étoilé, l'air était frais et glacé et Goldman ressentit un grand soulagement qui, à mesure qu'il s'éloignait de la salle des fêtes, devint plus intense et se transforma en un sentiment de liberté, l'emplissant d'une joyeuse exaltation qui se répandit dans son corps, au point d'avoir envie de courir et de fondre dans cette agréable fraîcheur de l'air dont l'attouchement même le rendait heureux, comme aussi la vue du ciel et des rues vides qui, inconnues ou familières, n'éveillaient en lui nulle sensation d'oppression ni de joie parce qu'il n'avait plus aucun lien avec elles, comme avec les gens qu'il avait laissés dans la salle des fêtes, ni avec quiconque, sauf peut-être avec le souvenir de sa sœur, et ce lien le réchauffait et le rendait heureux, surtout le souvenir du repas d'adieux préparé en son honneur lorsqu'elle avait quitté la maison pour faire son service, il s'en souvenait dans les moindres détails comme si c'était la veille, leur place autour de la table et ce que chacun portait et les couverts et la nourriture et son goût et l'expression des visages et la nuance de la clarté dans la pièce, et il se sourit à lui-même, ou peut-être eut l'impression de sourire, puis il pensa un instant aller au "Vingt-Neuf" pour boire un peu et se distraire, mais il se sentait trop heureux pour le faire et continua à se promener dans les rues, puis monta chez lui. Stephana, très paisible et concentrée, était assise dans le gros fauteuil du salon et regardait la télévision, et Goldman, qui était entré dans la pièce pour prendre le journal et voir en fait Stephana, la regarda à la dérobée et soudain elle lui parut belle même dans son usure, et il resta debout derrière elle, un peu sur le côté, continuant à la regarder et à mesure qu'il la regardait il trouva de nouveau qu'elle ressemblait à sa sœur, et pendant une fraction de seconde eut l'impression qu'elle était sa sœur, et il éprouva pour elle une sympathie profonde, réjouissante, au point d'avoir envie de l'étreindre et d'entrer en elle dans le même temps, mais il ne bougea pas et la regarda encore un moment tandis qu'une pensée lui traversait l'esprit, que si elle mourait tout serait fini, la vie deviendrait un vain mouvement sans finalité ni sens, et le monde, une collection fortuite de maisons, de montagnes, d'océans, de rues, de gens et de nourriture, et pourtant il était impossible qu'elle vive éternellement, puis il s'arracha à son immobilité et alla dans sa chambre, il jeta le journal sur le lit et ouvrit la fenêtre pour que l'air pur et froid de la nuit entre dans la pièce et se mit à traduire le *Somnium*, et pendant qu'il regardait le texte et feuilletait le dictionnaire à la recherche d'un mot, il repensa de manière flottante et désordonnée aux paroles de Manfred et à la cosmologie qui, depuis quelques jours, le remplissait de plus en plus d'un sentiment de néant et d'absence de sens de l'univers face à la contingence et à l'infinie finitude de l'espace et du temps, deux faits que pour la première fois Goldman admettait volontiers comme des données indiscutables de l'approche scientifique et qui, peu à peu, avaient commencé à l'ébranler, bien au-delà de la certitude ou de l'incertitude, et c'est ainsi qu'il finit par être forcé de reconnaître que malgré la présence de Stephana, si paisible et enfantine, ultime refuge qui lui restait en même temps que sa sœur, la vie était un chaos et que lui-même était perdu, qu'il lui fallait accepter d'être perdu pour pouvoir se sauver, mais qu'il n'en était pas capable, et maintenant pour la première fois, il se sentit libéré de tout, les paroles de Manfred, les problèmes cosmologiques, le monde chaotique ne le préoccupaient pas plus que quelques secondes, et il passa la nuit à traduire jusqu'au petit matin, puis s'étendit sur le lit et ferma les yeux, il ne pouvait pas vraiment dormir mais sentit dans son corps une agréable limpidité et au bout d'une heure, se leva, prit un café et reprit sa traduction, continuant à y travailler pendant les trois jours suivants avec la même exaltation et un heureux sentiment de liberté, à la limite d'une sensation de dissolution de l'univers, qu'il avait éprouvés cette nuit-là et qui l'accompagnèrent tout le temps, même pendant les heures ennuyeuses passées en compagnie d'Avram, en même temps qu'une sensation de profonde sympathie pour Stephana, dont l'existence ou l'absence cessèrent de le préoccuper, et pour le monde tout entier qu'il s'apprêtait à quitter. Tout en travaillant au *Somnium*, Goldman se promena beaucoup dans les rues, surtout la nuit, n'éprouvant aucun besoin de dormir, bien au contraire, le manque de sommeil le rendait ivre de lucidité, il évita aussi pendant tout ce temps de rencontrer quiconque, ayant déjà cessé d'aller à la mer et d'utiliser le "Bullworker", ne répondit plus au téléphone et n'appela personne, pas même César ou Israël qui, au bout du quatrième jour, vers le soir, passa pour voir ce qui lui arrivait et le trouva étendu, mort dans son lit, après avoir avalé des somnifères et bu du cognac, comme on l'établit par la suite. Israël partit alerter un des voisins, puis un médecin et tous deux annoncèrent la nouvelle à Stephana, qui l'accueillit sans rien demander ni rien dire, ne laissant paraître sur son visage qu'une légère grimace que l'on pouvait prendre aussi bien pour une expression de douleur que d'amertume, non pour l'acte lui-même, car Stephana n'était plus en fait qu'un arbre mort qui fleurissait à nouveau, mais d'une floraison factice dans un monde lointain, après que dans ce monde-ci la vie, qui était un infini enchaînement d'erreurs et de renoncements superflus et inutiles, eut épuisé en elle toute vitalité et capacité de compatir, et même s'il n'en avait pas été ainsi, elle n'eût peut-être pas éprouvé le besoin de compatir car comme elle, Goldman avait été vaincu par ce qu'il n'avait pas fait que par ce qu'il avait fait et dans un ultime désir de vivre avait choisi la mort tandis qu'elle choisissait la Pologne, et comme Goldman elle n'appartenait plus à personne et personne ne lui appartenait, mais cette nuit-là, elle resta étendue pendant des heures sur son lit, les yeux ouverts, et Yehoudit Meisler, qui passait la nuit chez elle, lui proposa un somnifère, et Stephana dit, "Non, ce n'est pas nécessaire", et elle resta étendue ainsi jusqu'à ce qu'il fasse jour. Les funérailles eurent lieu deux jours plus tard et Stephana y alla avec la même résignation ou indifférence qu'elle avait manifestée en apprenant la mort de Goldman que la famille, les proches, les voisins et quelques amis étaient venus accompagner, ils se réunirent dans la cour des pompes funèbres et marchèrent derrière le corbillard sous un agréable soleil d'hiver, et parmi les derniers, en fin de cortège, se trouvaient aussi Israël et César, qui était agité et sous le choc depuis l'instant où la nouvelle lui était parvenue, et pendant qu'ils avançaient pour quitter la cour il regarda les gens et Israël d'un air distrait et dit, "Il a peut-être bien fait. Il en a fini avec tout ça et puis voilà", Israël acquiesça de la tête et César risqua un coup d'œil et regarda le brancard que l'on introduisait dans la voiture noire et dit, "C'est affreux tout ça. J'ai envie de vomir", et Israël dit, "Oui" et César, qui n'accompagna pas Goldman au cimetière, donna un coup de pied dans une motte de terre, fourra ses mains dans ses poches et attendit devant les pompes funèbres que la file de voitures se mette en route, puis il se dépêcha d'aller à l'hôpital pour rester auprès de son fils qui était déjà dans un état désespéré. Après les funérailles, Israël monta chez Goldman pour une brève visite, il but un verre de thé et mangea une tranche de gâteau servie par Bracha, tout en écoutant avec indifférence une conversation décousue entre Yihiel Lebenkopf et Moshé Tselermayer, dont le visage était éteint et livide, et la veuve de Tseimer et Shmouel – Bracha avait essayé de l'empêcher d'aller aux funérailles pour lui éviter des émotions – et deux ou trois personnes assises avec eux autour de la table, l'air de la pièce semblait raréfié, non pas âcre mais plutôt fétide, avec une sensation d'abattement et de désintérêt, et dès qu'Israël sentit qu'il avait accompli son devoir, il se leva, salua Stephana et Mathilda Levitan et partit, et quelques jours plus tard il revint prendre les livres érotiques que César avait prêtés à Goldman et dont en fait personne n'avait plus besoin ni ne s'était inquiété. La maison était vide et seules Stephana et

Yehoudit Meisler bavardaient, assises au salon, et Israël qui, aussitôt arrivé, sentit sa présence déplacée, regretta d'être venu, mais il s'assit sur une des chaises et échangea quelques mots avec Stephana et Yehoudit Meisler, puis il se leva et, avec la permission de Stephana, entra dans la chambre de Goldman où rien n'avait encore changé comme s'il venait de la quitter quelques minutes plus tôt et qu'il dût revenir dans une ou deux heures : le "Bullworker" était à sa place, ainsi que les haltères, le vieux fauteuil et l'abat-jour, survivance de son mariage avec la belle Yemima Tchernov, et les mêmes livres et journaux, comme d'habitude éparpillés ici et là, et sur le bureau des dictionnaires et des livres d'astronomie et d'astrophysique, et le *Somnium*, une pile de feuillets remplis de l'écriture si particulière de Goldman, avec des parties du livre qu'il avait eu le temps de traduire et dont Israël avait souvent entendu parler par Goldman qui lui avait raconté le contenu de cette œuvre où il était question d'un enfant, Duracotus, qui vivait en Islande avec sa mère, Fiolxhilda. Le père de Duracotus, un pêcheur, était mort à l'âge de cent cinquante ans, quand l'enfant n'avait que trois ans. Quant à Fiolxhilda, elle vendait aux marins diverses plantes dans de petites bourses en peau de renne et avait un commerce avec Satan et les démons. A l'âge de quatorze ans, l'adolescent curieux ouvrit une de ces petites bourses et sa mère, furieuse, le vendit à un capitaine de vaisseau. Le capitaine débarqua l'enfant sur l'île de Hween où Duracotus passa cinq ans à étudier l'astronomie sous la direction de l'astronome Tycho Brahé. Lorsque Duracotus revint à la maison, sa mère, repentante après le mal qu'elle lui avait fait, voulut se racheter et convoqua par la magie un bon démon qui avait le pouvoir de conduire quelques élus sur la Lune. Le démon explique que le voyage n'est possible que pendant une éclipse lunaire et par conséquent ne doit pas durer plus de quatre heures. Le voyageur est emporté dans les airs par des âmes en peine, mais cette donnée ne le libère pas des lois de la physique. En arrivant sur la Lune, il est soumis aux conditions particulières qui règnent sur cette planète. Le jour lunaire, entre le lever et le coucher du soleil, dure environ deux semaines, comme d'ailleurs la nuit, et la révolution de la Lune est telle qu'elle présente toujours une même face à la Terre. Cette face est appelée Subvolva par les créatures lunaires, tandis que la face opposée est appelée Prevolva. Ces deux parties ont un certain nombre de qualités communes : l'année y dure douze jours, les différences de température sont terribles, avec des journées embrasées et des nuits glaciales, et les deux parties ont en commun de permettre de voir les étranges mouvements du ciel stellaire où le Soleil et les planètes vont et viennent sans cesse parce que la Lune contourne la Terre. Mais les habitants de Prevolva sont les plus lésés parce qu'ils ne voient jamais la Terre et que leurs longues nuits sont balayées sans relâche de tempêtes de neige et de grêle. Les journées aussi sont terribles parce que le Soleil darde ses rayons et que la chaleur est insupportable.

Les montagnes lunaires sont bien plus hautes que celles de la Terre, tout comme la végétation et les animaux dont la plupart ressemblent à d'immenses serpents, ils se cachent dans leurs grottes ou errent à la recherche des eaux retirées dans lesquelles ils plongent afin de se protéger des brûlants rayons du Soleil, car si l'un d'eux s'expose par mégarde à la chaleur du jour, sa peau durcit et flambe, finissant par s'écailler et tomber la nuit. Et pourtant ces créatures ont une étrange tendance à se réchauffer au soleil de midi, mais uniquement près de leurs grottes afin de pouvoir se réfugier rapidement et sauver leur vie. A la fin du livre, selon le récit fait par Goldman à Israël, un éclat de nuage réveille Duracotus de son affreux cauchemar avec les reptiles géants et le terrifiant monde lunaire, fin qu'il connaissait pour l'avoir lue mais n'avait pas eu le temps de traduire. Israël feuilleta les brouillons de traduction et lut, "Ceux qui vivent sur Prevolva n'ont pas de demeure fixe : ils errent en une journée d'un horizon à l'autre à la recherche des eaux retirées, se déplaçant par hordes sur leurs longues jambes, plus longues que celles de nos chameaux, ou alors ils planent et volent, ou bien naviguent sur des vaisseaux", et ailleurs il lut, "La croissance est rapide et la vie brève parce que tout corps y atteint des proportions gigantesques. Et tout le processus entre la croissance et la décadence ne dure qu'un jour", et dans la pénombre croissante de la pièce, il déchiffra péniblement la phrase suivante, "Les animaux qui flottent à la surface de l'eau sont chauffés par le soleil de midi et servent de nourriture aux hordes errantes qui vont et viennent", et lorsqu'il retourna les feuillets pour les laisser tels qu'il les avait trouvés, il s'arrêta devant la partie qui décrivait le décollage et que Goldman avait traduite de la manière suivante : "La chose la plus affreuse est le choc initial de l'accélération qui le pousse et le propulse vers le haut comme sous l'impulsion d'un explosif. Il faut en conséquence le préparer en l'assommant à l'aide d'un produit narcotique. Il faut aussi protéger soigneusement ses bras et ses jambes pour qu'ils ne s'arrachent pas à son corps. Il devra ensuite endurer des difficultés supplémentaires : un froid terrible et des troubles respiratoires. Une fois la première partie du voyage achevée, les conditions sont plus faciles parce qu'au cours du trajet le corps échappe certainement à la zone d'influence de la force magnétique terrestre et pénètre dans celle de la Lune à laquelle il sera désormais soumis. A partir de cet instant, nous abandonnons les voyageurs à leur sort et les laissons s'en sortir tout seuls : ils se dilatent et se contractent comme des araignées et se propulsent en avant de leurs propres forces, car comme les forces magnétiques de la Terre et de la Lune attirent le corps chacune vers elle, les deux forces s'annulent et c'est comme si aucune ne l'attirait, et ainsi leur corps finit par être emporté vers la Lune." Dehors le jour s'était assombri, un éclair brilla et aussitôt après il y eut un long grondement de tonnerre, Israël détacha les yeux du manuscrit et regarda par la fenêtre le ciel bas d'hiver et l'énorme ficus et le mélia nu, dépouillé de ses feuilles, qui se dressait immobile dans la cour déserte, puis il reposa à leur place les feuillets de traduction, prit les livres érotiques et les enveloppa dans un journal et sortit de la chambre de Goldman qui était devenue obscure, comme le couloir et le salon, il y eut un autre éclair suivi d'un coup de tonnerre, il salua Stephana et Yehoudit Meisler, qui bavardaient assises dans l'obscurité, et en sortant de l'appartement il entendit le bruit de la pluie qui s'était brusquement mise à tomber, une pluie torrentielle qui s'abattait par rafales sur le sol en grosses gouttes serrées, Israël s'arrêta dans l'entrée de l'immeuble et regarda la pluie tomber dans la rue plongée en plein jour dans l'obscurité et très vite envahie par l'eau, mais au bout d'un moment, voyant qu'il n'y avait aucun signe d'accalmie, l'impatience le saisit et abritant les livres sous son manteau, il sortit et se mit à marcher sous la pluie torrentielle, et lorsqu'il arriva dans l'entrée de son immeuble et se mit à monter vers le studio, il souhaita très fort y trouver Ella, tout en sachant parfaitement qu'elle n'y serait pas, ou bien César ou quelqu'un qui bougerait et ferait un peu de bruit et avec lequel il pourrait échanger quelques mots sur n'importe quel sujet, mais le studio, lui aussi sombre, froid et humide, était vide et Israël posa les livres dans le bureau de César, enleva son manteau, entra dans le cabinet de toilette pour s'essuyer le visage et la tête, puis alluma la lumière dans sa chambre, s'assit devant le piano et se mit à jouer, dehors la pluie tombait encore et elle continua à tomber ainsi pendant trois jours, en fait il avait envie de s'étendre sur le canapé et de se recroqueviller sous la couverture sans rien faire ni même lire, car à mesure que les jours passaient, les sentiments de solitude et de vacuité, dont il était envahi depuis la mort de Goldman, étaient renforcés par une sensation de manque nichée en lui après la disparition d'Ella, mais il continua de jouer en grinçant des dents et fit appel à toute l'obstination et à tout le détachement dont il était capable pour tourner le dos à tout, y compris à César qui attendait peu de chose, un peu d'attention, quelques mots de sympathie, à l'heure où il était tout entier submergé par la maladie de son fils en train de mourir sans que personne ne puisse le sauver, et à cela s'ajoutait la grossesse inattendue de Tehila, clouée au lit depuis quelques semaines sur ordre des médecins qui étaient très pessimistes sur l'issue de cette grossesse, et pourtant cette probabilité infime plongea César dans la panique et le désespoir, sans parler de sa fureur à l'idée de voir toutes les issues bloquées, ne pouvant fuir vers un lieu que lui-même ignorait, parce qu'il ne voulait absolument pas d'enfants, même pas ceux qu'il avait déjà et qu'il aimait, et le dit explicitement à Tehila et à Israël, qui ne l'accompagna jamais à l'hôpital pour voir son fils et l'écouta en s'obstinant dans un silence délibéré, et pendant ce temps, les pluies se firent plus rares, les jours s'allongèrent et devinrent plus clairs et tièdes et un beau jour, Israël se leva et partit à Jérusalem pour essayer de se trouver du travail comme assistant d'un organiste dans une des églises de la ville et se détacher ainsi de Tel-Aviv, de sa dépendance de César et commencer une nouvelle vie. C'était une merveilleuse journée, limpide et inondée de soleil, l'air bleuté et les paysages qui défilaient par la fenêtre de l'autobus avaient quelque chose d'enivrant et il les regardait, tranquille et très paisible comme s'il avait l'éternité devant lui, et en arrivant à Jérusalem il déambula dans les rues et tout en se promenant aperçut soudain Ella qui marchait avec un grand panier, parmi les passants de l'autre côté de la rue, aussitôt il s'empressa de traverser et la suivit pour la rattraper puis toucha légèrement son épaule, elle s'arrêta, effrayée, tourna la tête et en le voyant poussa un petit cri de surprise, ses yeux bleus s'emplirent d'une joie perplexe qui s'effaça aussitôt sans laisser de trace et Israël, qui dans le même clin d'œil avait remarqué qu'elle était enceinte, sentit une sombre confusion s'emparer de lui et troubler ses esprits au point de ne savoir que faire, mais il se reprit et lui demanda comment elle allait, elle dit, “Ça va” et lui demanda aussi de ses nouvelles et Israël dit, “Bien. Tu vois”, puis il y eut un silence et ils restèrent l'un en face de l'autre dans l'agréable tiédeur du soleil, troublés et embarrassés, jusqu'au moment où Israël s'arracha à son immobilité et l'invita à prendre un café, Ella accepta mais un peu à contrecœur, et Israël tendit la main pour prendre son panier, mais elle refusa et ils marchèrent un peu dans la même rue, entrèrent dans un café et s'installèrent à une table loin de l'entrée, ses cheveux clairs avaient perdu leur éclat et étaient devenus durs comme de la paille, et Israël eut envie de lui demander pourquoi elle avait brusquement disparu sans le prévenir ni rien lui dire depuis tant de mois, mais il ne le fit pas, Ella buvait son café et de temps en temps il regardait son visage qui demeurait fermé et inamical, luttant contre une envie sauvage et désespérée de lui tourner le dos, et finalement après un long silence il lui demanda si elle était mariée, et Ella fit un mouvement de tête négatif, alors réunissant tout son courage, il lui demanda qui était le père de l'enfant, Ella ne dit rien, et Israël répéta sa question sur un ton plus agressif et furieux, mais Ella continua de se taire comme si elle n'avait pas entendu, et Israël ne la répéta plus et but son café sans rien dire, et lorsqu'ils se levèrent pour partir, il tendit de nouveau la main et lui proposa de porter le panier, mais elle refusa de nouveau et ils sortirent et restèrent un instant dans la rue comme deux étrangers et Israël, qui regardait son visage lointain et savait que tout était perdu, se demanda ce qu'il pourrait lui dire et tandis qu'il hésitait, Ella dit, “Shalom”, se retourna et partit, il la regarda un moment, désespéré et plein de rancune, et avant même qu'elle ne disparaisse, se retourna aussi et partit et erra pendant des heures dans les rues si belles et apaisantes, avec leurs bonnes odeurs et leur beauté, et vers le soir, sans s'être occupé de son travail, il revint à Tel-Aviv et monta au studio, et après avoir pris une douche et s'être changé, il se sentit très apaisé et même joyeux malgré la solitude grandissante, mais dès le lendemain, rongé de jalousie et de colère, il sentit aussi une fine nostalgie l'envahir sans répit comme une toile d'araignée, mais c'était elle qui était partie et elle qui était enceinte, et il devint sombre, furieux et agité, passant des heures à jouer, errer dans les rues ou à rester étendu sur le canapé, à regarder avec indifférence son visage se réfléchir sur les miroirs, et au bout d'un mois, il retourna à Jérusalem et sans vraiment savoir où aller se mit à la chercher, d'abord à l'université, puis chez les rares personnes qu'il connaissait dans la ville et le lendemain, fatigué, en sueur et pas rasé, il arriva devant l'appartement qu'elle partageait avec une amie, mais comme ni Ella ni son amie ne s'y trouvaient, il s'assit sur les marches et se mit à attendre avec obstination, sans tenir compte du temps ni des gens qui passaient en le regardant d'un air soupçonneux. Dans l'après-midi, vers trois heures l'amie arriva et, en le voyant, eut un mouvement de frayeur, Israël se leva et se présenta et lui demanda où se trouvait Ella et quand elle reviendrait, l'amie l'examina d'un air gêné, Israël lui redit son nom et la supplia de lui dire où elle se trouvait et quand elle rentrerait et l'amie qui continuait à hésiter dit, "Elle est à l'hôpital", et Israël dit, "Il est arrivé quelque chose ?" et l'amie dit, "Oui. Elle a eu un fils" et elle ouvrit la porte et invita Israël à entrer et lui proposa à boire, Israël dit, "Non, merci" et lui demanda dans quel hôpital elle se trouvait et quelles étaient les heures de visite, l'amie les lui indiqua et après l'avoir remerciée, il redescendit l'escalier et alla lentement à l'hôpital dont la vaste cour était couverte d'une couche vert-brun d'aiguilles de pin et de feuilles d'eucalyptus auxquelles se mêlait la bonne odeur des cyprès. Israël s'adossa à la clôture et attendit l'heure de visite, il se sentait infiniment paisible, et lorsque le moment arriva, il s'attarda un peu, puis s'engagea dans le couloir et se renseigna sur Ella auprès d'une infirmière qui le regarda avec sympathie et fit un geste de la main en disant, "Elle est là-bas", Israël la remercia et longea le couloir imprégné d'odeurs de médicaments, de désinfectant et de peinture à l'huile, puis il arriva dans une grande salle pleine de lits blancs alignés où les accouchées étaient étendues, entourées des maris, parents et amis, et Israël s'arrêta à l'entrée de la salle et parcourut plusieurs fois du regard les lits blancs avant d'apercevoir Ella qui était couchée dans l'un d'eux, dans la rangée la plus éloignée, le long du mur, alors il avança parmi les lits blancs tout en lui faisant un léger signe de la main, mais elle ne réagit pas et il s'approcha d'elle, essayant de réprimer l'émotion et surtout les regrets et le profond désir de proximité qui s'étaient emparés de lui, il se tint près du lit, lui sourit et dit, "Shalom", mais elle demeura étendue, immobile, très pâle et tranquille, regardant devant elle comme s'il n'y avait personne, au point qu'il se demanda si elle l'avait vu et il fit un pas de plus vers elle en agitant la main et dit, "Ella", mais elle ne réagit toujours pas et continua à rester étendue, les yeux ouverts comme si elle dormait ou était plongée dans une vision, même lorsqu'il l'appela plusieurs fois et la toucha, et pendant ce temps l'infirmière en chef arriva, claquant des mains pour indiquer que les visites étaient achevées, et les visiteurs quittèrent lentement les accouchées après maintes étreintes, embrassades et maints signes de la main et tandis que la salle se vidait, les infirmières arrivèrent avec les bébés qu'elles distribuèrent aux mamans pour qu'elles les allaitent, mais Ella ignora aussi bien le nouveau-né, dont la tête était couverte d'un duvet noir, que l'insistance amicale de l'infirmière qui le tenait dans les bras, désemparée, et la priait avec de plus en plus d'impatience de le prendre et de l'allaiter comme toutes les mamans, mais Ella continua de l'ignorer comme elle ignorait Israël qui demeurait obstinément à sa place sans la quitter des yeux et la voyait se défaire lentement, s'estomper et se fondre dans la blancheur des draps, et il entendit de nouveau derrière lui le claquement des mains de l'infirmière en chef qui finit par s'adresser à lui et lui demanda de sortir – tous les visiteurs étaient déjà partis – et Israël recula de quelques pas, puis se retourna et sortit.

TABLE

BABEL

Extrait du catalogue

793. JOSÉ CARLOS SOMOZA
La Dame n° 13

794. PERCIVAL EVERETT
Désert américain

795. HODA BARAKAT
Les Illuminés

796. PAUL NIZON
Immersion

797. GÖRAN TUNSTRÖM
Partir en hiver

798. PAVAN K. VARMA
Le Défi indien

799. NAGUIB MAHFOUZ
Passage des miracles

800. YOKO OGAWA
La Petite Pièce hexagonale

801. ROY LEWIS
La Véritable Histoire du dernier roi socialiste

802. GLENN SAVAN
White Palace

803. BJARNE REUTER
Le Menteur d'Ombrie

804. CHRISTIAN SALMON
Verbicide

805. LUIGI GUARNIERI
La Double Vie de Vermeer

806. PER OLOV ENQUIST
Blanche et Marie

807. HELLA S. HAASSE
Les Initiés

808. ANDRÉ BRINK
L'Insecte missionnaire

809. CÉSAR AIRA
Les Larmes

810. EDUARDO BELGRANO RAWSON
Fuegia

811. LIEVE JORIS
La Chanteuse de Zanzibar

812. THÉODORE MONOD
Majâbat al-Koubrâ

813. PAUL BELAICHE-DANINOS
Les Soixante-Seize Jours de Marie-Antoinette
à la Conciergerie, t. I

814. MADISON SMARTT BELL
Le Maître des carrefours

COÉDITION ACTES SUD – LEMÉAC

Ouvrage réalisé
par l'atelier graphique Actes Sud.
Reproduit et achevé d'imprimer
en juillet 2011
par Normandie Roto Impression s.a.s.
61250 Lonrai
sur papier fabriqué à partir de bois provenant
de forêts gérées durablement (www.fsc.org)
pour le compte
d'ACTES SUD
Le Méjan
Place Nina-Berberova
13200 Arles.

Dépôt légal
1re édition : juin 2007
N° impr. : 112794
(Imprimé en France)